엠퍼러

2
왕들의 죽음 [상]

EMPEROR : THE DEATH OF KINGS

Copyright© 2004 by Conn Iggulden
All rights reserved.

Korean translation copyright© 2010 by Sodam&Taeil Publishing Co., Ltd
Korean translation rights arranged with A.M. Heath, through Eric Yang Agency.

엠퍼러 2 왕들의 죽음 [상]

펴낸날 | 2010년 8월 10일 초판 1쇄
        2010년 10월 11일 초판 2쇄

지은이 | 콘 이굴던
옮긴이 | 변경옥
펴낸이 | 이태권
펴낸곳 | (주)태일소담
        서울시 성북구 성북동 178-2 (우)136-020
        전화 | 745-8566~7 팩스 | 747-3238
        e-mail | sodam@dreamsodam.co.kr
        등록번호 | 제2-42호(1979년 11월 14일)
        홈페이지 | www.dreamsodam.co.kr

ISBN 978-89-7381-580-7 04840
ISBN 978-89-7381-578-4 04840(세트)

● 책 가격은 뒤표지에 있습니다.
● 잘못된 책은 구입하신 곳에서 교환해드립니다.

EMPEROR

엠퍼러

2

왕들의 죽음 [상]

콘 이굴던
장편소설
변경옥 옮김

소담출판사

감사의 글

이 책의 몇 장면 혹은 몇 장章의 초고를 여러 번 읽고 검토해 주는 수고를 기꺼이 해주는 분들의 수가 점점 늘고 있다. 하퍼콜린스의 닉 세이어와 팀 월러는 이제는 내가 당연하게 여기기 시작한 역량을 발휘하여 다양한 개작을 통해 이 책이 나아갈 길을 제시해 주었다.

이 밖에도 내가 감사를 드려야 할 분이 여럿 있다. 조엘, 토니, 형 데이비드, 부모님, 빅토리아, 엘라, 마리타, 클리브에게 감사한다. 여기서 이름을 거론한 순서는 무작위임을 밝힌다. 관심을 기울여주고 도움을 준 여러분 모두에게 감사의 마음을 표한다.

❧

눈을 빛내며 'Vitai Lampada'를 암송해 주신 아버지께,
그리고 역사란 날짜가 정해진 멋진 이야기들의 집합임을 가르쳐주신
어머니께 이 책을 바친다.

왕들의 죽음 [상]

E M P E R O R

1장

언덕 위에 위풍당당하게 서 있는 미틸렌느 요새가 거대한 위용을 어렴풋이 드러냈다. 파수병들이 어둠 속을 돌아다닐 때마다 빛의 점들이 성벽을 따라서 움직였다. 참나무와 쇠로 된 성문은 굳게 닫혀 있었고, 가파른 비탈로 이어지는 유일한 길 또한 위병들이 물샐틈없이 경계를 서고 있었다.

가디티쿠스는 갤리선에 부하 스무 명만 남겨두었다. 그는 백인대의 나머지 대원들이 상륙하자마자 '까마귀'(로마군이 적선의 갑판으로 건너가기 위해 이용하는 일종의 다리로, 항해 중에는 뱃머리와 가장 가까운 돛대에 밧줄로 고정되어 있다. 뱃머리부터 적선에 접근했을 때 밧줄을 풀면 끝에 붙은 날카로운 철제 갈고리가 낙하할 때의 힘으로 적선의 갑판에 꽂혀 고정됨—옮긴이)를 끌어올리라고 명령했다. 액시피터는 잔잔한 바다에 물방울조차 거의 튀기지 않을 정도로 조심스레 노를 저으며 어둠에 휩싸인 섬에서 미끄러지듯 빠져나갔다.

이제 그들이 떠나 있는 동안에도 갤리선은 적의 공격으로부터 안전할 것이다. 어떤 불도 켜지 못하게 되어 있으므로 액시피터는 한 점 어둠에 지나지 않았다. 따라서 적선들이 이 작은 섬의 항구로 곧바로 들어오지 않는 한 액시피터를 발견하지는 못할 터였다.

율리우스는 자신의 분대원들과 함께 서서 명령이 떨어지기를 기다렸다. 지난 6개월간 연안 순찰을 담당해 오다가 드디어 전투에 참여하게 되어 몹시 흥분되었지만, 냉정하게 억눌렀다. 비록 기습공격의 이점을 감안한다 해도 미틸렌느 요새는 견고하고 위험해 보였다. 사다리로 성벽을 기어오르려면 피비린내 나는 싸움을 벌여야 한다는 걸 율리우스는 알고 있었다. 율리우스는 장비를 다시 한 번 점검했고, 자신이 지급한 사다리들의 가로대를 하나하나 검사했다. 그리고 부하들 사이를 돌아다니면서 사다리에 올라갈 때 소리가 나는 것을 막고 발을 디디기 쉽도록 샌들을 천으로 감쌌는지 일일이 확인했다. 어느 것 하나 이상이 없었다. 부하들도 불평한마디 하지 않고 검열에 응했다. 섬에 상륙한 이래 이미 두 차례 같은 경험을 한 적이 있었기 때문이다.

이들이 자신의 이름을 더럽히지 않으리라는 것을 율리우스는 알고 있었다. 넷은 군에 오랫동안 몸담은 병사들이었다. 그중에서도 펠리타스는 10년이란 세월을 갤리선에서 보낸 경력을 갖고 있었다. 율리우스는 펠리타스가 동료 대다수로부터 존경을 받고 있음을 알아채자마자 부관으로 삼았다. 예전에 펠리타스는 진급 대상자로 별다른 주목을 받지 못했다. 하지만 율리우스는 제복에 대한 무관심한 태도와 놀라우리만치 추한 얼굴 뒤에 숨은 자질을 알아보았다. 펠리타스는 곧바로 새로운 젊은 테세라리우스의 충복이 되었다.

나머지 여섯 명은 액시피터가 부족한 정원을 충원할 때 그리스 주변의 로마 항구에서 선발한 병사들이었다. 물론 개중에는 전력이 좋지 못한 이들도 있었다. 하지만 갤리선의 병사들에게는 기록이 깨끗해야 한다는 조건이 무시되는 일이 종종 있었다. 빚을 졌거나 장교와 불화를 겪은 적이 있는 이들은 자신들이 급료를 탈 수 있는 마지막 기회가 바다에 있음을 알기에 액시피터에 지원했다. 이에 대해 율리우스는 전혀 불만이 없었다. 부하 열 명 모두 참전 경험이 있는 데다가 그들이 들려주는 이야기는 지난 20년간 로마의 발전 과정에 대한 요약과 다름없었기 때문이다. 더욱이 그들은 난폭한 데다 체구도 건장해서 여름밤에 미틸렌느 요새의 반란군을 일소하는 일과 같은 더러운 임무를 겁내거나 마다하지 않으리라는 것을 알기에 내심 흐뭇해하고 있었다.

가디티쿠스는 도열한 분대 사이를 지나가면서 장교 한 사람 한 사람에게 지시를 내렸다. 수에토니우스는 가디티쿠스가 무슨 말을 하든 연신 고개를 끄덕거리더니 경례를 붙였다. 옛 이웃의 거동을 지켜보면서 율리우스는 새삼 혐오감을 느꼈다. 그런데도 그 젊은 당직사관의 어떤 점이 마음에 들지 않는지 딱히 꼬집어낼 수는 없었다.

몇 달 동안 함께 복무하는 동안 율리우스와 수에토니우스는 얼어붙을 듯한 냉랭한 태도로 깍듯이 예의를 지키며 서로를 대해 왔고, 이제 그런 관계는 돌이킬 수 없을 듯 보였다. 수에토니우스는 지금도 율리우스를 전에 친구들과 어울려 붙잡아 매어놓고 흠씬 두들겨 패주었던 소년으로 보았다. 그때 이후로 율리우스가 겪은 경험에 대해서는 전혀 알지 못하는지라, 율리우스가 마리우스와 함께 개선행렬의 선두에 서서 로마에 입성할 때 어떤 광경이 펼쳐졌는지에 관해 부하들에게 이야기할 때는 코웃음을 쳤다. 갤리선에 승선한 병사들에게는 수도 로마에서 벌어지는 개선식이 자신들과는 거리가 먼 풍문에 지나지 않았다.

율리우스는 수에토니우스의 친구 몇몇이 자신의 이야기를 믿지 않는다는 것을 느낌으로 알았다. 불쾌했지만 분대 사이에 긴장이 조성되거나 싸움이 벌어질 조짐만 있어도 그것은 곧 분대장의 강등을 의미할 터였다. 그런 사실을 잘 알기에 율리우스는 침묵을 지켰다. 심지어 수에토니우스가 예전에 머리를 몇 차례 세게 때린 뒤 나무에 대롱대롱 매달아놓았던 일에 대해 떠벌리는 것을 들었을 때조차 침묵을 지켰다. 수에토니우스는 그 사건이 사내아이들 사이에서 벌어지는 조금 거친 장난에 불과하다는 투였다. 이야기 말미에 율리우스가 뚫어져라 노려보고 있음을 느낀 수에토니우스는 짐짓 놀라는 시늉을 하고는 부관과 함께 근무지로 돌아가면서 부관에게 눈을 찡긋했다.

가디티쿠스가 도열한 분대 중 마지막 분대를 향해 걸어오고 있었다. 그때 율리우스는 가디티쿠스의 어깨 뒤에서 히죽거리는 수에토니우스의 모습을 보았다. 율리우스는 백인대장에게 시선을 고정시킨 채 차려자세를 취하고 있다가 경직된 태도로 경례를 올렸다. 가디티쿠스는 율리우스에게 고개를 끄덕이고는 오른쪽 팔뚝을 빠르게 움직여 답례했다.

"만일 저들이 우리가 여기 와 있다는 사실을 모른다면 동이 트기 전에 저 작은 둥지를 불태워야 한다. 허나 저들이 이미 눈치를 챘다면 매 단계 전투를 벌여야 할 것이다. 반드시 갑옷과 검을 천으로 싸야 한다. 우리가 저곳의 노출된 측면에 있는 동안 소리 때문에 적들이 우리의 기습을 알아차려서는 안 된다."

"네, 알겠습니다."

율리우스가 재빨리 대답했다.

"귀관의 분대는 남쪽 측면의 공격을 맡는다. 그쪽이 비탈을 오르기가 조금 수월할 것이다. 신속하게 사다리들을 가져다놓고, 각 사다리 밑에서 한 사람이 사다리를 단단히 붙잡고 있도록 하라. 그래야 발 디딜 곳을 찾느라 시간을 낭비하는 일이 없을 것이다. 수에토니우스의 부하들을 보내 성문의 위병들을 처치할 것이다. 성문은 위병 넷이 지키고 있으니, 그자들을 해치우는 과정에서 시끄러운 소리가 날 수도 있다. 만일 성벽에 가까이 접근하기 전에 비명소리가 들리거든 성벽을 향해 전력으로 질주하라. 저들이 조직을 정비할 시간을 주어서는 안 된다. 알겠나? 좋아. 질문 있나?"

"안에 몇 명이나 있는지 알고 있습니까?"

율리우스의 물음에 가디티쿠스는 흠칫 놀란 표정을 지었다.

"저들의 병력이 50이든 500이든 우리는 저 요새를 공격할 것이다! 저들은 2년 동안이나 세금을 내지 않았고, 총독까지 살해했다. 귀관은 우리가 원군을 기다려야 한다고 생각하나?"

율리우스의 얼굴이 당혹감으로 벌게졌다.

"아닙니다."

가디티쿠스가 냉혹하게 낄낄거렸다.

"해군은 지금 최대한 엷게 퍼져 있다. 귀관이 오늘 밤을 무사히 넘긴다면, 충분한 병력과 함정의 도움을 받을 수 없는 상황에 익숙해질 것이다. 이제 귀관이 맡은 위치로 이동해 요새 주변에서 적당한 곳을 물색하라. 넓은 곳으로. 은폐물을 이용하고. 알겠나?"

"네, 알겠습니다."

율리우스가 다시 경례를 하며 대답했다. 비록 최하위 장교라 해도 장교 노릇을 하는 것은 가장 순조로울 때조차 힘이 들었다. 상관들은 그가 맡은 임무를 잘 알고 있으리라 기대했다. 마치 능력이 장교라는 지위와 함께 찾아오는 것이라는 듯 말이다. 그는 요새를 공격해 본 적이 한 번도 없었지만, 부하들의 생사를 좌우할 수 있는 결정을 즉시 내리게 되어 있었다. 부하늘 쪽으로 돌아선 율리우스는 새삼 결의가 밀려오는 것을 느꼈다. 부하들을 실망시키지 않으리라.

"백인대장의 말씀을 들었다. 이제 조용히 전진한다. 분산대형을 취하라. 자, 출발!"

부하들은 알았다는 뜻으로 일사불란하게 오른쪽 주먹을 들어 가죽 흉갑을 탁 때렸다. 율리우스는 그들이 낸 그 작은 소리에 움찔했다.

"그리고 절대로 시끄러운 소리를 내서는 안 된다. 우리가 요새에 잠입할 때까지는 내가 어떤 명령을 내려도 답하지 말라. 조용히 움직여야 하는 상황이므로 '네, 알겠습니다' 같은 합창은 원치 않는다, 알았나?"

싱긋이 웃는 병사도 한둘 있었지만, 은폐물들을 통과해 천천히 조심스럽게 나아감에 따라 긴장된 분위기가 감돌았다. 다른 두 분대도 그들과 함께 파견되었다. 그들은 가디티쿠스가 위병들의 목이 달아나는 것을 확인한 뒤 명령을 내리면 정면 공격을 감행하기로 되어 있었다.

병사들이 짝을 지어 각 분대마다 배정된 기다란 사다리 네 개를 운반하며 소리 없이 흩어졌다. 율리우스는 그 모습을 보면서 끊임없이 이어지던 훈련이 떠올라 고마움을 느꼈다. 병사들은 폭넓은 가로대를 거의 전속력으로 올라갈 수 있는 만큼 검은 성벽의 꼭대기에 도달해 요새 안으로 들어가는 데는 불과 몇 초밖에 걸리지 않을 것이다. 하지만 고약한 것은 바로그 다음이었다. 대적해야 할 반란군이 얼마나 되는지 전혀 알 수 없었다. 그래서 군단병들은 처음 몇 분 동안에 가능한 한 많은 수의 적을 해치워야하는 상황이었다.

파수병의 손에 들린 횃불 하나가 가까운 곳에서 멈추었다. 그러자 율리우스는 부하들에게 몸을 웅크리라는 손짓을 했다. 비록 풀밭에서 찌르르 찌르르 울어대는 귀뚜라미 소리가 사방으로 울려 퍼지고 있다 해도 소리는 쉽게 전달될 것이기 때문이다. 잠시 멈춰 섰던 횃불이 다시 움직이는 것을 본 율리우스는 가장 가까운 곳에 자리잡은 장교들과 눈을 마주쳤다. 그들은 서로에게 고개를 끄덕이고는 공격을 개시했다.

율리우스는 자리에서 일어났다. 심장 박동이 빨라졌다. 부하들도 율리우스와 함께 일어섰다. 병사 하나가 튼튼한 사다리를 들어 올리느라 약하게 쿵 소리를 냈다. 율리우스와 부하들은 남쪽 접근로의 깨진 바위를 잰걸음으로 오르기 시작했다. 샌들과 갑옷을 천으로 감쌌는데도 부하들 옆에서 가볍게 내달리기 시작한 율리우스에게는 발자국 소리가 크게만 느껴졌다. 처음에는 펠리타스가 선두에, 그러니까 첫 번째 사다리의 맨 앞에 있었지만, 울퉁불퉁한 표면을 기어오르는 동안 병사들은 앞서거니 뒤서거니 하면서 순서가 계속 바뀌었다. 달빛조차 지면을 비추길 거부했다. 가디티쿠스가 공격 시점을 밤으로 택한 것은 잘한 일이었다.

사다리들이 재빨리 맨 앞의 병사에게 전달되었다. 사다리를 전달받은 병사는 사다리가 최대한 높은 곳에 닿을 수 있도록 성벽 가까이에 세웠다. 첫 번째 병사가 사다리를 단단히 붙잡고 있는 동안 두 번째 병사가 어둠 속으로 기어올라갔다. 불과 몇 초 만에 첫 번째 조가 성벽을 오르는 데 성공했고, 두 번째 조 역시 출발 준비를 마쳤다. 그러나 사다리들이 바위 위에서 미끄러지기도 하고 삐걱거리기도 하는 바람에 성벽을 오르기가 점점 어려워졌다. 사다리 하나가 흔들리는 것을 본 율리우스는 사다리 꼭대기에서 무게가 사라질 때까지 있는 힘껏 붙잡고 있었다. 병사들이 열을 지어 요새 안으로 사라지고 있었지만, 여전히 침입을 알리는 경보는 울리지 않았다.

율리우스는 사다리를 이리저리 움직여 천으로 감싼 꼭대기 부분이 안정되게 고정될 만한 곳을 찾아 세운 다음 사다리를 단단히 움켜잡고 성벽을 올라갔다. 사다리가 성벽에 몹시 가파르게 놓여 있어 몸을 앞으로 바짝 기울여야만 했다. 궁병들이 발견할지도 모를 만일의 사태에 대비해 꼭대기에 도달해서도 멈춰 서지 않았다. 상황을 판단할 겨를도 없이 성벽 너머로 몸을 날린 율리우스는 아래쪽을 휘감고 있는 어둠 속으로 떨어졌다.

바닥에 부딪쳐 데굴데굴 몇 바퀴를 구르고 나서야 주변에서 기다리고 있는 부하들을 발견했다. 앞에는 오래된 돌들 위로 무성하게 자란 덤불이 짧게 펼쳐져 있었다. 그곳은 궁병들을 위한 살육장이나 다름없는 만큼 빨리 벗어나야 할 필요가 있었다. 다른 분대들도 그곳에서 머뭇거리지 않고 이미 내성벽 쪽으로 건너간 상태였다. 율리우스의 얼굴이 일그러졌다. 불과 6미터 앞에 있는 그 성벽은 첫 번째 성벽과 같은 높이인데, 이번에는 사다리들이 밖에 있으니, 두 성벽 사이에 갇힌 꼴이었다. 고대 설계자들의 의도가 적중한 셈이었다. 빨리 어떤 결정을 내려주길 바라며 부하들이 바라보자 율리우스는 속으로 욕을 했다.

그때 갑자기 요새에서 종이 울리기 시작했다. 격렬한 종소리가 어둠 속으로 울려 퍼졌다.

"이제 어찌해야 합니까?"

펠리타스가 물었다. 목소리에 짜증이 묻어났다. 율리우스는 숨을 한 번 깊게 쉬었다. 곤두섰던 신경이 조금 가라앉았다.

"여기 그대로 있다가는 우린 죽은 목숨이나 마찬가질세. 저들이 이제 곧 횃불을 아래로 던져 궁병들이 볼 수 있도록 우리 쪽을 훤하게 밝힐 테니까 말일세. 삭구(배의 돛, 돛대, 밧줄 등의 총칭—옮긴이)를 다루는 데는 자네가 최고니, 펠리, 갑옷을 벗고 내성벽 위까지 밧줄을 나를 수 있을지 한번 시도해 보게. 성벽의 돌들은 워낙 오래돼 놔서 여기저기에 틈이 벌어져 있을 걸세."

펠리타스가 갑옷의 끈을 풀기 시작하자 율리우스는 다른 부하들 쪽으로 몸을 돌렸다.

"사다리를 도로 가져와야 한다. 만일 펠리가 성벽에서 굴러 떨어진다면, 우린 궁병들한테 손쉬운 표적이 될 것이다. 비록 성벽의 높이가 5미터나 되긴 하지만, 제일 가벼운 병사 둘을 꼭대기까지 들어 올려야 한다. 그러면 그 병사들이 성벽 꼭대기에서 사다리를 끌어올릴 수 있을 것이다."

요새 안에서 공황 상태에 빠진 사람들이 질러대는 소리와 병사들이 싸우는 소리가 점점 커지고 있었지만, 율리우스는 그 소리를 무시했다. 적어도 지금은 반란군이 가디티쿠스의 공격에만 집중하고 있다 해도 율리우스와 부하들의 존재가 발각되는 것은 시간문제였다.

병사들은 율리우스의 계획을 재빨리 이해했다. 몸무게가 제일 많이 나가는 병사 셋이 팔을 연결한 채 외성벽의 거무스름한 돌에 등을 기대고 섰다. 그러자 병사 둘이 그들을 타고 올라가서는 조심스레 몸을 돌려 등 뒤의 성벽에 기댔다. 갑옷 위로 몸무게가 실리자 아래쪽 병사 세 명의 입에서 끙 소리가 흘러나왔다. 갑옷의 금속판이 병사들의 어깨 속으로 파고들었다. 그러나 금속판이 없었다면 분명 쇄골이 으스러졌을 것이다. 병사들은 불편함을 묵묵히 참고 있었지만, 그 상태로 오래 버티지는 못하리란 것을 율리우스는 알고 있었다.

율리우스는 마지막 두 병사 쪽으로 몸을 돌렸다. 그들은 이미 갑옷을 벗어버리고 속옷만 입은 채 맨발로 서 있었다. 율리우스가 고갯짓을 하자 두 병사는 흥분을 감추지 못하고 씩 웃고는 액시피터의 삭구를 다룰 때처럼 신속하고 효율적으로 인간탑을 오르기 시작했다. 율리우스는 그들이 일을 끝내기를 기다리는 동안 검을 뽑아든 채 눈을 크게 뜨고 위쪽의 어둠 속을 응시했다.

한편 6미터 떨어진 내성벽에서는 펠리타스가 차갑고 건조한 돌에 얼굴을 대고 잠깐 동안 온 정성을 다해 기도를 하기 시작했다. 석판 사이의 작은 틈을 붙들고 있느라 손가락들이 떨렸다. 펠리타스는 발로 돌 틈 사이를 여기저기 쑤석거려 디딜 곳을 찾으며 몸을 들어 올리는 동안 아무 소리도 내지 않으려고 무진 애를 썼다. 이 사이로 거친 숨소리가 흘러나왔다. 그에게는 그 소리가 크게만 느껴졌다. 분명 누군가가 무슨 소리인지 알아보려고 올 것만 같았다. 가슴에 두른 밧줄과 함께 무거운 글라디우스를 가져온 것이 잠깐 후회되었다. 비록 무기도 없이 성벽 꼭대기에 오르는 것보다 최악의 상황은 생각할 수도 없는 일이었지만 말이다. 그러나 거꾸로 떨어져 온몸이 박살나는 것도 불쾌한 상황이긴 마찬가지였다.

위쪽으로 횃불들이 발하는 빛을 받아 희미하게 윤곽이 드러난 입술 모양의 거무스름한 돌이 보였다. 요새는 가디티쿠스가 이끄는 50명의 병사를 갑작스레 맞이해 방어에 돌입한 상태였다. 펠리타스는 조용히 코웃음을 쳤다. 전문적인 병사들이라면 또 다른 병력이 있는지, 혹은 복병이 있는지 알아보기 위해 이미 방어선 주변에 정찰병들을 보냈을 것이다. 자신이 하는 일에 자부심을 갖는다는 건 좋은 일이라고 펠리타스는 생각했다.

무턱대고 위쪽을 여기저기 더듬던 손이 마침내 잡을 만한 곳을 발견했다. 한쪽 모퉁이에 수백 년의 세월을 이기지 못하고 무너져 내린 부분이 있었던 것이다. 드디어 성벽 꼭대기의 판석에 손바닥을 올려놓았지만, 펠리타스는 잠시 그대로 매달려 있었다. 기진맥진해 손에 경련이 일었다. 잠시 후 요새 안으로 기어올라가면서 펠리타스는 가만히 귀를 기울였다. 목숨을 위협할 정도로 가까운 곳에 누군가가 있는지 알아내기 위해서였다.

아무 소리도 들리지 않았다. 작은 소리 하나라도 놓치지 않으려고 숨을 참아보았지만 역시 마찬가지였다. 펠리타스는 고개를 끄덕이더니 마치 이럴 때 늘 느끼는 두려움을 물어뜯기라도 할 것처럼 이를 악물었다. 그러고는 몸을 들어올린 다음 두 다리를 흔들어 요새 안으로 몸을 날렸다. 바닥에 닿자마자 재빨리 몸을 웅크린 그는 소리를 내지 않으려고 조심하며 글라디우스를 천천히 칼집에서 뽑아냈다.

펠리타스가 있는 곳은 짙은 그림자가 드리워져 있어 양측의 다른 건물들로 이어지는 계단이 딸린 좁다란 고대에서는 그의 모습이 보이지 않았다. 바닥에 먹던 음식물이 떨어져 있는 것으로 보아 그곳에는 원래 파수병이 배치되어 있었던 것 같았다. 아마 그 파수병은 지시받은 곳을 지키는 대신 정면 공격을 격퇴하러 간 게 분명했다. 펠리타스는 반란군의 기강해이에 속으로 쯧쯧 혀를 찼다.

펠리타스는 천천히 움직이면서 가슴과 어깨에 두른 무거운 밧줄을 풀어 돌에 박힌 녹슨 쇠고리에 한쪽 끝을 묶었다. 그런 다음 힘껏 잡아당겨 보고는 미소를 지은 뒤 밧줄을 어둠 속으로 떨어뜨렸다.

율리우스가 보니, 다른 분대 가운데 하나가 내성벽에 바짝 붙은 채 사다리를 회수하겠다는 생각을 하고 있는 듯했다. 그들은 사다리 꼭대기에 매단 밧줄을 벽 너머로 던지고 맨 뒤의 병사가 사다리 전체를 끌어올릴 작정이었지만, 이미 때늦은 지혜에 불과했다. 비록 가파른 미틸렌느는 언덕을 굽어볼 만한 지대가 전혀 없는 상황이라 무척 힘이 들었다 해도, 가디티쿠스는 요새의 배치를 파악하는 데 더 많은 시간을 들였어야만 했다. 율리우스는 그런 회의를 불충한 생각이라 여기고 머릿속에서 떨쳐버렸다. 그러나 만일 자신이 이 공격에 대한 지휘권을 갖고 있었다면, 모든 것을 파악하기 전에는 요새를 치라고 부하들을 보내지 않았을 것이었다.

인간탑을 맨 아래쪽에서 떠받치고 있는 세 병사의 얼굴은 비 오듯 흘러내리는 땀으로 얼룩지고 몸서리치는 고통으로 일그러졌다. 위쪽에서 찍찍 긁히는 소리가 들리더니 기다란 사다리가 미끄러져 내려왔다. 율리우스가 재빨리 사다리를 받아 벽에 기대놓자 인간탑이 해체되었다. 고통에서 벗어난 맨 아래쪽의 세 병사는 숨을 헐떡거리면서 어깨를 돌리며 쥐가 난 근육을 풀었다. 율리우스는 병사 한 사람 한 사람에게 다가가 팔을 툭치며 고마움을 표시했다. 그리고 다음에 취할 행동을 귀엣말로 전했다. 그들은 함께 내성벽 쪽으로 건너갔다.

머리 위 내성채를 감싼 어둠 속에서 고함을 지르는 소리가 들려왔다. 그 소리에 율리우스의 심장이 두방망이질 쳤다. 무슨 말인지 알아듣지는 못했지만 굉장한 공포가 서려 있는 것만은 분명했다. 이제 그들의 공격은 더이상 기습이 아니었다. 그러나 그들에게는 사다리가 있었다. 율리우스는 벽에 몸을 납작 기대고 위를 올려다보았다. 펠리타스는 다행히 성벽에서 굴러 떨어지지도 넘어지지도 않고 무사했다.

"사다리를 몇 미터 옮겨서 단단히 고정시켜라. 셋은 여기 있는 밧줄을 타고 올라가라. 그리고 나머지는 나와 함께 행동한다."

그들은 새로운 지점을 향해 달려갔다. 그때 돌연 머리 위로 화살들이 쉭

쉭 소리를 내며 날아와 사다리를 나르는 다른 분대 병사들의 몸뚱이를 꿰뚫었다. 화살을 맞은 로마 병사들이 내지르는 비명이 사방으로 울려 퍼졌다. 율리우스가 대충 수를 세어보니, 위쪽에 있는 궁병은 최소한 다섯 명은 되었다. 아래쪽 살육장 속으로 횃불들이 던져진 터라 궁병들이 임무를 수행하기가 훨씬 더 수월해져 있었다. 내성벽 아래는 여전히 어둠에 휩싸여 있는 것으로 보아 반란군은 자신들이 첫 번째 급습에 맞서 싸우고 있다고만 생각할 뿐 로마군이 이미 밑에 와 있다는 사실은 모르고 있는 모양이라고 율리우스는 추측했다.

율리우스는 글라디우스를 꽉 움켜쥔 채 사다리를 한 걸음 한 걸음 올라갔다. 몇 년 전에 아버지의 목숨을 앗아간 폭동에 대한 기억이 불현듯 떠올랐다. 그래, 이건 그때 처음으로 담벼락에 올라갔던 것과 마찬가지야! 꼭대기에 도달한 율리우스는 그 생각을 밀어내고 재빨리 몸을 아래로 던져 목을 겨냥한 도끼를 피했다. 그러나 그 바람에 균형을 잃어 붙잡을 곳을 찾느라 성벽을 할퀴었다. 잠깐 동안이었지만 참으로 끔찍한 순간이었다. 이제 율리우스는 요새 안에 들어와 있었다.

율리우스는 그곳을 자세히 파악할 겨를이 없었다. 또 다른 도끼의 강타를 막아내고는 적병이 자기가 휘두른 도끼의 무게를 이기지 못해 한쪽으로 휘청할 때 그를 발로 세게 걷어찼다. 적병의 도끼가 바닥에 쿵 소리를 내며 떨어졌다. 그와 동시에 율리우스의 검이 적병의 불룩한 가슴속으로 쑥 미끄러져 들어갔다. 그때 무언가가 율리우스의 투구를 강타하는 바람에 뺨 보호대가 툭 하고 떨어져 나갔다. 시야가 흐려졌다. 그러나 율리우스는 공격을 막기 위해 무의식적으로 검을 들어 올렸다. 그리고 축축한 피가 목과 가슴을 타고 복부까지 흘러내리는데도 무시했다. 성벽의 좁다란 보도에 도달하는 분대원의 수가 늘어나면서 공격도 적절하게 시작되었다.

분대원 가운데 셋은 사다리 꼭대기 주변에서 쐐기 모양으로 대형을 이뤄 싸우고 있었다. 가벼운 쇠로 된 그들의 갑옷은 적병이 가한 심한 강타를 견디지 못해 여기저기 움푹 패여 있었다. 글라디우스 하나가 아래쪽에서부터 위로 휙 치켜 올라가더니 반란군 한 명의 턱을 꿰뚫는 모습이 율리우스의 눈에 들어왔다.

그들이 맞서고 있는 사내들은 통일된 제복을 입고 있지 않았다. 오래된 갑옷을 뽐내며 이상한 칼날을 휘두르는 자들이 있는가 하면 손도끼나 창을 지닌 자들도 있었다. 겉모습으로 보아 그리스인들이 분명한 사내들은 꼬부랑말로 서로에게 소리를 질러댔다. 그야말로 아수라장이 펼쳐지고 있었다. 그때 부하 하나가 거무스름한 피를 사방으로 튀기며 비명과 함께 아래로 굴러 떨어지는 모습이 보였다. 율리우스는 그 모습을 보고도 그저 욕이나 할 수밖에 없었다. 쿵쿵거리는 발자국 소리가 요새 전역으로 울려 퍼졌다. 마치 대군이 한꺼번에 이 지점으로 달려오고 있는 것 같았다. 율리우스의 부하 둘이 더 보도에 진입해 싸움에 뛰어들더니 적병을 뒤로 밀었다.

율리우스는 몇 년 전에 레니우스가 가르쳐준 대로 찌르기 기술로 글라디우스의 끝을 적병의 목구멍에 쿡 찔러 넣었다. 그리고는 연이어 거칠고 맹렬하게 공격을 퍼부었다. 율리우스가 상대한 적병들은 격렬하게 몸을 떨다가 고꾸라져 죽었다. 율리우스와 부하들이 맞서고 있는 적병들은 오로지 수적으로만 우세할 뿐이었다. 로마군의 기술과 훈련 덕분에 사다리 주변의 정예병들은 거의 무적이었다.

그러나 그들은 지쳐가고 있었다. 그때 부하 하나가 좌절감과 두려움에 사로잡혀 소리를 질러대고 있었다. 검이 알렉산드로스 대왕 이래 대대로 전해 내려온 듯 보이는 화려한 갑옷의 금속판 사이에 처박혀 꿈쩍도 하지 않았던 것이다. 그 병사가 검을 비틀어 빼내려고 어찌나 안간힘을 쓰는지 그의 발밑에 깔린 갑옷을 입은 반란군의 몸이 들썩거릴 정도였다. 그 병사의 분노에 찬 외침이 돌연 비명으로 바뀌었다. 반란군이 그 부하의 갑옷 아래쪽 사타구니를 단검으로 찌른 것이다. 마침내 그 병사가 절뚝거렸다. 그의 글라디우스는 여전히 적병의 갑옷에 박힌 상태였다.

"이쪽으로!"

율리우스가 부하들에게 소리쳤다. 힘을 합쳐 좁다란 보도를 따라 길을 뚫은 율리우스와 부하들은 요새 속으로 더 깊숙이 들어갔다. 부근에서 계단을 발견한 율리우스는 부하들에게 손짓을 했다. 발밑에 고꾸라지는 적병의 수가 하나 둘 늘어나면서 율리우스는 싸움을 즐기기 시작했다. 검은 무게가 적당했다. 갑옷은 적의 공격을 받아도 상처를 입지 않으리라는 안도감을 주었고, 몸이 격렬하게 움직이는데도 부드럽게 몸을 감싸고 있었다.

그때 느닷없이 머리를 강타당해 앞서 파손되었던 투구가 벗겨졌다. 그러자 땀으로 범벅이 된 피부에 시원한 밤공기가 닿는 걸 느꼈다. 기분이 상쾌해진 율리우스는 안으로 걸어 들어가면서 잠시 낄낄거렸다. 그러고 나서 적병의 방패를 거칠게 밀쳤다. 적병이 보도에 늘어선 동료들 사이로 나가떨어졌다.

"액시피터!"

율리우스가 갑자기 큰 소리로 외쳤다. 그것만으로 충분할 터였다. 여기저기서 따라 외치는 소리를 들은 율리우스는 다시 '액시피터'를 우렁차게 외치면서 날아드는 검을 피했다. 그 검은 앞부분이 굽어 전쟁 무기라기보다는 농기구로 보였다. 율리우스는 반격을 가해 상대의 허벅지를 베었다. 적병은 비명을 지르며 돌바닥 위로 푹 쓰러졌다.

다른 군단병들이 율리우스의 주변에 모여들었다. 성벽을 오르는 데 성공한 율리우스의 분대원 여덟 명과 궁병들의 공격에도 용케 살아남은 다른 분대원 여섯 명이었다. 그들은 함께 서 있었다. 시체 더미에 둘러싸인 반란군은 그들의 돌진에 동요하기 시작했다.

"우리는 로마의 병사들이다."

군단병 하나가 으르렁거리듯 말했다.

"천하무적이지. 자, 머뭇거릴 것 없어."

율리우스는 그를 보고 싱긋이 웃었다. 그러고 나서 싸움이 다시 시작되자 갤리선의 이름을 외쳤다. 펠리타스가 그 소리를 듣길 바란 것이다. 어쨌든 그 못난이 서자가 살아남았으리라는 것을 율리우스는 추호도 의심하지 않았다.

펠리타스는 갈고리에 망토가 걸려 있는 것을 발견하고 그것을 이용해 튜닉과 칼집에서 빼낸 검을 가린 상태였다. 그는 갑옷을 입고 있지 않은 터라 적의 공격에 쉽게 상처를 입을 수 있어 불안했지만, 소란스러운 소리를 내며 곁을 지나가는 적병들은 그에게 눈길 한 번 주지 않았다. 근처에서 군단병들이 으르렁거리며 도전을 선포하는 소리를 들으면서, 그는 이제 자신도 전투에 합류할 때임을 깨달았다.

펠리타스는 성벽의 횃불 받침대에서 횃불을 들어 올린 뒤 돌진하는 적에 합류해 칼날이 맞부딪치는 현장으로 달려갔다. 맙소사, 적들은 수가 엄청나게 많았다! 요새 내부는 부서진 벽과 텅 빈 방, 치우는 데 몇 시간이

24

나 걸리는 장소들로 이루어진 미로로 되어 있었다. 그래서 단계마다 복병이 숨어 있거나 불화살이 날아들 가능성이 있었다. 펠리타스는 어둠 속에서 모퉁이를 돌았다. 한동안은 아무런 시선도 받지 않고 적들 속에 끼어 있었다. 참으로 값진 시간이었다. 구불구불한 통로를 따라가며 방향감각을 잃지 않으려고 애쓰면서 신속하게 움직였다. 이제 그는 북쪽 성벽에, 한 무리의 궁병 근처에 있었다. 궁병들의 표정은 진지하고 침착했다. 비록 정문 부근의 안마당에서 로마어로 날카롭게 내지르는 명령이 들리기는 해도, 아마 가디티쿠스가 이끄는 병력의 일부가 아직 밖에 있는 모양이었다. 일부는 요새 안에 들어와 있었지만 전투가 끝나려면 아직 먼 상황이었다.

펠리타스는 궁병들에게 다가가며 주민들의 반은 분명 요새 안에 숨었을 거라는 생각에 분노했다. 펠리타스가 접근하자 궁병 하나가 민첩하게 고개를 들었다. 그러나 그 궁병은 고개만 끄덕이고는 아래쪽에 밀집해 있는 로마 병사들을 향해 신중하게 화살을 쏘았다.

그 궁병이 활을 조준하고 있을 때, 펠리타스가 궁병들을 향해 돌격했다. 궁병 둘이 고꾸라졌다. 그들은 쿵 소리를 내며 바닥에 나동그라졌다. 펠리타스가 망토를 벗어젖히고 짧은 글라디우스를 치켜들자 나머지 궁병 셋은 공포로 얼굴이 하얗게 질렸다.

"안녕, 제군들."

펠리타스가 차분하고 명랑한 목소리로 말했다. 그러고는 한 걸음 다가가 가장 가까운 궁병의 가슴에 검을 찔러 넣었다. 그와 동시에 죽은 궁병의 몸뚱이를 무릎으로 밀어 성벽에서 떼어놓았다. 바로 그때 화살 하나가 날아와 펠리타스의 옆구리를 그대로 꿰뚫었다. 화살깃만 복부에서 돌출

되어 있었다. 펠리타스는 신음소리를 내며 왼손으로 화살깃을 확 잡아 뺐다. 거의 무의식적인 행동이었다. 그러고는 악에 받쳐 가장 가까이에 있는 궁병의 목을 향해 글라디우스를 세차게 휘둘렀다. 그 궁병은 화살을 들어 올리던 중이었다.

그것이 그 궁병이 마지막으로 쏜 화살이자 가장 멀리 쏜 화살이었다. 그 궁병은 미친 듯이 화살 한 발을 더 재려고 했지만 두려움 때문에 손을 제대로 움직이지 못했다. 펠리타스가 다가가 그를 찌르려고 검을 내뻗었다. 이에 그 궁병은 두려움에 뒤로 물러서다가 그만 발을 헛디뎌 성벽에서 굴러 떨어지면서 비명을 내질렀다. 펠리타스는 천천히 한쪽 무릎을 꿇고 앉았다. 입에서 거친 숨소리가 고통스럽게 흘러나왔다. 근처에는 아무도 없었다. 펠리타스는 검을 내려놓고 몸을 옆으로 돌려 손으로 몸에 박힌 화살을 부러뜨리려 애썼다. 화살을 완전히 빼낼 생각은 아니었다. 그렇게 했다가는 목숨을 앗아갈 정도로 많은 피가 솟구쳐 오른다는 것쯤은 병사라면 누구나 아는 사실이었다. 몸을 돌릴 때마다 화살을 잡으려 안간힘을 쓰느라 두 눈에 눈물이 맺혔다.

손이 미끄러운 탓에 그저 나무로 된 화살대를 구부리는 정도밖에 할 수 없었다. 낮은 신음소리가 입에서 새어나왔다. 옆구리는 피로 흠뻑 젖어 있었다. 몸을 일으키려는데 현기증이 일었다. 작은 소리로 투덜거리며 펠리타스는 화살을 천천히 몸속으로 밀어 넣었다. 이제 화살은 뒤쪽으로 길게 삐죽 나와 있지 않았다.

"동료들을 찾아야 돼."

펠리타스는 심호흡을 한 번 하며 중얼거렸다. 옆구리에 충격이 전해지면서 양손에 경련이 일었다. 그는 한 손으로 글라디우스를 있는 힘껏 움켜잡고, 주먹을 쥔 다른 손을 망토 주름으로 감쌌다.

적병 하나가 달려들자, 가디티쿠스는 검을 역방향으로 휘둘러 적병의 갈비뼈 사이를 짧게 찔렀다. 요새 안에 반란군이 득실거리는 것으로 보아 외지인들도 지원에 나선 것이라고 그는 확신했다. 반란군은 본토에서 선동분자들을 데려온 게 분명했다. 그러나 지금 걱정하기에는 이미 늦었다. 젊은 장교가 반란군의 수를 물었을 때 비웃었던 일이 떠올랐다. 원군을 조직했어야 했는지 모른다. 이 밤의 전투 결과는 예측하기가 쉽지 않았다.

시작은 순조로웠다. 위병들을 재빨리, 거의 순식간에 해치웠다. 병사 열 명이 사다리를 타고 성벽을 넘어 요새 안의 사람들이 무슨 일이 벌어지고 있는지 눈치 채기도 전에 성문을 열었다. 그런데 그때 돌연 거무스름한 건물들이 그들을 향해 병사들을 토해 냈다. 그 병사들은 갑옷을 입으면서 달려 나왔다. 좁다란 보도와 계단들로 인해 그 미로는 궁병들이 공격을 가하기에 최적의 조건이었다. 비록 병사 하나가 입에 화살이 처박히는 바람에 목숨을 잃기는 했지만 그나마 불빛이 희미한 덕분에 가디티쿠스의 부하들은 큰 부상을 면할 수 있었다.

가디티쿠스의 귀에 어둠 속에서 성벽에 바짝 붙은 채 등 뒤에 서 있는 부하들이 헐떡이는 소리가 들렸다. 몇 군데 횃불이 켜졌지만, 간간이 아무 데로나 화살을 쏘아대는 것 말고는 별다른 공격이 없었다. 적병들은 잠시 측면 건물들 속으로 퇴각한 상태였다. 그 건물들 사이로 난 길을 돌진해 내려간다면 몇 걸음도 옮기기 전에 몸이 산산조각이 날 것이다. 그러나 적들도 은신처를 떠나 군단병들과 싸울 처지는 아니었다. 양측은 일시적인 소강 상태에 들어가 있었다. 가디티쿠스는 그 덕분에 숨 돌릴 기회를 얻게 되어 기뻤다. 그는 자신이 육군 군단병들처럼 체력이 강하지 못한 것이 아쉬웠다. 배에서 아무리 열심히 훈련을 하고 체력을 단련해도 막상 싸움을 하면서 이리저리 뛰다보면 몇 분 지나지 않아 금세 체력이 바닥났다. 아니, 어쩌면 단지 나이 탓인지도 모르겠다고, 가디티쿠스는 속으로 씁쓸하게 인정했다.

"적들이 은신처에 숨어버렸군."

가디티쿠스가 중얼거렸다. 이제부터는 힘겨운 싸움이 될 것이다. 건물에서 건물로 옮겨 다니며 적들을 처치하려면 적병 한둘을 없앨 때마다 그들도 희생자가 하나씩 발생할 것이다. 문이나 창문 안쪽에서 기다리고 있다가 맨 먼저 들어오는 자를 칼로 찌르는 것은 그야말로 식은 죽 먹기나 다름없었다.

가디티쿠스가 명령을 내리려고 뒤에 있는 병사들 쪽으로 몸을 돌렸다. 그 순간 그의 입이 공포로 쩍 벌어졌다. 바닥의 돌들이 반짝이는 액체로 뒤덮여 있었던 것이다. 그들의 발 사이로 빠르게 흘러가는 그 액체는 요새 건물들 사이에서 흘러나오고 있었다. 계획을 세우고 말고 할 겨를이 전혀 없었다.

"뛰어! 높은 데로 가! 맙소사, 뛰어!"

가디티쿠스가 부하들에게 소리쳤다.

젊은 병사들 몇몇은 무슨 일인지 어리둥절한 얼굴로 멍하니 있었지만 노련한 병사들은 상황이 파악될 때까지 기다리지 않았다. 가디티쿠스는 이 순간만을 기다리고 있는 궁병들을 생각하지 않으려고 애쓰면서 부하들의 뒤를 따랐다. 궁병들이 끈적끈적한 액체에 불을 붙인 터여서 탁탁, 쉭쉭 하며 불꽃 터지는 소리가 들려왔다. 그리고 화살들이 휭 소리를 내며 연이어 날아왔다. 군단병 하나가 화살을 맞았다. 그 병사는 잠깐 비틀거리다가 바닥에 쓰러졌다. 그를 도우려고 멈춘 채 고개를 돌린 가디티쿠스는 화염이 무섭게 달려드는 걸 보았다. 가디티쿠스는 재빨리 검을 뽑아 그 병사의 목을 찔렀다. 타 죽는 것보다는 차라리 그게 덜 고통스러우리라는 것을 알았기 때문이다. 병사의 시신 위로 기울였던 몸을 일으키는데 등 뒤로 열기가 훅 느껴졌다. 순간 가디티쿠스는 공포에 휩싸였다. 샌들에는 끈적끈적한 액체가 묻어 있었다. 불을 끌 수 있는 상황이 아니었으므로 가디티쿠스는 무작정 부하들을 따라 내달렸다.

병사들은 쿵쿵거리며 전속력으로 질주해 모퉁이를 돈 뒤 웅크린 자세로 모여 있는 세 궁병을 향해 곧바로 돌진했다. 궁병 셋은 모두 공포에 질려 허둥댔다. 그나마 궁병 하나가 활을 쏘았지만 그 화살마저 군단병들의 머리 위로 날아갔다. 군단병들은 궁병들을 검으로 베어버린 뒤 조금도 주저하지 않고 발로 짓밟았다.

바닥에 얇게 깔린 화염 덕분에 요새의 모습이 분명하게 드러났다. 가디티쿠스와 부하들은 격분해서, 그리고 한편으로는 살아남았다는 안도감에 우렁차게 소리를 질렀다. 그 소리는 그들에게는 힘을, 적들에게는 두려움을 불어넣었다.

보도는 안마당에서 끝이 났다. 이번에는 대기하고 있던 궁병들이 능숙하게 활을 쏘았다. 앞줄의 병사 넷이 목숨을 잃었고, 두 번째 줄도 죽은 동료 위로 나자빠졌다. 안마당을 가득 채운 반란군이 로마군의 외침에 응수해 길게 고함을 지르며 광포하게 몰려들었다.

율리우스는 왼편에 줄지어 늘어선 나지막한 건물들을 따라 화염이 폭발하는 광경을 보면서 얼어붙은 듯 꼼짝 않고 서 있었다. 그들을 숨겨주던 어둠이 이제는 일렁이는 황금빛과 그림자로 바뀌는 바람에 후미진 곳에 있던 세 병사를 몇 걸음 앞에서도 볼 수 있었다. 세 병사가 검에 맞고 쓰러지자 그들 뒤에서 열려 있는 출입구가 모습을 드러냈다. 그것은 요새 내부로 이어져 있었다. 조금도 머뭇거리지 않고 율리우스는 곧장 그 안으로 뛰어들었다. 그리고 안에서 기다리고 있던 적병이 미처 공격도 하기 전에 검으로 그들의 창자를 꿰뚫었다. 율리우스를 뒤따르는 병사들도 결코 주저하는 법이 없었다. 그들은 요새의 구조를 전혀 모르는 터라, 가디티쿠스와 함께 있는 전우들과 합류하기 위해 길을 찾는 데 몇 분을 허비할 수도 있었다. 따라서 가장 중요한 것은 계속 이동하면서 마주치는 적을 처치하는 것이었다.

불빛을 뒤로하고 작은 성채 안으로 들어서니 두려움이 일 정도로 어두컴컴했다. 계단은 줄지어 늘어선 빈방들로 이어졌고, 끝에 다다르니 똑같은 광경이 다시 펼쳐졌다. 그러나 이번에는 벽에 기름등잔이 하나 걸려 있었다. 벽에서 기름등잔을 꺼내 든 율리우스는 뜨거운 기름이 살갗에 튀자 욕설을 내뱉었다. 부하들은 그의 등 뒤에서 딸가닥 소리를 내며 움직였다. 화살들이 날아들어 주변의 돌에 부딪치면서 산산조각이 난 파편이 그들 한가운데로 튀었다. 이에 율리우스는 바닥으로 몸을 날렸다.

그들이 들어간 길고 천장이 낮은 방에는 사내 셋이 있었다. 둘은 지저분하고 피로 뒤덮인 병사들을 보고 공포에 질린 표정을 지었다. 세 번째 사내는 의자에 묶여 있었다. 죄수였던 것이다. 율리우스는 옷을 보고 그가 로마인임을 알아챘다. 그 사내는 얻어맞아 얼굴과 몸이 퉁퉁 부어 있었지만, 뜻밖에 찾아온 희망에 눈빛만은 살아 있었다.

율리우스는 몸을 한쪽으로 기울여 적병이 제대로 조준도 하지 못한 채 성급하게 날린 화살을 피하면서 방을 가로질러 달려갔다. 그러고는 경멸에 가까운 표정을 지으며 두 적병에게 다가가 활을 쏜 자의 목을 베었다. 다른 적병이 율리우스를 찌르려 했지만 견고한 흉갑을 뚫지 못하고 오히려 율리우스가 역방향으로 휘두른 검에 맞아 쿵 소리를 내며 마루에 쓰러졌다.

율리우스는 글라디우스를 바닥에 세우고는 그것에 기댔다. 갑자기 피로가 몰려왔던 것이다. 헉헉하고 숨을 헐떡이던 그는 그곳이 아주 조용하다는 것과 그들이 있던 주 성채에서 아래쪽으로 멀리 떨어져 있다는 것을 알아챘다.

"잘했네."

의자에 묶여 있는 사내가 말했다. 율리우스는 그를 흘끗 보았다. 사내는 무지막지하게 고문을 받은 모양이었다. 얼굴은 퉁퉁 부은 데다 일그러져 있고, 손가락은 부러져 충격적인 각도로 돌출되어 있었다. 사내의 몸이 파르르 떠는 것을 보면서 율리우스는 그가 조금 남아 있는 의식이나마 잃지 않으려 애쓰고 있나 보다 생각했다.

"결박을 풀어드려라."

율리우스가 명령했다. 그러고는 풀려난 사내가 의자에서 일어나며 비틀거리는 것을 보고 쓰러지지 않게 붙잡아주었다. 사내는 한 손을 의자의 팔걸이에 댄 채 고통 섞인 신음소리를 내며 잠시 눈을 치켜떴다. 그러고는 율리우스의 팔에 의지해 몸의 중심을 잡았다.

"누구십니까?"

적병들이 도대체 이 사내에게 무슨 짓을 하고 있었는지 궁금해하며 율리우스가 물었다.

"파울루스 총독일세. 그러니까…… 이곳은 내 요새라네."

사내가 눈을 감은 채 말했다. 사내는 기진맥진한 상태였지만 안도한 모습이었다. 율리우스는 사내의 용기에 존경심을 느꼈다.

"아직은 아닙니다, 총독님. 위쪽에서는 한창 전투가 벌어지고 있는 상황이라 저희는 그곳으로 돌아가야 합니다. 안전한 곳을 찾아드릴 테니, 전투가 끝날 때까지 그곳에서 기다리십시오. 저희와 함께 행동하시기는 어려워 보이시니까요."

사실 사내의 얼굴에 핏기라고는 찾아볼 수 없었다. 피부는 늘어진 데다 회색빛을 띠고 있었다. 어깨는 축 처지고 아랫배가 늘어진 것이 쉰 살 정도 되어 보였다. 아마 그도 한때는 전사였을 테지만 세월과 편안한 삶이 육체의 강건함을 앗아갔을 것이라고 율리우스는 생각했다.

총독은 몸을 더 곧추세웠다. 강한 의지력을 발휘하고 있음이 분명했다.

"갈 수 있는 데까지 자네들하고 같이 가겠네. 양손이 으스러져 싸우지는 못하겠지만 적어도 이 악취 나는 더러운 곳에서는 벗어나고 싶거든."

율리우스는 재빨리 고개를 끄덕여 부하 두 명에게 신호를 보냈다.

"두 팔을 붙잡아드려라, 부드럽게. 필요하면 업어드리고. 우리는 가디티쿠스 백인대장님을 도와드리러 가야 한다."

율리우스는 명령을 내린 뒤 달가닥 소리를 내며 계단을 올랐다. 마음은 이미 위쪽에서 벌어지고 있는 전투에 가 있었다.

"어서요, 총독님. 제 어깨에 기대십시오."

맨 뒤의 병사 둘 가운데 하나가 총독을 부축하며 말했다. 총독은 부러진 양손을 병사가 어깨에 올리자 비명을 짧게 내질렀지만 이내 이를 악물고 고통을 참았다.

"빨리 나를 데리고 나가주게."

그가 무뚝뚝한 어조로 명령했다.

"나를 구해 준 저 장교는 누군가?"

"카이사르입니다, 총독님."

그 병사가 대답했다. 그들은 천천히 앞으로 나아가기 시작했다. 첫 번째 계단의 끝에 다다랐을 때 총독이 고통을 이기지 못하고 완전히 의식을 잃었다. 그 덕분에 그들은 더 빨리 움직일 수 있었다.

2장

　술라는 미소를 지으며 은술잔에 담긴 술을 쭉 들이켰다. 두 볼은 술기운 때문에 불그레했고, 자신이 내어준 카우치에 앉아 있는 코르넬리아를 바라보는 눈빛은 자못 위협적이었다.

　술라의 부하들이 코르넬리아를 여기로 데려온 것은 한낮이었다. 하루 중 이 무렵이 임신한 그녀에게는 가장 견디기 힘든 때였다. 코르넬리아는 육체적인 불편함과 로마의 독재관에 대한 두려움을 애써 숨기려 했지만 그가 건네준 백포도주 잔을 든 두 손이 약하게 흔들렸다. 그녀는 그의 비위를 맞추려고 포도주를 홀짝였다. 그저 금박으로 화려하게 장식된 그의 알현실에서 벗어나 집으로 무사히 돌아갈 수 있기를 바랄 뿐이었다.

　둘 사이에 침묵이 흘렀다. 술라는 코르넬리아의 일거수일투족을 지켜보고 있었다. 코르넬리아는 그런 술라의 시선을 견디기가 힘들었다.

　"편안하시오?"

　술라가 물었다. 그의 말끝은 발음이 분명하지 않았다. 그것이 코르넬리아를 공포에 휩싸이게 했다.

　침착해야 돼. 코르넬리아는 스스로에게 말했다. 내가 두려움을 느끼면 아이도 두려움을 느낄 거야. 율리우스를 생각해. 그 사람은 내가 굳건하길 바랄 거야.

이윽고 입을 열었을 때, 그녀의 목소리는 거의 떨리지 않았다.

"부하들이 매우 사려 깊더군요. 저를 정말 정중하게 대해 주었어요. 비록 무엇 때문에 저를 보길 원하시는지 말해 주지는 않았지만요."

"원한다? 참으로 묘한 단어를 고르셨소."

술라가 부드러운 어조로 대꾸했다.

"대다수의 남자들은 여자한테, 뭐랄까, 몇 주 후면 출산할 여자한테 절대로 그런 단어를 쓰지는 않을 텐데요?"

코르넬리아는 술라를 멍하니 바라보았다. 술라는 잔을 비운 뒤 흡족한 표정으로 입맛을 다셨다. 그러더니 느닷없이 자리에서 일어나 그녀에게 등을 돌리고는 양쪽에 손잡이가 달린 항아리를 들어 잔에 술을 따랐다. 마개가 굴러 떨어져 대리석 바닥 위를 제멋대로 굴러다녔다.

코르넬리아는 마개가 빙글빙글 돌다가 서서히 멈추는 광경을 지켜보았다. 마치 최면에라도 걸린 듯했다. 마개가 멈춰 섰을 때, 술라가 다시 입을 열었다. 목소리가 나른하고 다감했다.

"여자는 임신했을 때가 가장 아름답다는 말을 들었소만 그 말이 늘 맞는 건 아닌 것 같소. 안 그렇소?"

술라가 코르넬리아에게 더 가까이 다가왔다. 말할 때 잔을 든 손으로 손짓을 하는 바람에 술잔 가장자리로 술이 몇 방울 흘러 넘쳤다.

"전⋯⋯ 잘 모르겠습니다, 독재관님. 저⋯⋯."

"그런 여자들을 본 적이 있소. 머리는 부스스해서 느릿느릿 걸으며 끙끙 신음소리를 내는 젊은 여자들 말이오. 피부는 기미가 끼어 얼룩덜룩한 데다 땀으로 번들거렸지. 평민 출신의 보통 여자들은 그랬소. 하지만 진짜 로마 숙녀들은, 어……."

술라가 코르넬리아 쪽으로 더 바짝 다가들었다. 코르넬리아가 할 수 있는 거라고는 몸을 뒤로 빼지 않는 것뿐이었다. 술라의 눈이 반짝거리는 것을 본 코르넬리아는 문득 비명을 지르고 싶어졌다. 그러나 과연 누가 오기나 할까? 누가 '감히' 오겠는가?

"로마의 숙녀들은 잘 익은 과일 같소. 피부는 발그레하고, 머리칼은 윤기가 자르르 돌지."

술라의 목소리는 낮고 갈라져 있었다. 그는 말을 하면서 손을 뻗어 코르넬리아의 부푼 배를 지그시 눌렀다.

"제발……."

코르넬리아가 속삭였다. 그러나 술라는 못 들은 듯했다. 술라의 손이 코르넬리아의 둥글게 부푼 배를 쓰다듬었다.

"아, 그래. 당신은 그런 아름다움을 지녔소, 코르넬리아."

"제발, 전 피곤해요. 이제 집에 갔으면 좋겠어요. 남편이……."

"율리우스 말이오? 아주 제멋대로인 젊은 친구지. 당신을 포기하길 거부했었는데, 알고 있었소? 이제 그 이유를 알겠군."

술라의 손가락이 코르넬리아의 가슴까지 올라왔다. 임신 말기라 부풀어오른 데다 쿡쿡 쑤셨기 때문에 가슴은 마밀라레(로마의 여성들이 가슴이 도드라져 보이도록 가슴 주변을 감쌌던, 일종의 끈으로 된 브래지어―옮긴이)로 느슨하게만 감싸져 있었다. 술라의 손이 속살을 천천히 더듬는 것을 느끼면서 코르넬리아는 무력한 자신의 처지에 비참함을 느끼며 두 눈을 감았다. 이내 그녀의 눈에 눈물이 그렁그렁 맺혔다.

"아주 기분 좋은 크기로군."

술라가 욕정이 밴 목소리로 속삭였다. 그러더니 돌연 몸을 굽혀 코르넬리아의 입술에 입술을 밀착시켰다. 두툼한 혀가 코르넬리아의 입술 사이를 비집고 들어왔다. 그러나 김빠진 포도주 맛에 역겨움을 느낀 코르넬리아가 반사적으로 입을 다물어버렸다. 그러자 술라는 몸을 뒤로 뺀 뒤 손등으로 벌어진 입술을 훔쳤다.

"제발, 아기를 다치게 하지 말아주세요."

코르넬리아가 울먹이며 애원했다. 눈에서는 눈물이 흘러내렸다. 그런 모습이 술라에게 혐오감을 준 듯했다. 그는 짜증이 나서 입술을 일그러뜨리더니 몸을 돌렸다.

"집에 돌아가시오. 당신이 흘리는 콧물 때문에 분위기 다 망쳤소. 다음에 기회가 또 있을 거요."

술라는 또다시 손잡이가 달린 항아리로 잔에 술을 따랐다. 그 방을 나오는 코르넬리아는 흐느낌으로 목이 메었고, 반짝이는 눈물 때문에 눈앞이 흐려져 아무것도 보이지 않았다.

가디티쿠스가 마지막 남은 반란군과 싸우고 있는 작은 안마당으로 부하들이 돌격해 들어갈 때, 율리우스가 우렁차게 고함을 쳤다. 그의 군단병들이 반란군의 측면을 치자 반란군은 어둠 속에서 즉시 공황 상태에 빠져들었고, 로마군이 승세를 잡았다. 로마군의 칼을 맞아 조각난 몸뚱이들이 순식간에 여기저기에 나가떨어졌다. 불과 몇 초 만에 군단병들이 상대하는 반란군의 수가 20명 이하로 줄어들었다. 이윽고 가디티쿠스가 위엄 있는 목소리로 소리를 질렀다.

"무기를 버려라!"

적들은 잠깐 머뭇거리는가 싶더니 달가닥 소리를 내며 검과 단검을 타일 바닥에 떨어뜨리고는 그 자리에 우뚝 멈춰 섰다. 그들은 한결같이 숨이 차서 가슴을 들썩거리고 땀에 절은 모습이었다. 그러면서도 죽지 않고 살아 있다는 기쁨에 안도하는 표정이었다.

군단병들이 냉혹한 얼굴로 반란군을 에워쌌다. 가디티쿠스는 반란군의 검을 다 치울 때까지 기다렸다. 반란군은 시무룩한 표정을 지은 채 뒤죽박죽으로 엉켜 서 있었다.

"이제, 전부 죽여라!"

가디티쿠스가 날카롭게 외쳤다. 명령이 떨어지자 군단병들은 마지막으로 몸을 던졌다. 여기저기서 비명이 터져 나왔지만 금세 잠잠해졌고, 작은 안마당은 정적에 휩싸였다.

율리우스는 심호흡을 하며, 연기 냄새와 피 냄새, 배 밖으로 튀어나와 있는 창자 냄새를 폐에서 깨끗이 몰아내려 애썼다. 기침을 하고 돌바닥에 침을 뱉은 뒤, 율리우스는 글라디우스를 죽은 반란군의 몸뚱이에 쓱쓱 문질러 닦았다. 칼날은 군데군데 이가 빠지고 홈집이 나서 거의 쓸 수 없을 지경이었다. 흠이 난 부분을 갈아 없애려면 몇 시간이 걸릴 테니, 차라리 병기고에서 조용히 다른 검과 바꾸는 편이 나을 듯했다. 그래도 율리우스는 그 검을 손질해 쓰기로 했다. 힘을 주느라 배가 가볍게 오르락내리락했지만 칼날을 가는 데 더욱 집중했다. 액시피터로 돌아가기 전에는 일이 다 끝날 것이다. 앞에 더미더미 쌓여 있는 주검들을 보면서 아버지가 돌아가신 다음 날 아침을 떠올린 율리우스는 갑자기 어디선가 살 타는 냄새가 난다고 믿었다.

"저들이 마지막 반란군일 걸세."

가디티쿠스가 말했다. 극심한 피로감에 얼굴이 창백해진 그는 상체를 앞으로 기울인 채 두 손으로 무릎을 짚고 서 있었다.

"동이 틀 때까지 기다렸다가 모든 출입구를 점검해야 하네. 혹시 눈에 잘 띄지 않는 곳에 몇 놈이 더 숨어 있는지도 모르니 말일세."

그렇게 말하고 몸을 똑바로 일으키던 가디티쿠스는 등에서 우두둑 소리가 나자 몸을 움찔했다.

"자네 부하들이 너무 늦게 나타났네, 카이사르. 우린 한동안 무방비 상태였네."

율리우스는 고개를 끄덕였다. 늦게 올 수밖에 없었던 이유를 말할까 하다가 입을 굳게 다물었다. 수에토니우스가 율리우스를 보고 히죽 웃었다. 수에토니우스는 뺨에 난 깊이 베인 상처를 천으로 가볍게 두드리고 있었다. 율리우스는 바늘땀들이 상처를 쓰라리게 했으면 하고 바랐다.

"그 사람은 나를 구하느라 늦은 걸세, 백인대장."

누군가가 말했다. 총독이 의식을 회복한 것이다. 총독은 부축해 온 두 병사의 어깨에 기댄 채 축 늘어져 있었다. 두 손은 자줏빛을 띤 데다 퉁퉁 부어 있어 손처럼 보이지 않았다.

가디티쿠스는 피와 흙이 묻어 지저분해지고 뻣뻣해진 로마 양식의 토가를 뚫어지게 바라보았다. 눈에는 지친 기색이 역력했지만 입술이 찢어졌는데도 목소리는 청아했다.

"파울루스 총독님?"

가디티쿠스가 물었다. 총독이 고개를 끄덕이자 경례를 올렸다.

"돌아가신 줄 알았습니다, 총독님."

"그래…… 한동안은 나도 이제 끝이구나 했었지."

총독이 고개를 들었다. 살짝 미소를 짓느라 입술이 일그러졌다.

"미틸렌느 요새에 온 걸 환영하네, 제군들."

클로디아는 텅 빈 부엌에서 투브루크의 팔에 안겨 흐느껴 울었다.

"어찌해야 좋을지 모르겠어요."

투브루크의 튜닉 때문에 클로디아의 목소리가 작게 들렸다.

"그 사람은 아씨한테 눈독을 들여왔어요. 임신 기간 내내 말이에요."

"쉬이…… 자아."

투브루크는 먼지와 눈물로 얼룩진 클로디아의 얼굴을 처음 보았을 때 가슴속에서 솟구친 두려움을 애써 억누르며 등을 토닥였다. 코르넬리아의 유모를 잘 알지는 못하지만, 그동안 지켜보면서 대수롭지 않은 일에 울음을 터뜨리지는 않을 옹골차고 분별 있는 여자라는 인상을 받았었다.

"무슨 말인가, 사랑 얘긴가? 이리 와 앉아서 무슨 일인지 말해 보게나."

투브루크는 최대한 침착하게 말하려고 애썼다. 하지만 그것은 참으로 고역이었다. 맙소사, 혹시 아이가 죽기라도 한 건가? 그것은 언제든지 일어날 수 있는 일이었고, 출산 중에도 늘 위험은 도사리고 있었다. 간담이 서늘해졌다. 율리우스에게 로마를 떠나 있는 동안 아내를 돌봐주겠노라고 말했다. 지금까지는 아무 문제도 없어 보였다. 물론 코르넬리아가 지난 몇 달간 집에만 틀어박혀 있는 편이기는 했지만, 첫 출산이라는 시련을 앞둔 젊은 여성들은 대개 두려움을 느끼게 마련이라 대수롭지 않게 여겼다.

클로디아는 투브루크가 이끄는 대로 오른 옆의 긴 의자 쪽으로 걸음을 옮겼다. 그러고는 기름이나 그을음이 묻어 있는지 살펴보지도 않고 의자에 털썩 주저앉았다. 그런 모습이 투브루크를 더욱 걱정스럽게 했다. 클로디아는 투브루크가 따라준 사과 주스 한 잔을 꿀꺽꿀꺽 마셨다. 이제 그녀의 흐느낌은 가벼운 떨림으로 바뀌어 있었다.

"문제가 뭔지 말해 보게. 아무리 골치 아파 보이는 문제도 대부분은 해결할 방법이 있다네."

투브루크는 클로디아가 주스를 다 마시고 힘 빠진 손을 잔에서 뗄 때까지 참을성 있게 기다렸다.

"그 사람은 술라예요."

클로디아가 속삭였다.

"그 사람이 아씨를 괴롭히고 있어요. 아씨가 저한테 구구절절 말씀하시진 않지만, 그 사람 부하들이 낮이건 밤이건 안 가리고 아무 때나 찾아와서 아씨를 데려가요. 임신하신 분을 말이에요. 돌아오실 때는 얼굴이 온통 눈물로 젖어 있답니다."

투브루크의 얼굴이 분노로 창백해졌다.

"그자가 아씨를 다치게 했나? 아이를 다치게 했나?"

투브루크가 다가서며 다그쳤다. 클로디아는 격해 있는 그에게서 몸을 뒤로 뺐다. 입술이 파르르 떨렸다.

"아직은 아니지만 매번 상황이 더 나빠지고 있어요. 아씨가 그러시는데, 그 사람은 늘 술에 취해서…… 아씨 몸에 손을 댄대요."

투브루크는 잠시 눈을 감았다. 냉정을 유지해야만 한다는 걸 알기 때문이었다. 감정을 드러내는 것이라고는 오로지 불끈 쥔 주먹뿐이었다. 그러나 다시 입을 연 그의 두 눈은 위험스럽게 번뜩였다.

"코르넬리아 아씨의 부친도 알고 계시나?"

클로디아가 돌연 투브루크의 팔을 붙잡았다.

"킨나 나리께서 아시면 절대 안 돼요. 그랬다간 큰일 나요. 고발을 하지 않고선 원로원에서 술라를 만나지도 못하실 테고, 그렇다고 사람들 앞에서 무슨 말씀이라도 하셨다가는 살해당하시고 말 거예요. 그 어른은 절대 모르셔야 해요."

클로디아의 목소리가 높아지자 투브루크는 알았다는 뜻으로 그녀의 손을 토닥였다.

"그 어른이 이 사실을 나한테서 들으시는 일은 없을 거네."

"제겐 아씨를 보호할 수 있도록 도와달라고 의지할 사람이 전혀 없어요. 나리 말고는요."

클로디아가 간청하는 눈빛으로 더듬거리며 말했다.

"내게 말한 건 잘한 일이네. 코르넬리아 아씨는 이 가문의 아이를 가졌어. 나는 무슨 일이 일어났는지 다 알아야만 하네, 알아듣겠나? 이 점에 한 치의 실수도 있어서는 아니 되네. 이 일이 얼마나 중요한지 알겠는가?"

클로디아가 대충 눈을 훔치며 고개를 주억거렸다.

"그러길 바라네. 로마의 독재관인 술라는 법상으로 거의 무소불위의 존재일세. 아, 원로원에 고발할 수는 있겠지만, 원로원 의원들 중에 감히 우리 편을 들어줄 사람은 한 사람도 없을 걸세. 그랬다가는 죽음을 면치 못할 테니까 말이네. 이것이 그 사람들이 소중하게 여기는 '평등한 법'의 현실일세. 그리고 술라의 죄상이라는 게 뭔가? 법적으로는 전혀 죄 될 게 없네. 만일 술라가 코르넬리아를 건드리고 위협했다면, 원로원이 나서지 않더라도 신들이 벌을 내릴 걸세."

클로디아가 다시 고개를 주억거렸다.

"무슨 말씀이신지 이해하겠습니……."

"당연히 이해해야지."

투브루크가 낮고 엄한 어조로 날카롭게 말허리를 잘랐다.

"우리가 무슨 일을 하든 그것은 법의 테두리 밖에서 이루어질 텐데, 만일 술라의 몸에 어떤 공격이라도 가했다가 실패한다면, 킨나 어른과 자네, 나, 마님, 하인들, 노예들, 코르넬리아 아씨 뱃속의 아이 할 것 없이 모두 죽음을 맞이하게 될 걸세. 율리우스 주인님이 아무리 멀리 숨어도 그자들이 끝까지 추격해 찾아낼 걸세."

"술라를 죽이실 건가요?"

클로디아가 더 바짝 다가들며 속삭였다.

"자네 말이 다 사실이라면, 틀림없이 그자를 죽이고 말 걸세."

투브루크가 약속했다. 잠깐 동안이었지만, 클로디아는 투브루크에게서 예전의 위협적이고 냉혹한 검투사의 모습을 볼 수 있었다.

"그자는 그런 꼴을 당해도 싸요. 아씨는 이 암울한 몇 달을 잘 보내고 무사히 아이를 낳을 수 있을 거예요."

클로디아가 두 눈을 문질렀다. 얼굴에는 슬픔과 걱정이 역력히 줄어들어 있었다.

"자네가 날 찾아온 걸 아씨도 아시나?"

투브루크가 조용히 물었다. 클로디아는 고개를 흔들었다.

"좋아. 내가 한 말을 아씨한테는 말하지 말게. 이런 일을 염려하시기엔 출산일이 너무 가까우니까 말일세."

투브루크는 머리를 짧게 자른 뒤통수를 긁적였다.

"절대로 말하지 말게. 코르넬리아 아씨는 그자의 적들 가운데 하나가 한 일이라고 믿게 해야 되네. 그자에게는 적이 무척 많으니까. 이 일은 영원히 비밀로 하세나, 클로디아. 만일 진실이 밝혀진다면, 그자의 지지자들은 몇 년 뒤라도 피를 부르려 할 걸세. 자네가 누군가에게 말 한마디 잘못하면, 그 말은 그 사람의 친구에게 전해질 것이고, 결국 경비병들이 찾아와 코르넬리아 아씨와 아이를 데리고 가서는 이튿날 동이 틀 때까지 고문을 할 걸세."

"절대로 말하지 않을 거예요."

클로디아는 몇 초 동안 투브루크의 시선을 참아내며 속삭였다. 그러더니 이윽고 눈길을 돌렸다. 투브루크가 클로디아 옆의 의자에 앉으면서 한숨을 내쉬었다.

"이제 처음부터 시작하세. 하나라도 빼먹어서는 안 되네. 임신한 여자들은 흔히 제멋대로 상상하는 수가 있지. 내가 사랑하는 걸 전부 걸려면, 그 전에 자네 말이 틀림없는 사실이라는 확신이 필요해."

두 사람은 앉아서 한 시간 동안이나 조용히 이야기를 나누었다. 이야기가 끝날 즈음, 클로디아의 손은 투브루크의 팔 위에 놓여 있었다. 추악한 주제를 논의하고 있는데도 클로디아는 투브루크에게 끌리기 시작한 것이다.

"다음번 조수를 타고 바다로 나갈 생각이었습니다."

가디티쿠스가 시무룩하게 말했다.

"행진에 참여하지 않으려고 말입니다."

"그때쯤이면 내가 송장이 되어 있을 거라고 믿은 모양이군."

파울루스가 대꾸했다.

"있는 대로 두드려 맞았지만 아직 살아 있으니, 로마군이 나를 지원하고 있다는 걸 보여줄 필요가 있다고 생각하네. 그러면…… 더는 내 위엄에 도

전하지 못할 걸세."

"총독님, 섬 전체의 젊은 전사들이 모두 요새 안에 숨어 있었던 게 틀림없습니다. 본토에서 온 몇몇 자들도요. 이 도시에 사는 가정의 반은 아들이나 아버지를 잃고 슬퍼하고 있습니다. 로마에 반항하면 어떻게 되는지, 우린 이미 그 사람들에게 충분히 보여줬습니다. 그 사람들은 다신 반란을 일으키지 않을 겁니다."

"반란을 일으키지 않을 거라고?"

파울루스가 쓴웃음을 지으며 되물었다.

"자네는 정말 이자들을 잘 모르는군. 이 사람들은 아테네가 세계의 중심이었던 시대 이래 줄곧 정복자들과 맞서 싸워왔네. 지금은 로마가 여기를 차지하고 있으니, 이 사람들은 계속 싸울 걸세. 죽은 자들의 아들들은 무기를 들 수 있는 나이가 되기 무섭게 다시 반란을 일으킬 걸세. 이곳은 참으로 다스리기 힘든 속주라네."

가디티쿠스는 위계를 중시하기 때문에 더는 반론을 제기하지 않았다. 그는 그저 액시피터를 타고 바다로 돌아가고 싶은 마음뿐이었다. 그러나 파울루스는 계속 자신의 주장을 굽히지 않았다. 심지어 군단병 넷을 호위병으로 영원히 자기 곁에 남겨두고 가라는 요구까지 했다. 가디티쿠스는 그 명령을 듣고 걸어서 배로 돌아가고 있었다. 배에 거의 다다랐을 즈음, 해적 소탕보다는 그 일이 더 수월하리라 생각한 나이 든 병사 몇 명이 자원을 하고 나섰다.

"총독의 전 호위병들에게 무슨 일이 일어났었는지 잊지들 말게."

가디티쿠스가 그들에게 경고했다. 그러나 그것은 공허한 경고일 뿐이었다. 반란군을 화장하는 장작더미에서 나온 검은 연기가 몇 마일 밖에서도 보일 정도로 높이 치솟아오른 후여서 그들도 이미 잘 알고 있었다. 호위병이라는 임무를 맡으면 몸 성히 제대할 수 있으리라는 것쯤은.

가디티쿠스는 나지막이 욕설을 내뱉었다. 내년에는 훌륭한 병사가 턱없이 부족할 것이다. 카이사르가 승선할 때 함께 데려온 노인은 상처를 치료하는 재주가 탁월하니, 부상을 당한 병사들 중 몇몇은 조기 전역과 가난에서 구출될 수 있을지도 모른다. 그렇다고 노인이 기적을 일으키는 것은 아닌 만큼 불구가 된 병사들 중 일부는 다음 항구에서 하선시켜야 할 것이다. 그들은 그곳에서 로마로 데려다 줄 느릿느릿한 상선을 기다리게 될 것이다. 액시피터의 백인대는 미틸렌느에서 병력의 3분의 1을 잃었다. 부하 몇 명을 진급시켜야 하겠지만, 전투에서 사망한 27명의 병사들을 대체할 병력을 구할 수는 없을 것이다. 사망한 그 병사들 가운데 14명은 액시피터에서 10년 이상 복무한 유능한 하스타티(최전선에 배치되는 중무장 보병─옮긴이)였다.

가디티쿠스는 한숨을 지었다. 훌륭한 병사들이 한 줌 재로 사라졌다. 자신들의 할아버지에게서 들은 이야기대로 살려고 하는 성마른 젊은이들 몇 명 몰아내렸다가 말이다. 그들이 어떤 연설을 늘어놓았을지 상상이 갔지만, 진실은, 로마가 그들에게 문명을 가져다주었고 인간이 무엇을 달성할 수 있는지 조금이나마 엿볼 수 있게 해주었다는 것이다. 그들이 싸워서 지키고자 했던 것은 흙으로 만든 오두막에서 엉덩이나 긁으며 살 권리였다. 그들도 그것을 잘 알고 있었다. 그들에게서 감사하는 마음까지 기대하지는 않았다. 그걸 기대하기에는 너무 오래 살았고, 너무 많은 것을 보아왔다. 대신 그들에게 존경심을 요구했다. 그렇지만 그들이 미틸렌느 요새에서 치밀한 계획도 없이 혼란을 벌였다는 사실은 존경심조차 품고 있지 않

46

음을 보여주었다. 적병의 시신 29구가 동틀 녘에 불태워졌다. 죽은 로마 병사들은 바다에 수장하기 위해 배로 옮겨졌다.

인원이 줄어든 백인대의 병사들이 위용을 자랑하며 뒤를 따랐다. 최고로 좋은 갑옷을 걸치고 미틸렌느 도시 안으로 행진해 들어가는 가디티쿠스의 머릿속은 온통 분노 어린 생각들로 윙윙거렸다. 곧 비를 쏟아낼 듯한 짙은 먹구름과 숨이 막힐 듯한 뜨거운 공기는 그의 기분에 완벽하게 들어맞았다.

율리우스는 전날 밤 얻은 흉터를 앞세우고 뻣뻣한 자세로 행진했다. 온몸이 언제 다쳤는지도 모르는 베이고 긁힌 상처로 뒤덮여 있다는 사실에 그는 놀라움을 금치 못했다. 가슴은 왼편 아래가 온통 자줏빛이었고, 갈비뼈 하나 위로는 반들반들한 누런 혹이 솟아나 있었다. 액시피터로 돌아가면 카베라에게 보일 생각이었지만, 뼈가 부러진 것 같지는 않았다.

율리우스는 행진의 필요성에 대해 가디티쿠스와 견해가 달랐다. 백인대장은 반란군을 쳐부순 데다가 정치적인 문제를 다른 누군가에게 맡기고 떠나게 되어 기뻐했지만, 총독을 건드려서는 안 된다는 점을 주민들에게 상기시키는 것은 그 무엇보다 중요했다.

율리우스는 파울루스를 흘끗 보았다. 손에는 붕대가 칭칭 감겨 있었고, 얼굴은 여전히 퉁퉁 부어 있었다. 고문을 받고도 건재함을 보여주기 위해 가마타기를 거부한 파울루스의 굳은 의지에 절로 감탄사가 나왔다. 그런 사내가 군대의 선두에 서서 도시로 돌아가길 원하는 것은 지당한 일이었다. 로마 영토 전역에 그와 같은 사내들이 있었다. 원로원으로부터 거의 지원을 받지 못했지만, 그들은 현지 주민들의 호의에 힘입어 자신들이 원하는 일을 해내는 소왕과 같았다. 현지 주민들의 호의를 얻지 못하면 아주 작은 일이라도 어렵다는 것을 율리우스는 알고 있었다. 칼끝을 들이대지 않는 한 땔감도 식량도 배달되지 않을 것이고, 길은 파손될 것이며, 소유지는 불에 타고 말 것이다. 위병을 집합시킬 일은 전혀 없겠지만, 살에 박힌 가시처럼 끊임없이 짜증나는 일들이 일어날 것이다.

삶에 관해 하는 말들로 미루어보건대, 파울루스는 그런 도전을 즐기는 듯했다. 율리우스는 파울루스가 휩싸여 있는 감정이 자신이 겪은 시련에 대한 분노가 아니라, 믿었던 사람들이 자신에게 등을 돌렸다는 슬픔임을 알아차리고 깜짝 놀랐다. 율리우스는 파울루스가 앞으로도 사람들을 그렇게 신뢰할 수 있을지 궁금했다.

군단병들은 노려보는 시선도 뛰어노는 아이들을 그들의 진로에서 쫓아내려는 엄마들의 갑작스러운 움직임도 무시하면서 도시 곳곳을 행진했다. 로마군 대다수는 전날 밤의 일을 가슴 아프게 느끼고 있었으므로 마침내 도시 중앙에 있는 총독 관저에 당도하자 홀가분한 느낌을 가졌다. 그들은 그 건물 앞에서 방진대형(병사들을 사각형 모양으로 배치하여 친 진─옮긴이)을 취했다. 율리우스는 그 건물을 보면서, 파울루스가 맡고 있는 직책이 지닌 이점 한 가지는 흰 벽과 장식용 연못의 아름다움을 누릴 수 있는 것이겠구나 하고 생각했다. 그 건물은 그리스 시골에 옮겨 심어진 로마의 작품이었다.

파울루스는 뛰어나오며 맞이하는 아이들을 보고 큰 소리로 웃었다. 그러고는 한쪽 무릎을 꿇고, 아이들이 부러진 손을 건드리지 않도록 조심하며 아이들의 포옹에 몸을 맡겼다. 그의 아내도 밖으로 나왔다. 율리우스는 두 번째 줄에 서 있었는데도, 그녀의 눈에 고인 눈물을 볼 수 있었다. 운이 좋은 사람이군.

"테세라리우스 카이사르, 앞으로 나오게."

가디티쿠스가 명령했다. 그 소리에 깜짝 놀라 생각에서 빠져나온 율리우스는 신속하게 앞으로 나와 경례를 붙였다. 가디티쿠스는 속을 알 수 없는 표정으로 율리우스를 대충 훑어보았다.

파울루스는 가족들과 함께 관저 안으로 사라졌고, 병사들은 모두 참을성 있게 그를 기다렸다. 할 일 없이 오후의 따뜻한 햇살을 받으며 서 있는 것만으로도 그들은 충분히 행복했다.

자신만 혼자 불려나와 서 있는 이유가 무엇인지, 그리고 만일 그 이유가 진급 때문이라면 수에토니우스는 기분이 어떨지, 율리우스의 마음속은 온갖 생각으로 들끓었다. 총독이 새로운 직책을 맡기라고 가디티쿠스에게 명령할 수는 없겠지만, 만일 그가 추천했다면 가디티쿠스도 그냥 무시하지만은 못했을 것이다.

이윽고 파울루스가 아내와 함께 걸어 나왔다. 그는 숨을 크게 들이쉰 뒤 모여 있는 모든 병사에게 연설을 했다. 목소리가 따뜻하고 우렁찼다.

"제군들은 내게 지위와 가족을 되찾아주었다. 로마는 제군들의 노고에 감사한다. 자네들이 여기서 식사를 해도 좋다고 가디티쿠스 백인대장이 동의했다. 내 하인들이 지금 제군들을 위해 최고의 식사와 음료를 준비하고 있다."

연설을 잠시 멈춘 파울루스의 시선이 율리우스를 향했다.

"나는 지난밤 대단한 용맹을 목격했다. 특히 한 병사는 자신의 목숨을 걸고 나의 목숨을 구했다. 그 병사에게 용기를 기리는 뜻에서 명예관을 수여하고자 한다. 로마는 용감한 아들들을 두었다. 내가 오늘 이 자리에 서 있는 것은 바로 그것을 입증하기 위해서다."

파울루스의 아내가 앞으로 나와 푸른 참나무 잎으로 만든 관을 들어 올렸다. 경직되었던 자세를 푼 율리우스는 가디티쿠스가 고갯짓을 하자 투구를 벗고 그것을 받아썼다. 율리우스는 얼굴을 붉혔고, 병사들은 환호성을 질렀다. 그것이 동료의 영예를 자신들의 영예로 받아들이기 때문인지, 아니면 앞으로 나올 음식 때문인지, 율리우스는 확신할 수가 없었다.

"감사합니다, 저는……."

율리우스가 말을 더듬었다.

파울루스의 아내가 율리우스의 손에 손을 얹었다. 비록 화장으로 가렸지만, 그녀의 눈 밑은 걱정 때문에 거무스름하게 변해 있었다.

"자네가 남편을 내게 돌려주었네."

가디티쿠스는 고함을 쳐 투구를 벗으라는 명령을 내린 후 총독을 따라 하인들이 식사를 차리고 있는 곳으로 향했다. 그가 옆으로 지나가던 율리우스를 잠깐 붙잡더니, 주위가 조용해지자 참나무관을 보여 달라고 청했다. 율리우스는 흥분해서 소리를 크게 지르고 싶은 마음을 애써 억누르며, 재빨리 참나무관을 건네주었다.

가디티쿠스는 진녹색 잎사귀로 만든 관을 두 손으로 들고 이리저리 돌려보았다.

"자네가 이걸 받을 자격이 있나?"

가디티쿠스가 조용히 물었다.

율리우스는 대답을 망설였다. 요새의 가장 아래쪽에 있는 방에서 목숨을 걸고 돌진해 혼자 적병 둘을 쓰러뜨린 것은 사실이지만, 그런 상을 받으리라고는 예상하지 못했기 때문이다.

"다른 병사들보다 더 자격이 있다고는 생각하지 않습니다."

가디티쿠스가 율리우스를 찬찬히 보더니 고개를 끄덕였다. 대답에 만족한 것이다.

"훌륭한 생각이군. 허나 자네가 어젯밤에 놈들의 측면을 공격했을 때, 내가 자넬 보고 반가웠다는 것은 말해 두겠네."

율리우스의 표정이 기쁨에서 당혹감으로 빠르게 변하는 것을 보고, 가디티쿠스가 씩 웃었다.

"자넨 이걸 투구 밑에 쓸 건가, 꼭대기에 올려둘 건가?"

율리우스는 당혹감을 느꼈다.

"새……생각해 보지 않았습니다. 전투를 할 때는 배에 놓아두어야 할 것 같습니다."

"정말 그렇게 생각하나? 머리에 나뭇잎으로 만든 관을 쓴 병사를 보면 해적들이 무서워서 도망칠 텐데, 아마?"

율리우스의 얼굴이 다시 붉어지자 가디티쿠스는 어깨를 툭 치며 껄껄 웃었다.

"장난 좀 친 걸세, 젊은 친구. 이런 관을 받는다는 건 흔치 않은 영예라네. 자넬 진급시켜야겠군. 명예관을 받은 자를 하급 당직사관으로 둘 수는 없으니 말일세. 휘하에 부하 스물을 주겠네."

"감사합니다."

율리우스는 기분이 한결 고조되었다.

가디티쿠스가 생각에 잠긴 채 손가락으로 나뭇잎을 문질렀다.

"자넨 언젠가 로마에서 이걸 써야 할 걸세. 그래야만 할 걸세, 적어도 한 번은."

"왜 그렇습니까? 그런 의식은 전 잘 모릅니다."

"어쨌든 난 그렇게 해왔네. 그게 로마의 법이라네, 젊은 친구. 만일 자네가 명예관을 쓰고 대중행사장으로 걸어 들어가면 사람들은 모두 일어서야만 하네, 모두. 원로원 의원조차도 말일세."

백인대장은 혼자 낄낄거렸다.

"얼마나 멋진 광경이겠나. 마음이 좀 진정되거든 안으로 들어오게. 포도주를 남겨 놓으라고 시키겠네. 한잔 마시고 싶은 표정이니 말일세."

3장

　어스레한 저녁 불빛 속에서 마르쿠스 브루투스는 벽을 타고 자란 덩굴 장미 가지를 마구 부러뜨리며 건물 측면을 기어 내려왔다. 그는 바닥에서 고리 모양으로 얽힌 가시에 한쪽 발이 걸려 벌렁 나자빠졌다. 그 바람에 검이 찰카닥 소리를 내며 자갈 바닥 위로 미끄러졌다. 넘어질 때의 충격에 움찔한 브루투스는 우선 가시에 걸린 발부터 빼낸 뒤 일어서려고 버둥거렸다. 머리 위로 격분해서 으르렁거리는 소리가 들려왔다. 리비아의 아버지가 창문가에 다가와 성난 눈빛으로 침입자를 내려다보고 있었던 것이다. 브루투스는 브라카이(지금의 북이탈리아, 프랑스, 벨기에 등을 포함하는 갈리아에 살던 고대 켈트인들이 입던 바지로, 게르만 민족의 세력이 확대됨에 따라 유럽 전역에서 애용됨. 원래 로마인들은 '토가'나 '튜닉'을 입음―옮긴이)를 힘껏 끌어올리며 그를 올려다보다가 옷이 허벅지에 깊이 박힌 가시에 걸려 찢어지는 바람에 악 하고 비명을 내질렀다.

　황소처럼 힘이 센 리비아의 아버지는 전투용 도끼와도 같은 묵직한 손도끼를 들고 있었다. 그는 어떻게 도끼를 던져야 브루투스를 맞출 수 있을지 생각해 보고 있는 게 분명했다.

　"네놈을 찾아내고 말 테다, 이 망나니 녀석아!"

사내가 아래에 있는 브루투스에게 고함을 질렀다. 격분한 사내의 수염 사이로 거품이 흘러나왔다.

브루투스는 사정거리 밖으로 물러서며, 얼굴이 붉으락푸르락한 그리스 사내에게서 눈을 떼지 않은 채 바닥에 떨어뜨린 글라디우스를 집으려 애 썼다. 한 손으로는 브라카이를 휙 끌어올리고 다른 손으로는 칼자루를 찾 으면서 리비아와 격렬하게 뒹구는 동안 샌들을 신고 있었으면 좋았을 걸 하고 생각했다. 만일 리비아의 아버지가 그녀의 순결을 지켜주려 하는 것 이라면, 이미 3년이나 늦은 셈이었다. 브루투스는 화풀이로 사내에게 그 걸 말해 줄까 하는 생각도 해보았다. 그러나 비록 리비아가 지나가던 자신 을 방으로 끌어들이기 전에 집 안을 잘 살펴보지 않은 실수를 저질렀기는 해도, 로마의 젊은이인 자신 옆에서 정정당당하게 행동한 점을 고려해 그 사실을 입 밖에 내지는 않았다. 그녀와 함께 있었을 때는 그녀가 알몸이었 으므로 함께 침대 위로 쓰러지기 전에 샌들을 벗는 것이 최소한의 예의라 고 생각했었다. 하지만 그 예의 탓에 잠들어 있는 도시 여기저기로 도망쳐 다니기가 힘들게 될 터였다.

레니우스는 브루투스가 값을 치른 방에서 여전히 코를 곯고 있을 게 분 명했다. 닷새 동안이나 한뎃잠을 잔 두 사내는 잠시 여행을 중단하고 뜨거 운 욕조에 몸을 담그고 면도할 수 있는 기회를 갖게 된 것만으로도 충분히 행복했었다. 그렇지만 브루투스가 도망다니고 있는 지금은 레니우스만이 그런 안락함을 즐기고 있는 듯했다.

브루투스는 어떤 선택을 해야 할지 고민하며 불편한 마음으로 걸음을 옮겼다. 그는 나직하게 레니우스를 저주했다. 이런 위기 상황에서 레니우 스가 잠만 자고 있었기 때문이기도 하지만, 무엇보다도 말을 사지 못하도록 설득했기 때문이다. 레니우스는 해안에 도달해 로마행 배편을 발견할 때쯤이면 말을 먹이느라 저축한 돈이 모조리 바닥나고 말 거라며 말을 사지 말자고 했다. 군단병이라면 그 정도 거리는 아무 문제 없이 행군할 수 있다고 말했던 것이다. 그러나 이 순간 비루먹은 조랑말이라도 있다면 재빨리 도망치기가 훨씬 수월했을 터였다.

성난 수염이 사라지고 브루투스가 머뭇거리는 사이 리비아가 창문에 모습을 드러냈다. 그녀의 피부는 그들이 나누었던 사랑의 행위 덕분에 여전히 홍조를 띠고 있었다. 그녀가 젖가슴을 창문턱에 기대고 있는 모습을 멍하니 감상하면서, 브루투스는 참으로 건강하고 아름다운 홍조라고 생각했다.

"어서 가요!"

리비아가 갈라지는 목소리로 나직하게 외쳤다.

"아버지가 당신을 잡으러 내려가고 있어요!"

"그럼 내 샌들 좀 던져줘요. 이 상태론 뛸 수가 없어요."

브루투스가 쉭쉭거리며 대꾸했다. 잠시 후 샌들이 날아왔고, 브루투스는 미친 듯이 샌들을 발에 꿰었다. 리비아의 아버지가 벌써 현관문에 이르렀는지 발자국 소리가 들렸다.

브루투스가 아직도 안뜰에 있는 것을 발견한 사내가 기쁨의 탄성을 내질렀다. 그 소리를 듣자마자 브루투스는 뒤도 돌아보지 않고 전력으로 질주해 도망쳤다. 샌들 밑창에 박힌 쇠징이 자갈에 부딪쳐 발이 쭉쭉 미끄러졌다. 그때 리비아의 아버지가 브루투스를 붙잡으라고 주민들에게 고래고래 소리를 질러댔다. 그 소리를 들은 주민들 사이에 잠시 소요가 일었다. 브루투스는 내달리면서 신음소리를 냈다. 벌써 여기저기에서 사내의 외침에 응답하는 고함소리가 들려왔다. 들려오는 소리로 보아, 이미 상당수의 사람이 추격에 가세한 게 분명했다.

브루투스는 불과 몇 시간 전에 값싼 방과 뜨거운 음식을 제공해 줄 수 있는 곳이라면 그곳이 어디든 감지덕지라는 생각을 하며 헤매고 다녔던 거리들을 기억해 내려고 필사적으로 애썼다. 그때 리비아의 아버지는 매우 유쾌한 사람인 듯 보였다. 지친 두 사람에게 자기 집에서 제일 싼 방을 보여줄 때는 손도끼를 들고 있지도 않았다.

브루투스는 전속력으로 모퉁이를 돌다가 벽에 쿵하고 부딪치기도 했고, 수레를 피하다가 주인의 손을 쳐서 수레를 놓치게 만들기도 했다. 어느 길로 가야 할까? 도시는 흡사 미로와 같았다. 브루투스는 감히 뒤돌아볼 엄두를 내지 못해 무턱대고 왼쪽 길로 달려가다 다시 오른쪽 길로 달렸다. 숨이 목까지 차올랐다. 지금까지 리비아는 이런 수고를 무릅쓸 만한 가치가 있었다. 그렇지만 만일 죽임을 당한다면, 목숨을 걸면서까지 일생의 마지막 여인으로 택할 만한 여자는 아니었다. 브루투스는 그녀 아버지의 분노가 레니우스를 향했으면, 그리고 레니우스와 자신 둘 다 운이 좋았으면 하고 바랐다.

모퉁이를 돌자 막다른 길에 이르렀다. 달음질을 잠시 멈추고 가장 가까운 석벽에 기댄 채 뒤를 흘끗 돌아보려는데, 고양이 한 마리가 지나갔다. 더는 달릴 곳이 없었지만, 아마도 잠시 동안은 사내들에게서 벗어난 듯했다. 골목 끝 쪽으로 조금씩 나아가기 전에 열심히 귀를 기울여보았으나, 멀리 사라지면서 투덜거리는 고양이의 가르릉거리는 소리 말고는 위협이 될 만한 소리는 전혀 들리지 않았다.

한쪽 눈으로 벽 주변을 천천히 살펴보던 브루투스가 황급히 몸을 뒤로 뺐다. 골목은 온통 사내들로 가득 차 있었다. 그들은 모두 그가 있는 곳을 향하고 있는 듯했다. 브루투스는 자세가 낮으니 눈에 띄지 않기를 바라며 웅크린 자세로 앉았다. 그런 다음 위험을 무릅쓰고 그들을 다시 흘끗 보았다.

그때 그를 발견했다는 소리가 울려 퍼졌다. 브루투스는 몸을 뒤로 빼면서 다시 신음소리를 냈다. '청동주먹'을 지닌 작은 체구의 그리스인에 대한 이야기를 주워들은 적이 있긴 하지만, 자기 주먹이 그렇다고 멋대로 떠벌릴 수 있는 상황은 아니었다.

마침내 어찌할지 결정을 내린 브루투스는 자리에서 일어났다. 한 손으로는 칼자루를 단단히 움켜잡고, 다른 손은 언제든지 칼집을 내던질 수 있게 칼집 쪽으로 늘어뜨렸다. 그 검은 군단에서 벌어진 시합에서 우승을 해 받은 것으로, 농부들에게 자랑삼아 보여주어야 할 물건이었다. 브루투스는 다시 한 번 브라카이를 끌어올리고 심호흡을 크게 한 뒤, 사내들과 맞서기 위해 골목 안으로 걸음을 옮겼다.

사내들은 다섯이었다. 골목을 돌진해 내려오는 그들의 얼굴에는 어린 아이들에게서나 볼 수 있음직한 열의가 가득했다. 브루투스는 그들이 자신의 의도를 조금이라도 의심할 경우를 대비해 재빨리 칼집에서 검을 빼들었다. 그가 자못 엄숙한 표정으로 칼끝을 겨누자 사내들이 일제히 멈춰 섰다. 그 순간이 잠시 계속되면서 브루투스의 머릿속은 온통 이런저런 생각들로 들끓었다. 리비아의 아버지가 아직 나타나기 전이었다. 따라서 그가 도착해 젊은 사내들을 부추기기 전에 그보다 먼저 그들을 설득한다면, 그곳을 무사히 벗어날 수도 있을 듯싶었다. 적당히 둘러대면 통할지도 모르고, 어쩌면 사내들은 뇌물에 넘어갈지도 몰랐다.

브루투스의 두 손에 단단히 들려 있는 검의 사정거리 밖에 머무르려 조심하면서, 그들 가운데 덩치가 가장 큰 사내가 앞으로 나왔다.

"리비아는 내 아내다."

사내가 라틴어로 또박또박 말했다.

브루투스는 그를 보며 눈을 끔벅였다.

"리비아도 알고 있소?"

브루투스가 물었다.

치미는 분노로 얼굴이 벌겋게 달아오른 사내가 허리춤에 차고 있던 단검을 빼들었다. 다른 사내들도 그를 좇아 곤봉과 칼을 꺼내 휘두르며, 브루투스에게 앞으로 나와 싸우자는 손짓을 했다.

그들이 달려들기 전에 브루투스는 자신이 그런 위협에 까딱도 하지 않는다는 것을 보여주기 위해 애써 목소리를 차분하게 유지한 채 재빨리 입을 열었다.

"난 여러분을 모두 해치울 수도 있소. 하지만 조용히 내 갈 길을 가고 싶소. 나는 이 멋진 검을 따낸, 군단의 검술시합 우승자요. 그러니 행여라도 잘못된 결정을 내렸다간 아무도 살아서 이 골목을 나가지 못할 것이오."

그들 가운데 넷이 무슨 말인지 몰라 멍한 표정으로 듣고 있자, 리비아의 남편이 브루투스의 말을 통역해 주었다. 브루투스는 우호적인 반응을 기대하며 참을성 있게 기다렸다. 그러나 그들은 낄낄거리더니 천천히 다가왔다. 브루투스는 한 걸음 뒤로 물러섰다.

"리비아는 정상적인 취향을 가진 건강한 여자요. 리비아가 유혹하는 바람에 나도 어쩔 도리가 없었소. 그러니 이런 일로 사람을 죽일 이유는 없다고 보오."

브루투스는 자신의 말을 리비아의 남편이 다른 사내들에게 통역하기를 기다렸지만, 그는 침묵을 지키고 있었다. 그러더니 그 사내가 그리스어로 뭐라고 이야기하는데, 무슨 말인지 거의 알아들을 수가 없었다. 분명 사내는 살려주려 애쓰는 듯했고, 그 점에 대해서는 불만이 없었다. 그러나 마지막 부분에 가서 "여자들에게 맡기자"는 말도 하는 듯해, 불쾌하기 짝이 없었다.

리비아의 남편이 브루투스를 곁눈질했다.

"범죄자를 잡으면 우린 축제를 벌이지. 넌 축제의 중심…… 핵심이 될 걸?"

대꾸할 말을 생각하려는데, 사내들이 일제히 달려들어 타격을 가했다. 이에 브루투스는 검으로 그들 중 하나를 찔렀지만, 곤봉 하나가 쌩하고 날아와 귀 뒤를 강타하는 바람에 의식을 잃었다.

혼수 상태에서 깨어난 브루투스는 천천히 몸을 움직였다. 현기증이 일었다. 의식이 돌아왔지만, 그는 여전히 두 눈을 감은 채 자신이 깨어난 사실을 망보는 사람들이 알아채지 못하게 하면서 지금 있는 곳이 어디인지 파악하려고 애를 썼다. 그런데 몸통 주위로 미풍이 감돌자, 불현듯 알몸으로 있는 게 아닌가 하는 의심이 들었다. 그렇지 않다면 그 현상을 달리 설명할 도리가 없다고 생각한 그는 자신의 의도와는 달리 두 눈을 번쩍 뜨고 말았다.

브루투스는 시내 중앙에 설치된 목조 교수대에 거꾸로 매달려 있었다. 위쪽을 훔쳐본 그는 자신이 벌거벗고 있음을 확인했다. 온몸이 아팠고, 어렸을 때 나무에 매달렸던 기억이 되살아나 몸서리가 쳐졌다.

사위는 어두웠고 근처 어딘가에서 술 마시고 떠드는 소리가 들렸다. 브루투스는 자신이 이교도 의식의 일부가 되어 있다는 생각에 괴로워하며 침을 삼키고는 몸을 묶은 밧줄을 잡아당겼다. 그 때문에 피가 온통 머리로 쏠렸지만, 매듭에 탄력이라고는 없었다.

그의 그런 움직임 때문에 몸이 천천히 원을 그리며 회전했다. 그 덕분에 이따금 광장 전체를 볼 수 있었다. 집집마다 불이 밝혀져 있어 도시는 처음 도착했을 때 상상했던 것보다 훨씬 생기 있어 보였다. 분명 주민들은 모두 돼지머리도 삶고 집에서 만든 포도주 병에 쌓인 먼지도 털어내고 있을 거라고, 브루투스는 음울하게 생각했다.

브루투스는 잠시 절망에 빠져들었다. 갑옷은 레니우스가 잠들어 있는 방에 있고, 검은 어디에 있는지조차 알 수 없었다. 샌들도 없어졌고, 애써 모아놓은 돈은 그에게 종말을 가져다줄 의식의 비용으로 쓰일 게 분명했다. 설령 도망칠 수 있다 해도, 벌거벗고 있는 데다 낯선 땅에서 땡전 한푼 없는 신세였다. 브루투스는 레니우스를 저주했다.

"잠을 푹 자고 나면, 나는 기지개를 쭉 펴고 나서 창 밖을 내다보지."

레니우스가 브루투스의 귀에 대고 말했다. 브루투스는 몸이 빙그르르 돌아 레니우스의 얼굴을 마주 볼 수 있을 때까지 기다려야만 했다.

늙은 검투사는 면도까지 한 말끔한 모습이었으며 분명 기분도 좋아 보였다.

"분명히 난 속으로 생각했지. 분명히, 거꾸로 대롱대롱 매달려 있는 저 사람이 나랑 같이 온 그 인기 좋은 젊은 병사는 아닐 테지?"

"어이구, 친구들한테 들려줄 재미있는 이야깃거리 하나 생기셨군요. 이야기 연습은 그만두시고, 누가 와서 막기 전에 이 밧줄이나 끊어서 절 좀 내려주시면 고맙겠는데요."

밧줄이 삐걱거리며 움직이자 브루투스의 몸이 다시 빙그르르 돌았다. 그때 한마디 경고도 없이 레니우스가 밧줄을 끊는 바람에 브루투스는 바닥에 내동댕이쳐졌다. 비명이 주변으로 울려 퍼졌다. 브루투스는 교수대에 기대어 몸을 수직으로 끌어올리며 일어서려고 안간힘을 썼다.

"다리에 힘이 없어요!"

브루투스가 한쪽 다리씩 번갈아 가며 필사적으로 문지르면서 말했다.

레니우스는 콧방귀를 뀌고는 주위를 둘러보았다.

"괜찮아질 거야. 팔이 하나뿐이니 너도 부축하고 저들도 떼어놓고 할 순 없잖아. 계속 문지르라구. 우린 허세를 부려야 할지도 몰라."

"말만 있었으면 절 안장에 묶어줄 수 있었을 거 아녜요."

브루투스가 미친 듯이 다리를 문지르며 쏘아붙였다.

레니우스는 어깨를 으쓱했다.

"지금 그런 말 해봤자 무슨 소용이야. 네 갑옷은 이 보따리 안에 있어. 사람들이 네 장비를 하숙집에 도로 가져왔길래 내가 나오면서 몰래 가지고 나왔지. 자, 네 검 받고, 교수대에 기대어 일어나. 사람들이 온다."

레니우스가 검을 건네주었다. 알몸으로 있어 무력감에 빠져 있던 브루투스는 손에 익은 칼자루를 쥐자 다소 위안이 되었다.

군중이 재빨리 모여들었다. 선두에는 리비아의 아버지가 양손에 손도끼를 든 채 서 있었다. 괴력을 발휘할 듯 보이는 어깨에 잔뜩 힘을 준 그가 레니우스 방향으로 칼을 휙 하니 휘둘렀다.

"당신하고 같이 온 젊은이가 내 딸을 겁탈했소. 한 번의 기회를 줄 테니, 당신은 소지품을 챙겨 떠나시오. 젊은이는 여기 남아야 하오."

레니우스는 위험스러우리만치 꿈쩍 않고 서 있더니, 민첩하게 한 걸음을 내디뎌 그 사내의 가슴팍에 검을 쑥 쑤셔 넣었다. 검이 사내의 등 뒤로 불쑥 삐져나왔다. 검을 빼내자 사내가 자갈 위로 엎어졌고, 손도끼 대가리가 바닥에 부딪치면서 요란스러운 소리를 냈다.

"이 젊은이가 여기 남아야 한다고 생각하는 사람 또 있나?"

레니우스가 군중을 둘러보며 말했다. 그들은 느닷없이 벌어진 살인행위에 놀라 얼어붙은 채 아무런 대꾸도 하지 못했다. 레니우스는 엄한 표정으로 고개를 끄덕이고는 천천히 또박또박 말했다.

"겁탈당한 사람은 아무도 없어. 소리를 들어보니, 그 여자도 바보 같은 내 친구만큼이나 열정적이더군."

레니우스는 등 뒤에서 들리는 브루투스의 거친 숨소리를 무시한 채 모두 해치워버릴 듯한 시선을 군중들에게 고정시켰다. 그들은 그가 하는 말을 거의 알아듣지 못했다. 그러나 검투사는 가차 없이 살인을 저질렀다. 바로 그 점이 그들을 꿈쩍 못하게 만들었다.

"갈 준비 됐나?"

레니우스가 중얼거렸다.

브루투스는 조심스럽게 다리의 상태를 점검했다. 혈액순환이 되면서 다리가 찌릿하자 몸을 움찔했다. 다리가 괜찮아진 것을 확인한 브루투스는 최대한 빨리 옷을 입기 시작했다. 그가 옷을 찾느라 한 손으로 보따리를 뒤지는 동안 갑옷이 요란하게 절거덕절거덕 소리를 냈다.

"옷 입는 대로요."

그 순간이 지속될 수 없다는 것을 알고 있었는데도 리비아가 사람들을 헤치고 오자 브루투스는 소스라치게 놀랐다. 그녀의 목소리는 날카로웠다.

"거기들 서서 뭐 하는 거예요? 이 살인자들은 누가 죽일 거죠?"

리비아의 등 뒤에서 브루투스가 검을 빼든 채 몸을 일으켰다. 동족에게 악을 써대며 욕을 퍼붓는 그녀에게선 그가 기억하는 달콤한 미소는 찾아볼 수 없었다. 이제 오로지 증오만이 그녀를 휘감고 있었다. 아무도 그녀와 눈을 마주치지 않았다. 그녀의 발치에 큰대자로 뻗어 있는 인물이 앙갚음을 하고 싶은 욕구를 식혀버린 것이다.

군중 한편에 서 있던 리비아의 남편이 그녀에게 등을 돌리더니 성큼성큼 걸어서 어둠 속으로 사라졌다. 남편이 자리를 떠버리자, 리비아는 레니우스 쪽으로 몸을 돌려 얼굴과 몸통에 주먹세례를 퍼부었다. 한쪽밖에 없는 팔에 검이 들려 있었기 때문에 레니우스는 잠시 속수무책으로 맞고 있었다. 잠시 후 그의 팔 근육에 힘이 들어가는 게 브루투스의 눈에 보였다. 레니우스는 팔을 앞으로 뻗어 그녀를 밀쳐버렸다.

"집에 가시오."

레니우스가 리비아에게 날카롭게 말했다. 그러나 그녀가 그 말에 아랑곳하지 않고 두 손으로 레니우스의 눈을 찌르려 했다. 그러자 브루투스가 거칠게 밀쳤다. 아버지의 주검 근처에 나동그라진 그녀는 죽은 아버지의 몸뚱이에 매달려 눈물을 흘렸다.

레니우스와 브루투스는 서로 바라본 뒤, 점점 줄어들고 있는 군중을 바라보았다.

"여잔 그냥 놔둬."

레니우스가 말했다.

두 사내는 함께 광장을 가로질러 말없이 도시를 빠져나갔다. 집들을 모두 벗어나 강으로 이어지는 계곡이 보이는 곳까지 가려면 몇 시간이 걸릴 듯했다.

"서둘러 가야 돼. 동틀 무렵이면 사람들이 피의 복수를 다짐하며 우릴 쫓아올 테니까."

레니우스가 마침내 검을 칼집에 집어넣으며 말했다.

"정말로 소릴 들으셨어요?"

브루투스가 고개를 다른 데로 돌리며 물었다.

"그래, 네 녀석이 으르렁거리는 소리 때문에 잠에서 깼어. 만일 저들이 제대로 된 추적자들을 보낸다면, 네가 성급하게 여자랑 놀아난 덕분에 우린 둘 다 죽을 수도 있어. 여자의 아버지 집에서 그런 짓을 하다니!"

브루투스는 길동무를 노려보았다.

"선생님이 그자를 죽였어요, 잊지 마세요."

브루투스가 투덜댔다.

"그리고 내가 안 그랬다면 네 녀석은 아직도 거기 있겠지. 이제 행군이나 하자. 낮이 되기 전에 최대한 많이 걸어야 돼. 다음번에 예쁜 여자가 너를 두 번 바라보거들랑 냅다 뛰어. 여자들이란 자기 가치를 넘어서는 문제를 일으키니까."

서로 의견이 맞지 않지만 입을 다문 채 두 사내는 언덕을 내려가기 시작했다.

4장

"참나무관은 안 쓰고 왔나? 잘 때도 쓰고 잔다고 들었는데."

당직근무를 하러 온 율리우스에게 수에토니우스가 비웃듯이 말했다.

율리우스는 수에토니우스의 말을 무시했다. 대꾸했다가는 빈정대는 말이 또다시 오갈 것이고, 그것을 계기로 결국 서로에 대한 적대감을 공공연하게 드러내는 사태가 벌어질 것임을 알기 때문이었다. 그래도 아직까지는 다른 병사들이 소리를 들을 수 있을 정도로 가까이 있을 때만큼은 수에토니우스도 최소한 예의를 차리는 척이라도 했다. 그러나 이틀에 한 번씩 새벽에 둘이서만 당직을 설 때면 수에토니우스의 빈정거림은 노골적이 되었다. 섬을 떠나 바다로 나온 첫날, 병사들 중 하나가 마치 배 전체가 영예를 안기라도 한 양 나뭇잎으로 만든 관을 액시피터의 돛대 끝에 매어놓았다. 꽤 여러 명의 군단병이 율리우스가 그것을 발견하는 모습을 보려고 돛대 주변에 서서 기다리고 있다가, 그가 기뻐서 씩 웃는 것을 보고는 환호성을 질렀다. 수에토니우스도 다른 병사들과 함께 미소를 지었지만, 그때 이후로 눈에는 혐오의 빛이 한층 더 깊어졌다.

율리우스는 파도가 넘실거릴 때마다 흔들리는 액시피터의 움직임에 맞춰 약간씩 몸의 균형을 바꿔가며, 바다와 멀리 보이는 아프리카 해안에 시선을 고정시켰다. 수에토니우스의 비방과는 달리 미틸렌느를 떠나온 이래 그 참나무관을 공개적으로 쓴 적은 한 번도 없었다. 갑판 아래 자신의 작은 침상에서 남몰래 한두 번 써본 것이 전부였다. 이제 참나무 잎은 바싹 말라 색이 거무스레하게 변해 있었지만 상관없었다. 그는 그것을 쓸 권리를 부여받은 것이라, 다음에 로마를 볼 때는 싱싱한 잎으로 새로 만든 관을 갖게 될 것이기 때문이었다.

경주가 벌어지는 어느 날 원형 대경기장 안으로 성큼성큼 걸어 들어가면, 그 모습을 보자마자 우선 로마인 수천 명이 자리에서 일어설 것이고, 그런 움직임이 파도처럼 퍼져나가 전 관중이 일어설 것이다. 그런 공상을 하다 보면, 수에토니우스를 무시하는 것은 그리 어렵지 않았다. 율리우스는 혼자 살짝 미소를 지었고, 수에토니우스는 짜증이 나 씩씩거렸다.

고요한 새벽인데도 아래에서는 노들이 율동적으로 오르락내리락했고, 액시피터는 파도를 타고 흔들리며 나아갔다. 미틸렌느를 떠나온 이래 몇 달 동안 해적선 두 척이 쉽사리 수평선 너머로 사라지는 광경을 목격한 터라, 율리우스는 이제 액시피터가 그리 빠른 배가 아님을 알고 있었다. 선체는 물속에 깊이 잠기지도 않았고, 심지어 조타용 노가 두 개나 되는데도 방향을 바꿀 때면 육중하게 움직였다. 한 가지 장점이 있다면, 노를 저어 갑자기 속도를 올릴 수 있다는 것이었지만, 노예 200명이 노를 젓는데도 낼 수 있는 최고 속도는 육지에서 빠른 걸음으로 산책하는 정도에 지나지 않았다. 가디티쿠스는 액시피터가 적선에 다가가지 못하는 것에 별로 개의치 않는 듯했다. 그에겐 적선을 연안 도시와 주요 무역로에서 쫓아버리는 것만으로도 충분했다. 그러나 그것은 율리우스가 액시피터에 승선할 때 기대했던 것은 아니었다. 신속하고 무자비한 사냥을 꿈꾸었던 율리우스에게 로마의 육전 기술이 바다에까지 적용되지는 않는다는 사실을 깨닫는 건 짜증나는 일이었다.

율리우스는 선측 너머를 내려다보았다. 한 쌍의 노가 일제히 위로 올라갔다가 물속으로 들어가면서 잔잔한 수면에 궤적을 남겼다. 비록 노 하나에 노예 셋이 붙어 있기는 하지만 노예들이 어떻게 지치지도 않고 몇 시간 동안이나 끊임없이 육중한 노를 저을 수 있는지 궁금했다. 임무를 수행하는 과정에서 노 갑판에 몇 번 내려갔을 때 받은 인상은 혼잡하고 지저분하다는 것이었다. 하루에 두 차례씩 바닷물 몇 양동이를 퍼부어 배 밑바닥의 하수구를 씻어내는데도, 그곳의 냄새는 구토가 날 정도로 지독했다. 군단병들보다 노예들을 많이 먹인다는데, 노들이 물속에서 오르락내리락하는 것을 보면서 왜 그래야 하는지 그 이유를 알 수 있었다.

대갑판을 휘감았던 아프리카 연안의 타는 듯한 열기는 액시피터가 서풍과 맞서 싸우면서 거센 바람에 차단되었다. 적어도 그런 관점에서 볼 때 액시피터는 속도는 아닐지라도 전투에 알맞게 설계된 배라는 것을 율리우스는 알아챘다. 노천갑판은 거치적거리는 것들이 모두 치워져 있어, 수십 년 동안 내리쬔 햇볕 때문에 하얗게 바랜 나무들만 드넓게 펼쳐져 있었다. 끝 쪽에만 구조물이 서 있었는데, 그곳은 가디티쿠스와 프락스의 선실이었다. 백인대의 나머지 병사들은 갑판 아래쪽의 비좁은 숙소에서 잠을 잤고, 장비들은 신속하게 꺼내들 수 있도록 병기고에 저장되어 있었다. 정규적인 훈련 덕분에 그들은 자다가도 모래시계를 채 뒤집기도 전에 전쟁준비 태세에 들어갈 수 있었다. 그들은 잘 단련된 선원이라고 율리우스는 속으로 생각했다. 만일 다른 배를 잡을 수만 있다면 그 배의 선원들은 죽은 목숨일 것이다.

"당직사관!"

수에토니우스가 느닷없이 귀에다 대고 호통을 치는 통에 율리우스는 깜짝 놀라 차려자세를 취했다. 가디티쿠스가 옵티오로 택한 프락스는 가디티쿠스보다도 훨씬 나이가 많았다. 율리우스의 짐작으로는 기껏해야 1, 2년 뒤면 제대해야 할 것 같았다. 배에 군살이 붙기 시작하고 있어 아침마다 배를 단단히 졸라매야 했지만, 뛰어난 장교인 프락스는 율리우스가 승선한 지 몇 주 만에 수에토니우스와 율리우스 사이에 긴장이 감돌고 있음을 알아챘다. 두 사람이 새벽에 함께 당직을 서도록 조처를 취한 것이 바로 프락스였다. 그가 그렇게 한 데는 나름대로 이유가 있었지만 그들에게는 말하지 않았다.

프락스가 아침 검열을 위해 기다란 갑판을 거닐며 두 사람을 향해 온화하게 고개를 끄덕였다. 그는 그들 위로 펄럭이는 사각 돛과 연결된 밧줄들을 하나하나 점검하더니 한쪽 무릎을 꿇고 갑판의 투석기가 흔들리지 않게 단단히 묶여 있는지 확인했다. 그렇게 세심하게 시찰을 마친 뒤에야 비로소 두 젊은 장교에게 다가가 경례에 소탈하게 답례했다. 그러고는 수평선을 유심히 살펴본 뒤 깨끗이 면도한 턱을 만족스럽게 문지르며 혼자 미소를 지었다.

"돛이 넷…… 아니, 다섯이네. 국가들의 교역선이군. 배가 저 정도밖에 안 되다니, 바람에만 의존하는 사람들을 부추길 정도로 대단한 바람은 아닌 모양이야."

프락스가 밝은 목소리로 말했다.

지난 몇 개월을 보내면서 그의 온화한 표정 뒤에는 갑판 위에서건 아래서건 액시피터에서 벌어지는 일들을 하나도 빠짐없이 알고 있는 지성이 숨어 있다는 것, 그리고 그가 일상적인 말들을 다 마치고 나서 던져주는 충고는 대개 귀 담아둘 만하다는 것을 율리우스는 알게 되었다. 수에토니우스는 프락스가 바보라고 생각했지만 겉으로는 그의 말을 열심히 듣고 있는 척했다. 수에토니우스는 상관 앞에서는 언제나 그런 태도를 취했다.

프락스가 혼자 고개를 끄덕이며 말을 이었다.

"타프수스에 이르려면 노를 저어야겠지만 연안을 따라 항해하기에는 순조로울 걸세. 급료상자를 내려놓고 난 뒤에는 몇 주 안에 시칠리아에 도착해야 되네. 가는 동안 우리 영해에서 침입자들을 쫓아내야 하는 일만 없다면 말일세. 시칠리아, 참 아름다운 곳이지."

율리우스는 프락스를 편안한 태도로 대하며 고개를 끄덕였다. 미틸렌느 요새 공격 이후 선장이 허물없이 몇 마디 건넸는데도 선장 앞에서라면 그런 편안한 태도를 취한다는 건 불가능했을 것이다. 프락스는 미틸렌느 요새를 급습할 때 현장에 있지 않았지만 별로 개의치 않는 듯 보였다. 그는 군 복무를 마치고 하선해 로마 인근에 주둔하는 군단에서 미지불된 급료를 탈 날만을 기다리고 있기 때문에 액시피터에서 가벼운 임무를 수행하는 것만으로도 충분히 만족하고 있는 것이라고 율리우스는 추측했다. 사실 가디티쿠스와 함께 해적 사냥을 하는 일의 이점 한 가지는 바로 급료였다. 군단병들은 매달 75데나리우스를 받았다. 이 돈을 쓸 기회가 별로 없어 대부분 고스란히 모았다. 장비를 구입하고, 과부에게 부조금을 내고, 장례비 명목으로 얼마간의 돈을 낸다 해도 제대할 때 병사들 대다수는 상당한 돈을 손에 쥘 수 있었다. 물론 그때까지 도박으로 돈을 모조리 날리지만 않는다면 말이다.

"부관님, 우리는 왜 적을 따라잡지도 못하는 배를 쓰는 겁니까? 적선에 접근할 수만 있다면 마레 인테르눔(지중해—옮긴이)에서 적들을 깨끗이 쓸어버리는 데 채 1년도 걸리지 않을 텐데요."

프락스가 미소를 지었다. 질문이 마음에 든 모양이었다.

"적선에 접근한다? 아, 그럴 때도 있지. 허나 자네도 알다시피 그자들은 우리보다 뛰어난 선원이지 않은가. 우리 병사들이 적선에 건너가기도 전에 그자들이 우리 배를 충각(적의 배를 들이받기 위하여 뱃머리에 단 뾰족한 쇠붙이—옮긴이)으로 들이받아 침몰시킬 가능성이 더 크다네. 물론 군단병들을 적선의 갑판으로 건너보낼 수만 있다면야 우리가 이길 건 불 보듯 뻔하다만."

프락스가 설명을 하려 애쓰면서 뺨을 부풀렸다가 천천히 공기를 내뿜었다.

"단순히 더 가볍고 빠른 배만 있으면 되는 문제가 아니라네. 내 생전에 로마에서 그런 용골(선박 바닥의 중앙을 받치는 큰 재목. 이물에서 고물에 걸쳐 선체를 받치는 기능을 함—옮긴이)이 설치된 배를 건조하라고 자금을 보내지도 않을 테지만 말일세. 문제는 노를 다루는 전문 선원들이지. 그자들은 3층으로 된 노를 아주 정확하게 다룬다네. 자넨 근육만 발달한 우리 노예들이 그런 노를 제대로 다룰 수 있으리라 생각하나? 우리가 최고 속력을 내려 하자마자 노예들은 손발이 맞지 않아 혼란에 빠질 걸세. 우리 방식대로라면 우린 전문가들을 훈련시킬 필요가 없네. 원로원의 입장에서 봐도 노예들에게 급료를 지불할 필요가 없으니 좋지. 노예들을 살 때 한 번만 목돈을 지불하고 나면, 그 다음부터는 사실상 배가 알아서 움직이는 거나 다름없으니까. 게다가 노예 몇이 물에 빠져 죽는다 해도 노예는 얼마든지 있지 않은가."

"이따금은…… 좌절감이 들 때가 있습니다."

율리우스는 세계에서 가장 강한 나라가 바다에서는 따라잡지 못하는 배들이 반이나 된다는 것은 참으로 분한 일이라고 말하고 싶었다. 하지만 프락스가 평소의 다감한 태도와는 달리 침묵을 지키자 입을 다물고 말았다. 비록 그리 뚜렷하지는 않아도 하급자가 넘어서는 안 되는 선이 있었던 것이다.

"우리는 육지 사람일세. 나처럼 결국 바다를 사랑하게 된 사람들도 몇 있지만 말일세. 원로원은 우리 배들을 우리가 미틸레느에서 했던 것처럼 병사들이 다른 육지에서 전투를 벌일 수 있도록 데려다주는 수송선쯤으로 생각한다네. 언젠가는 원로원도 바다를 지배하는 게 중요하다는 걸 깨닫는 날이 올 걸세. 허나 내 생전에는 아닐 걸세. 어쨌든 액시피터가 좀 무겁고 느리긴 해. 허나 나도 그런걸. 게다가 액시피터는 나보다 나이가 두 배나 많잖은가."

프락스의 농담에 수에토니우스가 충성스럽게 소리내어 웃었다. 그 소리에 놀란 율리우스가 움찔했지만, 프락스는 알아채지 못한 듯했다. 율리우스는 프락스의 말을 들으면서 잠시 옛 기억을 떠올렸다. 언젠가 투브루크가 그와 비슷한 말을 했던 기억이 떠올랐다. 두 손에 소유지의 거무스름한 흙을 쥐게 하고는 자신들의 피로 그 땅을 먹여 살렸던 세대들을 생각하게 하며 그런 말을 했었다. 그때가 이제는 너무나 먼 과거처럼 느껴졌다. 그때는 아버지도 살아 있었고, 마리우스 삼촌도 전도가 유망한 집정관이었다. 율리우스는 그들의 무덤을 돌보는 사람이라도 있는지 궁금했다. 순간 늘 머릿속에 밀려오던 음울한 걱정거리들이 표면으로 떠올랐다. 하지만 언제나 그랬듯이 투브루크가 코르넬리아와 어머니를 잘 돌보고 있을 거라고 스스로를 안심시켰다. 율리우스는 다른 사람은 그 사내의 반만큼도 신뢰하지 않았다.

해안을 쭉 훑어보던 프락스의 몸이 약간 뻣뻣하게 굳어졌다. 얼굴에서 온화한 표정은 사라지고 대신 굳은 표정이 떠올랐다.

"아래로 내려가 소집 명령을 내리게, 수에토니우스. 5분 안에 병사들을 하나도 빠짐없이 갑판 위에 집결시키게. 전투태세를 취해야 하네."

갑작스러운 명령에 눈이 휘둥그레진 수에토니우스는 재빨리 경례를 하고는 성큼성큼 가파른 계단으로 걸어가 민첩하게 아래로 내려갔다. 율리우스는 눈을 가늘게 뜨고 프락스가 가리키는 곳을 바라보았다. 해안에는 장막 같은 검은 연기가 바람의 영향을 거의 받지 않은 채 아침 대기 속으로 뭉게뭉게 피어오르고 있었다.

"해적일까요?"

율리우스가 대답을 짐작하며 재빨리 물었다.

프락스가 고개를 끄덕였다.

"해적들이 마을을 습격한 것 같군. 저들이 해변을 벗어날 때 따라잡을 수 있을지도 모르겠는걸. 자네, 저들에게 접근할 기회를 잡을 수도 있겠네, 카이사르."

액시피터는 전투를 위해 해장되었다. 매여 있지 않은 장비는 모두 안전한 곳으로 옮겨 실렸고, 투석기가 윈치로 내려졌으며, 발사될 돌과 기름도 준비되었다. 군단병들은 신속하게 집결했고, 선발된 조가 접합 부분 사이에 커다란 쇠못을 두들겨 박아 까마귀를 조립했다. 드디어 거대한 승선용 진입로가 완성되어 갑판 위에 우뚝 서 있었다. 묶고 있는 밧줄이 풀리면, 그것은 바깥으로 떨어져 적선의 목재에 고정용 쇠못을 단단히 박을 것이다. 그러면 그 위로 액시피터 최고의 전사들이 건너가 최대한 빨리 해적들을 격파함으로써 나머지 병사들이 적선의 뱃전으로 뛰어 건너갈 공간을 확보할 것이다. 그것은 위험한 일이었지만, 전투가 끝나고 나면 매번 처음에 적선으로 건너가는 자리를 두고 치열한 경쟁이 벌어졌고, 지루한 몇 달을 보내는 동안 그 직책은 노름판에서 판돈으로 걸려 주인이 바뀌기도 했다.

갑판 아래에서는 노예 우두머리가 속도를 내라고 지시함에 따라 노들이 더 급박한 리듬에 맞춰 움직였다. 해안 쪽에서 바람이 불어오고 있어서 돛은 내려져 깔끔하게 접혀 있었다. 병사들은 검에 흠이 간 데는 없는지 날이 빠진 곳은 없는지 점검했고, 갑옷을 단단히 묶었다. 뱃전에서는 흥분이 점점 고조되어 피부로 느낄 수 있을 정도가 되었지만, 오랫동안 익숙해진 규율에 의해 억제되고 있었다.

불타고 있는 마을은 천연 후미의 가장자리에 자리 잡고 있었기 때문에 해적선을 발견한 것은 해적선이 바위투성이 갑을 빠져나와 공해에 이를 때였다. 가디티쿠스는 전속력으로 전진해 적선이 움직일 수 있는 공간을 최대한 차단하라고 명령했다. 해적선은 해안을 등지고 있어 앞으로 쇄도하는 액시피터를 피할 도리가 없었다. 로마 병사들에게서 환호성이 터져 나왔다. 천천히 이 항구 저 항구를 떠돌며 느끼던 지루함은 산뜻한 바람에 날려 사라지고 있었다.

율리우스는 프락스가 설명한 차이점들을 생각하면서 적선을 면밀히 관찰했다. 길이가 각기 다른데도 3층으로 된 노들은 완벽할 만큼 일제히 거친 물결이 이는 바다를 가르고 있었다. 해적선은 액시피터보다 높고 좁았으며, 뱃머리에 기다란 청동 못이 달려 있었다. 율리우스는 그 청동 못이 로마 배들의 육중한 삼나무 외판에조차도 구멍을 낼 수 있으리란 것을 알 수 있었다. 프락스의 말대로 전투 결과는 결코 확신할 수 없었다. 그러나 이번 해적선의 경우는 달아날 곳이 없었다. 두 배가 접근하면, 까마귀가 아래로 떨어져 적선의 갑판에 단단히 박힐 것이고, 그러면 세계 최고의 전투병들이 적선의 갑판으로 건너갈 것이다. 율리우스는 어떡해서든 그 자리를 확보하지 못한 것이 후회스러웠다. 그렇지만 그 자리들은 미틸레느에 상륙하기 전에 이미 다 배정된 뒤라 그로서도 어쩔 수가 없었다.

율리우스는 생각과 기대 속에 빠져 있느라 처음에는 망꾼의 외침에 갑작스러운 변화가 있음을 알아차리지 못했다. 정신을 차리고 고개를 든 그는 자기도 모르게 난간에서 한 걸음 뒤로 물러섰다. 또 다른 배가 후미에서 빠져 나오고 있었던 것이다. 첫 번째 배를 추적하는 데 열중하느라 못 보고 지나친 게 분명했다. 그 배는 곧장 그들을 향해 다가오고 있었다. 노잡이들을 돕기 위해 돛을 팽팽하게 잡아당긴 채 전속력으로 돌진해 오는 그 배의 충각이 파도 속에서 솟아올랐다. 그 청동 못은 흘수선(배가 물 위에 떠 있을 때, 배와 수면이 접하는 경계가 되는 선—옮긴이)에 붙어 있었고, 갑판에는 무장한 사내들이 득실거렸다. 재빠르게 움직이는 해적들이 평소 태우는 인원보다 많아 보였다. 율리우스는 연기가 해적들이 꾸민 계략임을 이내 깨달았다. 그것이 덫인 줄도 모르고 제대로 걸려든 것이다.

가디티쿠스는 조금도 머뭇거리지 않고 위협을 알아차리자마자 즉시 장교들에게 명령을 하달했다.

"속도를 제3표준까지 끌어올리라! 저들이 바로 우리 옆을 지날 것이다."

가디티쿠스가 고함을 지르자 갑판 아래에 있는 고수가 두 번째로 빠른 속도로 북을 쳐댔다. 그 이상은 적선을 충각으로 들이받을 때 내는 속도로, 노예들의 힘이 빠지기 전에 아주 잠깐 동안만 활용할 수 있었다. 그러나 그보다 약간 느린 공격 속도인 제3표준조차도 노예들에게는 엄청난 부담이었다. 그 부담을 견디지 못한 노예들이 전쟁 중에 심장이 터져 죽는 경우가 종종 있었는데, 그런 사태가 발생하면 죽은 노예의 몸뚱이가 노 젓는 다른 노예와 부딪치면서 노 전체의 리듬을 엉망으로 만드는 수가 있었다.

첫 번째 배가 빠른 속도로 다가왔다. 율리우스는 적들이 노의 방향을 반대로 바꾸고 공격 태세로 돌입하고 있음을 깨달았다. 그것은 로마의 배를 해변 쪽으로 유인하기 위한 치밀한 책략이었다. 그들이 노리는 것은 두말할 것도 없이 화물창에 있는 은 궤짝들이겠지만, 그리 쉽게 손에 넣지는 못할 것이다.

"내가 명령하면 불을 투석기로 발사한다……. 지금!"

가디티쿠스의 명령이 떨어지기가 무섭게 돌들이 머리 위로 치솟아 궤적을 그리며 날아갔다. 그때 뱃머리에 있는 망꾼이 두 개 조에 소리쳤다.

"두 점(나침반을 32등분한 눈금의 한 점―옮긴이) 아래로!"

병사들은 지시에 맞춰 육중한 무기들을 재빨리 옮겼다. 그러고는 투석기 밑쪽의 구멍들과, 새로운 각도를 유지하기 위해 필요한 곳 몇 군데에 쐐기못을 박았다. 그러기 위해서는 윈치를 되감아야 했는데, 군단병들은 남자 허벅지보다 두 배나 두꺼운 말총 밧줄을 팽팽하게 잡아당기느라 비오듯 땀을 흘렸다.

해적선이 불쑥 다가오자, 그들은 투석기 두 대로 다시 한 번 돌을 발사했다. 이번에는 구멍이 숭숭 뚫린 돌들을 기름에 흠뻑 적셨다가 불을 붙여 발사했다. 돌들은 뒤로 길게 연기를 남기며 곡선을 그리면서 적의 3단층 갤리선(노잡이가 배의 동체 부분에 평행으로 층층이 만들어진 3층의 단 위에 줄지어 앉아서 노를 젓기 때문에 3단층 갤리선이라고 함―옮긴이)을 향해 날아갔다. 그러더니 쾅 소리를 내며 적선의 갑판을 강타했다. 그 소리가 어찌나 큰지 액시피터에서도 들렸다. 투석기를 조종하는 군단병들은 환호성을 내지르며 다시 발사 위치로 되감았다.

두 번째 3단층 갤리선이 돌진해 왔다. 율리우스는 적선의 충각이 액시피터의 고물(배의 뒷부분―옮긴이) 마지막 몇 미터 부분을 들이받을 거라고 확신했다. 그렇게 되면 옴짝달싹할 수 없게 될 것이고, 적선의 갑판으로 건너가 반격을 가할 수조차 없게 될 것이다. 그리고 정확하게 겨냥되어 날아오는 불화살들을 속수무책으로 맞고 있을 수밖에 없을 것이다. 그런 생각이 머릿속에 떠오르자, 부하들에게 방패를 꺼내와 배포하라고 소리를 질렀다. 적선에 건너갈 때는 방패가 도움이 되기보다는 방해가 되겠지만, 액시피터가 화살의 사정권 안으로 들어오고 있는 두 배 사이에 끼게 되는 경우에는 방패야말로 절실히 필요한 장비가 될 것이기 때문이었다.

몇 초 후, 적의 3단층 갤리선 두 척 모두에서 화살이 휙휙 공기를 가르며 날아들기 시작했다. 적들은 대형을 이루고 있지도 않았고, 정확하게 겨냥하고 있지도 않았다. 그저 기다란 검은색 화살대 중 하나가 군단병 하나를 꿰뚫기를 희망하며, 끊임없이 화살을 공중으로 높이 쏘아 올리고 있을 뿐이었다.

충각으로 들이받으러 돌진하는 배는 잔잔한 바다에서 고물 쪽으로 미끄러지겠지만, 액시피터는 첫 번째 3단층 갤리선에 의해 전방이 가로막혀 있으니, 한쪽 편의 노를 전부 역방향으로 움직여 피하는 수밖에 없었다. 그런 식으로 노를 젓는 것은 쉽지 않았으나 그래도 그렇게 하는 편이 한쪽 노들이 액시피터의 방향을 돌려놓는 동안 다른 쪽 노들을 그저 높이 쳐들고 있는 것보다는 속도가 빨랐다. 그 바람에 속도가 느려졌지만, 가디티쿠스가 그런 명령을 내린 것은 바깥쪽을 향할 필요가 있음을 알아챘기 때문이었다. 그렇게 하지 않았더라면, 두 번째 적선이 옆에서 나란히 움직일 때 그들은 두 배 사이에 끼이게 되었을 것이다.

액시피터는 떨어진 속도 때문에 공포에 떨며, 두 번째 3단층 갤리선의 이물(배의 머리—옮긴이)을 우지끈 부수고 지나갔다. 가디티쿠스가 노예 우두머리에게 그런 사태에 대비하라고 시켰는지라, 갑판 아래에서는 노예들이 노를 잽싸게 안으로 끌어당겼다. 액시피터가 적선의 이물을 들이받으면서 지나갈 때, 갑판보 세 개가 뚝 소리를 내며 부러지면서 각각 병사 한 명씩을 깔아뭉갰다. 그 병사들은 으스러져 피가 범벅이 된 채 적선 한가운데에 깊숙이 처박혔다.

액시피터가 불과 3단층 갤리선 노 길이의 반 남짓 되는 거리를 나아가기도 전에, 두 번째 적선의 청동 충각이 늑재가 부러질 때 나는 우지끈 소리와 함께 액시피터를 세차게 들이받았다. 그 충격으로 배 전체가 흡사 살아 있는 동물처럼 신음소리를 냈다. 갑판 아래쪽에 있는 노예들은 공포에 질려 합창하듯 비명을 질러댔다. 그들은 모두 앉아 있는 긴 의자에 사슬로 매여 있어, 만일 액시피터가 가라앉는다면 함께 가라앉을 수밖에 없는 처지였기 때문이다.

불화살들이 액시피터의 갑판에 박혔지만, 적들의 군율이 부족한 것만은 분명했다. 머리 위로 기분 나쁘게 윙 소리를 내며 날아가는 화살 하나를 몸을 홱 숙여 피하면서, 율리우스는 적들이 화살을 일제히 발사하는 훈련을 받지 않아 참으로 다행이라고 생각했다. 방패 덕분에 병사들은 날아오는 화살 대부분을 피할 수 있었다. 묶고 있던 밧줄을 끊자, 육중한 까마귀가 바깥쪽으로 기울어져 한순간 공중에 매달린 듯 보이더니, 그대로 아래로 떨어져 쿵 소리를 내며 적선의 갑판에 박혔다. 까마귀에 달린 대못은 피할 수 없는 천벌만큼이나 확실하게 적선을 붙잡고 있었다.

첫 번째 군단병이 고함을 지르며 까마귀 위를 달려 넘어가, 미리 기다리고 있던 적들 속으로 뛰어들었다. 대개는 군단병들이 해적들보다 수적 우위를 보였지만, 지금은 공격해 오는 두 해적선 중 어느 한쪽을 상대해도 수적 우위를 기대할 수 없었다. 두 척 다 전사들로 꽉 찬 듯 보였다. 새 것과 헌 것이 섞여 있는 그들의 갑옷과 무기는 전 지역의 연안 항구에서 가져온 것이었다.

율리우스는 카베라가 옆에 와 있음을 알아차렸다. 어느 때와는 달리 카베라의 얼굴에선 미소를 찾아볼 수 없었다. 노인은 단검과 방패를 들고 있었지만 옷만큼은 늘 입던 옷 그대로였다. 한 달에 두 번 이 검사를 받는 한 계속 입어도 된다고 가디티쿠스가 허락한 바로 그 옷이었다.

"어두컴컴한 저 아래에 있으니 자네 곁에 있는 게 나을 듯싶어서."

카베라가 한창 벌어지고 있는 대혼란을 주의 깊게 관찰하며 중얼거렸다. 화살들이 휭 소리를 내며 옆으로 지나가자, 두 사내는 황급히 딱딱한 나무 방패 밑으로 몸을 굽혔다. 화살대 하나가 손 부근을 치는 바람에 율리우스의 몸이 뒤로 흔들렸다. 율리우스는 날아온 화살촉에 미늘이 달린 것을 보고 조용히 휘파람을 불었다.

육중한 청동 갈고리들이 비비 꼬인 밧줄을 길게 늘어뜨리며 날아와 덜거덕 소리를 내면서 선체의 외판 위에 부딪쳤다. 그러더니 사내들이 액시피터의 갑판으로 뛰어 올라오기 시작했고, 치열한 전투가 벌어지면서 칼들이 부딪치는 소리, 승리와 절망의 외침이 사방에 울려 퍼졌다.

수에토니우스는 부하들을 일렬횡대로 서게 해 공격자들과 맞서고 있었다. 율리우스는 재빨리 부하 스무 명에게 그들을 지원하라고 명령했다. 그러면서 만일 명령을 지체했다면 부하들은 아마 자신을 빼놓고 자기들끼리라도 전투에 뛰어들었을 거라고 미루어 짐작했다. 액시피터가 함정에 빠졌다 해도 항복이란 있을 수 없다는 것을 병사들은 모두 잘 알고 있었기 때문이다. 그들의 공격은 맹렬했고, 맨 처음에 까마귀를 건너간 병사들도 부상을 당한 것에도 아랑곳하지 않고 앞쪽 갑판의 적들을 싹 쓸어버렸다.

율리우스가 전투에 뛰어들러 갈 때도 카베라는 계속 그의 옆을 지켰다. 율리우스는 카베라와 함께 참여했던 여러 전투에서 결국 둘 다 무사히 살아남았음을 떠올리면서 카베라가 곁에 있다는 사실에 위안을 얻었다. 치료사 노인은 행운을 가져다주는 부적 같았다. 이제 적들의 칼날이 원호를 그리는 곳으로 뛰어든 율리우스는 무의식적으로 검을 휘둘러 적들을 베어 쓰러뜨렸다. 그의 몸은 레니우스가 몇 년 동안 고된 훈련을 통해 가르쳤던 리듬에 맞춰 반응하고 있었다.

율리우스는 도끼를 피해 몸을 홱 숙였고, 도끼를 휘두른 적이 균형을 잃자 세게 밀쳤다. 뒤로 밀린 그가 자신의 발치에서 벌렁 나자빠졌을 때, 율리우스는 아무 생각 없이 세게 짓밟았다. 적이 서 있으면 베어 넘어뜨리고, 쓰러져 있으면 짓밟아 납작하게 만드는 것, 그것이 군단병이 전장에서 보이는 전형적인 반응이었다.

까마귀는 서로 부딪히고 밀치며 적의 갑판으로 건너가려는 병사들로 대혼잡을 이루고 있었다. 그들은 궁수들에게 손쉬운 표적이 되기 십상이었다. 실제로 율리우스는 한 무리의 궁수가 3단층 갤리선의 먼 쪽 난간에 기대고 있다가 자기들 동료 사이로 군단병을 발견할 때마다 화살을 발사하는 것을 볼 수 있었다. 거리가 워낙 가깝다 보니 적의 궁수들이 쏜 화살은 끔찍할 정도로 명중률이 높아 군단병 열둘 이상이 화살을 맞고 쓰러졌다. 이미 적선의 갑판으로 건너간 군단병들은 동료들의 죽음에 광분해, 궁수들을 마치 밀을 베듯 가차없이 베어버렸다. 그 광경을 목격한 율리우스는 대단히 기뻐하며 고개를 주억거렸다. 궁수들의 장거리 공격에 두려움과 좌절감을 맛본 적이 있는 군단병들이라면 모두 느끼는 궁수들에 대한 증오를 그도 느끼고 있었던 것이다.

두 번째 3단층 갤리선이 노의 방향을 반대로 바꾸어, 액시피터를 들이받은 선체를 거의 빼냈다. 가디티쿠스는 그 배가 다시 다가올 때 적들의 공격을 격퇴하기 위해 분대들의 공격을 제지하면서, 적들의 움직임을 예의 주시했다. 해적선들이 액시피터로부터 멀리 떨어질 수 없으리라는 것은 잘 알고 있었지만, 정확한 예측을 하기에는 상황이 너무 급박하게 돌아가고 있었다. 액시피터가 가라앉을 수도 있지만, 그러려면 최소한 몇 분은 더 걸릴 테니 그 사이에 군단병들이 적들을 해치우며 첫 번째 3단층 갤리선으로 건너가 그곳을 장악할 수도 있을 것이다. 만일 한 시간 동안 홀로 남겨진다면, 어려운 상황을 이겨내고 승리를 거둘 가능성이 전혀 없는 것은 아니었다. 두 번째 적선이 충각을 빼내자마자 다시 공격을 가해 옴으로써 전사들이 갑판으로 건너올 수 있을 정도로 액시피터에 가까이 접근할 것이라고 생각하는 이유는 바로 그 때문이었다. 그러나 늑재가 우지끈하는 소리가 끝이 나고, 그리스어와 엉터리 라틴어를 섞어놓은 것 같은 말로 노잡이들에게 새로운 명령을 외치는 소리가 들리면서 날카로운 뱃머리가 액시피터에서 멀어지자, 가디티쿠스는 속으로 욕설을 내뱉었다.

가디티쿠스는 남겨 두었던 예비 병력을 액시피터의 또 다른 측면으로 보냈다. 그들이 반대편에서 승선함으로써 방어하는 적들을 분산할 수 있으리라 생각했기 때문이다. 그것은 현명한 조치였고, 그의 목적은 달성되었다. 만일 첫 번째 3단층 갤리선을 빨리 장악할 수만 있다면, 모든 병사가 집결해 새로운 공격을 물리칠 수 있을 테니 이날의 전투는 패배로 끝나지 않을지도 모른다. 가디티쿠스는 분개해 봤자 소용없는 일임을 알면서도 검의 손잡이를 쥔 주먹에 힘을 주었다. 이들이 정정당당하게 나와 부하들의 손에 난도질당하리라 기대했단 말인가. 이들은 액시피터의 화물창에 있는 은을 노리는 도적들과 거지들이지 않은가. 마치 작은 개들이 로마의 늑대를 쓰러뜨리고 있는 것같이 느껴졌다. 배 한쪽 편의 노들이 안으로 끌어 당겨져 있는 모습을 보면서, 그리고 두 번째 적선이 자신이 애지중지하는 배를 향해 노를 저어 오고 있는 모습을 보면서, 가디티쿠스는 분을 못이겨 손을 떨었다. 아래에 있는 노예들이 공포에 질려 합창하듯 끊임없이 내지르던 비명이 아직도 들리는 듯했다.

율리우스는 검을 역으로 휘둘러 한 사내의 얼굴을 베다가 갑옷에 일격을 맞고 성이 나서 으르렁댔다. 자세를 바로 잡기도 전에 턱수염을 기른 거구의 사내가 다가왔다. 그 전사의 엄청나게 큰 키와, 피와 머리카락이 잔뜩 묻은 무거운 대장장이용 해머를 걸친 어깨를 보자 율리우스는 순간적으로 공포를 느꼈다. 그 사내가 어깨에 걸치고 있던 무기를 아래쪽으로 내리치며 이를 드러낸 채 우렁차게 고함을 질렀다. 율리우스는 뒤로 물러서며 공격을 막으려고 반사적으로 팔을 올렸다. 그랬다가 그 충격에 팔목 뼈가 뚝 하고 부러지는 것을 느끼며 고통에 겨워 비명을 질렀다.

카베라가 둘 사이로 재빨리 돌진해 단검을 사내의 목에 푹 쑤셔 넣었지만, 전사는 으르렁거리고는 해머를 도로 휘둘러 연약한 노인을 날려버렸다. 율리우스는 부러진 뼈가 삐걱거릴 때 느껴지는 고통을 애써 무시하며 자신의 단검을 향해 왼팔을 뻗었다. 현기증이 일면서 갑자기 몸과 마음이 분리된 듯한 느낌이 들었다. 그러나 비록 목의 상처에서 피가 샘솟듯 솟구쳐 나오는데도 거구의 사내는 아직 위험한 존재였다.

황소 같은 사내는 선 채로 비틀거리더니, 고통에 겨워 무턱대고 해머를 마구 휘둘렀다. 해머가 둔탁하게 쿵 소리를 내며 머리에 세게 부딪치는 바람에 율리우스는 의식을 잃고 쓰러졌다. 주변에서 싸움이 계속되는 가운데 율리우스의 코와 귀에서 천천히 흘러나온 피가 고여 웅덩이를 이루었다.

5장

　브루투스는 추적자들을 뒤돌아보면서 깨끗한 산 공기를 깊이 들이마셨다. 그리스인들이 아래쪽에 넓게 퍼져 있긴 하지만, 비탈 가득 작은 자줏빛 꽃들이 피어 있고 그 향기가 바람에 실려 오는 상황에 죽음과 복수를 곰곰이 생각한다는 것은 잘못된 일인 듯싶었다. 그러나 레니우스가 예측했듯이 말을 타고 쫓아오는 무리에는 뛰어난 추적자가 최소한 한 명은 끼어 있는지 몇 번이나 따돌리려 했는데도 끈질기게 따라왔다.

　레니우스는 팔이 잘려나간 어깨를 드러낸 채 근처의 이끼 낀 바위에 앉아, 매일 아침 하던 대로 흉이 진 살갗에 기름을 문지르고 있었다. 그런 모습을 볼 때마다 브루투스는 율리우스 소유지의 훈련장에서 벌였던 싸움을 떠올리며 죄책감을 느꼈다. 그 팔의 신경을 끊어놓았던 일격까지도 생생하게 기억이 났다. 그러나 많은 시간이 흐른 지금 되돌릴 수 있는 일이 아니었다. 살갗에 분홍색 어깨심 같은 굳은살이 박여 있긴 해도, 껍질이 벗겨져 얼룩덜룩한 부위에는 연고를 바를 필요가 있어 보였다. 가죽덮개를 벗겨내고 살갗에 공기를 통하게 할 때만 쓰라림에서 벗어날 수 있었지만, 레니우스는 호기심 어린 시선을 몹시 싫어해 어쩔 수 없는 경우가 아니면 덮개를 벗기지 않았다. 설령 그랬다 해도 조금만 괜찮아졌다 싶으면 곧바로 덮개를 되씌우곤 했다.

"저들이 점점 가까워지고 있어요."

브루투스가 군이 설명할 필요는 없었다. 뒤를 쫓는 다섯 사내를 처음 발견한 이래 둘 다 한시도 그 사내들을 잊은 적이 없었기 때문이다.

뙤약볕이 내리쬐는 산은 보기엔 아름다웠지만, 땅이 메말라 농민들을 거의 끌어들이지 못했다. 눈에 띄는 생명체라고는 서서히 위로 올라오고 있는 몇 안 되는 추적자가 전부였다. 말보다 앞서가는 상황은 그리 오래 유지되지 않을 것이며, 아래쪽 벌판에 이르기가 무섭게 따라잡혀 죽임을 당하리란 걸 브루투스는 알고 있었다. 둘 다 체력이 바닥나 있었고, 먹을 것도 그날 아침을 마지막으로 다 떨어지고 없었다.

브루투스는 혹시 먹을 만한 것이 있나 싶어 바위투성이 비탈에서 끈질기게 생명을 유지하고 있는 초목을 유심히 살펴보았다. 병사들이 덤불과 수풀 속에 사는 귀뚜라미를 잡아먹는다는 이야기를 주워들은 적이 있었기 때문이다. 하지만 한 번에 한 마리씩 잡는다면 별 도움이 되지는 않을 것이다. 먹을 것 없이는 이틀도 견디지 못할 텐데, 설상가상으로 물을 담은 가죽 부대마저 채 반도 차 있지 않았다. 브루투스가 허리춤에 찬 주머니에는 여전히 금화가 가득 들어 있었지만, 가장 가까운 로마 도시도 테살리아 평원 너머로 100마일 이상 떨어져 있으니, 두 사람은 절대로 그곳에 이르지 못할 것이다.

레니우스가 좋은 수를 떠올리지 않는 한 미래는 암울해 보였다. 더욱이 검투사 노인은 추적자들과 한 시간 거리 떨어져 있는 것으로 만족한 듯 말없이 팔이 잘려나간 어깨를 문지를 뿐이었다. 브루투스는 레니우스를 가만히 지켜보았다. 레니우스는 짙은 색 꽃 중에서 한 송이를 따낸 뒤 즙을 짜서 어깨에 울퉁불퉁하게 솟아난 굳은살에 바르고 있었다. 검투사 노인은 진정 효과가 있는지 알아보기 위해 늘 약초들을 시험해 보았지만, 대개는 실망하여 콧방귀를 뀌고는 튼실한 손에 들려 있던 으깨진 꽃잎들을 땅바닥에 집어던지곤 했다.

레니우스의 평온한 표정을 보고 있자니, 브루투스는 돌연 화가 머리끝까지 치밀었다. 말 한 쌍만 있었어도 추적자들이 결코 이렇게 바짝 따라오지는 못했을 것이다. 레니우스는 과거에 내린 결정을 후회하는 성격이 아니었다. 그렇지만 브루투스는 쓰라린 발로 한 걸음 한 걸음 내디딜 때마다 짜증이 나 투덜거렸다.

"저들이 우리 쪽으로 올라오고 있는데, 어떻게 거기 그냥 앉아만 계실 수 있는 거죠? 목숨을 건 시합에서 수백 번이나 승리한 불사의 레니우스라면, 언덕 꼭대기에서 기운 빠진 그리스인 몇 명쯤은 산산조각내야 될 거 아녜요."

레니우스는 별로 감동받은 기색 없이 브루투스를 바라보더니 어깨를 으쓱했다.

"비탈 때문에 저들은 별로 유리하지 않을 거야. 말은 언덕을 잘 못 오르거든."

"그러니까 저들과 맞서 싸울 거란 얘기죠?"

브루투스는 레니우스가 모종의 계획을 갖고 있다는 사실에 크게 안도했다.

"그렇지만 저들이 예까지 오려면 몇 시간은 걸릴걸. 나라면 그늘에 앉아서 쉴 거야. 내 검의 날을 갈면 마음이 진정될걸, 아마."

브루투스는 레니우스를 쏘아보면서 레니우스의 검을 집어들고 숫돌에 쭉쭉 밀면서 날을 갈기 시작했다.

"저들은 다섯이에요, 기억해 두세요."

브루투스가 잠시 후에 말했다.

레니우스는 브루투스의 말을 무시한 채 툴툴거리며 팔이 잘려나간 부위에 가죽덮개를 씌웠다. 브루투스가 지켜보는 가운데, 레니우스는 가죽끈의 한 끝을 이로 물어 힘들이지 않고 매듭을 지었다. 오랜 연습의 결과였다.

"여든아홉이야."

레니우스가 불쑥 말했다.

"뭐라고요?"

"로마에서 벌어진 시합에서 내가 죽인 사람이 여든아홉 명이라고."

레니우스가 부드럽게 자리에서 일어났다. 움직임에서 노인 같은 구석은 찾아볼 수 없었다. 왼팔의 무게가 사라진 상태에서 균형을 맞출 수 있도록 몸을 다시 길들이는 데 오랜 시간이 걸렸지만, 레니우스는 살면서 자신에게 맞서는 것은 무엇이든 이겨냈듯이 왼팔의 상실감 또한 이겨냈다. 브루투스는 카베라가 두 손으로 잿빛을 띤 레니우스의 가슴을 꾹 누르던 순간을 떠올렸다. 레니우스의 몸은 갑자기 생명력이 돌아오느라 뻣뻣해지면서 살색이 변했었다. 게다가 마치 죽음조차도 노인을 계속 붙들고 있을 수 없다는 듯 머리도 검어졌다. 그 모습을 지켜볼 때 카베라는 경외감에 휩싸여 말없이 무릎을 꿇고 앉았다. 신들이 늙은 검투사를 구했다. 아마 이제는 늙은 검투사가 그리스의 언덕 꼭대기에서 젊은 로마인을 구해낼 차례인지도 모른다. 브루투스는 자신을 괴롭히던 배고픔과 피로도 잊고 자신만만해졌다.

"오늘 저들은 다섯밖에 안 돼요. 제가 저희 세대 중에서는 최고란 거 아시죠. 지금 살아 있는 사람 중에 검으로 저를 이길 사람은 아무도 없어요."

이 말을 듣고 레니우스가 툴툴거렸다.

"난 우리 세대 중에서 최고였다네, 젊은이. 그런 내가 보기에 요즘은 기준이 좀 약해진 듯싶군그래. 그래도 어쨌든 저들을 놀래켜 줄 수는 있을지 모르지."

쥐가 난 근육이 풀리도록 허벅지에 황금색 올리브유를 산파가 문지르는 동안 코르넬리아는 고통에 겨워 신음소리를 냈다. 클로디아가 우유에 꿀을 탄 포도주를 섞은 따뜻한 음료를 한 잔 건넸다. 코르넬리아는 거의 맛도 보지 않은 채 잔을 단숨에 비웠다. 잠시 후 또다시 자궁수축이 일어나 진통이 밀려왔고, 코르넬리아는 더 달라고 잔을 내밀었다. 코르넬리아는 고통을 참지 못해 몸서리치며 소리내어 울었다.

산파는 양손에 쥔 보들보들한 모직 천을 올리브유 사발에 푹 담갔다가 꺼내서 코르넬리아의 몸에 천천히 넓게 문질렀다.

"이제 그리 오래 걸리지 않을 거예요. 아주 잘하고 계세요. 꿀을 탄 포도주가 고통을 줄이는 데 도움이 될 테지만, 곧 분만용 의자로 옮기셔야 해요. 클로디아, 출혈이 있을지 모르니까 천이랑 해면을 좀 더 갖다 줘. 출혈이 많지 않아야 할 텐데. 아씨는 아주 튼튼하고 엉덩이 크기도 출산을 하기에 적당하니까 별 문제 없을 거예요."

자궁이 완전히 수축되고 있어 숨을 짧게 몰아쉬느라, 코르넬리아는 단지 신음소리로만 대꾸했다. 코르넬리아는 이를 악물고 딱딱한 침대 양측을 움켜쥔 채 엉덩이에 힘을 주었다. 산파가 고개를 살짝 가로저었다.

"아직은 힘을 주시면 안 돼요, 아씨. 아기는 밖으로 나올까 생각만 하는 중이거든요. 밖으로 나오려고 아래쪽으로 내려와 자리를 잡았기 때문에 아기한텐 휴식이 필요해요. 공주님을 밀어내야 될 때가 되면 제가 말씀드릴게요."

"공주라구요?"

코르넬리아가 거칠게 숨을 쉬느라 헐떡이며 물었다.

산파가 고개를 끄덕였다.

"사내아이들은 해산하기가 더 수월해요. 지금처럼 오래 걸리는 경우는 딸이기 십상이에요."

산파는 클로디아가 나무로 된 분만용 의자 옆에 해면과 천을 가져다놓자 고마움을 표시하고는 분만의 마지막 단계에 대비했다.

클로디아가 코르넬리아의 손을 잡고 부드럽게 문질렀다. 방문이 조용히 열리더니 아우렐리아가 들어와 잰걸음으로 침대로 가서는 코르넬리아의 다른 쪽 손을 꼭 쥐었다. 클로디아는 남들이 눈치 채지 못하게 아우렐리아를 지켜보았다. 어떤 어려운 문제가 생겨도 대처할 수 있도록 투브루크가 아우렐리아의 문제를 전부 말해 주었던 것이다. 코르넬리아의 해산이 아우렐리아의 관심을 끈 듯했다. 하긴 손녀를 출산하는 현장을 지키는 것은 아우렐리아의 권리기도 했다.

투브루크는 클로디아와 논의했던 문제를 마무리짓기 위해 집을 떠나 있었다. 따라서 코르넬리아가 분만을 끝내기 전에 아우렐리아가 발작을 일으킨다면 아우렐리아를 다른 곳으로 데려가는 일은 자신의 몫임을 클로디아는 알고 있었다. 아우렐리아의 하인들 중에는 감히 그 일을 떠맡으려는 이가 아무도 없었기 때문이다. 그렇지만 그 일이 내키지 않는 것은 클로디아도 마찬가지였다. 클로디아는 그런 일이 일어나지 않게 해달라고 가족신들에게 짧은 기도를 올렸다.

"딸일 거 같습니다."

클로디아가 반대편에 자리 잡은 율리우스의 어머니에게 말했다.

아우렐리아는 아무런 대꾸도 하지 않았다. 그렇게 경직된 태도를 보이는 것이 그녀는 집안의 안주인인데 자신은 노예에 지나지 않기 때문인지 궁금했지만, 클로디아는 그 생각을 머릿속에서 떨쳐버렸다. 분만이 진행되는 동안 그런 태도가 누그러지기도 했거니와 아우렐리아는 보통사람들이 당연하게 생각하는 사소한 일에도 어려움을 겪는다고 투브루크가 말했기 때문이다.

코르넬리아가 울부짖자 산파가 민첩하게 고개를 끄덕였다.

"때가 됐어요."

산파가 아우렐리아 쪽으로 돌아서며 물었다.

"저희를 도와주실 수 있겠어요, 마님?"

아우렐리아가 아무런 대답도 하지 않자 산파는 훨씬 더 목소리를 높여 되물었다. 아우렐리아는 그제야 멍한 상태에서 빠져나온 듯했다.

"나도 돕고 싶네."

아우렐리아가 조용히 말했다. 그러나 산파는 즉시 대꾸하지 않고 머뭇거렸다. 아우렐리아에게 그 일을 맡겨도 되는지 가늠해 보고 있었던 것이다. 그러더니 어깨를 으쓱했다.

"좋습니다. 하지만 몇 시간이 걸릴 수도 있어요. 감당할 자신이 없으시면, 마님 대신 저희를 도와줄 튼튼한 여자를 하나 보내주세요. 아시겠어요?"

아우렐리아는 고개를 끄덕이고는 다시 주의를 집중해, 코르넬리아가 의자로 옮겨가는 것을 도울 자세를 취했다.

두 여자와 힘을 합해 코르넬리아를 안아 일으켜 세우면서 클로디아는 산파가 보여준 자신감에 감탄했다. 물론 산파는 해방노예이고, 그나마 노예였던 것도 까마득한 과거의 일이니 그렇겠지만 윗사람에게 굽실대는 태도라고는 눈곱만큼도 찾아볼 수 없었다. 클로디아는 그런 그녀가 약간 마음에 들었다. 그래서 자신도 필요한 만큼 강해지리라 다짐했다.

튼튼하게 제작된 분만용 의자는 며칠 전에 산파가 직접 수레에 실어온 것이다. 여자들은 함께 코르넬리아를 부축해 침대 가까이에 놓인 의자 쪽으로 데려갔다. 코르넬리아는 의자의 팔걸이를 단단히 붙잡은 후, 앉는 부분이 좁다란 곡선으로 이루어진 의자에 몸무게를 전부 실었다. 산파가 그 앞에 무릎을 꿇고 앉더니 코르넬리아의 다리를 부드럽게 벌려 좁다란 곡선 너머로 넘겼다. 그 곡선은 오래 묵은 나무를 깊이 잘라 만든 것으로 초승달 모양이었다.

"몸을 의자의 등받이에 기대세요."

산파가 코르넬리아에게 조언한 다음 클로디아 쪽으로 몸을 돌렸다.

"의자가 뒤로 기울어지게 해선 안 돼. 아기 머리가 보이면 자네한테 또 다른 일을 맡기겠지만, 우선은 그게 자네 일이야, 알겠지?"

클로디아는 골반으로 의자를 떠받칠 자세를 취했다.

"아우렐리아 마님, 마님은 제가 말씀드리면 배를 아래쪽으로 밀어주세요. 그 전에 그러시면 안 되고요. 아시겠죠?"

아우렐리아는 부푼 배 위에 두 손을 올려놓은 채 참을성 있게 기다렸다. 두 눈이 맑게 빛나고 있었다.

"진통이 다시 시작되고 있어요."

코르넬리아가 진통 때문에 움찔하며 말했다.

"원래 그런 거예요, 아씨. 아기가 나오고 싶은가 봐요. 계속 참고 계세요. 힘을 줄 때가 되면 제가 말씀드릴게요."

산파가 양손으로 코르넬리아에게 기름을 더 발라주며 미소를 지었다.

"이제 오래 걸리지 않을 거예요. 준비되셨죠? 지금이에요, 아씨. 힘을 주세요! 아우렐리아 마님, 부드럽게 아래로 미세요."

산파와 아우렐리아는 함께 배를 밀었고, 코르넬리아는 고통을 참지 못해 울부짖었다.

두 사람은 진통이 사라질 때까지 힘을 주었다 풀었다 하기를 되풀이했고, 코르넬리아는 머리칼이 땀에 젖어 색이 짙어질 정도로 온몸이 땀으로 범벅이 되었다.

"원래 머리가 빠져 나올 때가 제일 힘들어요. 아씬 잘 하고 계세요. 분만 내내 비명을 질러대는 여자들도 많거든요. 클로디아, 경련이 일어나는 동안 아씨의 밑을 천 조각으로 틀어막아. 다 끝났을 때 거기 '포도송이들'이 매달려 있으면 우린 고맙다는 말도 듣지 못할 테니까 말이야."

클로디아는 산파가 시킨 대로 의자 등받이와 코르넬리아 사이로 팔을 뻗은 채 천 조각을 단단히 붙잡고 있었다.

"이제 다 끝나가요, 아씨."

산파가 코르넬리아를 격려했다.

코르넬리아는 가까스로 살짝 미소지었다. 그때 자궁수축이 다시 시작되어, 모든 근육이 놀라우리만치 강하게 조여들었다. 그와 같은 반응을 처음 겪은 코르넬리아는 자궁이 생각지도 못한 세기로 나름의 리듬에 맞춰 움직이는 것을 느끼면서, 몸속에 관찰자가 있기라도 한 듯한 착각에 빠져

들었다. 압력이 점점 더 세지더니 갑자기 사라졌다. 그녀는 기진맥진한 상태가 되었다.

"더는 못 참겠어요."

코르넬리아가 기어 들어가는 목소리로 말했다.

"머리가 나왔어요, 아씨. 이제부터는 한결 수월해질 거예요."

산파가 차분하고 명랑한 목소리로 말했다. 아우렐리아는 양손으로 부푼 배를 문지르며 분만용 의자 위로 몸을 기울여 덜덜 떨리는 코르넬리아의 다리 사이를 보았다.

산파는 두 손으로 아기의 머리를 붙잡았다. 아기를 미끄러뜨려 놓치지 않도록 손에는 거친 천이 감겨 있었다. 아기의 두 눈은 감겨 있었고 머리통은 일그러진 데다 부풀어 있었지만, 산파는 걱정하지 않는 듯 진통이 다시 시작되자 코르넬리아와 아우렐리아를 다그쳤다. 다음 순간 아기의 몸이 산파의 두 손 위로 미끄러져 나왔다. 코르넬리아는 몸을 뒤로 젖힌 채 의자에 축 늘어졌다. 두 다리에서는 물 같은 것이 흘러내렸다. 녹초가 되어 숨을 거칠게 몰아쉬느라 아우렐리아가 찬물을 적신 천으로 이마를 닦아줄 때, 코르넬리아는 고갯짓으로만 감사를 표시할 수 있을 뿐이었다.

"딸이에요!"

산파가 날카로운 칼을 탯줄에 갖다 대며 말했다.

"수고하셨어요, 아씨. 클로디아, 탯줄을 지지게 뜨거운 숯 하나 좀 가져다 줘."

"묶지 않고요?"

클로디아가 자리에 그대로 서서 물었다.

산파는 고개를 절레절레 흔들며 두 손으로 아기의 피부에 묻은 피와 얇은 막을 닦아냈다.

"지지는 게 더 깨끗해. 서둘러, 무릎 아프단 말이야."

또 한 번 자궁이 부풀었다 수축하자 마지막 비명소리와 함께 코르넬리아의 몸속에서 미끈미끈하고 거무스레한 살덩어리가 쑥 빠져나왔다. 산파는 아우렐리아에게 손짓으로 그것을 치우라고 시켰다. 아무 생각 없이 출산에 참여하고 있는 율리우스의 어머니는 이제 산파의 권위에 익숙해져 있었다. 새로운 현실이 충분히 인식되면서부터 그녀는 익숙하지 않은 행복감에 휩싸였다. 손녀가 태어난 것이다. 몰래 자기 손을 흘끗 본 아우렐리아는 떨림이 없자 안도감을 느꼈다.

허공을 가르는 울음소리에 여자들은 돌연 미소를 지었다. 산파는 아기의 팔다리에 이상은 없는지, 움직임은 민첩하고 익숙한지 살펴보았다.

"별 이상은 없겠어요. 조금 창백하긴 하지만 벌써 홍조가 돌고 있어요. 색이 짙어지지만 않는다면 엄마처럼 금발이겠어요. 예쁜 아기예요. 아이를 싸줄 강보는 준비해 놓으셨나요?"

아우렐리아가 강보를 산파에게 건네주었다. 바로 그때 클로디아가 부젓가락으로 뜨거운 숯 조각 하나를 들고 돌아왔다. 산파가 뜨거운 숯으로 탯줄의 절단 부위를 지진 뒤 머리만 남기고 단단히 싸매기 시작하자, 아기가 다시 힘차게 울어댔다.

"아기 이름은 생각해 두셨나요?"

산파가 코르넬리아에게 물었다.

"아들이었다면, 아빠의 이름을 따서 율리우스라고 부르려고 했어요. 난…… 아들일 거라고만 생각했거든요."

산파는 아기를 팔에 안고 서서 창백하고 피로에 지친 코르넬리아의 모습을 유심히 살펴보았다.

"이름을 생각할 시간은 얼마든지 있어요. 마님, 클로디아와 함께 아씨가 침대로 가서 쉴 수 있도록 도와주세요. 저는 제 물건들을 챙길게요."

그때 소유지의 출입문을 주먹으로 쾅쾅 치는 소리가 분만실에까지 들려왔다. 아우렐리아가 고개를 들더니 자리에서 일어섰다.

"투브루크는 늘 방문자용 문을 열고 들어오는데. 하지만 투브루크는 우릴 버렸어."

아우렐리아가 중얼거렸다.

"몇 주 동안만이에요, 마님. 로마에서 볼일을 마치는 데 그 이상은 걸리지 않을 거랬어요."

죄책감이 든 클로디아가 재빨리 말했다.

그러나 방을 나가는 아우렐리아는 그 말을 듣지 못한 듯했다.

아우렐리아는 천천히 조심스레 안마당으로 걸어 나갔다. 워낙 오랫동안 실내에만 있었던 터라 밝은 햇살을 보자 몸을 움찔했다. 문가에서는 하인 둘이 참을성 있게 그녀를 기다리고 있었다. 누구든지 간에 그녀가 허락하기 전에 문을 열어서는 안 된다는 것을 너무나도 잘 알았기 때문이다. 그것은 몇 년 전에 폭동이 일어난 뒤 투브루크가 정한 규칙이었다. 아마 집의 안전을 고려해 그렇게 했을 것이다. 그러나 그는 절대로 그러지 않겠다고 다짐하고서 그녀만 혼자 남겨두고 떠나버렸다. 안색을 부드럽게 바꾸던 아우렐리아는 옷소매에 조그맣게 핏자국이 나 있는 것을 보았다. 살짝 떨리는 오른손의 경련을 멈추게 하기 위해 왼손으로 그 손을 꼭 붙들었다.

"문을 여시오!"

문 건너편에서 사내의 목소리가 들려왔다. 사내는 또다시 나무문을 주먹으로 쾅쾅 두들겼다.

문을 열라는 아우렐리아의 신호를 본 하인들은 빗장을 풀고 방문객을 위해 문을 당겨 열었다. 하인들은 둘 다 무장을 한 차림이었다. 그것 또한 투브루크가 정한 규칙이었다.

말을 탄 병사 셋이 들어왔다. 그들은 번쩍이는 갑옷을 멋들어지게 차려입고 헬멧에는 깃털 장식을 달고 있었다. 마치 행진이라도 할 듯한 차림새의 병사들을 본 아우렐리아는 몸을 오싹 떨었다.

투브루크는 왜 지금 여기 없는 걸까? 투브루크라면 이 일을 훨씬 더 능숙하게 처리할 수 있을 텐데.

한 사내가 편안하고 자신에 찬 몸동작으로 말에서 내렸다. 그는 한 손으로 고삐 다발을 움켜쥔 채 밀랍으로 두껍게 봉인된 양피지 두루마리를 아우렐리아에게 건넸다. 아우렐리아가 아무 말도 하지 않자 그 병사는 발을 질질 끌었다.

"명령서입니다, 부인. 로마의 독재관이신 저희 주인께서 보내신 겁니다."

그래도 아우렐리아는 입을 꾹 다문 채 두루마리를 든 손을 다른 손으로 꼭 감싸 쥐고 있을 뿐이었다. 손에 어찌나 힘을 주고 있는지 마디들이 하얗게 드러났다.

"며느님이 여기 계신 거 압니다. 이 명령서를 받는 대로 독재관님을 뵈러 로마로 오라고 며느님께 명하셨습니다."

병사가 말을 이었다. 말로 전하지 않는다면 술라가 직접 봉인한 명령이 담긴 두루마리를 그녀가 결코 열어보지 않을지도 모른다는 데 생각이 미쳤던 것이다.

잠시 손 떨림이 가라앉자 아우렐리아가 입을 열었다.

"며늘아기는 지금 막 해산했어요. 그래서 움직일 수가 없답니다. 회복하는 데 사흘은 걸릴 겁니다. 회복하는 대로 며늘아기에게 여행 준비를 시키겠어요."

인내심이 한계에 달했는지 병사의 얼굴이 살짝 굳어졌다. 이 여자는 자신이 대단한 사람이라도 되는 줄 아는 걸까.

"부인, 며느님은 지금 당장 떠날 준비를 해야 합니다. 술라 독재관께서 로마에 오라고 명령을 내리셨으니, 즉시 길을 떠나야 합니다. 원하든 원치 않든 말입니다. 전 여기서 기다리고 있겠습니다. 늦어도 몇 분 뒤에는 며느님을 뵐 수 있으리라 믿습니다. 저희가 들어가서 며느님을 모셔오게 하지는 않으시겠지요?"

아우렐리아의 얼굴이 살짝 창백해졌다.

"아…… 아이는 어떡할까요?"

병사가 눈을 깜박였다. 그가 받은 명령에 아이에 대한 언급은 전혀 없었다. 그러나 로마의 독재관을 실망시킨다면 경력에 도움이 되지 않을 거라고 그는 생각했다.

"아이도 같이요. 둘 다 떠날 준비를 시켜 주십시오."

병사의 표정이 조금 부드러워졌다. 친절하게 굴어서 손해 볼 것은 없는 법이다. 게다가 여자가 갑자기 몹시 허약해 보였다.

"수레하고 신속하게 마구를 채울 수 있는 말들을 가지고 계신다면 며느님과 아이는 그걸 타고 가도 됩니다."

아우렐리아는 말없이 돌아서서 건물 안으로 사라졌다. 병사는 눈썹을 추켜세우고 두 동료를 올려다보았다.

"내가 일을 쉽게 끝낼 수 있을 거라고 말하지 않았나. 난 독재관께서 이 집 며느리에게 뭘 바라시는 건지 모르겠네."

"여자의 아버지가 누구냐에 따라 다르겠지."

동료 하나가 외설스럽게 윙크를 하면서 말했다.

의자에 경직된 자세로 앉아 있던 투브루크가 포도주 잔을 받아들며 고개를 끄덕였다. 그가 얼굴을 마주하고 있는 사내는 30년 동안 절친하게 지내온 동갑 친구였다.

"난 아직도 내가 예전의 젊은이가 아니라는 사실이 실감이 안 난다네."

페르쿠스가 슬픈 미소를 지으며 말했다.

"예전에 우리 집 곳곳에 거울을 놓아두었는데, 거울 앞을 지날 때마다 나를 응시하고 있는 늙은이를 보고 깜짝 놀라곤 했지. 허나 몸은 약해졌어도 정신은 아직도 말짱한 편이라네.

"그러길 바라네. 자넨 늙지 않았어."

투브루크는 긴장을 풀고 지난 세월 동안 수없이 그랬던 것처럼 친구와 함께 있는 순간을 즐기려 애썼다.

"그렇게 생각하나? 지금쯤이면 우리가 알던 사람들 대다수가 저세상으로 가서 짓궂은 장난이나 치고 있을 걸세. 병마가 라파스를 데리고 갔다네. 내가 만난 사내들 중에서 가장 튼튼했는데 말일세. 끝내는 아들이 그 친구를 한쪽 어깨에 짊어지고 태양 속으로 데리고 갔다더군. 거대한 황소 같은 그 친구를 한쪽 어깨로 짊어질 수 있는 사람이 있다는 게 상상이 가나? 그것도 다름 아닌 그 친구의 아들이라니! 늙는다는 건 정말 끔찍한 일이네."

"자네한텐 일리타와 딸들이 있지 않나. 아직은 부인이 자네 곁을 떠나지 않았지?"

투브루크가 나지막이 말했다.

페르쿠스가 포도주 잔 속으로 콧김을 내뿜었다.

"아직은 아닐세. 하지만 해마다 불안하다네. 사실 말이지, 자네도 착하고 투실투실한 여자가 하나 곁에 있어야 해. 여자들은 희한하게도 노화를 막아준다는 걸 자네도 알지 않나. 게다가 밤에는 발도 따뜻하게 해준다네."

"새로운 사랑을 찾기엔 난 너무 내 방식에 길들여졌어. 나를 참고 봐줄만한 여자를 어디 가서 찾겠나? 아니, 난 이미 소유지에서 가족을 발견했다네. 다른 가족은 생각할 수도 없으이."

페르쿠스가 고개를 끄덕였다. 눈은 늙은 검투사의 몸 전체에 가득한 긴장을 하나도 놓치지 않고 있었다. 그는 투브루크가 갑작스레 찾아온 이유를 말하고 싶은 마음이 들 때까지 기다릴 준비가 되어 있었다. 찾아온 이유를 재촉해 묻지 않을 정도로 투브루크를 잘 알고 있었다. 어떡해서든 투브루크를 도울 생각이었다. 투브루크에게 빚을 많이 지긴 했지만, 단순히 빚을 갚기 위해 도우려는 것은 아니었다. 투브루크는 존경하고 아끼는 사람이었으므로 도우려는 것이었다. 투브루크는 악의라곤 없고, 보기 드물게 강인한 사람이었다.

페르쿠스는 속으로 소유 재산과 구할 수 있는 금이 전부 얼마나 되는지 계산했다. 투브루크가 필요한 게 돈이라면, 다른 때 찾아왔다면 더 좋았겠지만, 따로 챙겨둔 돈도 있고 남에게 빌려준 돈도 있었다.

"사업은 잘되나?"

투브루크가 물었다. 무의식적으로 한 말이었지만, 페르쿠스의 생각에 딱 맞아떨어지는 질문을 한 셈이었다.

"돈 좀 모았다네. 자네도 알다시피 로마에는 늘 노예를 찾는 사람들이 있으니까."

투브루크는 한때 수천 명의 관중 앞에서 검술시합을 벌이는 훈련을 받는 곳에 자신을 팔아넘겼던 사내를 계속 바라보았다. 세상에 대해서도 앞으로 받게 될 훈련에 대해서도 까맣게 모르는 젊은 채석장 노예였던 그때도, 투브루크는 페르쿠스가 자신이 팔아넘기는 노예들에게 결코 잔인하지 않음을 알고 있었다. 투브루크는 훈련장에 보내지기 하루 전날 절망한 나머지 삶을 끝낼 방법을 찾던 때를 떠올렸다. 순찰을 돌던 페르쿠스는 곁에 멈춰 서서 용기와 강인함만 있다면 스스로를 해방시킬 수 있고 여생을 마음대로 살 수 있다고 말해 주었다.

"그날 내가 돌아와서 당신을 죽일 거요."

투브루크는 그 사내에게 그렇게 말했었다.

페르쿠스는 한참 동안 투브루크를 바라보다가 이렇게 대꾸했었다.

"그러지 않길 바라네. 그냥 포도주나 한잔 같이 하자고 청하면 좋겠네."

젊은 투브루크는 아무런 대꾸도 하지 못했지만 나중에 그 말은 커다란 위안이 되었다. 언젠가는 양지 바른 곳에 앉아 자신의 주인과 포도주를 마실 날이 올 수도 있음을 알게 되었기 때문이다. 노예에서 해방된 날, 투브루크는 로마의 거리를 지나 페르쿠스의 집으로 찾아가서 탁자에 술단지를 올려놓았다. 페르쿠스는 그 옆에 잔을 두 개 갖다놓았고, 그렇게 그들의 우정은 시작되었다.

소유지 밖의 세상에 투브루크가 신뢰할 수 있는 사람이 있다면 그 사람은 다름 아닌 페르쿠스였다. 그렇지만 투브루크는 침묵을 지킨 채 클로디아가 만나러 온 날 이후 세운 계획을 머릿속으로 다시 세밀하게 검토했다. 분명 다른 방법이 있지 않을까? 지나온 길을 생각하면 몸서리가 쳐졌지만 코르넬리아를 보호하기 위해 죽을 준비가 되어 있다면, 분명 이 일도 해낼 수 있으리란 것을 그는 알고 있었다.

페르쿠스가 자리에서 일어나 투브루크의 팔을 잡았다.

"곤경에 처한 모양이군, 친구. 뭐든지 말만 하게."

투브루크가 올려다보며 눈을 맞추는데도 페르쿠스의 눈빛은 전혀 흔들리지 않았다. 둘 사이에 다시 과거가 열렸다.

"내 목숨을 걸어도 좋을 정도로 자넬 믿어도 될까?"

투브루크가 물었다.

페르쿠스는 그 물음에 대한 답으로 투브루크의 팔을 더 세게 쥐었다 놓고는 도로 자리에 앉았다.

"그런 건 물어보지 않아도 되네. 다 죽어가고 있던 내 딸을 자네가 산파를 불러와 구하지 않았나. 게다가 자네가 도적들을 물리치지 않았다면 나도 도적들의 손에 죽었을 걸세. 난 자네에게 도저히 갚을 길 없는 빚을 졌네. 그러니 어서 말해 보게나."

투브루크는 심호흡을 한 번 했다.

"날 도로 노예로 팔아주었으면 하네. 술라의 집에 말일세."

투브루크가 조용히 말했다.

율리우스는 카베라가 두 손으로 눈꺼풀을 들어 올리는데도 아무런 감각을 느끼지 못했다. 세상이 어두워졌다 밝아졌다 하는 듯 보였고, 머리는

100

깨질 듯이 아팠다. 멀리서 카베라의 목소리가 들려왔다. 율리우스는 어둠을 방해하는 그에게 욕을 하려 했다.

"눈이 잘못됐네."

누군가가 말했다. 가디티쿠스라고? 이름은 잘 모르지만 아는 목소리였다. 아버지가 여기에 와 있는 걸까? 예전에 소유지에서 어둠 속에 누워 있던 기억이 떠올라 이런저런 생각과 합쳐졌다. 훈련 중에 레니우스에게 베인 뒤 아직 침대에 누워 있는 건가? 친구들은 나 없이 담벼락 위에서 반란을 일으킨 노예들을 저지하고 있는 것일까? 몸을 살짝 버둥거리자 손들이 몸을 누르고 있는 게 느껴졌다. 말을 하려 애썼지만 목소리가 나오지 않았다. 힘이라고는 전혀 없는 목소리가 겨우겨우 흘러나왔다. 마치 죽어가고 있는 황소의 신음소리 같았다.

"징조가 좋지 않습니다."

카베라의 목소리였다.

"양쪽 눈의 동공 크기도 다르고, 저를 알아보지도 못하고 있습니다. 왼쪽 눈에는 피가 잔뜩 고여 있고요. 피는 몇 주 뒤엔 사라질 겁니다. 눈이 빨갛게 충혈되어 있는 게 보이시죠? 내 말이 들리나, 율리우스? 가이우스?"

율리우스는 어릴 적 이름을 부르는데도 대답하지 못했다. 암흑의 무게가 그들을 그에게서 멀리 밀어냈다.

카베라가 일어나 한숨을 내쉬었다.

"투구 덕분에 목숨은 구했지만 귀에서 피가 나는 것은 좋은 징조가 아닙니다. 회복될 수도 있고, 그냥 이 상태로 남아 있을 수도 있습니다. 머리를 부상당한 사람이 깨어나지 못하는 것을 전에 본 적이 있습니다. 영혼도 으깨질 수 있는가 봅니다."

목소리에는 슬픔이 역력했다. 가디티쿠스는 치료사가 율리우스와 함께 승선했고, 액시피터에 승선하기 훨씬 전부터 율리우스와 알고 지낸 사이라는 게 생각났다.

"율리우스를 위해 해줄 수 있는 건 다 해주시오. 저들이 원하는 돈을 받는다면, 우리가 다시 로마를 보게 될 가능성이 크니까. 적어도 한동안은 우릴 죽이는 것보다는 살려두는 게 저들에게 이득일 거요."

가디티쿠스는 목소리에 절망감이 묻어나지 않게 하려고 무진 애를 썼다. 배를 잃은 선장이 또 다른 배를 갖게 될 가능성은 거의 없었다. 그는 두 번째 3단층 갤리선의 갑판 위에서 온몸이 꽁꽁 묶인 채 애지중지하던 액시피터가 거품과 부목이 소용돌이치는 해수면 아래로 가라앉는 광경을 무기력하게 지켜보아야만 했다. 그때 배에서 풀려나지 못한 노잡이 노예들은 바다가 배를 완전히 삼킬 때까지 목이 쉬도록 필사적으로 비명을 내질렀다. 자신의 경력도 그때 액시피터와 함께 가라앉았다는 것을 가디티쿠스는 깨달았다.

그의 부하들은 고군분투했지만 양측에서 공격해 오는 적들에게 압도당해 결국 대다수가 목숨을 잃고 말았다. 가디티쿠스는 마음속으로 짧은 전투를 벌이고 또 벌이면서, 어떻게 했어야 승리를 거둘 수 있었을지 방법을 찾아보곤 했다. 그때마다 결국에는 어깨를 으쓱하며 패배를 잊으라고 자신에게 말하곤 했지만, 굴욕감만은 그대로 남아 있었다.

해적들이 몸값을 요구할 때는 스스로 목숨을 끊을까도 생각해 보았다. 행여나 가족이 몸값을 모을 수 있다 해도 그로 인해 수치심을 느낄 것이 염려되었기 때문이다.

대다수 부하들처럼 액시피터와 함께 물속으로 가라앉았다면 가족에게는 고통이 덜했을 것이다. 그러나 그는 살아남은 장교 열두 명, 그리고 해적들에게 치료 기술을 제공하겠다고 제안함으로써 화를 모면한 카베라와 함께 더러운 몰골로 앉아 있었다. 해적선에는 아물지 않은 상처를 가진 사람이나 외로운 항구에서 매춘부와 관계를 맺은 뒤 감염된 사람이 늘 있게 마련이었다. 전투 이후 그런 자들을 치료하느라 노인은 계속 바빴고, 해적들이 노인과 포로들의 면회를 허락하는 것은 하루에 한 번 포로들의 상처를 살펴볼 때뿐이었다.

가디티쿠스는 비좁고 더러운 감방에서 보낸 첫날 밤부터 옮은 이와 벼룩 때문에 몸을 긁적이면서 옆으로 조금 자리를 옮겼다. 위쪽 어디에선가 그들을 포로로 잡은 사내들이 갤리선의 갑판 위를 활보하며 돌아다녔다. 갑판에는 몸값을 받기 위해 잡아둔 포로와 액시피터의 화물창에서 훔쳐온 은 궤짝들이 가득 실려 있었다. 로마군과의 전투는 비록 위험이 따르기는 해도 이기기만 한다면 해적들에게는 큰 수익이 돌아가는 모험이었다. 가디티쿠스는 감히 로마의 갤리선을 공격한 해적들의 오만함과 자신들의 패배를 상기하면서 얼굴을 찌푸렸다.

포로로 잡혔을 때, 손과 발을 묶은 뒤 해적 하나가 얼굴에 침을 뱉었다. 그때 생각이 나자 가디티쿠스는 분노로 얼굴이 벌게졌다. 그 사내는 애꾸눈에다 얼굴은 온통 오래된 상처와 짧고 억센 털로 뒤덮여 있었다. 망막이 허옇게 변한 눈은 로마인 선장을 응시하는 듯 보였다. 사내가 깔깔대고 웃는 통에 가디티쿠스는 하마터면 분노를 드러낼 뻔했다. 몸부림을 쳤다면 체면을 더 구겼을 것이다. 그러나 그는 그저 태연한 표정으로 사내를 빤히 쳐다보았고, 자그마한 사내가 배를 걷어차고 가버렸을 때도 그저 으르렁거렸을 뿐이다.

"탈출을 시도해야 합니다."

수에토니우스는 가디티쿠스가 입냄새를 맡을 수 있을 만큼 몸을 바짝 기울이며 속삭였다.

"지금은 카이사르가 몸을 꼼짝할 수 없으니 탈출 생각은 잊어버리게. 몸값을 요구하는 전갈이 로마에 도착하려면 몇 달이 걸릴 테고, 혹시 몸값이 온다 해도 우리한테 오는 데 또 몇 달이 걸릴 걸세. 그러니까 계획을 세울 시간은 앞으로도 얼마든지 있네."

프락스도 해적들의 손에 죽지 않고 살아남았다. 갑옷을 입지 않은 그의 모습은 훨씬 더 평범해 보였다. 묵직한 버클이 무기로 사용될지도 모른다고 생각한 해적들이 허리띠를 빼앗아가 그는 흘러내리는 브라카이를 연신 추켜올렸다. 그들 가운데 변화된 운명을 가장 냉정하게 받아들인 사람이 바로 그였다. 그는 타고난 인내심으로 그들이 침착성을 유지하도록 도왔다.

"허나 젊은 친구의 말이 옳습니다, 선장님. 저들은 로마에서 은을 받고 나면 우릴 배 밖으로 던져버릴 공산이 큽니다. 어쩌면 우릴 잊어버리는 게 낫다고 생각한 원로원이 우리 가족들한테 몸값을 지불하지 말라고 할 수도 있고요."

가디티쿠스가 버럭 화를 냈다.

"자네, 지금 제정신이 아니군, 프락스. 자네가 아무리 원로원 의원들을 제멋대로 판단한다 해도 의원들도 로마인일세. 원로원 의원들은 우리가 잊혀지게 그냥 놔두지는 않을 걸세."

프락스가 어깨를 으쓱했다.

"그렇다 해도 우린 여러 가지 계획을 짜야 합니다. 이 해적선이 또 다른 로마 갤리선을 만날지도 모르는 일 아닙니까. 만일 로마군이 배를 가까이 댈 듯 보이면 해적들은 우리를 선측 너머로 던져버릴 겁니다. 그러면 우린 발에 족쇄가 채워져 있으니 꼼짝없이 가라앉을 겁니다."

가디티쿠스는 잠시 옵티오와 눈을 맞추었다.

"좋네. 몇 가지 계획을 세우게나. 허나 만일 탈출할 기회가 온다면, 그 누구든 여기에 남겨두고 가지는 않을 것이네. 카이사르는 팔이 부러진 데다 머리까지 다쳤네. 카이사르가 일어설 수 있으려면 몇 주일은 걸릴 걸세."

"살아난다면요."

수에토니우스가 끼어들었다.

카베라가 그 젊은 장교를 바라보았다. 시선이 날카로웠다.

"율리우스는 강인한 데다 돌봐주는 전문 치료사가 있으니 살아날 걸세."

뚫어질 듯 바라보는 노인의 시선에 당황한 수에토니우스는 시선을 다른 곳으로 돌렸다.

가디티쿠스가 다시 입을 열었다.

"자, 모든 결과를 고려할 시간은 충분하네. 많은 거라곤 시간뿐이니까."

6장

카사베리우스는 기다란 주방 안을 살펴보며 흡족한 미소를 지었다. 모든 곳에서 저녁의 분주함이 다 끝나가고 있었고, 마지막 메뉴도 몇 시간 전에 내간 상태였다.

"모든 게 완벽해."

카사베리우스가 혼자 중얼거렸다. 그는 술라에게 고용된 지난 10년 동안 매일 저녁을 준비해 왔다. 한때는 군살이라곤 없던 몸이 이제는 놀라울 정도로 불었지만, 좋은 세월이었다. 매끄러운 회벽에 등을 기댄 채 카사베리우스는 술라가 대단히 좋아하는 겨자씨 페이스트를 만들기 위해 공이와 절구로 겨자씨를 계속 빻았다. 그러고 나서 거무스레한 혼합물을 손가락으로 찍어 맛을 본 뒤 벽에 죽 걸린 목이 좁다란 단지 중에서 두 개를 꺼내 혼합물에 기름과 식초를 약간 섞었다. 훌륭한 요리사가 어떻게 자신이 만든 요리를 맛보지 않을 수 있겠는가? 그것은 요리 과정의 일부였다. 그의 아버지는 그보다 훨씬 더 비대했다. 카사베리우스는 자신의 비대함을 자랑스럽게 여겼다. 바보만이 비쩍 마른 요리사를 고용한다는 것을 알고 있었기 때문이다.

불구멍을 충분히 오랫동안 막아두었으므로 벽돌 화덕은 이제 다 식었을 것이다. 카사베리우스는 노예들에게 손짓을 해 아침에 새 숯을 넣을 수 있도록 화덕 속을 깨끗이 긁어내라고 시켰다. 주방은 아직 열기가 빠져나가지 못해 후덥지근하기 때문에 그는 허리춤에서 천 조각을 꺼내 이마를 닦았다. 몸무게가 늘어서 땀을 더 많이 흘리는 모양이라고 여기며, 이미 축축해진 천을 얼굴에 꾹꾹 눌렀다.

냉요리를 준비하는 시원한 조리실 가운데 하나에서 겨자씨 페이스트를 완성할까 생각해 보았지만, 그러면 노예들끼리만 남겨두어야 한다는 게 마음에 걸렸다. 노예들이 음식을 훔친다는 사실을 알고 있었으나 가족을 위해 그러는 것이라는 점 또한 알았기에 적당히 눈감아 주었다. 그러나 노예들끼리만 놔둔다면 점점 조심성이 없어질지도 모를 일이었다. 그때 가서는 무엇이 사라질지 누가 알겠는가? 아버지가 저녁 때 종종 똑같은 일로 불평하던 게 떠올라 카사베리우스는 지금은 어디에 있는지 모르는 그 노인을 위해 재빨리 나직하게 기도를 올렸다.

무사히 지나간 하루의 끝 무렵에는 평화가 감돌았다. 술라의 집은 음식이 맛있기로 정평이 나 있었다. 무언가 특별한 요리를 요청받으면 카사베리우스는 자기도 모르게 흥분되고 기운이 솟았다. 그는 우선 기대에 차서 값비싼 양피지를 묶고 있는 가죽끈을 풀어 아버지의 조리법 다발을 연 뒤 손가락으로 글자를 죽 짚어가며 읽으면서 자신만이 그 글자들을 읽을 수 있다는 사실에 기쁨을 느꼈다. 아버지는 교육을 받은 사람만이 요리사가 되어야 한다고 말했다. 이러한 생각이 아들에게 미치자 카사베리우스는 잠시 한숨을 쉬었다. 한창때의 젊은이인 아들은 아침을 주방에서 보내지만 화창한 날이면 공부 따윈 염두에서 사라지는 듯했다. 한마디로 말해 아들은 실망스러웠다. 카사베리우스는 아들이 혼자 힘으로는 결코 대규모의 주방을 운영하지 못하리라는 사실을 받아들였다.

그러나 카사베리우스가 자신이 쓰던 식기와 화덕 곁을 영원히 떠나 로마의 좋은 지역에 터를 잡은 작은 집에서 칩거하려면 아직 몇 년이 남아 있었다. 아마도 그때쯤이면 아내가 원하는 손님들을 즐겁게 해줄 시간을 낼 수 있을지도 모른다. 어떤 이유에서인지는 몰라도 그는 결코 집에서까지 전문 기술을 발휘하지는 않았고, 그저 고기와 야채로 만든 단순한 요리에 만족했다. 카사베리우스는 이런저런 생각을 하다 배에서 꼬르륵 소리가 나는 것을 듣고 퍼뜩 정신을 차렸다. 노예들은 화덕의 재 속에서 자기들이 마지막에 넣어둔 빵과 고기를 꺼냈다. 자기들이 먹을 음식이었다. 노예들에게 뜨거운 음식을 조금 먹여 숙소로 보낸다고 해서 주방에 큰 손실이 생기는 것은 아니며, 오히려 그 덕분에 주방의 분위기가 좋아진다는 사실을 카사베리우스는 알고 있었다.

새로 온 노예인 달키우스가 선반에 도로 올려놓을 양념 단지들이 담긴 금속 쟁반을 들고 카사베리우스 옆을 지나갔다. 달키우스가 쟁반에 있는 단지들을 내려놓는 것을 보면서 카사베리우스는 그에게 미소를 지었다.

달키우스는 훌륭한 일꾼이었고, 그가 주방일을 할 줄 안다는 노예판매상의 말은 거짓이 아니었다. 카사베리우스는 달키우스에게 자신이 주의 깊게 보는 앞에서 다음번 연회에 내놓을 요리 한 가지를 준비하게 해도 되겠다고 생각했다.

"양념들을 반드시 제자리에 놓게, 달키우스."

덩치 큰 사내가 미소를 지으며 고개를 끄덕였다. 사내는 분명 말이 많은 사람이 아니었다. 저 턱수염은 깎아야 할지도 모르겠다고 카사베리우스는 생각했다. 아버지는 수염을 기른 사람이 있으면 주방이 지저분해 보일 수 있다며, 절대로 그런 사람을 주방에 들이지 않았다.

자신이 만든 겨자 페이스트를 다시 맛보며 음미하듯 입맛을 다시던 카사베리우스는 달키우스가 일을 신속하고도 깔끔하게 마쳤음을 알아챘다. 흉터로 봐서는 늙은 전사라고 하는 게 더 어울릴 듯했지만 그 사내에게 완고한 면이라고는 전혀 없었다. 만일 그랬다면 카사베리우스는 그를 주방에서 데리고 있지 못했을 것이다. 주방에서는 급하게 움직이며 이것저것 나를 일이 많아서 서로 부딪치는 사람들이 꼭 있었다. 부유한 집에서 일하려면 성질이 나빠서는 살아남을 수 없는데, 달키우스는 과묵하기는 해도 상냥했다.

"내일 아침 나를 도와 페이스트리들을 준비해 줄 사람이 필요하네. 자네가 해보겠나?"

카사베리우스는 자신이 마치 어린아이에게라도 말하듯 천천히 말하고 있음을 깨닫지 못했다. 달키우스는 그런 말투를 전혀 개의치 않는 듯했다. 사실 달키우스의 침묵이 그런 말투를 이끌어낸 것이었다. 악의라고는 전혀 없는 뚱뚱한 요리사는 달키우스가 창고로 돌아가기 전에 고개를 끄덕이자 진심으로 기뻐했다. 요리사는 훌륭한 일꾼을 알아볼 줄 알아야 한다고 아버지는 늘 말했다. 과로로 일찍 무덤에 들어가느냐, 아니면 완벽함을 달성하느냐는 바로 그런 능력에 달려 있다는 것이었다.

"그리고 완벽함은 세밀함에 달려 있지."

카사베리우스가 다시 혼자 중얼거렸다.

기다란 주방의 끝에 난 위쪽의 저택으로 향하는 문이 열리더니 말쑥하게 차려 입은 노예 하나가 들어왔다.

카사베리우스는 무의식적으로 공이와 절구를 옆으로 치우면서 허리를 곧추세웠다.

"주인님께서 늦은 시간에 미안하시다면서 주무시기 전에 뭐 시원한 거, 그러니까 냉요리를 보내주실 수 있는지 여쭤보랍니다."

젊은 사내가 말했다.

카사베리우스는 언제나 깍듯한 사내의 태도가 흡족하고 고마웠다.

"손님들이 모두 드실 건가?"

카사베리우스가 생각을 하며 서둘러 물었다.

"아닙니다, 나리. 다른 손님들은 다 가셨습니다. 장군님만 남아 계십니다."

"그럼 여기서 기다리게. 몇 분이면 준비가 될 걸세."

카사베리우스가 새로운 지시를 내리면서 주방은 저녁 끝 무렵의 명한 상태에서 긴장 상태로 바뀌었다. 주방일을 하는 일꾼 둘이 주방 훨씬 아래쪽에 있는 얼음 저장실로 향했다. 카사베리우스는 홍예문을 성큼성큼 통과해 짧은 복도를 지나 후식을 준비하는 곳으로 갔다.

"레몬 얼음이 좋겠어."

카사베리우스가 걸으면서 중얼거렸다.

"쌉쌀한 맛이 나는 남부 최고급 레몬에 달콤하게 간을 해서 차갑게 식혀야지."

후식을 준비하는 시원한 조리실에 들어서니, 모든 것이 가지런히 제자리에 놓여 있었다. 본주방과 마찬가지로, 사방의 벽에는 시럽과 소스가 가득 담긴 단지가 수십 개 걸려 있었다. 시럽과 소스는 주방이 한가할 때마다 만들어서 채워놓은 것이었다. 그곳에는 화덕의 열기라곤 없었기 때문에 카사베리우스는 육중한 몸으로 상쾌한 냉기를 느끼며 기분 좋게 떨었다.

110

몇 분 뒤, 얼음 저장실에서 꺼내온 거친 천에 싸인 얼음 덩어리가 조리실에 도착했다. 일꾼들은 카사베리우스의 지시에 따라 그것을 현탁액이 될 때까지 으깼다. 카사베리우스는 이 얼음 현탁액에 달콤쌉싸래한 레몬을 넣고 나서 충분히 맛이 날 때까지 조심스레 저었다. 아버지는 얼음의 색이 노란빛을 띠어서는 안 된다고 말했었다. 그는 얼음의 색과 결을 살펴보고 미소를 지은 뒤 그 혼합물을 국자로 퍼서 쟁반 위에 놓인 유리 사발에 담았다.

카사베리우스는 일을 서둘렀다. 시원한 조리실에서조차도 얼음이 녹고 있었기 때문에 주방을 통해 신속하게 내가야 할 터였다. 그는 언젠가 술라가 호화스러운 저택 아래쪽 암반을 깎아 또 다른 통로를 내도 좋다고 허락했으면 하고 희망했다. 그러면 그 통로를 통해 냉요리들을 곧바로 내갈 수 있을 것이다. 그러나 지금도 세심한 주의를 기울여 신속하게만 움직인다면 냉요리들은 거의 완전한 상태로 술라의 탁자에 도달할 것이다.

불과 몇 분 후 두 사발이 얼음으로 가득 채워졌다. 카사베리우스는 손가락을 빨며 흡족해하면서 과장되게 감탄사를 발했다. 여름에 차가운 요리를 맛본다는 건 얼마나 기분 좋은 일인가! 이 두 사발의 요리가 탄생하기까지 얼마나 많은 은화가 들었을까 하는 궁금증이 잠시 들었지만 그 액수를 상상조차 할 수 없었다. 마부들이 수레로 산에서 거대한 얼음 덩어리들을 운반해 왔는데, 얼음은 오는 도중에 녹아 반으로 줄어들었다. 얼음은 발 아래쪽에 있는, 천장에서 물이 뚝뚝 떨어지는 어두컴컴한 얼음 저장실로 옮겨져 거기서 서서히 녹고 있었지만, 여름 내내 시원한 음료수와 후식을 제공하고 있었다. 카사베리우스는 공급된 얼음의 양이 충분한지 살펴봐야겠다고 생각했다. 벌써 새로 주문해야 할 때가 다 되었다.

카사베리우스의 등 뒤에서 달키우스가 방에 들어섰다. 여전히 양념 쟁반을 들고 있었다.

"얼음을 준비하시는 걸 지켜봐도 되겠습니까? 지난번 주인님 댁에서는 한 번도 본 적이 없어서요."

카사베리우스는 흔쾌히 그래도 좋다는 몸짓을 했다.

"요리는 이미 완성되었다네. 이제 녹기 전에 서둘러 부엌에서 내가야 한다네."

달키우스가 탁자 위로 몸을 기울이다가 팔로 끈적끈적한 시럽이 든 단지를 쓰러뜨리는 바람에 쟁반에 노란 얼룩이 넓게 생겼다. 그 순간 카사베리우스에게서 상냥함이 온데간데없이 사라졌다.

"서둘러, 천치 같으니! 천을 가져다 닦아. 낭비할 시간이 없단 말이야."

덩치 큰 노예는 공포에 질린 표정으로 더듬거렸다.

"죄, 죄, 죄송합니다. 여기 쟁반이 하나 더 있습니다, 주인님."

노예가 쟁반을 내밀자 카사베리우스는 사발들을 들어올려 땀에 젖은 손수건으로 재빨리 닦았다. 신경질을 부릴 시간이 없다고 카사베리우스는 생각했다. 얼음이 녹고 있었기 때문이다. 카사베리우스는 사발들을 쟁반에 올려놓은 뒤 짜증스럽게 손가락을 닦았다.

"거기 그냥 서 있지 말고 뛰어! 발이 걸려 넘어졌다간 채찍질을 당할 줄 알아."

달키우스가 서둘러 방을 나가자 카사베리우스는 쟁반에 쏟아진 시럽을 닦아내기 시작했다. 아마도 그 사내는 더 어려운 일을 맡기에는 너무 서툰 모양이었다.

방 밖의 복도에서 투브루크는 약병에 든 독을 순식간에 두 사발에 쏟아

붓고는 한 손가락으로 저었다. 그런 뒤 부엌으로 쏜살같이 달려가 기다리고 있던 노예에게 그 쟁반을 건넸다.

초조함이 역력한 두 눈은 위쪽의 저택으로 향하는 문이 닫힐 때까지 돌아서서 가는 노예의 등을 계속 바라보았다. 이제 도망을 쳐야 했지만 우선 피비린내 나는 일부터 해치워야 했다. 투브루크는 한숨을 내쉬었다. 카사베리우스는 나쁜 사람이 아니었다. 하지만 앞으로 턱수염을 깎고 머리칼을 평상시처럼 기른다 해도 그 요리사는 그를 알아볼 수 있을 것이다.

갑자기 피로를 느끼면서 투브루크는 시원한 조리실을 향해 돌아섰다. 걸어가면서 튜닉 밑에 숨겨둔 뼈 손잡이가 달린 칼을 더듬었다. 자살보다는 타살로 보이게 할 작정이었다. 그래야 카사베리우스의 가족이 보복을 당하지 않을 것이다.

"그 노예에게 쟁반 줬나?"

투브루크가 시원한 조리실로 다시 들어가자 카사베리우스가 딱딱거리며 말했다.

"그랬네. 미안하네, 카사베리우스."

투브루크가 재빨리 다가가자 요리사가 고개를 들었다. 사내의 목소리는 약간 깊어져 있었고, 평상시의 말투는 이미 사라져 있었다. 칼을 본 요리사는 두려움과 혼란에 휩싸였다.

"달키우스! 그 칼 내려놔!"

요리사가 말했다. 그러나 투브루크는 피둥피둥한 가슴에 단검을 쑥 밀어넣어 심장에 구멍을 냈다. 그리고 확실히 하기 위해 같은 곳을 두 번 더 찔렀다.

카사베리우스는 숨을 쉬려고 안간힘을 썼지만 숨을 쉴 수가 없었다. 얼굴은 자줏빛으로 변했고, 두 손은 마구 흔들렸다. 그 바람에 국자들과 항아리들이 손에 부딪혀 쿵 소리를 내며 탁자 아래로 떨어졌다.

마침내 자리에서 일어선 투브루크는 메스꺼움을 느꼈다. 그는 검투사와 군단병 생활을 하는 동안 한 번도 무고한 사람을 죽인 적이 없었다. 그런데 이번 일로 자신의 명예가 더럽혀졌다고 생각했다. 카사베리우스는 호감 가는 사람이었다. 신들은 선량한 사람을 해치는 자를 비난한다는 것을 알고 있었다. 투브루크는 미끄러져 바닥에 쓰러져 있는 비대한 사내의 몸뚱이에서 시선을 돌리려 애쓰며 마음을 가라앉혔다. 그러고는 조용히 그곳을 떠났다. 주방으로 이어지는 복도에서 그의 발자국 소리가 크게 울려 퍼졌다. 이제 투브루크는 경보가 울리기 전에 페르쿠스의 집에 도착해야 했다.

카우치에 축 늘어져 있는 술라는 안토니두스 장군과 이야기를 나누고 있었지만 생각은 딴 곳을 헤매고 있었다. 참으로 긴 하루였다. 원로원은 새로운 치안판사들을 지명하는 걸 막으려 하는 듯 보였다. 공화국의 질서 회복을 위임받은 독재관이 된 처음 몇 달 동안, 원로원 의원들은 원하는 것은 무엇이든지 기꺼이 승인해 주었다. 그런데 최근에는 독재관의 권한과 한계에 대해 긴 연설을 늘어놓으며 몇 시간씩이나 토론을 했다. 그런데도 조언자들은 한동안 그들을 너무 거칠게 몰아붙여서는 안 된다고 말했다. 술라는 원로원 의원들을 그릇이 작은 사람들이라고 생각했다. 행동도 꿈도 작은 사람들이라고.

마리우스는 원로원 의원들을 바보라고 경멸했을 것이다. 만일 지금 살아 있기만 하다면 말이다.

"원로원 의원들은 릭토르(호위병—옮긴이)를 두는 것에 반대할 걸세, 친구."

안토니두스의 말에 술라가 오만하게 콧방귀를 뀌었다.

"반대를 하든 말든 계속 릭토르 스물넷을 거느리고 다닐 걸세. 내겐 적들이 많으니, 카피톨(고대 로마의 주피터 신전—옮긴이)과 쿠리아(원로원 의사당—옮긴이) 사이를 오갈 때 그자들에게 내 힘을 상기시켜 주고 싶네."

안토니두스가 어깨를 으쓱했다.

"예전에는 열둘밖에 없지 않았나. 이 문제는 원로원 뜻대로 처리하게 놔두는 게 나을 걸세. 그래야 나중에 좀 더 심각한 문제를 협상할 때 힘을 모을 수 있을 테니까 말일세."

"그자들은 이빨 빠진 늙은이들에 불과해!"

술라가 신경질적으로 말했다.

"작년에 로마가 질서를 되찾지 않았나? 그자들이라면 그렇게 할 수 있었을까? 아니, 절대로 그렇게 못 했을걸. 내가 목숨을 걸고 싸울 때 원로원은 어디 있었나? 그때 그자들이 내게 무슨 도움을 줬지? 전혀 없었어. 나는 그자들의 주인이야. 그자들이 그 단순한 사실을 인정하게 만들 걸세. 행여 그자들의 신경을 거슬릴까 조심스럽게 걸어다니고, 공화국이 아직도 젊고 튼튼한 척 가장하는 건 이제 신물이 나네."

안토니두스는 아무 말도 하지 않았다. 반대를 했다가는 술라의 입에서 더 무모한 장담과 협박만이 나오리라는 것을 알았기 때문이다. 처음에 안토니두스는 군사 고문을 맡는 영예를 안았다. 하지만 술라가 그를 자신의 명령을 전달하는 꼭두각시로 이용하고 있어 이제 그 자리는 허울만 좋을 뿐이었다. 그런데도 안토니두스는 마음 한편으로 술라가 느끼는 좌절에 동감했다. 원로원은 로마와 로마의 영토에서 평화를 유지하기 위해서는 독재관이 필요하다는 걸 인정하면서도 자신들의 위엄과 낡은 권위를 보호하려 발버둥쳤다. 그것은 하나의 희극이었고, 술라는 그런 게임에 빠르게 지쳐가고 있었다.

노예가 얼음 사발들을 들고 들어와 나지막한 탁자에 놓고는 인사를 한 뒤 방에서 나갔다. 술라는 짜증도 잊고서 일어나 앉았다.

"이거 한번 먹어 보게나. 한여름 더위를 식히는 데 이만한 것이 없다네."

술라는 은숟가락으로 하얀 얼음을 떠서 입으로 가져가더니 만족감에 젖어 눈을 감았다. 사발이 금세 비자 한 그릇을 더 청해야겠다고 생각했다. 얼음을 먹고 나니 온몸이 시원해지고 마음도 평온해졌다. 안토니두스가 아직 숟가락도 들지 않은 것을 보고, 술라가 안토니두스에게 재촉했다.

"이건 빨리 먹어야 되네. 녹기 전에 말일세. 하긴 녹아도 훌륭한 청량음료이긴 하네만."

술라는 장군이 한 숟가락 가득 떠서 맛보는 것을 지켜보았고, 그가 미소 짓자 함께 미소지었다.

안토니두스는 일 이야기를 마치고 집에 있는 가족들에게 가고 싶었지만, 술라가 피곤을 느끼기 전에는 자신이 먼저 일어날 수 없음을 잘 알고 있었다. 다만 그게 언제일지 궁금할 따름이었다.

"내일 쿠리아에서 자네가 지명한 새로운 치안판사들에 대한 승인이 날 걸세."

술라는 도로 카우치에 누웠다. 얼굴에 다시 부루퉁한 표정이 나타나 있었다.

"원로원 의원들은 그러는 게 좋을 걸세. 그자들은 나한테 빚을 졌거든. 또다시 승인을 지체한다면 신들께 맹세하건대 원로원은 후회하게 될 걸세. 원로원을 해산하고, 의사당은 문에 못을 박아 폐쇄하고 말 테니까!"

술라는 말을 하면서 살짝 움찔하더니 손을 배에다 갖다 대고 부드럽게 문질렀다.

"만일 자네가 원로원을 해산하는 쪽을 택한다면, 또다시 내전이 벌어지고 말 걸세. 로마는 다시 한 번 불타겠지. 그러나 결국은 자네가 승리를 거두지 않겠나. 자네는 군단들로부터 확고한 지지를 받고 있으니까 말일세."

"그게 바로 왕들의 길이라네. 그런데 문제는 그 길에 마음이 끌리면서도 동시에 반감이 든다는 걸세. 나는 공화국을 사랑했네. 만일 내 어린 시절 공화국을 통치했던 지도자들과 같은 사람들이 다스리기만 한다면, 난 여전히 공화국을 사랑할 걸세. 그런 위대한 인물들은 이제 다 사라지고 없네. 로마에 문제가 생기면 남은 조무래기들이 하는 일이라곤 그저 울면서 나한테 쪼르르 달려오는 것뿐이지."

술라가 갑자기 트림을 하더니 움찔했다. 안토니두스도 배에서 약한 통증이 시작되는 것을 느꼈다. 두려움에 휩싸인 술라가 벌떡 일어섰다. 시선은 사발들을 향했다. 하나는 완전히 비어 있었고, 다른 하나는 거의 손도 대지 않은 상태였다.

"이게 뭔가?"

술라가 몸을 곧추세우면서 다그쳐 물었다. 무언가 잘못되었다는 사실을 깨달은 그는 말을 할 때조차도 얼굴이 일그러졌다. 뱃속에서 타는 듯한 고통이 퍼지자 마치 뭉개기라도 할 듯 손으로 배를 세게 눌렀다.

"나도 배가 아프다네. 독일지 몰라. 손가락을 목구멍 속으로 쑤셔 넣게,

어서!"

안토니두스가 극심한 공포에 휩싸인 채 말했다.

술라는 약간 비틀거리더니 한쪽 무릎을 꿇고 앉았다. 술라가 의식을 잃은 것처럼 보이자, 안토니두스는 그를 향해 팔을 뻗었다. 비록 술라보다는 정도가 약하다 해도 고통이 점점 심해지고 있었으나 자신의 고통은 무시했다.

술라의 축 처진 입속으로 손가락 하나를 밀어 넣은 안토니두스는 입에서 곤죽이 되어 미끈미끈한 음식물이 쏟아져 나오자 얼굴을 찌푸렸다. 술라는 눈이 허옇게 뒤집힌 채 신음을 해댔다.

"자, 어서, 다시 한 번."

안토니두스가 목구멍 안쪽의 부드러운 살 속으로 손가락 끝을 밀어 넣으며 독촉했다. 몸에 발작이 일어나면서 입술 사이로 거무스레한 담즙과 침이 흘러나오다 멈추었고, 술라는 이제 몸만 들썩거렸다. 이윽고 비비꼬이던 가슴이 축 늘어졌고, 폐도 식식거리는 숨을 마지막으로 호흡을 멈추었다. 안토니두스는 소리를 질러 도움을 청한 뒤 두려움에 떨면서도 자신이 치사량을 먹지 않았기를 희망하며 위를 비워냈다.

경비병들은 신속하게 움직였다. 그러나 그들이 현장에 나타났을 때는 이미 술라는 창백해져 죽은 듯이 누워 있었고, 안토니두스는 두 사람이 먹었던 음식물을 게워낼 때 튀긴 냄새가 고약한 파편들로 범벅이 된 채 반혼수 상태에 빠져 있었다. 안토니두스가 간신히 일어났다. 경비병들은 어찌할 바를 몰라 명령을 기다리며 꼼짝 않고 서 있었다.

"의사들을 불러와!"

안토니두스가 갈라지는 목소리로 힘없이 말했다. 부어오른 목이 쓰라렸다. 복통이 진정되기 시작하자 그는 배에서 손을 떼고 정신을 바짝 차리려 애썼다.

"저택을 봉쇄하라. 독재관님이 독살되셨다!"

안토니두스가 고함쳤다.

"사람들을 주방으로 보내라. 이 음식을 여기 가져온 자가 누군지 알아야겠다. 그리고 음식에 손 댄 자들의 이름도 전부. 당장 움직여!"

그 순간 몸에서 온 힘이 빠져나가 안토니두스는 불과 몇 분 전만 해도 평화로운 분위기 속에서 원로원 문제를 논의하던 카우치에 도로 몸을 축 늘어뜨렸다. 그는 자신이 신속하게 행동해야 한다는 것을 알았다. 그러지 않으면 이 소식이 거리에 퍼지기가 무섭게 로마는 대혼란에 빠질 것이다. 그는 다시 한 번 구토를 했다. 구토가 끝나자 힘이 더 빠진 느낌이었지만, 정신은 맑아지기 시작했다.

황급히 달려온 의사들은 술라를 돌보느라 장군은 신경도 쓰지 않았다. 그들은 손목과 목의 맥을 짚어보더니 공포에 질려 서로를 바라보았다.

"운명하셨습니다."

한 의사가 하얗게 질린 얼굴로 말했다.

"살해범들을 찾아서 능지처참하고 말겠어. 내 가문과 내가 믿는 신들을 두고 맹세하네."

안토니두스가 속삭였다. 목소리가 입속의 쓴맛만큼이나 쓸쓸했다.

투브루크가 거리로 향하는 작은 문에 막 도달한 순간, 술라의 로마 저택 본관에서 고함소리가 터져 나왔다. 그곳에는 경비병이 하나뿐이었지만 그 사내는 이미 경계 태세를 취하고 있었고, 얼굴에는 삼엄한 분위기가 감돌았다.

"되돌아가라!"

경비병이 단호하게 말했다. 손에는 검이 들려 있었다. 투브루크는 투덜대더니 갑자기 앞으로 돌진해 일격에 그를 쓰러뜨렸다. 병사는 꼴사납게 넘어지면서 정신을 잃었다. 투브루크는 다음 행동을 하지 않고 잠시 멈칫했다. 재빨리 병사를 밟고 넘어가 상인들이 드나드는 작은 출입구로 사라져버려도 그만임을 알았기 때문이다. 그러나 그 사내는 그를 알아볼 수 있을 것이고, 그의 인상착의를 알려줄 수도 있을 것이다. 문을 지키지 못했기 때문에 처형될 가능성이 크지만 말이다. 투브루크는 카사베리우스를 죽인 이후 마음속을 가득 채우고 있는 절망감을 억눌렀다. 그의 의무는 코르넬리아와 율리우스를 위해 일하는 것, 그리고 그를 신뢰했던 고인이 된 율리우스 아버지를 위해 일하는 것뿐이었다.

투브루크는 험상궂은 표정으로 단검을 뽑아 병사의 목을 베고는 옷에 피가 묻지 않도록 멀찍이 물러섰다. 칼에 베인 상처에서 꼴록꼴록 소리가 흘러나오는가 싶더니 사내는 이내 숨이 끊어졌다. 투브루크는 칼을 떨어뜨리고 나서 문을 열고 로마의 거리로, 얼마 되지 않는 사람들 속으로 걸어 들어갔다. 그들은 늙은 늑대가 자신들 사이로 지나가는데도 평화롭게 제 갈 길을 가고 있었다.

안전하기 위해서는 페르쿠스 집에 도달해야 하지만, 갈 길이 1마일이 넘었다. 투브루크는 비록 서둘러 움직이기는 해도 뛰지는 않았다. 누군가 알아보고 쫓아오지 않을까 하는 두려움 때문이었다. 등 뒤에서 귀에 익은, 병사들의 샌들이 딸그락거리는 소리가 들려왔다. 병사들은 한 곳에 자리 잡고 서서 군중을 멈춰 서게 하고는 무기가 있는지 몸수색을 하면서 수상쩍어 보이는 얼굴을 찾기 시작했다.

더 많은 군단병이 투브루크의 옆을 달려 지나갔다. 길을 봉쇄하기 위해 앞으로 달려 나가면서도 시선은 군중을 훑고 있었다. 투브루크는 공포에 질리지 않으려 애쓰면서 옆길로 들어섰고, 다시 샛길이 나오자 그 길을 택했다. 군단병들은 아직 자신들이 찾고 있는 사람이 누구인지 몰랐지만, 투브루크는 안전해지는 대로 턱수염을 깎아야만 할 것이다. 무슨 일이 일어나든지 간에 군단병들이 자신을 산 채로 잡아가게 해서는 안 된다는 것을 투브루크는 알고 있었다. 적어도 그렇게 해서 운이 따라준다면, 군단병들이 그를 율리우스의 소유지나 가족과 연결시켜 생각하지 못할지도 모른다.

병사들이 길을 봉쇄하기 시작했을 때 군중 속에 있던 한 사내가 느닷없이 들고 있던 야채 바구니를 던져버리고 달음질치기 시작했다. 투브루크는 그 사내가 양심의 가책을 느낀 것에 대해 신들에게 감사했다. 병사들이 사내를 붙잡아 쓰러뜨린 뒤 머리를 돌로 된 길바닥에 쿵쿵 찧어댔다. 사내가 절망적인 비명을 질러대는데도 투브루크는 꾹 참고 돌아보지 않았다. 총총걸음으로 골목을 돌고 또 돌고 나서야 비명소리가 들리지 않았다. 페르쿠스가 목적지로 알려준 골목에 다다른 투브루크는 걸음을 늦추었다. 처음에는 그곳에 아무도 없는 줄 알았는데, 친구가 불 꺼진 현관에서 나와 손짓을 하는 게 보였다. 투브루크는 서둘러 안으로 들어갔다. 신경쇠약에 걸릴 지경이 되어버린 그는 비좁고 지저분한 방에서 무너지듯 쓰러졌다. 그곳에 있으면 적어도 한동안은 안전할 것이다.

"해냈나?"

투브루크가 숨을 정상으로 돌리고 날뛰는 맥박도 늦추려 애쓰고 있는데, 페르쿠스가 물었다.

"그런 것 같네. 내일이면 알게 되겠지. 병사들이 거리를 봉쇄했지만 무사히 빠져나왔네. 정말 아슬아슬했다네!"

페르쿠스가 투브루크에게 면도날을 건네주며 손짓으로 찬물 사발을 가리켰다.

"아직 로마를 빠져나간 건 아니네, 친구. 설령 술라가 죽었다 해도 빠져나가긴 쉽지 않을 걸세. 만일 술라가 살아 있다면 거의 불가능할 테고."

"자네가 해야 할 일을 감당할 준비는 되었나?"

덤불처럼 자라 얼굴을 뒤덮은 수염에 물을 문지르면서 투브루크가 조용히 물었다.

"그렇다네. 그렇게 하자면 내 마음이 아프겠지만 말일세."

"나만큼 아프기야 하겠는가. 면도가 끝나는 대로 얼른 해치우게나."

가는 칼로 면도를 하는 투브루크의 손이 바르르 떨렸다. 살갗을 베이자 그는 속으로 욕을 했다.

"내가 해줌세."

페르쿠스가 투브루크에게서 면도칼을 뺏으며 말했다. 몇 분 동안 둘 사이에는 침묵이 흘렀다. 하지만 둘 다 생각만큼은 미친 듯이 날뛰고 있었다.

"빠져나올 때 누구 본 사람 없었나?"

페르쿠스가 거세서 잘 깎이지 않는 수염을 면도날로 밀면서 물었다. 투브루크는 한참 동안 뜸을 들이고 나서야 대답했다.

"있었네. 해서 무고한 사내를 둘이나 죽여야 했다네."

"만일 술라의 죽음으로 로마에 평등이 회복되기만 한다면야 공화국은 피만 약간 묻히고 일어서는 셈이 아닌가. 나는 자네가 한 일이 절대로 잘못된 일이 아니라고 생각하네, 투브루크."

투브루크는 침묵을 지켰다. 면도날이 마지막 남은 수염을 깎아냈다. 투브루크가 슬픈 눈빛으로 얼굴을 문질렀다.

"지금 하게나, 감각이 없을 때 말일세."

페르쿠스가 심호흡을 한 번 하더니 걸어 돌아와 늙은 검투사를 마주 보고 섰다. 검투사의 강인한 얼굴에 비실비실 걷는 달키우스의 흔적은 전혀 남아 있지 않았다.

"어쩌면……."

페르쿠스가 머뭇거리며 말을 꺼냈다.

"이 방법밖에는 없으이. 이미 논의한 일이 아닌가. 하게나!"

투브루크는 의자의 팔걸이를 꼭 붙들었고, 페르쿠스는 주먹을 들어 올려 알아볼 수 없는 지경이 될 때까지 투브루크의 얼굴을 두들겨 패기 시작했다. 코가 부러지는 것을 느낀 투브루크가 바닥에 침을 뱉었다. 페르쿠스는 숨을 거칠게 몰아쉬었고, 투브루크는 움찔하며 기침을 했다.

"멈추지 말게…… 아직은."

투브루크가 애써 고통을 무시하며 속삭였다. 그러나 속으로는 그만 하기를 바랐다.

이 일을 마치면 페르쿠스는 빌린 방에서 자신들의 흔적을 깨끗이 없앤 뒤 투브루크와 함께 자신의 집으로 돌아갈 것이다. 그리고 투브루크는 퉁퉁 부은 얼굴로 다른 노예들과 함께 사슬로 묶인 채 로마를 떠날 것이다. 노예 시장으로 향하기 전에 페르쿠스가 취한 마지막 조치는 자신의 이름으로 판매 영수증에 서명한 것이었다. 페르쿠스는 로마 들판에서 등골이 휘도록 일할 준비가 되어 있는 익명의 노예 하나를 로마 교외의 소유지에 배달할 것이다.

마침내 투브루크가 손을 들었고, 페르쿠스는 때리는 것을 멈추었다. 페르쿠스는 숨을 헐떡이며 자신이 투브루크를 두들겨 패는 데 엄청난 힘을 쏟아 부었음을 깨닫고 깜짝 놀랐다. 의자에 앉아 있는 사내는 거리에서 들어온 사내와 닮은 구석이라곤 거의 없었다. 만족스러웠다.

"난 내 노예들을 때리는 법이 없는데."

페르쿠스가 중얼거렸다.

"지금 노예를 두들겨 팬 건 아니잖나."

투브루크가 천천히 고개를 들고 피를 삼키며 말했다.

몸을 홱 숙여 불쑥 솟은 바위 아래에 숨은 브루투스는 숨을 헐떡였다. 그와 레니우스를 뒤쫓고 있는 자들은 활을 가지고 있었다. 브루투스는 재빨리 그들을 보았다. 궁수 둘이 뒤에서 어정어정 따라오고 있었고, 다른 자들은 조심스레 기어오고 있었다. 그와 레니우스가 어쩔 수 없이 몸을 드러내기 무섭게 화살이 날아와 두 사람의 몸을 꿰뚫을 것이고, 모든 것이 끝날 것이다.

거무칙칙한 바위에 몸을 밀착시킨 브루투스의 머릿속은 온갖 생각으로 들끓었다. 분명 리비아의 남편을 본 것 같았다. 그녀에게 반론을 제기할 사람이 없는 사이 그 사내는 결백하다는 아내의 주장을 믿게 된 모양이었다. 만일 브루투스의 몸뚱이를 질질 끌고 간다면 리비아는 분명 그 사내를 영웅처럼 맞아들일 것이다.

리비아 생각을 하자 잠시 몸이 달아올랐다. 그녀의 아둔한 남편은 십중팔구 자신이 가진 것의 가치를 절대 알지 못하리라.

레니우스가 자신은 묵직한 글라디우스가 더 좋다며 브루투스에게 단검

124

을 주었다. 브루투스는 칼집에 검을 넣어둔 채 양손에 단검 하나씩을 들고 추적자들을 기다렸다. 그는 자신이 그들을 해치울 수 있을 만큼 단검을 잘 던진다는 것을 알았지만, 그들을 겨냥하자마자 궁수들에게 발각되리란 게 문제였다. 아슬아슬한 순간이 될 것이다.

브루투스는 바위 위로 고개를 내밀고 자신을 향해 올라오고 있는 사내들의 위치를 주의 깊게 살폈다. 궁수들이 동료들에게 소리 질러 경고했지만 브루투스는 이미 시야에서 사라져 다른 위치로 옮겨갔다. 이번에는 브루투스가 자리에서 완전히 일어선 뒤 칼 하나를 번개같이 던지고 아래로 몸을 날렸다.

이때 화살 하나가 휭 소리를 내며 머리 위로 날아갔다. 하지만 브루투스가 던진 칼은 궁수의 살에 꽂혔다. 브루투스는 씩 웃은 다음 한 손에 두 번째 단검을 든 채 다시 바위를 따라 레니우스에게로 다가갔다.

"넌 저 녀석 몸뚱이에 생채기만 냈을 거야."

레니우스가 중얼거렸다.

브루투스는 집중을 흐트러뜨리는 레니우스에게 인상을 썼다. 하지만 격분해서 퍼부어대는 욕설이 산등성이 너머에서 들려오자 얼굴이 벌게졌다.

"게다가 화만 돋워놨군."

레니우스가 덧붙였다.

브루투스는 다시 단검을 던질 태세를 갖추었다. 궁수들 중 하나를 겨냥하고 싶은 마음이 굴뚝같았지만, 그를 죽인다 해도 활은 다른 자가 집어 들어 쓰면 그만이었다. 게다가 궁수들은 그들이 숨어 있는 작은 바위에서 가장 먼 곳에 서 있었다.

추적자들 중 하나가 머리 위에 나타난 것을 본 브루투스는 용수철 퉁기

듯 자리에서 일어났다. 느닷없는 출현에 놀란 그 사내가 입을 떡 벌리자, 브루투스는 그 입속으로 단검을 쑤셔 넣었다. 그런 다음 도로 땅바닥에 엎드려 먼지를 일으키며 배를 땅에 대고 기었다.

바로 그때 두 사내가 칼을 휘두르며 브루투스에게 다가왔다. 일어서서 그들을 맞이한 브루투스는 뒤에 있는 궁수들을 주시하면서 갑자기 왼쪽 오른쪽으로 움직임으로써 궁수들이 자신을 제대로 겨냥하지 못하게끔 애를 썼다.

브루투스가 검으로 첫 번째 그리스인을 찌를 때 화살 하나가 허공을 가르고 날아와 두 다리를 스치고 지나갔다. 브루투스는 쓰러지는 그리스인의 몸뚱이를 꼭 붙들어 방패로 삼았다. 브루투스가 그 상태로 춤을 추듯 이리저리로 움직이자 사내는 죽어가면서도 고함을 지르고 욕설을 퍼부었다. 난데없이 화살 하나가 날아와 사내의 등에 꽂히면서 그의 입에서 흘러나온 피가 브루투스의 얼굴에 튀었다. 브루투스는 욕을 하며 그 몸뚱이를 사내 동료의 팔에 내던졌다. 그러고는 검을 휙 뽑아 그 사내의 고환을 찔렀다. 그것은 군단병의 전형적인 공격 방식이었다. 두 사내는 조용히 관목과 꽃 위로 쓰러졌다. 그때 리비아의 남편이 화살을 발사하는 게 브루투스의 눈에 들어왔다.

브루투스는 황급히 움직였지만, 이미 화살은 등을 강타했다. 갑옷 덕분에 목숨을 건진 브루투스는 땅바닥을 구르며 신들에게 감사했다. 바닥에서 일어나 보니, 레니우스가 리비아의 남편을 늘씬하게 패준 뒤 마지막 남은 추적자와 맞서고 있었다. 그 사내는 활시위를 당기느라 두 손을 바르르 떨면서 공포에 질린 채 서 있었다.

"안심하게, 젊은이. 내려가서 말을 타고 집으로 돌아가게나. 만일 그 화살을 쏜다면 자네 목을 물어뜯어 버리겠네."

레니우스가 사내에게 큰 소리로 윽박질렀다.

한 걸음 성큼 다가오는 브루투스를 늙은 검투사는 손을 내밀어 멈춰 세웠다.

"저 녀석은 자기가 어찌해야 하는지 알고 있어, 브루투스. 그러니 시간을 좀 주자고."

레니우스가 분명하게 말했다. 시위를 팽팽하게 당긴 활을 든 젊은 사내는 긴장한 탓에 창백해진 얼굴로 고개를 절레절레 흔들었다. 레니우스는 땅바닥에서 몸부림치는 리비아의 남편의 목을 발로 밟아 꼼짝 못하게 만들었다.

"자네들은 멋지게 싸웠네, 젊은이들. 이제 집에 가서 아내들한테 무용담이나 들려주게나."

레니우스가 말을 계속하며 발에 점점 더 힘을 주었다. 그러자 숨이 막힌 리비아의 남편은 손톱으로 발을 할퀴기 시작했다.

궁수는 활시위를 늦추고 두 걸음 뒤로 물러서며 힘주어 말했다.

"그 사람을 놔주시오."

레니우스는 어깨를 으쓱한 뒤 대답했다.

"자네가 먼저 활을 던져버리게나."

젊은이는 한참 동안 망설이다가 리비아 남편의 얼굴이 자줏빛으로 변하는 것을 보고, 뒤에 있는 바위들 너머로 활을 내던졌다. 그러자 레니우스는 발을 떼고, 리비아의 남편이 씨근덕거리며 기어오르게 놔뒀다. 두 그리스인 젊은이가 멀어지는 동안 늙은 검투사는 그 자리에서 꼼짝도 하지 않고 서 있었다.

"기다려!"

브루투스가 그들을 갑자기 멈춰 세웠다. 순간 두 그리스인은 얼어붙은 듯 그 자리에 섰다.

"당신들이 산을 내려가는 데 말이 세 마리나 필요한 건 아니잖아. 두 마리는 우릴 주고 가."

자신을 술라의 개라고 불렀던 안토니두스와 마주한 코르넬리아는 허리를 곧추세우고 근심스러운 눈빛으로 앉아 있었다.

그 사내는 그녀가 알고 있는 대로 무자비했다. 그런 그가 무서울 만큼 집중적으로 질문을 퍼부으며 표정의 변화를 하나도 놓치지 않고 살펴보고 있었다. 술라 휘하의 장군인 그에 관해 좋은 이야기라고는 들은 적이 없는 코르넬리아는 그가 가지고 온 소식에 두려움도 안도감도 표시하지 않으려고 무진 애를 썼다. 딸은 팔에 안긴 채 잠들어 있었다. 그녀가 정한 아이 이름은 율리아였다.

"가친인 킨나도 부인이 여기 있는 걸 아시오?"

안토니두스가 코르넬리아를 뚫어지게 바라보며 분명한 어조로 물었다.

코르넬리아는 살며시 고개를 흔들었다.

"모르실 거예요. 제가 독재관님께 불려온 건 로마 교외에 있는 남편 집에 있을 때였으니까요. 아기랑 며칠 동안이나 이 방에서 기다렸는데, 전 노예 말고는 아무도 보지 못했어요."

장군은 마치 코르넬리아가 한 말 중에 사실이 아닌 게 있기라도 하다는 듯 인상을 찌푸렸다. 그러나 그녀의 눈을 바라보는 시선만은 결코 거두지 않았다.

"술라 독재관이 부인을 부른 이유가 뭐요?"

긴장해서 침을 삼킨 코르넬리아는 장군이 그 모습을 보았음을 눈치챘다. 그에게 무슨 말을 할 수 있단 말인가? 딸아이가 옆에서 울고 있는데, 술라가 겁탈했다고? 그는 소리내어 웃을지도, 아니 더 심한 경우 고인이 된 위대한 사람의 이름에 먹칠하려 한다며 사람을 시켜 죽일지도 모른다.

안토니두스는 걱정과 두려움에 안절부절못하는 코르넬리아의 모습에 후려치고 싶은 마음이 들었다. 그녀는 불려온 이유를 뻔히 알 수 있을 만큼 아름답긴 했지만, 출산한 지 얼마 되지 않아 축 늘어진 몸에 술라가 어떻게 끌렸는지 의아하다는 생각이 들었다.

그녀의 아버지가 배후에서 암살을 조종했을까 하는 생각을 하던 안토니두스는 적의 목록에 보텔 이름이 또 하나 있다는 데 생각이 미쳤다. 그러자 욕설이 튀어나올 뻔했다. 정보원들에 따르면, 킨나는 일 때문에 이탈리아 북부에 있다고 했다. 하지만 거기서도 암살자를 보낼 수는 있었다. 안토니두스는 자리에서 벌떡 일어섰다. 그는 거짓말쟁이를 밝혀낸 자신의 능력에 자부심을 느꼈다. 그러나 그녀가 아둔한 건지, 아무것도 모르는 건지는 알 수가 없었다.

"마음대로 돌아다니지 마시오. 부인을 도로 부를 일이 생긴다면 어디로 연락해야 하는 거요?"

코르넬리아는 갑자기 의기양양해지는 마음을 억누르며 잠시 생각에 잠겼다. 이제 풀려나는 것이다! 로마에 있는 집으로 가야 하나, 아니면 율리우스의 가족 소유지로 돌아가야 하나?

십중팔구 클로디아는 아직 그곳에 있을 터였다.

"저는 제가 전에 있던 로마 교외의 집에 있을 거예요."

안토니두스는 고개를 끄덕였다. 그러나 생각은 이미 그가 직면한 문제에 가 있었다.

"그런 끔찍한 일이 벌어지다니, 참으로 유감이에요."

코르넬리아가 마음에도 없는 소리를 했다.

"그 일을 저지른 자들은 엄청난 고통을 겪게 될 거요."

안토니두스가 냉혹하게 말했다.

그가 다시 지대한 관심을 보이고 있다는 느낌이 들자, 코르넬리아는 어색한 표정을 지었다. 그것이 거짓말을 하고 있는 듯한 인상을 주었다.

잠시 후, 안토니두스가 일어서더니 대리석 바닥을 가로질러 사라졌다. 그때 잠에서 깨어난 아기가 젖을 달라고 칭얼대기 시작했다. 유모도 없이 홀로 있는 코르넬리아는 아이에게 젖을 물리면서 울지 않으려고 애를 썼다.

7장

투브루크는 어두컴컴한 노예 숙소에서 깨어났다. 추위 때문에 몸이 뻣뻣하게 굳어 있었고 쥐도 났다. 주변에서 다른 몸뚱이들이 뒤척이는 소리가 들려왔지만, 먼 길을 떠날 것에 대비해 하룻밤 묵는 그 방에 새벽빛이 찾아들 기미는 보이지 않았다.

그는 페르쿠스와 처음 몇 시간을 함께하면서 세세한 것까지 계획을 세웠다. 그러나 이 부분만은 거의 고려하지 않았다. 만일 술라의 목숨을 노린 일이 실패하거나 혹은 도망치다 붙잡힌다면 고문을 당하다가 죽을 수도 있는 상황이었으므로 그것은 하찮은 걱정처럼 여겨졌다. 재앙을 겪을 수 있는 상황이 너무나 많아, 노예 신분으로 보내게 될 낮과 밤에 대한 생각은 아예 없었다.

주변을 돌아보았다. 사위가 어두운데도 형체들을 어렴풋이 분간할 수 있었다. 살짝만 움직여도 짤랑짤랑 소리를 내는 매끄러운 사슬이 달린 금속 수갑의 무게가 두 손에서 느껴졌다. 처음에 노예였을 때 어땠는지 기억하지 않으려 애썼건만, 기억은 그때의 낮과 밤과 세월들을 도로 불러왔고, 그것들은 머릿속에서 한데 뭉쳐 중얼거렸다. 그런 상황에서 울부짖지 않는 것은 참으로 힘든 일이었다. 사슬에 묶인 사내 몇이 조용히 흐느꼈다.

그보다 애조 띤 소리를 들은 적이 없었다.

사내들은 머나먼 곳에서 끌려왔을 수도 있었고, 죄를 지었거나 빚을 갚지 못해 어쩔 수 없이 노예가 되었을 수도 있었다. 노예가 되는 사정이야 다양했지만, 그중에서도 최악은 노예로 태어나는 것이었다. 어릴 적에야 아무것도 모른 채 그저 행복하게 뛰놀겠지만, 나이가 들면 자신에게는 누군가에게 팔리는 것 외에 미래가 없음을 알게 될 것이기 때문이다.

숨을 들이쉬자 공기에서 마구간 냄새가 났다. 기름 냄새, 짚 냄새, 땀 냄새, 거기에 아무것도 가진 것 없고 누군가의 소유물이 되어버린 깨끗한 인간이라는 동물의 냄새가 뒤섞여 있었다. 투브루크는 무거운 사슬을 끌어당기며 몸을 곧추세웠다. 다른 노예들은 그가 뭔가 죄를 저질러 죽도록 두드려 맞고 노예가 된 자들 가운데 하나일 거라고 생각했다. 경비병도 같은 이유로 그를 말썽꾼이라고 생각하며 주목했다. 그가 자유인임을 알고 있는 사람은 오로지 페르쿠스뿐이었다.

그런 생각을 하니 투브루크는 마음이 착잡했다. 자신은 단지 소유지와 자유로부터 잠깐 여행을 떠나온 것이라고 생각하는 것만으로는 충분하지 않았다. 남들이 노예라고 생각하고 어둠 속에서 사슬에 묶여 있어 일어설 수조차 없다면, 그 소중한 자유라는 게 지금 어디 있단 말인가? 자유인이 사슬에 묶인 노예들 틈에 섞여 있다면 그는 노예일 뿐이다. 몇십 년 전에 바로 그 방에서 느꼈던 형언할 수 없는 두려움이 느껴졌다. 다른 사람의 기분에 따라 먹고, 자고, 서고, 죽는 생활, 바로 그런 생활로 되돌아가 있었다. 스스로의 노력으로 자유를 찾았다는 자부심에 차 있던 세월은 잿더미로 변한 듯 보였다.

"이렇게 나약한 존재인 것을."

투브루크가 탄식하듯 읊조렸다. 목소리가 조금 컸다 싶은 순간, 옆에 있는 사내가 툴툴거리며 잠에서 깨어나 투브루크를 끌어당기다시피 하면서 일어나 앉으려고 발버둥을 쳤다. 투브루크는 고개를 돌리며, 주위가 어두운 것에 감사했다. 높다란 창문을 통해 빛이 들어와 사내들의 얼굴을 비추는 것을 원치 않았던 것이다. 사내들이 앞으로 맞이하게 될 것은 들판에서 죽도록 일하다가 길지 않은 생을 마감해야 하는 참혹한 삶이었다. 어쩌면 투브루크와 같은 운명을 맞이하게 될지도 모른다. 아마도 이 방에 있는 사내들 가운데 한둘은 그처럼 힘이나 민첩성을 인정받아 검투사 훈련을 받게 될 것이다. 그들은 발을 절룩거리며 물 항아리를 나르다 세상을 뜨거나 질병에 걸려 사망하는 대신 피를 흘리며 미래를 모래 속에 파묻게 될 것이다. 그리고 한두 명은 아이들을 낳을 것이고, 그 아이들이 성장하자마자 다른 곳에 팔려가는 광경을 지켜보게 될 것이다.

투브루크의 바람에도 빛은 서서히 들어왔다. 하지만 사슬에 묶인 노예들은 감금되어 있어 만사가 귀찮은지 꼼짝 않고 누워 있었다. 꿈틀댈 때 약하게 쩔렁대는 쇠사슬 소리만이 그들이 깨어 있음을 알려주었다. 빛과 함께 음식이 들어왔다. 노예들은 자기 몫을 받을 때까지 참을성 있게 기다렸다.

투브루크는 지난밤 페르쿠스의 주먹세례를 받은 자리가 얼마나 부풀어 올랐는지 가늠해 보려고 손으로 얼굴을 만지다가 움찔했다. 끌려온 투브루크를 본 감시병은 놀란 기색이 역력했다. 페르쿠스는 절대로 잔인한 사람이 아니었기 때문에 새로운 주인에게 배달되기 바로 전날 밤에 그토록 심하게 얻어맞은 것을 보면 투브루크가 페르쿠스를 모욕한 게 분명하다고 감시병은 생각했다.

물론 감시병은 아무런 질문도 하지 않았다. 노예들은 비록 페르쿠스가 이익을 챙길 며칠 동안만 그곳에 머무를 뿐이지만, 그들에 대한 페르쿠스의 소유권은 그가 앉는 의자나 그가 입는 옷에 대한 소유권만큼이나 절대적이었기 때문이다.

노예들은 조리한 야채와 빵이 가득 담긴 나무 사발을 받았다. 투브루크가 받은 음식을 손가락으로 퍼먹고 있는데, 문이 다시 열리더니 병사 셋이 페르쿠스와 함께 들어왔다. 투브루크는 행여 우연이라도 병사들과 눈이 마주칠까 두려워 다른 노예들처럼 고개를 푹 숙였다. 무슨 일인지 궁금해 수군대는 소리가 방 여기저기서 들렸지만 잠자코 있었다. 병사들이 온 이유가 짐작이 가는지라, 긴장 때문에 배가 차가워지는 게 느껴졌다. 지금쯤이면 병사들은 술라의 부엌에서 일하는 모든 일꾼에게 탐문해 본 결과 달키우스라는 일꾼이 사라졌음을 알게 되었으리라. 페르쿠스는 투브루크에게 로마를 떠나기 전에 성문에서 조사를 받게 될 것이라고 말했다. 하지만 출발도 하기 전에 병사들이 노예 숙소를 수색하러 올 정도로 철저하게 나올 줄은 예상치 못했다.

어스레한 새벽빛을 받으며 투브루크는 자신이 금세 발각될 거라고 생각했다. 하지만 병사들은 아침을 먹고 있는 노예들 사이를 전혀 서두르는 기색 없이 천천히 돌아다녔다. 맡은 임무를 세심하게 처리하려는 게 분명했다. 병사들이 그러는 것은 당연하다고 투브루크는 씁쓸하게 생각했다. 만일 여기서 놓친 범인이 성문에서 붙잡힌다면 병사들은 엄벌에 처해지게 될 것이기 때문이다. 술라가 독을 탄 음식을 먹었는지 궁금했지만, 만일 원로원이 그 소식의 공포를 늦추기로 한다면, 며칠, 심지어 몇 주일이 지나서야 그 사실을 확인할 수 있을지도 모른다는 것을 투브루크는 잘 알고 있었다. 로마 시민들은 멀찍이 서서 군중 너머로 본 것 말고는 독재관을 본 적이 거의 없었다. 그렇기 때문에 독재관이 죽었는지 살았는지도 모르는 채 삶을 살아갈 것이고, 만일 그가 살아난다면 독살 시도가 있었음은 꿈에도 알지 못하게 될 것이다.

천천히 음식을 씹고 있는데, 거친 손 하나가 턱 밑으로 뻗어왔다. 투브루크는 그 손이 이끄는 대로 순순히 고개를 들어 젊은 군단병의 냉혹한 눈을 들여다보았다. 그 상태로 입안에 가득한 음식을 삼키며 무심한 표정을 지으려 애썼다.

군단병이 휘이이 휘파람을 불더니 부드러운 어조로 말했다.

"이 녀석은 심하게 걷어차였군."

투브루크는 초조해서 퉁퉁 부은 눈을 끔벅거렸다.

"그놈이 제 아내를 모욕하지 뭡니까? 그래서 제가 직접 따끔하게 본때를 보여줬습죠."

페르쿠스의 말에 군단병이 물었다.

"이 정도로 성이 풀렸소?"

두어선 안 될 곳에 시선을 두고 있음을 뒤늦게 깨달은 투브루크는 시선을 다른 곳으로 돌렸다. 심장이 쿵쿵거렸다.

"이 녀석이 내 아내를 모욕했다면 난 창자를 뽑아버렸을 거요."

군단병이 투브루크의 턱에서 손을 떼며 말했다.

"그랬다간 제 돈이 날아가게요?"

페르쿠스가 재빨리 응수했다.

군단병이 코웃음을 치더니 한마디 내뱉었다.

"장사치들하고는."

군단병이 페르쿠스와 함께 옆으로 옮겨가자 투브루크는 안도감에 손이 떨리는 것을 숨기려고 사발을 단단히 붙잡은 채 음식을 깨끗이 먹어치웠다. 몇 분 후 병사들이 가버리고 나자 감시병들이 들어와 일어나라고 노예들을 걷어찼다. 이제 노예들은 자신들을 싣고 로마 교외의 새로운 집들로 향할 마차에 갇히게 될 것이다.

율리우스는 3단층 갤리선의 갑판 아래에 있는 좁다란 감방의 창살에 머리를 착 밀착시킨 채 무슨 일이 벌어지고 있는지 더 똑똑히 보려고 왼쪽 눈을 감았다. 왼쪽 눈을 뜨고 있으면 사물이 흐릿하게 보여 머리가 아팠다. 그래서 되도록 오랫동안 왼쪽 눈을 감고 있음으로써 두통을 늦추려 했다. 율리우스는 폐로 깊게 숨을 들이쉬더니 도로 다른 로마인들 쪽으로 돌아섰다.

"항구가 틀림없습니다. 공기도 따뜻하고, 과일인지 향신료인지는 몰라도 향기로운 냄새가 납니다. 아프리카 같습니다."

비좁고 어두컴컴한 곳에서 한 달을 보낸 뒤여서 감옥의 나무 벽에 기대어 앉아 있거나 누워 있는 로마인들은 율리우스의 말에 흥미를 느꼈다. 율리우스는 그들을 바라보며 한숨을 지은 후 발을 질질 끌며 자기 자리로 되돌아가, 부목을 댄 팔에 무게가 실리지 않도록 주의하며 조심스럽게 앉았다.

그 한 달은 그들 모두에게 참으로 힘든 시간이었다. 그동안 면도칼과 씻을 물의 반입이 허용되지 않아 평상시에는 까다롭던 로마인들도 이제는 지저분한 데다 시커먼 수염이 덥수룩한 것이 초라한 선원이 다 돼 있었다. 변기 용도로 받은 양동이는 가득 차다 못해 흘러넘쳤고, 주변에는 파리가 들끓었다. 양동이는 감방의 한 구석을 차지할 뿐이었지만 흘러나온 배설물로 인해 주변의 공간이 좁아졌는데도 닦아낼 걸레조차 없었다. 한낮이면 공기에서 배설물 썩는 악취가 풍길 만큼 비위생적인 환경 탓에 로마인들 가운데 두 명은 카베라도 거의 손쓰지 못할 정도로 심한 열병에 걸렸다.

치료사 노인은 로마인들을 위해 해줄 수 있는 일은 다 해주었다. 하지만 음식을 갖다 주거나 아픈 곳을 봐줄 때마다 철저하게 몸수색을 받았기 때문에 해줄 수 있는 일이 그리 많지는 않았다. 게다가 몇 년 동안 해적선에 치료사가 없었는지, 해적들이 자신들의 병을 봐달라고 끊임없이 불러대는 통에 그는 정신 없이 바빴다.

두통이 시작되는 것을 느낀 율리우스는 신음소리를 내지 않으려 애썼다. 의식을 회복한 이후 계속된 두통은 의지력과 기력을 점차 약화시켰고, 다른 로마인들에게 신경질을 부리게 만들었다. 로마인들은 모두 짜증을 냈고, 한때는 확고했던 기강도 어둠 속에서 하루하루를 보내는 동안 점점 해이해지고 있었다. 그런 상황이어서 신경이 곤두선 자들이 주먹질을 해대는 것을 막느라고 가디티쿠스가 개입해야만 했던 적도 한두 번이 아니었다.

두 눈을 감고 있자 두통이 가라앉았다. 그러나 흐릿하게 보인다고 해서 왼쪽 눈을 안 쓰지 말고 하루에 몇 시간씩 가까운 곳과 먼 곳에 번갈아 초점을 맞추어야 한다고, 카베라가 주의를 주었다. 그러지 않으면 밝은 곳에 나갔을 때 눈의 시력을 완전히 잃게 될 거라는 것이었다. 포로생활이 끝나리라는 것을 믿어야만 했다. 로마에 있는 코르넬리아에게로 되돌아갈 것이고, 지금 겪고 있는 불행은 추억이 될 거라고 믿어야만 했다. 그런 일이 이미 일어난 것처럼 상상하면, 그러니까 지금 언덕에서 불어온 시원하고 깨끗한 바람에 머리카락이 휘날리는 가운데 코르넬리아의 잘록한 허리에 팔을 두른 채 햇살을 받으며 담벼락 위에 앉아 있다고 상상하면, 조금은 위안이 되었다. 코르넬리아는 더럽고 악취 나는 감방에서 보낼 때의 상황을 물을 것이고, 그러면 별일 아니었다고 대답할 것이다. 그러나 코르넬리아의 얼굴을 조금 더 똑똑히 기억하지 못하는 게 못내 아쉬웠다.

율리우스는 눈을 가늘게 뜨고 들어올린 손을 바라본 다음 창살이 달린 문을 바라보았다. 왼쪽 관자놀이에서 두통이 일기 시작할 때까지 그러기를 거듭하고 또 거듭했다. 그러다 이윽고 손을 내렸다. 한 달 동안 더도 덜도 아니고 딱 목숨을 부지할 수 있을 만큼의 식량만 먹고 살아온 탓에 손이 앙상했지만, 그는 그 사실을 인정하려 하지 않았다. 아, 차가운 굴을 목구멍으로 넘길 수만 있다면 무엇인들 못 주겠는가! 자신을 고문하는 것은 어리석은 짓임을 잘 알았지만 굴의 영상이 선명하게 떠올라 사라지지 않았다. 그 영상은 마치 굴이 바로 눈앞에 달려 있는 듯 생생했고, 액시피터에서 벌어졌던 전투로 인해 시력이 나빠지기 전처럼 선명하게 보였다.

그날에 관해서는 아무런 기억도 나지 않았다. 기억나는 것이라고는 건강하고 튼튼했던 자신이 한순간에 쇠약해지고 통증에 시달리게 되었다는 것뿐이었다. 의식을 차린 처음 며칠 동안 그는 빼앗긴 것에 대한 분노로 가득 차 있었다. 왼쪽 눈은 다시는 볼 수 없을 것이고, 따라서 검을 능숙하게 사용할 수도 없으리라고 스스로 믿을 정도로 오랫동안 보이지 않았다.

애꾸눈 사내들은 훌륭한 전사가 될 수 없다는 말을 수에토니우스에게 들은 적이 있었다. 그런데 물건을 잡으려고 손을 뻗을 때 거리를 정확하게 판단하지 못해 제대로 잡지 못하고 허공만 가른다는 걸 알게 된 그는 그 말이 실감났다. 얼마 후 적어도 거리감각만큼은 시력과 함께 돌아왔지만, 왼쪽 눈으로는 아른거리는 윤곽밖에 볼 수 없어 화가 치밀어 올랐다. 그래서 또렷하게 볼 수 있도록 눈을 비비고 싶은 충동이 불쑥불쑥 일었다. 그러나 그렇게 해서 좋을 게 전혀 없음을 잘 알기에, 손이 자꾸 눈을 비비려고 습관적으로 올라가는 것을 억눌렀다.

두통은 뇌에서 또 다른 경로를 찾은 듯 그 속으로 나아갔고, 결국 그 자리는 첫 번째 지점과 공명을 일으키며 욱신거렸다. 율리우스는 두통이 그 자리에 머물러 있기를, 다른 곳으로 퍼지지 않기를 바랐다. 그는 자신에게 일어나기 시작한 일을 생각하면서 전에는 결코 경험해 보지 못한 엄청난 두려움에 휩싸였다. 그러나 이제 통증이 세 배나 심해져 머릿속에서 불이 번쩍번쩍했고, 결국 정신을 잃고 말았다.

그가 누런 담즙 때문에 쓴 맛을 느끼며 깨어났을 때는 자신의 배설물 속에 누워 있었고, 그런 그를 가디티쿠스가 무자비하게 내리누르고 있었다. 이 사이에는 튜닉에서 쭉 찢어낸 꼬질꼬질한 천 조각이 물려 있었다. 맨 처음에 발작을 일으켰을 때 혀를 심하게 깨물어 입에 피가 흥건하게 고이는 바람에 질식할 뻔한 적이 있었기 때문이다. 그래서 이번에는 인사불성 상태에서 경련을 일으키자 그런 사태를 막기 위해 동료들이 쑤셔 넣었던 것이다.

누군가가 위쪽의 갑판과 이어진 계단의 좁다란 가로대를 밟고 내려오는 소리가 들려왔다. 눈이 시뻘겋게 충혈되어 있고 지독한 냄새를 풍기는 병사들이 고개를 들었다. 끝도 없이 이어지는 지루함을 달래기 위해 그들은 조금만 예사롭지 않은 일에도 온 관심을 기울였다. 호기심을 참지 못한 두 병사가 일어나 창살 틈으로 무슨 일인지 보려고 애썼다. 그러다가 한 명은 지친 나머지 도로 바닥에 쓰러졌다.

사다리를 내려온 사람은 선장이었다. 액시피터의 병사들과 비교될 만큼 피부도 깨끗하고 건강해, 몸에서 빛이라도 나는 듯 보였다. 감방에 들어설 때 머리를 숙여야만 했을 정도로 키가 훤칠한 그는 갑작스러운 공격을 받을 것에 대비해 검과 단검을 지닌 또 다른 사내를 대동하고 있었다.

머리가 욱신욱신 쑤시지만 않았다면 율리우스는 그런 예방조치를 보고 소리내어 웃었을지도 모른다. 로마인들은 운동도 할 수 없으리만치 기력이 쇠약해진 상태인데, 감히 무슨 공격을 하겠는가. 사용하지 않는다고 근육이 그렇게 빨리 약해진다는 게 그는 여전히 놀라울 따름이었다. 카베라가 서로 반대쪽으로 잡아당김으로써 체력을 유지하는 법을 알려주었지만 큰 효과는 없는 듯했다.

선장은 배설물이 가득 찬 양동이를 보더니 숨을 얕게 쉬었다. 얼굴은 구릿빛으로 그을려 있었고, 바다에서 반사되는 빛을 피하려고 몇 년 동안이나 눈을 가늘게 뜬 탓에 눈가와 이마에 주름이 자글자글했다. 그는 옷에서도 신선한 냄새가 풍겼다. 그 냄새를 맡자 율리우스는 밖으로, 열린 공간으로 나가고 싶은 마음이 간절했다. 그 마음이 어찌나 간절한지 심장이 쿵쿵거렸다.

"우린 안전한 항구에 닿았소. 6개월 후면 아마 당신들은 외로운 밤에 종지부를 찍게 될 거요. 몸값을 내고 자유의 몸이 될 거라 이 말이오."

선장은 자신이 한 말의 효력을 즐기기 위해 잠시 말을 멈추었다. 감옥 생활이 끝날 것이라는 그 말은 모든 사내의 시선을 그에게 고정시켰다.

"이제 몸값을 얼마로 할지 정해야 할 텐데, 간단한 문제는 아니오."

힘만 있다면 이빨로 물어뜯으려고 대들 병사들이 아닌, 잘 아는 사람들에게 말을 하기라도 하듯 선장이 상냥한 목소리로 말을 이었다.

"사랑하는 가족이 지불하지 못할 정도로 액수가 커서는 안 된다는 게 내 생각이오. 받지도 못할 액수를 요구해 봐야 무슨 소용이겠소. 그러나 아무튼 가족이 감당할 수 있는 액수가 얼마나 되느냐고 묻는다고 해서 당신들이 정직하게 대답하리라고는 믿지 않소. 무슨 말인지 알아듣겠소?"

"충분히 알아들었소."

가디티쿠스가 대답했다.

"그러니 우리가 서로 타협하는 게 최선이라 생각하오. 당신들이 각자 이름과 계급, 재산 정도를 말하면, 거짓말인지 아닌지 판단해서 적정하다고 생각하는 금액을 정할 거요. 몸값 협상은 게임과 같을 거요, 아마도."

선장의 말에 대꾸하는 사람은 아무도 없었다. 마음속으로 신들에게 복수를 맹세하는 로마인들의 얼굴에는 증오심이 분명하게 드러나 있었다.

"좋소. 그럼 이제 시작해 봅시다."

선장이 수에토니우스를 가리켰다. 그 젊은 사내가 이에 물린 자리를 긁고 있는 것을 본 것이다.

"수에토니우스 프란두스. 가장 하급 장교인 당직사관이오. 내 가족은 팔 게 아무것도 없소."

수에토니우스가 말했다. 그동안 말을 별로 하지 않은 탓에 목소리가 탁하게 쉬어 있었다.

선장은 실눈으로 바라보며 수에토니우스의 말이 진실인지 아닌지 가늠을 했다. 다른 자들과 마찬가지로, 그의 가는 골격에는 많은 액수의 몸값을 기대하게 할 만한 구석이라곤 전혀 없었다. 율리우스는 선장이 그저 자신들을 제물 삼아 스스로 즐기고 있다는 것을 알아챘다. 선장은 오만한 로마의 장교들을 적과 협상하는 신세로 전락시키는 데서 쾌감을 느끼고 있었다.

그러나 그들에게 무슨 선택의 여지가 있겠는가? 만일 그 해적이 너무 많은 액수를 요구한다면, 가족들은 그 돈을 빌리지 못할 수도 있고, 아니 더 심한 경우 몸값 지불을 거절할 수도 있다. 그러면 그들은 곧바로 죽임을 당하고 말 것이다. 그러니 게임을 하지 않을 수 없는 상황이었다.

"최하급 장교라, 그렇다면 2탈렌트, 그러니까 금화 500이면 적당하겠군."

그의 가족이 그 정도의 돈은 쉽게 낼 수 있음을, 아니 그보다 열 배나 많은 돈도 충분히 낼 수 있음을 율리우스가 알고 있는데도, 수에토니우스는 흥분해서 침을 튀기며 말했다.

"말도 안 돼. 우리 가족한텐 그런 큰돈이 없단 말이오!"

그의 지저분한 모습은 그 말이 사실인 듯한 느낌을 주었다.

선장은 어깨를 으쓱했다.

"가족이 돈을 마련할 수 있게 해달라고 신들께 기도나 올리시오. 몸값을 못 내면 사슬에 묶인 채로 바다에 던져져 물고기밥 신세가 되고 말 테니까."

수에토니우스는 절망한 표정으로 털썩 주저앉았다. 그러나 속으로는 선장을 멋지게 속여 넘겼다고 의기양양해하고 있을 거라는 걸 율리우스는 알고 있었다.

"이보슈, 백인대장? 당신은 부유한 가문 출신일 테지?"

가디티쿠스가 선장을 노려보다가 성난 어조로 대꾸했다.

"아니오. 하지만 내가 무슨 말을 하든 달라질 게 뭐가 있겠소."

그리고는 시선을 돌렸다.

선장은 생각을 하느라 얼굴을 찡그렸다.

"내 생각엔…… 그래, 백인대장이라면 나처럼 선장 정도 되니까…… 적어도 20탈렌트는 요구해야 모욕이 되지 않을 것 같은데. 좋소, 금화 5,000닢 정도가 적당할 것 같구려."

가디티쿠스는 선장의 말을 무시했지만 절망감에 약간 기운이 빠진 듯 보였다.

"당신은 이름이 뭐요?"

선장이 율리우스에게 물었다.

율리우스도 선장의 말을 무시할까 했지만, 머리가 다시 욱신거리자 갑자기 속에서 분노가 치밀었다.

"내 이름은 율리우스 카이사르. 휘하에 부하 스물을 둔 지휘관이오. 부유한 집안의 가장이기도 하오."

선장은 눈썹을 추켜세웠고, 다른 로마인들도 그런 태도가 도무지 믿기지 않는다는 듯 자기들끼리 수군거렸다. 율리우스가 눈을 맞추었을 때, 가디티쿠스는 고개를 절레절레 흔들어 그러지 말라는 뜻을 분명하게 전달했다.

"한 집안의 가장이라! 만나 뵙게 되어 정말 영광입니다그려."

선장이 코웃음을 치며 이죽거렸다.

"그런 분이시라면 역시나 몸값이 20탈렌트는 돼야 할 것 같구려."

"50탈렌트로 하시오."

율리우스가 등을 꼿꼿이 펴고 말했다.

선장이 눈을 끔벅였다. 느긋하던 태도는 사라지고 없었다.

"그건 금화 1만 2,000닢에 해당하는 금액인데."

마음속으로는 이게 웬 떡인가 싶어 좋아하면서 놀라는 투로 선장이 말했다.

"50탈렌트로 합시다."

율리우스가 단호하게 말했다.

"나중에 내가 당신을 찾아 죽이고 나면 돈이 필요할 거요. 집에서 멀리 나와 있으니 어쨌든 그 돈이라도 챙겨야 하지 않겠소."

율리우스는 두통이 심했지만 힘을 내어 야만스럽게 씩 웃었다.

놀라서 멍하니 있던 선장이 퍼뜩 정신을 차렸다.

"당신은 머리가 깨졌던 자군. 정신을 내 갑판 위에 놓고 온 모양이로구먼. 좋아, 50탈렌트를 요구하지. 허나 그 돈이 오지 않는다면 바다는 당신을 안아주기에 충분히 깊다는 걸 명심하시오."

"바다는 널 나한테서 숨길 수 있을 정도로 넓지는 않아, 이 사생아 자식아. 네놈 부하들을 십자가에 못 박아 해변에 죽 늘어 세워 놓을 테다. 장교들만큼은 자비를 베풀어 교수형에 처해 줄 수도 있지. 반드시 그렇게 하고 말 테니 두고 봐."

병사들이 환호성을 지르고 웃어대자 선장은 분노로 얼굴이 하얗게 질렸다. 한순간 그는 감방 안으로 한 걸음 더 내디뎌 율리우스를 칠 듯 보였다. 그러나 마음을 다스리고는 비아냥거리는 사내들을 조소하는 눈빛으로 둘러보았다.

"너희들 모두한테 높은 몸값을 부과하지. 어디 그때도 환호하는지 보자고!"

선장이 야유하는 병사들에게 소리치며 부하와 함께 감방을 나갔다. 부하는 감방 문을 안전하게 잠그며 창살 너머로 율리우스를 보면서 도저히 믿지 못하겠다는 듯 고개를 설레설레 흔들었다.

밖에서 듣는 사람이 아무도 없다는 확신이 들었을 때, 수에토니우스가 율리우스에게 속삭였다.

"왜 그런 짓을 한 거야? 천치 같으니. 네 알량한 자존심 때문에 우리 가족들을 알거지로 만들게 생겼잖아!"

율리우스는 어깨를 으쓱했다.

"그자는 자기가 받을 수 있다고 생각하는 값을 책정할 거야. 여기 내려오기 전에 생각했던 금액대로 말이야. 하지만 내 몸값으론 홧김에 50탈렌트를 요구할지 모르지."

"카이사르의 말이 옳네. 그자는 단지 우리를 갖고 놀고 있는 거라네."

가디티쿠스가 그렇게 말하고는 돌연 낄낄거렸다.

"50이라! 자네도 그자 얼굴 봤나? 자네 안엔 로마가 들어 있었네, 젊은 친구."

웃음소리는 기침 때문에 끊어졌지만 가디티쿠스는 여전히 미소를 짓고 있었다.

"난 그래도 네 녀석이 그자를 일부로 긁어준 건 잘못이라고 생각해."

수에토니우스가 말을 이었다. 다른 병사들 가운데 한둘도 투덜거리며 찬성을 표했다.

"그자가 로마인들을 죽였고 액시피터를 침몰시켰는데도 네 녀석은 우리가 그자의 시시한 놀음에 놀아나야 한다고 생각하는 거야? 뱉을 침만 있었다면 네 녀석한테 뱉었을 거다."

율리우스가 쏘아붙였다.

"아까 내가 한 말은 진심이었어. 풀려나기만 하면 그자를 찾아 베어버리고 말 거야. 몇 년이 걸릴지는 몰라도 그잔 죽기 전에 반드시 내 얼굴을 보게 될 거야."

격분한 수에토니우스가 율리우스의 몸 위로 냅다 달려들었지만 그 곁을 지나가려던 펠리타스가 제지했다.

"자리에 앉아, 멍청아."

수에토니우스를 뒤로 밀치면서 펠리타스가 성난 어조로 말했다.

"우리끼리 싸워봤자 무슨 소용 있어. 게다가 이제 겨우 간신히 회복된 사람하고 싸우다니."

수에토니우스는 인상을 찡그리며 자리에 앉았고, 율리우스는 그가 그러든 말든 생각에 잠겨 태평하게 부목 밑을 긁었다. 시선은 축축하고 냄새나는 짚 속에 누워 있는 병든 사내들에게 가 있었다.

"이곳에 있다간 우린 죽고 말 거야."

율리우스의 말에 펠리타스가 고개를 끄덕였다.

"계단 꼭대기는 두 명이 지키고 있습니다. 밖으로 나가려면 그들을 지나가야 합니다. 이제 부두에 정박했으니 탈출을 시도할 만하지 않을까요?"

"그럴지도 모르지. 하지만 감방 문에서 돌쩌귀를 떼어낼 수 있다 해도 갑판 해치는 누군가 여기에 올 때마다 빗장이 채워지지 않는가, 카베라 영감님이 올 때조차도 말이야. 저들이 떼로 몰려오기 전에 우리가 빗장을 부수고 빠져나갈 수 있으리라고는 생각하지 않네."

"우린 수에토니우스의 머리를 이용할 수 있을 겁니다. 수에토니우스가 머리로 몇 번만 세게 박으면 그자들 중 하나는 뒤로 물러설 겁니다. 결국 우리가 승리하지 않겠습니까."

율리우스는 펠리타스와 함께 키득거렸다.

이튿날 밤 시름시름 앓던 병사 하나가 죽었다. 카베라는 선장의 허락을 받아 시신을 질질 끌고 나가서 아무런 의식도 치르지 않은 채 뱃전 너머로 내던졌다. 남은 자들의 기분 또한 완전한 절망을 향해 가라앉았다.

8장

"이거 완전히 여자들한테 포위당했습니다그려."

아우렐리아와 코르넬리아, 클로디아가 들어오는 것을 보고 투브루크가 쾌활하게 말했다. 그의 농담에 트리클리니움이 놓인 조용한 식당에 생기와 활기가 가득해졌다. 페르쿠스가 투브루크를 소유지의 문 안으로 들여보내며 수갑이 풀린 손에 판매증서를 건네준 뒤 몇 주가 지났다. 이제 투브루크는 로마에서 잃었던 마음의 평화를 상당 부분 되찾았다. 매일 아침 함께 모여 식사를 하는 것은 그들 네 사람에게 하나의 의식이 되었고, 투브루크는 가벼운 아침식사를 고대하기 시작했다. 아우렐리아는 아침이면 늘 최상의 건강 상태를 보였다. 그리고 코르넬리아와 클로디아, 아우렐리아는 진정한 친구처럼 다정해 보였다. 노예 폭동 이후로 그 집에는 웃음소리라곤 들리지 않았는데, 그들의 다정한 모습을 보자 투브루크는 기분이 좋아졌다.

투브루크의 얼굴은 시간이 지나면서 치유되었지만, 왼쪽 눈 위에는 그가 겪은 시련을 상기시키는 새로운 흉터가 남았다. 투브루크는 로마의 거리에서 검은 옷을 입은 군단병들을 처음 보았을 때 느꼈던 안도감을 떠올렸다. 로마는 군단병들이 독재관의 죽음을 애도하기 위해 입은 그 복장을 꼬박 1년 동안이나 보게 될 것이다. 그러나 군단병들이 상복을 입은 첫날조차도 그 검은 옷은 로마의 분위기와 어울리지 않는 듯 보였다. 페르쿠스는 원로원에 새바람이 불고 있다고 말했다. 예전의 공화국 체제를 부활시키고 술라가 로마의 거리에 도로 불러왔던 왕들의 유령을 다시 한 번 몰아내기 위해 킨나와 폼페이우스가 열심히 일하고 있다는 것이다.

소유지 관리인은 이제 로마에 가는 것을 삼갔고, 어쩌다 가게 되더라도 주의를 게을리 하지 않았다. 사람들이 자신을 로마 지도자의 독살과 결부해 생각할 가능성은 거의 없다고 믿었지만, 고발 한 건만 있어도 원로원이 증거를 찾기 위해 소유지를 샅샅이 뒤질 것임을 알고 있었기 때문이다. 만일 원로원이 페르쿠스를 찾아내 고문한다면, 그 노예 판매상은 자신을 그들에게 넘겨줄 것이라고 투브루크는 확신했다. 그 사내에게는 사랑하는 가족이 있으니 그런 사태에 직면하면 명예와 우정은 무너질 수밖에 없다. 비록 술라의 친구들과 지지자들이 암살범을 찾는 동안은 하루도 완전한 평화를 맛볼 수 없겠지만, 두 사람은 옳은 일을 했고, 또 승리했다.

소유지에 돌아온 지 한 달이 되는 어느 날, 투브루크는 무거운 망토를 걸친 채 말을 타고 로마로 가서 마르스(로마의 군신—옮긴이)와 베스타(불타는 화로의 여신—옮긴이)의 신전에 코르넬리아의 무사귀환을 감사하는 공물을 바쳤다. 그리고 카사베리우스와 출입구에서 죽인 경비병의 영혼을 위해서도 기도했다.

코르넬리아가 딸을 무릎에 앉혀 놓았는데, 클로디아가 이따금씩 아기의 겨드랑이를 간질여 까르르 웃게 만들었다. 율리아가 천진난만하게 까르르 웃는 소리에 아우렐리아조차도 미소를 지었다. 투브루크는 복합적인 감정에 휩싸인 채 빵에 꿀을 발랐다. 아우렐리아가 예전의 행복을 조금이

나마 되찾은 것은 다행이었다. 그녀는 너무나 오랫동안 험악한 사내들에 둘러싸여 있었다. 손녀를 처음 안은 그녀의 눈에서는 눈물이 주르륵 흘러내렸다.

그러나 투브루크는 아우렐리아가 쇠약해지고 있다고 확신했다. 그 생각에 가슴 아파하던 투브루크는 아우렐리아가 혼자서 아무것도 먹지 않았음을 눈치채고, 갓 구운 바삭한 빵이 담긴 접시를 그녀 쪽으로 살며시 밀었다. 둘의 눈이 잠시 마주쳤다. 아우렐리아는 빵 한 조각을 집어 들고는 길게 쭉 찢어 투브루크가 지켜보는 가운데 천천히 씹었다. 그녀는 음식을 먹으면 발작이 일어나서 아프고 구토를 하게 된다고 말했다. 식욕도 느끼지 못해서, 그가 주의 깊게 살펴보기 전에는 깜짝 놀랄 정도로 몸무게가 줄어들어 있었고 거의 아무것도 먹지 못했다.

아우렐리아는 점점 수척해지고 있었다. 둘만 있을 때 투브루크가 아무리 말을 해도 그저 눈물만 흘리며 도저히 먹을 수가 없다고 하소연하곤 했다. 그녀 안에는 음식이 들어갈 공간이 전혀 없었던 것이다.

클로디아가 아이를 간질이는데 아이가 갑자기 젖을 토해냈다. 그 모습을 본 세 여자가 동시에 일어나 서로 도와가며 아이가 토해낸 젖을 닦았다. 함께 일어선 투브루크는 여자들의 다정한 모습을 보면서 소외감을 느꼈지만 조금도 개의치 않았다.

"애 아버지가 여기서 아이가 자라는 모습을 볼 수 있으면 좋으련만."

코르넬리아가 아쉬운 듯 읊조렸다.

"그렇게 될 겁니다. 몸값을 받으려면 그자들은 포로들을 살려두어야만 합니다. 안 그러면 거래는 끝이니까요. 그자들에겐 그건 거래에 불과하죠. 율리우스 주인님은 무사히 돌아오실 겁니다. 게다가 이제 술라도 죽었으니, 주인님은 새로 시작하실 수 있을 겁니다."

투브루크의 말에 코르넬리아는 투브루크가 느끼는 것보다 더 많은 희망을 발견한 듯싶었다. 무슨 일이 일어나든, 만일 무사히 돌아온다 해도, 산전수전 다 겪은 터라 율리우스는 예전의 그가 아닐 것임을 투브루크는 알고 있었다. 술라를 피해 배를 타고 떠났던 젊은이는 이미 죽었을 것이다. 그렇지만 그가 어떤 사람이 되어 돌아올지는 아직 두고 보아야 했다. 그렇게 높은 몸값을 지불하고 나면 그들은 모두 사는 게 더 힘들어질 것이다. 투브루크는 소유지의 땅 일부를 수에토니우스의 가족에게 팔았다. 자신들도 몸값을 지불하라는 요구를 받았기 때문에 그에게 돈이 절실하게 필요하다는 것을 아는 수에토니우스의 가족은 지독하게 가격을 깎았다. 투브루크는 한숨을 내쉬었다. 어쨌든 율리우스는 딸이 있어서, 그리고 사랑해 주는 아내가 있어서 행복할 것이다. 투브루크가 갖지 못한 것을 갖고 있으니 말이다.

클로디아 쪽으로 흘끗 시선을 돌리던 투브루크는 그녀가 무언가가 담긴 표정으로 돌아보자 소년처럼 얼굴을 붉혔다. 클로디아가 윙크를 하고 돌아서서 코르넬리아를 도우러 가는데 이상하게도 불편한 느낌이 들었다. 명령을 기다리는 일꾼들을 보러 나가야만 하는데도 투브루크는 자리에 그대로 앉아 다시 빵 한 조각을 집어 들고 천천히 먹었다. 그녀가 다시 보아주길 바랐던 것이다.

그때 갑자기 아우렐리아의 몸이 살짝 흔들렸다. 그 모습을 본 투브루크는 재빨리 다가가 어깨를 잡아주었다. 그녀는 믿어지지 않을 정도로 창백했고, 피부는 밀랍처럼 보였다. 스톨라(고대 로마 시대에 여성들이 입던 길이가 길고 품이 풍성한 원피스―옮긴이) 밑에 살이라고는 거의 없는 걸 느낀 그는 늘 마음속에 있던 슬픔이 더욱더 부풀어올랐다.

"쉬셔야 합니다. 나중에 제가 음식을 더 갖다 드리겠습니다."

투브루크가 조용히 말했다.

아우렐리아는 아무런 대꾸도 하지 않았다. 두 눈의 초점이 흐려져 있었다. 투브루크의 부축을 받으며 걸으면서 그녀는 힘없이 비틀거렸다. 투브루크는 아우렐리아의 몸이 다시 떨리는 것을 느꼈다. 매번 그녀를 전보다 더 쇠약하게 만드는 경련이 다시 시작된 것이다.

이제 식당 안에는 코르넬리아와 클로디아 둘만 아이와 함께 남아 있었다. 아이가 젖꼭지를 찾으려고 코르넬리아의 옷을 손가락으로 긁어댔다.

"참 좋은 분이에요."

클로디아가 그들이 나간 출입구를 보면서 말했다.

"유모는 부끄럽지도 않아? 남편으로 삼기에는 나이가 너무 많잖아."

코르넬리아가 솔직하게 대꾸했다.

클로디아는 이를 악물었다.

"나이가 많다고요? 아직도 건장하신데 무슨 상관이에요."

클로디아가 쏘아붙였다. 그러더니 코르넬리아의 반짝이는 눈을 보고 얼굴을 붉혔다.

"그렇게 빤히 쳐다보지 마세요, 아씨. 아이 젖이나 먹이세요."

"얘는 늘 배가 고픈가봐."

코르넬리아는 율리아가 작은 얼굴을 착 밀착시키며 가슴속으로 깊숙이 파고들도록 놔두면서 몸을 움찔했다.

"아이들을 사랑하면 아씨에게도 좋아요."

목소리가 이상하다고 느낀 코르넬리아가 고개를 들었을 때, 클로디아의 눈에는 눈물이 그렁그렁 맺혀 있었다.

투브루크는 시원하고 어두침침한 침실에서 아우렐리아의 발작이 완전히 멈출 때까지 꼭 끌어안아 주었다. 그녀의 몸은 불덩이처럼 뜨거웠다. 뼈만 앙상하게 남은 그녀가 안쓰러워 투브루크는 고개를 절레절레 흔들었다. 마침내 그녀가 다시 그를 알아보자 뒤에 푹신한 쿠션을 받치고 뉘였다.

투브루크가 아우렐리아를 처음으로 안아준 것은 그녀 남편의 장례식을 치르던 날이었다. 그녀는 그의 강인함에서 위안을 느낀다는 것, 그리고 그가 팔로 몸부림치는 그녀의 팔다리를 꼭 붙들어준 덕에 요즘은 그녀의 몸에 타박상이 줄어들었다는 것을 그는 알고 있었다. 자신이 숨을 거칠게 몰아쉬고 있음을 알아차린 그는 그렇게 쇠약한 그녀의 몸에서 어떻게 그런 강한 힘이 나올 수 있는지 새삼 의아해졌다.

"고맙네."

아우렐리아가 눈을 반쯤 뜬 채 속삭였다.

"별일도 아닌 걸요. 시원한 음료수를 갖다 드릴 테니, 편히 쉬고 계십시오."

"그냥 내 곁에 있어주게, 투브루크."

"제가 돌봐드리겠다는 말씀 안 드렸던가요? 원하시면 언제까지나 여기 있을 겁니다."

투브루크는 억지로 쾌활하게 말하려 애를 썼다.

아우렐리아가 눈을 완전히 뜨더니 고개를 그에게로 돌렸다.

"남편도 내 곁에 있어주겠다고 늘 말하더니 떠나버렸네. 이젠 아들도 멀리 떠나고 없어."

"신들이 우리의 약속을 공수표로 만들어버리는 경우가 가끔 있지요. 그러나 율리우스 주인님은 훌륭한 분이셨습니다. 아드님에 대한 제 판단이 맞는다면, 아드님도 무사히 집으로 돌아오실 겁니다."

아우렐리아는 다시 눈을 감았고, 투브루크는 그녀가 자연스레 잠들 때까지 기다렸다가 조용히 방을 빠져나왔다.

폭풍이 해안을 강타했다. 로마의 영토에서 멀리 떨어진 아프리카의 작은 만에 피신해 있는데도 계류 중인 3단층 갤리선은 상하좌우로 격렬하게 흔들렸다. 장교 몇 명은 뱃속에 음식이 들어 있지도 않았건만 헛구역질을 해댔다. 먹은 게 거의 없어 뱃속에 물만 들어 있는 그들은 손으로 입을 꽉 틀어막은 채 그 물 한 방울이라도 잃지 않으려고 안간힘을 썼다. 물은 늘 충분하지 않았다. 그런데 맹렬한 열기 속에서 살아남으려면, 몸은 어떤 종류의 수분이라도 절실하게 필요했다. 그런 까닭에 그들 대다수는 소변을 볼 때 손을 잔처럼 오므려 소변을 받아서 그 뜨뜻한 액체가 흘러 사라지기 전에 최대한 빨리 꿀꺽꿀꺽 마시곤 했다.

율리우스는 배가 심하게 요동치는데도 아무렇지 않았다. 그는 눈을 감고 누워 두 손으로 배를 움켜쥔 채 나직하게 신음소리를 토해내고 있는 수에토니우스를 보면서 쾌감을 느꼈다.

멀미를 하는데도 작은 감방 안에는 낙관적인 분위기가 감돌았다. 선장이 부하를 보내, 몸값을 받았다고 전했기 때문이다. 몸값은 육지를 지나고 바다를 건너 비밀 회합 장소에 도착했고, 기나긴 여행의 마지막 여정을 맡은 해적들의 대리인에 의해 이 머나먼 항구까지 당도한 것이다. 율리우스는 선장이 직접 내려오지 않았다는 사실에 작은 승리감을 맛보았다. 정신적으로 괴롭히려 하던 날 이후, 몇 달 동안이나 선장이 모습을 보이지 않자 로마인들은 모두 흡족해했다. 만일 직접 내려와 봤다면, 선장은 자신이 본 것에 깜짝 놀랐을 것이다. 로마인들은 포로생활의 최저점을 통과했고, 이제 점차 강해지고 있었기 때문이다.

처음 몇 달간은 절망감에 휩싸여 자포자기하던 무리가 이제는 풀려날 날을 참을성 있게 기다리고 있었다. 열병이 두 사람의 목숨을 더 앗아갔지만, 그 바람에 숨이 막힐 듯 비좁던 공간에 오히려 여유가 생겼다. 로마인들이 살아남아야겠다는 의지를 새롭게 갖게 된 데는 카베라의 공도 적지 않았다. 우여곡절 끝에 해적들로부터 그들에게 더 나은 급식을 제공하겠다는 약속을 받아냈기 때문이다. 그것은 위험한 도박이었다. 그러나 식사와 위생 상태를 개선하지 않는다면 그들 가운데 반 정도만이 살아남아 풀려날 거라는 걸 파악한 노인은 해적들이 보답으로 무언가를 줄 때까지 해적들을 치유하길 거부하며 갑판 위에 가만히 앉아 있었다. 때마침 선장은 항구에서 옮은 전염성이 강한 발진으로 고생하는 중이었다. 그런데 아무리 호통을 치며 위협해도 노인이 꿈쩍도 하지 않자 선장은 할 수 없이 노인의 요구를 받아들였다. 음식이 나아지면서 새롭게 희망을 품게 된 로마 병사들은 다시 자유의 몸이 되어 로마를 볼 수 있으리란 것을 믿기 시작했다. 붓고 피가 나던 잇몸도 낫기 시작했고, 카베라가 해적들의 허락을 받아 갖다 준 흰 양의 기름 덕분에 종기도 가라앉기 시작했다.

율리우스도 제 역할을 다했다. 부목을 떼어냈을 때 근육이 다 사라지고 없는 것을 보고 공포에 질린 그는 즉시 카베라가 제안한 운동을 시작했다. 비좁은 공간에서 운동하는 것은 고역이었지만, 율리우스는 장교들을 각각 넷, 다섯으로 이루어진 두 조로 나누었다. 한 조가 한 시간 동안 최대한 몸을 바짝 붙이고 있으면, 그 덕분에 넓어진 공간에서 다른 조가 동료들과 씨름을 하고 동료들의 몸을 역기 삼아 들어 올림으로써 거의 사라졌던 근육을 다시 키웠다. 그렇게 한 조의 운동이 끝나고 나면 서로 역할을 교대해 다른 조가 운동을 하며 땀을 흘렸다. 배설물 양동이가 발에 채여 엎어진 적도 숱하게 많았지만, 그들은 점점 더 튼튼해져 더는 열병에 걸리지 않게 되었다.

이제 두통이 찾아오는 빈도는 줄어들었으나, 아직도 두통이 한 번 심하게 발생했다 하면 율리우스는 통증 때문에 거의 말도 하지 못했다. 동료들은 그가 얼굴이 창백해져 눈을 감으면 혼자 남겨 두어야 한다는 것을 경험을 통해 알게 되었다. 두 달 전을 마지막으로 더는 발작이 일어나지 않자 이제 발작이 완전히 끝났다고 보아도 별 무리는 없을 거라고 카베라가 말했다. 율리우스는 카베라의 말이 사실이길 빌었다. 어머니가 같은 증세로 고생하던 모습을 기억하고 있는 그는 자신이 쇠약해져 몸져눕고 마음이 암흑 속으로 빠져들지 않을까 몹시 두려웠다.

해적선이 다시 돛을 올릴 준비가 되었으며 연안의 호젓한 장소로 가서 자신들을 내려줄 것이라는 소식에, 액시피터의 장교들은 뛸 듯이 기뻐했다. 심지어 펠리타스는 흥분한 나머지 수에토니우스의 등을 찰싹 때리기까지 했다. 여전히 덥수룩한 수염에 추레한 몰골이었지만, 그들은 이제 목욕탕에서 깨끗이 씻고 기름 마사지를 받게 될 거라는 생각에 즐겁게 잡담을 나누었다.

상황이 변하는 방식은 희한했다. 한때는 마리우스와 같은 훌륭한 장군이 되길 꿈꾸었으나, 이제는 몸을 깨끗이 씻을 수 있음을 더 기쁘게 생각했다. 그렇다고 해서 해적을 퇴치하겠다는 다짐이 변한 것은 아니었다. 로마로의 귀환을 이야기하는 장교도 몇 있었지만, 율리우스는 가족이 보낸 돈이 해적선의 화물창에 실려 바다 위를 떠다니는 한 자신은 로마로 돌아갈 수 없음을 알고 있었다. 해적들에 대한 분노는 병과 고된 훈련으로 인한 고통도 참아가며 훈련에 매진하도록 그를 몰아붙였다. 선장에게 한 말이 빈말이 되지 않게 하기 위해서는 강해져야 함을 알기에, 그는 날마다 훈련의 강도를 더 높여갔다.

3단층 갤리선의 움직임이 서서히 변하면서 배의 흔들림이 줄어들자 로마인들은 낮게 환호성을 질렀다. 배가 공해로 들어서자 노잡이들을 위한 북소리도 들렸다.

"이제 집에 가는군."

프락스가 감격에 차서 목멘 소리로 말했다. 그 말에는 이상한 힘이 있었다. 그 말을 듣고 한 사내가 눈물을 흘리며 울기 시작했다. 함께 보낸 지난 몇 달 동안 더 심한 경우를 보아왔는데도 다른 로마인들은 당혹해하며 그에게서 시선을 돌렸다. 그 몇 달 동안 로마인들 사이에는 참으로 많은 변화가 있었다. 가디티쿠스는 만일 액시피터가 다시 건조되어 항해할 수 있게 된다 해도 자신들이 다시 선원으로 일할 수 있을까 하는 의구심을 이따금 갖곤 했다. 부하들 간에 말싸움이나 주먹다짐이 벌어지면 가디티쿠스와 프락스가 끼어들어 말렸기 때문에 겉으로는 어느 정도 군율이 유지되는 듯 보였지만, 계급이 아닌 새로운 잣대로 서로를 평가해 강자와 약자를 구분하게 되면서 위계질서는 서서히 무너지고 말았다.

펠리타스와 프락스는 절친한 관계가 되었다. 나이는 차이가 났지만 자신과 마찬가지로 삶에 대해 일종의 담담한 태도를 지니고 있음을 서로 알게 되었기 때문이다. 불룩하게 나와 있던 프락스의 배는 감방에서 보내는 동안 푹 꺼졌고, 그가 몇 주 동안 고통을 참아가며 다른 병사들과 함께 일일 훈련에 참가한 뒤 단단한 근육으로 바뀌어 있었다. 율리우스는 면도를 하고 깨끗이 씻고 나면 고비를 넘기고 무사히 살아남았다는 사실에 행복을 느끼게 될 거라고 생각했다. 그런 생각을 하며 미소를 지으면서 이에 물린 겨드랑이를 긁었다.

가디티쿠스는 심하게 일렁이는 파도 때문에 고생한 사람 중 하나였지만, 배가 파도에 요동치는 대신 파도를 헤치고 나아가자 얼굴에 혈색이 돌았다. 율리우스는 이제 그에게서 그가 상관이기 때문에 기계적으로 복종하던 때는 느끼지 못했던 존경심과 애정을 느꼈다. 그 사내는 그들을 단결시켰고, 율리우스와 카베라가 그들을 위해 한 일에 대해 고마움을 느끼는 듯했다.

수에토니우스는 포로로 붙잡혀 있는 동안 잘 지내지 못했다. 펠리타스와 프락스, 율리우스, 가디티쿠스 사이에 끈끈한 유대가 형성되어 있음을 알게 된 그는 그 무리에 율리우스가 끼어 있다는 사실에 분개했다. 한동안은 그가 다른 장교 네 명과 친하게 지냈기 때문에 로마인들 사이에는 양 진영이 형성되었다. 율리우스는 장교들이 양 진영으로 나뉘어 있는 것을 이용해 훈련을 할 때 서로 경쟁하도록 유도했다. 이를 못마땅하게 여긴 수에토니우스가 귀엣말로 불평을 늘어놓자 장교 가운데 하나가 그를 주먹으로 치는 사태가 발생함으로써 수에토니우스 진영에 금이 가기 시작했다.

그 일이 있은 직후, 카베라 덕분에 처음으로 먹을 만한 음식이 반입되자 로마인들은 모두 환호성을 질렀다. 그 노인은 과일을 가져다줄 때면 율리우스에게 배분을 맡겼다. 그 바람에 수에토니우스가 특권을 기대할 수 없게 되어 위계질서가 회복되었다. 수에토니우스는 그저 율리우스가 자신이 하급장교에 불과하다는 사실을 깨닫는 순간을 볼 수 있길 바랄 뿐이었다.

항구를 떠난 지 2주 후, 로마인들은 어두컴컴한 감방에서 끌려나와 무기도 식량도 없이 낯선 해안에 남겨졌다. 그들이 파도 부서지는 소리가 들려오는 해안까지 데려다줄 작은 배에 건너 탈 때, 선장은 고개 숙여 인사했다.

"잘 가시오, 로마인들. 당신들이 낸 금화를 쓸 때면 종종 당신들 생각을 하리다."

선장이 큰 소리로 웃으며 외쳤다. 그의 조롱에 로마인들은 아무런 대꾸도 하지 않았다. 하지만 율리우스는 마치 얼굴에 난 주름 하나하나를 전부 기억에 새기려는 듯 선장을 뚫어지게 쏘아보았다. 해적들이 카베라를 붙잡아둘지도 모른다는 것을 알고는 있었지만, 막상 카베라가 함께 떠나는 것이 허락되지 않자 율리우스는 머리끝까지 화가 치밀었다. 선장을 찾아 목을 베어야 할 이유가 이제 한 가지 더 추가된 것이다.

해변에 도착한 뒤 선원들은 로마인들의 몸에 묶인 밧줄을 끊어준 뒤 단검을 들고 조심스레 뒷걸음질 쳤다.

"어리석은 짓은 하지 않는 게 좋을 거야. 그래야 제때 집에 갈 수 있을 테니까."

선원들 중 하나가 경고했다. 그러고 나서 배에 올라 달빛이 비추는 바다에 떠 있는 거무스름한 3단층 갤리선을 향해 열심히 노를 저어갔다.

펠리타스가 부드러운 모래를 한 줌 집더니 손가락 사이에 문질렀다.

"여러분은 어쩔지 모르겠지만, 전 헤엄을 칠 겁니다."

펠리타스가 갑자기 지저분한 옷을 벗어 젖히며 말했다. 몇 분이 지나자 해변에는 수에토니우스만이 혼자 우두커니 서 있었다. 그러나 그도 소리를 지르고 웃어대는 장교들에 의해 옷을 입은 채로 물속으로 끌려 들어갔다.

브루투스는 단검으로 농가에서 가져온 토끼들의 가죽을 벗겨내고 내장을 파낸 뒤 차곡차곡 쌓아 올렸다. 레니우스가 찾아낸 야생 양파 몇 개를 곁들이고 바삭한 빵에다 가죽 부대에 반쯤 담긴 포도주까지 함께 먹는다면, 토끼 요리는 야외에서 보낼 마지막 밤을 위한 성찬으로 제격일 것이다. 로마는 채 하루도 되지 않아 닿을 거리에 있었고, 말을 팔아 챙긴 돈도 두둑하게 있었다.

레니우스가 모닥불 옆에 묵직한 마른 나무 조각 몇 개를 떨어뜨린 뒤 온기를 즐기려고 최대한 불 가까이에 누웠다.

"포도주 부대 좀 줘."

레니우스가 말랑말랑한 목소리로 말했다.

브루투스는 마개를 빼낸 뒤 포도주 부대를 건네주고는 레니우스가 부대의 주둥이를 입에 갖다 대고 포도주를 꿀꺽꿀꺽 들이켜는 모습을 지켜보았다.

"저라면 천천히 마시겠어요. 포도주는 잘 드시지도 못하잖아요. 그렇게 마시고 괜히 저한테 싸움을 걸거나 훌쩍이지는 마세요."

브루투스의 말을 귓등으로 흘리던 레니우스가 마침내 포도주 부대를 내려놓고 헐떡이며 말했다.

"집에 돌아가게 되니, 좋군."

브루투스가 가장자리까지 가득 채운 작은 요리 냄비를 모닥불 한쪽에 내려놓았다.

"그래요. 전에는 잘 몰랐는데, 막상 망꾼이 해안이 보인다고 말하니까

160

제가 로마를 얼마나 그리워했는지 새삼 실감이 나던걸요. 모든 추억이 되살아나더라고요."

브루투스는 추억에 잠겨 고개를 흔들며 단검으로 스튜를 휘휘 저었다. 레니우스가 고개를 들더니 한쪽 팔로 턱을 괴었다.

"넌 이제 내가 훈련시켰던 어린 소년이 아니야. 정말 많이 성숙했지. 너한테 말은 안 했지만 네가 청동주먹 부대의 백인대장이 됐을 때 얼마나 자랑스러웠는지 몰라."

"저만 빼고 모든 사람한테 말씀하셨죠. 결국은 제 귀에 다 들어왔지만."

브루투스가 미소를 지으며 대꾸했다.

"이제 너는 율리우스의 사람이 될 테지?"

레니우스가 부글부글 끓고 있는 스튜를 바라보며 말했다.

"그러면 안 되나요? 우리는 같은 길을 걷고 있어요. 기억하시죠? 카베라 어른이 그렇게 말했잖아요."

"그 노인은 나한테도 똑같은 말을 했었지."

레니우스가 한 손가락으로 스튜를 찍어보며 말했다. 스튜는 분명히 끓고 있는데도 그는 그 열기를 느끼지 못하는 듯했다.

"저하고 같이 돌아가시는 건 그 때문이라고 생각했는데요. 원하셨다면 그냥 청동주먹 부대에 남아 계실 수도 있었잖아요."

레니우스는 어깨를 으쓱했다.

"다시 정치 상황의 중심부에 서고 싶었어."

브루투스가 덩치 큰 사내를 보며 씩 웃었다.

"저도 알아요. 이제 술라가 죽었으니, 우리 시대가 될 거예요."

9장

"도대체 무슨 말씀을 하고 계시는지 도통 모르겠습니다."

페르쿠스가 말했다. 몸을 의자에 결박하고 있는 밧줄을 잡아당겨 봤지만, 밧줄에 탄력이라고는 없었다.

"내가 무슨 말을 하고 있는지 잘 알고 있을 텐데."

안토니두스가 얼굴이 거의 맞닿을 정도로 몸을 바짝 기울이며 말했다.

"난 거짓말을 귀신같이 알아내는 재주가 있지."

안토니두스가 갑자기 코를 두 번 킁킁거렸다. 그 모습을 보자 페르쿠스는 자신들이 그를 술라의 개라고 불렀던 것이 떠올랐다.

"거짓말 냄새가 나는데."

안토니두스가 코웃음을 치며 말했다.

"당신이 연루돼 있는 거 다 알아. 그러니까 순순히 털어놓으라고. 고문꾼들을 불러올 필요 없게 말이야. 여긴 빠져나갈 구멍이라고는 없어, 노예상 양반. 당신이 체포되는 걸 본 사람이 아무도 없으니, 우리가 예서 무슨 말을 했는지 아무도 모를 거야. 암살을 지시한 사람이 누구인지, 암살자는 지금 어디 있는지만 말해 주면, 당신은 털끝 하나 안 다치고 나갈 수 있어."

"절 법정에 데려다주십시오. 제 무죄를 증명해 줄 사람이 있을 겁니다!"

페르쿠스가 떨리는 목소리로 말했다.

"아, 원하는 게 그거다, 이건가? 원로원이 만인을 위한 법이 있음을 증명하려 애쓰는 동안 한가롭게 얘기나 하면서 며칠을 보내시겠다. 여기, 이 방엔 법 따윈 없어. 여기서 우린 아직도 술라를 추모하고 있을 뿐이야."

"전 아무것도 모릅니다!"

페르쿠스가 소리쳤다. 고함에 놀란 안토니두스가 뒤로 살짝 물러나자 그는 안도감을 느꼈다.

"암살자가 달키우스라는 이름을 썼다는 거 알아. 주방장이 부엌일을 시키려고 3주 전에 사들였다는 것도. 물론 판매 기록은 사라지고 없지만 목격자들이 있어. 시장에서 술라의 대리인을 알아본 사람이 아무도 없으리라고 생각하나? 페르쿠스, 당신 이름을 댄 사람이 한둘이 아냐."

페르쿠스의 얼굴이 창백해졌다. 목숨을 부지할 수 없으리라는 것을 그는 알고 있었다. 다시는 딸들을 보지 못하리라. 그들이라도 로마에 없는 것이 다행이었다. 병사들이 노예시장 기록을 찾으러 왔을 때, 그는 아내를 멀리 떠나보냈다. 앞으로 무슨 일이 일어날지 알고 있었고, 술라의 친구들이 그를 추적하기 위해 풀어놓은 늑대들의 손에 가족이 붙잡히지 않기를 원한다면 함께 도망쳐서는 안 된다는 것을 알고 있었기 때문이다.

위험에 처할 가능성이 있음을 받아들이기는 했지만, 판매 문서들을 불태워 버린 후에는 수천 명이나 되는 노예상인 중에서 자신이 달키우스를 판 사람임을 이들이 알아낼 줄은 꿈에도 생각지 못했다. 눈에 눈물이 그렁그렁 맺혔다.

"죄책감이 밀려오나? 아니면 죄가 들통 난 게 분해서 그러는 건가?"

안토니두스가 날카롭게 물었다. 페르쿠스는 말없이 바닥만 내려다보았다. 그는 자신이 고문을 이겨낼 수 있으리라고는 생각지 않았다.

안토니두스의 명령을 받고 들어온 사내들은 무슨 명령을 받아도 침착함과 평온함을 유지하는 나이 든 병사들이었다.

"이자한테서 이름들을 알아내게."

안토니두스가 사내들에게 말했다. 그러고 나서 다시 페르쿠스 쪽으로 돌아서더니, 그의 고개를 들어올려 다시 한 번 눈을 맞추었다.

"이 사람들은 일단 한번 시작했다 하면 멈추게 하기가 보통 어려운 게 아니야. 이 병사들은 이런 일을 즐기거든. 시작하기 전에 뭐 하고 싶은 말 있나?"

"공화국은 목숨을 걸 가치가 있소."

페르쿠스가 눈을 빛내며 말했다.

안토니두스가 미소를 지었다.

"공화국은 죽었어. 허나 꿋꿋하게 신조를 지키는 사람을 만나니 정말 기분이 좋군. 자, 그 신조가 얼마나 오래 가는지 한번 볼까."

길쭉한 금속 조각들이 살갗을 찔러대자, 페르쿠스는 몸을 뒤로 빼려고 안간힘을 썼다. 안토니두스는 한동안 황홀한 눈으로 고문하는 모습을 지켜보았으나 차츰 얼굴이 창백해졌다. 두 사내가 페르쿠스 위로 몸을 굽힐 때 페르쿠스의 입에서 나지막한 신음소리가 흘러나오자 안토니두스는 몸을 움찔했다. 그는 그들에게 계속하라는 고갯짓을 한 뒤 시원한 밤공기를 쐬러 서둘러 그 방을 빠져나왔다.

그것은 페르쿠스가 알고 있던 그 어떤 것보다 심한 고통, 굴욕감과 공포를 느끼게 하는 고통이었다. 페르쿠스가 한 사내 쪽으로 고개를 돌렸다.

눈이 흐려져 희미한 형체밖에 보이지 않았지만, 페르쿠스는 말을 하려고 입술을 일그러뜨리며 입을 벌렸다.

"로마를 사랑한다면 나를 죽여주시오. 빨리 죽여주시오."

두 사내가 고문을 잠시 멈추고 시선을 교환하더니 다시 고문하기 시작했다.

마침내 몸을 데워줄 새벽이 밝아왔을 때 율리우스와 동료들은 함께 추위에 떨면서 모래사장에 앉아 있었다. 옷을 바닷물에 흠뻑 적셔 몇 달간 악취 나는 어둠 속에서 보내느라 밴 고약한 냄새를 어느 정도 없앴지만, 그 바람에 몸으로 옷을 말려야만 했다.

태양은 빠르게 솟아올랐다. 그들은 액시피터의 갑판에 서 있었을 때 본 이후 처음으로 마주하게 된 장엄한 일출을 말없이 지켜보았다. 사위가 밝아지자 이국의 해안을 따라 모래사장이 가늘고 길게 펼쳐져 있는 게 보였다. 눈으로 볼 때는 해변의 끝 쪽이 무성한 잎들로 뒤덮여 있었는데, 프락스가 그 지역을 정찰해 본 결과 불과 900미터 정도 떨어진 곳에 넓은 길이 하나 나 있음을 알게 되었다. 선장이 내려준 곳이 어디인지 전혀 알 수 없었지만, 그래도 한 가지, 그곳이 마을과 가까운 지역일 가능성이 높다는 것만은 짐작할 수 있었다. 몸값은 해적들의 주요 자금원이기 때문에 포로들이 무사히 문명으로 되돌아가는 것은 해적들에게도 중요했다. 그런 사실을 알기에 그 해안이 사람이 살고 있는 곳이라고 짐작한 것이다. 프락스는 그곳이 아프리카의 북쪽 해안이라고 확신했다. 그 근거로 나무 몇 그루가 아프리카에서 본 것과 같다고 말했는데, 머리 위로 날아다니는 새들이 고향에서 볼 수 있는 새가 아닌 것만큼은 분명했다.

"가까운 곳에 로마 식민지가 있을지도 모르네. 해안을 따라 로마 식민지가 수백 곳이나 형성되어 있으니 말일세. 게다가 여기 남겨진 포로가 우리가 처음은 아니지 않겠나. 상선을 얻어 타고 여름이 다 가기 전에 로마로 되돌아갈 수 있을 걸세."

가디티쿠스가 말했다.

"전 돌아가지 않을 겁니다. 돈도 한 푼 없고 누더기를 걸친 이런 꼴로는요. 선장한테 한 말은 진심이었습니다."

율리우스가 조용히 말했다.

"자네도 달리 어쩔 도리가 없지 않은가? 배와 선원이 있다면야 수많은 해적 중에서 그 해적 한 놈을 찾겠다고 몇 달 동안 헤매고 다닐 수도 있겠지만 말일세."

"감시병 한 녀석이 그자를 켈수스라고 부르는 걸 들었습니다. 설령 그게 진짜 이름이 아닐지 몰라도 단서가 될 겁니다. 우린 그자의 배를 알고 있으니, 분명 그자를 아는 사람을 찾아낼 수 있을 겁니다."

가디티쿠스가 눈썹을 추켜올렸다.

"이보게, 율리우스. 나도 자네만큼이나 그놈을 다시 보고 싶은 마음 굴뚝같지만, 그건 불가능한 일일세. 자네가 미끼를 던져 그 천치 녀석을 배에 태운다 해도 난 개의치 않을 걸세. 허나 우리한텐 검 하나, 돈 한 푼 없는 게 현실 아닌가."

율리우스는 제자리에 서서 백인대장을 뚫어지게 바라보았다.

"그러면 우린 우선 검과 돈부터 모으고 나서 사람들을 모집해 선원을 만들고, 그런 다음 해적 사냥에 나설 때 탈 배를 구하면 되겠군요. 한 번에 하나씩 차근차근 해나가는 겁니다."

율리우스의 시선을 맞받으며 가디티쿠스는 그의 눈에 강렬한 의지가 담겨 있음을 느꼈다.

"우리라고?"

가디티쿠스가 조용히 물었다.

"어쩔 수 없다면 저 혼자서라도 그렇게 할 겁니다. 비록 시간이 더 걸리기는 하겠지만요. 하지만 만일 다들 저하고 같이 머문다면 자랑스럽게 로마로 되돌아갈 수 있도록 우리 돈을 되찾을 방법이 몇 가지 있습니다. 저는 잔뜩 두드려 맞은 채로 기어서 집에 돌아가지는 않을 것입니다."

"내 마음에 드는 생각은 아니군. 허나 내 가족은 금을 보내고 나서 가난에 찌들게 되었을 걸세. 물론 가족들이야 내가 무사하게 돌아가면 기뻐하겠지만, 난 매일 가족들의 삶이 어떻게 바뀌는지 보면서 가슴 아파해야 하겠지. 자네가 그냥 꿈만 꾸는 게 아니라면 자네가 말한 그 방법들을 한번 들어보세나. 이야기를 끝까지 들어본다고 해서 해가 될 거야 없을 테니까."

율리우스가 나이 든 그 사내의 한쪽 어깨를 붙잡더니 다른 로마인들에게로 돌아섰다.

"여러분은 어쩔 셈이오? 회초리 맞은 개꼴로 집에 돌아가겠소, 아니면 몇 달 더 고생해서라도 우리가 잃어버린 것들을 찾아서 돌아가겠소?"

"그 녀석들 배에는 우리 몸값으로 빼앗은 금만 있는 게 아닐 겁니다. 그것들은 어디 놔도 안전하지 않을 테니 계속 배에 싣고 다닐 것이고, 따라서 군단의 은도 배 밑의 화물창에 실려 있을 가능성이 큽니다."

펠리타스가 천천히 말했다.

"뭐가 군단의 것이란 말인가!"

가디티쿠스가 예전의 권위가 실린 목소리로 버럭 고함을 질렀다.

"아닐세, 젊은이. 난 도둑이 되지는 않을 걸세. 군단의 은에는 로마의 소인이 찍혀 있네. 그 은들은 전부 급료를 번 자들한테 돌아가야 하네."

그것이 공정한 것임을 알고 있으므로 다른 로마인들도 그의 말에 고개를 끄덕였다.

수에토니우스가 믿지 못하겠다는 듯 느닷없이 입을 열었다.

"다들 마치 금이 여기에 있는 것처럼 말하는군요. 금은 우리가 길을 잃고 배고픔에 시달리는 동안 결코 다시는 보지 못할 머나먼 배에 실려 있다고요!"

"자네 말이 맞네."

율리우스가 동의하고 나서 다시 말했다.

"우선은 저 길을 따라가는 게 좋겠습니다. 동물들만 지나다니기에는 길이 너무 넓은 걸로 보아, 분명 부근에 마을이 있을 겁니다. 그 문제는 맛난음식으로 배도 채우고 이 냄새나는 수염도 깎고 해서 다시 로마인이 된 듯한 기분이 들 때 이야기해도 늦지 않을 겁니다."

로마인들은 자리에서 일어나 율리우스와 함께 무성한 잎 사이에 난 오솔길을 향해 걸었다. 수에토니우스만이 홀로 남아 입을 헤 벌리고 서 있었다. 그러나 몇 분 뒤, 그도 벌린 입을 닫고 서둘러 그들을 쫓아갔다.

두 고문꾼이 말없이 서 있는 가운데, 안토니두스는 예전의 모습을 알아보지 못할 정도로 비참한 몰골로 변해버린 페르쿠스의 몸뚱이를 바라보았다. 갈기갈기 찢긴 시신을 보고 동정심에 잠깐 움찔했지만, 고문이 진행되는 동안 얕은 잠을 즐길 수 있었던 것을 기쁘게 생각했다.

"이자가 아무 말도 하지 않았나?"

안토니두스가 놀라움에 고개를 절레절레 흔들며 말했다.

"이봐, 자네들이 이자에게 어떻게 했는지 한번 보라고. 헌데 사람이 어떻게 이 지경이 되도록 참을 수가 있는 거지?"

"아마도 이자는 아무것도 몰랐나 봅니다."

무시무시하게 생긴 사내들 가운데 하나가 대답했다.

안토니두스는 잠시 그의 말에 대해 생각해 보았다.

"그럴지도 모르지. 이자 앞에 딸들을 끌고 왔었다면 분명히 알 수 있었을 텐데."

안토니두스는 상처들에 매료된 듯 페르쿠스의 몸뚱이를 면밀하게 살피며 베인 상처, 불에 덴 상처 하나하나를 확인했다. 그러더니 이 사이로 조용하게 휘파람을 불었다.

"놀랍군. 이자한테 이런 용기가 있으리라고는 믿지 않았는데. 거짓 이름이라도 대려고조차 하지 않았나?"

"아무 이름도 대지 않았습니다, 장군님. 이름은커녕 한마디도 하지 않았습니다."

장군이 의자에 묶인 주검 쪽으로 몸을 바짝 굽힐 때, 두 사내는 등 뒤에서 다시 시선을 교환했다. 아주 짧은 순간 눈빛으로 의사소통을 한 그들은 이내 무표정한 얼굴로 돌아갔다.

바로 아이밀라누스는 환한 미소를 지으며 거지꼴의 장교들을 집으로 맞이했다. 군단병 생활을 하다 제대한 지가 15년이 되었지만, 자신이 사는 작은 해안에서 해적들이 남겨두고 간 젊은이들을 만나면 늘 반가웠다. 그들을 보면 자신이 사는 마을 밖의 세상, 자신의 평화로운 삶을 어지럽히지 못할 정도로 멀리 떨어져 있는 세상을 상기하게 되었기 때문이다.

"앉으시오, 여러분."

바로가 얇은 방석이 깔린 카우치를 가리키며 말했다. 한때는 훌륭한 것들이었는데 세월이 흘러 천에서 빛이 바랜 것을 보며, 그는 애석함을 느꼈다. 그러나 그들이 지시한 자리에 앉는 것을 보면서 이 병사들은 전혀 개의치 않을 거라고 생각했다. 병사들 가운데 두 명은 그대로 서 있었다. 그 모습으로 보아 그들은 장차 그 무리의 지도자가 될 것임을 알 수 있었다. 그는 자신이 사람을 볼 줄 안다는 사실에 흐뭇해했다.

"여러분 모습을 보건대, 이 해안선 지역에 출몰하는 해적들한테 몸값을 지불하고 풀려난 모양입니다그려."

바로가 연민이 가득한 목소리로 말했다. 해적 켈수스가 마을에 찾아와 옛 친구와 이야기를 나누며 여러 도시에 대한 소식과 소문을 들려준다는 것을 안다면, 이들이 무슨 말을 할지 궁금했다.

"그렇지만 이 식민지는 전혀 피해를 입지 않은 것 같군요."

둘 가운데 더 어려 보이는 사내가 말했다.

그를 날카롭게 흘끗 보니, 푸른 눈이 강렬하게 응시하고 있었다. 한쪽 눈동자는 동공이 크고 짙었는데, 쾌활한 태도 뒤에 숨겨진 진심을 꿰뚫어보는 듯했다. 비록 수염은 덥수룩했지만, 두 사내는 2년마다 켈수스가 집 근처에 남겨 두고 떠나는 가련한 무리들보다 한결 꼿꼿하고 강건한 자세로 서 있었다. 아직 상황을 분명하게 파악하지는 못했지만, 바로는 조심하라고 자신에게 경고했다. 그나마 아들들이 그가 부를 때를 대비해 무장한 채 밖에서 대기하고 있어 다행이었다. 미리 조심하길 잘했다는 생각을 했다.

"해적들은 몸값을 받은 사람들을 이 해안에 남겨두고 간다오. 계속 몸값이 들어오게 하려면 포로들을 문명으로 돌아가게 해야 한다는 것을 그자들도 잘 알기 때문이 아니겠소. 당신은 우리가 어떻게 해주길 바라시오? 여기 사는 우리들은 농부들이오. 로마가 우리한테 이 땅을 준 이유는 조용히 은퇴 생활을 즐기라는 것이지 해적들과 싸우라는 게 아니오. 그 일은 우리 갤리선들이 해야 할 일이라고 믿소만."

마지막 말을 할 때 바로는 눈을 반짝였다. 젊은 장교가 미소를 짓든지, 아니면 임무를 제대로 수행하지 못했다는 사실에 당혹스러운 표정을 짓길 기대한 것이다. 그러나 뚫어질 듯 바라보는데도 조금도 움찔하는 기색이 없자 좋던 기분이 사라지고 없었다.

"이 식민지는 너무 작아서 목욕탕이 없소이다. 그러나 민가 몇 군데서 여러분을 받아주고 면도날도 빌려줄 거요."

"옷도 구할 수 있겠소?"

둘 중 더 나이 든 사내가 물었다.

바로는 그들의 이름도 모른다는 사실을 깨닫고 눈을 끔벅였다. 이런 대화는 원래 이런 식으로 진행되지 않았다. 지난번 무리들은 낯선 땅에서 로마인을 발견한 기쁨에 돌로 견고하게 지어진 집의 카우치에 앉아서 눈물을 흘렸다.

"당신이 지휘관이오?"

바로가 더 젊어 보이는 사내를 곁눈질로 흘끗 보면서 물었다.

"나는 액시피터의 선장이었소. 그건 그렇고, 당신은 아직 내 질문에 답하지 않았소."

가디티쿠스가 말했다.

"안타깝지만 우리에겐 당신들한테 줄 옷이 없을 텐데……."

바로가 말을 꺼내기가 무섭게 젊은 사내가 갑자기 달려들어 목을 잡고는 의자에서 일으켜 세웠다. 탁자 위로 끌려가 납작하게 눌린 채 비밀을 전부 알고 있는 듯한 파란 눈을 들여다보면서 바로는 공포와 갑작스러운 두려움에 숨이 막혔다.

"농부가 훌륭한 집에도 살고 있군."

젊은 사내가 씩씩거리며 말했다.

"우리가 눈치채지 못할 줄 알았나? 계급이 뭐였지? 누구 밑에서 복무했나?"

말을 할 수 있도록 젊은 사내가 손아귀의 힘을 조금 빼자, 바로는 아들들을 부를까 생각했다. 그러나 사내의 손이 여전히 목을 쥐고 있는 상황이라 감히 그럴 용기가 나지 않았다.

"나는 백인대장이었소. 마리우스 장군 밑에서 복무했소."

바로가 목쉰 소리로 대답했다.

"감히 어떻게……."

목을 쥐고 있는 손가락들에 다시 힘이 들어가자 바로의 목소리가 끊겼다. 그는 거의 숨도 쉴 수 없었다.

"부유한 집안인가 보지? 밖에 사내 둘이 숨어 있더군. 그자들은 누군가?"

"아들들이오……."

"아들들을 여기로 불러들여. 아들들은 살려주지. 하지만 우리가 떠날 때 매복이 있는 건 원치 않거든. 경고 신호를 보냈다간 아들들이 당신 곁에 오기도 전에 죽을 줄 알아. 난 한 말은 꼭 지키는 사람이야."

정말로 그러리라 확신했으므로, 바로는 숨을 쉴 수 있게 되자마자 사내 말대로 아들들을 불렀다. 그는 공포에 사로잡힌 채 이방인들이 문 쪽으로 신속하게 움직여, 방에 들어오는 아들들을 붙잡고 무기를 빼앗는 광경을 지켜보았다. 아들들은 소리를 지르려 했지만 주먹세례를 받고 쓰러졌다.

"당신은 우리를 오해하고 있소. 우리는 여기서 평화롭게 살고 있을 뿐이오."

바로가 목소리를 짜내다시피 하며 말했다.

"당신 아들들은 왜 로마로 돌아가 아버지처럼 군대에 합류하지 않았지? 켈수스나 그자와 같은 놈들과 협조하고 있는 게 아니라면 아들들이 여기 있는 이유가 뭐야?"

젊은 장교는 바로의 아들들을 붙잡고 있는 병사들 쪽으로 돌아섰다.

"그자들을 밖으로 끌고 나가 목을 베어버리게."

"안 돼! 나한테 원하는 게 뭐요?"

바로가 황급히 물었다.

파란 눈이 다시 바로의 눈에 고정되었다.

"검을 원해. 그리고 자기들한테 안전한 곳을 만들어준 대가로 해적들이 당신한테 준 금도 모조리 줬으면 좋겠어. 입을 옷도. 갑옷도 가지고 있다면 주면 좋겠지."

젊은이에게 여전히 목을 잡힌 채 바로가 고개를 끄덕이려 애썼다.

"전부 가지시오. 그러나 금화는 그리 많지 않을 거요."

바로가 비참하게 말했다.

그의 목을 잡은 손에 잠시 힘이 들어갔다.

"사기 칠 생각은 말아."

젊은 사내가 경고했다.

"당신은 누구요?"

바로가 숨이 가빠 씩씩거리며 물었다.

"나는 당신이 죽을 때까지 모시겠다고 맹세한 사람의 조카요. 내 이름은 율리우스 카이사르고."

율리우스가 조용히 말했다.

율리우스는 의기양양했지만 엄하고 단호한 표정을 유지한 채 그 사내가 일어서게 놔주었다. 병사는 때때로 직관을 따라야 한다고 마리우스가 말해 준 것이 얼마나 오래전 일인가? 평화로운 마을에 들어선 그 순간부터 잘 유지되고 있는 주요 거리며 말쑥한 집들을 보면서, 모종의 협정이 있지 않다면 켈수스가 마을을 건드리지 않고 놔두었을 리 만무하다고 생각했다. 해안의 마을들이 모두 똑같을지도 모른다는 생각이 들자 잠시 죄책감이 들었다. 로마는 제대한 군단병들을 이런 머나먼 해안으로 보냈다. 그들에게 땅을 주고는 스스로를 지키길, 그들의 존재 자체만으로 평화를 유지해 나가길 기대했다. 그러나 해적들과 협상하는 길 말고 그들이 살아남을 수 있는 길이 달리 뭐가 있었겠는가? 처음에는 아마 해적들과 맞서 싸운 이들도 일부 있었을 테지만, 그들은 죽임을 당했을 것이고, 따라서 그들의 뒤를 이은 사람들은 다른 선택의 여지가 없었을 것이다.

율리우스는 바로의 아들들을 바라보다가 한숨을 내쉬었다. 해적선이 찾아올 때 새로운 인력을 공급하는 것은 바로 로마를 한 번도 보지 못한 자녀들을 둔 제대한 군단병들이었다. 두 젊은이의 피부색을 보니 로마와 아프리카의 혼혈인 듯했다. 아버지가 로마에 충성심을 품고 있음을 까맣게 모르는 이런 젊은이들이 해안 주변의 식민지에 얼마나 많을까? 눈으로

174

본 세상이 있기에 그들은 결코 농부가 되지 못할 것이다.

바로는 목을 문지르며 율리우스를 지켜보면서 무슨 생각을 하고 있는지 짐작해 보려고 애썼다. 그러다가 기묘한 눈길이 사랑하는 아들들에게 머무르는 것을 보자 기분이 가라앉았다. 아들들에게 무슨 일이 일어날까 두려웠다. 젊은 장교에게서 여전히 분노를 느꼈기 때문이다.

"우린 선택의 여지가 없었소. 만일 우리가 협조하지 않았다면 켈수스는 우릴 전부 죽였을 거요."

"당신은 로마로 전갈을 보내 해적들에 관해 말했어야만 했소."

율리우스는 다른 생각을 하는지 꿈꾸는 듯한 표정을 지으며 대꾸했다.

바로는 하마터면 소리내어 웃을 뻔했다.

"공화국이 우리한테 일어나는 일에 관심을 기울인다고 생각하시오? 그 사람들은 우리가 자신들을 위해 싸울 수 있을 정도로 젊고 튼튼할 동안은 우리가 자신들의 꿈을 믿도록 만들지. 그러나 우리한테서 젊음과 힘이 모두 사라지고 나면 우린 잊어버리고 자신들의 꿈을 믿어줄 또 다른 세대의 바보들을 찾아 나선다오. 그러는 동안 우리가 자신들을 위해 확보한 땅들 덕분에 원로원 의원들은 점점 더 부유해지고 점점 더 비대해진다 이 말이오. 우리는 우리들 힘으로 알아서 살아가야 했기 때문에 어쩔 수 없는 선택을 한 것뿐이오."

바로가 분노하는 데는 일리가 있었다. 율리우스는 몸가짐을 더 반듯하게 하고 그를 바라보며 말했다.

"부패는 척결할 수 있소. 술라가 권력을 장악하고 있기 때문에 원로원이 죽어가고 있는 것이오."

바로가 고개를 천천히 흔들었다.

"젊은이, 공화국은 술라가 정권을 잡기 전부터 이미 죽어가고 있었소. 단지 그때는 젊은이가 너무 어려서 알지 못했을 뿐이오."

바로는 여전히 목을 문지르며 도로 자리에 주저앉았다. 그에게서 시선을 돌린 율리우스는 액시피터의 모든 장교가 자신을 지켜보며 참을성 있게 기다리고 있음을 알아차렸다.

"저, 율리우스님? 이젠 어찌해야 합니까?"

펠리타스가 조용히 물었다.

"필요한 것들을 모아서 다음 마을로 이동하고, 다시 다음 마을로 이동해야겠지. 해적들이 마을에서 활개를 치게 놔뒀으니, 이 사람들은 우리한테 빚을 진 셈일세. 이런 마을은 분명 얼마든지 더 있을 걸세."

율리우스가 바로에게 들으라는 듯 대답했다.

"이런 식이 계속 통하리라 생각하나?"

수에토니우스가 눈앞에 벌어지고 있는 상황에 충격을 받은 듯 물었다.

"물론일세. 이제 우린 검과 좋은 옷을 갖게 될 테니, 다음번엔 그리 힘들지 않을 걸세."

10장

투브루크는 도끼를 능숙하게 휘둘러 죽어가는 참나무에 힘차게 박았다. 그 일격에 건강한 나무 조각이 퉁겨 나왔지만, 죽은 가지들은 그 고목을 베어버릴 때가 되었음을 알려주고 있었다. 오래지 않아 적목질에 도달한 그는 고갱이가 썩었음을 확신했다. 한 시간 이상을 나무 베는 일에 매달려 있던 터라 비 오듯이 흘러내린 땀 때문에 리넨 브라카이가 몸에 척척 들러붙었다. 도끼질을 하느라 땀이 난 그는 튜닉을 벗어버린 상태였다. 숲 사이로 산들바람이 부는데도 그는 튜닉을 다시 입어야 할 필요를 느끼지 못했다. 산들바람에 땀이 마르면서 몸이 시원해지자 마음이 평온해졌다. 몸값을 지불한 뒤로는 한시도 소유지 경영 문제를 생각하지 않을 수 없었다. 그는 그런 생각들을 마음 한편으로 밀어둔 채 육중한 쇠도끼를 휘둘러 나무에 일격을 가하는 데만 온 정신을 집중했다.

투브루크는 하던 일을 잠시 멈추고 숨을 몰아쉬며 기다란 도끼 손잡이를 잡았다. 온종일 도끼질을 할 수 있던 때도 있었건만, 이제는 가슴에 난 터럭조차 허옇게 변해 있었다. 하긴 자기를 계속 몰아붙이는 것은 어리석은 짓일지도 몰랐다. 다만 그는 앉아서 기다리는 사람에게 노화가 가장 빨리 찾아온다는 것쯤은 알고 있었다. 적어도 운동은 배에 군살이 붙는 것만큼은 막아줄 것이다.

"예전엔 그 나무에 오르곤 했었지요."

뒤에서 목소리가 들려왔다. 조용한 숲의 정적을 깨뜨리는 목소리에 깜짝 놀란 투브루크는 도끼를 두 손으로 든 채 돌아섰다.

그곳에는 브루투스가 있었다. 팔짱을 끼고 나무 그루터기에 앉아 있는 그는 눈을 빛내며 예전처럼 싱긋 웃고 있었다. 투브루크는 반가운 마음에 소리내어 웃으며 도끼를 참나무 줄기에 기대어 놓았다. 잠깐 동안 그들은 아무 말도 하지 않았다. 얼마 후 투브루크가 성큼성큼 다가가 브루투스를 힘껏 껴안으며 그루터기에서 들어 올렸다.

"마르쿠스, 이렇게 반가울 수가! 자넬 이렇게 다시 보게 되다니."

투브루크가 브루투스를 놓아주며 말했다.

"많이 변했군그래. 키도 훌쩍 컸는걸! 어디 한번 보세나."

늙은 검투사는 뒤로 물러서더니 급히 튜닉을 걸쳤다.

"그건 백인대장의 갑옷 아닌가. 성공했나보군."

"청동주먹 부댑니다. 제가 지휘를 맡은 동안 우리 부대는 전투에서 한 번도 패한 적이 없습니다. 한두 번 패할 뻔한 적이 있긴 하지만요."

"믿어지지가 않는군. 세상에, 정말 자랑스럽네. 이제 완전히 돌아온 건가, 그냥 지나는 길에 들른 건가?"

"임기가 끝났습니다. 우선 로마에서 일을 몇 가지 좀 처리하고 나서 새로운 군단을 찾을 생각이에요."

그때서야 투브루크는 그 젊은이가 먼지를 뒤집어쓰고 있음을 알아챘다.

"도대체 얼마나 걸은 건가?"

"세상의 반은 걸은 것 같네요. 싸게 나온 늙은 말 두 필이 있었는데, 레니우스 선생님이 도대체 말 살 돈을 내놓으셔야 말이죠.”

투브루크는 도끼를 집어들어 어깨에 걸치며 낄낄 웃었다.

“그럼 레니우스도 같이 돌아왔나? 폭동 와중에 집이 불탔을 때 로마에서 마음이 떠난 줄 알았는데.”

브루투스가 어깨를 으쓱했다.

“선생님은 땅을 팔고 셋집을 알아본다고 가셨습니다.”

투브루크는 옛일을 떠올리며 미소를 지었다.

“이제 로마는 그 사람한텐 너무 조용한 곳일 텐데. 레니우스는 조용한 곳을 싫어했거든.”

그러더니 한 손으로 브루투스의 어깨를 찰싹 때렸다.

“나하고 같이 언덕을 내려가세. 자네가 전에 쓰던 방은 지금도 예전 그대로라네. 물에 몸을 푹 담그고 마사지를 받으면, 여행 중에 낀 먼지를 폐에서 몰아낼 수 있을 걸세.”

“율리우스도 돌아왔나요?”

마치 도끼가 별안간 더 무거워지기라도 한 듯 투브루크의 몸이 약간 구부정해졌다.

“해적들이 율리우스가 탄 갤리선을 공격하는 바람에 몸값을 마련해야만 했다네. 아직도 우린 율리우스가 안전하단 소식을 기다리는 중일세.”

브루투스가 놀란 눈으로 투브루크를 바라보았다.

“세상에, 전 전혀 모르고 있었어요. 율리우스가 다쳤답니까?”

“우린 아무것도 모른다네. 그저 돈을 보내라는 명령만 들었을 뿐이니까. 돈을 주고 경비병들한테 부탁해서 해안에 있는 상선에 몸값을 실어 보냈네. 50탈렌트였지.”

"율리우스 가족한테 그런 거금이 있는 줄은 몰랐는데요."

브루투스가 조용히 말했다.

"이젠 없네. 사업체를 죄다 팔고 소유지 일부도 팔아야만 했거든. 남은 거라곤 소작료뿐이야. 몇 년 동안은 힘들겠지만 그래도 먹고 살만큼은 충분해."

"율리우스가 이번에 평생 동안 겪을 불운을 한꺼번에 겪었군요."

"율리우스의 불운이 그리 오래 갈 거라고는 생각지 않네. 자네도 마찬가지고. 오래만 산다면 돈은 언제든지 다시 벌 수 있는 것 아닌가. 그런데 술라가 죽은 건 알고 있나?"

"소식 들었습니다. 그리스 항구에서조차도 병사들이 상복을 입고 있는 걸 볼 수 있었거든요. 그런데 술라가 독살됐다는 게 사실인가요?"

투브루크가 잠시 눈살을 찌푸리더니 시선을 돌린 뒤 대답했다.

"사실일세. 술라는 원로원에 적을 많이 만들었거든. 술라 휘하에 있던 장군 안토니두스가 아직도 암살범들을 찾고 있네. 암살범들을 찾기 전에는 절대로 포기할 인물이 아니지."

투브루크는 말을 하면서 페르쿠스에 대해, 그리고 그가 끌려갔다는 소식을 들은 뒤 공포에 떨었던 끔찍했던 날들에 대해 생각했다. 병사들이 로마로부터 행군해 와서 끌고 가기만을 기다리던 그때처럼 두려웠던 적이 없었다. 그러나 병사들은 오지 않았고, 안토니두스의 심문과 수색은 계속되었다. 안토니두스가 페르쿠스의 가족을 지켜보고 있을까 봐 감히 찾아볼 생각조차 하지 못했지만, 어떻게 해서든 빚을 되갚으리라 맹세했다. 페르쿠스는 진정한 친구였지만 단순히 그 이유만으로 도운 것은 아니었다. 페르쿠스는 열정적으로 공화국 체제를 신봉했다. 술라를 암살하겠다는

180

계획을 처음으로 입에 올렸을 때 그가 보인 열정적인 반응에 깜짝 놀랐을 정도였다. 그런 까닭에 페르쿠스를 설득하려 애쓸 필요가 없었다.

"……투브루크 아저씨?"

브루투스가 호기심 어린 표정을 지으며 투브루크의 생각을 방해했다.

"미안하네. 지난 일을 생각하고 있었다네. 공화국 체제가 돌아왔다고, 로마가 다시 한 번 법이 지배하는 도시가 되었다고들 하네만, 사실이 아닐세. 단지 술라의 뒤를 잇는 사람이 나타나는 걸 막기 위해 서로 잡아먹고 있는 형국이라네. 바로 얼마 전에 원로원 의원 둘이 반역죄로 처형되었네. 고발자들의 말 말고는 그 의원들의 죄를 입증하는 증거라곤 없었는데 말일세. 원로원 의원들은 뇌물을 주고, 도둑질을 하고, 군중한테 공짜로 곡식을 나눠준다네. 그걸 먹고 배를 채운 군중은 만족해하며 집으로 가지. 이상한 도시가 아닌가, 마르쿠스."

브루투스가 투브루크의 어깨에 한 손을 올려놓았다.

"공화국에 대해 그렇게 걱정하시는지 몰랐습니다."

"예전에도 걱정이야 늘 했었지. 단지 젊었을 때는 믿음이 더 많았을 뿐이라네. 술라, 그래 마리우스도 마찬가지야. 그런 사람들은 공화국을 해칠 수 없지만 원로원 의원들은 그럴 수 있다네. 그 사람들은 공화국을 죽일 수도 있지. 공짜 옥수수가 소규모 자작농을 망하게 만든다는 걸 아는가? 곡식이 팔리지 않으니 영세 농민들은 땅을 내놓을 수밖에 없고, 그 땅은 지금도 이미 드넓은 원로원 의원들의 소작지에 귀속되고 만다네. 그런 농민들은 결국 로마의 거리에서, 자신들을 파멸시킨 바로 그 곡식들을 받아먹는 신세가 되는 거네."

"조만간 원로원에 더 나은 인물들이 등장할 겁니다. 새로운 세대의 의원들 말이에요. 율리우스처럼."

투브루크의 표정이 약간 부드러워졌지만 브루투스는 그의 얼굴에 드러난 비통함과 슬픔의 깊이에 충격을 받았다. 투브루크는 언제나 두 소년의 삶에서 믿고 의지할 수 있는 기둥 같은 존재였기 때문이다. 브루투스는 그에게 해줄 적당한 말을 찾으려 애썼다.

"저희가 로마를 아저씨가 자랑스러워하실 만한 도시로 만들겠습니다."

투브루크는 브루투스가 내민 손을 잡았다.

"아, 다시 젊어지는 기분인걸."

투브루크가 미소를 지으며 말했다.

"자, 이제 집에 가세나. 자네가 이렇게 건장해진 걸 보시면 아우렐리아 마님도 감격해하실 걸세."

"아저씨? 전······."

브루투스가 머뭇거렸다.

"전 오래 머물지는 않을 겁니다. 로마에서 하숙집을 구할 정도의 돈은 있거든요."

말뜻을 이해한 투브루크가 브루투스를 흘끗 보았다.

"여긴 자네 집일세. 언제나 그럴 거라네. 있고 싶을 때까지 얼마든지 있어도 된다네."

소유지 건물을 향해 걸어가는 동안 다시 둘 사이에 침묵이 흘렀다.

"고맙습니다. 지금 제가 제 갈 길을 가길 원하시는지 어쩐지 확신할 수 없었어요. 이제야 마음이 놓이네요."

"자네 마음 다 아네, 마르쿠스."

투브루크가 미소를 지으며 대꾸하고는 문을 열라고 외쳤다.

젊은 사내는 마음이 가벼워졌다.

"이제 다들 저를 브루투스라고 부르겠군요."

투브루크가 손을 내밀자 브루투스는 군단병 식으로 잡았다.

"집에 온 걸 환영하네, 브루투스."

투브루크는 목욕물이 데워질 동안 브루투스를 부엌으로 데리고 가서 앉으라고 손짓으로 의자를 가리키고는 그를 위해 고기와 빵을 잘랐다. 도끼질을 한 뒤여서 허기가 느껴졌으므로 투브루크도 브루투스와 함께 식사를 했다. 두 사람은 음식을 들면서 옛 친구답게 편안하고 즐거운 마음으로 이야기를 나누었다.

태양의 열기가 피부를 사정없이 강타하는 가운데 율리우스는 신병 여섯을 검열하고 있었다. 강렬한 아프리카의 태양은 갑옷을 만지는 것조차 고통스럽게 만들었지만, 쇠로 된 갑옷이 행여 피부에 닿기라도 하면 그 자리가 참을 수 없을 정도로 아팠기 때문에 어쩔 수 없이 손으로 갑옷의 위치를 살짝 바꿔주어야만 했다.

그러나 율리우스의 얼굴에는 불편한 표정이 전혀 드러나 있지 않았다. 자신이 찾아낸 사내들을 바라보면서 처음으로 회의가 들자 율리우스는 온 신경을 집중해 그들을 유심히 살펴보았다. 그들은 건장하기 때문에 체격만 봐서는 부하로 삼기에 적합해 보였지만 한 사람도 군사훈련을 받은 적이 없었다. 계획을 무리 없이 이행하려면 적어도 50명의 병력이 필요한데, 처음으로 신병 여섯 명을 확보하면서부터 그 인원을 모두 구할 수 있으리란 믿음을 갖게 되었다. 그들은 액시피터의 장교들이 너무나 당연하게 여기는 엄격한 군율에 따라 명령을 받들고 전쟁을 치러야만 한다. 그런 까닭에 어떻게 해서든, 군율을 지키지 못하면 죽을 수밖에 없다는 단순한 사실을 그들에게 각인시켜야만 했다.

체격만 보면 그들은 충분히 인상적이었다. 그러나 지난번 마을 출신인 그들 여섯 명 가운데 자원한 사람은 둘뿐이었다. 그들이 로마의 반 백인대 비슷해지자 율리우스는 더 많은 병사를 구할 수 있으리라는 기대에 부풀었다. 그렇지만 처음 네 명이 합류한 것은 율리우스의 강압에 의한 것이었고, 그들은 그 때문에 아직도 화가 나 있었다. 그들 가운데 키가 제일 큰 사내가 마을을 떠나올 때 두 번째 마을의 사람들이 내심 기뻐하는 듯한 모습을 보았으므로, 율리우스는 그 사내가 말썽꾼일 거라고 짐작했다. 그 사내는 언제 보아도 비웃는 듯한 표정을 짓고 있었기 때문에 볼 때마다 짜증이 났다.

레니우스라면 두들겨 패서라도 그들을 자기 마음에 들게 바꾸어놓을 거라고 율리우스는 생각했다. 그들을 바꾸어놓는 것, 그것이 가장 먼저 할 일이었다. 레니우스라면 어떻게 할지 생각해 보아야만 했다. 이곳까지 따라온 가디티쿠스와 액시피터의 다른 장교들은 첫 번째 식민지를 떠나온 이후 모든 것이 너무 쉽게 돌아간다는 게 믿어지지 않는 눈치였다. 제대한 군단병들이 운영하는 농장 수백 곳을 다 합치면 싸우는 법을 배울 수 있는 젊은이들의 수가 전부 얼마나 될지 궁금했다. 그야말로 엄청나게 많을 것이다. 그들에게 필요한 것은 그들을 찾아내서 피의 부름을 상기시켜 줄 누군가였다.

말썽꾼 옆에 멈춰선 율리우스가 그의 눈에서 본 것은 두려움도 존경도 아니었다. 그의 눈은 공손하게 율리우스를 살피고 있었다. 머리는 다른 사내들의 머리 위로 불쑥 솟아올라 있었고, 유연한 근육이 잘 발달된 긴 팔다리는 땀에 젖어 반짝였다. 액시피터의 장교들을 괴롭히는, 무는 파리들도 전혀 성가시지 않은지 사내는 강렬한 열기 속에서 동상처럼 서 있었다. 사내에게는 마르쿠스를 떠올리게 하는 구석이 있었다. 모습은 어디를 보아도 로마인이었지만, 그가 쓰는 라틴어는 아프리카의 방언과 말씨가 섞여 있었다. 아버지가 세상을 떠나면서 농장을 물려받았지만 농사에 무관심했고, 그 때문에 농장이 황폐한 지경에 이르렀으리라. 혼자 남은 그는 돈과 포도주가 다 떨어지고 나면 전투에 참가해 적과 싸우다 죽거나 해적들에게 합류하는 신세가 될 것이다.

이자의 이름이 뭐더라? 예전에 마리우스가 휘하 병사들의 이름을 전부 알고 있었듯이 부하들의 이름을 빨리 외운다는 사실에 자부심을 느끼고 있었건만, 냉정한 시선을 받고 있으니 이름이 빨리 떠오르지 않았다. 그러다 문득 이름이 떠올랐다. 사내는 동료들에게 자기를 키로라고 부르라 했고, 다른 이름은 대지 않았었다. 십중팔구 사내는 그것이 노예 이름이라는 것도 알지 못했을 것이다. 레니우스라면 어떻게 할까?

"나는 싸울 줄 아는 부하들이 필요하다."

노려보는데도 전혀 흔들림 없이 응시하고 있는 갈색 눈을 들여다보며 율리우스가 말했다.

"싸울 줄 압니다."

키로가 자신 있게 말했다.

"위기 속에서도 화를 참을 줄 아는 부하들이 필요하다."

"전 참을 수……."

키로가 말문을 여는데, 율리우스가 느닷없이 얼굴을 세게 후려쳤다. 한순간 갈색 눈에 분노가 번뜩였지만, 키로는 평정을 유지했다. 맨살을 드러낸 가슴의 근육들이 거대한 고양이처럼 씰룩거렸다. 율리우스가 그에게로 몸을 바짝 기울였다.

"검을 집어 들고 싶지 않은가? 나를 베어 넘어뜨리고 싶지 않은가?"

율리우스가 거쉰 목소리로 속삭였다.

"아닙니다."

다시 평정을 찾은 목소리였다.

"왜지?"

어떻게 해야 마음을 흔들리게 할 수 있을까 궁금해하면서 율리우스가 물었다.

"아버지께서…… 군단병은 마음을 다스려야만 한다고 말씀하셨습니다."

비록 제자리에 서 있었지만, 율리우스의 머릿속에서는 이런저런 생각이 정신없이 소용돌이치고 있었다. 사내를 흔들어놓을 방법이 한 가지 있었다.

"우리가 너를 찾아낸 식민지에서는 마음을 다스리지 못했었다. 아닌가?"

키로와 마을사람들의 관계에 대한 짐작이 맞기를 희망하면서 율리우스가 말했다. 키 큰 사내가 오랫동안 아무 말도 하지 않았지만, 중간에 끼어들어서는 안 된다는 것을 알기에, 율리우스는 참을성 있게 기다렸다.

"그때는…… 군단병이 아니었으니까요."

율리우스는 기대했던 무례한 태도를 찾으려고 사내를 주의 깊게 살펴보았다. 그러나 그에게서 무례한 태도라고는 보이자 않자 이런 사내들, 군단병이 되기를 꿈꾸지만 낯선 땅에서 삶을 낭비하는 사내들을 그냥 버려두고 있는 원로원에 속으로 욕을 했다.

"너는 군단병이 아니다."

율리우스가 천천히 말했다. 그 말에 사내의 입이 일그러지는 게 보였다.

"하지만 나는 너를 군단병으로 만들어줄 수 있다. 너는 나에게서 전우애를 배우게 될 것이고, 나와 함께 고개를 높이 쳐들고 로마의 거리를 활보하게 될 것이다. 앞을 막아서는 자가 있으면 카이사르의 병사라고 말하게 될 것이다."

"그렇게 되겠습니다."

"지휘관님을 붙여야지."

"그렇게 되겠습니다, 지휘관님."

키로는 자신의 말대로 그럴 준비가 되어 있었다.

율리우스는 뒤로 돌아서서 액시피터의 장교들과 함께 기다리고 있는 신병들에게 연설을 시작했다.

"너희 같은 부하와 함께라면 달성하지 못할 게 뭐가 있겠는가? 너희는 로마의 자녀니, 우리는 너희에게 역사와 자부심을 알려줄 것이다. 글라디우스를 다루는 법과 전투대형을 가르쳐 줄 것이며, 법과 관습과 삶을 가르쳐 줄 것이다. 장차 더 많은 사람들이 찾아올 테니, 그때는 너희가 그 사람들을 훈련시키고 로마의 일원이 된다는 게 무엇을 의미하는지 보여주어야 할 것이다. 이제 행군한다. 다음 마을이 너희를 보게 될 때는 군단병을 보게 될 것이다."

이열종대로 늘어서서 행군하는 병사들은 누더기 차림에 서로 발도 맞지 않았지만 차츰 나아질 것임을 율리우스는 알고 있었다. 레니우스도 이 신병들의 욕구를 알아차렸을지 궁금했지만, 그 생각을 떨쳐버렸다. 레니우스는 여기에 없지 않은가. 지금 여기에 있는 것은 바로 그 자신이었다.

가디티쿠스와 율리우스는 잠시 기다렸다가 대열의 뒤를 따랐다.

"저들은 자네를 따르는군."

가디티쿠스가 말했다.

율리우스는 재빨리 가디티쿠스에게로 시선을 돌렸다.

"저들이 따라주어야만 합니다. 우리가 배를 타고 몸값을 되찾으러 갈 수 있으려면요."

가디티쿠스가 작게 콧방귀를 뀌면서 손으로 율리우스의 갑옷을 세게 쳤다. 그 충격에 비틀거리던 율리우스가 멈춰 서서 속삭였다.

"아, 아닙니다. 저들한테 우리가 따라잡을 거라고 말씀하십시오. 빨리 요!"

가디티쿠스는 명령을 내린 뒤 이열종대로 늘어선 로마인들이 길을 따라 행군해 가는 모습을 지켜보았다. 그러다가 그들이 굽이를 도는 바람에 금세 시야에서 사라지자 호기심 어린 눈으로 율리우스를 바라보았다. 율리우스는 두 눈을 감고 있었는데, 얼굴이 창백했다.

"다시 병이 도진 건가?"

가디티쿠스의 물음에 율리우스가 살짝 고개를 끄덕였다.

"전에…… 마지막으로 발작이 일어났을 때, 입에서 쇠 맛이 났습니다. 지금도 그 맛이 나는군요."

율리우스가 기침을 하고 침을 뱉었다. 표정이 씁쓸했다.

"저들한테는 말하지 마십시오. 말하지……."

가디티쿠스는 쓰러지는 율리우스를 붙잡았다. 그리고 그의 몸이 경련을 일으키며 뒤틀리자 있는 힘껏 눌렀다. 율리우스의 샌들이 격렬하게 움직이며 덤불 속에서 호를 그렸다. 율리우스가 허약한 상태임을 감지한 듯 파리들도 두 사람 주위로 몰려들었다. 가디티쿠스는 주변을 둘러보며 율리우스의 이 사이에 쑤셔 넣을 만한 것을 찾았다. 액시피터에서 사용하던 헝겊은 사라진 지 오래였다. 묵직한 잎을 하나 비틀어 따낸 가디티쿠스는 무언가를 씹기라도 하는 듯 입이 쩍쩍 벌어지는 틈을 타 섬유질이 많은 그 잎자루를 겨우겨우 가로로 끼워 넣었다. 그리고 그것이 입에서 떨어지지 않자 발작이 끝날 때까지 온몸으로 율리우스의 몸을 눌렀다.

마침내 일어나 앉을 수 있게 된 율리우스는 씹어 으깨다시피 한 잎자루를 뱉어냈다. 마치 의식을 잃을 정도로 호되게 두들겨 맞은 듯한 기분이었다. 오줌을 지렸음을 알아챈 그는 얼굴을 찌푸리며 격분해서 두 주먹으로 땅을 세게 쳤다. 놀란 파리들이 잠시 사방으로 흩어졌다가 노출된 살갗에 도로 들러붙었다.

"발작 증상이 완전히 사라진 줄 알았습니다."

"아마 이번이 마지막일 걸세. 머리 부상은 늘 증세가 복잡하다네. 한동안은 발작이 지속될지도 모른다고 카베라가 말했었네."

"남은 평생 동안 지속될지도 모르죠. 영감님이 보고 싶군요."

율리우스의 목소리가 처량하게 흘러나왔다.

"어머니도 몸이 떨리는 발작을 일으키곤 하셨습니다. 예전엔 발작을 일으킬 때 어떤 기분이 드는지 결코 이해하지 못했죠. 마치 죽어가고 있는 기분이라는 것을요."

가디티쿠스는 젊은 장교가 일어나는 것을 도왔다. 그러고는 그가 흔들리는 몸을 안정시키려고 심호흡을 몇 번 하는 모습을 지켜보았다. 위로의 말을 건네고 싶었지만 마땅히 해줄 말이 떠오르지 않았다.

"자넨 이 병을 이겨낼 걸세. 카베라 말이, 자넨 강인한 사람이라더군. 그동안 지켜보니 그 말은 틀림없는 사실이었네."

"아마 그렇게 되겠지요. 그럼 이제 슬슬 움직여 볼까요? 바다 근처에 머물고 싶습니다. 그래야 씻을 수 있을 테니까요."

"우스운 얘기 하나 할까? 아마 자넨 웃다가 배꼽이 빠질걸."

그 말에 율리우스가 킬킬대자 가디티쿠스는 미소를 지어 보였다.

"자네, 이거 아나? 자넨 자네가 알고 있는 것보다 더 강하다네. 알렉산드로스 대왕도 자네처럼 몸이 떨리는 병을 앓았다고들 하더군."

"정말입니까?"

"그렇다네. 그리고 한니발도. 그 병이 있다고 해서 인생이 끝나는 건 아닐세. 그건 단지 짐에 불과할 뿐이야."

이튿날 아우렐리아를 본 브루투스는 충격을 감추려 애썼다. 그녀의 얼굴은 석고처럼 창백하고 수척했으며, 그가 몇 년 전 그리스로 떠날 때는 없었던 주름이 깊게 패여 있었다.

브루투스가 가슴 아파하는 것을 본 투브루크는 아우렐리아가 묻지도 않은 질문에 답해 주면서 대화의 틈을 메웠다. 늙은 검투사는 아우렐리아가 브루투스를 알아보기나 하는지 모르겠다는 생각을 했다.

아우렐리아의 침묵은 아침식사 시간에 클로디아와 코르넬리아가 율리우스의 아기를 돌보며 내는 웃음소리에 자연스럽게 가려졌다. 브루투스는 예의상 아기를 보며 미소짓고는 아기가 아버지를 닮았다고 말했다. 그러나 사실 그가 보기에 아기에게는 사람답게 생긴 구석이라고는 없었다. 그는 식당에서 마음이 편치 않았다. 이 사람들은 끈끈한 유대를 형성했으며, 그 속에는 자신이 낄 자리가 없음을 깨달았기 때문이다. 그 집에서 이 방인처럼 느껴진 것은 그때가 처음이어서 서글픈 생각이 들었다.

아우렐리아가 겨우 음식을 입에 대는 둥 마는 둥 하며 식사를 마쳤다. 투브루크는 그녀와 함께 식당을 나섰고, 브루투스는 여자들에게 그리스에서 청동주먹 부대에 복무하던 처음 몇 달간 맞서 싸웠던 블루스킨족에 관한 이야기를 들려주며 대화에 참여하려고 열심히 애썼다. 자신을 믿고 로마인들에게 음부를 흔들었던 야만인에 대한 이야기를 들은 클로디아는 깔깔대며 웃었다. 그러나 율리아의 귀를 두 손으로 막는 코르넬리아를 본 브루투스는 당황해서 얼굴을 붉혔다.

"미안합니다. 병사들하고 지내는 데 익숙해져 있다 보니, 제가 말실수를 했군요. 이 집에 살던 게 엊그제 같은데, 세월이 좀 흘렀네요."

"투브루크 나리한테 여기서 자라셨다는 말씀 들었어요."

클로디아가 브루투스의 마음을 편안하게 해주려고 말참견을 했다. 왜 인지는 몰라도 그렇게 하는 것이 중요하다는 생각이 들었던 것이다.

"늘 위대한 검술사가 되길 꿈꾸셨다면서요? 그래, 꿈을 이루셨나요?"

브루투스는 부끄러워하면서 군단의 여러 백인대 중에서 뽑힌 최고의 검술사와 대적해 이겼던 검술시합 이야기를 들려주었다.

"날이 잘 상하지 않도록 단단한 쇠로 만든 검을 주더군요. 손잡이에는 금이 박혀 있답니다. 제가 보여드릴게요."

"율리우스는 안전할까요?"

그때 코르넬리아가 불쑥 물었다.

브루투스는 황급히 미소로 답했다.

"물론이죠. 몸값을 지불하지 않았습니까. 율리우스는 무사할 겁니다."

브루투스의 입에서 그런 말이 쉽게 나오자, 코르넬리아는 안심하는 듯했다. 그러나 정작 브루투스의 걱정은 줄어들지 않았다.

그날 오후, 브루투스와 투브루크는 각자 어깨에 도끼를 걸머진 채 언덕을 다시 올라, 투브루크가 도끼질을 하던 참나무가 있는 곳으로 갔다. 그곳에서 참나무 줄기의 양쪽에 서서 자세를 잡은 뒤 천천히 도끼질을 하기 시작했다. 시간이 흐르면서 그들이 내리친 도끼가 나무 속으로 점점 더 깊이 파고들었다.

"제가 로마에 돌아온 또 한 가지 이유가 있어요."

브루투스가 손으로 이마의 땀을 훔치면서 말했다.

투브루크가 도끼를 내려놓고 잠시 숨을 거칠게 몰아쉰 다음 물었다.

"그 이유가 뭔가?"

"어머니를 찾고 싶어요. 이제 더는 어린애도 아니니, 제 출생의 근원을 알고 싶습니다. 아저씨는 어머니가 사시는 곳을 아실지도 모른다는 생각이 들더군요."

투브루크가 다시 도끼를 집어 들며 입으로 후 소리를 냈다.

"어머니가 누군지 알고 나면 오히려 가슴 아파질 걸세."

"그래도 전 알아야만 합니다. 제 가족이니까요."

투브루크가 도끼날을 있는 힘껏 참나무에 내리쳤다. 그 바람에 도끼가 나무에 깊이 박혔다.

"자네 가족은 여기 있는 사람들이야."

투브루크가 나무에 박힌 도끼를 빼내면서 말했다.

"저는 제 혈육을 찾고 싶은 거예요. 전 아버지가 누군지도 모르잖습니까. 그러니까 그냥 어머니라도 알고 싶은 겁니다. 만일 만나 뵙기도 전에 어머니가 돌아가신다면, 좀 더 일찍 찾지 않은 걸 후회하게 될 겁니다."

다시 잠자코 있던 투브루크가 한숨을 내쉰 뒤 입을 열었다.

"자네 어머니는 로마 끝자락에 있는 비아 페스투스에 살고 계시네. 퀴리날레 언덕에서 가까운 곳이라네. 정말로 거기 가봐야 할지 깊이 생각해보는 게 좋을 걸세. 실망할지도 모르니 말일세."

"아니요. 생각하고 말고 할 것도 없습니다. 어머닌 제가 태어난 지 불과 몇 개월도 안 됐을 때 저를 버리셨죠. 그러니 어머니가 어떤 행동을 해도 실망하지 않을 겁니다."

브루투스가 조용히 말한 뒤 다시 도끼를 집어 들고 고목 베는 일을 계속했다.

해질 무렵 마침내 참나무를 쓰러뜨린 두 사람은 땅거미가 갈리고 나서야 어둑어둑한 언덕을 내려왔다. 소유지의 저택에 돌아와 보니, 레니우스가 대문의 그림자 속에서 기다리고 있었다.

"우리 집이 있던 곳에 다른 건물이 들어섰어."

레니우스가 성난 어조로 브루투스에게 말했다.

"또 어땠는지 아나? 새파랗게 젊은 군단병 몇 놈이 나를 말썽꾼이라고 생각하고 로마에서 몰아내지 뭔가. 내가 살던 도시에서!"

그 말에 투브루크가 웃음을 터뜨렸다.

"선생님이 누군지 말씀하셨어요?"

브루투스가 애써 진지한 표정을 유지하며 물었다.

두 사람이 재미있어하는 모습을 보고 약이 오른 레니우스가 성난 목소리로 말했다.

"그놈들은 내 이름도 몰랐어. 하나같이 지 어미젖이나 빨 풋내기들 같으니."

"방이 하나 남으니, 원한다면 그걸 써도 좋수다."

투브루크의 제안에 레니우스가 처음으로 옛 제자를 바라보았다.

"얼마나 달랄 건가?"

"댁이 같이 있으면 좋겠다 싶어 그러는 거요, 친구. 그것뿐이라오."

레니우스가 코웃음을 쳤다.

"그렇다면 자넨 바보로구먼. 방값을 꽤 달라고 해도 줬을 텐데."

투브루크의 외침에 문이 열리자, 레니우스는 앞장서서 으스대며 안으로 걸어 들어갔다. 투브루크와 눈이 마주친 브루투스는 그의 눈에 애정이 가득 담긴 것을 보고 싱긋 웃었다.

11장

　브루투스는 퀴리날레 언덕 밑의 네거리에 서 있었다. 수많은 사람이 떠들썩한 소리를 내며 주변을 지나갔다. 그날 그는 아침 일찍 일어나, 투브루크가 깨끗한 언더튜닉(튜닉 속에 입는 옷―옮긴이)을 준비해 준 것에 고마움을 느끼며 갑옷을 점검했다. 그리고 마음 한편으로는 옷차림에 신경을 쓰는 게 바보 같은 짓임을 알고 있으면서도 갑옷의 각 부분에 기름칠을 한 뒤 반짝거릴 때까지 윤을 냈다. 어두운 색의 옷을 입은 사람들 틈에 끼어 있으니 치장이 지나치게 화려한 게 아닌가 하는 생각을 하면서도, 마치 갑옷이 무기보다 더한 것들로부터 보호해 주기라도 하는 것처럼 브루투스는 견고하고 묵직한 갑옷에서 위안을 얻었다.

　청동주먹 부대는 독자적으로 갑옷 장인을 두었는데, 그 백인대의 다른 모든 사람들과 마찬가지로 그도 자기 분야에서 최고였다. 브루투스가 오른쪽 다리에 찬 정강이받이는 다리 근육에 맞게 기술적으로 제작된 것이다. 강한 산으로 잘라낸 원형의 쇠를 내접시켜 만든 그 정강이받이를 사기 위해 브루투스는 한 달치 급료를 지불했다. 금속 칼집 뒤에서 땀이 방울방울 흘러내리자, 브루투스는 손을 아래로 뻗어 칼집 밑의 살갗을 긁으려 애썼지만 제대로 되지 않았다. 투구의 깃털은 실용적인 이유 때문에 소유지에 남겨두고 왔다. 어머니가 살고 있는 집에 들어갈 때 그것이 상인방(문, 창 등의 위로 가로지른 나무—옮긴이)에 걸리면 좋을 게 없기 때문이었다.

브루투스가 멈춰 서서 주위를 찬찬히 살펴보고 있는 이유는 그 건물의 외관 때문이었다. 작기는 해도 깨끗한 4, 5층짜리 공동주택을 기대했다. 그러나 그 건물은 정면이 거무스름한 대리석으로 뒤덮인 것이 흡사 신전처럼 보였다. 본채들은 거리의 먼지와 배설물을 피해 안으로 쑥 들어가 있어 높은 대문을 통해서만 볼 수 있었다.

투브루크가 주소밖에 알려주지 않았지만, 주변을 주의 깊게 살펴본 브루투스는 그곳이 부유한 지역임을 알아챘다. 거리를 분주히 돌아다니는 사람들의 상당수는 주인을 위해 심부름을 하거나 물건을 나르는 하인들과 노예들이었다. 어머니가 백인대장이 된 아들을 보고 감명을 받으리라 기대한 그는 그 저택을 보는 순간 자신을 그냥 평범한 군인이라 여길지도 모른다는 생각에 잠시 망설였다.

소유지로 되돌아갈까 생각도 했다. 그냥 돌아간다 해도 레니우스와 투브루크는 나무라지 않고 따뜻하게 맞이할 것임을 알고 있었다. 그러나 그리스에서 돌아오는 내내 어머니와의 만남을 계획하지 않았던가? 눈앞에 있는 것이 으리으리한 건물이라고 해서 돌아선다는 건 말도 안 되는 일이리라.

심호흡을 한 번 한 브루투스는 갑옷에 어디 이상은 없는지 마지막으로 점검했다. 가죽끈은 다 묶여 있었고, 흠 잡힐 만한 구석은 전혀 없어 보였다. 그 정도면 충분할 것이다.

브루투스가 앞으로 나아가자, 사람들은 밀치지 않고 그냥 피해갔다. 가까이 다가가 그 대문을 보니, 로마의 다른 편에 있는 마리우스의 저택이 생각났다. 대문에 이르기도 전에 문이 홱 열리더니 노예가 허리를 굽혀 절을 하며 안으로 들어오라고 손짓을 했다.

"이쪽입니다, 나리."

노예가 말했다. 그러더니 문을 단단히 닫고는 앞장서서 좁다란 복도를 걸어갔다. 브루투스는 그 뒤를 따라갔다. 심장이 쿵쾅거렸다. 올 줄 알고 있었나?

브루투스가 인도된 곳은 지금껏 보아온 그 어떤 방 못지않게 호화로웠다. 대리석 기둥들이 천장을 떠받치고 있었는데, 그 기둥들의 윗부분과 아랫부분은 금으로 도금되어 있었다. 벽에는 하얀 조각상들이 늘어서 있었고, 중앙에 자리한 연못 주위에는 카우치들이 놓여 있었다. 시원하고 깊은 연못물 속에선 묵직한 물고기들이 유유히 헤엄쳐 다니는 게 얼핏 보였다. 호화롭고 조용한 방에 있으니, 입고 있는 갑옷이 모양도 조잡하고 소리도 너무 시끄럽다는 느낌이 들었다. 들어오기 전에 시원하게 긁기나 하게 정강이받이를 풀어놓았으면 좋았을걸 하는 생각을 했다.

이제 노예는 문 밖으로 사라지고, 브루투스만이 홀로 남았다. 주의를 흩뜨리는 것은 오로지 연못의 잔잔한 물결뿐이었다. 그것은 자못 평화로운 분위기를 자아냈다. 잠시 생각에 잠겨 있던 브루투스는 투구를 벗고, 두 손으로 축축이 젖은 머리칼을 쓸었다.

뒤에서 또 다른 문이 열리는 것을 공기의 움직임으로 감지한 브루투스는 뒤를 돌아보았다. 그러더니 깜짝 놀라 자리에서 벌떡 일어섰다. 아름다운 여인이 걸어오고 있었던 것이다. 인형처럼 곱게 화장한 여자를 보면서, 그는 나이가 자신과 비슷할 거라 생각했다. 그녀는 한 번도 본 적이 없는 천으로 만든 드레스 차림이었는데, 드레스 겉으로 젖가슴과 유두의 윤곽이 드러나 보였다. 얼굴은 백지장처럼 창백했고, 착용한 장신구라고는 목에 걸친 무거운 금목걸이가 전부였다.

"앉으세요. 불편해하실 거 없어요."

여인이 그렇게 말하면서, 브루투스가 벌떡 일어섰던 카우치에 앉은 뒤우아하게 다리를 꼬았다. 그 바람에 드레스가 움직이면서 속살이 드러나자, 브루투스의 두 뺨이 벌겋게 달아올랐다. 옆에 앉은 브루투스는 좀 전에 발휘했던 결단력을 조금이라도 되찾으려 애썼다.

"제가 마음에 드시나요?"

여인이 부드럽게 말했다.

"당신은 참으로 아름답소. 하지만 내가 찾고 있는 사람은…… 전에 알던 여인이오."

그 말에 입을 삐죽이 내밀며 토라지는 여인을 보면서, 브루투스는 입을맞추고 싶은 충동, 숨이 막히도록 꼭 끌어안고 싶은 충동을 강하게 느꼈다. 머릿속으로 그런 광경을 떠올리며 몽롱한 상태에 빠져 있던 그는 온방안에 현기증을 일으킬 정도로 짙은 향수 냄새가 진동하고 있음을 알아챘다. 그때 그녀의 손이 뻗어와 정강이받이 꼭대기 부근을 만졌다. 다리의구릿빛 맨살이 조금 드러나 있는 부분이었다. 브루투스는 살짝 몸을 떨더니 충격을 받고 퍼뜩 정신을 차렸다. 브루투스가 자리에서 벌떡 일어서며물었다.

"내가 돈을 지불할 거라고 기대하는 거요?"

어리둥절한 표정을 짓고 있는 여인은 처음에 생각했던 것보다 어려 보였다.

"사랑 때문에 이 일을 하는 건 아니니까요."

여인의 목소리에는 갑자기 부드러움이 거의 사라지고 없었다.

"세르빌리아 여기 있소? 그 여인은 나를 보고 싶어할 거요."

젊은 여인의 몸이 카우치 속으로 푹 꺼졌다. 브루투스에게 관심을 보이던 태도는 순식간에 사라지고 없었다.

"세르빌리아는 백인대장들하고는 만나지 않는다는 거 아시잖아요. 세르빌리아랑 상대하려면 집정관쯤은 되어야 한다고요."

브루투스는 공포에 질린 눈으로 여인을 노려보았다.

"세르빌리아! 어디 계십니까?"

연못을 가로질러 방의 반대편으로 성큼성큼 걸어가면서 브루투스가 소리쳤다.

한쪽 문 뒤에서 사람들이 달가닥거리며 달려오는 소리가 들리자 재빨리 다른 쪽 문을 열고 방을 빠져나간 브루투스는 카우치에 앉아 있는 젊은 여인의 웃음소리가 들리는 순간 그 문을 닫았다. 기다란 복도에 서 있는 그를 보고 술 쟁반을 나르고 있던 노예가 놀라 입을 딱 벌렸다.

"이쪽으론 가실 수 없습니다!"

브루투스는 노예가 소리치는데도 아랑곳하지 않고 그를 밀어젖혔다. 그 바람에 술잔들이 허공을 날았다. 겁을 먹은 노예는 줄행랑을 쳤으나, 잠시 후 두 사내가 복도 끝을 막아섰다. 짤막한 몽둥이를 든 그들이 나란히 서자 좁은 복도가 꽉 찼다. 그 때문에 브루투스를 향해 성큼성큼 걸어갈 때 그들은 어깨로 벽을 스치며 나아가야 했다.

"술을 너무 많이 마신 거 아냐?"

브루투스에게 다가서면서 한 사내가 귀에 거슬리는 목소리로 이죽거렸다.

브루투스는 유연한 몸짓으로 단번에 글라디우스를 빼들었다. 번쩍이는 글라디우스의 날에는 정강이받이처럼 빛을 받도록 소용돌이무늬가 식각되어 있었다. 두 사내는 그의 갑작스러운 행동에 어찌해야 좋을지 몰라 자리에 멈춰 섰다.

"세르빌리아!"

브루투스가 두 사내에게 검을 겨눈 채 목청껏 소리쳤다.

그러자 두 사내가 허리춤에 찬 칼집에서 단검을 뽑아들고 천천히 다가왔다.

"야, 이 건방진 꼬마 녀석아! 여기 들어와서 네 멋대로 굴어도 될 줄 알았냐? 장교는 한 번도 죽여볼 기회가 없었는데, 너 참 잘 걸렸다."

한 사내가 단검을 휘두르며 비아냥거렸다.

브루투스의 얼굴이 굳어졌다.

"거기 서서 차려자세 취하지 못해, 이 무식한 자식들아. 칼을 내 쪽으로 향하기만 해봐, 목을 베어버릴 테니까."

브루투스가 날카롭게 되받아치며 쏘아보자, 두 사내는 그 자리에 서서 머뭇거렸다. 격한 어조에 반사적으로 주눅이 들었던 것이다. 그 모습에 브루투스가 그들을 향해 사납게 한 걸음을 내디뎠다.

"어찌 너희 나이의 사내가 군단을 떠나 매음굴의 경비병 노릇을 하고 있는 것이냐? 탈영병들이냐?"

"아, 아닙니다…… 장교님. 저희는 프리미게니아 군단에서 복무했었습니다."

브루투스는 놀라움과 기쁨을 감추기 위해 굳은 표정을 풀지 않고 다그쳐 물었다.

"마리우스 장군 밑에서?"

둘 가운데 더 나이가 들어 보이는 사내가 고개를 끄덕였다. 이제 똑바로 서 있는 사내들을 브루투스는 마치 검열이라도 하듯 위아래로 훑어보았다.

"시간만 있다면, 마리우스 장군께서 나를 그리스의 백인대에 보낼 때 써주신 추천장을 너희한테 보여줄 수 있을 텐데, 아쉽구나. 나는 그분이 개선식을 치르게 해달라고 요구하기 위해 원로원 의사당 계단까지 행진할 때 옆에 같이 있었다. 그분의 명예를 더럽히지 마라."

브루투스가 말하는 동안 두 사내는 안절부절못하며 눈을 끔벅였다. 잠시 침묵을 지키고 있던 브루투스가 입을 열었다.

"그건 그렇고, 나는 세르빌리아라는 이름의 여인에게 용무가 있다. 그 여인을 나한테 데리고 오든지, 나를 그 여인한테로 데리고 가든지 둘 중 하나를 택하라. 내가 여기 있는 동안 너희는 병사답게 행동해야 한다, 알았나?"

두 사내가 고개를 끄덕였다. 그때 복도 끝에서 쾅 소리가 나며 문이 열리더니 날카로운 여자 목소리가 들려왔다.

"그 사람한테서 물러서들 보게. 똑똑히 좀 볼 수 있게."

두 경비병은 젊은 백인대장에게 시선을 고정시킨 채 꼼짝도 하지 않았다. 긴장한 탓에 어깨에 힘이 들어가 있었지만 그대로 가만히 서 있었다.

브루투스가 그들에게 또박또박 물었다.

"저분이 내가 말한 그분인가?"

둘 가운데 나이 든 사내는 잔뜩 긴장해서 땀을 흘리고 있었다.

"저분이 이 저택의 주인이십니다."

그 사내가 확인해 주었다.

"그렇다면 저분이 시키는 대로 하게나, 제군들."

두 경비병이 별 다른 말없이 옆으로 비켜서자, 브루투스를 향해 활을 겨누고 있는 여인의 모습이 드러났다.

"부인이 세르빌리아입니까?"

힘이 빠진 그녀의 두 손에 살짝 경련이 이는 것을 보면서 브루투스가 물었다.

"거리에서 생선 파는 꼬마처럼 고래고래 소리 지르며 부르던 이름이 그것이었는가? 내가 이 집의 주인일세."

"부인께 해를 끼치려는 게 아닙니다. 저라면 실수로 누군가를 쏘는 사태가 발생하기 전에 그 활을 내려놓겠습니다."

세르빌리아는 경비병들을 흘끗 보았다. 그들이 거기 있는 걸 보니 안심이 되는 모양이었다. 그러더니 숨을 한 번 내쉰 뒤 활시위를 늦추었다. 그러나 손에서 활을 내려놓지는 않았다. 혹시 브루투스가 달려들기라도 하면 재빨리 시위를 당겨 화살을 발사하려는 것이었다. 브루투스는 그런 모습을 보면서 그녀가 전에도 병사들의 위협을 받은 적이 있음을 짐작할 수 있었다.

브루투스의 눈앞에 있는 여인은 조금 전에 방에서 보았던 조각상 그 어느 것과도 닮은 구석이 없었다. 그처럼 키가 크고 호리호리했으며, 어깨 주위에는 길게 기른 짙은 갈색 머리칼이 늘어져 있었다. 건강한 피부는 햇볕에 타서 홍조를 띠고 있었고, 얼굴은 아름답지 않았다. 아니, 사실 못생긴 편에 가까웠다. 그러나 큰 입과 짙은 갈색 눈에는 많은 사내를 유혹할 만한 관능미가 배어 있었다. 활을 쥐고 있는 두 손은 크고 튼튼했으며, 양쪽 팔목에는 금팔찌를 차고 있었는데, 몸을 움직일 때마다 금팔찌에서 찰 랑찰랑 소리가 났다.

브루투스는 그녀를 구석구석 뜯어보았다. 완벽한 목선에서 자신과 닮 은 부분을 발견하자 가슴이 아렸다.

"부인은 저를 모르실 겁니다."

브루투스가 조용히 말했다.

"뭐라고 했나? 내 집에 들어와 난동을 부리고 방에까지 검을 차고 오다 니. 발가벗긴 채 채찍질을 받아 마땅할 것이야. 그깟 계급을 방패삼아 목 숨을 구할 생각은 말게."

세르빌리아가 다가오며 말했다.

걸음걸이가 자못 당당했다. 예전에 여자에게서 그런 성적 자신감을 본 적이 딱 한 번 있었다. 베스타 신전에서였다. 그곳의 처녀들은 어떤 사내 라도 자기들 몸에 손을 댔다가는 죽은 목숨이란 것을 알기에, 거만한 자세 로 성큼성큼 발을 내디뎠었다. 세르빌리아에게서 그런 면을 발견하자 몸 이 달아올랐다. 그런 자신이 역겨웠지만, 그녀에게 아들다운 감정을 느낄 수 있는 방법을 브루투스는 알지 못했다. 브루투스의 얼굴과 목이 벌겋게 달아오르는 것을 보고, 세르빌리아가 뾰족하고 하얀 이를 드러내며 관능 적으로 미소를 지었다.

"좀 더 나이가 들어 보이실 거라 생각했습니다."

브루투스가 중얼거리고는 초조한 눈빛으로 세르빌리아의 눈을 들여다 보았다.

"나는 보이는 그대로일세. 헌데 나는 아직 젊은이가 누군지 모르네."

브루투스는 검을 칼집에 넣었다. 자신이 누구인지 밝힘으로써 자신감에 찬 그녀에게 충격을 주고 싶었다. 인상적인 젊은이가 아들임을 깨닫고 놀라서 눈이 휘둥그레지는 모습을 보고 싶었다.

그런데 돌연 그 모든 것이 부질없게 느껴졌다. 오랫동안 잊고 지냈던 말이 기억났다. 율리우스의 아버지가 어머니에 관해 말하는 것을 우연히 들었던 것이다. 브루투스는 그 말이 사실임을 확인하고 나니 한숨이 절로 나왔다. 지금 있는 곳은 부유해 보이든 말든 매음굴일 뿐이었다. 이제 어머니가 어떻게 생각하는지는 중요하지 않았다.

"제 이름은 마르쿠스입니다. 부인의 아들입니다."

브루투스가 그렇게 말하고는 어깨를 으쓱했다.

세르빌리아는 몸이 얼어붙은 듯 조각상들처럼 꼼짝하지 않았다. 오랫동안 브루투스의 시선을 받아내던 그녀의 눈에 눈물이 그렁그렁 맺혔다. 잡고 있던 활이 손에서 미끄러져 달가닥 소리를 내며 바닥에 떨어졌다. 이윽고 뒤돌아선 세르빌리아는 복도를 내달려 문 안으로 들어간 뒤 벽이 흔들릴 정도로 문을 쾅 닫았다.

한 경비병이 입을 쩍 벌린 채 브루투스를 바라보았다.

"그게 사실입니까?"

그 경비병이 갈라지는 목소리로 물었다. 브루투스가 고개를 끄덕이며 인정하자 그는 당혹감에 얼굴이 벌게졌다.

"저희는 몰랐습니다."

"내가 말하지 않았으니까. 이보게들, 나는 이제 가보겠네. 내가 저 문으로 나갈 때 내 몸에 화살을 박으려고 기다리는 사람이라도 있나?"

그 경비병이 약간 긴장을 풀고 대답했다.

"없습니다. 경비병은 저와 저 젊은이뿐입니다. 경비병이 필요할 때가 별로 없거든요."

브루투스가 떠나려고 돌아서는데 그 경비병이 다시 말했다.

"술라가 프리미게니아 군단을 병적에서 제명시켰습니다. 그래서 저흰 할 수 있는 일이라면 뭐든지 해야 했습니다."

브루투스가 그에게로 다시 돌아섰다.

"자네가 어디 있는지 알고 있으니, 필요하면 자넬 다시 찾겠네."

안타깝게도 브루투스는 그 말밖에 해줄 수가 없었다. 브루투스는 손을 내미는 경비병에게 군단병 식으로 악수를 했다.

밖으로 나가는 길에 연못이 딸린 방을 통과하던 브루투스는 그 방이 비어 있는 것을 보고 고맙게 생각했다. 잠시 멈춰 투구를 집어 든 후 물을 튀겨 얼굴과 목을 적셨다. 그러나 그것은 혼란을 식히는 데 아무런 도움도 되지 않았다. 갑작스럽게 겪은 사건들 탓에 머리가 멍했다. 그는 그날 일어난 일들을 곰곰이 되짚어볼 수 있을 만한 조용한 장소가 간절히 필요했다. 바삐 돌아다니는 군중을 헤치고 지나가야 한다는 생각만 해도 짜증이 났다. 하지만 달리 가야 할 집이 없으므로 소유지로 돌아가는 수밖에 없었다.

브루투스가 대문을 향해 가는데 노예 하나가 달려왔다. 발자국 소리만 듣고 다시 검을 뺄 뻔했지만, 그 노예는 무장하지 않은 젊은 여자였다. 그 앞에 다다른 노예는 가쁜 숨을 몰아쉬었다. 그는 그녀의 가슴이 오르락내리락하는 것을 거의 넋을 잃고 바라보았다. 그녀 또한 미인이었다. 그 집에는 미인들로 가득한 듯했다.

"마님께서 내일 아침 여기로 오시랍니다. 그때 뵙겠다고 하셨습니다."

그 말을 들으니 왠지 기운이 솟았다.

"알겠다."

해안선의 모양으로 미루어, 다음번 식민지에 이르려면 하루 이상 행군해야 할 듯했다. 초반에는 육중한 동물들이 지나다닌 오솔길을 가로질러야 했기 때문에 속도가 더뎠으나, 해안에서 멀어질 때까지 그 길을 따라갈 수 있게 되자 행군 속도가 빨라졌다. 율리우스는 혹시라도 완전히 길을 잃게 될까 두려워 파도가 부서지는 소리에서 너무 멀어지는 것을 원치 않았다. 오솔길에서 벗어나게 되면, 사람의 머리 높이까지 자란 데다 흡사 피칠이라도 한 듯 새빨간 가시가 달린 가시덤불과 나무줄기를 베어내면서 나아가야 했기 때문에 땀투성이가 되기 일쑤였다. 바다에서 멀어지자 공기는 습했고, 무는 벌레들까지 로마인들을 괴롭혔다. 행군하면서 혹여 묵직한 나뭇잎을 건드리기라도 하면 그 뒤에 숨어 있던 벌레들이 달려들어 물곤 했던 것이다.

그날 밤 야영을 하면서, 율리우스는 로마의 식민지들이 이렇게 서로 떨어져 있는 이유를 헤아려보았다. 혹시 원로원이 앞을 멀리 내다보고, 이질적인 이 마을들이 몇 세대가 지나면서 서로 단결하는 것을 막으려 했던 건 아닐까 하는 생각도 들었다. 그러면서도 그저 성장할 공간을 주려 했던 것이겠지 하고 결론을 내렸다. 율리우스는 어둠을 뚫고 행군을 계속하라고 부하들을 몰아붙일 수도 있었다. 그러나 문제는 액시피터의 장교들이었다. 그들은 해안에서 자란 병사들보다 아프리카의 뜨거운 밤을 훨씬 견디기 힘들어했다. 게다가 신병들은 잠들었다 하면 세상모르고 자는 반면, 그들은 낯선 동물의 울음소리에 놀라 잠에서 깨어나서는 검을 향해 손을 뻗기 일쑤였다.

율리우스는 파수병을 선발하는 임무를 펠리타스에게 맡기는 한편, 신뢰하는 병사들과 신병들을 둘씩 짝을 지어주었다. 좁다란 오솔길을 따라 나아가는 동안 언제든지 그 젊은 마을사람들이 탈영할 가능성이 있었다. 무기가 부족했기 때문에 낮 동안에는 무장을 하지 않은 채 행군했다. 하지만 파수병들에게만은 검을 주지 않을 수 없었다. 그런데 그들 중에는 오래된 철제 검을 탐욕 비슷한 눈빛으로 주의 깊게 살펴보는 자들도 한둘 있었다. 그것이 그들의 아버지들이 느끼던 것과 같은 탐욕이기를, 그 검을 훔쳐서 달아나고 싶은 욕구가 아니기를 율리우스는 바랐다.

식량을 구하는 것도 비슷한 문제를 안고 있었다. 액시피터의 병사들이 신병들에게 의존하지 않고 먹을거리를 스스로 구하는 것이 절대적으로 중요했다. 그러지 못하면 기껏 세워놓은 권위의 사다리에 미묘하지만 중대한 변화가 생길 것이었기 때문이다. 계급에 상관없이, 음식을 나눠주는 사람이 바로 주인임을 율리우스는 알고 있었다. 그것은 로마 자체보다도 오래된 진실이었다.

율리우스는 펠리타스를 보내준 신들에게 감사했다. 펠리타스는 한때 이탈리아의 삼림지대에서 밀렵을 한 적이 있어 이 낯선 땅에서도 덫을 이용해 작은 동물들을 잡는 재주가 있었다. 펠리타스가 불과 몇 시간 만에 축 늘어진 산토끼 네 마리를 들고 나타나 무리에 다시 합류하는 모습을 지켜보면서 신병들조차도 깊은 감명을 받았다. 건장한 사내 열다섯이 먹고 살려면 저녁 사냥은 그야말로 생존에 꼭 필요한 기술이었다. 펠리타스는 으스대며 걷는 진영과 먹을 것을 주기만을 기다리는 진영으로 나뉘지 않도록 하는 데 일조했던 것이다.

율리우스는 친구를 바라보았다. 펠리타스는 새끼돼지의 옆구리에서 고기조각을 잘라내느라 바빴다. 그날 새끼돼지를 잡은 것은 펠리타스의 잽싼 행동 덕분이었다. 새끼돼지가 불쑥 튀어나와 로마인들을 덮치려 하자 펠리타스가 재빨리 돌을 던져 다리를 부러뜨렸다. 멀리 관목 숲에서 꽥꽥거리는 소리가 들려왔지만, 어미돼지는 어디 있는지 보이지 않았다. 어미돼지가 조금 더 가까이 다가왔다면 겨우 몇 입 거리밖에 되지 않는 음식 대신 성찬을 고대할 수 있었을 거라고 율리우스는 생각했다. 액시피터의 병사들은 어느 누구 할 것 없이 몸에 지방이라고는 붙어 있지 않았지만, 그런 수척한 모습이 완전히 사라지려면 꽤 시간이 걸릴 터였다. 자신도 수척한 모습일 거라고 생각하면서 율리우스는 입을 씰룩거렸다. 거울을 보지 못한 지가 너무 오래되었으므로 얼굴이 더 괜찮게 변했을지, 이상하게 변했을지 궁금했다. 만일 코르넬리아가 본다면 더 나아졌다고 기뻐할까, 아니면 투옥되어 있는 동안 느낀 공포로 인해 험상궂게 변한 얼굴에 충격을 받아 당황할까?

율리우스는 그런 상상의 날개를 펴면서 혼자 키득거렸다. 얼굴이야 어떻게 변했든 그는 똑같은 사람일 뿐이었다.

율리우스의 웃음소리를 듣고 수에토니우스가 신경질적으로 고개를 쳐들었다. 그는 아무것도 아닌 일도 늘 자기를 모욕하는 행동으로 받아들였다. 그 젊은이를 골려주고 싶은 마음을 억누르는 것은 쉬운 일이 아니었지만, 율리우스는 스스로에게 엄격한 기준을 부과했다. 수에토니우스가 심술을 부리는 것은 율리우스가 새로운 권위를 이용해 오래전에 당한 일들을 앙갚음하려 할 거라는 두려움 때문이었다. 율리우스는 수에토니우스의 그런 속내를 알아챘다. 그러나 율리우스에겐 한순간이라도 그런 사치를 즐기고 있을 여유가 없었다. 그랬다가는 지금 애써 조직하고 있는 부대가 와해될 수도 있었기 때문이다. 사소한 불만 따윈 넘어서는 지도자가 되어야만 한다는 것을, 한때 마리우스가 보여주었던 남다른 모습을 부대원에게 보여주어야만 한다는 것을 율리우스는 알고 있었다. 율리우스는 잠시 수에토니우스에게 고개를 끄덕이고 나서 다른 사람들 쪽으로 고개를 돌렸다.

감독을 맡은 가디티쿠스와 프락스는 조금이라도 숙영지의 모습을 갖추게 하려고 땅에 떨어진 나뭇가지로 경계선을 표시하고 있었다. 그들이 신병들에게 파수 규칙들을 되풀이해 가르치는 모습을 보자 율리우스는 잠시 옛 생각이 떠올라 싱긋이 웃었다.

"수하(경비를 서는 군인이 상대의 정체를 파악하기 위해 소리쳐 묻는 일—옮긴이)를 몇 번이나 해야 하나?"

프락스가 키로에게 물었다. 키로는 모든 신병을 대표해 선발되었다.

"한 번입니다. 상대가 숙영지에 접근하겠다고 외치면, 저는 '알겠다, 접근해도 좋다' 하고 말합니다."

"만일 상대가 숙영지에 접근하겠다고 소리치지 않으면?"

"다른 사람들을 깨우고, 상대가 가까이 올 때까지 기다렸다가 목을 베어버립니다."

"잘했다, 젊은이. 목과 사타구니다, 명심해라. 다른 부위를 공격하면 상대한텐 여전히 공격할 힘이 남아 있게 된다. 목과 사타구니가 상대를 가장 빨리 해치울 수 있는 부위다."

키로가 히죽 웃었다. 그는 프락스가 던져주는 정보를 단 하나도 놓치지 않았다. 율리우스는 키 큰 그 사내의 열의가 마음에 들었다. 그 사내는 군단병이 되고 싶어했다. 한때 자신의 아버지가 사랑했던 것을 알고 싶어했다. 프락스 역시 그의 열정을 알아챘으므로 몇십 년 동안 로마를 위해 행군하고 항해하면서 익힌 모든 것을 즐거운 마음으로 가르쳤다. 시간이 흐르면 신병들은 누구라도 속여 넘길 수 있을 것이다. 그들은 군단병처럼 보일 것이고, 군단병들이 일상적으로 쓰는 것과 똑같은 속어와 말투로 말을 할 것이다.

율리우스는 편하게 누울 자리를 찾으면서 눈살을 찌푸렸다. 주위의 모든 동료가 검을 맞고 쓰러져 있고 적이 대대적인 승리를 거두며 죽음을 안겨줄 것이 확실한 상황에서도 신병들이 적들과 맞서 싸울지 어쩔지 알 수가 없었다. 그 일이 일어나기 전에는 그들 자신도 확실히 알 수 없을 것이다. 액시피터의 병사들 스스로도 그런 대단한 용기가 어디서 나오는지 확신하지 못한다는 사실은 전혀 도움이 되지 않았다. 그러나 사람은 평생 동안 모든 갈등을 피하며 살다가도 사랑하는 누군가를 보호하기 위해 목숨을 던질 수도 있는 법이었다. 율리우스는 눈을 감았다. 아마 그것이 열쇠일 테지만, 로마를 끔찍이 사랑하는 사람은 그리 많지 않았다. 로마는 너무 크고 비인간적인 도시였다. 전에 알던 군단병들은 강을 끼고 일곱 언덕 위에 분할되어 세워진 자유 투표가 허용되는 공화국은 전혀 안중에도 없었다. 그들이 싸우는 이유는 오로지 자신들의 장군이나 군단, 심지어는 백인대나 전우를 위해서였다. 전우들 옆에 서 있는 병사는 수치심 때문이라도 혼자 도망칠 수가 없었다.

수에토니우스가 갑자기 비명을 지르며 벌떡 일어나 몸을 마구 두드려댔다.

"도와줘! 여기 땅바닥에 뭔가 있어!"

수에토니우스가 소리쳤다.

율리우스는 벌떡 일어섰고, 다른 병사들도 칼을 빼든 채 불 가까이로 모여들었다. 그러나 키로만은 자기 자리를 그대로 지키고 있었다. 이를 본 율리우스는 내심 흡족해했다.

불빛이 비친 자리를 보니, 거대한 개미들이 검은 선을 그리며 마치 기름처럼 땅 위를 움직이면서 빛이 비치지 않는 그늘 속으로 도로 사라지고 있었다. 그 광경을 보고 광란에 빠진 수에토니우스가 옷을 찢기 시작했다.

"온몸에 개미투성이야!"

수에토니우스가 울부짖었다.

펠리타스가 도와주려고 발을 앞으로 내디뎠다. 그러나 개미떼의 대열에 다가가는 순간 개미떼의 일부가 미끄러지듯 다가오자, 비명을 지르며 뒤로 물러서서는 맨손으로 수에토니우스의 두 다리를 잡아당겼다.

"맙소사, 놈들을 털어버려!"

펠리타스가 소리쳤다.

숙영지는 그야말로 아수라장이 되었다. 그래도 해안에서 성장한 신병들은 액시피터의 장교들보다는 훨씬 침착한 편이었다. 개미들은 들쥐만큼이나 깊이 깨물었고, 병사들이 발견해서 털어내면 몸뚱이는 떨어져도 턱만은 피부에 그대로 들러붙은 채 최후의 경련을 일으키며 수에토니우스의 피부 속으로 파고들었다. 게다가 무는 힘이 얼마나 강한지 손가락으로 잡아당겨 떼어내야 할 정도였다. 수에토니우스의 몸은 이내 검은 개미 머리로 뒤덮였고, 두 손은 그것들을 당겨 떼어내느라 온통 피투성이였다.

키로를 불러온 율리우스는 그가 두 로마인의 몸을 침착하게 살펴보며 남아 있는 개미 몸뚱이들을 힘센 손으로 떼어내는 모습을 지켜보았다.

"개미들이 아직도 몸속에 박혀 있어! 대가리들을 빼낼 수는 없겠나?"

수에토니우스가 키로에게 간청했다. 키 큰 사내가 피부를 샅샅이 살펴보며 마지막 개미 한 마리를 찾는 동안 수에토니우스는 거의 벌거벗다시

피 한 상태로 서서 공포에 떨고 있었다.

키로가 어깨를 으쓱했다.

"개미 턱들을 떼어내려면 칼로 파내야 합니다. 손으로 비집어 떼어낼 수는 없습니다. 야만인들은 그것들을 봉합사처럼 상처를 꿰맬 때 사용합니다."

"이 개미들은 도대체 뭔가?"

율리우스가 물었다.

"병정개미입니다. 이것들은 행진 중에 대열을 호위하는 역할을 맡고 있습니다. 저희 아버지께서는 이것들이 로마의 정찰병과 비슷하다고 말씀하시곤 하셨습니다. 떨어져 있으면 공격하지 않지만, 만일 진로를 방해하면 지금처럼 펄펄 뛰고 맙니다."

펠리타스가 아직도 숙영지를 가로질러 흘러가고 있는 개미 행렬에 증오심 가득한 시선을 던지며 말했다.

"몽땅 태워버리면 될 겁니다."

키로가 고개를 세게 흔들었다.

"개미떼 행렬은 끝없이 이어집니다. 우리가 그냥 다른 곳으로 옮기는 게 나을 겁니다."

"좋아, 다들 들었을 것이다. 짐을 꾸려 해안을 따라 1마일 정도 이동할 준비를 하라. 수에토니우스, 자네도 옷을 입고 떠날 준비를 했으면 좋겠네. 다시 자리를 잡으면 그때 펠리타스의 도움을 받아 살갗에 박힌 개미 턱들을 빼낼 수 있을 걸세."

"너무 아픈데."

수에토니우스가 애처롭게 하소연했다.

키로가 수에토니우스를 바라보았다. 율리우스는 그 젊은 장교가 신병들에게 그처럼 불쌍한 표정을 보이고 있다는 사실에 수치심과 함께 부아가 치밀었다.

"이동하게. 안 그러면 내가 직접 자네를 묶어 개미떼 위에 올려놓을 테니까."

위협은 효과가 있는 듯했다. 달이 하늘에서 멀리 움직이기 전에 키로와 파수 임무를 마친 다른 두 병사에 의해 새로운 숙영지가 완성되었다. 밤에 한바탕 소동을 겪은 터라, 아침에 깨면 다들 수면부족으로 피곤에 시달릴 것이다.

율리우스는 머리가 천천히 욱신거리는 걸 느꼈다. 마치 주변에서 윙윙거리는 벌레들과 리듬을 맞추는 듯했다. 잠에 빠져들려 할 때마다 노출된 피부에 벌레 한 마리가 자리를 잡고 앉아 쏘는 게 느껴졌다. 찰싹 하고 때려서 잡으면 벌레들은 피부에 피얼룩을 남겼지만, 늘 또 다른 놈들이 호시탐탐 기회를 노렸다. 배낭을 둘둘 말아 베개 삼아 베고 넝마로 얼굴을 덮은 채, 율리우스는 머나먼 로마의 하늘을 그리워했다. 그러다가 마음의 눈에 코르넬리아의 모습이 보이자 미소를 지었다. 몇 분 후 피로가 그를 엄습했다.

벌레에 물려 피부 여기저기가 벌겋게 부어오르고 눈 밑에 그늘이 진 병사들은 정오가 되기 전에 다음 식민지에 도착했다. 그 식민지는 해안에서 채 1마일도 떨어져 있지 않는 곳에 자리 잡고 있었다. 율리우스는 병사들을 이끌고 광장으로 들어가면서 문명의 손길이 닿은 그곳의 모습과 냄새에 주의를 기울였다. 그러다가 그곳에 어떤 종류의 요새도 없음을 발견하고 다시 한 번 충격을 받았다. 이 해안에 터를 잡은 늙은 병사들은 공격받는 것을 거의 두려워하지 않는 게 분명했다. 농장들의 규모는 작았지만, 이 고립된 농장들과 육지 더 깊은 곳에 자리 잡은 원주민 마을들 사이에는 교역이 이루어지고 있는 것 같았다.

병사들을 보러 모여든 로마인들 사이에서 시커먼 얼굴들이 눈에 많이 띄었다. 로마인의 피가 원주민들과 섞여 완전히 사라지게 되기까지, 그러니까 후세대들이 자신들의 조상과 그 삶에 대해 전혀 알지 못하게 되기까지 얼마나 걸릴지 궁금했다. 언젠가 이 땅은 로마인이 오기 전의 상태로 되돌아갈 것이고, 모닥불 주위에 모여 앉아 두런거리던 이야기들조차 기억에서 희미해지다가 완전히 잊혀지고 말 것이다. 생각만 해도 소름이 끼치는 일이었다. 필요한 것을 더 많이 구해서 떠날 수 있으려면 마음을 집중해야만 함을 알기에, 율리우스는 그것에 대해서는 나중에 숙고해 보기로 했다.

지시받은 대로 병사들은 진지한 표정을 지은 채 2열횡대로 서서 차려자세를 취했다. 율리우스와 병사 여덟 명만이 검으로 무장했는데, 그나마 제대로 갑옷을 갖춰 입은 병사는 셋에 불과했다. 수에토니우스의 튜닉은 여기저기 피 얼룩이 져 있었다. 개미들이 온몸에 남긴 딱지들을 긁느라 그는 손가락을 움찔거렸다. 액시피터의 장교들은 대부분 햇볕에 익고 벌레에 물려 살갗이 벗겨져 있었다. 신병들만이 멀쩡해 보였다.

율리우스는 병사들이 로마의 군단병이 아니라 산적이나 해적 무리처럼 보일 거라고 짐작했다. 모여든 사람들은 다들 긴장하고 있었고, 적지 않은 수가 몰래 무장을 하고 있었다. 병사들이 전날 밤 잡아먹은 새끼돼지 사촌처럼 생긴 놈을 토막 내고 있던 푸주한이 갑자기 일손을 멈추었다. 그러더니 갑작스러운 공격에 대비해, 고기를 토막 내는 큰 칼을 한쪽 팔에 얹은 채 탁자 뒤에서 나왔다. 율리우스는 군중을 죽 훑어보며 지도자를 찾았다. 무리 중에는 늘 우두머리 역할을 하는 사람이 있게 마련이었다. 그것은 황야에서조차도 마찬가지였다.

긴장한 채 잠시 기다리고 있으니, 죽 늘어선 집의 끝 쪽에서 사내 다섯이 다가왔다. 넷은 무장을 하고 있었는데, 그 가운데 셋은 손잡이가 긴 나무 도끼를 들고 있고, 마지막 사내는 글라디우스를 들고 있었다. 그러나 그 사내의 글라디우스는 오래전에 있었던 전투에서 부러진 것이라 무거운 단검을 들고 있는 것보다 나을 게 없었다.

다섯 번째 사내가 자신감에 넘치는 걸음으로 마을에 새로 들어온 이방인들에게 다가왔다. 머리는 희끗희끗하고 몸은 막대처럼 비쩍 말라 있었다. 예순쯤 되어 보였다. 그러나 사내는 그 나이에도 불구하고 예전에 병사였던 사람답게 자세가 꼿꼿했고, 말을 할 때는 제대로 된 로마식 라틴어를 유창하게 구사했다.

"내 이름은 프라라키스요. 이곳은 평화로운 마을이라오. 여기서 댁들이 원하는 게 뭐요?"

사내가 물었다.

율리우스에게 물음을 던지는 사내의 얼굴에 두려운 표정은 어디에도 없었다. 그 순간 율리우스는 마을의 지도자를 위협하려 했던 당초의 계획을 바꾸었다. 마을사람들이 해적들과 거래를 하고 있을지는 모르지만, 그로 인해 이익을 얻었다는 증거는 거의 없었다. 집들과 사람들은 깨끗하긴 해도 수수했다.

"우리는 로마의 병사들입니다. 최근까지만 해도 갤리선 액시피터의 선원이었죠. 켈수스라는 해적에게 붙잡혀 몸값을 내고 풀려났습니다. 우리가 바라는 건 선원을 모집해서 그자를 찾는 겁니다. 이곳은 로마의 식민지니 여러분이 도와주길 기대하겠습니다."

프라라키스가 눈썹을 추켜올렸다.

"미안하지만 우린 댁들을 위해 해줄 게 없소. 나는 이탈리아를 떠나온 지 20년이 넘었소. 그러니 여기 있는 가족도 로마에 빚진 게 없소. 은을 가지고 있다면 아마 음식을 살 수는 있을 거요. 그러나 그 다음에는 여길 떠나야 하오."

좀 더 가까이 다가간 율리우스는 프라라키스의 동료들이 긴장하는 것을 눈치채고 노골적으로 그들을 무시했다.

"이 땅들은 군단병들한테 준 것이지 해적들한테 준 게 아닙니다. 이 해안에 해적들이 횡행하고 있으니 우리를 돕는 게 여러분의 의무가 아니겠습니까?"

프라라키스가 껄껄 웃었다.

"의무라고 했소? 나는 그런 건 모두 오래전에 남겨두고 온 사람이오. 다시 말하겠는데, 로마는 여기 있는 우리에게 무언가를 요구할 권한이 없소. 우리는 교역을 하며 평화롭게 살고 있소. 만일 해적들이 찾아온다면 우리는 우리 물건을 팔 것이고 그자들은 조용히 떠날 것이오. 댁들은 군대를 찾고 있는 거 아니오? 이 마을에서는 찾지 못할 거요. 여긴 로마와는 전혀 다르오. 농부들만 사는 곳이니까."

"저와 같이 있는 병사들이 전부 선원 출신은 아닙니다. 서쪽 마을 출신들도 있죠. 전투 훈련을 시킬 수 있는 사내들이 필요합니다. 일생을 노인장처럼 이 마을에서 숨어 지내고 싶지 않은 사람들 말입니다."

프라라키스는 화가 나서 얼굴이 붉으락푸르락해졌다.

"숨어 있다고? 우리는 가족을 먹여 살리기 위해 농장에서 일하고, 해충들이며 병마하고도 맞서 싸우고 있다. 처음에 이곳에 온 사람들은 고향에서 멀리 떨어진 이국땅에서 명예롭게 싸우다가 마침내 원로원으로부터 평화라는 마지막 선물을 받은 군단병 출신이니라. 헌데 어찌 감히 우리가 숨어 있다고 말하는 것이냐? 내가 조금만 더 젊었어도 네놈을 단칼에 베어버렸을 것이다. 이 건방진 호래자식아!"

율리우스는 처음부터 사내를 확 휘어잡지 않은 것을 후회했다. 주도권을 잃고 있음을 깨달은 율리우스가 황급히 말을 하려는데, 도끼를 든 사내들 중 하나가 먼저 끼어들었다.

"이 사람들과 같이 가고 싶습니다."

더 나이 든 사내가 그에게로 돌아서서 입에 거품을 물고 말했다.

"가서 목숨을 내놓겠다고? 도대체 무슨 생각을 하는 거냐?"

프라라키스가 버럭 화를 내자 도끼를 든 사내가 입을 오므렸다. 그러다가 중얼거렸다.

"그때가 생애 최고의 시절이었다고 늘 말씀하지 않으셨습니까? 어르신들하고 얼큰하게 취해 계시면, 늘 그때가 황금기라도 되는 듯 말씀하셨잖아요. 지금 제 생활이라고는 동틀 녘부터 땅거미가 질 때까지 등골이 휘어라 일하는 게 답니다. 제가 나중에 나이가 들어 술에 취하면 사람들한테 무슨 말을 해줄 수 있겠습니까? 축제 때 돼지를 도살했었는데 정말 근사했다고요? 우리가 만든 빵에 들어 있던 돌 조각을 잘못 씹어 이가 하나 부러졌던 것에 대해 말할까요?"

그의 말에 놀라 멍하니 있는 프라라키스가 대답하기 전에 율리우스가 끼어들었다.

"제가 요구하는 건 마을사람들한테 우리가 선원을 모집하고 있다는 사실을 말씀해 달라는 것뿐입니다. 지원병이면 더 좋습니다. 이런 사람이 더 있기만 하다면 말입니다."

화가 가라앉은 프라라키스의 얼굴에는 피로한 기색이 역력했다.

"젊은이들은 언제나 흥분할 거리를 찾아다니지. 나도 한때 그랬던 것처럼."

프라라키스가 체념한 듯 말했다. 그러더니 도끼를 든 사내를 바라보며 말했다.

"정 그래야겠느냐?"

"데니와 캄이 농장에서 일하니까 저까지 필요하진 않으실 겁니다. 전 로마가 보고 싶습니다."

그 젊은이가 대답했다.

"좋다, 아들아. 그러나 내가 한 말은 진실이다. 여기서 사는 건 전혀 부끄러운 일이 아니란다."

"압니다, 아버지. 언젠가는 가족들한테 돌아오겠습니다."

"물론 그래야지. 여기가 네 집이니까."

그 마을에서 지원한 사내는 전부 여덟 명이었다. 율리우스는 그 가운데서 여섯을 받아들였다. 나머지 둘을 거부한 것은, 그중 하나가 비록 그을음을 턱에 문질러 수염이 난 것처럼 보이게 만들었지만 둘 다 어린아이에 불과했기 때문이다. 신병들 가운데 둘이 자기 활을 가져왔다. 이제 율리우스의 부대는 배로 바다를 휘젓고 다니며 켈수스를 사냥하는 데 필요한 군대의 면모를 갖추어가고 있었다. 부하들이 첫 주간훈련을 위해 푸른 나무

218

들을 벗어나 해안을 향해 행군할 때, 율리우스는 지나친 낙관에 빠져들지 않도록 자제하려 애썼다. 그러면서 머릿속으로 부대에 필요한 것들을 따져보았다. 배를 구입할 황금, 병사 스무 명, 검 서른 자루, 주요 항구에 도착할 때까지 먹을 식량. 그 정도면 충분할 것이다.

활을 든 사내 하나가 발이 걸려 큰대자로 뻗자 행군하던 병사 대부분이 비틀거리다 멈춰 섰다. 율리우스는 한숨이 절로 나왔다. 그들을 훈련시키는 데 걸리는 3년의 세월도 계산에 넣어야 할 것 같았다.

12장

세르빌리아는 허리를 곧추세운 채 카우치의 끝에 앉아 있었다. 그녀의 온몸에 긴장이 감도는 걸 보며 브루투스는 먼저 입을 열어서는 안 될 것 같다는 느낌을 받았다. 그는 어찌해야 하나 고민하느라 밤을 거의 뜬눈으로 지샜다. 퀴리날레 언덕 근처의 그 저택을 방문하지 않겠다고 마음먹은 적도 세 번이나 되었다. 하지만 그저 헛된 저항의 몸짓일 뿐이었다. 그가 그녀를 찾아가지 않는다는 것은 결코 있을 수 없는 일이었다. 아들로서의 애정 따위는 전혀 느끼지 못하는 그를 그 저택으로 돌아가게 만든 것은 어떤 막연한 공상이었다. 그는 상처의 딱지를 뜯어내고 그녀를 위해 피 흘리는 자신을 지켜보는 공상에 사로잡혀 있었던 것이다.

어린 시절, 혼자서 세상에 대한 두려움에 휩싸여 있었을 때, 브루투스는 어머니가 찾아왔으면 하고 바랐다. 그러나 마리우스의 아내가 아들을 갖고 싶은 마음에 숨 막힐 정도로 사랑을 베풀었을 때는 자신이 전혀 이해하지 못하는 감정에 겁을 집어먹고 꽁무니를 뺐던 그였다. 그렇지만 지금 마주하고 있는 여인은 다른 어느 누구도, 투브루크도, 심지어 율리우스조차 그에게 요구하지 못하는 것을 요구할 권리가 있었다.

부자연스러운 정적이 흘렀다. 브루투스는 세르빌리아를 빨아들일 듯이 바라보며 뭐라고 꼭 집어서 말하지 못할, 심지어 이해하지도 못할 무언가를 찾고 있었다. 세르빌리아는 햇볕에 그을린 피부와 대조되는 하얀 스톨라를 입었고, 보석은 아무것도 걸치지 않은 차림이었다. 전날과 마찬가지로 긴 머리칼을 묶지 않고 늘어뜨린 그녀는 움직임이 자못 유연하고 우아해서 그저 걷고 앉는 모습만 보고 있어도 즐거웠다. 마치 표범이나 사슴의 완벽한 걸음걸이를 감상하는 듯했다. 눈은 지나치게 크고 단아한 미를 지니기에는 턱선이 너무 강했지만, 그녀에게서 눈을 뗄 수가 없었다. 눈가와 입가에는 주름도 눈에 띄었다. 잔뜩 긴장하고 있는 그녀는, 자리에서 벌떡 일어나 전처럼 달아날 태세였다. 브루투스는 그녀가 먼저 말을 꺼내기를 기다리면서 자신은 얼마나 긴장된 모습일지 궁금했다.

"여긴 왜 왔느냐?"

세르빌리아가 끔찍한 침묵을 깨며 물었다. 그 질문에 대한 답을 얼마나 많이 생각하고 또 생각했던가! 밤새 상상 속에서 장면을 떠올리고 또 떠올렸다. 그녀를 조소하는 장면, 그녀를 화나게 하는 장면, 그녀를 껴안는 장면을. 그러나 막상 그 순간이 실제로 닥치자 그 어느 것도 소용이 없었다.

"어릴 적에 당신이 어떤 분이실지 상상하곤 했죠. 당신을 만나보고 싶었습니다, 단 한 번만이라도. 그냥 어떤 분인지 알고 싶어서요. 어떻게 생기신 분인지 알고 싶어서요."

목소리가 떨리자 브루투스는 갑자기 화가 치밀었다. 절대로 망신스럽게 굴지는 않을 것이다. 절대로 이 여인, 이 매춘부에게 어린아이처럼 말하지는 않을 것이다.

"늘 네 생각을 했었다, 마르쿠스. 너한테 편지를 쓴 적도 많았지만 보내지는 못했단다."

브루투스는 머릿속에서 소용돌이치는 생각을 억눌렀다. 살아생전에 그녀의 입에서 자기 이름을 들으리라고는 꿈도 꾸지 못했다. 그런데 자기 이름을 듣자 화가 났고, 화가 나자 오히려 차분하게 말할 수 있게 되었다.

"아버지는 어떤 분이셨습니까?"

세르빌리아는 브루투스한테서 시선을 돌려 지금 앉아 있는 간소한 방의 벽을 응시했다.

"좋은 분이셨단다. 아주 강인한 분이셨지, 너처럼 키도 크시고. 나와 만난 지 불과 2년 만에 돌아가셨다. 아들이 태어났다고 무척 기뻐하셨던 게 생각나는구나. 네 이름도 직접 지어주시고 너를 마르스 신전에 데리고 가셔서 사제들의 축복도 받게 하셨지. 바로 그 해에 병이 나서서 겨울을 나지 못하고 세상을 뜨셨다. 의사들도 손을 쓰지 못했단다. 그러나 임종하실 때는 별 고통 없이 눈을 감으셨다."

브루투스의 눈에 눈물이 고였다. 이러한 상황이 화가 나 그는 얼굴을 붉혔다. 세르빌리아가 말을 이었다.

"나는…… 너를 기를 수가 없었다. 그때는 나 자신도 어린애였고, 엄마가 될 준비도 능력도 없었다. 그래서 네 아버지의 친구한테 너를 맡겨두고 달아나고 말았단다."

마지막 말을 할 때, 세르빌리아는 완전히 목이 메었다. 그녀가 꼭 쥐고 있던 손을 벌리자, 눈물을 훔칠 때 사용하던 구겨진 천이 보였다.

브루투스는 마치 그런 말이나 행동이 전혀 가슴에 와 닿지 않는 듯 이상하리만치 초연하게 세르빌리아를 지켜보았다. 화도 가라앉았고 머리도 가벼워진 느낌이었다. 꼭 물어봐야 할 질문이 한 가지 있었지만 쉽게 입이 떨어지지 않았다.

"제가 자라는 동안 왜 한 번도 저를 보러 오지 않으셨습니까?"

세르빌리아는 한참을 대답하지 못하고 천으로 눈물만 훔쳤다. 이윽고 호흡이 안정된 그녀는 다시 브루투스를 바라보았다. 위엄 있게 고개를 들고 있었지만 그 위엄은 얼마 가지 못했다.

"네가 수치심을 느낄까 봐 그랬다."

그때까지 부자연스러울 만큼 차분한 태도를 보이던 브루투스는 마치 폭풍 속의 지푸라기처럼 동요하는 모습을 보였다.

"그랬을지도 모르죠."

브루투스가 갈라지는 목소리로 나직하게 말했다.

"오래전에 누군가가 당신에 관해 말하는 것을 들은 적이 있었지요. 그땐 그 사람이 잘못 안 것이라고 생각하려 했습니다. 당신을 마음속에서 지우려고 했었지요. 그런데 사실이군요. 당신이……."

브루투스는 차마 그 말을 입에 담을 수가 없었다. 그러나 세르빌리아는 눈을 빛내며 허리를 더 곧추세웠다.

"내가 매춘부라고? 어쩌면 맞는 말인지도 모르지. 한때는 그랬으니까. 상대하는 사람이 세력가라 애첩 또는 이야기 상대라고 불렀지만."

세르빌리아는 인상을 찡그리며 입술을 일그러뜨렸다.

"나는 네가 나를 부끄럽게 여길지도 모른다고 생각했다. 내 아들한테서 그런 표정을 볼 수는 없었다. 내가 수치심을 느낄 거라 기대하지는 말거라. 수치심 따윈 기억조차 못할 정도로 오래전에 잃어버렸으니까. 되돌릴 수만 있다면 다르게 살 거다. 하지만 아무런 소용도 없는 그런 꿈 한번 꾸지 않은 사람이 어디 있겠느냐. 이제는 매일 죄책감 때문에 고개를 숙인 채 살지는 않을 게다! 네 앞에서조차도."

"왜 저더러 오늘 다시 오라고 하신 거죠?"

브루투스가 그 요청을 너무 쉽게 받아들였다는 사실에 돌연 회의를 느끼며 물었다.

"네 아버지가 아직도 너를 자랑스럽게 여길 수 있을지 알고 싶었다. 아니, 내가 너를 자랑스럽게 여길 수 있을지 알고 싶었던 게다! 살면서 후회할 일을 많이 저질렀지만, 그래도 잘한 게 하나 있다면 너를 낳았다는 것이다. 정말 견디기 힘들 때마다 네가 있다는 사실이 내겐 커다란 위안이 되었다."

"저를 버리셨잖습니까! 그래놓고 제가 있어 위안이 되었다는 말씀은 하시지 마세요, 한 번도 보러 오지 않으셨으면서. 저는 당신이 로마 어디에 살고 계시는지조차 몰랐다고요! 당신은 어디든 갈 수 있었겠지만요."

세르빌리아가 엄지손가락을 접은 채 네 손가락을 들어 보였다.

"네가 아기일 때 이후로 나는 이사를 네 번 했다. 그때마다 투브루크한테 전갈을 보내 내가 어디 사는지 알렸다. 투브루크는 언제나 나와 연락하는 방법을 알고 있었다."

"그런 줄 전혀 몰랐습니다."

세르빌리아의 열정에 찬 말에 감동한 브루투스가 이내 수그러들었다.

"그 사람한테 물어보지도 않은 게지."

세르빌리아가 손을 다시 무릎 위로 떨어뜨리면서 말했다.

두 사람의 대화는 언제 그랬냐는 듯 다시 중단되었고, 침묵이 부풀어올라 둘 사이의 공간 속으로 파고들었다. 브루투스는 무슨 말을 해야 그녀를 당혹케 하고 당당하게 밖으로 나갈 수 있을지 생각했다. 한참 동안 모진 말들을 머릿속에 떠올렸다 지웠다 하던 그는 이윽고 자신이 바보처럼 굴고 있음을 깨달았다. 이 여인이 경멸스러운가, 이 여인의 삶이나 과거가 부끄럽게 느껴지는가? 그 물음에 대한 답을 찾으려고 마음속을 들여다보았다. 그런데 한 점 부끄러움도 느껴지지 않았다. 어렴풋이나마 그 이유가 짐작이 되었다. 군단에서 장교로서 부하들을 이끌면서 한층 성숙해졌기 때문이리라. 만일 그런 경험이 전혀 없는 상태에서 찾아왔다면, 아마 그녀를 증오했을지도 모른다. 하지만 당당히 서서 적들과 친구들의 눈에 비친 자신의 가치를 측정해 온 터라, 브루투스는 그녀의 눈에 비친 자신의 가치를 측정하는 것이 두렵지 않았다.

"저는…… 당신이 무슨 일을 해왔든 상관없습니다. 어쨌든 제 어머니시니까요."

브루투스가 천천히 말했다.

세르빌리아가 갑자기 몸을 흔들며 깔깔 웃어대더니 도로 카우치에 몸을 묻었다. 다시 한 번 브루투스는 이 낯선 여인 앞에서 당혹스러움을 느꼈다. 그녀는 그가 애써 냉정을 유지할 때마다 그것을 박살내는 재주가 있었다.

"고상하게도 말하는구나!"

세르빌리아가 깔깔대다가 빈정댔다.

"그런 험악한 얼굴을 하고서 나를 사면이라도 하겠다는 게냐? 너는 나를 전혀 이해하지 못하는구나. 나는 멋진 옷을 걸치고 단정하게 수염을 다듬은 어느 원로원 의원보다도 로마가 돌아가는 방식을 잘 알고 있다. 나는 다 쓰지도 못할 정도로 많은 재산을 가지고 있고, 내 말 한마디는 네가 상상하는 이상의 힘을 갖고 있다. 그런데 부도덕하게 산 나를 용서해 주겠다고? 아들아, 젊은 너를 보니 내 가슴이 미어지는 것 같구나. 나도 한때는 그렇게 젊을 때가 있었다는 게 생각나서 말이다."

그녀의 얼굴에는 동요하는 빛이 사라졌고, 입가에도 웃음기가 가셨다.

"혹시라도 너한테 용서를 구하고 싶은 게 있다면, 그건 너와 함께하지 못한 세월들일 게다. 천만 금을 준대도 지금의 나나 이 날 이 시간까지 내가 걸어온 길을 바꾸지는 않을 것이다! 그건 용서를 받아야 할 일이 아니다. 너한테는 그럴 권리도 특권도 없다."

"그럼 저한테서 뭘 바라셨나요? 그냥 어깨나 한 번 으쓱하고서 제가 성인이 될 때까지 어머니 없이 자랐다는 건 그냥 잊어버리시라고 말씀드릴 수는 없습니다. 어머니가 필요했던 적이 있었죠. 제가 지금 신뢰하고 사랑하는 사람들은 그때 제 곁에 있던 사람들이에요. 어머니는 그때 거기에 안 계셨어요."

브루투스가 자리에서 일어나 세르빌리아를 내려다보았다. 혼란스럽고 가슴이 아팠다. 세르빌리아도 따라서 일어섰다.

"이제 다시는 나를 찾지 않을 것이냐?"

세르빌리아가 조용히 물었다.

브루투스는 자포자기하는 심정으로 두 손을 들었다.

"제가 다시 찾아오길 원하세요?"

"간절히."

세르빌리아가 한 손으로 브루투스의 팔을 건드리며 말했다.

그녀의 손길에 방이 흔들리고 흐릿해졌다.

"좋아요. 내일은 어떠세요?"

"그래, 내일 오거라."

세르빌리아가 눈물이 그렁그렁한 눈으로 미소를 지으며 말했다.

기침을 하던 루키우스 아우리가가 신경질적으로 침을 내뱉었다. 중부 그리스의 공기는 무엇 때문인지 몰라도 늘 목을 건조하게 만들었다. 햇볕이 따뜻한 날은 특히 더 그랬다. 이런 광야에 불려나와 있을 바에야 차라리 집 그늘에서 낮잠이나 즐겼으면 싶었다. 끊임없이 불어대는 바람 때문에 신경이 곤두섰다. 아무리 지체가 높은 그리스인이라 해도 로마인이 그 부름에 응하는 것은 적절치 않다는 생각이 들었다. 또 불평을 들어야 할 게 분명했다. 마치 그리스인들의 불평을 듣는 것이 일과의 전부인 듯했다. 그리스인들이 다가오자, 루키우스는 토가를 당겨 옷매무시를 고쳤다. 그리스인들이 선택한 회담 장소에서 당황하는 듯한 모습을 보여서는 안 된다. 그래도 어쨌든 그리스인들은 말을 타는 게 금지되어 있지만, 말을 탈 수 있으니 어두워지기 전에 파르살루스 성벽 안으로 되돌아갈 수 있을 것이다.

호출한 사내가 두 사람을 대동하고 전혀 서두르는 기색 없이 걸어왔다. 사내가 발을 성큼성큼 내디딜 때마다 떡 벌어진 어깨에 매달린 팔들이 살짝살짝 흔들렸다. 사내는 마치 주위에 온통 펼쳐진 수평선을 끊으며 우뚝 솟아 있는 산에서 막 내려온 듯 보였다. 루키우스는 잠시 몸을 살짝 떨었다. 어쨌든 그리스인들은 무장을 하고 오지는 않은 듯했다. 평상시 미트리다테스는 로마의 법을 준수해야 한다는 사실을 기억하는 사람이 아니었다. 루키우스는 미트리다테스가 덤불과 들꽃 위로 걸어오는 모습을 유심히 살펴보았다. 현지인들이 아직도 미트리다테스를 왕이라고 부른다는 것을 알고 있는데, 반란이 무참하게 실패로 돌아갔는데도 고개를 당당히 들고 걸어오는 모습에서만큼은 왕다운 면모가 엿보였다.

지금의 역사도 이전 시대의 역사도, 이 나라의 다른 모든 것이 다 그렇듯이 마음을 불편하게 한다고 루키우스는 생각했다. 혹시 총독직을 맡을 기회가 찾아온다 해도 받아들이지는 않으리라. 그리스인은 그럴 정도로 마음에 들지 않는 민족이었다. 더없이 열등하고 천박한 농부들이 어떻게 대단히 복잡한 수학을 만들어낼 수 있었는지 당혹스러울 뿐이었다. 유클리드의 기하학과 아리스토텔레스의 철학을 공부하지 않았다면, 이탈리아 밖에서 수행해야 하는 이 직책을 결코 받아들이지 않았을 것이다. 그러나 그때는 그런 지성인들을 직접 만난다는 생각에 취해 있었다. 루키우스가 혼자 한숨을 내쉬었다. 그리스인들의 도시에서 유클리드 같은 사람은 단 한 명도 본 적이 없었기 때문이다.

젊은 지휘관 루키우스가 대동하고 온 여덟 명의 병사 앞에서 멈춰 선 미트리다테스는 미소짓지 않았다. 그 자리에서 뒤로 돌아 멀리 주변을 응시하더니, 눈을 감은 채 공기를 깊게 들이마셔 떡 벌어진 가슴을 채웠다.

"자, 당신이 요구한 대로 여기 왔소이다."

침착하고 차분하게 보여야만 한다는 것을 깜박 잊고, 루키우스가 큰 소리로 말했다.

미트리다테스가 눈을 떴다.

"이 장소가 어떤 곳인지 아시오?"

루키우스는 고개를 가로저었다.

"이곳은 내가 3년 전에 당신네 로마인들한테 패배했던 바로 그 장소라오."

미트리다테스가 두툼한 팔을 들더니 손가락으로 한 곳을 가리켰다.

"저 언덕, 저게 보이시오? 저기 저 숲에서 궁병들이 아래쪽에 있는 우리들을 향해 불화살을 쏘았었소. 당신네 병사들이 땅에 함정도 파놓고 대못도 박아놓고 했는데도 우린 결국 궁병들이 있는 곳까지 접근하는 데 성공했소. 궁병들을 처치하느라 우리도 많은 병사들이 희생되었지만, 궁병들을 우리 등 뒤에 남겨두고 올 수는 없었소이다. 알겠소? 그랬다가는 사기가 꺾일 테니까 말이오."

"그렇지만……."

루키우스가 입을 여는데, 미트리다테스가 손바닥을 들어 올렸다.

"쉬이, 내 얘기를 들으시오."

루키우스보다 한 뼘은 더 큰 그 사내에게는 끼어드는 것을 막는 힘이 있는 듯했다. 미트리다테스가 맨살이 드러난 팔을 다시 내뻗었다. 손가락을 움직일 때마다 끈처럼 생긴 근육들이 피부 밑에서 함께 꿈틀거렸다.

"저기 주름이 잡힌 저 땅에 병사들을 투입했소. 내가 이제껏 함께 싸운 중에 가장 뛰어난 부하들을 말이오. 그 병사들은 당신네 로마인들을 여럿 처치한 뒤 검을 빼들고 형제들과 합류했소. 주요 전선은 당신 뒤에 펼쳐져 있었는데, 우리 병사들은 당신네 로마인들이 전투대형을 짜는 기술을 보고 경악을 금치 못했소. 전투대형이 그렇게 다양할 줄이야! 내가 그 전투에서 직접 세어본 것만도 일곱 종류나 되더구려. 더 많은 대형이 쓰였을 수도 있소만. 방진대형은 물론이고 에워싸는 나팔 모양의 대형도 있었소. 쐐기대형도, 아, 우리 병사들 한가운데서 당신네 병사들이 쐐기대형을 짜는 광경을 보는 건 그야말로 장관이었다오. 방패들도 참 잘 쓴다. 스파르타 병사들이라면 아마 당신네 병사들을 저지할 수 있었겠지만, 그날 우리는 철저하게 패배하고 말았소."

"내 생각엔……."

루키우스가 다시 말을 하려 했다.

"저기에 내 군막이 있었소. 오늘 우리가 서 있는 곳에서 마흔 걸음도 떨어지지 않은 곳에 말이오. 땅이 질척했었소, 그때는. 그 전투를 상상하고 있으니, 지금도 이 꽃들과 풀들이 낯설게 보이는구려. 내 아내와 딸들이 저기 있었다오."

미트리다테스가 먼 곳을 바라보며 미소지었다.

"아내와 딸을 따라오게 하지 말았어야 했는데. 그러나 당신네 로마인들이 단 하룻밤 사이에 그렇게 먼 거리를 이동할 수 있으리라고는 꿈에도 생각하지 못했소. 이 지역에 들어선 것을 알아차리기가 무섭게 당신네 병사들은 공격을 가하며 다가왔소. 아내는 결국 목숨을 잃었고, 딸들도 밖으로 끌려나온 뒤 살해당하고 말았소. 막내딸은 그때 열네 살밖에 안 됐는데, 당신네 병사들이 등을 부러뜨린 뒤 목을 베어 죽였다오."

미트리다테스의 말을 듣고 있자니, 루키우스는 얼굴에서 피가 빠져나가고 있는 듯한 느낌이 들었다. 그 사내의 느릿한 움직임 속에는 팽팽한 긴장감이 감돌고 있는지라, 하마터면 한 걸음 뒤로 물러나 부하들의 팔에 안길 뻔했다. 처음에 이곳에 도착했을 때 그 이야기를 들은 적이 있었지만, 그토록 끔찍한 일을 차분한 목소리로 이야기하는 것을 듣고 있노라니 으스스한 기분이 들었다.

미트리다테스가 루키우스를 바라보며 손가락으로 가슴을 가리켰다.

"당신이 지금 서 있는 곳이 내가 전에 무릎을 꿇었던 장소라오. 온몸이 꽁꽁 묶인 채 두들겨 맞은 내 주위를 군단병들이 둥글게 에워싸고 있었소. 나는 군단병들이 나를 죽일 것이라고 생각했기 때문에 빨리 죽기를 바라며 일부러 더 자극했소. 당신도 알다시피 처자식이 죽어가면서 내지르는 비명을 들었던 터라 나도 같이 죽길 원했던 거요. 그때 비가 내리기 시작해 땅이 흠뻑 젖었소. 내 백성들 중에는 비가 신들의 눈물이라고 말하는 이들이 있소. 그런 얘기 들어본 적 있소? 나는 그때 그 말의 의미를 이해했다오."

"제발……."

루키우스가 속삭였다. 그는 말을 타고 가버리고 싶었다. 더 이상 미트리다테스의 이야기를 듣고 싶지 않았다.

그러나 미트리다테스는 루키우스의 말을 무시했다. 어쩌면 추억에 잠겨 있느라 루키우스의 말을 듣지 못한 것인지도 모른다. 때때로 그는 마치 그 로마인이 그곳에 있다는 사실을 완전히 잊은 듯 보였다.

"나는 술라가 도착해 말에서 내리는 것을 보았소. 술라는 내가 본 중에 최고로 흰 토가를 입고 있었다오. 다른 모든 것은 피와 진흙과 오물로 덮여 있었다는 사실을 상기하시오. 그 사람은…… 그런 모든 것의 영향을 전혀 받지 않은 듯 보였고, 그것이……."

미트리다테스가 고개를 살짝 가로저었다.

"그것이 나한테는 가장 낯선 것이었소. 술라는 내 아내와 딸들을 죽인 병사들이 처형당했다고 말해 주었소. 그 사실을 알고 있었소? 그 병사들을 교수형에 처할 필요는 없었는데, 나한테서 뭘 원해서 그리한 것인지 이해할 수 없었소. 나한테 양자택일을 하라고 제안하기 전까지는 말이오. 자기가 살아 있는 동안 다시는 무기를 들지 않겠다고 약속하고 목숨을 구할 것인지, 아니면 그 자리에서 자기 칼에 죽을 것인지 둘 중 하나를 택하라는 것이었소. 만일 내 딸들을 죽인 병사들을 처형했다는 말만 하지 않았다면 죽음을 택했을 것이오만, 그 말을 들었기에 그날 나는 술라가 준 기회를 선택했소. 적어도 내 아들들은 다시 볼 수 있으리란 생각 때문이었소."

미트리다테스가 함께 데리고 온 두 사내를 바라보며 미소지었다.

"여기 있는 호카가 장남이오만, 내 생각엔 타수스가 제 어머니를 더 닮은 것 같소."

그제야 미트리다테스가 무슨 말을 하고 있는지 깨달은 루키우스는 한 걸음 뒤로 물러섰다.

"아니 되오! 술라는 안…… 당신은 그럴 수 없소!"

갑자기 병사들이 사방에서 나타나는 것을 보고 루키우스는 하던 말을 멈추었다. 언덕의 꼭대기란 꼭대기에는 하나도 빠짐없이 병사들의 모습이 보였고, 미트리다테스가 로마의 궁병들이 숨어 있었다고 말했던 숲에서도 병사들이 걸어나왔다. 말들이 우레와 같은 소리를 내며 달려와 군단병들 가까이에 멈춰 섰다. 이미 검을 뽑아든 군단병들은 전혀 당황하는 기색 없이 의연하게 최후를 기다렸다. 수십 개의 화살이 명령이 떨어지기만을 기다리며 그들을 겨누고 있었다.

루키우스가 두려움에 떨며 미트리다테스의 팔을 잡고 절망적으로 소리쳤다.

"그건 다 지나간 일일뿐이오. 제발!"

미트리다테스가 루키우스의 양어깨를 꽉 붙잡았다. 얼굴이 분노로 일그러져 있었다.

"내가 무기를 들지 않겠다고 약속한 기간은 코르넬리우스 술라가 살아 있는 동안이었소. 이제 아내와 딸들이 지하에서 안전하게 있으니, 내가 받아야 할 피를 받아낼 것이오!"

미트리다테스가 한 손을 뒤로 뻗어 숨겨 놓았던 단검을 빼들더니 루키우스의 목에 쑤셔 넣었다가 재빨리 빼냈다.

군단병들도 빗발치듯 날아온 화살을 맞아 반격 한 번 해보지 못하고 순식간에 죽어 넘어졌다.

미트리다테스의 막내아들이 생각에 잠긴 얼굴로 루키우스의 몸뚱이를 발로 쿡쿡 찔러댔다.

"위험한 게임이었습니다, 전하."

미트리다테스는 얼굴에 묻은 피를 닦아내며 어깨를 으쓱했다.

"이곳에는 우리가 사랑하는 영혼들이 묻혀 있다. 내가 그 영혼들을 위해 해줄 수 있는 일은 이것뿐이었다. 이제 나한테 말과 검을 다오. 우리 백성들은 그동안 너무 오랫동안 잠들어 있었느니라."

13장

율리우스는 어두컴컴한 주막에 앉아서 거의 1년 만에 처음으로 마주하는 포도주 잔을 손가락으로 말아 쥐고 있었다. 밖에서 흘러 들어오는 로마 항구 거리의 소음과 사방에서 웅얼거리는 대화 소리를 듣고 있자니 고향에 와 있는 듯한 기분이었다. 눈을 감고 있으면 특히 더 그랬다.

펠리타스가 아무런 격식도 차리지 않고 포도주를 목구멍에 탁 털어 넣었다. 잔을 높이 쳐들어 마지막 한 방울까지 비운 뒤에야 도로 탁자에 내려놓은 그는 감탄의 한숨을 내뱉었다.

"만일 제가 여기 혼자 온 거라면 갑옷을 팔아서 코가 비뚤어지도록 마셨을 겁니다. 정말 오랜만에 와 보는군요."

다른 장교들도 동감을 표시하며 고개를 끄덕였다. 그리고는 저마다 자기 잔의 포도주를 홀짝이거나 쭉 들이켰다. 가지고 있던 마지막 동전을 톡톡 털어 산 포도주였다.

나머지 병사들은 불시순찰을 피해 해안에서 몇 마일 떨어진 곳에 숨어 있었다. 그들 가운데 다섯 명만이 항구에 온 것은 거기서 어디로 가야 할지 결정하기 위해서였다. 첫 번째 창고에 접근하다 마주친 군단병들이 수하했을 때, 다섯 명의 장교 대부분은 기분이 묘하기는 해도 안도감을 느꼈다. 정체를 묻는 명료한 라틴어 명령을 처음으로 듣는 순간, 해안을 따라 행군한 몇 달간의 모험이 이제 끝이 났구나 하는 생각이 들었기 때문이다. 해적들에게 포로로 붙잡혔었다는 이야기를 하자, 군단병들은 깨끗한 갑옷 차림에 쓸 만한 무기를 든 그들을 유심히 살펴보더니 눈썹을 추켜올릴 뿐 그 이상의 반응은 보이지 않았다. 그것만으로도 자부심을 느낀 장교들은 자신들의 처지에 감사했다. 만일 거지꼴로 도착했다면 기분이 언짢았을 것이다.

"검찰관이 여기 도착하려면 얼마나 걸리겠습니까?"

프라스가 가디티쿠스를 보면서 물었다. 백인대장의 자격으로, 그 항구를 책임지고 있는 로마 관리와 이야기를 나누고 나중에 부두에서 가까운 그 주막에서 만나기로 약속한 사람이 가디티쿠스였기 때문이다. 그 순간 그들 사이에는 살짝 긴장이 감돌았다. 다른 장교들은 진로를 결정할 때 율리우스에게 의존하는 데 익숙해져 있었던 것이다. 그런 상황이라 가디티쿠스는 그들과 함께 어색하게 앉아 있었다. 수에토니우스는 입가에 미소가 번지는 것을 간신히 참았다.

포도주를 홀짝이던 가디티쿠스는 잇몸의 염증 부위가 쑤시자 살짝 얼굴을 찌푸렸다.

"제4시(지금의 오전 10시에 해당함—옮긴이)경이라고 했으니, 아직 시간이 좀 남았네. 검찰관은 우리가 무사하게 살아 있다는 소식을 로마에 보고해야만 할 걸세. 분명 그쪽으로 가는 상선에 우리 선실도 하나 마련해 줄 걸세."

가디티쿠스는 다른 장교들과 마찬가지로 생각에 빠져 있는 듯 보였다. 문명사회로 되돌아왔다는 사실이 믿어지지 않는 듯했다. 그때 누군가가 뒤에서 스치며 지나가자, 몸이 뻣뻣하게 굳어졌다. 그들은 너무나 오랫동안 마을과 항구의 북적거림에서 벗어나 있었던 것이다.

"원하는 사람들은 다들 배를 타고 고향으로 돌아가도 좋습니다."

율리우스가 장교들이 앉은 탁자를 둘러보며 조용히 말했다.

"어쨌든 저는 계속 갈 겁니다."

잠깐 동안 아무도 대꾸하지 않았다. 그때 프락스가 입을 열었다.

"여기 있는 사람들을 포함해서, 우리는 전부 서른여덟 명일세. 우리들 중에 전투를 치를 수 있는 기술과 마음가짐을 갖춘 사람이 몇 명이나 된다고 생각하나, 율리우스?"

"액시피터의 장교들을 포함해서 스물 정도일 겁니다. 나머지는 검을 든 농부들에 불과합니다."

"그렇다면 그 정도로는 안 됩니다."

펠리타스가 침울하게 말했다.

"행여 켈수스를 찾는다 해도, 물론 그것도 쉬운 일은 아닐 테지만, 어쨌든 운 좋게 그런다 해도 우리한테는 그자를 확실히 이길 만한 병력이 충분치 않습니다."

그 말에 율리우스가 성이 나서 씩씩거렸다.

"지금껏 이 모든 것을 이뤄냈는데, 내가 이제 와서 손을 뗄 거라고 생각하나? 숲 속에 있는 우리 병사들은 이리로 들어오라는 명령만을 기다리고 있네. 그런데 자넨 우리가 그 병사들을 남겨두고 로마행 배에 올라야 한다고 생각하나? 그건 명예로운 행동이 아니네, 펠리, 전혀. 원한다면 자넨 집으로 돌아가게. 누구도 붙잡을 생각은 없으니까. 하지만 만일 자네가 간다면, 우리가 켈수스를 찾아서 혼쭐을 내주고 몸값을 찾으면 자네 몸값은 병사들한테 나누어주겠네."

율리우스가 내뱉은 분노의 말들을 듣고 펠리타스가 낄낄거렸다.

"우리가 정말로 해낼 수 있다고 생각하십니까? 진심으로? 율리우스님 덕분에 우린 여기까지 올 수 있었습니다. 우리가 거쳐온 식민지들을 다루시는 모습을 곁에서 지켜보지 못했다면, 그럴 수 있다는 걸 도저히 믿지 못했을 겁니다. 우리가 계속 가야 한다고 말씀하시면 저도 남아 끝까지 지켜보겠습니다."

"우린 해낼 수 있네."

율리우스가 장담했다.

"우린 상선을 타고 바다로 나가야 하네. 그리고 나서 해안에서 멀어지면, 해적들한테 최대한 구미가 당기는 미끼로 보이도록 하는 걸세. 해적들이 이 해안에서 활동하고 있다는 것을 알고 있지 않은가. 해적들은 우리 미끼를 덥석 물 걸세. 어쨌든 우리 병사들은 로마 군단병처럼 보이지 않나. 질이 떨어지는 병사도 몇몇 있기는 하지만 말일세. 앞쪽에 뛰어난 전사들을 배치해 놓으면, 속여 넘길 수 있을 걸세."

"나는 끝까지 남겠네. 은퇴생활을 즐기려면 내 몸값을 되찾아야 하니까 말일세."

프락스가 말했다.

가디티쿠스도 조용히 고개를 끄덕였다. 탁자를 둘러보던 율리우스의 시선이 가장 오랫동안 알고 지내온 한 사람에게 고정되었다.

"자넨 어찌할 텐가, 수에토니우스? 집으로 돌아갈 텐가?"

수에토니우스는 손가락으로 나무탁자를 톡톡 두드렸다. 처음부터 이런 순간이 올 줄 알고 있었던 그는 집으로 돌아갈 수 있는 기회가 찾아오기만 하면 바로 붙잡으리라 다짐했었다. 그들 가운데에서는 그래도 그의 집안이 몸값으로 인한 손실을 감당하기 쉬운 형편이기 때문이다. 그러나 그러면 실패한 모습으로 돌아가야 한다는 게 마음에 걸렸다. 로마에는 젊은 장교들이 많았고, 미래는 처음에 액시피터의 갑판에 섰을 때만큼 밝아 보이지 않았다. 원로원 의원인 아버지는 아들이 빨리 진급할 거라 기대했었으나 그런 일이 일어나지 않자 언제부터인가 더 이상 진급 여부를 묻지 않았다. 이제 패배 기록만을 안은 채 가족 소유지로 돌아간다면 가족 모두 힘들어할 것이다.

동료 장교들이 지켜보고 있는 동안 마음속에 한 가지 묘안을 떠올렸지만, 수에토니우스는 아무 내색도 하지 않으려고 무진 애를 썼다. 조심만 한다면 승리자의 모습으로 로마에 돌아갈 수 있는 길이 하나 있었다. 유쾌한 것은 그렇게 하면 율리우스도 파멸시킬 수 있다는 점이었다.

"수에토니우스?"

율리우스가 재차 물었다.

"나도 끼겠네."

이미 머릿속으로 계획을 세운 수에토니우스가 확고하게 대답했다.

"잘 생각했네. 우린 자네가 필요하네, 수에토니우스."

율리우스가 대꾸했다.

수에토니우스는 속으로는 잔뜩 흥분했지만 얼굴 표정을 그대로 유지했다. 그들 가운데는 그를 중히 여기는 사람이 아무도 없으나, 아버지만큼은 로마의 이익을 위해 그가 하려는 일을 승인해 줄 것임을 그는 알고 있었다.

"이제 본론으로 들어갑시다, 여러분."

율리우스가 다른 사람들에게 들리지 않도록 목소리를 낮추며 말했다.

"우리 가운데 한 사람이 부하들한테 돌아가서 항구로 들어오라고 말해야 합니다. 여기 병사들은 몸값 이야기를 들을 때 전혀 수상쩍게 생각하지 않았으니, 부하들한테 만일 검문을 받으면 그 이야기를 써먹으라고 하는 겁니다. 그 부분에 주의를 기울여야 합니다. 혹시 몇 명이라도 붙잡혀서 아침에 검찰관의 조사라도 받게 되면 좋을 게 없으니까요. 저는 새벽 첫 조수를 타고 바다로 나가고 싶습니다. 부하들을 전부 배에 태우고 말입니다."

"부하들을 밤에 불러올 수는 없을까요?"

펠리타스가 물었다.

"군단의 파수병들은 몇 안 되니까 검문을 무사히 통과할 수도 있겠지만, 상선에 병사들이 대규모로 승선하는 경우에는 해적들한테 보고가 들어갈 걸세. 해적들은 분명 이곳에 어느 배가 자기들이 원하는 금과 화물을 실어 나르는지 알려줄 첩자들을 두고 있을 테니까. 우리가 공격받기 전에 액시피터가 여길 들렀으니 그럴 거라 이 말일세. 해적들은 어쨌든 뇌물을 줄 정도의 재물은 가지고 있지 않은가. 문제는 거의 마흔 명이나 되는 병사들을 배에 태우면서도 해적들이 우리가 판 함정을 눈치채지 못하게 하는 걸세. 그러려면 밤새도록 한 번에 두셋씩 짝을 지어 출발하는 게 좋을 걸세."

"자네 말이 맞다면 해적들은 부두에 끄나풀들을 풀어놓았을 테고, 그자들이 우릴 보게 될 게 아닌가."

가디티쿠스가 조용히 말했다.

율리우스는 잠시 생각에 잠겼다.

"그러면 병사들을 두 무리로 나누어야겠습니다. 헤엄을 칠 수 있는 병사들은 헤엄을 쳐서 배까지 오게 하는 겁니다. 우리가 밧줄을 내려주면 그 병사들은 그걸 타고 올라오면 됩니다. 오늘 밤에는 초승달이 뜨니, 그렇게 해도 눈에 띄지 않을 겁니다. 갑옷과 검은 팔 물건처럼 꾸며서 배에 실어

야 합니다. 그 병사들을 이끄는 건 자네가 맡아줘야겠네, 펠리타스. 자네
는 물개처럼 헤엄을 잘 치니 말일세. 어두워지자마자 병사들을 곶 주위로
데리고 올 수 있겠나?"

"헤엄을 치기에는 꽤 먼 거리지만, 갑옷이 없다면 할 수 있습니다. 어쨌
든 신병들은 해안에서 자랐으니까요. 신병들은 해낼 수 있을 겁니다."

율리우스가 허리춤에 찬 주머니에서 은화 두 닢을 꺼냈다.

"돈이 다 떨어졌다고 말할 줄 알았는데. 나는 똑같은 걸로 한 잔 더 하겠
네, 자네만 괜찮다면."

프락스가 쾌활하게 말했다.

율리우스가 진중한 얼굴로 고개를 저었다.

"나중에요. 제가 이 돈을 간직하고 있는 건 여러분 중에 두 사람이 오늘
밤 여기 와서 술을 몇 잔 살 수 있도록 하기 위해섭니다. 귀중한 화물, 그러
니까 해적들한테 보고가 들어갈 만한 물건을 싣고 항해를 떠나기 전에 마
지막 밤을 주막에서 보내는 경비병의 역할을 할 사람이 필요합니다. 그 역
할을 할 사람은 누가 됐든지 술에 취해서도 죽임을 당해서도 안 됩니다.
따라서 튼튼하고 믿을 만한 사람이어야 합니다. 아마도 우리 대부분보다
나이가 많은 사람이면 좋겠죠."

"알겠네. 그렇게 꼭 집어서 말 안 해도 되네. 그런 일이라면 얼마든지 즐
기면서 할 수 있으니까. 대장도 할 거죠, 가디?"

프락스가 싱긋 웃으며 말했다.

백인대장은 고개를 살짝 가로저으며 율리우스를 바라보았다.

"이 일은 못 맡겠네. 혹시 뭐라도 잘못될지 모르니 부하들과 함께 있고
싶네."

"제가 같이 하겠습니다."

수에토니우스가 불쑥 말했다.

프락스가 눈썹을 추켜세우더니 어깨를 으쓱했다.

"달리 나설 사람이 없다면요."

수에토니우스는 너무 쉽게 보이지 않으려 애쓰면서 말을 이었다. 그 일을 맡으면 그는 자신이 필요로 하는 다른 장교들과 떨어져 있을 기회를 갖게 될 것이다. 프락스가 마지못해 고개를 끄덕이자 수에토니우스는 긴장을 풀고 뒤로 물러앉았다.

"우리가 여기 들어올 때 자네가 배들을 지켜보는 것을 보았네."

가디티쿠스가 율리우스에게 상기시켰다. 율리우스가 몸을 더 바짝 기울이자 모두 그의 말을 들으려고 머리를 앞으로 들이밀었다.

"물건들을 선적하고 있는 배가 한 척 있었습니다."

율리우스가 속삭였다.

"돛이 달린 3단층 갤리선인 벤툴루스였습니다. 배의 선원이 몇 명 안 되니, 나포하는 데 별 어려움은 없을 겁니다."

"자네 이거 아나? 만일 우리가 로마의 항구에서 배를 훔친다면 우리도 해적이 되는 거라는 걸 말일세."

수에토니우스가 말했다. 그런 말을 하면서도 그들에게 미리 경고하는 것이 실수임을 알았지만 그 정도의 가시 돋친 말은 하지 않을 수 없었다. 나중에 그들은 그가 한 말을 떠올릴 것이고, 율리우스의 무모한 계획에서 자신들을 구해낸 사람이 누구인지 알게 될 것이기 때문이었다. 다른 장교들은 그 말에 관해 곰곰이 생각하느라 몸이 살짝 얼어붙어 있었고, 율리우스는 그 젊은 당직사관을 노려보았다.

"우리가 들킬 경우만 그렇지. 만일 그게 마음에 걸린다면, 선장이 손해 본 것만큼 자네 몫에서 떼어주면 될 게 아닌가."

율리우스의 말에 가디티쿠스가 못마땅한 얼굴을 했다.

"아니네. 수에토니우스의 말이 맞네. 선원 가운데 단 한 명이라도 목숨을 잃는 사람이 나와서는 안 되고 화물도 무사해야만 한다는 점을 분명히 하고 싶네. 그리고 만일 우리가 성공한다면 선장은 손해 본 시간과 수익만큼 보상을 받아야만 하네."

말을 마친 가디티쿠스가 율리우스에게 시선을 못 박았고, 한동안 불편한 침묵이 감돌았다. 나머지 장교들은 둘 사이에 흐르는 긴장을 느꼈다. 누가 지휘하느냐의 문제는 너무 오랫동안 무시되어 왔기 때문에 그런 문제가 있다는 것조차 거의 잊고 있었다. 그러나 그 문제는 여전히 남아 있었다. 한때 군령으로 액시피터를 지휘했던 사람은 가디티쿠스였기 때문이다. 수에토니우스는 자신이 이끌어낸 소리 없는 싸움을 지켜보며 히죽 웃지 않으려고 무진 애를 썼다.

마침내 율리우스가 고개를 끄덕이면서 긴장은 사라졌다.

"알겠습니다. 하지만 어떤 식으로든 해질 녘 무렵에는 그 배를 장악하고 싶습니다."

그때 갑자기 새롭게 들려오는 목소리에 장교들은 모두 상체를 뒤로 젖혔다.

"여기 지휘관이 뉘시오?"

무의식적으로 그들의 생각을 대변하며 그 목소리가 말했다. 율리우스는 애꿎은 자기 포도주 잔만 살펴보고 있었다.

"제가 액시피터의 선장입니다."

가디티쿠스가 새로 온 사람을 맞이하려고 일어서며 대답했다. 그 사내는 항구를 지키는 군단병들보다 훨씬 로마를 떠올리게 하는 면모를 갖추고 있었다. 맨살 위에 주름진 토가를 입고 독수리를 식각해 넣은 은 브로치를 달아 토가를 고정시킨 차림이었다. 머리칼은 짧게 잘랐고, 가디티쿠스에게 내민 손의 약지에는 묵직한 금반지가 껴져 있었다.

"여러분은 이 항구에서 우리가 만난 몸값을 치르고 풀려난 대부분의 병사보다 건강해 보이는구려. 내 이름은 프라비타스요. 여기 검찰관이라오. 여러분 잔이 비어 있는 것을 보니 나도 갈증이 나는구려."

프라비타스가 손짓을 하자, 주막의 노예가 재빨리 다가와 율리우스 일행의 잔을 다시 채웠다. 그들이 처음에 마셨던 것보다 좋은 포도주였다. 검찰관은 이 항구에서 잘 알려진 인물임이 분명했다. 율리우스는 검찰관이 호위병을 대동하지 않고 혼자 왔다는 사실에 주목했다. 그것은 그곳에서 로마의 법이 확고하게 지켜지고 있다는 또 다른 증거였다. 그러나 검찰관은 허리춤에 단검치고는 기다란 칼을 차고 있었다. 그래서 그들과 함께 기다란 벤치에 앉을 때 그 단검의 위치를 살짝 바꿔주어야만 했다.

검찰관은 포도주 잔이 다 채워지자 잔을 들어 올리고는 건배를 외쳤다.

"로마를 위하여!"

율리우스와 장교들은 그 말을 합창한 뒤 포도주를 홀짝였다. 그 사내가 또 주문을 할지 어떨지 알 수 없는 상황이라, 그토록 훌륭한 포도주를 한 번에 쭉 들이켬으로써 낭비해 버리고 싶지 않았던 것이다.

"얼마나 오랫동안 억류되어 있었소?"

율리우스 일행이 다시 잔을 내려놓자 검찰관이 물었다.

"정확한 시간을 추정하기는 힘들지만, 여섯 달쯤 되었을 겁니다. 지금이 몇 월입니까?"

가디티쿠스가 말했다.

프라비타스가 눈썹을 추켜올렸다.

"참으로 오랫동안 포로로 붙잡혀들 있었소. 오늘은 10월 초하루요."

가디티쿠스는 머릿속으로 재빨리 계산을 했다.

"그러면 여섯 달 동안 붙잡혀 있었던 게 맞습니다. 이 항구에 도달하는 데도 세 달이 걸렸습니다."

"해적들이 아주 먼 곳에 떨어뜨려놓고 갔던 모양이구려."

프라비타스가 흥미를 보이며 말했다.

신병들에게 전투법과 명령에 응하는 법을 훈련시키느라 오랜 시간이 걸렸다는 사실을 설명하지 않는 게 낫겠다고 생각한 가디티쿠스는 그저 어깨를 으쓱해 보였다.

"부상당한 사람들이 있었습니다. 그래서 천천히 이동할 수밖에 없었습니다."

"그런데 그 검이며 갑옷들은 어찌 된 거요? 해적들이 빼앗지 않았다니 깜짝 놀랄 일이 아니오."

프라비타스가 압박을 가했다.

가디티쿠스는 거짓말을 할까도 생각해 보았다. 그러나 검찰관은 만일 무언가를 숨기고 있다는 생각이 들면, 다섯 사내 정도는 쉽게 감금할 수 있는 사람이었다. 목소리는 밝고 경쾌했지만, 검찰관은 이미 의심을 품고 있는 듯 보였다. 그래서 가디티쿠스는 가능한 한 진실에 가깝게 말하려고 애썼다.

"이것들은 어떤 로마 식민지에 있는 옛 병기고에서 얻었습니다. 주민들은 이것들을 주는 대가로 일을 시켰지만 저희도 체력을 다시 키울 필요가 있었던 터라 저희한테도 도움이 되었지요."

"주민들 인심이 아주 후했구려. 그 검들만 해도 상당한 값어치가 나갈 텐데 말이오. 그게 어느 식민지였는지 아시오?"

"이보세요, 검찰관 나리. 저희한테 이것들을 준 늙은 병사는 곤경에 처한 로마인들을 돕고 있었던 겁니다. 검찰관께선 그 사실을 놓치신 모양입니다."

프라비타스는 여전히 호기심 어린 얼굴로 상체를 뒤로 젖혔다. 어려운 상황이었다. 게다가 다섯 장교가 유심히 지켜보고 있었다. 이론적으로는 그 속주에 있는 모든 로마 시민들이 전부 그의 권한 아래 있었지만, 병사들에 대한 그의 권한은 제한적이었다. 만일 명백한 증거도 없이 그들을 체포한다면, 그 지역에 주둔하고 있는 군단의 지휘관이 펄펄 뛸 것이다.

"좋소. 궁금증은 묻어두겠소. 여러분이 1년치 급료와 맞먹는 가치를 지닌 장비를 가질 권리가 있는지 입증해야겠지만, 내가 어쩔 수 없이 철저한 조사를 해야 할 정도로 여기 오래들 머무르리라고는 생각하지 않는데, 안 그렇소?"

"저흰 첫 번째 배를 타고 갈 작정입니다."

가디티쿠스가 대답했다.

"반드시 그렇게들 하시오. 여러분이 항해 준비를 하는 데 내가 뭐 도와줄 거라도 있소? 그 늙은 병사가 여러분께 여행 경비도 줍디까?"

"저희가 알아서 준비할 겁니다. 어쨌든 고맙습니다."

가디티쿠스가 더 이상 짜증을 감추지 못하고 딱딱하게 말했다.

"그러면 나는 여러분의 이름을 로마에 보고할 테니, 말썽부리지 말고 조용히들 떠나시오."

프라비타스가 대꾸했다. 장교들은 재빨리 이름을 밝혔고, 프라비타스는 그들의 이름을 머릿속에 기억해 두려고 이름을 들을 때마다 따라 말했다. 그러고 나서 자리에서 일어서더니 고개를 뻣뻣하게 숙였다.

"여러분, 돌아가는 길에 행운이 깃들길 빌겠소."

프라비타스는 그렇게 말하고는 북적거리는 주막을 빠져나가 거리로 향했다.

"자식, 되게 의심 많네."

검찰관이 가고 나자 펠리타스가 중얼거렸다. 다른 장교들도 그의 말에 동조하며 투덜댔다.

"이제 서둘러 움직여야 합니다. 분명 저 검찰관은 우리가 자기 속주를 벗어날 때까지 사람을 시켜 우릴 감시하게 할 겁니다. 계획을 시행하기가 조금 더 어렵게 됐군요."

율리우스의 말에 프락스가 대꾸했다.

"사실, 지금까지는 너무 수월하지 않았나. 도전거리가 필요했는데 말일세."

율리우스는 다른 장교들과 함께 미소지었다. 그동안 무슨 일이 있었든지 간에, 그들은 만일 아직도 액시피터에 있었다면 결코 생각지도 못했을 우정을 키워왔던 것이다.

"빨리 부하들한테 돌아가게, 펠리. 자네라면 미행을 당한다 해도 너무 가까워지기 전에 따돌릴 수 있을 거라 믿네. 만에 하나 미행자들을 떼어놓을 수 없거든 부하들한테 그자들을 붙잡아서 밤이 샐 때까지만 묶어두라고 시키게나. 우리가 떠나고 난 뒤 내일 그자들이 빠져나가 봤자 그때는 문제될 게 없으니까."

펠리타스는 자리에서 일어나 포도주를 죽 들이켜더니 조그맣게 트림을 했다. 그러고는 아무 말도 하지 않고 그곳을 떠났다. 율리우스는 남아 있는 세 사람을 둘러보았다.

"자, 여러분."

율리우스가 검찰관의 말투를 흉내내며 말했다.

"이제 상선을 타러 갑시다."

벤툴루스의 선장 두루스는 모든 것이 만족스러웠다. 화물창 가득 싣고 있는 가죽과 아프리카산 나무들은 이탈리아로 돌아가면 얼마간의 부를 안겨줄 것이다. 화물 중에서 가장 자랑거리는 뭐니 뭐니 해도 하나의 길이가 사람 키 정도 되는 상아 열 개였다. 그 상아들을 남기고 죽은 동물들을 직접 보지는 못했다. 항구에서 한 상인으로부터 구입했기 때문이다. 그 상인 역시 내륙 더 깊은 곳에서 사는 사냥꾼들과 물물교환을 통해 그것들을 구했다. 상아들은 적어도 사들인 가격의 세 배는 받고 팔 수 있으리라. 악착같이 가격 흥정을 벌여 헐값에 사들인 게 생각할수록 흐뭇했다. 흥정을 하는 데 거의 두 시간이 걸렸고, 별 값어치도 없는 천 몇 필을 어쩔 수 없이 곁다리로 사야만 했다. 하지만 그 천들도 노예들의 옷을 만드는 용도로 팔면 동전 몇 닢은 벌 수 있을 터이니 불평만 할 일은 아니었다. 이번 항해는 성공적이었다. 항구 이용료며 선원과 노예들을 먹이는 데 들어간 비용을 제한다 해도, 아내가 그토록 원하던 진주목걸이를 사주고도 아마 새로 말 한 필까지 살 정도의 순수익을 올릴 것이다. 적절한 가격에 구할 수만 있다면 기왕이면 아내의 암말과 짝 지어줄 훌륭한 종마로 구입하는 게 좋을 것이다.

이런 생각에 잠겨 있던 두루스를 방해한 것은 벤툴루스가 정박해 있는 부두를 따라 걸어오는 네 명의 병사였다. 두루스는 그 항구의 감독을 맡고 있는 참견하기 좋아하는 검찰관이 보낸 병사들일 거라 짐작하고 혼자 한숨을 쉬었다. 그러면서 그들이 가까이 다가오자 조심스레 미소를 지었다.

"승선을 허락해 주겠소?"

한 병사가 물었다.

"물론이오."

그 병사가 또 다른 세금이나 뇌물을 짜내려고 하는지 궁금해하며 두루스가 대답했다. 세금이나 뇌물로 내야 하는 돈이 정말 지나치게 많았다.

"뭘 도와드리면 되겠소?"

병사들이 갑판 위로 올라왔을 때 그렇게 물었으나 병사 둘이 들은 체 만체하자 기분이 상한 두루스는 인상을 찡그렸다. 병사들은 작은 그 상선을 구석구석까지 세심하게 살펴보았다. 물론 선원 대부분이 상륙휴가를 즐기고 있는 터라 그 배에는 사람이 없는 거나 마찬가지였다. 그들이 서 있는 갑판에는 오로지 두 사람의 모습만 보였다.

"은밀히 물어볼 게 몇 가지 있소."

한 병사가 말했다.

두루스는 침착하게 보이려고 안간힘을 썼다. 이 병사들은 자신을 밀수꾼이나 해적이라고 생각하는 걸까? 죄 지은 사람처럼 보이지 않으려 애를 썼다. 그러나 털어서 먼지 안 나오는 사람이 어디 있겠는가. 요즘은 무슨 무슨 규정이니 하는 것들이 워낙 많다 보니 그것들을 다 기억하기가 불가능할 지경이었다.

"내 선실에 아주 훌륭한 포도주가 있소. 그러니 거기 가서 이야기하십
시다."

두루스가 억지로 미소를 지으며 말했다.

병사들은 아무 말 하지 않고 두루스를 따라갔다.

14장

"잠깐만요! 뭔가 이상합니다."

부두에 늘어선 건물의 그림자 밖으로 막 빠져나가려는 프락스를 말리며 수에토니우스가 쉭쉭거렸다.

프락스는 짜증을 내며 만류하는 손을 뿌리쳤다.

"나는 아무 소리도 못 들었네. 우린 율리우스한테 가야 하네. 자, 어서."

수에토니우스는 텅 빈 부두를 쭉 훑어보며 고개를 절레절레 흔들었다. 검찰관은 도대체 어디 있단 말인가? 수에토니우스가 보낸 경고를 그 사내가 그냥 무시하지는 않았을 것 아닌가? 주막의 어두컴컴한 옥외 변소에서 소변을 보고 있는 군단병에게 전언을 속삭이는 것은 식은 죽 먹기나 다름없었다. 그 병사가 볼일을 마치고 돌아서기 전에 수에토니우스는 흥분해서 쿵쾅거리는 가슴을 안고 주막 안으로, 북적대며 떠들썩한 사람들 사이로 도로 사라졌었다. 그 사내가 말을 전하기에는 너무 취해 있었던 것일까? 돌이켜 생각해 보니, 그 사내가 돌로 된 도랑에 그날 밤 마신 포도주를 비워낼 때 사내의 몸이 약간 흔들렸었다.

낙담한 수에토니우스는 두 주먹을 불끈 쥐었다. 검찰관은 로마의 항구 한가운데서 해적질을 벌이려는 음모를 좌절시킨 사람에게 상을 내릴 것이다. 율리우스는 파멸될 것이고, 수에토니우스는 품위를 손상당하지 않은 채, 그리고 마침내 그동안 겪었던 수모를 뒤로한 채 로마로 돌아갈 수 있을 것이다. 술 취한 그 군단병이 수에토니우스가 속삭인 전언을 잊어버리지만 않았다면, 혹은 병영으로 돌아가는 도중에 의식을 잃고 쓰러지지만 않았다면 말이다. 수에토니우스는 더 확실히 하지 못한 것이 안타까웠다. 그러나 살짝 빠져나가기 전에 불과 몇 분 만에 적당한 사람을 물색해야 했기 때문에 그로서도 어쩔 수 없었다.

"도대체 왜 그러나? 배가 바로 저기 있지 않나. 난 배로 뛰어갈 걸세."

프락스가 말했다.

"함정입니다. 뭔가 잘못됐습니다. 느낌이 그렇습니다."

수에토니우스가 필사적으로 시간을 끌 요량으로 서둘러 말했다. 혹시 프락스가 의심할까 봐 감히 그 이상은 말하지 못했다. 행여 항구를 지키는 병사들이 오는 소리가 들리나 해서 온 신경을 집중했지만 아무 소리도 들리지 않았다.

프락스가 그늘 속에서 그 젊은 사내를 실눈으로 보았다.

"나는 아무것도 느껴지는 게 없네. 겁이 나면 여기 있게나, 나는 갈 테니."

그러더니 어렴풋이 보이는 상선을 향해 냅다 달리기 시작했다. 그가 명멸하는 불빛들 언저리를 지나가는 게 보였다. 수에토니우스는 인상을 찡그린 채 프락스가 가는 모습을 지켜보았다. 혼자 있는 게 더 나을지도 모르지만, 만일 검찰관이 오지 않는다면 따라가는 수밖에 없을 것이다. 동료들이 떠난 후 혼자서 배에 태워 달라고 구걸하는 신세가 될 수는 없는 노릇이니 말이다.

벤툴루스의 뱃전에서 긴장된 자세로 난간을 붙잡은 채 율리우스는 초조하게 부두를 응시했다. 프락스와 수에토니우스는 어디 있는 것일까? 율리우스의 시선이 선박들과 창고들 사이의 열린 공간을 쭉 훑었다. 두 사람이 빨리 돌아오길 바라며 그들을 찾고 있었다. 하늘에 떠 있는 초승달의 높이가 계속 높아졌다. 이제 동이 트기까지 불과 몇 시간밖에 남지 않았다고 율리우스는 확신했다.

그때 뒤에서 쿵 하며 미끄러지는 소리가 들려 흘끗 보니, 헤엄을 쳐 어둑어둑한 갑판에 도달한 병사 또 하나가 기진맥진해서 바닥에 누운 채 숨을 헐떡이고 있었다. 안내해 주는 불빛 하나 없는 가운데 그 병사들은 천연 항구를 형성하는 바위 곶을 따라 깊은 바다까지 헤엄쳐 온 것이다. 바위에는 가시가 삐죽삐죽 돋은 성게들이 들러붙어 있어 잡을 곳 하나 없었고, 표면 또한 살짝 닿기만 해도 살갗이 벗겨질 정도로 면도날처럼 날카로웠다. 그런 까닭에 다리에 피를 흘리며 도착한 병사들이 많았는데, 그들의 눈에는 상어에 대한 공포가 어려 있었다. 그 병사들은 이곳까지 오느라 무진 고생을 했을 것이다. 그러나 율리우스는 헤엄을 치지 못하는 병사들이 더 걱정이었다. 그중에는 거구의 키로도 끼어 있었다. 그들은 어둠 속에서 검찰관의 파수병들이 눈치채지 못하게 항구로 숨어들어야만 하는데, 늦도록 도착하지 않고 있었다.

달이 구름으로 덮여 있어 사위에는 희미한 빛밖에 없었지만, 부두를 따라 점점이 횃불이 켜져 있어 진노랑 불빛이 해안에서 불어오는 바람에 흔들리기도 하고 널뛰기도 하면서 깜박거렸다. 바람의 방향은 한 시간 전에 바뀌어 있었다. 율리우스는 오로지 닻을 끌어올리고 배를 붙들어 맨 밧줄을 끊은 뒤 떠나버리고 싶은 마음뿐이었다. 배의 선장은 결박당한 채 자기 선실에 갇혀 있었고, 선원들은 병사들이 추가로 승선하는 것을 순순히 받아들였다. 바라던 것보다 일이 훨씬 잘 풀린 셈이었지만, 횃불의 불빛이 요동치며 일렁이는 것을 지켜보면서 율리우스는 불현듯 검찰관이 부하들을 붙잡았을지도 모른다는, 그래서 모든 게 허사가 되어버렸을지도 모른다는 두려움에 휩싸였다.

프락스와 수에토니우스를 주막에 보낸 것이 후회스러웠다. 싸움이 붙었을 수도 있고, 아니면 값진 화물이 배에 실려 있다는 이야기를 서투르게 늘어놓다가 의심을 샀을 수도 있었다. 너무 위험한 일이었다고 스스로 인정하면서, 율리우스는 손가락 마디가 하얘지도록 난간을 움켜잡았다.

저기! 늙은 프락스가 배를 향해 달려오는 게 보였다. 수에토니우스를 찾아봤지만 보이지 않자 율리우스의 몸이 얼어붙었다. 무엇이 잘못된 것일까?

프락스가 숨을 헉헉거리며 갑판에 기어올라 왔다.

"수에토니우스는 어디 있습니까?"

율리우스가 프락스에게 날카롭게 물었다.

"남겨두고 왔네. 완전히 겁을 집어먹은 것 같더군. 그냥 남겨두고 가는 게 나을 것 같네."

프락스가 어두운 항구 마을을 되돌아보면서 대답했다.

그때 멀리서 고함치는 소리를 듣고 율리우스가 그 방향으로 몸을 기울였다. 또 고함소리가 들렸지만 바람소리 때문에 무슨 소리인지 확실히 알아들을 수가 없었다. 그래서 주위를 두리번거리는데, 군단병들이 이동 중일 때 나는 규칙적인 소리가 들려왔다. 쇠징이 박힌 샌들이 자갈에 요란하게 부딪치면서 나는, 어디서 들어도 군단병의 발소리임을 알 수 있는 소리였다. 열, 아마 스무 명은 됨 직했다. 부하들이 아닌 것만은 분명했다. 수에토니우스까지 포함해도 걸어서 부두로 올 부하들은 여섯에 불과했기 때문이다. 입이 바짝바짝 타들어갔다. 독재관이 부하들을 전부 체포하러 가는 중인 게 분명했다. 율리우스는 그 사내가 의심을 품었다는 것을 잘 알고 있었다.

율리우스는 고개를 돌려, 벤툴루스의 움직임에 맞춰 함께 움직이고 있는 좁다란 널빤지를 바라보았다. 그 상선과 부두를 연결하는 역할을 하는 그 널빤지를 고정하고 있는 것은 축축한 모래주머니 몇 자루가 전부였다. 그러므로 순식간에 널빤지를 들어 올리고 출발 명령을 내릴 수도 있었다. 가디티쿠스는 배의 선장을 지키고 있었다. 그리고 펠리타스는 출발 신호가 떨어지기만을 기다리며 노예 우두머리와 함께 있을 것이다. 인적 없는 갑판에서 처절한 외로움을 느끼며, 율리우스는 그들이 곁에 없는 것을 아쉬워했다.

율리우스는 짜증이 나서 고개를 흔들었다. 당장 출발할지 말지 결정을 내려야 하는 것은 바로 그의 몫이었다. 그는 누가 오고 있는지 알 수 있을 때까지 기다리기로 마음먹었다. 그러고는 부하들이 나타나길 기도하면서 눈을 가늘게 뜨고 부두의 건물들을 바라보았지만 아무도 보이지 않았다. 바로 그때 보이지 않는 곳에서 들려오는 군단병들의 발소리가 갑자기 빨라졌다. 그리고 그 소리는 점점 더 크게 들려왔다.

어두운 골목에서 빠져나온 군단병들이 횃불이 밝혀진 부두에 모습을 드러내자, 율리우스는 가슴이 철렁 내려앉았다. 검찰관이 직접 스무 명쯤 되어 보이는 무장한 부하들을 이끌고 다른 선박들과 벤툴루스가 줄지어 늘어선 곳을 향해 곧장 빠른 속도로 다가오고 있었다.

병사들의 발소리를 들은 수에토니우스는 안도감에 몸이 축 늘어졌다. 병사들이 다른 장교들을 붙잡을 때까지 기다렸다가 동틀 녘에 몰래 빠져나갈 생각이었다. 그때쯤이면 검찰관은 미리 경고를 보낸 사람과 기꺼이 이야기를 나누려 할 것이다. 수에토니우스는 혼자 빙그레 웃었다. 처형당하기 직전의 율리우스에게 군중 속에 있는 자신의 모습을 보여주기 위해 그가 처형당하는 날까지 이곳에 머무르고 싶은 마음을 억누르기 쉽지 않을 것이다. 잠시 다른 장교들에게 양심의 가책을 느꼈지만, 무의식적으로 어깨를 으쓱했다. 그들은 이제 해적들이었다. 그리고 율리우스가 역겨운 감언이설과 허황된 약속으로 군율을 깨뜨리는 것을 누구 하나 막지 못했다. 가디티쿠스는 지휘관으로서 적합하지 않고, 펠리타스…… 펠리타스가 파멸되는 꼴을 보며 즐기리라.

"수에토니우스 당직사관님, 뛰세요! 검찰관이 병사들을 데리고 오고 있습니다. 어서요!"

뒤에서 그렇게 외치는 소리를 들은 수에토니우스는 너무 놀라 거의 심장이 멎을 뻔했다. 그리고 어둠 속에서 달려 나온 부하들이 어깨를 붙잡았을 때는 완전히 공포에 휩싸였다. 공포에 질린 눈으로 흘끗 보니, 신속하게 끌고 가고 있는 것은 거구의 키로였다. 탁 트인 공간으로 휙 끌려나온 수에토니우스는, 검을 빼든 채 쇄도해 오는 무시무시하게 생긴 항구의 병사들을 보고 입을 쩍 벌렸다. 침을 꿀꺽 삼키고 나서 비틀거리며 앞으로 나아갔다. 생각하고 말고 할 겨를이 없었다. 자기들을 도운 것이 그라는 것을 항구의 병사들이 알아차리기도 전에 그들의 검을 맞고 쓰러질 수도 있었다. 격분한 수에토니우스는 두려움을 삼키며 부하들과 함께 뛰었다. 이제 그가 상상했던 검찰관과의 은밀한 만남이 이루어질 가능성은 없었다. 이 위기 상황에서 벗어나 살아남는 게 우선이었다. 수에토니우스는 이를 악물고 전속력으로 달려 몇 걸음 앞에 있는 키로를 제쳤다.

마지막 남은 병사들이 배를 향해 달려오는 것이 보이자 율리우스는 안도감에 소리를 내지를 뻔했다. 검찰관의 부하들이 금세 그들을 발견하고는 멈추라고 고함을 쳤다.

"서둘러!"

율리우스가 부하들에게 소리쳤다. 그는 검찰관의 군단병들이 부하들과 가까워지는 것을 보고 신음소리를 내며 고개를 휙휙 돌려 부두의 이쪽저쪽을 번갈아 보았다. 시간이 충분하지 않았다. 만일 키로와 나머지 부하들이 무사히 갑판에 오른다 해도 군단병들 중 선두가 곧바로 따라붙을 것이다.

두 무리가 모두 자신을 향해 달려오는 것을 지켜보고 있자니, 심장이 두 방망이질 쳤고 머리가 어찔어찔했다. 그러나 율리우스는 너무 빨리 출발 명령을 내리지 않도록 억누르며 참고 있었다. 그러던 그가 이윽고 돌아서서 갑판 위로 소리쳤다.

"지금! 출발하게, 펠리! 지금!"

발 아래 그 배의 선체 깊은 곳에서 펠리타스가 명령에 대답하는 소리가 들려왔다. 얌전히 놓여 있던 노들이 밖으로 밀려 나와 부두의 돌들을 밀어냄으로써 시커먼 바다 위로 배를 출발시키자, 벤툴루스가 요동쳤다. 율리우스는 배를 붙들어 맨 밧줄을 잘라내기 위해 미친 듯이 톱질을 해댔다. 그 바람에 밧줄이 잘려나갈 때 난간에 흠집이 생겼다. 아래에서 비명이 더 들려왔다. 배의 움직임에 놀라 잠에서 깨어난 선원들은 자신들이 떠내려가고 있다고 생각하는 게 분명했다. 선원들은 그 항구에서 며칠 더 보내게 되리라 기대했다는 것을 율리우스는 알고 있었다. 잠시 후면 갑판은 선원들로 가득 차게 될 것이다. 그러나 율리우스는 그 문제를 무시해 버렸다. 모래주머니가 떨어져 나가면서 부두에 댄 널빤지가 배와 함께 움직이는 상황이었기 때문이다.

너무 일찍 출발 명령을 외친 것일까? 선두로 달려온 군단병들이 검을 빼들었을 때, 군단병들과 부하들과의 거리는 채 15미터도 되지 않았다. 수에토니우스는 족제비처럼 날쌔게 움직였고, 발이 널빤지에 닿자마자 배 위로 몸을 날렸다.

"서둘러, 키로. 배가 움직이고 있어!"

율리우스가 머리 위로 검을 휘두르며 소리쳤다. 덩치 큰 그 사내가 너무 느렸던 것이다. 무턱대고 널빤지 쪽으로 이동한 율리우스는 키로를 돕기 위해 부두로 뛰어내릴 태세를 갖추었다.

그때 달리다 말고 멈춰 선 키로가 돌격해 오는 군단병들과 맞서 싸우려고 글라디우스를 빼들었다.

"키로! 수가 너무 많아!"

율리우스가 외쳤다. 마지막 남은 부하를 도와주고 싶은 마음은 굴뚝같았지만, 뛰어 내렸다가는 자신도 붙잡힐 게 분명한지라 이러지도 저러지도 못하는 상황이었다. 노들이 다시 한 번 수면 위로 올라옴과 동시에 널빤지가 떨어져 나갔다.

키로는 감히 뒤돌아볼 엄두도 내지 못하고 부두의 끝을 향해 서서히 몇 걸음을 옮겼다. 검찰관의 부하들이 달려들자 첫 번째 병사를 주먹으로 후려쳐 물속으로 날려버렸다. 그 군단병은 무거운 갑옷을 입고 있었기 때문에 은색 거품을 일으키며 물속으로 빨려 들어갔다. 그때 키로가 뒤로 획

돌아서다가 등에 칼을 맞고 헐떡거렸다. 고통에 겨워 팔이 도리깨질 쳤지만, 키로는 우렁차게 고함을 지른 뒤 출발하고 있는 배를 향해 몸을 날려 한 손으로 난간을 붙잡았다. 율리우스가 키로의 손목을 움켜잡은 채 갈색 눈을 들여다보았다. 그 눈에는 고통으로 인해, 그리고 있는 힘을 다해 매달려 있느라 광기가 어려 있었다.

"키로를 끌어올리게 도와줘!"

율리우스가 땀에 젖어 미끄러운 손목을 놓치지 않으려고 안간힘을 쓰며 외쳤다. 고함소리를 듣고 두 사람이 더 달려들어 키로를 끌어올렸다. 헐떡거리는 키로의 등에서 흐르는 피 때문에 누운 자리에 거무스름한 얼룩이 생겼다.

"그 병사를 죽일 생각은 없었습니다."

키로가 숨을 거칠게 몰아쉬며 말했다.

옆에 무릎을 꿇고 앉은 율리우스가 키로의 손을 잡았다.

"어쩔 수 없지 않았나."

키로는 고통에 겨워 눈을 감고 있었기 때문에 율리우스가 일어나 도로 난간을 향해 성큼성큼 걸어갈 때 짓고 있던 냉혹한 표정을 보지 못했다. 노예들이 다시 바닷물 속으로 노를 밀어 넣자, 벤툴루스는 흔들리면서 부두에서 멀어지기 시작했다.

불과 6미터도 떨어지지 않은 곳에서는, 항구의 군단병들이 증오 어린 표정으로 노려보고 있었다. 그렇게 가까운 곳에 있는데도 벤툴루스가 서서히 간격을 벌리며 멀어지고 있는 터라, 그들은 감히 건너올 엄두를 내지 못했다. 율리우스가 조용히 그들을 지켜보고 있을 때, 그 가운데 하나가 넌더리를 내며 돌바닥에 침을 뱉었다.

검찰관도 군단병들과 함께 서 있었는데, 토가가 어두운 색의 튜닉과 가죽 킬트(남자들이 입는 치마—옮긴이)로 바뀌어 있었다. 배가 항구에서 빠져나가 마침내 어둠 속으로 사라지는데도 그저 지켜볼 수밖에 없는 그는 격분해서 얼굴이 붉으락푸르락했다. 그의 부하 한둘이 벤툴루스의 뒤꽁무니를 노려보면서 조그맣게 욕을 했다.

"어찌할까요?"

그들 가운데 하나가 검찰관을 바라보며 물었다.

프라비타스는 숨이 가라앉고 얼굴에서 붉은 기가 어느 정도 사라질 때까지 아무런 대답도 하지 않았다.

"어제 입항한 갤리선의 선장한테 달려가서, 즉시 출항해 상선 벤툴루스를 추적하란다고 전하라. 한 시간 안에 이 조류를 타고 출항하란다고 전하라."

그 병사가 경례를 하며 대답했다.

"네, 알겠습니다. 선장한테 상황을 설명해 줘야 합니까?"

프라비타스는 재빨리 고개를 끄덕였다.

"군단병 하나가 살해됐고, 해적들이 배를 탈취했다고 전하라."

율리우스가 어두컴컴한 갑판에 부하들을 집결시켰다. 빠진 사람은 키로뿐이었다. 키로는 상처를 꿰맨 뒤 선실에서 쉬고 있었다. 상처는 어깨뼈 밑으로 깊숙이 나 있었지만 깨끗해 보였다. 그러므로 운이 좋다면 살아날 것이다.

벤툴루스의 선원들은 율리우스가 부하들에게 새로운 상황을 설명할 수 있을 때까지 갑판 아래쪽에 가두어둔 상태였다. 적어도 장교들만큼은 돛을 올리는 방법은 물론이고 배를 계속 움직이게 하는 법도 알고 있었기 때문에 선원들이 없어도 별 어려움은 없었다. 그러나 장교들은 무고한 사람들을 가두어둔다는 걸 계속 마음에 걸려 했다. 자신들이 갇혀 있던 때가 생각났기 때문이다. 율리우스는 액시피터의 장교들에게서 분노를 감지했다.

"상황이 바뀌었다."

율리우스가 뒤죽박죽으로 떠오르는 생각을 정리하려 애쓰면서 말했다.

"듣지 못한 사람들도 있을 테니 말하겠다. 검찰관의 병사 하나가 승선하려는 우리 병사 한 사람과 싸우다가 물에 빠져 죽었다. 그러니 검찰관은 이 지역에 있는 모든 갤리선을 동원해 우리를 찾을 것이다. 따라서 우리는 상황이 좋아질 때까지 한동안 해안에서 될수록 멀리 떨어져 있어야만 한다. 원래 계획했던 일은 아니었지만, 이제는 돌이킬 수 없게 되었다. 잡히는 날에는 우린 다 죽게 될 것이다."

"나는 해적이 되지는 않을 걸세."

가디티쿠스가 끼어들었다.

"우리가 이 일을 시작한 것은 해적들과 싸우기 위해서였지 놈들과 한패가 되기 위해서가 아니었네."

"검찰관은 우리 이름을 알고 있습니다. 잊으셨습니까? 검찰관은 로마에 전갈을 보내서 우리가 배를 훔치고 자기 부하 한 명을 익사시켰다고 알릴 겁니다. 좋든 싫든 우리는 이제 해적입니다. 엉망진창이 돼버린 이 상황에서 벗어나는 방법을 생각해 내기 전까지는 말입니다. 우리가 살 길은 켈수스를 끝까지 추적해 잡는 것뿐입니다. 적어도 그땐 우리가 원래 좋은 뜻으로 그랬다는 것을 보여줄 수 있을 테니까요. 그러면 우리가 전부 십자가에 못 박히는 사태는 피할 수 있을지도 모릅니다."

260

"너의 그 알량한 계획 덕분에 우리가 지금 어떤 꼴이 됐는지 봐! 우린 완전히 끝장났어! 한 사람도 살아 돌아가지 못할 거야."

수에토니우스가 주먹을 휘두르며 호통을 쳤다.

여기저기서 반론이 터져 나오는데도 율리우스는 그냥 듣고만 있었다. 자기 자신의 절망과 싸우고 있었던 것이다. 검찰관이 그날 밤을 침대에서 보내기만 했어도 그들은 아무 문제없이 떠나와서 자신들을 포로로 잡았던 해적들을 찾아 나섰을 것이다.

마침내 평정을 되찾은 율리우스가 끼어들었다.

"논쟁을 끝마치고 나면 우리한텐 다른 선택의 여지가 없다는 걸 다들 알게 될 겁니다. 만일 자수한다 해도 검찰관은 우릴 재판에 회부한 뒤 처형할 겁니다. 그걸 피할 수는 없습니다. 한마디만 더 하겠습니다."

그 말에 여기저기서 튀어나오던 외침이 잠잠해졌다. 율리우스는 부하들의 얼굴에서 한 가닥 희망을 기대하는 표정을 보자 가슴이 아팠다. 그들은 여전히 그가 어떤 변화를 일으킬 수 있으리라 생각하고 있었지만, 그가 말해 줄 수 있는 것이라고는 그 자신조차 실현 가능성을 확신하지 못하는 약속들뿐이었다. 율리우스는 액시피터의 장교 한 사람 한 사람과 눈을 맞추었다.

"악취가 진동하는 감옥에 있을 때, 우린 우리가 지금 이렇게 배를 구해 적들과 다시 싸울 태세를 갖출 줄은 꿈에도 생각하지 못했습니다. 이렇게 되기까지 값비싼 대가를 치러야 했지만, 켈수스를 처치하고 그의 금을 차지하면 해결 방안을 찾을 수 있을 겁니다. 자, 허리들 좀 펴세요."

"로마는 적들을 오래 기억하지."

가디티쿠스가 처량하게 말했다.

율리우스는 억지로 미소를 지었다.

"하지만 우린 로마의 적이 아니지 않습니까. 우린 그걸 잘 알고 있습니다. 우리가 해야 할 일은 오로지 다른 사람들한테도 그 사실을 납득시키는 겁니다."

가디티쿠스는 천천히 고개를 가로젓더니 율리우스에게 등을 돌리고 돌아서 갑판을 가로질러 갔다. 하늘에서는 여명이 밝아오기 시작했고, 둔탁하게 생긴 제1사장(이물에서 앞으로 돌출된 둥근 재목—옮긴이) 아래에서는 회색 돌고래들이 뛰놀고 있었다. 벤툴루스는 노를 빠르게 저으며 파도를 타고 율리우스와 부하들을 육지와 보복으로부터 멀리멀리 데려갔다.

15장

　세르빌리아는 깊은 생각에 잠긴 채 아들과 함께 광장을 천천히 거닐었다. 느릿한 속도에 만족한 듯 보이는 아들은 원로원 의사당에 가까이 다가가자 그 건물에서 눈을 떼지 못했다. 그러나 그녀는 이미 수도 없이 보아온 터라 그 건물의 거대한 홍예문과 둥근 지붕들에 거의 눈길을 주지 않았다.

　브루투스는 세르빌리아가 자신을 흘끗 보는 걸 눈치채지 못했다. 브루투스는 세르빌리아가 요구한 대로 약속 장소에 번쩍거리는 백인대장 제복을 입고 나타났다. 남 이야기하기 좋아하는 사람들이 그 젊은이에게 주목할 것이고, 그녀의 연인이라고 추정하면서 이름을 물을 것임을 그녀는 알고 있었다. 지금쯤이면 아들이 그녀에게 돌아왔다고 수군대는 사람이 꽤 될 것이다. 그들에게는 그야말로 전율을 느끼며 탐구할 만한 수수께끼가 생긴 셈이니 말이다. 그런 까닭에 브루투스가 사람들의 이목을 끌지 않고 로마의 심장부를 지나지는 못하리라는 걸 세르빌리아는 알고 있었다. 걸어가는 길에 야생동물 같은 것이 나타났다. 브루투스가 고개를 숙이고 그 동물의 소리에 귀를 기울이자, 자신감 넘치는 그의 모습을 본 군중이 무의식적으로 갈라서며 길을 내주었다.

　두 사람은 한 달 동안 매일같이 만났다. 그녀의 집에서 만나다가 나중에는 로마의 거리를 함께 거닐었다. 처음에는 함께 거니는 게 긴장되고 불편했으나, 하루 이틀 시간이 지나면서 편안하게 대화를 나눌 수 있게 되었고, 비록 드문 일이기는 해도 소리내어 웃을 수 있게까지 되었다.

세르빌리아는 브루투스에게 사당들을 보여주고 그 사당들과 관련된 이야기나 전설을 들려주면서 스스로도 놀랄 정도로 커다란 즐거움을 맛보았다. 로마에 넘쳐나는 갖가지 전설을 들려주면 브루투스가 어찌나 흥미를 보이는지 그녀 자신도 흥미가 일었다.

세르빌리아가 늘 하던 대로 손으로 머리칼을 쓸어 넘겨 머리 뒤에서 잡아당겼다. 그때 지나가던 사내 하나가 멈춰 서서 그녀를 빤히 바라보자, 브루투스가 그에게 인상을 썼다. 그런 모습을 보니 세르빌리아는 낄낄 웃고 싶었다. 때때로 브루투스는 세르빌리아가 그동안 그 없이도 이 도시에서 살아남았다는 사실을 잊고 그녀를 보호하려 애썼다. 그러나 어쨌든 그녀는 그런 면이 거슬리지 않았다.

"오늘 원로원에서는 회의가 열리고 있단다."

청동문을 통해 어두컴컴한 홀을 들여다보고 있는 아들을 바라보며 세르빌리아가 말했다.

"의원들이 무슨 문제를 논의하고 있는지 아십니까?"

브루투스가 물었다. 브루투스는 원로원과 관련된 일이라면 세르빌리아가 모르는 일이 거의 없다는 사실을 받아들였다. 그녀에게 노빌리타스 출신의 연인들이 있는지 물은 적은 없었지만, 그렇게 에둘러 말하는 것을 볼 때 그 사실을 눈치채고 있는 것만은 분명했다. 세르빌리아가 브루투스에게 빙그레 웃어 보였다.

"끔찍하게 지겨운 문제들이 대부분이지. 공직자 임명이니, 법령이니, 세금이니 하는 문제들 말이다. 그 늙은이들은 그런 지겨운 문제들을 다루는 걸 즐기는가 보더라. 분명 날이 어두워져서야 회의를 마칠 게다.”

“회의하는 걸 꼭 한 번 들어보고 싶습니다.”

브루투스가 동경이 담긴 어조로 말했다.

“지루하든 말든 원로원 의원들이 하는 이야기에 귀를 기울이며 하루를 보내는 것도 재미있을 것 같군요. 저 작은 장소에 모인 사람들이 내린 결정이 로마 영토 전역에 영향을 미치니 말입니다.”

“한 시간도 안 돼 지루해질 게다. 진짜로 중요한 일들은 대부분 은밀하게 이루어진단다. 네가 보고 싶어하는 것은 원로원 의원들이 몇 주에 걸쳐 논의를 한 뒤 법을 입안하는 마지막 단계일 테지. 의원들이 회의하는 모습을 지켜보는 건 젊은이가 즐길 만한 일은 아니란다.”

“저한테는 즐길 만한 일일 겁니다.”

브루투스의 목소리에서는 열망이 느껴졌다. 세르빌리아는 아들과 함께 무엇을 하면 좋을지 다시 생각했다. 그는 매일 아침 그녀와 함께 보내는 데 만족하는 듯했다. 두 사람 중 어느 누구도 장래문제를 입에 올린 적이 없었다. 어쩌면 함께 보내는 일 자체만 즐기는 게 옳을지도 모른다. 그러나 이따금 그에게서는 아직 정해 놓고 추구하는 자리는 없어도 계속 앞으로 나아가고 싶어하는 욕구가 엿보였다. 그녀와 함께 있을 때 그는 표류하고 있다는 것, 다시 말해 그의 인생 여정에서 벗어나 있다는 것을 그녀는 알고 있었다. 그녀야 그와 함께 있는 시간이 단 한 순간도 후회스럽지 않지만 아마도 그는 떠밀어서 도로 제자리로 되돌아가게 만들어줄 필요가 있을지 모른다.

“일주일 후에 원로원에서는 최고 관직 임명 문제를 다룰 거란다. 로마에 새로운 폰티펙스 막시무스(최고 제사장—옮긴이)와 관리들이 필요하기 때문이다. 그때 군단의 관구 배정도 함께 이루어질 게다."

세르빌리아가 온화하게 말했다. 말을 하면서 곁눈질로 흘끗 보니 브루투스가 민첩하게 고개를 돌리는 것이었다. 느긋해 보이는 겉모습 속에는 여전히 야망이 꿈틀대고 있었다.

"그럼 저는…… 새로운 군단과 계약을 해야겠군요. 거의 어느 지역에서든 백인대장 자리를 구할 수 있을 겁니다."

브루투스가 천천히 말했다.

"아, 내가 그보다 더 좋은 자리를 구해 줄 수 있을 것 같은데."

세르빌리아가 무심코 말했다.

브루투스가 멈춰 서서 세르빌리아의 팔을 부드럽게 잡았다.

"뭐라고요? 어떻게?"

어리둥절해하는 모습을 보며 세르빌리아가 소리내어 웃었다. 그러자 브루투스는 얼굴을 붉혔다.

"가끔 난 네가 더없이 순진하다는 걸 잊을 때가 있단다."

세르빌리아가 미소를 지으며 상냥하게 말했다.

"넌 너무 오랫동안 행군하고 전투만 해온 것 같구나. 그래, 아마 그래서일 게다. 야만인들이며 병사들하고만 섞여 지내느라 평생 정치라곤 접해 보지 않았으니 그렇게 순진할 수밖에."

세르빌리아가 팔을 뻗어 그녀를 잡고 있는 브루투스의 손을 다정하게 지그시 눌렀다.

"원로원 의원들도 그저 사내들일 뿐이란다. 옳은 일을 거의 하지 않는 사내들 말이다. 대개는 설득당하거나 명령받은 대로 행동할 뿐이지. 두려

266

워서 움직일 때도 있고. 황금도 효과적인 뇌물이긴 하다만, 로마의 진정한 통화는 바로 영향력과 청탁이란다. 그런데 나는 영향력도 가지고 있고 청탁을 해도 될 사람들도 많단다. 그 관직들의 반은 이미 그런 사사로운 만남을 통해 임자가 정해졌을 게다. 그러나 나머지는 흥정하거나 요구해 볼 여지가 있지."

그 말을 듣고 브루투스가 미소를 지으리라 기대했던 세르빌리아는 오히려 그가 고통스러운 표정을 짓자 그의 손 위에 얹었던 손을 떨어뜨렸다.

"원로원은…… 그래도 다를 거라 생각했습니다."

브루투스가 조용히 말했다.

그의 환상을 깨뜨리지 않고 싶다는 욕망과 스스로를 죽음으로 몰아가기 전에 현실을 일깨워주어야 한다는 절박한 필요 사이에서 갈등을 느끼던 세르빌리아가 마음을 가다듬었다.

"담으로 둘러싸인 저곳이 보이느냐? 저곳이 로마 시민들이 원로원 의원과 호민관, 검찰관, 심지어 법무관의 임명을 위해 투표하는 곳이라고 말해주었던 걸 기억하느냐? 비밀투표 방식이고 시민들이 진지하게 생각한 뒤투표를 하는데도 매번 거의 예외 없이 똑같은 가문 출신의 똑같은 사람들이 선출된단다. 겉보기에는 공정해 보이지. 그러나 공직의 임명에서 소외되는 사람이 있다는 걸 투표자들이 모를 뿐이란다. 이름이 로마 최하층 자유민의 입에 오르내릴 수 있을 만큼 부와 명성을 가진 사람은 오로지 원로원 의원들뿐이다. 그러니 공직자들이 시민들의 투표를 통해 뽑힌다는 것은 다 착각에 지나지 않는 거란다. 우아한 착각 말이다. 놀라운 것은 공정을 기하고 진심으로 로마와 시민들의 복지를 개선하려 애쓰는 원로원 의원이 적게나마 몇 명 있다는 것이다."

세르빌리아가 원로원 의사당을 가리켰다.

"저 건물 안에 그런 훌륭한 사람들이 있단다. 자신들의 노고로 로마를 밝히려는 사람들 말이다. 그러나 다른 의원 대부분은 어떤 종류의 능력도 없단다. 그런 자들은 원로원의 막강한 권한을 그저 부를 축적하거나 자신들의 권위를 키우는 데 사용할 뿐이다. 바로 이게 현실이다. 원로원은 우리한테 위해가 되는 것도, 축복이 되는 것도 아니란다. 둘의 혼합이라고 할수 있지. 우리가 살면서 접하게 되는 다른 모든 것과 마찬가지로 말이다."

브루투스는 진지한 설명에 귀를 기울이며 세르빌리아를 찬찬히 살펴보았다. 스스로 알고 있든 모르고 있든지 간에 세르빌리아는 자신의 의도만큼 초연하고 염세적으로 보이지 않았다. 대체로 냉소적인 태도를 취했지만, 돈만 아는 원로원 의원들에 관해 말할 때는 그런 태도는 온데간데없이 사라지고 혐오감을 역력히 드러냈다. 브루투스는 속으로 그녀가 무지한 여인이 아니라는 생각을 했다. 사실 그런 생각을 한 것이 그때가 처음은 아니었다.

"무슨 말씀을 하시는 건지 압니다. 마리우스 장군을 만난 적이 있는데, 그때 마리우스 장군은 신처럼 보였었죠. 사소한 일들을 신경 쓰는 건 그분의 품위에 어울리지 않아 보였습니다. 제가 그동안 만난 사람들 중에는 자기 일이나 직위를 넘어서서 멀리 앞을 내다볼 줄 아는 이들이 거의 없었습니다. 그런데 돌이켜 생각해 보면, 마리우스 장군은 로마를 위한 비전을 갖고 있었고, 어떤 대가를 치르더라도 그 비전을 실현하기 위해 최선을 다했습니다. 자신의 모든 것을 걸면서까지 술라를 내몰려고 했는데, 그런 마리우스 장군이 옳았던 겁니다! 술라는 마리우스 장군이 죽자마자 스스로 왕 행세를 했으니까요."

268

혹시 가까이에서 누가 듣고 있는지 보려고 세르빌리아가 재빨리 주변을 둘러보았다. 그러더니 목소리를 낮추었다.

"사람들 있는 곳에서 그 이름들을 그렇게 크게 말해서는 안 된다, 브루투스. 그 사람들은 죽었을지 모르지만, 상처는 아직도 아물지 않았다. 그리고 술라의 살인자들을 아직 찾아내지도 못했단다. 네가 마리우스를 만났다니 기쁘구나. 우리 집에는 한 번도 온 적이 없지만, 적들조차 그 사람을 존경한다는 걸 알고 있단다. 그런 사람이 더 많으면 좋으련만."

이제 그런 심각한 주제는 무시해 버리기로 했는지 세르빌리아의 목소리가 밝아졌다.

"이제 남 얘기 좋아하는 사람들이 우리가 무슨 이야기를 나누는지 궁금해하기 전에 계속 산책이나 하자꾸나. 저 언덕을 올라 주피터 신전에 가고 싶구나. 내전이 끝난 뒤 술라가 그리스에 있는 제우스 신전의 유적에서 기둥들을 실어와 그 신전을 새로 지었다는 건 너도 알게다. 거기서 제안을 하자꾸나."

"술라가 지은 신전에서 말입니까?"

브루투스가 걸어가면서 물었다.

"죽은 자는 신전을 소유하지 못한다. 그러니 이제 그 신전은 로마의 것이다. 혹은 주피터 신 자신의 것이라고 할 수도 있겠지. 네가 정 그렇게 생각하고 싶다면 말이다. 사내들은 무언가를 남기기 위해 열심히 노력하지. 내가 사내들을 사랑하는 게 그 때문이 아닌가 싶구나."

브루투스가 세르빌리아를 바라보았다. 자신이 한 번 살 동안에 이 여인은 여러 번의 생을 살았구나 하는 느낌이 다시 들었다.

"제가 군단에서 직책을 맡길 원하세요?"

브루투스가 한결 안전한 주제에 관해 묻자 세르빌리아가 미소를 지었다.

"그러는 게 옳은 일이겠지. 청탁할 수 있는 입장인데도 결코 청탁하지 않는다면, 그런 입장이라는 게 무슨 소용 있겠느냐? 너는 눈 먼 지휘관들의 눈에 띄지 못해 백인대장으로 군 생활을 마감해야 할지도 모른다. 그러면 노년에는 거의 길들여지지 않은 새로운 속주의 작은 농장에서 보내게 되겠지. 잘 때도 검을 옆에 끼고 자야 하는 곳에서 말이다. 내가 너한테 줄 수 있는 것을 받거라. 너무나 오랫동안 네 삶에서 떠나 있었는데 이제 너를 도와줄 수 있다는 게 나한테는 큰 기쁨이란다. 이해하겠느냐? 나는 너한테 진 빚이 있고, 난 빚은 꼭 갚는 성격이란다."

"염두에 두고 있는 자리라도 있으십니까?"

"아, 이제야 좀 흥미가 생기나 보지? 좋다. 내 아들이 야망도 없는 사내라고는 생각하기 싫었다. 어디 보자. 이제 겨우 열아홉이니 사제직을 맡으려면 몇 년은 더 기다려야 할 테고. 아무래도 군대에서 찾아봐야겠다. 폼페이우스는 친구들한테 내가 원하는 대로 투표하라고 시킬 수 있을 게다. 그 사람은 옛 벗이란다. 크라수스도 전에 신세진 게 있으니 내 편이 돼줄 게다. 킨나야 당연히 열렬히 도와주겠지. 그이는…… 요즘 사귀는 친구란다."

브루투스가 놀라서 침을 튀기며 말했다.

"킨나라니, 코르넬리아의 아버지 말입니까? 노인인 줄 알았는데!"

세르빌리아가 낄낄거렸다. 웃음소리가 깊고 관능적이었다.

"그럴 때도 있고 아닐 때도 있지."

당혹감에 브루투스의 얼굴이 진홍빛으로 변했다. 다음번에 코르넬리아를 만나면 어떻게 똑바로 볼 수 있단 말인가?

브루투스가 당혹해하든 말든 입을 위쪽으로 씰룩거리며 세르빌리아가 말을 이었다.

"그 사람들이 도와주면, 너는 네 개 군단 중 하나에서 1,000명의 부하를 지휘할 수 있을 게다. 네 생각은 어떠냐?"

브루투스는 거의 말문이 막히다시피 했다. 제안이 너무나 놀라웠기 때문이다. 그러나 세르빌리아가 입을 벌릴 때마다 놀라는 일은 그만두어야 한다는 걸 깨달았다. 그녀는 많은 점에서 매우 보기 드문 여인이었다. 어머니로서는 특히 더 그랬다. 불현듯 한 가지 생각을 떠올린 브루투스가 걸음을 멈추었다. 고개를 돌린 세르빌리아가 왜 그러냐는 듯 눈썹을 추켜세우며 브루투스를 바라보았다.

"예전에 마리우스가 이끌던 군단은 어떨까요?"

세르빌리아가 눈살을 찌푸렸다.

"프리미게니아는 해체됐다. 설령 이름을 되찾는다 해도 살아남은 자들이 한 줌도 되지 않을 게다. 머리를 좀 써라, 브루투스. 네 말대로 하면 술라의 친구들이 모두 네 이름을 알게 될 게 아니냐. 그러고도 1년 동안 죽지 않고 살아 있다면 운이 좋은 거겠지."

브루투스는 잠시 머뭇거렸다. 그러나 질문을 해야만 했다. 그러지 않으면 이 기회를 잡지 못한 이유를 늘 궁금해할 것이다.

"그렇지만 가능은 한 겁니까? 만일 제가 그 위험을 받아들인다면 어머니가 말씀하신 사람들이 다시 그 군단을 편성하라는 명령을 내릴 수는 있는 겁니까?"

세르빌리아가 어깨를 으쓱했다. 그때 그녀의 몸짓에 매료된 또 다른 행인이 그녀를 빤히 바라보았다. 그러더니 브루투스가 글라디우스 손잡이에 손을 갖다 대는 것을 보고 황급히 발길을 옮겼다.

"내가 부탁하기만 한다면야 가능하겠지만, 프리미게니아는 불명예스러운 군단이 되지 않았느냐. 마리우스가 공화국의 적으로 선포된 마당에 누가 그 이름 밑에서 싸우려 들겠느냐? 그러니 그건 안 되는 일이다. 불가능한 일이다."

"저는 그 군단을 원합니다. 바로 그 이름으로 신병들을 모집하고 훈련시킬 권리를 원합니다. 그게 제가 그 무엇보다도 원하는 일입니다."

세르빌리아가 브루투스의 눈을 들여다보며 진의를 살폈다.

"진심인 게냐?"

"크라수스와 킨나와 폼페이우스가 그렇게 해줄 수 있을까요?"

브루투스가 흔들림 없는 태도로 물었다.

세르빌리아는 이 젊은 사내가 그렇게 짧은 순간에 자신의 감정을 분노와 즐거움에서 자랑스러움으로 바꾸어놓을 수 있다는 사실에 여전히 놀라움을 금치 못하며 미소를 지었다. 그의 부탁은 그 어떤 것도 거절할 수가 없었다.

"쉽지는 않은 일이겠지만, 내게 신세진 게 있으니 내 아들한테 프리미게니아를 맡겨 달라는 청을 거절하지는 못할 게다."

그 말에 브루투스가 세르빌리아를 팔로 감싸 안았다. 세르빌리아는 그의 행복감에 휩쓸려 소리내어 웃으며 그를 포옹했다.

"죽었던 군단을 도로 살려내려면 막대한 자금을 그러모아야 할 게다."

브루투스가 꼭 끌어안고 있다가 풀어주자 세르빌리아가 말했다.

"크라수스를 소개해 주마. 내가 아는 한 가장 부유한 사람이란다. 그 사람보다 많은 재산을 가진 사람은 아마 없을 게다. 허나 크라수스는 바보가 아니다. 황금을 제공해 주면 그 대가로 모종의 보상을 받게 되리라는 확신을 심어주어야 할 게다."

"그 문제는 좀 생각해 봐야겠습니다."

브루투스가 뒤쪽의 원로원 의사당을 돌아보며 말했다.

율리우스는 액시피터에서 느꼈던 좌절감을 떠올렸다. 자신이 로마 갤리선의 육중한 무게와 느린 속도에 고마움을 느끼게 될 줄은 꿈에도 생각지 못했다. 아프리카 해안이 갑자기 눈부시게 반짝이며 새벽이 밝아왔을 때 로마 갤리선의 사각형 돛을 처음으로 발견하게 된 그의 부하들은 두려움에 질려 비명을 내질렀다. 그러나 율리우스는 처음 몇 시간 동안 그저 그 갤리선을 지켜보고만 있었다. 그러다가 마침내 간격이 좁혀지고 있다는 확신이 들자, 냉혹하게도 화물을 바다로 내던지라는 명령을 내렸다.

그 배의 선장은 여전히 의자에 묶인 채 자기 선실에 갇혀 있었기 때문에 가슴 아픈 광경을 목격하지 못했다. 그 사실을 알게 되는 날이면 길길이 뛸 테니, 성공하려면 켈수스의 금을 그 사내에게 더 많이 나눠줘야겠다고 마음먹었다. 비록 다른 선택의 여지가 없었으나, 부하들이 선원들을 몇 명씩 불러내 그들의 도움을 받아가며 아프리카 대륙에서 가져온 값진 물건들을 바다에 내던지는 광경을 지켜볼 때는 그도 마음이 편치 않았다. 희귀한 나무들 중 일부는 떨어진 자리의 파도를 타고 위아래로 깐닥깐닥 움직였지만, 가죽과 천 두루마리들은 곧바로 바다 밑으로 사라졌다. 맨 마지막으로 던져진 것은 누르스름한 빛이 도는 거대한 상아였다. 율리우스는 그것들이 값비싼 물건임을 알고 있는지라 그냥 남겨둘까도 생각해 보았지만 이윽고 결심을 굳힌 뒤 마지못해 나머지 물건들과 함께 던져버리라는 신호를 보냈다.

그런 다음 부하들을 대기시켜 놓고는 눈부시게 번쩍거리며 떠오르는 태양을 마주한 채 수평선에 떠 있는 돛을 지켜보았다. 만일 그 돛이 그래도 점점 더 가까워진다면, 유일하게 남은 방법은 배에서 떼어낼 수 있는 부분을 전부 떼어버리는 것뿐이었다. 그러나 시간이 흐르면서 따라오는 갤리선은 크기가 점점 더 작아지다더니 마침내 완전히 시야에서 사라졌고, 바다에는 반사광만이 보일 뿐이었다.

율리우스는 선원들 사이에 끼어서 일하고 있는 부하들 쪽으로 고개를 돌렸다. 가디티쿠스는 함께 있지 않았다. 가디티쿠스는 화물을 옮기라는 명령이 내려졌을 때 그냥 갑판 아래에 머물러 있었던 것이다. 율리우스는 얼굴을 살짝 찌푸렸지만, 가디티쿠스를 찾아가 그 상황에 동참하라고 강요하지는 않을 생각이었다. 계속 당초의 계획대로 해나가야만 한다는 것을 가디티쿠스도 결국 알게 될 것이다. 그 길만이 유일한 희망이었다. 율리우스는 몇 주 동안 벤툴루스를 해안에서 멀리 끌고 가면서 그 사이에 신병들에게 해전 훈련을 시킬 작정이었다. 까마귀를 만들고 싶은 마음이 굴뚝같았지만, 해적선이 공격을 가해 오도록 유인하기 위해서는 벤툴루스가 여느 상선처럼 보여야만 하는 만큼 그 생각은 접어야만 했다. 이제 농부들을 군단병으로 만들려 했던 그간의 노력이 성공했는지 알게 될 것이다. 어쩌면 참패를 당해 액시피터가 그랬던 것처럼 벤툴루스가 가라앉는 광경을 지켜볼 수밖에 없는 상황에 처하게 될지도 몰랐다. 율리우스는 이를 악문 뒤 마르스 신에게 짧게 기도를 올렸다. 이 두 번째 기회마저 놓쳐서는 안 될 것이다.

16장

알렉산드리아는 안내된 작은 방을 둘러보았다. 그리 훌륭한 방은 아니었지만 적어도 깨끗하기는 했다. 이제 보석세공의 대가로 급료를 받고 있으니, 타빅의 작은 집에서 공간을 차지하고 있는 것은 공정한 일이 아니었다. 그 집에 더 오래 머문다고 해도 그 장인 노인은 괘념치 않을 것이다. 심지어 방을 구해 달라고 하면 방을 구해 주고 방세까지 내줄 사람이었다. 그러나 그 비좁은 이층집에는 그의 가족만 겨우 살 정도의 공간밖에 없었다.

알렉산드리아는 방을 구하고 있다는 말을 그들에게 하지 않았다. 방을 구했을 때 저녁식사에 초대해서 깜짝 놀라게 해주고 싶었기 때문이다. 방을 구하러 다닌 지 거의 한 달이 되었다. 노예로 태어난 여자가 이것저것 가리며 퇴짜를 놓는다는 게 이상하게 보였을지 모르지만, 지불하려는 돈에 비해 안내된 방들은 지저분하거나 눅눅했고, 굳이 유심히 살펴보지 않아도 허둥대며 움직이는 것들이 들끓었다.

알렉산드리아는 방 한 개 이상의 세를 지불할 능력이 있었다. 심지어 작은 집을 살 능력도 있었다. 브로치가 만들기 바쁘게 팔려 나가는지라, 비록 수익금의 대부분이 새롭고 더 좋은 금속을 사들이는 데 들어간다 해도 매달 충분한 돈을 저축할 수 있었다. 그러나 아마 노예 생활을 해봐서 돈은 들어올 때 소중히 여겨야 한다는 것을 배웠기 때문인지, 그녀는 먹을거리나 머리 위를 덮어줄 지붕에 동전 한 닢 쓰는 것을 몹시 아까워했다. 그런 그녀에게는 몇 년을 고생해서 어렵게 돈을 벌고도 아무것도 가진 게 없는 상황에서 높은 임대료를 낸다는 것은 그야말로 바보짓 중의 바보짓으로 보였다. 최대한 아껴 쓰다 보면 언젠가 세상을 향해 닫을 문이 달린 집을 살 수 있을 것이다.

"방이 맘에 드나요?"

주인의 물음에 알렉산드리아는 대답을 하지 않고 머뭇거렸다. 다시 흥정을 해서 값을 더 깎고 싶은 유혹을 느꼈던 것이다. 그러나 주인 여자는 시장에서 하루 종일 일한 뒤라 지쳐 보였고, 사실 그 정도면 적당한 가격이었다. 그 가족이 가난하다는 점을 이용해 득을 보려는 것은 공정하지 않은 일이었다. 주인 여자의 손은 염색용 통에서 묻은 염료 때문에 얼룩덜룩한 데다 여기저기 까져 있었다. 값을 더 깎기는 힘들겠다는 생각이 든 알렉산드리아는 무의식적으로 머리를 뒤로 쓸어 넘겼다.

"내일 두 군데를 더 보기로 했어요. 보고 나서 알려드릴게요."

알렉산드리아가 대답했다.

"저녁에 들러도 될까요?"

주인이 체념한 표정으로 어깨를 으쓱했다.

"아티아를 찾아요. 근처에 있을 테니. 아가씨가 원하는 가격에 더 좋은 방을 찾지는 못할 거예요, 알겠지만. 보다시피 우리 집은 깨끗해요. 게다가 고양이가 있어서 쥐라도 들어오면 그 녀석이 다 처리해 줘요. 그러니 알아서 결정해요."

주인은 그렇게 말하고 돌아서서, 임금의 일부로 시장에서 받아온 식품들로 저녁을 준비하기 시작했다. 저녁 준비라고 해봤자 재료 대부분을 끓이는 게 고작일 것임을 알렉산드리아는 알고 있었다. 그러나 아티아는 고단한 삶에 전혀 굴하지 않는 듯 보였다.

자유민 여인이 극도의 가난에 내몰린 모습을 보는 것은 이상한 일이었다. 전에 일했던 소유지에서는 노예들조차 이 여자의 가족보다 잘 먹고 잘 입었기 때문이다. 자유민이 더없이 가난할 수 있다는 것은 전에는 결코 본 적이 없는 삶의 단면이었기에, 알렉산드리아는 망토를 고정시키기 위해 손수 만든 은 브로치까지 단 훌륭한 복장으로 그곳에 서 있는 자신이 이상하게도 부끄럽게 느껴졌다.

"나머지 방들을 둘러보고 나서 올게요."

알렉산드리아가 단호하게 말했다.

아티아는 더는 아무 말도 하지 않고 야채를 썰어 벽 쪽의 흙화덕에 놓인 쇠단지에 넣기 시작했다. 손에 든 칼은 칼몸이 손가락처럼 가는 데다 하도 오래 써서 날이 무뎌져 있었다. 하지만 더 나은 칼이 없으니 계속 쓸 수밖에 없었다.

거리에서 갑자기 일제히 새된 소리로 지르는 외침이 들려왔다. 그와 동시에 몰골이 지저분한 소년 하나가 열린 현관을 통해 미끄러지듯 들어오다가 알렉산드리아와 부딪쳤다.

"꼬마야, 너 때문에 하마터면 넘어질 뻔했잖니!"

알렉산드리아가 미소를 지으며 말했다.

소년이 당혹스러운 표정을 지은 채 파란 눈으로 알렉산드리아를 쳐다보았다. 온몸과 마찬가지로 얼굴도 온통 먼지를 뒤집어쓰고 있었다. 코는 시커먼 멍이 든 데다 퉁퉁 부어 있었고 코피도 살짝 묻어 있었다. 그리고 코를 훌쩍이며 닦다가 묻었는지 뺨에도 코피 자국이 나 있었다.

주인 여자가 칼을 내던지고는 소년을 팔로 끌어안았다.

"지금까지 도대체 뭐 하다 왔니?"

그녀가 소년의 코를 만지며 다그쳐 물었다.

소년은 히죽 웃더니 몸부림을 쳐서 그녀의 팔에서 빠져 나왔다.

"그냥 싸움질 좀 했죠, 뭐. 엄마, 푸줏간에서 일하는 애들이 집에까지 저를 쫓아왔어요. 한 녀석이 달려들길래 발을 걸어 넘어뜨렸더니 제 코를 때리지 뭐예요."

소년이 어머니를 보며 환하게 웃더니 튜닉 밑에 손을 넣어 피가 뚝뚝 떨어지는 날고기 두 덩어리를 꺼냈다. 소년의 어머니가 신음소리를 내더니 고깃덩어리들을 홱 낚아챘다.

"안 돼요, 엄마. 그건 제거예요! 훔친 게 아니라고요. 땅에 떨어져 있었단 말예요."

소년의 어머니는 화가 나서 얼굴이 백지장처럼 하얘졌다. 그러나 소년은 문가로 향하는 어머니를 여전히 붙들고 늘어지며 펄쩍펄쩍 뛰면서 자신이 횡재한 고깃덩이를 어머니의 손아귀에서 뺏으려 애썼다.

"도둑질해서도 안 되고 거짓말해서도 안 된다고 말했지. 이 손 놓지 못해. 이것들은 원래 있던 곳에 도로 갖다놔야 돼."

알렉산드리아는 아티아와 문 사이에 있었기 때문에 그녀가 나갈 수 있도록 밖으로 나와야만 했다. 밖에는 한 무리의 소년이 약간 위협적인 태도로 죽 둘러서 있었다. 그들은 꼬마가 엄마 주위를 맴돌며 껑충껑충 뛰는 모습을 보고 깔깔댔다. 그들 가운데 하나가 손을 내밀자, 아티아는 아무말 없이 고깃덩어리를 손바닥에 재빨리 놓았다.

"꼬마가 엄청나게 빨라요, 아줌마. 그거 하난 알아줘야겠어요. 꼬마가 뭐라도 또 훔치면 경비병을 부를 거라고 테두스 영감님이 전하래요."

"그럴 필요 없을 거다."

짜증이 난 아티아가 소매에서 천 조각을 꺼내 손에 묻은 피를 닦으며 쏘아붙였다.

"돌려받지 못한 게 없으니 잃어버린 것도 없는데, 경비병을 부르면 내가 사람들한테 그 가게를 이용하지 말라고 할 거라고 테두스 영감님한테 전해라. 내 아들 버릇은 내가 고치겠다. 고맙다."

"참 잘도 고치고 계시네요."

소년이 코웃음을 쳤다.

아티아가 재빨리 손을 치켜들자 뒤로 물러선 소년은 아직도 어머니의 치맛자락에 매달려 있는 창피를 당한 꼬마를 가리키며 깔깔거렸다.

"가게 근처에서 투리누스를 보면, 제가 흠씬 두들겨 패줄 거예요. 어디 두고 보세요."

화가 나 얼굴이 벌게진 아티아가 한 걸음 앞으로 다가가자, 달아날 구실을 찾던 소년들이 사방으로 뿔뿔이 흩어지며 도망쳤다. 소년들은 도망가면서도 뒤를 돌아보며 모욕적인 말을 퍼부어댔다.

알렉산드리아는 그냥 갈까 말까 망설이며 두 사람 옆에 서 있었다. 그녀가 목격한 광경은 자신과는 전혀 상관없는 일이었지만, 이제 어머니와 불량아 아들 단둘이만 남은 지금 무슨 일이 벌어질지 궁금했던 것이다.

꼬마 소년이 코를 훌쩍이고는 조심조심하며 코를 문질렀다.

"죄송해요, 엄마. 엄마가 기뻐하실 줄 알았어요. 저 녀석들이 여기까지 쫓아올 줄 몰랐어요."

"너는 도대체 생각이라고는 없는 아이구나. 네 아버지가 살아 계셨다면 너를 부끄러워하셨을 게다. 도둑질을 해서도 거짓말을 해서도 안 된다고 말씀하셨겠지. 그러고 나서 가죽끈으로 벌겋게 달아오를 때까지 네 볼기짝을 때리셨을 게다. 아버지가 안 계시니 내가 직접 해야겠다."

어머니가 팔을 꽉 움켜잡자 소년은 발로 차면서 달아나려고 안간힘을 썼다.

"아버진 환전상이었잖아요. 환전상은 다 도둑놈이라고 엄마가 그랬잖아요. 그러니까 아버지도 도둑이었을 거 아녜요."

"이 녀석, 말이면 단 줄 알아!"

아티아가 소리쳤다. 입술이 하얘져 있었다. 그녀는 아들이 대꾸할 때까지 기다리지 않고 무릎 위에 아들을 엎어놓고는 여섯 번을 세게 때렸다. 소년은 처음 세 번을 맞을 때까지는 버둥거렸으나 그 뒤로는 조용히 꼼짝 않고 맞고만 있었다. 그러더니 어머니가 내려놓자마자 잽싸게 달아나 좁은 길거리를 전속력으로 달리며 제일 가까운 모퉁이를 돌아 사라졌다.

아티아는 아들이 도망치는 모습을 지켜보며 한숨을 내쉬었다. 알렉산드리아는 긴장해서 두 손을 꼭 맞잡고 있었다. 그렇게 사적인 순간을 목격하게 된 것에 당혹감을 느꼈던 것이다. 아티아는 그때서야 문득 알렉산드리아가 옆에 있다는 사실을 떠올린 듯했다. 알렉산드리아와 시선이 마주치자 얼굴을 붉혔다.

"미안해요. 저 아인 늘 도둑질을 하는데, 어떻게 해야 그러면 안 된다는 걸 이해시킬 수 있을지 모르겠어요. 매번 붙잡히는데도 한 주가 지나면 또 도둑질을 하니 말예요."

"아이 이름이 투리누스인가요?"

알렉산드리아가 물었다.

아티아가 고개를 가로저었다.

"아니에요. 사람들이 그렇게 부르는 건 우리가 투린에서 이사 왔기 때문이에요. 모욕적인 별명이지만, 저 아이는 그 이름이 마음에 드나 봐요. 원래 이름은 옥타비아누스예요. 아버지 이름을 딴 거죠. 저 아이 때문에 무서워할 건 없어요. 겨우 아홉 살밖에 안 된 데다 집에 있는 것보다 길거리를 돌아다니는 걸 더 편하게 생각하는 아이니까요. 정말 걱정이에요."

아티아는 알렉산드리아의 옷과 브로치를 눈여겨보았다.

"우리 문제로 골치 아프게 하는 일은 없을 거예요, 아가씨. 솔직하게 말하죠. 그 방을 세놓았으면 좋겠어요. 아이가 아가씨 물건을 훔치지는 않을 거예요. 혹시라도 그런다면 내가 곧바로 돌려줄게요. 우리 집안의 명예가 달린 일이니까요. 아가씨는 모르겠지만, 저 아이한테는 좋은 피가 흐르고 있어요. 옥타비이와 카이사르 가문의 피가 말이에요. 저 꼬마 도둑이 그걸 깨닫지 못해서 탈이지만요."

"카이사르라고요?"

알렉산드리아가 날카롭게 물었다.

아티아가 고개를 끄덕였다.

"아이 할머니가 카이사르 가문 출신이세요. 여기서 얼마 떨어지지도 않은 푸줏간에서 고기나 훔치는 것을 보셨다면, 틀림없이 통곡을 하셨을 거예요. 푸줏간 사람들은 아이 얼굴을 알고 있어요. 저 아이가 또 도둑질을 하면 그 사람들이 팔을 부러뜨리고 말 텐데, 그럼 나는 어쩌면 좋죠?"

아티아의 눈에서 눈물이 흘러내리자, 알렉산드리아는 무심코 앞으로 다가가 한 팔로 그녀를 감쌌다.

"안으로 들어가요. 저 방을 쓰겠어요."

아티아가 허리를 곧추세우더니 알렉산드리아를 노려보았다.

"동정 따윈 필요 없어요. 우린 그럭저럭 살 수 있어요. 때가 되면 저 아이도 정신을 차릴 테고요."

"동정해서 그러는 게 아니에요. 아주머니네 방이 제가 본 것 중에 제일 깨끗해서 그래요. 몇 년 전에…… 카이사르 가문의 집안에서 일한 적이 있어요. 같은 집안일지도 모르잖아요. 그러니까 우린 거의 친척이나 마찬가지인 셈이죠."

아티아가 소매 속에 구겨 넣어두었던 천을 도로 꺼내 눈물을 훔쳤다. 그러더니 미소를 지으며 말했다.

"배고프지 않아요?"

알렉산드리아는 아티아가 조리할 야채의 양이 얼마 되지 않았다는 것을 생각해 냈다.

"저는 벌써 식사했어요. 오늘 첫 달치 월세를 드리겠어요. 그럼 제 거처로 가서 물건들을 챙겨올게요. 여기서 멀지 않거든요."

빨리 걸어간다면, 그리고 타빅의 집에서 시간을 끌지만 않는다면, 어두워지기 전에 새 집으로 돌아올 수 있으리라고 알렉산드리아는 생각했다. 아마 그때쯤이면 두 모자는 받은 월세로 고기를 약간 살 수 있을 것이다.

오래 앉아 있어서 몸이 불편해진 원로원 의원들은 앉은자리에서 몸을 이리저리 움직였다. 회의가 굉장히 오랫동안 계속되어온 터라, 그들 중 상당수는 복잡한 논의를 무시한 채 그저 어느 쪽이든 앞서 동의했던 쪽에 표를 던지는 지경에 이르러 있었다.

저녁 그림자가 길어지고 있었기 때문에 원로원 의사당 안에는 기다란 막대에 작은 초를 꽂아 만든 횃불이 밝혀져 있었다. 그 작은 불꽃들이 발하는 빛이 반질반질하게 잘 닦인 흰색 대리석 벽에 반사되고 있었고, 공기에서는 은은한 향유 냄새가 풍기고 있었다. 그날 아침에 모였던 300명의 의원 가운데 상당수가 마지막 남은 몇 가지 표결 사항에 대한 투표를 포기하고 이미 자리를 뜬 상태였다.

크라수스는 혼자 미소를 지었다. 횃불이 꺼지고 로마의 안전을 비는 기도와 함께 긴 하루가 공식적으로 마감될 때까지 반드시 자리를 지키고 있으라고 지지자들에게 단단히 일러두었기 때문이다. 그는 폼페이우스와 자신이 투표 대상에 포함시킨 사람의 이름이 나오기를 기다리며, 호명되는 임명자들의 명단을 주의 깊게 들었다. 그러다가 마지못해 흰색 대리석에 새겨진 군단 명부로 눈길을 돌렸다. 예전에 프리미게니아라는 이름이 새겨져 있었던 자리는 빈 공간으로 남아 있었다. 만일 옛 벗의 부탁을 받지 않았다 해도 술라가 남긴 유산 한 조각을 없애는 일은 즐거운 일이었을 것이다.

크라수스가 이런 생각을 하다 건너편에 있는 킨나를 바라보았고, 둘의 눈이 잠시 마주쳤다. 킨나는 군단 명부를 바라보며 고개를 끄덕이고는 미소를 지었다. 미소로 화답하며, 크라수스는 허옇게 새고 있는 친구의 머리에 주목했다. 세르빌리아가 분명 저렇게 머리에 서리가 앉은 노인네를 더 좋아할 리는 만무하지 않은가? 그녀 생각만 해도 피가 끓었고, 그 바람에 옛 생각을 하다 표결할 내용의 끝부분을 놓치고 말았다. 그래서 킨나가 투표하는 모습을 지켜보다가 킨나가 손을 들 때 함께 손을 들었다.

원로원 의원 몇 명이 더 자리에서 일어나 조용히 양해를 구한 뒤 각자의 집으로, 로마 전역에 있는 정부에게로 향했다. 크라수스는 카토가 거구의 몸을 들어 올리는 모습을 지켜보았다. 그 사내는 술라와 가까웠던 만큼 다음번 투표를 빼먹는다면 나중에 가슴을 치고 후회할 것이다. 논의가 한창 진행 중인 상황에 카토가 다가와 옆을 지나가자 크라수스는 얼굴에 기쁨을 드러내지 않으려 애를 썼다. 술라의 지지자들이 가버리고 나면 일이 한결 수월해질 것이다. 그러나 술라의 지지자들이 전부 의사당 안에 자리 잡고 있다 해도, 킨나와 폼페이우스와 자신이 그 안건을 통과시키지 못하리라고는 생각지 않았다. 다음번에 세르빌리아를 만나면, 좋은 안을 제시해준 것에 대해 고마움을 표해야겠다고 크라수스는 생각했다. 아마도 고마움을 표시할 작은 선물도 준비해야 할 것이다.

폼페이우스가 자리에서 일어나, 그리스에 파견할 군단의 새 지휘관에 관한 질문에 답했다. 새로운 이름들을 입에 올리며 원로원 의원들에게 추천할 때, 폼페이우스는 매력적일 정도로 자신감에 차 있었다. 크라수스는 또 다른 반란이 일어났다는 이야기를 들어 알고 있었다. 반란은 로마에는 손실을 안겨주겠지만 원로원 의사당에 있는 사내들의 친구나 친척들에게는 기회를 의미했다. 크라수스는 슬픈 표정으로 고개를 설레설레 흔들었다. 그리스에서 처음으로 반란이 일어났을 때 마리우스가 미트리다테스가 이끄는 반란군을 진압하기 위해 술라를 파견하는 문제에 대해 투표를 강요하던 날이 떠오른 것이다. 만일 마리우스가 지금 여기에 있다면, 하염없이 발만 내려다보고 있는 의원들로 하여금 고개를 들고 무언가 조치를 취하게끔 만들었을 것이다. 그런데 지금 이 바보들은 논쟁만 하며 며칠을 허비하고 있었다. 2개 군단을 파견해 그리스에 주둔한 군단을 지원해야 하는 시점에 말이다.

크라수스는 쓴웃음을 지었다. 자신도 자신이 비난한 그 바보들 중 하나라는 데 생각이 미쳤기 때문이다. 지난번 반란은 내전으로 이어지면서 독재관을 탄생시켰다. 그런 까닭에 의사당 안에 있는 장군들 중에는 다른 사람들이 단결해서 자신에게 맞서지 않을까 하는 두려움 때문에 감히 나서려는 사람이 하나도 없었다. 원로원 의원들은 또 다른 술라를 원치 않았고, 그러다 보니 되는 일이 하나도 없었다. 마리우스만큼이나 충동적인 성격의 소유자인 폼페이우스조차도 누가 나서기만을 기다리고 있었다. 마리우스와 술라처럼 자원을 하는 것은 자살행위나 다름없을 것이다. 원로원 의원들은 서로에 대해 너무 많은 원한과 질투를 품고 있으므로, 동료 가운데 어느 누구라도 미트리다테스를 상대로 승리를 거두는 꼴을 그냥 보고만 있지는 않을 것이기 때문이다. 이렇게 된 데는 처음에 조심성 없이 제멋대로 군 술라의 잘못이 컸다. 그 사내는 뭐 하나 제대로 하는 게 없었다.

폼페이우스는 그냥 자리에 앉아 있었고, 투표는 빠르게 진행되었다. 이제 이날 처리해야 할 안건 중에 마지막 한 가지만 남겨둔 상태였다. 크라수스가 제안하고 폼페이우스가 지지한 안건이었다. 두 사람은 안을 제출할 때 킨나의 이름을 기록에서 빼두었는데, 그것은 그가 술라의 독살에 연루되어 있다는 소문이 돌고 있기 때문이다. 물론 전혀 근거 없는 소문이긴 했지만, 로마의 소문내기 좋아하는 이들이 부지런히 퍼뜨리는 것을 막을 수 있는 사람은 아무도 없었다.

한순간 크라수스는 그 소문이 정말로 근거 없는 것일까 하는 의구심을 품었지만, 이내 그 생각을 떨쳐버렸다. 현실적인 사람인 그에게 술라와 과거는 이미 지난 일에 지나지 않았던 것이다. 만일 들리는 소문처럼 술라가 독살된 덕분에 킨나의 딸이 원하지도 않는 정부 노릇을 피했다면, 그것은 분명 신들이 킨나의 집안, 어쩌면 카이사르의 집안을 아껴 돌봐준 거라는 증거가 분명했다.

수사에 일부 진전이 있어 독을 날랐던 노예를 찾아냈지만, 애초에 독살을 명령한 사람이 누구인지에 대해서는 아직 아무것도 밝혀진 게 없었다. 크라수스는 반은 비어 있는 의사당 안을 둘러보았다. 그곳에 있는 의원들은 어느 누구 할 것 없이 거의 다 독살의 배후인물일 수 있었다. 술라는 조심성이라고는 눈곱만치도 없어 적을 많이 만들어놓았기 때문이다. 조심성이야말로 정치판에서 지켜야 할 첫 번째 규칙이라고 크라수스는 생각했다. 두 번째 규칙은 청을 들어줘야 하는 매력적인 여성을 피하는 것이었다. 하지만 살면서 즐거움을 맛볼 기회는 그리 많지 않은 법인데, 세르빌리아는 소중한 기억을 몇 가지 안겨주었으니 피할 수가 없었다.

"다음은 프리미게니아를 군단 명부에 다시 등록하는 문제올시다."

의장의 발표에 크라수스는 허리를 곧추세우고 앉아 그의 말을 집중해서 들었다.

"원로원의 승인 아래 신병을 모집해 훈련시키고, 선서를 하게 하고, 장교를 임명할 권한을 로마의 마르쿠스 브루투스에게 부여하자는 안이 제출되었소이다."

의장이 단조로운 어조로 말을 이었다. 자리에 남은 100명이 넘는 의원이 흥분에 휩싸여 수군거리는 것과는 전혀 어울리지 않는 어조였다. 술라파 가운데 하나가 재빨리 자리를 떴다. 투표에 참여하라고 동료들을 도로 불러오려는 게 분명했다. 칼푸르니누스 비빌루스와 다른 두 의원이 그 문제를 발언하려고 일어나는 것을 보고 폼페이우스가 눈살을 찌푸렸다. 그 사내는 술라의 충실한 지지자였고 지금도 기회가 있을 때마다 술라를 살해

한 자들을 모조리 찾아내고 말 거라고 공언하고 다니는 사람이었기 때문이다.

술라파는 오래된 수법을 염두에 두고 있는 듯 보였다. 회의 시간이 다 끝날 때까지, 아니면 적어도 그 발의안을 부결시키기에 충분한 수의 추종자들을 불러모을 수 있을 때까지, 한 사람씩 차례로 장황하게 연설을 늘어놓을 것이다. 만일 그 안이 다음번 회기로 넘어간다면 통과되지 못할지도 모르는 일이었다.

크라수스는 건너편의 킨나를 바라보다, 연민 어린 시선으로 바라보는 킨나와 눈이 마주쳤다. 그런데 그때 놀랍게도 킨나가 윙크를 하는 것이었다. 크라수스는 긴장을 풀고 도로 편안한 자세로 앉았다. 돈은 강력한 수단이었다. 그 사실을 누구 못지않게 잘 알고 있었다. 술라파들이 투표를 방해할 수 있으려면 발언을 시작해도 좋다는 허락을 받아야만 하는데, 의장은 그들이 주의를 끌려고 시끄럽게 헛기침을 해대며 서 있는 곳에는 눈길 한 번 주지 않은 채 발의안의 세부 사항을 조목조목 나열했다.

세부 사항에 대한 설명을 끝내자마자 의장은 발의안을 표결에 부치겠다고 선언했다. 그러자 술라파 가운데 하나가 큰 소리로 욕을 하며 의사당 밖으로 걸어 나갔다. 크게 예의에 벗어난 행동이 아닐 수 없었다. 임명안은 쉽게 통과되었고, 회의 종료가 선언되었다. 마지막 기도가 진행되는 동안 크라수스는 폼페이우스와 킨나를 슬쩍 보았다. 이제 세르빌리아에게 줄 선물을 신중히 골라야 할 것이다. 두 사람도 분명 비슷한 생각을 하고 있을 테니 말이다.

17장

　율리우스는 검을 빼든 채 주변의 다른 병사들과 함께 칠흑같이 어두운 화물창 안에서 기다리고 있었다. 그곳에는 신호가 떨어지기만을 기다리며 다들 숨을 죽이고 있어 부자연스러운 정적이 흘렀다. 이따금 들리는 벤툴루스의 늑재가 삐거덕거리는 소리는 선체를 철썩철썩 때리는 파도소리에 비하면 거의 중얼거리는 수준에 불과했다.

　머리 위에서는, 빠른 3단층 갤리선을 갖다 댄 뒤 아무 저항도 받지 않고 벤툴루스의 갑판에 모여든 해적들이 웃고 욕하는 소리가 들려왔다. 율리우스는 들려오는 소리를 하나도 놓치지 않으려고 열심히 귀를 기울였다. 병사들 모두에게도 긴장된 순간이기는 했지만, 위에 남아 있는 사람들에게는 가장 위험한 순간이 아닐 수 없었다. 해적들이 본보기로, 혹은 그저 잔인한 심성 때문에 그 사람들을 베어버릴 수도 있었기 때문이다. 해적들이 승선할 때 기꺼이 갑판에 남아 있겠다고 나서는 벤툴루스의 선원들을 보고 율리우스는 깜짝 놀랐다. 그러나 해적들을 공격하려 한다는 계획을 설명해 준 뒤 선원들이 처음에 보였던 의심과 분노를 거두었음을 알기에, 선원들의 열정을 믿어 의심치 않았다. 그리고 선원들이 갑판에서 해적들에게 항복하는 역할을 할 사람들을 선발하며 대단히 즐거워하는 모습을 보면서, 이 사내들에게는 자신들이 두려워하고 증오하는 해적들에게 반격을 가할 기회가 평생에 한 번 있을까 말까 하겠구나 하고 생각했다. 그들이 군단 갤리선의 병력을 보유할 기회는 다시는 없을 테니 말이다. 벤툴루스 같은 상선은 스스로를 보호하기 위해 늘 도망쳐 다녀야만 했고 선원들 중에는 켈수스와 그 일당들에게 동료를 잃은 사람들이 많았으니, 그들이 적극적으로 나서는 것은 어찌 보면 당연한 일이었다.

　그러나 율리우스는 펠리타스와 프락스에게 허름한 옷을 입혀 선원들과 함께 남겨두었다. 목숨을 낯선 이들에게 맡기는 것은 그리 유익한 일이 아니었기 때문이다. 두 사람을 함께 남겨두었으니, 설령 선원들이 배신한다 해도 둘 중 하나는 소리를 질러 신호를 보낼 수 있을 것이다. 율리우스는 어떤 것도 운에 맡기지 않았다.

　머리 위의 갑판 해치를 통해 여러 목소리가 희미하게 들려왔다. 공간이 비좁아 서로 바짝 붙어 있는 부하들은 불편해서 몸을 꿈지럭거렸지만 큰 소리로 불평하기는커녕 감히 속삭이지도 못했다. 갑판 위에 있는 적의 수가 몇 명이나 되는지 도무지 알 길이 없었다. 해적선의 선원들은 대개 로마 갤리선의 병력보다 수가 적었고, 칼을 서른 자루 이상 지니고 있는 경우도 드물었다. 하지만 액시피터를 침몰시킨 두 배의 갑판이 선원들로 꽉 차 있던 광경을 목격한 뒤여서 율리우스는 수적 우세에 의존할 수 없다는 것을 알고 있었다. 따라서 적들이 기습을 전혀 눈치채지 못하게 해야만 했다. 함께 화물창에서 기다리고 있는 사람들은 남아 있는 선원들을 포함해서 정확하게 50명이었다. 선원들을 보호하느라 병력을 낭비할 수는 없다고 생각한 율리우스는 선원들에게 각자 원하는 무기를 들어도 된다고 허락했다. 그런 상황에서 취할 수 있는 최선책은 선원들을 병사들과 뒤섞이게 하는 것이었다. 그래야 갑판으로 돌진할 때 뒤에서 갑자기 공격을 당하는 사태를 미연에 방지할 수 있다.

율리우스의 곁에 서 있는 선원 하나는 무기로 녹슨 쇠막대기를 들고 있었다. 그 사내가 속임수를 쓸 것 같은 기색은 전혀 보이지 않았다. 적어도 율리우스가 보기에는 그랬다. 다른 사람들과 마찬가지로 사내의 시선은 윤곽이 희미하게 보이는 거무스름한 해치에 못 박혀 있었다. 해치의 갈라진 틈 사이로 황금색 빛살이 들어와 먼지와 함께 소용돌이치며 반짝였다. 벤툴루스가 높은 파도에 휩쓸려 상하좌우로 요동칠 때, 그 빛살의 움직임은 거의 최면을 일으킬 듯했다. 위에서 더 많은 목소리가 들려왔다. 갑판의 널빤지들을 삐거덕거리게 만들며 움직이는 그림자들 때문에 빛이 차단되자, 율리우스는 긴장에 휩싸였다. 같은 편이라면 해치 위에 서지는 않았을 것이다. 그러므로 그 그림자들은 자신들의 노획물 이곳저곳을 돌아다니는 해적들임에 틀림없었다.

적선이 나타났을 때, 율리우스는 부하들을 화물창으로 내려보낸 뒤 가능한 한 오랫동안 갑판에 머물렀다. 다음번을 위해 해적들이 움직이는 방식을 눈으로 직접 보고 싶었던 것이다. 진짜 상선처럼 보이기 위해 벤툴루스의 노잡이들에게 꽤 빠른 속도로 노를 저으라고 명령을 내려야만 했다. 그러나 해적들이 간격을 좁혀오지 못할 것 같으면 노 몇 개를 서로 뒤엉키게 하라고 시킬 준비를 했다. 그런데 그럴 필요가 없었다. 의장을 푼 게 분명한 적선이 시간이 흐르면서 꾸준히 가까이 다가왔기 때문이다.

마침내 노의 개수를 셀 수 있을 정도로 해적선이 가까이 접근했다. 그제야 율리우스는 아래로 내려가 부하들과 합류했다. 가장 큰 걱정거리는 켈수스가 그랬던 것처럼 적이 훈련된 선원을 고용했을 거라는 점이었다. 만일 그들이 임금을 받는 자들이라면, 노 젓는 자리에 사슬로 묶여 있지 않을지도 모를 일이었다. 그러므로 혹시라도 근육질의 노잡이 100명이 뛰어 올라와 부하들과 맞붙는 사태가 발생한다면, 그자들이 무장을 했든지 안 했든지 간에 끔찍한 재앙이 아닐 수 없었다. 또한 적선에는 정면으로 들이받을 경우 먹잇감에 단단히 붙어 있을 수 있게 해주는 대못으로 된 충각이 달려 있었다. 그러나 해적들은 배를 옆으로 나란히 대고 승선하는 것을 더 선호하니 그것을 사용하지는 않을 것이다. 해안에서 멀리 떨어져 있고 부근에 순찰하는 갤리선들도 없는 만큼 해적들은 분명 안전하다고 느낄 것이고, 따라서 여유 있게 화물을 내릴 수 있으리라고, 어쩌면 벤툴루스를 차지할 수도 있으리라고 생각해 벤툴루스를 침몰시키지 않을 것이라는 게 율리우스의 생각이었다. 어쨌든 해적들에게는 조선소가 없지 않은가. 율리우스는 해적들이 최소한의 병력만을 이끌고 벤툴루스의 갑판 위로 넘어오기를 희망했다. 일단 적들을 단단히 묶어두면 배도 도망칠 수 없을 것이다. 그것이 바로 율리우스가 원하는 바였다. 신호를 기다리는 동안 율리우스는 이런저런 걱정을 하느라 땀을 흘렸다. 잘못될 수 있는 일들이 너무나 많았다.

한편 위에서는 세차게 불어대는 바람이 벤툴루스의 선원과 해적들의 얼굴에 작은 물방울을 흩뿌리고 있었다. 율리우스의 계획을 알고 있는 선원들은 아무런 불평도 하지 않고 순순히 항복한 뒤, 노를 안으로 끌어들이고 돛을 내리라고 소리쳤다. 돛도 노도 없는 상태라 벤툴루스는 앞으로 나아가지 못하고 파도가 넘실거릴 때마다 제자리에서 위아래로 좌우로 조금씩 흔들렸다. 해적들이 자기들의 배를 벤툴루스에 묶는 동안 화살들이 호를 그리며 날아왔다. 그래서 펠리타스는 화살에 맞지 않기 위해 옆으로 비켜서야만 했다. 양손을 높이 든 채 선원 몇이 앉아 있는 곳으로는 화살이 하나도 날아오지 않았다. 그 광경을 본 펠리타스는 그들의 행동을 따라한 뒤 그냥 서 있는 프락스를 잡아끌어 옆에 앉혔다. 선원들이 모두 바닥에 앉자 화살이 더 이상 날아오지 않았다.

벤툴루스에 승선할 준비를 하고 있는 사내들의 웃음소리를 들으며 펠리타스는 냉혹한 미소를 지었다. 율리우스는 적의 병력이 두 배에 분산될 때까지 기다리라고 일렀다. 그러나 적의 예비 병력이 얼마나 되는지 도무지 판단할 수가 없었다. 그래서 스무 명이 난간을 넘어오면 소리를 지르기로 마음먹었다. 그보다 수가 많으면 해적들은 첫 번째 돌격에서 우왕좌왕하며 흩어지지 않을지도 모른다. 그런데 가장 원치 않는 사태가 바로 갑판에서 치열한 전투를 벌이는 것이었다. 율리우스의 병사들 중에는 전투 경험이 없는 이들이 너무 많았고, 그래서 해적들이 빨리 항복하지 않는다면 전투가 불리하게 돌아갈 터였다. 그런 상황에 다다르면 결국 모든 것을 잃게될 것이었다.

첫 번째 해적 열 명이 벤툴루스의 갑판으로 넘어왔다. 펠리타스는 해적들이 자신만만하게 굴면서도 혹시 있을지 모를 갑작스러운 공격으로부터 서로를 보호하기 위해 한데 뭉쳐 움직이고 있음을 눈치챘다. 해적들이 살짝 퍼지며 갑판에 앉아 있는 선원들 쪽으로 다가왔다. 허리띠에는 포로들을 묶으려고 준비한 듯한 기다란 가죽끈이 달려 있었다. 그 열 명은 최고로 뛰어난 전사들, 자신이 해야 할 일을 알고 문제가 생겨도 헤쳐나갈 줄 아는 노련한 전사들임에 틀림없었다. 펠리타스는 갑판에서 칼을 지니는 것을 율리우스가 허락하지 않은 게 못내 아쉬웠다. 칼 한 자루 없이 있자니 벌거벗은 느낌이었다.

선원들은 자신들을 묶는 해적들에게 아무런 저항도 하지 않고 순순히 몸을 내맡겼다. 그 광경을 지켜보면서 펠리타스는 신호를 보내야 하나 말아야 하나 망설였다. 갑판에 겨우 열 명밖에 없으니 소리를 질러 신호를 보내기에는 너무 이른 감이 있지만, 해적들이 능률적으로 움직이고 있는 게 마음에 걸렸다. 만일 해적들이 나머지도 신속하게 묶어버린다면, 전투가 시작되어도 선원들은 전혀 도움이 되지 않을 것이다. 그때 해적 넷이 더 벤툴루스의 난간을 넘어오는 것을 본 펠리타스는, 두 손에 가죽끈을 든 채 다가오는 사내의 진지한 얼굴을 찬찬히 살폈다. 열넷이면 충분할 것이다.

그 사내와 시선이 마주친 순간 펠리타스는 큰 소리로 신호를 보냈다. 그 소리에 소스라치게 놀란 사내가 검을 치켜들었다.

"액시피터!"

펠리타스가 민첩하게 일어서며 외쳤다.

당황한 표정의 그 해적이 날카롭게 맞고함을 질렀다. 그와 동시에 해치들이 쾅 소리를 내며 열렸고, 그 안에서 로마 군단병이 떼로 몰려 나왔다. 그들의 갑옷이 햇볕을 받아 번쩍였다.

펠리타스 옆에 선 사내는 주위를 빙 둘러보더니 입을 쩍 벌렸다. 펠리타스는 그 모습을 보자마자 사내의 등 뒤로 달려들어 팔뚝으로 목을 휘감고 있는 힘껏 졸랐다. 사내는 비틀거리며 앞으로 한두 걸음 내딛더니 손에 든 검을 뒤로 해 펠리타스의 가슴에 쑤셔 넣었다. 펠리타스는 고통스러워하며 나가떨어졌다.

한편 율리우스는 기습공격을 이끌고 있었다. 펠리타스가 신호를 너무 일찍 보냈음을 알아챈 그는 욕을 하면서 앞에 있는 첫 번째 사내를 해치웠다. 궁수들이 여전히 적선에 남아 있었기 때문에 시커먼 화살들이 날아와 갑판을 강타했다. 몸이 묶인 선원 하나가 화살에 맞아 목숨을 잃었다. 로마 병사들은 방패가 없어 화살을 피할 길이 없었다. 상황이 그런지라 율리우스는 공격이 주춤해지지 않기만을 바랄 뿐이었다. 부하들은 한 번도 화살 세례를 받아본 적이 없었다. 화살 세례를 받는 것은 경험 많은 병사들에게도 힘든 일이었다. 그 순간에는 모든 본능이 몸을 던져 숨으라고 말하게 마련이었다. 율리우스의 검이 또 다른 검과 쨍 하고 부딪쳤다. 율리우스는 검을 들지 않은 손으로 주먹을 날려 상대를 납작하게 때려눕히고는 무방비 상태로 드러나 있는 목에 재빨리 칼을 밀어 넣었다.

그런 다음 그 자리에 서서 좌우를 흘끗 보며 전투 광경을 유심히 살폈다. 벤틀루스에 승선한 해적들은 대부분 바닥에 쓰러진 상태였다. 부하들은 한둘이 고통에 겨워 울부짖으며 사지에 박힌 화살을 빼내려고 안간힘을 쓰고 있긴 해도 잘 싸우고 있었다.

그때 화살 하나가 윙 소리를 내며 날아와 가슴을 강타하는 바람에 율리우스는 그 충격을 이기지 못해 한 발짝 뒷걸음질쳤다. 숨이 탁 막혔지만, 그 사악한 물체가 달가닥 소리를 내며 나무 갑판 위에 떨어지자 갑옷 덕분에 목숨을 건졌음을 깨달았다.

"적선에 승선하라!"

율리우스가 고함을 질렀다. 말이 떨어지기 무섭게 부하들이 그와 함께 해적선을 향해 쇄도했다. 화살들이 계속 날아와 그들을 강타했지만 그들은 거의 부상을 입지 않았다. 율리우스는 튼튼한 로마 갑옷을 제공해 준 신들에게 감사했다. 벤틀루스의 난간 위로 뛰어오르던 율리우스가 돌연 쭉 미끄러졌다. 쇠징이 박힌 샌들이 난간 나무 위에 박히지 못하고 미끄러졌던 것이다.

쭉 미끄러지던 몸이 멈춘 곳은 하필 욕을 해대며 검을 휘두르고 있는 적의 발치였다. 율리우스는 적이 내찌르는 검을 팔뚝으로 쳐서 막아내다가 칼끝에 살짝 베었다. 그가 몸 밑에 깔린 검을 잡기 위해서는 몸을 옆으로 굴려야만 했다. 그때 또 다른 칼날이 철커덩 소리를 내며 율리우스의 어깨를 강타했다. 그 바람에 갑옷의 어깨 부분이 툭 하고 떨어져 나갔다.

율리우스가 쓰러진 것을 본 다른 로마인들은 앞에 마주선 해적들을 미친 듯이 베며 앞으로 나아갔다. 그들은 앞뒤 가리지 않고 앞사람을 밀며 율리우스를 지나 적선으로 몸을 던졌다. 가디티쿠스가 율리우스의 손을 잡아 일으켜 세웠다.

"자네, 또 내 신세를 졌군그래."

두 사람이 적선의 갑판 위로 함께 돌진할 때 가디티쿠스가 투덜거렸다. 율리우스는 해적에게 달려들면서 검을 내찌른 뒤 반격을 피할 준비를 하며 잠시 멈칫했다. 그런데 그 사내는 반격을 가하기는커녕 검을 피하려고 황급히 뒤로 물러서다 발을 헛디뎠고, 중심을 잡으려고 두 손을 허공에서 허우적거리다 검을 놓치고 말았다. 사내의 손에서 빠져나온 검이 바닥에 떨어져 빙그르르 돌았다. 율리우스가 치켜들었던 묵직한 글라디우스를 천천히 내려 목에 갖다 대자 사내는 공포에 질린 표정을 지었다.

"제발! 항복하겠소!"

사내가 하얗게 질린 얼굴로 소리쳤다. 율리우스는 동작을 멈추고 재빨리 주위를 흘끗 둘러보았다. 해적들은 머뭇거리고 있었다. 그러나 많은 동료가 죽어 있는 것을 보고 이내 항복의 뜻으로 두 손을 허공에 치켜들었다. 검들이 달그락 소리를 내며 갑판에 부딪쳤다. 살아남은 궁수들은 활을 내려놓았다. 항복을 하는 순간에도 활을 다루는 몸짓이 자못 조심스러웠다.

율리우스는 한 걸음 물러서서 뒤를 돌아보았다. 승리했다는 자부심에 기분이 한껏 고양되어 있었다.

. 그곳에는 반짝이는 제복을 입은 신병들이 검을 빼든 채 처음 자세 그대로 서 있었다. 그들은 완벽하게 활기차고 군율이 잡힌 군단병들로 보였다.

"일어서라."

율리우스가 쓰러져 있는 사내에게 말했다.

"이 배는 로마를 위해 징발하겠다."

살아남은 해적들은 벤툴루스의 선원들을 묶으려고 가져왔던 바로 그 가죽끈으로 묶였다. 해적들을 포박하는 일은 빨리 끝났지만, 그 과정에서 선원 하나가 좀 전에 자신을 묶었던 해적이 묶여 있는 것을 보고 머리를 발로 차는 사태가 발생하는 바람에 율리우스는 그 선원을 제지하라는 명령을 내려야만 했다.

"그 사내한테 채찍질을 열 번 가하라."

율리우스가 단호하고 강경하게 말했다. 부하들은 그 선원을 단단히 붙잡았고, 벤툴루스의 나머지 선원들은 서로 흘끗흘끗 시선을 교환했다. 율리우스는 선원들을 노려보아 꼼짝 못하게 만들었다. 그들이 명령을 받아들이는 게 중요하다는 것을 알았기 때문이다. 그들끼리만 놔둔다면, 십중팔구 몇 년 동안 품고 있던 증오심을 마구잡이식 고문과 폭력의 형태로 드러내어, 포로들을 토막내어 죽이고도 남을 터였다. 선원들은 아무도 율리우스와 시선을 맞추지 않았다. 그들의 시선은 자축 분위기에 휩싸여 있는 병사들에게 머물지 못하고 다른 곳을 표류했다. 마침내 율리우스는 나머지 포로들을 통제하기 위해 돌아섰다. 그가 두려워했던 노잡이들이 위에서 벌어진 전투 소리를 듣고 공포에 질려 내지르는 비명이 갑판 아래에서 들려왔기 때문이다. 부하들을 보내 그들을 진정시켜야 할 것이다.

"지휘관님, 여기 좀 보세요!"

갑자기 그렇게 외치는 목소리가 들렸다.

목소리가 나는 쪽을 보니, 프락스가 펠리타스의 몸뚱이를 끌어안은 채 한 손으로 위쪽 가슴에 난 벌어진 상처를 누르고 있었다. 친구의 입 주변이 피로 얼룩진 것을 보고, 율리우스는 그가 도저히 살아날 가망이 없음을 알아챘다. 카베라가 있다면 살려낼 수 있을지도 모르지만, 지금으로서는 그를 위해 해줄 수 있는 일이 아무것도 없었다.

펠리타스는 숨을 제대로 쉬지 못했고, 비록 눈은 뜨고 있지만 초점이 없었다. 힘겹게 숨을 쉴 때마다 입술 사이로 피가 조금씩 흘러나왔다. 율리우스는 두 사람 옆에 웅크리고 앉았다. 그 주위로 많은 병사들이 모여들어 태양을 가렸다. 침묵 속에서 지켜보고 있는 그들에게는 몇 시간 같은 몇 초가 흐른 뒤, 이윽고 힘겨운 숨이 멈추었고, 눈도 점차 생기를 잃더니 멍한 시선으로 한 곳을 응시했다.

율리우스는 자리에서 일어나 친구의 주검을 내려다보았다. 그러더니 병사 둘에게 신호를 보냈다.

"프락스를 도와 펠리타스를 아래 선실로 데려가라. 우리 동료를 저들과 함께 바다에 내던지지는 않을 것이다."

율리우스는 더는 말을 덧붙이지 않고 자리를 떴다. 그가 그렇게 단호한 태도를 보여야만 하는 이유를 이해하는 병사들은 오로지 액시피터의 장교들뿐이었다. 지휘관이 부하들 앞에서 약한 모습을 드러내지 않으려는 것이었다. 그 사실을 이해하고 있는 장교들은 더 이상 자신들을 이끄는 사람이 누구인지 아무도 의심하지 않았다. 심지어 가디티쿠스조차도 율리우스가 혼자서 성큼성큼 걸어 곁을 지나갈 때 고개를 조아렸다.

그날 밤 배 두 척의 안전이 모두 확보되자, 율리우스는 액시피터의 다른 장교들과 만나 술을 마시며, 여정에 끝까지 함께하지 못한 펠리타스를 위해 건배했다.

잠자리에 들기 전에 가디티쿠스와 율리우스는 달빛이 비치는 벤툴루스의 갑판 위를 함께 거닐었다. 두 사람 다 추억에 잠겨 한동안 아무 말이 없었다. 그러나 아래쪽 선실로 향하는 계단에 이르렀을 때, 가디티쿠스가 율리우스의 팔을 붙잡았다.

"여기 지휘관은 자네일세."

그 말에 율리우스가 가디티쿠스 쪽으로 몸을 돌렸다. 가디티쿠스는 율리우스를 보면서 그의 인성에 깃든 강인함을 느낄 수 있었다.

"압니다."

율리우스가 간략하게 대답했다.

가디티쿠스는 쓴웃음을 지었다.

"내가 그 사실을 깨달은 건 자네가 쓰러졌을 때였네. 모든 병사가 명령도 기다리지 않고 자네 뒤를 따르더군. 병사들은 자네가 가는 곳이라면 어디든 따라갈 걸세."

"병사들을 어디로 이끌고 가야 할지 알고 있다면 좋을 텐데요."

율리우스가 조용히 말했다.

"어쩌면 오늘 포로로 잡은 해적들 중에 켈수스가 있는 곳을 아는 자가 있을지도 모릅니다. 내일 아침이면 알게 되겠죠."

율리우스는 펠리타스가 쓰러져 있던 곳으로 시선을 돌렸다.

"제가 그렇게 미끄러지는 꼴을 펠리가 봤다면 깔깔대고 웃었을 겁니다.

미끄러져 죽었다면 꼴이 우스웠을 뻔했습니다."

율리우스는 웃긴 말을 들은 것도 아닌데 말을 하면서 낄낄거렸다. 곧장 적의 발치로 용감하게 돌진했던 게 떠올랐던 것이다. 그러나 가디티쿠스는 웃지 않았다. 가디티쿠스가 손으로 어깨를 툭 치는 걸 율리우스는 느끼지 못한 듯했다.

"만일 제가 켈수스를 찾길 원치 않았다면, 그 친구는 죽지 않았을 겁니다. 지금쯤이면 다들 로마에 돌아가 있었을 테니까요. 이름에 먹칠을 하지도 않았을 테고요."

가디티쿠스가 율리우스의 어깨를 잡고 부드럽게 돌려 다시 마주 보게 했다.

"지난 일을 가정하며 속을 태워봤자 무슨 소용 있느냐고 우리한테 말한 사람이 자네 아니었나? 다들 집으로 돌아가고 싶고, 할 수만 있다면 더 나은 선택을 하고 싶겠지. 그러나 일이란 게 원래 뜻대로 되는 건 아니지 않은가. 우리한텐 한 번의 기회가 있네. 비록 세상사가 한 번의 기회에 달려 있는 것은 아니지만 말일세. 내가 그 해안을 따라 액시피터를 항해시키지 않았을 수도 있었겠지. 그러나 만일 그랬다 해도 나한테 무슨 일이 일어났을지 누가 알겠는가? 병에 걸렸을 수도 있고, 주막에서 칼에 찔렸을 수도 있고, 아니면 계단에서 굴러 떨어져 머리통이 깨졌을지도 모를 일 아닌가. 그러니 지난 일을 후회하고 걱정해 봤자 아무 소용없는 일일세. 그저 그날그날을 있는 그대로 받아들이고 우리가 내릴 수 있는 최선의 결정을 내리면 되는 걸세."

"만일 결과가 나쁘게 나온다면요?"

가디티쿠스가 어깨를 으쓱했다.

"그럴 때 나는 대개 신들을 탓한다네."

"신들을 믿으십니까?"

"사람과 돌 이상의 무언가가 있다는 것을 알지 않고는 배를 항해시킬 수 없는 거라네. 나는 늘 모든 신전에 공물을 바치며 배의 안전을 기원해 왔네. 그런다고 해서 누가 다치는 것도 아니고, 혹시 기도가 진짜로 효험이 있는지는 아무도 모르는 일 아닌가."

실용적인 철학이 담긴 가디티쿠스의 말에 율리우스가 살짝 미소를 지었다.

"저는…… 다시 펠리타스를 보길 바랍니다."

가디티쿠스가 고개를 끄덕였다.

"우리 모두 그렇게 될 걸세. 그러나 아직은 아니라네."

가디티쿠스는 율리우스의 어깨에 얹었던 손을 내리고는, 얼굴을 돌려 바다에서 불어오는 미풍을 맞고 있는 율리우스를 남겨둔 채 혼자 선실로 내려갔다.

혼자 남은 율리우스는 두 눈을 감은 채 한참을 꼼짝 않고 서 있었다.

이튿날 아침, 율리우스는 부하들을 두 배에 나눠 태우기 위해 두 조로 나누었다. 두 척 중에서 속도가 더 빠른 편인 해적선의 선장직을 맡고 싶은 마음도 있었지만, 직관에 따라 그 배를 벤툴루스의 선장이자 소유주인 두루스에게 주기로 했다. 자기 선실에 갇혀 있던 탓에 전투 광경을 보지 못했던 그 사내는 화물을 바다에 던진 것을 알고 처음에는 노발대발했지만 그때의 상황이 이해되자 더는 소리를 지르지 않았다. 그는 어느 선원 못지 않게 해적들을 증오하고 있던 터라 해적들이 불과 몇 시간 전의 자기처럼 꽁꽁 묶여 있는 것을 보고 크게 기뻐했다.

율리우스가 손실을 보전해 주기 위해 해적선을 넘겨주겠다는 제안을 했다. 이에 두루스는 율리우스의 손을 잡으며 거래에 합의했다.

"당신이 원하는 사내를 찾으면, 두 척 다 내 배가 되는 거요?"

"우리가 켈수스를 공격할 때 한 척이 침몰하지만 않는다면 그렇소. 내 부하들이 로마 영토로 되돌아가려면 배가 한 척 필요하오. 그 배가 켈수스의 것이 되길 바라지만, 그자는 노련하니 설령 찾아낸다 해도 배를 빼앗기가 그리 쉽지는 않을 거요."

율리우스는 그렇게 대답을 하면서도 선장을 어느 정도까지 믿어야 할지 알 수가 없었다. 그래서 확실하게 충절을 지키도록 하기 위해, 선장이 나포된 해적선에 승선할 때 벤툴루스의 선원은 몇 명만 딸려 보내고 군단병들을 함께 보낼 작정이었다. 그렇게 하면 만일 해적들과 맞닥뜨릴 때 용기가 꺾인다 해도 군단병들이 함께 있으니 선장이 용기를 잃고 배신하는 일은 생기지 않을 것이다.

두루스는 기쁜 표정이었다. 사실 기뻐하는 것도 당연했다. 비록 상아가 배 밖으로 내던져졌다는 말을 들었을 때 신음소리를 내기는 했지만, 나포한 배를 팔면 잃어버린 화물을 팔았을 때보다 훨씬 많은 돈을 챙길 수 있기 때문이다.

선장과의 문제는 해결되었으니, 이제 남은 문제는 전투에서 살아남은 해적들을 어찌할 것이냐 하는 것이었다. 율리우스는 부상을 입은 해적들을 죽여, 죽은 자들과 함께 바다에 내던지라고 명령을 내렸다. 그들이 살려달라고 애원하며 울부짖었지만, 털끝만큼의 동정도 보이지 않았다. 부상자들을 그렇게 처리했는데도 밤낮으로 지켜보아야 할 해적들이 열일곱

이나 남아 있었다. 율리우스는 그들을 어떻게 처리할지 결심을 굳힌 듯 이를 악물었다. 이제 살아남은 해적들의 운명이 그의 어깨에 달려 있었다.

율리우스는 그 해적들을 한 사람씩 따로 선장의 선실로 데려오라고 명령했다. 그리고 육중한 탁자 뒤에 차분하게 앉아 기다렸다. 부하 둘이 꽁꽁 묶인 해적을 한 사람씩 데리고 왔다. 율리우스는 해적들에게 무력감을 심어주고 싶어 그들을 처다볼 때 최대한 냉혹하고 잔인한 표정을 지었다. 그들은 선장이 전투 중에 사망했다고 주장했지만, 율리우스는 그 말을 곧이곧대로 믿지 않았다. 만일 선장이 그들 중에 끼어 있다 해도 신분이 밝혀지는 것을 원치 않을 게 분명했기 때문이다.

"두 가지를 묻겠다. 질문에 답할 수 있다면 너는 살 수 있을 것이다. 하지만 답할 수 없다면 바다에 내던져져 상어 밥 신세가 될 것이다. 이제 묻겠다. 너희 선장이 누구냐?"

율리우스가 첫 번째로 끌려온 해적에게 물었다.

사내는 율리우스의 발치에 침을 뱉고는 관심이 없다는 듯 시선을 돌렸다. 탁자 밑에 놓인 발목에 따뜻한 액체 몇 방울이 튀는 게 느껴졌지만 율리우스는 무시했다.

"켈수스가 있는 곳이 어딘가?"

율리우스가 말을 이었다.

아무런 대답도 없었지만, 그 포로는 땀을 흘리기 시작했다.

"좋아. 저자는 상어들한테 던져주고 다음 사람을 데려오라."

율리우스가 조용히 말했다.

"네, 알겠습니다."

두 병사가 동시에 대답했다.

그제야 정신이 번쩍 들었는지 사내는 난간으로 끌려가는 내내 몸부림을 치며 악을 써댔다. 사내를 난간까지 끌고 간 두 병사는 그를 차마 바다에 내던지지 못하고 잠시 붙들고 있었다. 그때 두 신병 가운데 하나가 허리춤에서 칼을 빼들었다. 다른 병사가 의아한 표정으로 그를 바라보았다. 그러나 그 병사는 어깨를 으쓱하더니 두 손에 묶인 끈을 자른 다음 해적을 번쩍 들어 바다에 내던졌다. 해적은 비명을 지르며 바닷물 속으로 첨벙 떨어졌다. 그러자 그 병사는 단검을 치운 뒤 다른 병사와 함께 해적이 바닷물 속에서 미친 듯이 허우적거리는 모습을 지켜보았다.

"저자에게 한 번의 기회는 줘야 할 것 같아서 말이야."

두 병사의 눈에 거무스레한 그림자 셋이 허우적거리는 사내를 향해 천천히 다가오는 것이 보였다. 첫 번째 시체들을 바다에 내던진 후부터 상어들이 배를 쫓아왔던 것이다. 상어들이 다가오는 것을 본 그 해적은 더욱더 미친 듯이 허우적거리며 수면을 때렸고, 그 바람에 주변에 허옇게 포말이 일었다. 그러나 다음 순간 그는 수면 아래로 휙 끌려가고 말았다. 그 모습을 본 두 병사는 돌아서서 심문을 받을 다음 사내를 데리러 갔다.

두 번째 해적은 헤엄을 전혀 못 치는지 바로 물속으로 가라앉았다. 세 번째 해적은 선실로 끌려가 심문을 받고 난간으로 끌려가는 내내 물속으로 가라앉기 바로 직전까지 저주를 퍼부었다. 이제 물속에는 더 많은 상어들이 모여들어, 핏빛 포말 속에서 서로 미끄러지듯 몸뚱이를 부딪치며 고깃덩어리를 차지하겠다고 싸우고 있었다.

율리우스가 질문을 하자마자 네 번째 해적이 말했다.

"어차피 죽일 거 아니오."

"내가 원하는 걸 말해 주면 죽이지 않겠다."

사내는 안도감에 몸이 축 늘어졌다.

"그렇다면 말하겠소. 내가 선장이오. 묻는 말에 대답했으니 이제 안 죽일 거요?"

"켈수스가 있는 곳을 말해 준다면 그러겠다고 약속하지."

율리우스가 사내 쪽으로 몸을 기울이며 말했다.

"겨울에는 아시아에 있는 사모스로 간다고 알고 있소. 그리스 바다의 끝 쪽에 위치한 곳이오."

"처음 들어보는 이름인데."

율리우스가 미심쩍어하며 말했다.

"사모스는 연안에서 떨어져 있는 큰 섬이오. 밀레투스 부근에 있소. 로마 갤리선들은 그 인근을 순찰하지 않으니 잘 모르겠지만, 나도 한 번 간 적이 있는 곳이오. 거짓말을 하는 게 아니란 말이오!"

율리우스는 사내의 말을 믿고 고개를 끄덕였다.

"좋았어. 그렇다면 우린 그곳으로 가야겠군. 여기서 얼마나 떨어진 곳인가?"

"한 달은 꼬박 걸릴 거요. 최대로 오래 걸리면 두 달도 걸릴 수 있을 테고."

그 말에 율리우스가 얼굴을 찡그렸다. 그렇게 오래 걸린다면 도중에 속 주들에 들러야만 할 테고, 그러면 위험이 더 커질 수밖에 없었다. 율리우스가 고개를 들어 두 병사를 쳐다보았다.

"남은 자들을 상어한테 던져줘라."

그 명령을 듣고 해적 선장이 눈살을 찌푸렸다.

"그러나 나는 빼줘야 할 것 아니오. 나를 죽이지 않겠다고 약속하지 않왔소."

율리우스가 천천히 일어섰다.

"나는 훌륭한 친구들을 너희 해적들한테 잃었다. 인생에서 1년이라는 시간도."

"약속했잖소! 거기로 안내해 줄 사람이 필요할 거 아니오. 나 없이는 그곳을 찾지 못할 거요."

사내가 재빨리 말했다. 두려움 때문에 목소리가 돌변해 있었다.

율리우스는 들은 체 만 체하며 병사들에게 사내의 두 팔을 붙잡으라고 시켰다.

"이자를 당분간 안전한 곳에 가둬라."

병사들과 해적 선장이 나간 뒤 율리우스는 혼자 선실에 앉아서 밖으로 끌려나와 바다에 내던져지는 해적들이 아우성치는 소리를 듣고 있었다. 시끄럽던 소리가 마침내 잠잠해지고 배가 항해하면서 내는 삐거덕 소리가 다시 들려오자 두 손을 내려다보았다. 자신이 내린 명령에 대해 부끄러움이나 양심의 가책이 느껴지리라 생각했지만 놀랍게도 그런 감정이 전혀 들지 않았다. 그러자 펠리타스를 위해 마음 놓고 눈물을 흘릴 수 있도록 선실 문을 닫았다.

18장

전날 밤에 개어놓은 옷에 달려 있던 브로치가 사라진 것을 본 알렉산드리아는 짜증이 나서 한숨을 내쉬었다. 재빨리 다른 방들을 들여다보니, 옥타비아누스는 일찌감치 집을 나가고 없었다. 문을 닫고 타빅의 작업장으로 향하면서, 알렉산드리아는 이를 악물었다. 그 브로치는 값비싼 은으로 된 것도 아니고, 모양을 만들고 광을 내느라 많은 시간이 걸린 것도 아니었다. 그러나 그것은 그녀가 자신을 위해 만든 유일한 브로치였다. 게다가 그녀의 고객이 된 사람들 중에는 길거리를 지나가다 그녀가 그 브로치를 달고 있는 모습을 보고 마음에 들어 브로치를 사러 오게 된 이들이 많았다.

그 브로치에는 간단하게 독수리 한 마리가 새겨져 있었는데, 독수리가 모든 군단의 상징이 되지 않았다면, 그래서 사람들이 보편적으로 원하는 문양이 되지 않았다면, 그녀는 자신의 어깨에 달 브로치의 문양으로 독수리를 택하지는 않았을 것이다. 브로치의 문양이 독수리이다 보니, 그녀를 멈춰 세우고 브로치에 관해 질문을 던지는 사람들은 주로 장교들이었다. 그런데 그런 브로치를 못된 꼬마 녀석이 훔쳐갔다는 사실에 몹시 분개한 알렉산드리아는 걸어가면서 두 주먹을 불끈 쥐었다 폈다 했다. 브로치가 없으니, 망토가 양어깨 주위로 흘러내려 망토를 연신 추켜올려야만 했다.

그 꼬마는 도둑이 아니라 바보라고 알렉산드리아는 생각했다. 어떻게 붙잡히지 않을 거라 생각할 수 있단 말인가? 걱정스러운 가능성 한 가지 는, 꼬마가 벌을 받는 데 워낙 익숙해져 있어 오로지 브로치를 갖고 싶다 는 생각에 벌을 받는 것쯤은 대수롭지 않게 생각했을지 모른다는 것이었 다. 꼬마는 아마 가질 수만 있다면 오다가다 보게 되는 물건은 뭐든지 기 꺼이 훔칠 것이다. 꼬마를 보면 어떻게 해야 할까 하고 혼잣말로 중얼거리 며 알렉산드리아는 짜증스레 고개를 가로저었다. 꼬마는 수치심을 느끼 지 못할 수도 있었다. 심지어 자기 엄마 앞에서도 말이다. 푸줏간의 소년 들이 훔친 고기를 찾으러 왔을 때도 꼬마는 전혀 부끄러운 줄을 모르지 않 았던가.

어쩌면 아티아에게 알리지 않는 편이 나을지도 모를 일이었다. 그녀의 얼굴에서 수치스러워하는 표정을 보게 될 생각만 해도 알렉산드리아는 가 슴이 아팠다. 새로운 방에서 살게 된 지 채 일주일도 되지 않았지만, 그 여 자를 좋아하게 된 것이다. 그 여자는 자존심이 강했고, 일종의 위엄도 갖 추고 있었다. 그런 면이 아들에게 전해지지 않은 것은 대단히 안쓰러운 일 이었다.

2년 전 폭동이 끝으로 치닫고 있던 무렵, 타빅의 가게도 큰 피해를 입었 다. 그때 알렉산드리아는 타빅이 가게를 다시 세우는 것을 도왔는데, 문짝 과 작업대를 다시 만드는 것을 거들면서 목수일도 약간 익혔다. 타빅은 귀 금속들을 전부 제때 위층의 자기 집으로 옮기고 아수라장이 된 도시에서 맹수처럼 날뛰는 폭도들을 막기 위해 방책을 잘 쳐놓은 덕분에, 다행히 생 계에 큰 지장은 받지 않았다. 아담한 그 가게에 다가가면서 알렉산드리아 는 자신의 문제로 그를 걱정시키지는 않으리라 마음먹었다. 알렉산드리아는 타빅에게 많은 빚을 지고 있었다. 타빅은 가장 힘든 시절에 자기 가족과 함께 안전하게 머물도록 해준 것은 물론이고 그 이상을 그녀에게 베풀어주었다. 따라서 굳이 말로 표현할 필요는 없는 듯했지만, 알렉산드리아는 타빅에게 진 빚을 반드시 갚으리라 맹세했었다.

알렉산드리아가 참나무 문을 열었을 때, 실내에서는 새된 호통소리가 쩌렁쩌렁 울려 퍼지고 있었다. 한순간 만족감에 그녀의 눈이 반짝였다. 타빅이 억센 한 팔로, 버둥거리는 옥타비아누스를 허공에 들어 올리고 있는 광경이 눈에 들어왔던 것이다. 문이 열리자 고개를 든 그 금속세공인은 알렉산드리아를 보고는 그 소년을 돌려 그녀와 마주 보게 했다.

"이 녀석이 글쎄 방금 나한테 뭘 팔려고 했는지 도저히 못 믿을 거야."

가게 안에 들어온 사람을 보자 옥타비아누스는 더욱더 미친 듯이 버둥거렸다. 자신을 허공에 들고 있는 팔에 발길질을 해댔지만 헛수고일 뿐이었다. 타빅은 그러든지 말든지 아랑곳하지 않았다.

알렉산드리아는 쏜살같이 가게를 가로질러 두 사람에게로 다가갔다.

"내 브로치 어디 있니, 이 꼬마 도둑아?"

알렉산드리아가 다그쳤다.

타빅이 다른 쪽 손을 벌리자, 은빛 독수리가 모습을 드러냈다. 알렉산드리아는 그것을 받아 원래 자리에 도로 꽂았다.

"아주 배짱 좋게 걸어 들어와서는 자기한테 얼마나 줄 거냐고 묻지 않겠어, 글쎄!"

타빅이 성난 어조로 말했다. 정직을 생명처럼 여기는 그는 힘들이지 않고 도둑질로 편안하게 살아보려는 자들을 몹시 싫어했다. 분노를 드러내며 그가 다시 한 번 옥타비아누스를 흔들었다. 옥타비아누스는 훌쩍거리며 발길질을 해대면서 도망칠 궁리를 하느라 주변을 둘러보았다.

"이 녀석을 어떻게 할까?"

타빅이 물었다.

알렉산드리아는 잠시 생각에 잠겼다. 길거리를 끌고 다니면서 두들겨 패주고 싶은 마음이 굴뚝같았지만, 그런다 해도 이 소년의 작은 손가락들이 언제고 물건을 낚아챌 가능성은 사라지지 않을 거라는 걸 그녀는 알고 있었다. 따라서 더 영구적인 해결책이 필요했다.

"제 생각엔 이 아이 어머니를 설득해서 이 아이가 우리를 위해 일하게 하는 게 좋을 것 같아요."

알렉산드리아가 신중하게 말했다.

타빅은 옥타비아누스를 바닥에 내려놓았다. 그러나 그 순간 소년이 손을 깨물자 타빅은 그를 다시 번쩍 들어 올렸고, 소년은 헛되이 성을 내며 대롱대롱 매달리게 되었다.

"농담하지 말아. 이 녀석은 짐승보다 나을 게 없단 말이야!"

주먹에 난 하얀 이빨자국을 보고 움찔하며 타빅이 말했다.

"아저씨라면 이 아일 가르치실 수 있을 거예요. 이 아이한텐 그렇게 해줄 아버지가 없어요. 아저씨가 가르치시면, 이 아이는 커서 지금처럼 살지는 않을 거예요. 풀무질을 시킬 사람이 필요하다고 하셨잖아요. 게다가 가게엔 늘 청소할 일도 많고 물건을 나를 일도 많잖아요."

"놔줘요! 난 아무 일도 안 할 거야!"

옥타비아누스가 소리쳤다.

타빅이 소년을 바라보았다.

"이 녀석은 쥐새끼처럼 비쩍 말랐어. 팔에 힘이라곤 없게 생겼다고."

"이 아인 이제 겨우 아홉 살이에요. 이런 애한테 뭘 기대하시는 거예
요?"

"내 장담하건대, 이 녀석은 문이 열리기가 무섭게 달아나고 말걸."

"만일 그러면 제가 도로 데려올게요. 언젠가는 집에 돌아와야 할 테니,
집에서 기다리고 있다가 볼기짝을 패서라도 마음을 돌려놓을게요. 여기
에 놔두면 말썽을 부리지 못하게 막을 수 있을 테고, 우리 두 사람한테도
도움이 될 거예요. 애보다 어린 일꾼은 구하지 못하실걸요. 저는 풀무질을
할 때 도움을 받을 수 있을 테니 좋고요."

타빅은 옥타비아누스를 다시 바닥에 내려놓았다. 이번에는 소년도 그
를 물지 않고, 두 어른이 마치 자신이 가게 안에 없는 듯 자신의 문제를 논
의하는 모습을 주의 깊게 지켜보았다.

"저한테 얼마나 주실 건데요?"

옥타비아누스가 그렇게 물으며 분노에 찬 눈물을 손가락으로 훔쳤다.
그러나 손가락이 워낙 지저분해서 얼굴에 얼룩만 생겼다.

타빅이 웃음을 터뜨렸다.

"돈을 달라고!"

타빅의 목소리에는 비웃음이 가득 담겨 있었다.

"꼬마야, 너는 기술을 배우게 되는 거야. 그러니 돈은 네가 우리한테 줘
야지."

옥타비아누스는 욕설을 퍼부어대고는 다시 한 번 타빅을 물려고 했다. 이
번에는 그 금속세공인이 보지도 않고 다른 쪽 손바닥으로 그를 찰싹 때렸다.

"이 녀석이 물건을 훔치면 어쩔 건데?"

알렉산드리아는 타빅이 자신의 제안 쪽으로 마음을 돌리고 있음을 알

수 있었다. 물론 그게 문제였다. 만일 옥타비아누스가 은을 가지고 달아난다면, 아니 더 심한 경우 타빅이 자물쇠를 채워 챙겨둔 얼마 되지 않는 금을 가지고 달아난다면, 모두 상처를 입게 될 것이다. 알렉산드리아는 최대한 엄한 표정을 지은 채 손으로 옥타비아누스의 턱을 잡고 얼굴을 돌려 자신의 얼굴과 마주 보게 했다.

"만일 그런다면 우리는 이 아이를 노예로 팔아서 빚을 갚으라고 요구할 권리를 갖게 될 거예요. 그리고 만일 필요하다면 이 아이의 어머니를 팔 권리도요."

알렉산드리아가 꼬마의 얼굴에 시선을 못 박은 채 말했다.

"그건 안 돼요!"

충격을 받은 옥타비아누스가 소리쳤다.

"나는 자선가가 아니야, 꼬마야. 그러니 그렇게 할 거야."

타빅이 단호하게 대꾸했다. 그러고는 옥타비아누스의 머리 위쪽에서 알렉산드리아에게 눈을 찡긋했다.

"이 도시에서는 빚은 어떤 식으로든 반드시 갚게 되어 있거든."

알렉산드리아가 맞장구를 쳤다.

겨울이 일찌감치 찾아왔는지라, 투브루크와 브루투스는 두꺼운 망토를 걸친 채 오래된 참나무를 쪼개 장작을 만들고 있었다. 수레로 실어 소유지에 있는 창고까지 나를 참이었다. 레니우스는 추위를 느끼지 못하는지 낯선 이들의 시선이 느껴지지 않자 바람이 부는데도 팔이 잘려나간 부위를 그대로 드러내놓고 있었다. 레니우스는 산에 올라올 때 도끼를 내리칠 수 있도록 나뭇가지들을 놓아줄 노예 소년 한 명을 소유지에서 데려왔다. 레니우스의 뒤를 쫓아올 때부터 한마디도 하지 않은 그 소년은, 레니우스가 도끼를 내리칠 때는 행여 도끼에 맞기라도 할까 봐 멀찌감치 떨어져 서 있었고, 도끼날이 미끄러져 레니우스가 비틀거리며 조그맣게 욕을 해댈 때는 바람을 맞아 빨갛게 된 얼굴에 미소를 드러내지 않으려고 무진 애를 썼다. 만일 소년이 재미있어하는 모습을 보았다면, 늙은 검투사는 분명 다음에 이어질 행동을 조용히 생각하며 움찔했을 것임을 브루투스는 알고 있었다. 장작을 패느라 그들은 모두 땀에 젖어 있었고, 입에서는 허연 입김이 새어 나오고 있었다. 브루투스는 레니우스가 도끼를 내리쳐 작은 나무토막 두 개를 허공으로 날려 보내는 모습을 유심히 지켜보았다. 그러더니 다시 자신의 도끼를 들어 올리며 투브루크를 쳐다보았다.

"가장 걱정이 되는 건 크라수스한테 진 빚이에요. 병영을 마련하느라 진 빚만도 4,000아우레우스(로마의 금화—옮긴이)나 되거든요."

브루투스는 말을 하면서 천천히 도끼를 들어 올린 뒤 꿍 소리를 내며 깨끗하게 일격을 가했다.

"크라수스가 그 대가로 원하는 게 뭔가?"

투브루크가 물었다.

브루투스는 어깨를 으쓱했다.

"그냥 걱정하지 말라고 하는데, 저는 그 생각을 하면 잠이 안 와요. 크라수스가 고용한 병기 제작자는 제 부하들이 쓰고도 남을 만큼의 무기들을 만들어내고 있어요. 온 로마를 뒤지고 다니며 병사들을 모집했는데도 그 사람이 만들어내는 무기가 부하들의 수보다 많은 실정이에요. 백인대장 월급으로는 검 값만 갚을래도 몇 년이 걸릴 겁니다."

"그 정도 액수는 크라수스한텐 큰돈도 아니네. 들리는 말에 따르면, 그

312

사람은 원하기만 하면 원로원 의석의 반도 돈으로 살 수 있을 거라더군."

투브루크가 도끼질을 잠시 멈추고 도끼에 기댄 채 말했다. 바람이 주변의 나뭇잎들을 소용돌이치게 했다. 들이마신 공기는 상쾌할 정도의 차가움으로 목을 자극했다.

"압니다. 어머니가 그러시는데, 그 사람은 이미 어디다 써야 좋을지 모를 정도로 많은 재산을 소유하고 있다더군요. 사는 것마다 수익을 낸다니, 프리미게니아를 사들이면 어디서 수익이 생기는지 더더욱 궁금해지네요."

투브루크가 다시 도끼를 들어 올리며 고개를 가로저었다.

"그 사람은 프리미게니아나 자네를 돈으로 산 게 아닐세. 그런 말은 하지도 말게나. 프리미게니아는 집이나 브로치가 아니지 않은가. 프리미게니아를 지휘할 수 있는 건 오로지 원로원뿐이네. 혹시라도 크라수스가 자신이 사병으로 삼을 군단을 모집하고 있는 거라고 생각한다면, 자네는 병적에 새로운 군단의 이름을 올리라고 말해야만 할 걸세."

"크라수스가 그런 말을 한 적은 없습니다. 그 사람이 한 거라고는 제가 보낸 법안들에 서명한 게 전부예요. 어머니는 그 사람이 돈으로 어머니의 환심을 사고 싶어서 그러는 거라고 생각하세요. 그 사람한테 직접 물어보고 싶지만, 만일 그게 사실이면 어쩌죠? 제 어머니가 그 사람한테, 아니 어느 누구한테라도 매춘부 노릇을 하게 하진 않겠어요. 하지만 저는 프리미게니아가 꼭 필요합니다."

"세르빌리아한테는 처음 있는 일도 아닐 텐데, 뭐."

투브루크가 낄낄대며 말했다.

브루투스가 도끼를 조심스레 통나무 위에 내려놓았다. 그러더니 투브루크를 마주 보았다. 그의 얼굴에서 성난 표정을 본 늙은 검투사는 하던 일을 멈추었다.

"어디 다시 한 번 말씀해 보세요, 아저씨. 다시는 그런 말씀 하지 마세요."

브루투스가 말했다. 목소리가 그들을 감싸고 있는 바람만큼이나 싸늘했다. 뚫어질 듯 바라보는 시선을 마주한 투브루크는 다시 도끼에 몸을 기댔다.

"자네, 요즘 어머니 얘기를 많이 하더군. 난 어느 누구에게든 그리 쉽게 경계를 풀라고 자네한테 가르치지 않았네. 레니우스도 마찬가지고."

레니우스가 발밑에 있는 나뭇가지 하나를 발로 걷어차며 조용히 콧방귀를 뀌었다. 그가 쪼개 쌓아놓은 장작더미는 겨우 다른 사람들이 쌓아놓은 장작더미의 반 정도밖에 되지 않았지만, 그 정도의 장작을 패는 데도 다른 사람들보다 훨씬 힘이 들었을 것이다.

브루투스가 고개를 절레절레 흔들었다.

"그분은 제 어머니라고요, 아저씨!"

투브루크는 어깨를 으쓱했다.

"자네는 세르빌리아를 잘 모르네, 젊은이. 난 그저 자네가 어머니에 대해 잘 알게 될 때까지 조심하길 바랄 뿐이네."

"이미 충분히 알고 있습니다."

브루투스가 다시 도끼를 집어 들며 말했다.

세 사내는 그 후로 거의 한 시간 동안이나 침묵을 지킨 채 장작을 패어 근처에 놓인 작은 손수레에 쌓는 일을 계속했다. 브루투스가 말을 할 기미가 전혀 보이지 않자, 투브루크가 마침내 짜증을 억누르며 먼저 입을 열었다.

"자네도 군단 광장에 갈 건가?"

브루투스 쪽으로 시선을 돌리지 않은 채 물었다. 무슨 대답이 나올지야 이미 알고 있었지만, 적어도 대화를 이어나가기에 안전한 주제이기에 그런 질문을 한 것이다. 해마다 겨울이 되면, 열여섯 살이 된 소년들은 모두 신생 군단들이 저마다 군기를 꽂는 장소인 캄푸스 마르티우스로 향했다. 그 소년들 중 입대를 거부당하는 경우는 절름발이와 장님뿐이었다. 이제 원로원의 병적에 다시금 군단명이 올랐으니, 프리미게니아도 다른 군단과 함께 그 광장에 독수리기를 꽂을 자격이 있었다.

"그래야겠죠."

브루투스가 마지못해 쥐어짜듯 내뱉었다. 그러나 잔뜩 찌푸린 표정은 말을 하면서 한결 부드러워졌다.

"다른 도시에서 온 이들까지 포함하면 아마 많게는 3,000명까지 모일 겁니다. 개중에는 프리미게니아하고 계약을 맺을 이들도 더러 있을 거예요. 기필코 배정받은 부하들을 모집해야 돼요. 그것도 빨리요. 크라수스가 사들인 병영이 사실상 텅 비어 있거든요."

"지금까지 모집한 병사들은 얼마나 되나?"

"어제 찾아온 자들까지 포함해서 거의 90명 정도 돼요. 그 사람들을 직접 보셔야 해요, 아저씨."

브루투스는 먼 곳을 응시했다. 마음속에서 그 얼굴들을 다시 떠올리고 있었던 것이다.

"술라와 맞서 싸운 전투에서 살아남은 이들은 모조리 다시 복귀한 것 같아요. 개중에는 로마에서 직업을 바꿨었는데, 프리미게니아가 다시 편성되었다는 소식을 듣고는 바로 연장을 던져버리고 나온 이들도 더러 있어요. 나머지는 대저택이나 신전에서 경비병 노릇을 하던 이들인데, 우리가 찾아내자 순순히 따라오더군요. 다들 마리우스 장군의 유지를 받들기 위해 입대한 겁니다."

잠시 말을 멈춘 브루투스의 목소리가 날카로워졌다.

"제 어머니가 고용한 경비병 중에 프리미게니아에서 옵티오였던 자가 하나 있었습니다. 그 사람이 자기도 다시 프리미게니아에 복귀해도 되겠느냐고 묻자, 어머니가 흔쾌히 보내주셨지요. 신병들이 들어오면 그 사람이 레니우스 선생님을 도와 신병들을 훈련시킬 겁니다."

투브루크가 레니우스 쪽으로 몸을 돌렸다.

"브루투스하고 같이 갈 거요?"

레니우스가 도끼를 내려놓았다.

"나무꾼 노릇을 해서는 미래가 없지 않은가, 친구. 내 본분을 다할 걸세."

투브루크가 고개를 끄덕였다.

"어느 누구든 죽이지 않으려고 노력하게. 지금 상태로는 병사를 모집하려면 힘든 일이 많을 걸세. 프리미게니아가 더 이상 병사들이 입대하길 꿈꾸는 군단이 아니라는 건 분명한 사실이니 말일세."

"우리는 역사가 있는 군단이에요. 그 점에 있어서는 신생 군단들이 우리 군단의 적수가 되지 못할 겁니다."

브루투스가 대꾸했다.

투브루크가 브루투스를 날카롭게 바라보았다.

"부끄러운 역사지. 생각하는 사람에 따라서는 말일세. 나를 노려보지 말게. 사람들 말이 그렇다는 얘기니까. 사람들은 로마를 잃은 군단이라는

316

꼬리표를 붙일 거네. 그러니 장차 어려움이 많을 걸세."

투브루크는 장작더미와 장작이 가득 실린 수레들을 둘러보더니 혼자 고개를 끄덕였다.

"오늘은 이 정도면 됐네. 나머지는 남겨두세나. 소유지에 돌아가면 따끈한 포도주가 우릴 기다리고 있을 걸세."

"그럼 딱 하나만 더 하겠네."

레니우스가 그렇게 말하더니 대답도 기다리지 않고, 옆에 서 있는 소년 쪽으로 돌아섰다.

"내 생각엔 처음보다 내 도끼질이 조금 나아진 거 같은데, 안 그러냐, 꼬마야?"

노예 소년은 손으로 재빨리 코 밑을 문질렀다. 그 바람에 뺨을 따라 은백색 얼룩이 생겼다. 갑자기 긴장한 소년이 고개를 끄덕였다.

레니우스는 소년을 보며 싱긋 웃었다.

"한 팔로 도끼질을 하면 두 팔로 할 때만큼 자세가 안정되지 않으니까 조심해. 저 나뭇가지를 가져다가 내가 내리칠 때까지 꽉 붙잡고 있어."

소년은 참나무 토막을 레니우스의 발치에 끌어다놓은 후 뒤로 물러서기 시작했다.

"안 돼. 단단히 붙잡고 있어야 돼. 두 손으로 양쪽을 잡아."

레니우스가 굳은 목소리로 말했다.

순간 소년은 어찌해야 할지 망설이며, 말없이 흥미 어린 눈빛으로 지켜보고 있는 두 사람을 흘끗 보았다. 그러나 두 사람이 도와줄 기미는 전혀 보이지 않았다. 할 수 없이 소년은 겁먹은 표정으로 둥근 나무토막의 양편에 손을 갖다 대고는 도끼에 맞지 않도록 몸을 뒤로 젖혔다. 도끼가 손을 찍을지도 모른다는 생각에 얼굴이 공포에 질려 있었다.

레니우스가 천천히 도끼를 고쳐 잡았다.

"꽉 잡고 있어, 친다."

경고를 하면서 도끼를 내리쳤다. 윙 소리와 함께 도끼 대가리가 곡선을 그리며 아래로 떨어졌고, 그와 동시에 나무토막이 우지끈 소리를 내며 둘로 갈라졌다. 소년은 두 손을 홱 잡아당겨 겨드랑이 밑에 넣고는 갑작스러운 고통을 참으려고 이를 악물었다.

레니우스는 도끼를 땅에 내려놓고 소년 옆에 웅크리고 앉았다. 그러더니 소년의 한 손을 부드럽게 잡아당겨 이상이 없는지 살폈다. 안도감에 소년의 뺨이 발그레해졌다. 상처가 전혀 없는 것을 본 레니우스는 히죽 웃으며 유쾌하게 소년의 머리칼을 헝클었다.

"도끼날이 안 미끄러졌어요."

소년이 말했다.

"중요할 땐 안 미끄러지게 돼 있어."

레니우스가 껄껄대며 말했다.

"너 용기가 대단하던데. 그 정도 용기면 뜨거운 포도주 한 잔은 줘도 되겠는걸."

소년은 손이 얼얼한 것도 잊고 환하게 웃었다.

세 사람은 수레 손잡이를 잡으며 서로 눈을 맞추었다. 옛 생각도 나고, 소년이 자부심을 느끼는 모습을 보니 기분이 좋아진 것이다. 그러더니 소유지를 향해 언덕을 내려가기 시작했다.

"율리우스가 돌아올 때쯤에는 프리미게니아가 강한 군단이 돼 있으면 좋겠군요."

브루투스가 대문에 다다를 즈음 말했다.

율리우스와 가디티쿠스는 가파른 산중턱에서 관목 사이로 멀리 보이는 배를 주시하고 있었다. 평온한 섬의 만에 정박해 있는 작은 배였다. 두 사람 다 배가 고팠고 거의 참을 수 없을 정도로 갈증이 났다. 불행히도 물주머니는 텅 비어 있었다. 그런데도 이미 어두워질 때까지 되돌아가지 않기로 서로 합의한 상태라, 꼼짝 않고 그 배를 지켜보고 있었다.

완만한 비탈을 타고 깎아지른 듯한 그 봉우리까지 올라오는 데는 생각보다 많은 시간이 걸렸다. 정상에 도달했다고 생각할 때마다 또 다른 정상이 나타났고, 결국 하산을 시작했을 때 이번에는 동이 터서 이동을 막았다. 그 해적선을 처음으로 보게 된 때는, 율리우스가 해적 정보원이 상어밥 신세를 면하려고 거짓말을 한 것이 아닐까 하는 의구심을 갖게 되었을 즈음이었다. 그 섬에 오기까지 오랜 여정 내내 자기 배의 노에 사슬로 묶여 있었던 그 사내는 켈수스의 겨울 정박지를 자세하게 알려준 덕분에 목숨을 건진 듯했다.

율리우스는 승선했을 때 다른 병사들에게 보여주려고 눈에 보이는 것을 양피지에 목탄으로 스케치했다. 가디티쿠스는 부루퉁한 얼굴로 말없이 그를 지켜보았다.

"확신이 없으면 성공할 수가 없네."

다시 한 번 키가 낮은 관목 사이로 산 아래를 내려다보며 가디티쿠스가 중얼거렸다. 기억을 떠올리며 스케치를 하던 율리우스는 무릎을 꿇은 채 몸을 일으켜 다시 한 번 그 배와 지세를 살폈다. 해적들은 아무도 갑옷을 입고 있지 않았다. 민첩성을 확보하는 동시에 갑옷에 햇볕이 반사되어 위치가 탄로 나는 것을 예방하기 위한 조처였다. 율리우스는 도로 주저앉아 스케치를 완성한 뒤 유심히 살펴보았다.

"배로는 안 되겠습니다."

잠시 후 율리우스가 말했다. 얼굴에는 실망한 표정이 역력했다. 한 달 동안 빠른 속도로 항해를 하면서 선원들은 밤낮으로 훈련해 켈수스와의 전투에 대비했다. 따라서 그들이 재빨리 해적선에 승선해 켈수스를 사로잡을 것이며 그 과정에서 사상자도 몇 명 발생하지 않으리라는 것을 믿어 의심치 않았다. 그런데 지금 세 산 사이에 자리 잡은 작은 만을 보고 있자니, 그동안 계획을 세운 것이 모두 헛수고인 듯했다.

그 섬은 중앙에 분지가 없이 그저 차갑게 식은 고대의 화산 봉우리 세 개만으로 이루어져 있었고, 그 봉우리들이 작은 만을 가려주고 있었다. 그리고 세 산 사이에는 수심이 깊은 해협이 자리 잡고 있었다. 따라서 어느 방향에서 공격을 받는다 해도, 켈수스는 셋 중의 하나를 택해 유유히 바다로 사라질 수 있을 터였다. 배가 세 척이 있다면 꼼짝 못하게 만 안에 가둬둘 수 있겠지만, 배가 두 척밖에 없는 상황에서 그를 공격하는 것은 그야말로 도박이나 다름없었다.

한참 아래쪽을 내려다보니 돌고래로 보이는 검은 물체들이 만에 정박한 배 주위에서 헤엄을 치고 있었다. 참으로 아름다운 곳이었다. 율리우스는 언젠가 기회가 생기면 다시 돌아오고 싶다는 생각을 했다. 멀리 보이는 산들은 햇볕을 받아 녹회색을 띠고 있었고, 산세는 가파르고 험해 보였지만, 그들이 있는 곳만큼이나 높아 장엄한 광경을 연출하고 있었다. 공기는 뾰족한 다른 두 봉우리에 자란 나무 한 그루 한 그루의 모양까지 식별할 수 있을 만큼 깨끗했다. 율리우스와 가디티쿠스가 감히 움직일 엄두를 내지 못하는 것은 바로 그 때문이었다. 그들이 켈수스의 배 갑판에 있는 사내들의 움직임을 볼 수 있다면, 그들의 움직임 또한 그 사내들의 눈에 띌 수 있을 터였다. 따라서 그렇게 되면 그들이 복수할 수 있는 처음이자 마지막 기회가 사라지고 말 것이었다.

"해적선 선장이 알려주지 않았다면, 저는 켈수스가 로마에서 멀리 떨어진 어느 대도시에서 겨울을 보낼 거라고 생각했을 겁니다."

율리우스가 생각에 잠긴 표정으로 말했다. 그 섬에는 배만 정박해 있을 뿐 사람은 살고 있지 않은 듯 보였다. 산전수전 다 겪은 해적선의 선원들이 몇 달간에 걸쳐 상선들을 약탈한 뒤에 이런 곳에서 지내는 것을 지루하게 생각하지 않는다는 게 놀랍게만 느껴졌다.

"켈수스는 틀림없이 본토를 방문할 겁니다. 하지만 보시다시피 이곳이야말로 그자한테는 그 어디보다도 안전한 곳일 겁니다. 산기슭의 구릉지에 있는 저 호수의 물은 십중팔구 담수일 겁니다. 저자들은 한두 번 잔치를 벌이기에 충분한 양의 물고기와 새들을 잡을 수도 있을 것 같군요. 그런데 켈수스는 자기가 없는 동안 도대체 누가 배를 돌보리라 믿고 배를 떠나는 걸까요? 그자가 없으면 부하들은 기껏해야 닻을 끌어올리는 일 정도밖에는 할 수 없을 테고, 그자는 배를 완전히 잃게 될 수도 있을 텐데 말입니다."

율리우스는 눈썹을 추켜올린 채 가디티쿠스를 바라보았다.

"불쌍한 녀석."

율리우스가 지도를 펼치며 말했다.

가디티쿠스는 히죽 웃더니 고개를 들어 해를 쳐다보았다.

"맙소사. 저 산꼭대기를 넘어 다시 돌아갈 수 있으려면 아직도 몇 시간이나 남았군그래. 목구멍에 먼지가 잔뜩 끼었는데."

율리우스는 두 팔을 머리 뒤로 한 채 몸을 쭉 늘렸다.

"뗏목을 이용하면 켈수스의 배에 접근할 수 있을 겁니다. 우리 배들이 우릴 따라오게 하면 켈수스가 도망치는 걸 막을 수도 있을 테고요. 달이 뜨지 않는 밤이 다시 찾아오려면 꽤 시간이 걸릴 테니, 뗏목을 몇 개 만들고 계획을 짤 시간은 충분할 겁니다. 이제 저는 되돌아갈 수 있을 정도로 충분히 어두워질 때까지 잠이나 좀 자야겠습니다."

율리우스가 눈을 감으며 중얼거리듯 말했다. 그러고 나서 불과 채 몇 분도 지나지 않아 나직하게 코를 골았다. 가디티쿠스는 재미있어하는 표정으로 그 모습을 바라보았다.

가디티쿠스는 너무 긴장한 탓에 잠이 오지 않았다. 그래서 산 저 아래쪽 만에 정박 중인 배의 갑판을 오가는 사내들의 움직임을 계속 관찰했다. 만일 켈수스가 분별력이 있는 자여서 매일 밤 훌륭한 망꾼들을 배치한다면, 얼마나 많은 병사가 목숨을 잃게 될까. 그는 자신이 율리우스만큼 미래를 확신한다면 좋을 텐데 하고 생각했다.

19장

　살을 에는 차갑고 시커먼 물이 옷에 젖어드는 가운데, 로마인들은 뗏목에 바짝 엎드린 채 거무스름한 켈수스의 배를 향해 손으로 천천히 노를 저어갔다. 속도를 내고 싶은 마음이 굴뚝같았지만 로마인들은 저마다 뗏목에 몸을 단단히 고정시킨 채 곱은 손을 놀려 잔잔한 바닷물에 부드러운 물결을 일으키고 있었다. 율리우스의 선원들은 그 만의 바깥쪽 해안에 숨어 있는 두 척의 배에서 판자와 밧줄을 떼어낸 뒤 한데 묶어 뗏목을 만드는 일에 혼신의 힘을 기울였다. 그렇게 해서 완성된 다섯 척의 뗏목이 지금 깊은 해협들을 통해 켈수스의 배가 정박해 있는 해변을 향해 서서히 움직였다. 균형을 잡기 위해 검들은 천으로 한데 묶어 실은 채였다. 로마인들은 갑옷을 입고 있지 않았다. 갑옷을 입으면 여러 모로 유리한 점이 있었지만, 갑옷을 제대로 갖춰 입을 시간이 없으리라 짐작한 율리우스가 그냥 맨몸으로 출발하라고 지시를 내렸던 것이다. 그런 까닭에 젖은 튜닉에 레깅스 차림이었다. 그래서 율리우스의 부하들은 차가운 밤바람을 고스란히 맞으며 추위에 떨었다.

　선실에서 잠을 자다가 갑자기 깨어난 켈수스는 자신을 깨운 소리가 무엇인지 알아내려고 가만히 귀를 기울였다. 바람의 방향이 바뀌었나? 그 만은 완벽한 은신처였지만, 폭풍이 불면 큰 파도가 해협을 따라 밀려오는 탓에 닻이 진흙 바닥을 움켜쥐는 힘이 약해지는 경우가 있었다. 좁은 침대에서 몇 번 몸을 뒤척이다 보면 다시 잠이 들겠지 하고 그는 잠시 생각했다. 그날 저녁 다른 해적들과 함께 과음을 했는데, 구운 고기를 먹을 때 튄 미끌미끌한 기름이 딱딱하게 굳어 피부에 밀랍 같은 얼룩을 형성하고 있었다. 켈수스는 별 생각 없이 얼룩 하나를 문지른 뒤 그 연회의 찌꺼기를 손톱으로 긁어냈다. 지휘관들은 모두 분명 술에 취해 정신없이 곯아떨어져 있을 터였다. 그렇다 해도 누군가는 매 시간 배를 순찰해야만 했다. 할 수 없이 한숨을 쉰 뒤 어둠 속에서 주변을 더듬어 옷을 찾은 켈수스는 옷에서 시큼한 포도주 냄새와 음식 냄새가 풍기자 코를 찡그렸다.

"왜 이러는지 이유를 좀 더 알아봐야겠는걸."

목구멍으로 지독한 쓴물이 올라오자 움찔하면서, 켈수스가 혼자 중얼거렸다. 그는 그 증상을 가라앉히는 데 도움이 되는 듯 보이는 분필처럼 하얀 색의 죽을 만들어달라고 카베라를 깨워야 할지 말아야 할지 고민했다.

그때 돌연 선실 문 밖에서 난투극이라도 벌어졌는지, 몸뚱이가 갑판에 세게 부딪치는 소리가 들려왔다. 인상을 잔뜩 찌푸린 켈수스는 소리를 질러 다른 해적들에게 위급함을 알리지 않고 평소 습관대로 갈고리에서 단검을 빼든 뒤 문을 열고 밖을 내다보았다.

밖에는 평상시와 다름없이 짙은 어둠만 깔려 있었고, 하늘에는 별이 반짝이고 있었다.

"내 돈은 어디 있나?"

율리우스가 속삭였다.

깜짝 놀란 켈수스는 소리를 지르며 앞으로 돌진해 사라지는 형체를 향해 팔을 망치처럼 휘둘렀다. 켈수스가 갑판으로 나올 때, 억센 손가락들이 머리채를 움켜쥐고 뒤로 홱 잡아당기더니 이내 미끄러졌다. 그러자 켈수스는 무방비 상태의 등에 혹시라도 칼이 날아들까 조심하며 고함을 지르면서 서둘러 그 자리를 피했다.

주갑판은 격투를 하는 사람들로 그야말로 아수라장이었다. 하지만 고함소리에 대답하는 사람은 하나도 없었다. 부하들이 바닥에 쓰러져 있는 것이 보였다. 그들은 술과 잠에 취해 몽롱한 상태라 싸움을 오래 할 수 없었던 것이다. 켈수스는 무리 지어 있는 사내들을 피해 고물에 있는 병기고로 달려갔다. 그곳에서 부하들과 함께 저항하려는 것이었다. 아직은 그곳을 빼앗기지 않은 상황이었다.

그때 묵직한 무언가가 목을 강타했다. 켈수스는 그 충격을 이기지 못해 비틀거렸다. 그러다가 밧줄에 묶인 누군가와 부딪치는 바람에 발이 엉켜 쿵 소리를 내며 바닥에 쓰러졌다. 사위에는 기괴한 침묵이 흘렀다. 어둠 속에서는 고함소리도 명령소리도 들려오지 않았고, 오로지 목숨을 보존하기 위해 손에 잡히는 것은 뭐든지 닥치는 대로 들고 무자비하게 싸우고 있는 사내들이 내뱉는 끙끙 소리와 숨소리만이 들려올 뿐이었다. 목에 두꺼운 밧줄이 감긴 부하 하나가 그것을 손톱으로 할퀴면서 버둥거리는 모습이 흘끗 보였다. 바닥에서 일어난 켈수스는 공포를 떨쳐내려고 머리를 흔들며 다시 칠흑 같은 어둠 속을 움직였다. 심장이 쿵쾅거렸다.

병기고는 낯선 이들에 둘러싸여 있었다. 그들이 돌아설 때, 물에 젖은 피부가 희미한 별빛을 받아 반짝였다. 그들의 눈은 보이지 않았지만, 켈수스는 그들이 미끄러지듯 달려들면 찌르려고 단검을 치켜들었다.

그런데 뒤에서 팔 하나가 목을 휘감자, 켈수스는 미친 듯이 단검을 휘둘러 그 팔을 난도질했다. 그 바람에 신음소리와 함께 팔이 목에서 떨어져 나갔다. 그러자 앞쪽으로 단검을 휘두르며 거칠게 돌아섰는데 번개라도 치듯 어둠이 갈라지면서 섬광이 주변을 밝혔다. 그 덕분에 켈수스는 잠시 그들의 번득이는 눈을 볼 수 있었다. 그러나 이내 전보다 더한 어둠이 돌아왔다.

율리우스가 다시 부싯돌을 맞부딪쳐, 켈수스의 선실에서 가져온 기름등잔에 불을 붙였다. 그제야 그 로마 젊은이를 알아본 켈수스는 공포에 질려 비명을 질렀다.

"죽은 동료들에 대한 복수야, 켈수스."

비탄에 잠긴 그 사내의 얼굴 위로 등잔불을 흔들어대며 율리우스가 말했다.

"우린 당신 부하들을 거의 다 처치했어. 방책을 쌓고 갑판 아래에 숨어 있는 자들이 몇 명 남아 있기는 하지만 말이야. 그자들은 거기서 나오지 않을 거야."

율리우스의 눈이 등잔불을 받아 번쩍였다. 율리우스의 부하들이 켈수스에게 다가가 손에 든 단검을 홱 뺏은 뒤 두 팔을 붙들었다. 율리우스가 거의 얼굴이 맞닿을 정도로 켈수스 쪽으로 몸을 바짝 기울였다.

"노잡이들은 노 젓는 자리에 사슬로 묶어놨어. 당신 부하들은 내가 전에 약속한 대로 십자가에 매달 거야. 이 배는 로마를 위해, 그리고 카이사르 가문을 위해 내가 징발하지."

켈수스는 무엇에 홀리기라도 한 듯 멍한 얼굴로 율리우스를 바라보았다. 입까지 헤 벌린 채 자신에게 벌어진 일을 이해하려 애썼지만 도무지 이해가 되지 않는 모양이었다.

율리우스가 느닷없이 켈수스의 복부를 주먹으로 세게 가격했다. 그 충격에 위에서 쓴물이 왈칵 올라와 목구멍을 가득 메우자, 켈수스는 순간적으로 숨을 쉬지 못했다. 그는 병사들의 팔에 붙들린 채 축 늘어졌다. 그 모습을 보고 율리우스가 뒤로 물러섰다. 그런데 뒤에서 붙들고 있는 손아귀의 힘이 약해지는 틈을 타 켈수스가 갑자기 율리우스를 향해 돌진했다. 켈수스는 그대로 율리우스와 충돌했고, 두 사람은 둘 다 바닥에 나가떨어졌다. 그 바람에 등잔불이 내동댕이쳐지면서 기름이 갑판 위로 쏟아졌다. 당황한 로마인들은 황급히 달려들어 불을 껐다. 목선으로 항해하는 이들이라면 누구나 느끼는 두려움을 본능적으로 느꼈던 것이다. 바로 이때다 싶었는지, 켈수스는 몸 밑에 깔린 채 몸부림치는 인물에게 일격을 가한 다음 벌떡 일어나 뱃전을 향해 달렸다. 필사적으로 도망을 치려는 것이었다.

그때 거구의 키로가 막아섰지만, 켈수스는 자신을 향해 돌진하는 칼을 보지 못했다. 고통스러워하며 칼로 찌른 사내의 얼굴을 올려다보았으나, 눈앞에는 오로지 칠흑 같은 어둠만이 펼쳐져 있을 뿐 아무것도 보이지 않았다. 켈수스는 몸에 박힌 칼을 쑥 잡아 빼 떨어뜨리면서 갑판 위로 쓰러졌다.

율리우스는 숨을 헐떡이며 일어나 앉았다. 부하들이 일부 해적이 방책을 치고 숨어 있는 선실 안으로 밀고 들어가는지, 근처에서 널빤지가 우지끈 부러지는 소리가 들려왔다. 이제 전투가 거의 끝나가고 있다는 생각에 미소를 짓던 율리우스는 켈수스와 격투를 벌일 때 맞았는지 입술에서 피가 흐르는 게 느껴지자 움찔했다.

카베라가 나무 갑판을 가로질러 율리우스를 향해 걸어왔다. 약간 야윈

듯 보였고, 활짝 웃을 때 보니 전보다 이가 하나 더 빠진 듯했다. 그러나 얼굴은 전혀 변한 데가 없었다.

"이자들한테 자네가 올 거라고 귀에 못이 박히도록 얘기했는데, 도무지 믿질 않더군."

카베라가 쾌활하게 말했다.

무사한 모습을 보자 안도감에 휩싸인 율리우스는 갑판에서 일어나 카베라를 꼭 끌어안았다. 둘 사이에는 아무런 말도 필요 없었다.

"자, 켈수스가 우리 몸값을 얼마나 썼는지 보러 가시죠."

이윽고 율리우스가 입을 열었다.

"등잔불! 등잔불을 이리 가져오라! 화물창으로 가져오라."

카베라와 부하들은 율리우스를 따라 거의 사다리만큼이나 가파른 계단을 재빨리 내려갔다. 화물창의 문 앞에서 앞자리를 차지하려고 서로 떠밀고 있는 병사들이나 율리우스나 초미의 관심사는 그 안에서 과연 무엇을 발견하게 될 것이냐 하는 것이었다. 경비병들이 술에 취해 있었던 덕분에 힘도 들이지 않고 첫 번째 공격에서 처치한 상태였지만, 빗장이 걸린 문은 여전히 닫힌 채였다. 율리우스는 문에 손을 갖다 대고는 잠시 그대로 있었다. 기대감에 숨조차 쉴 수 없었다. 화물창은 텅 비어 있을 수도 있었다. 아니면 반대로 진귀한 갖가지 물건으로 가득 차 있을 수도 있었다.

화물창의 문은 도끼질 몇 번에 쉽게 열렸다. 안으로 들어서니, 곳곳에 놓인 등잔불이 노 갑판 바로 아래쪽에 자리 잡은 빈 공간을 밝히고 있었다. 노잡이들이 성난 어조로 중얼거리는 소리가 갇힌 공간 안에서 희미하게 울려 퍼졌다. 노잡이들은 켈수스에게 충성한 대가로 노예로 팔리게 될 것이며, 숙련된 자 몇 명만이 로마를 위해 일하게 될 것이다.

율리우스는 재빨리 숨을 한 번 쉬었다. 화물창 안에는 두꺼운 참나무로 된 거대한 선반이 바닥에서 천장에 이르기까지 사방 벽에 설치되어 있었다. 그리고 각 선반에는 값진 물건이 잔뜩 놓여 있었다. 금화며 작은 은괴가 가득 담긴 나무 궤짝들이 배의 무게가 한쪽으로 쏠리지 않도록 조심스레 차곡차곡 쌓여 있었다. 율리우스는 도저히 믿지 못하겠다는 듯 고개를 설레설레 흔들었다. 눈앞에 보이는 정도의 재물이라면 세계의 어떤 지역에서는 작은 왕국을 살 수도 있을 듯했다. 분명 켈수스는 행여 이 보물들을 잃지나 않을까 노심초사하느라 미칠 지경이었을 것이다. 이렇게 잃을 게 많은데, 켈수스가 자기 배를 한 번이라도 떠났을 리 만무했다. 액시피터의 화물창에 실려 있던 것들은 다 있는데, 마리우스가 죽기 전에 준 환어음 다발만은 보이지 않았다. 그 환어음들이 있어봤자 켈수스에게는 소용이 없었을 것이다. 신분을 드러내지 않으면서 그런 거액을 로마 금고에서 인출하는 것은 불가능한 일이기 때문이었다. 율리우스는 마음 한편으로 그 환어음들이 액시피터와 함께 가라앉지 않았기를 바랐다. 그러나 사실 잃어버린 돈은 그 대신에 차지하게 된 금과 비교하면 아무것도 아니었다.

율리우스와 함께 들어온 사내들은 눈앞에 펼쳐진 광경을 보고 입을 다물지 못했다. 카베라와 가디티쿠스만이 화물창 안으로 더 깊숙이 들어가며 각 선반에 놓인 내용물을 점검하고 그 가치를 평가했다. 가디티쿠스가 갑자기 자리에 멈춰 서더니 끙 소리를 내며 궤짝 하나를 끌어당겼다. 나무에 독수리 문양의 낙인이 찍힌 것이었다. 가디티쿠스는 어린아이처럼 좋아하며 검의 손잡이로 궤짝의 뚜껑을 부쉈다.

궤짝 안에 집어넣었다 빼낸 그의 주먹에는 발행된 뒤 한 번도 쓰이지 않은 반짝이는 은화들이 쥐여 있었다. 그 은화 각각에는 로마의 문자와 코르넬리우스 술라의 얼굴이 새겨져 있었다.

"이것들을 돌려주면 우리는 오명을 씻을 수 있네."

가디티쿠스가 율리우스를 흡족한 얼굴로 바라보며 말했다.

다른 것은 둘째치고 그저 더럽혀진 명예를 되찾을 수 있다는 생각에 기뻐하는 가디티쿠스를 보면서, 율리우스가 낄낄거렸다.

"이 배로 액시피터를 대신하면, 사람들은 오랫동안 잃어버린 아들들이 돌아왔다며 환영할 겁니다. 이 배가 대부분의 우리 배보다 빠르다는 건 다들 아는 사실이니까요."

카베라는 단단히 졸라맨 허리띠 때문에 흘러내리지 않는 옷 주름 속에다 몰래 값진 물건들을 잔뜩 집어넣고 있었다. 율리우스는 재미있어하며 눈을 동그랗게 뜨고 그 광경을 지켜보았다.

가디티쿠스는 손에 쥔 은화들이 손가락 사이로 빠져나가 도로 궤짝 속으로 떨어지게 놔두면서 호탕하게 웃기 시작했다.

"이제 우리는 집에 갈 수 있네. 드디어 집에 갈 수 있게 됐어."

율리우스는 바다에 던진 화물 대신 3단층 갤리선 두 척을 두루스 선장에게 주기로 약속했었다. 하지만 켈수스와의 전투가 승리로 끝났는데도 두루스가 그 갤리선들을 취하는 것을 허락하지 않았다. 안전하게 로마 항구에 도착하기 전에 방어 자세를 푸는 것은 어리석은 일임을 알았기 때문이다. 율리우스의 이런 결정에 격분한 두루스가 길길이 뛰는 동안, 가디티쿠스가 선실에 있는 율리우스를 찾아왔다. 그 선실은 원래 켈수스가 쓰던 곳이었으나, 걸레로 북북 문질러 닦고 집기도 치운 뒤 율리우스가 자신의 선실로 쓰고 있었다. 이야기를 나누는 동안 율리우스는 안절부절못하고 선실 안을 왔다갔다했다.

가디티쿠스는 잔에 담긴 포도주를 홀짝이며 맛을 음미했다. 그것은 켈수스가 엄선한 포도주였다.

"테살로니카의 군단 항구에 하선해서 군단의 은화와 배를 넘겨주는 걸세, 율리우스. 그리해서 우리의 오명을 씻은 뒤에는 연안을 따라 항해해도 되고, 아니면 서쪽으로 행군해서 디라키움까지 간 뒤 거기서 로마행 배를 타도 되네. 이제 로마는 그리 멀지 않네. 두루스는 우리가 사업협정을 맺고 출항한 거라고 주장하겠다고 했네. 허니 우리가 해적 혐의를 받아 고발되는 일은 없을 걸세."

"하지만 키로가 부두에서 병사를 죽였으니, 여전히 문제의 소지는 남아 있습니다."

율리우스가 깊은 생각에 잠긴 채 천천히 말했다.

가디티쿠스가 어깨를 으쓱했다.

"병사들이야 언제고 죽게 마련 아닌가. 그 병사가 꼭 키로 때문에 죽었다고 할 순 없지. 그 병사는 단지 운이 나빴던 것뿐일세. 이제 사람들은 우리한테 어떤 혐의도 씌우지 못할 걸세. 우리는 마음대로 집에 갈 수 있다 이 말일세."

"앞으로 어찌하실 겁니까? 이제 제대하셔도 먹고 살 돈은 충분하시지 않습니까."

"그렇겠지. 그러나 나는 액시피터와 함께 수장된 노예들의 몸값을 변상하기 위해 내 몫을 원로원에 내놓을까 생각 중이라네. 그리하면 원로원이 나를 선장 자격으로 도로 바다에 내보내줄지 혹시 모르는 일 아닌가. 어쨌든 우리는 해적선 두 척을 나포했으니, 원로원이 그 점을 그냥 지나치지는 못할 걸세."

율리우스가 일어나 가디티쿠스의 팔을 잡았다.

"제가 백인대장님께 진 신세에 비하면 그 일은 별것도 아닙니다."

가디티쿠스가 율리우스의 팔을 힘주어 잡았다.

"나한테 신세진 거 없네, 젊은 친구. 우리가 냄새 나는 감방에 갇혀 있었을 때…… 그리고 전우들이 죽었을 때, 나는 한동안 의지력을 잃었었네."

"하지만 선장이셨으니 권위를 내세우실 수도 있었는데, 그러지 않으셨죠."

가디티쿠스가 약간 애처로운 미소를 지었다.

"그래야만 하는 사람은 결국 자신의 권위가 그리 대단한 게 아니라는 걸 알게 될지 모르지."

"백인대장님은 좋은 분이십니다. 그리고 훌륭한 선장이십니다."

율리우스는 친구에게 더 좋은 말을 해주지 못하는 것이 아쉬웠다. 가디티쿠스로서도 자존심을 억누르기는 대단히 힘들었을 것임을 그는 알고 있었다. 그러나 자존심이 없었다면 결코 목숨과 명예를 되찾지 못했을 것이다.

"자, 그건 그렇고, 원하시는 게 그거라면, 그리스로 건너가 문명에 복귀하기로 하죠."

미소짓는 율리우스를 보며 가디티쿠스도 덩달아 미소지었다.

"자넨 자네 몫의 금화로 무얼 할 건가?"

가디티쿠스가 약간 조심스럽게 물었다.

율리우스가 켈수스에게서 뺏은 재물의 반은 자기가 가질 것이며 나머지는 균등하게 나누어줄 것이라고 말했을 때, 불평한 사람은 수에토니우스

뿌이었다. 로마의 은화와 액시피터 장교들의 몸값을 제하고도 받게 될 몫은 원래 기대했던 것보다 많았다. 수에토니우스는 자신의 몫을 받은 이후로 율리우스에게 단 한마디의 말도 건네지 않았다. 그러나 세 척의 배에서 부루퉁한 얼굴을 한 사람은 그 혼자뿐이었다. 나머지 사람들은 경외심이 담긴 눈길로 율리우스를 바라보았다.

"무얼 할지 아직 모르겠습니다."

율리우스의 얼굴에서는 미소가 가시고 있었다.

"기억하실지 모르겠지만, 저는 로마로 돌아갈 수 없습니다."

"술라 때문인가?"

오스티아에 정박해 있던 갤리선이 조수를 타고 출항하기 바로 직전, 그 젊은이가 불타는 도시에서 빠져 나왔는지 그을음이 묻어 시커먼 줄무늬가 생긴 얼굴로 부대에 합류했던 때를 떠올리며 가디티쿠스가 물었다.

율리우스가 험상궂은 표정으로 고개를 주억거렸다.

"그자가 살아 있는 한 저는 집에 돌아갈 수가 없습니다."

중얼거리듯 말하는 율리우스의 기분은 고양될 때만큼이나 빠르게 가라앉았다.

"그런 일로 걱정하기엔 자넨 너무 젊다는 거 알지 않는가. 직접 싸워서 적을 물리칠 수도 있겠지만, 그저 적보다 오래 살기만 하면 되는 경우도 있다네. 그게 더 안전하기도 하고."

에게해에서 불어오는 폭풍으로부터 테살로니카를 보호해 주는 깊은 해협을 빠져나갈 때, 율리우스는 가디티쿠스와 나눈 대화에 대해 곰곰이 생각했다. 세 척의 배는 뒤에서 불어오는 세찬 바람에 돛을 펄럭이며 나란히 질주하고 있었고, 한가한 사람들은 모두 갑판에 집합해 배 구석구석을 청소하고 윤을 내고 있었다. 율리우스는 돛대에 달 공화국 깃발 세 개를 만들라는 명령을 내렸었다. 따라서 마지막 만을 돌아 항구로 들어가면, 그 광경은 로마인들의 가슴을 뛰게 만들 것이다. 율리우스는 혼자 한숨을 내쉬었다. 로마는 그가 아는 전부였다. 투브루크도, 코르넬리아도, 마르쿠스도 그곳에 있었다. 언젠가는 그들을 다시 만나게 될 것이다. 그리고 어머니도. 평생 처음으로 어머니가 보고 싶었다. 어머니의 병을 이해한다고, 그리고 안타깝게 생각한다고 말하고 싶었다. 망명 생활은 견디기가 쉽지 않았다. 살을 에는 듯한 바람이 불자, 율리우스는 살짝 몸을 떨었다.

가디티쿠스가 난간에 서 있는 율리우스에게로 다가와 옆에 바짝 붙어섰다.

"뭔가 잘못됐네. 상선들은 도대체 어디 있는 거지? 갤리선들은? 이 항구는 분명 배들로 북적거리던 곳이었을 텐데."

율리우스는 눈을 크게 뜨고 앞쪽에 보이는 육지를 유심히 살펴보았다. 곳곳에서 가느다란 연기가 하늘로 피어올랐는데, 요리를 하느라 생긴 것이라고 보기에는 그 수가 너무 많았다. 부두에 가까이 다가갔을 때 보니, 항구에 정박한 몇 척 안 되는 배들은 모두 심하게 기울어진 데다 곳곳에 불에 탄 흔적이 남아 있었다. 한 척은 내부가 거의 다 타버리고 뼈대만 앙상하게 남아 있는 상태였다. 그리고 수면은 온통 물에 젖은 재 찌꺼기와 부러진 나무로 뒤덮여 있었다.

난간으로 모여든 나머지 병사들도 충격을 받아 할 말을 잃고 눈앞에 펼쳐진 끔찍한 광경을 말없이 바라보았다. 약한 햇볕이 내리쬐는 가운데 여기저기서 시신이 썩어가고 있었다. 작은 개들이 그 시신들을 물어 끌어당겼는데, 그 바람에 벌어진 팔다리가 뒤틀리기도 하고 튀어오르기도 하는 모습이 흡사 삶의 저속한 패러디처럼 보였다.

세 척의 배를 항구에 정박시킨 후, 병사들은 부자연스러운 침묵을 유지한 채 배에서 내렸다. 율리우스가 검을 챙기라고 명령하기도 전에 그들은 저마다 알아서 손에 검을 쥐고 있었다. 율리우스는 가디티쿠스에게 언제든지 신속히 퇴각할 수 있도록 만반의 준비를 갖추고 있으라고 말한 뒤 병사들과 함께 상륙했다. 가디티쿠스는 알겠다고 고개를 한 번 끄덕이고는, 함께 배에 남아 노잡이들을 다룰 병사들을 재빨리 집합시켰다.

부두의 빛바랜 갈색 돌들 위에는 여자들이 어린아이들과 함께 나동그라져 있었다. 병사들이 다가가자 그들의 살갗에 난 커다란 상처들을 뒤덮고 있던 구름떼 같은 파리들이 윙윙대며 날아올랐다. 바다에서 차가운 바람이 불어오는데도 시체 썩는 냄새는 참기 힘들 만큼 고약했다. 죽어 있는 사람 대부분은 로마 군단병들이었다. 그들이 검은 튜닉 위에 입은 갑옷은 햇볕을 받아 여전히 반짝였다.

율리우스는 다른 병사들과 함께 여기저기 널려 있는 주검 옆을 지나면서 머릿속으로 그곳에서 벌어진 전투를 재현했다. 죽은 자들이 무리 지어 누워 있는 주변에도 많은 핏자국이 번져 있었다. 그 핏자국으로 보아 그곳은 적이 쓰러져 있던 자리가 분명했다. 그곳에 있던 시신은 적들이 매장하기 위해 끌고 갔을 것이다. 로마인들의 몸뚱이를 쓰러진 자리에 그대로 남겨둔 것은 로마인들을 모욕하기 위한 계획적인 행동이었다. 적의 모멸적인 행동에 율리우스는 분노로 불타올랐다. 주변에서 걷고 있는 병사들의 눈에서도 분노의 불길이 활활 타오르는 게 보였다. 점점 더 분노에 휩싸인 율리우스와 부하들은 거리를 성큼성큼 걸으며 시신 주변에서 쥐와 개를 쫓았다. 그리고 언제든지 검을 빼들 태세를 갖추었다. 그러나 그곳에는 그들이 맞서 싸울 적이 없었다. 그 항구는 버려져 있었던 것이다.

율리우스는 걸음을 멈추고 입으로 거친 숨을 토해 내며, 병사의 팔에 안긴 채 으스러져 있는 어린 여자아이의 몸뚱이를 응시했다. 병사는 여자아이를 안고 달아나다가 등에 칼을 맞은 모양이었다. 그들의 피부는 햇볕에 노출되어 검게 변색되었고, 살이 뻣뻣하게 굳으면서 수축되어 이와 시커먼 혀가 그대로 드러난 상태였다.

"세상에 이럴 수가, 도대체 누가 이런 짓을 할 수 있지?"

프락스가 혼자 속삭였다.

율리우스의 얼굴은 증오로 차갑게 굳어졌다.

"누구 소행인지 알아내고 말 겁니다. 이 사람들은 우리 백성들입니다. 이 사람들이 우리한테 원수를 갚아 달라고 절규하고 있습니다. 저는 이 사람들의 절규를 모른 척하지 않을 겁니다."

프락스는 율리우스를 흘끗 보았다. 젊은 사내에게서는 광기와도 같은 에너지가 뿜어져 나오고 있었다. 율리우스가 돌아서 마주 보자 프락스는 차마 눈을 맞추지 못하고 시선을 돌렸다.

"이 사람들을 묻어줄 조를 구성하세요. 땅에 묻고 나면 가디티쿠스 백인대장님이 이 사람들을 위해 기도를 올려줄 수 있을 겁니다."

율리우스가 하던 말을 멈추고 수평선을 바라보았다. 태양이 지루한 겨울을 적갈색으로 불태우고 있었다.

"그리고 나머지 해적들을 끌어내 나무를 베게 하세요. 여기 이 해안을 따라 십자가를 세울 겁니다. 이 일을 저지른 자들이 누구든 그자들한테 경고가 될 겁니다."

프락스는 경례를 한 뒤 배가 정박해 있는 곳으로 달려갔다. 그는 시신 썩는 냄새가 진동하는 곳으로부터, 그리고 전에 잘 안다고 생각했는데도 말로써 두려움에 휩싸이게 하는 그 젊은 장교로부터 벗어나게 된 것이 기뻤다.

첫 번째 사내 다섯이 대충 잘라낸 나무줄기에 못 박히는 동안 율리우스는 무표정한 얼굴로 서 있었다. 로마 병사들은 밧줄을 이용해 십자가를 일으켜 세웠다. 똑바로 선 십자가가 그것을 지탱하기 위해 파놓은 구멍 속으로 미끄러져 들어간 뒤에는 나무 쐐기를 박아 단단히 고정시켰다. 십자가에 매달린 해적들은 목이 터져 바람소리밖에 나오지 않을 때까지 비명을 질러댔다. 한 해적은 겨드랑이와 사타구니에서 피땀이 똑똑 떨어져 내렸는데, 그 피땀 방울들이 피부에 보기 흉하게 가는 진홍색 줄무늬를 그렸다.

세 번째 사내는 쇠못이 손목을 뚫고 들어가 십자가 가로대의 부드러운 나무에 박힐 때 고통을 참지 못해 경련을 일으켰다. 그는 어린아이처럼 눈물을 흘리며 살려 달라고 간청을 하면서 온 힘을 다해 다른 쪽 팔을 끌어당겼다. 그러나 로마 병사는 그 팔을 다시 붙잡아 몇 번의 망치질 끝에 못을 박았다.

부하들이 부들부들 떨고 있는 해적의 다리에 쇠못을 박음으로써 그 야만적인 임무를 마치기 전, 율리우스가 멍한 표정으로 천천히 검을 빼들면서 앞으로 걸어 나갔다. 그가 접근하자 부하들의 몸이 얼어붙었지만 그는 신경 쓰지 않았다. 마치 자신의 생각을 큰 소리로 말하려는 듯 보였다.

"이 일은 이제 중지한다."

그 사내의 목구멍 속으로 검을 쑤셔 넣으며, 율리우스가 중얼거리듯 말했다. 흐려진 눈에는 안도감이 서렸다. 율리우스는 검에 묻은 피를 닦으며 시선을 돌렸다. 자신의 유약함에 혐오감을 느꼈지만, 더는 지켜볼 수 없었던 것이다.

"나머지 자들은 신속하게 죽여라."

율리우스는 그렇게 명령한 뒤 혼자서 배를 향해 걸어갔다. 부두의 돌들을 성큼성큼 가로질러 가는 동안 머릿속으로 이러저런 생각을 정신없이 떠올리느라 검을 칼집에 넣으면서도 그것을 인식하지 못했다. 해적들을 전부 십자가에 못 박을 거라고 공언했지만, 실제로 십자가에 못 박는 광경은 참고 볼 수 없을 만큼 추악했다. 해적들이 질러대는 비명은 신경을 파고들었고, 수치심을 느끼게 했다. 첫 번째 사내 몇 명이 십자가에 못 박히는 광경을 지켜보는 동안에도 십자가형을 중단시키고 싶은 마음을 억누르기 위해 의지력을 총동원해야만 했다.

율리우스는 자신에게 화가 나 얼굴을 찌푸렸다. 아버지라면 마음이 약해지지 않았을 것이다. 레니우스라면 직접 그자들에게 못을 박고도 잠만 푹 잘 잤을 것이다. 부두 끝에 이르렀을 때 얼굴이 수치심 때문에 벌겋게 달아오르는 걸 느낀 율리우스는 부두에 침을 탁 뱉었다. 그러나 더 이상은 부하들과 함께 서서 그 광경을 지켜볼 수 없었다. 그렇다고 잔인한 십자가형을 시작하라고 명령해 놓고 부하들만 남겨두고 혼자 떠나오는 것은 스스로 권위를 실추시키는 행동이나 다름없었다.

카베라는 해적들을 처형하는 광경을 보러 부두에 함께 가자는 군단병들의 청을 거절했다. 배의 난간에 서 있는 그는 왜 혼자 돌아왔느냐는 질문은 하지 않고 고개만 갸우뚱했다. 율리우스는 카베라를 바라보며 어깨를 으쓱했다. 그러자 치료사 노인은 율리우스의 팔을 토닥거리더니 다른 손에 들고 있던 포도주 항아리를 내밀었다.

"좋은 생각이군요. 이거 다 마시면 또 다른 항아리 가져오실 거죠? 오늘 밤은 꿈을 꾸고 싶지 않군요."

생각이 다른 곳에 가 있는지 꿈꾸는 듯한 표정으로 율리우스가 말했다.

20장

항구의 건물들 중에 율리우스의 병사들이 이용할 수 있을 만큼 지붕과 벽이 안전하게 남아 있는 것은 몇 채에 불과했다. 대다수 건물들은 불에 타, 돌로 된 벽만이 덩그러니 남아 있었다. 율리우스는 항구의 창고들과 세 척의 배를 번갈아 오가며, 그 지역을 샅샅이 뒤져 식량을 구해 오라고 부하들을 파견했다. 비록 켈수스가 겨울 한 철을 버티기에 충분한 양의 식량을 비축해 놓았지만, 그 정도의 식량으로는 활동량이 많은 병사들을 오랫동안 먹여 살리지 못할 것이기 때문이었다.

군단병들은 식량을 찾아 헤매는 동안에도 주변에 대한 경계를 게을리 하지 않았다. 절대 혼자 다니는 법이 없었고, 혹시 있을지도 모르는 기습 공격에 대비했다. 시신들을 거리에서 치우고 땅에 매장했는데도 항구에는 조용하고 음침한 분위기가 감돌았다. 그래서 평화로운 로마 식민지를 파괴한 것이 누구든지 간에 아직도 가까운 곳에 있을 수도 있고, 설령 멀리 떠났다 해도 다시 돌아올 수 있다는 생각을 잠시도 잊지 않았다.

군단병들이 살아 있는 채로 발견한 사람은 사내 한 명뿐이었다. 깊은 상처가 난 사내의 다리는 감염 부위가 급속도로 넓어지고 있었다. 군단병들이 사내를 발견한 것은 피 냄새를 맡고 가까이 다가온 쥐를 죽이려고 몸을 움직이는 소리를 듣고서였다. 돌로 쥐의 대가리를 후려치던 사내는 율리우스의 부하들이 두 팔을 잡아 밝은 곳으로 끌어내자 공포에 질려 비명을 질렀다. 사내는 몇 날 며칠을 어둠 속에서 보낸 뒤라 약한 아침 햇살조차도 견뎌내지 못했다. 군단병들이 배로 끌고 가는 동안 사내는 종잡을 수 없는 소리를 미친 듯이 지껄였다.

소용없는 일일 거라 짐작하면서도 율리우스는 사내의 퉁퉁 부은 다리를 보자마자 카베라를 불렀다. 사내의 입 주변에는 부스럼 딱지들이 앉아 있었고, 병사들이 사발을 기울여 입속으로 물을 흘려 넣어줄 때 흐느끼는 사내의 눈에서는 눈물조차 흐르지 않았다. 긴 손가락으로 부어오른 다리 살을 만져보며 상태를 검사하던 카베라가 마침내 고개를 절레절레 흔들었다. 그러더니 자리에서 일어나 율리우스와 함께 한쪽 구석으로 갔다.

"염증이 심해져 독소가 사타구니까지 퍼졌네. 다리를 절단하기에도 이미 늦었어. 고통을 줄여주도록 힘써 볼 수야 있지만, 저 사람은 시간이 얼마 남지 않았네."

"저 사람 몸에…… 손을 올려놓아 주실 수는 없나요?"

율리우스가 치료사 노인에게 말했다.

"저 사람은 상태가 너무 악화됐어, 율리우스. 벌써 죽었어야 할 사람이야."

어쩔 수 없이 포기하며 고개를 끄덕인 율리우스는 부하들에게서 물 사발을 받아들어 사내에게 건네준 뒤 사내가 사발을 입술에 갖다 대는 것을 도왔다. 뼈가 앙상하게 드러난 손가락들이 너무 많이 흔들려 물 사발을 가만히 못 잡는 것을 보고 사내의 한 손가락을 잡아주었는데 피부를 통해 타는 듯한 열기가 느껴지자, 율리우스는 하마터면 몸을 움찔할 뻔했다.

"내 말을 알아듣겠소?"

율리우스가 물었다.

물을 홀짝이며 고개를 끄덕이려 하다가 끔찍하게 사레가 들린 사내는 여력을 다해 캑캑거리느라 얼굴이 벌게졌다.

"무슨 일이 일어났었는지 말해 줄 수 있겠소?"

사내가 도로 숨을 쉴 수 있길 바라며, 율리우스가 서둘러 물었다.

마침내 경련이 가라앉자 기진맥진한 사내는 고개를 가슴 위로 떨어뜨렸다.

"그자들이 사람들을 전부 죽였습니다. 온 지역을 불태웠고요."

사내가 속삭이듯 말했다.

"반란이 일어난 거요?"

율리우스가 재빨리 물었다. 어떤 외국 침략자들이 자기들 배로 돌아가기 전에 몇몇 해안 마을에서 날뛰며 돌아다닌 게 아닌가 하고 추측했던 것이다. 그런 일은 해안 지역에서 흔히 벌어졌다. 사내는 고개를 끄덕이고는 떨리는 손가락으로 물 사발을 가리켰다. 율리우스는 사발을 건네준 뒤 사내가 사발을 비우는 모습을 지켜보았다.

"미트리다테스였습니다."

사내가 거센 목소리로 말했다.

"술라가 죽자, 그자가 반란군을 소집……."

사내가 다시 기침을 했다. 율리우스는 충격을 받아 잠시 멍하니 서 있다가 방 안에 가득한 고름 냄새를 피해 갑판으로 나왔다.

'술라가 죽었다고?'

율리우스는 양손에 경련이 일어날 정도로 켈수스 배의 난간을 꽉 움켜잡았다. 자신에게서 마리우스를 앗아간 그 사내가 고통을 느끼며 서서히 죽어갔기를 바랐다.

율리우스는 마음 한편으로, 부유하고 막강한 힘을 가진 모습으로 신병들과 함께 로마로 돌아가서 술라와 전쟁을 벌이고 마리우스의 복수를 하는 광경을 상상해 왔다. 마음이 차분하게 가라앉았을 때는 그것이 어린아이나 꿈꿀 만한 공상에 지나지 않음을 깨달았지만, 오랫동안 버틸 수 있게 해준 것, 감방에서 보낸 몇 개월과 때때로 일어나는 발작을 견딜 수 있게 해준 것은 바로 그 꿈이었다.

그날 낮 동안 율리우스는 항구 지역을 안전한 곳으로 만들기 위해 필요한 일을 처리하는 데 몰두했다. 그러나 명령을 내릴 때도 부하들에게 말을 건넬 때도 꿈꾸는 듯한 표정이었다. 죽어가는 사내에게 전해들은 사건에 어떤 식으로 대처해야 할지 생각하느라 정신이 딴 데 가 있었던 것이다. 그래도 식량과 숙사를 마련하는 일을 처리할 때만큼은 오로지 일에만 전념했다. 술라의 죽음은 율리우스의 미래에 구멍을 남겼다. 그의 노력을 허사로 만든 빈 공간을.

상인 두루스가 율리우스를 찾아냈을 때, 율리우스는 군단병 세 명과 함께 오염된 우물을 청소하고 있었다. 침략군이 약탈 지역의 우물에 썩어가는 동물 시체를 집어넣어 물을 오염시키는 것은 흔한 일이었다. 율리우스는 추위에 언 몸으로 다른 병사들과 함께 일했다. 진흙이 잔뜩 묻은 죽은 닭들을 우물에서 끌어올려 한쪽 편에 던져버리면서, 그는 고약한 냄새 때문에 구역질이 나는 것을 애써 참았다.

"드릴 말씀이 있습니다."

두루스가 말했다.

처음에 율리우스는 그 말을 알아듣지 못했다. 그러자 두루스가 목소리를 높여 되풀이해 말했다. 그제야 율리우스는 한숨을 내쉰 뒤, 갈고리가 달린 밧줄들을 다시 우물 속으로 떨어뜨리고 있는 다른 병사들 곁을 떠나 두루스가 있는 쪽으로 가로질러 왔다. 율리우스는 걸어오면서 악취가 풍기는 손을 튜닉에 닦았다. 지친 기색이 역력했다. 그런 모습을 보면서, 두루스는 그 사내가 청년에 불과하다는 사실을 문득 깨달았다. 피로가 가슴속에 있는 불길을 차단하자, 그는 거의 넋이 나간 사람처럼 보였다. 두루스가 목청을 가다듬었다.

"저는 제3단층 갤리선 두 척을 이끌고 떠나고 싶습니다. 장교님이 해적들을 추적하느라 벤틀루스를 빌렸다고 쓴 편지에 이미 서명도 마친 상탭니다. 이제는 가족들한테 돌아가 제 삶을 살 때가 된 듯합니다."

율리우스는 아무런 대꾸도 하지 않고 두루스를 뚫어지게 바라보았다. 잠시 후 두루스가 다시 입을 열었다.

"켈수스를 찾으면 제 배를 돌려주는 것은 물론이고 잃어버린 화물에 대한 보상으로 나머지 3단층 갤리선도 주기로 약속하지 않으셨습니까. 저는 장교님께 전혀 불만이 없습니다. 다만 제가 집으로 돌아갈 수 있도록 부하들한테 제 배를 떠나라는 명령을 내려주셨으면 하는 것뿐입니다. 병사들이 제 명령은 받들지 않을 테니까요."

율리우스는 괴로우면서도 한편으로 화가 났다. 신의를 지키는 게 대단히 힘든 일이 될 수 있음을 전에는 결코 깨닫지 못했다. 두루스에게 배 두 척을 주겠다고 약속했지만, 그것은 전쟁으로 황폐화된 그리스 항구를 발견하기 전의 일이었다. 이런 상황에서 이 사내는 무엇을 기대하는 것일까? 율리우스에게 주입된 군인의 본능은 두루스의 청을 단호히 거절하라고 말했다. 미트리다테스가 그리스의 생살에서 로마다운 모든 것을 잘라내는 이 상황에, 어떻게 가장 값진 자산 둘을 포기할 생각을 할 수 있겠는가.

"함께 걸읍시다."

율리우스가 그렇게 말한 뒤 성큼성큼 걸어 지나가는 바람에, 두루스는 따라잡기 위해 총총걸음을 걸어야 했다. 율리우스는 빠른 걸음으로, 배 세 척이 출렁이는 파도를 타고 부드럽게 움직이고 있는 부두를 향했다. 부두에 다가가자 파수병들이 경례를 올렸다. 부하들의 경례에 답한 율리우스는 돌연 부두 끝에 멈춰 섰다. 두 사람 앞에는 거대한 갤리선들이 위용을 드러내고 있었다.

"나는 당신이 집으로 돌아가는 걸 원치 않소."

율리우스가 무뚝뚝하게 말했다.

전혀 예상치 못한 말에 깜짝 놀라 두루스의 얼굴이 벌게졌다.

"켈수스의 배를 빼앗고 나면, 저는 떠나도 된다고 약속하셨잖습니까?"

두루스가 목소리에 날을 세웠다.

율리우스가 두루스를 향해 돌아섰다. 율리우스의 표정에 압도된 그 선장은 입을 다물고 침만 꿀꺽 삼켰다.

"나한테 그 약속을 떠올릴 필요는 없소, 선장. 당신이 떠나는 것을 막지는 않겠소. 하지만 로마는 이 배들이 필요하오."

말을 마친 뒤 율리우스는 한참 동안 생각에 잠겨 있었다. 더러운 물속에서 오르락내리락하는 배들을 지켜보는 눈빛이 어두웠다.

"당신이 이 배들을 이끌고 최대한 빨리 해안을 돌아서, 어느 곳이든 로마가 서쪽에 군단을 상륙시킬 때 이용하는 항구를 찾아가 주면 좋겠소. 거기서 내 이름으로…… 그리고 액시피터의 가디티쿠스 선장 이름으로 군단의 은화를 넘겨주시오. 아마 그곳에 주둔한 군단은 지원 병력을 이끌고 오라고 당신을 로마에 급파할 거요. 그렇게 한다고 해서 당신한테 득이 될 거야 전혀 없겠지만, 당신의 배는 두 척 다 빠르지 않소. 병사들도 탈 배가 필요할 테고 말이오."

두루스는 깜짝 놀라 이쪽 발 저쪽 발로 무게를 옮겼다.

"저는 귀향이 예정보다 몇 달이나 늦어졌습니다. 제 가족과 채권자들은 제가 죽었다고 생각할 겁니다."

두루스가 말했다. 생각할 시간을 벌려는 것이었다.

"로마인들이 죽었소. 그 시신들을 보지 못했단 말이오? 세상에, 난 지금 당신한테 당신을 낳고 기른 도시를 위해 봉사하라고 요청하고 있는 거요. 당신은 이제껏 로마를 위해 싸워본 적도 피를 흘려본 적도 없지 않소. 난 지금 당신이 로마에 진 빚의 일부를 갚을 기회를 주고 있는 거요."

두루스는 그 말을 듣고 미소를 지을 뻔했지만, 젊은 사내가 결코 농담으로 하는 말이 아님을 깨닫고 꾹 참았다. 자신의 로마 친구들이 이 병사를 어찌 생각할지 궁금했다. 이 병사는 로마를 거지나 쥐나 질병 따위 전혀 찾아볼 수 없는 도시로 생각하고 있는 듯했다. 율리우스가 로마를 자신이 생각하는 것보다 훨씬 위대하다고 바라보고 있음을 깨달은 두루스는 그런 믿음 앞에서 잠시 부끄러움을 느꼈다.

"제가 그 돈을 갖고 곧장 이탈리아 북부에 있는 제 집으로 향하지 않으리라고 어찌 확신하십니까?"

율리우스는 살짝 양미간을 찌푸리더니 그 상인에게 차가운 시선을 던졌다.

"만일 그런다면 나는 당신의 적이 될 테고, 그러면 끝까지 당신을 찾아

죽이리라는 걸 당신이 너무 잘 알고 있기 때문이오."

율리우스가 별 생각 없이 던진 말이었지만, 해적들이 처형되는 광경을 지켜보고 켈수스가 바다에 내던져지는 소리를 들었던 터라 소름끼치게 들렸는지, 두루스는 차가운 바람을 막으려고 옷으로 몸을 단단히 감쌌다.

"좋습니다. 말씀하신 대로 하겠습니다. 하지만 장교님이 벤툴루스에 처음으로 발을 들여놓았던 날이 저주스럽군요."

두루스가 이를 갈면서 말했다.

율리우스가 두루스의 배 두 척의 뱃머리에 서 있는 파수병들에게 소리쳤다.

"병사들은 모두 하선하라!"

파수병들은 율리우스에게 경례를 붙이고는 다른 병사들을 데리러 갔다. 그 광경을 보고 안도감에 휩싸인 두루스는 현기증을 느꼈다.

"감사합니다."

창고 쪽으로 발걸음을 옮기던 율리우스가 잠시 멈춰 섰다. 그의 뒤쪽, 돌로 된 부두가 점차 흙으로 변하는 지점에 해적 다섯이 십자가에 매달려 있었다.

"이 광경을 잊지 마시오."

율리우스는 그렇게 말하고는 등을 돌린 뒤 성큼성큼 걸어갔다.

두루스는 그런 일이 가능하다는 게 믿어지지 않았다.

밤이 되자, 병사들은 가장 상태가 양호한 창고에 집합했다. 그 창고의 한쪽 벽은 시커멓게 그을려 있기는 해도 소실되지 않고 남아 있었다. 탄내가 진동하기는 했지만, 창고 안은 따뜻하고 습기도 없었다. 밖에서는 비가 오기 시작했는지 빗방울이 얇은 나무 지붕을 두드리는 소리가 나직하게 들려왔다.

창고 안을 밝힌 등잔불들은 켈수스의 배에서 가져온 것이었다. 등잔불의 수명이 다하면, 병사들은 항구의 버려진 집들을 뒤져 혹시 민간인들이 쓰던 등잔 기름이 남아 있는지 찾아보아야 하는 처지에 놓이게 될 것이다. 마치 병사들에게 그 순간에 대비하라고 알리는 듯 불꽃들은 창고의 텅 빈 공간을 간신히 비출 정도로 크기가 줄어들었다. 바닥에는 약탈자들이 흘리고 간 옥수수 낟알들이 어지럽게 흩어져 있었다. 병사들은 찢어진 부대 위에 앉아 최대한 편안한 자세를 취했다.

가디티쿠스가 창고 안에 들어찬 병사들에게 연설을 하려고 일어났다. 병사들은 대부분 창고 지붕을 수리하거나, 새벽 조수를 타고 떠날 배들에 보급품을 싣기도 하고 내리기도 하느라 하루 종일 바쁘게 일했었다.

"이제는 미래를 생각할 때가 됐다, 제군들. 나는 고향에 연락을 취하기 전에 확실한 로마 항구에서 한동안 휴식을 취하고 싶었다. 그런데 그리스의 왕이 우리 병사들을 학살했다. 이것은 도저히 묵과할 수 없는 일이다."

병사들이 웅성대기 시작했다. 그러나 그것이 가디티쿠스의 말에 동의하기 때문인지 좌절감의 표시인지 알 수가 없었다. 가디티쿠스 옆에 앉아 있는 율리우스는 병사들을 죽 둘러보았다. 그들은 그의 병사들이었다. 그는 너무나 오랫동안 켈수스를 찾아 죽이겠다는 단순한 목표에만 매달리느라, 그 다음에 무엇을 할지에 대해서는 거의 생각해 본 적이 없었다. 기껏해야 언젠가 로마의 독재관과 맞서겠다는 먼 훗날의 꿈을 꾼 것이 전부였다. 만일 그가 신생 백인대를 이끌고 군단에 들어간다면, 원로원은 그의 권위를 인정해 공식적으로 백인대장의 지위를 부여해야만 할 것이다.

348

율리우스는 어둠 속에서 조용히 얼굴을 찌푸렸다. 어쩌면 원로원은 그렇게 하지 않을지도 모른다. 가디티쿠스에게 지휘권을 맡기고, 그는 예전처럼 단지 부하 스무 명만을 통솔하는 신세로 전락시킬지도 모른다. 원로원 의원들은 그가 각양각색의 사람들로 구성된 무리에 대해 갖고 있는 특이한 권위를 인정할 만한 사람들이 아니었다. 그러나 현명하게 이용하기만 한다면, 새롭게 얻게 된 재산이 도움이 될 수 있을 것이다. 자신이 그 정도의 직책에 만족할 수 있을지 궁금해하며 혼자 미소를 지었지만, 병사들은 가디티쿠스를 지켜보느라 눈치채지 못했다.

답은 간단했다. 사람들을 이끄는 것이야말로 가장 멋진 일이고, 도움을 청할 사람 하나 없는 상황이야말로 도전정신을 강하게 불러일으킨다는 것을 그간의 경험을 통해 배웠다. 어려운 시기에 병사들은 그가 자신들에게 나아갈 길을 알려주길, 다음에 취해야 할 조치를 알려주길 기대했다. 깊이 생각해 보지 않아도, 누군가의 뒤를 따라가는 것이 훨씬 쉬운 일임은 분명하지만, 그로 인한 만족감은 앞장서서 이끌 때의 반도 되지 않는 법이다. 물론 율리우스의 마음 한편에도 그런 안전함을 추구하고 싶은 마음, 그저 지휘를 받는 병사들의 일원으로 만족하고 싶은 마음이 없었던 것은 아니다. 그러나 가슴속 깊은 곳에서는 지휘권을 가지고 있을 때만 찾아오는, 두려움과 위험이 뒤섞인 자극을 원했다.

어떻게 술라가 죽을 수 있지? 그 생각이 율리우스의 머릿속을 떠나지 않고 끈질기게 괴롭혔다. 켈수스의 배에 태웠던 부상당한 사내는 술라가 어떻게 죽었는지에 대해서는 전혀 알지 못했다. 병사들에게 1년 내내 검은 옷을 입으라는 지시가 내려졌다는 게 그가 아는 사실의 전부였다. 사내가 혼수 상태에 빠졌을 때, 율리우스는 그를 카베라의 손에 남겨두고 그 자리를 떴다. 사내는 해질 무렵 심장이 멈췄다. 율리우스는 사내를 죽은 다른 로마인들과 함께 매장하라고 명령을 내리면서, 사내의 이름을 물어보지 않았다는 사실을 떠올리며 수치심을 느꼈다.

"율리우스? 병사들한테 하고 싶은 말이 있나?"

가디티쿠스가 물었다. 생각에 빠져 있던 율리우스는 갑작스러운 물음에 놀라 움찔했다. 가디티쿠스에게는 미안한 일이지만, 그의 말을 전혀 듣고 있지 않았던 것이다. 율리우스는 생각을 정리하며 천천히 자리에서 일어났다.

"너희 대다수가 로마를 보길 바란다는 걸 안다. 너희는 소망대로 로마를 보게 될 것이다. 내가 살던 로마는 특이한 곳이다. 대리석과 꿈이 군단의 힘에 의해 지탱되는 곳이다. 모든 군단병은 선서에 의해 어디서든 로마 시민을 보호할 의무를 진다. 그리고 로마인은 자신이 로마 시민임을 밝히기만 하면 주거와 권한을 보장받는다."

율리우스가 잠시 말을 멈추었다. 창고 안의 모든 시선이 그에게 쏠려 있었다.

"하지만 너희는 선서를 하지 않았으니, 본 적도 없는 로마를 위해 싸워달라고 강요할 수가 없다. 너희는 지금 대부분의 병사가 10년이 지나도 만져보지 못할 큰 재산을 가지고 있다. 이제 너희는 각자 알아서 둘 중의 하나를 택해야만 한다. 선서를 하고 군대에 남을 것인지, 떠날 것인지. 만일 우리를 떠난다 해도 너희는 우리의 전우다. 우리는 지금껏 함께 싸웠고, 개중에는 이 자리까지 오지 못한 사람들도 있다. 너희 중에는 아마 여기까지 온 것만으로도 충분한 사람들도 있을 것이다. 그러나 만일 남는다면, 나는 켈수스의 보물을 두루스 선장에게 맡길 것이다. 우리는 미트리다테스를 물리친 뒤 서부 해안에서 두루스 선장과 만날 것이다."

율리우스가 다시 말을 멈추자, 여기저기서 웅성거리는 소리가 창고 안을 가득 채웠다.

"두루스를 믿을 수 있겠나?"

가디티쿠스가 물었다.

율리우스는 잠시 생각해 보더니 고개를 가로저었다.

"그렇게 많은 금을 가지고 있는 상태에서는 믿을 수 없습니다. 그자가 정직하게 행동하도록 프락스를 딸려 보내겠습니다."

율리우스는 병사들 속에서 늙은 옵티오를 찾았다. 옵티오인 프락스가 승낙한다는 신호를 보내는 것을 보고 흡족해했다. 그 문제가 마무리되자 심호흡을 한 번 하면서 바닥에 앉아 있는 병사들을 죽 둘러보았다. 그는 그 병사들의 이름을 전부 알고 있었다.

"군단 선서를 하고 내 지휘에 따르겠나?"

병사들은 우렁찬 목소리로 동의를 표시했다.

가디티쿠스가 율리우스의 귀에 입을 바짝 갖다 대고 거친 소리로 속삭였다.

"맙소사. 이보게, 만일 내가 그랬다간 원로원에서 나를 거세하려 들 걸세."

"그러시면 제가 부하들한테 선서를 시키는 동안 자리를 피해, 배에 남아 있는 수에토니우스한테 가 계십시오."

율리우스가 대꾸했다.

가디티쿠스가 몸을 일으키며 율리우스에게 냉정한 시선을 던졌다.

"자네가 왜 수에토니우스를 거기 남겨두었나 했지. 이제야 알겠군. 그 친구는 절대 자신이 깨지 못할 선서를 할 위인이 아니지. 그건 그렇고, 부하들을 어디로 이끌고 갈지 생각은 해두었나?"

"네. 병사들을 모집해서 그 병사들을 이끌고 곧장 미트리다테스의 턱밑을 치러 갈 겁니다."

율리우스가 한 손을 내밀자, 가디티쿠스는 머뭇거리더니 잠깐 동안, 그러나 거의 아플 정도로 세게 그 손을 꽉 잡았다.

"그럼 이제 우리는 같은 길을 가는 거군."

가디티쿠스가 말했다.

율리우스는 무슨 말인지 이해한다는 뜻으로 고개를 끄덕였다. 그는 미소를 지으며 두 팔을 올려 병사들을 향해 조용히 하라고 시켰다. 갑작스러운 정적 속에서 그의 목소리가 또렷하게 울려 퍼졌다.

"나는 한 번도 너희를 의심한 적이 없다. 단 한 순간도. 이제 자리에서 일어나 내가 하는 말을 따라 하라."

병사들은 일제히 일어나 고개를 들고 등을 곧추세운 채 차려자세를 취했다.

율리우스는 그들을 죽 둘러보면서 자신의 진로가 정해졌음을 깨달았다. 마음속의 그 무엇도 되돌아가라고 말하지 않았지만, 선서를 하고 나면 그러고 싶어도 그럴 수 없을 것이다. 미트리다테스가 죽는 그 순간까지 삶이 완전히 바뀌게 될 것이다.

율리우스는 세상이 단순하기만 하던 시절 아버지가 가르쳐주었던 말들을 읊었다.

"승리의 신 주피터시여, 이 선서를 들으소서. 우리는 우리의 힘과 피와 목숨을 로마에 바칠 것을 맹세합니다. 우리는 적들 앞에서 등을 돌리지 않겠습니다. 우리는 적들 앞에서 흩어지지 않겠습니다. 우리는 시련과 고통에도 개의치 않겠습니다. 빛이 있는 동안, 여기서 세상의 끝까지, 우리는 로마를 위해 일어서겠으며, 카이사르의 지휘에 따르겠습니다."

병사들은 율리우스를 따라 또렷하고 단호하게 선서를 제창했다.

21장

알렉산드리아는 타빅이 억센 손을 놀리며 시종일관 낮은 목소리로 옥타비아누스에게 금세공 기술을 설명하는 모습을 은근슬쩍 지켜보았다. 두 사람 앞에 놓인 작업대에는 네모난 가죽이 깔려 있고, 그 위에 두꺼운 금사 한 가닥이 놓여 있었다. 그리고 그 금사는 움직이지 않도록 양끝이 나무로 된 작은 죔틀에 끼어 있었다. 타빅은 지금 몸짓으로, 가는 나무토막을 금사 위로 움직이는 방법을 옥타비아누스에게 가르치는 중이었다.

"금은 가장 유연한 금속이야, 꼬마야. 금사에 무늬를 넣으려면, 무늬 찍는 나무토막으로 금사를 부드럽게 누른 다음 내가 보여준 것처럼 팔을 쪽 편 채 앞뒤로 밀기만 하면 돼. 자, 한번 해봐."

옥타비아누스는 이랑이 진 밑면이 금방이라도 끊어질 듯 보이는 금사에 닿도록 나무토막을 천천히 내려놓았다.

"그렇게 하는 거야. 이제 조금 더 힘을 줘. 옳지, 앞뒤로 밀어. 잘 했다. 어디, 한번 보자."

나무토막을 들어 올린 옥타비아누스는 압력으로 인해 일정한 모양의 구슬이 죽 늘어져 있는 것 같은 무늬가 생긴 것을 보고 환하게 웃었다.

"살살 다뤄야 돼. 너무 세게 누르면 금사가 끊어져서 처음부터 다시 시작해야 하니까. 이제 내가 죔틀을 푼 다음 금사를 뒤집어줄 테니까, 구슬 무늬 넣는 일을 마무리해 봐. 나무토막을 조심스럽게 가로로 올려놔. 이번 에는 최대한 부드럽게 해야 돼. 이음매 부분의 굵기가 네 머리카락처럼 가 늘어질 거거든."

옥타비아누스를 위해 손수 만든 낮은 작업대에서 너무 오랫동안 몸을 굽히고 있었던 탓에 허리가 아팠는지, 타빅이 허리를 쭉 폈다. 그러다 알 렉산드리아와 시선이 마주쳤다. 알렉산드리아가 윙크를 하자 타빅은 살 짝 얼굴을 붉히더니 미소를 감추려고 괜스레 무뚝뚝한 표정을 지으며 헛 기침을 해댔다. 타빅이 옥타비아누스를 가르치는 일을 즐기기 시작했다 는 것을 알렉산드리아는 이미 눈치채고 있었다. 타빅이 그 꼬마 도둑에 대 한 불신을 조금이나마 거두는 데는 오랜 시간이 걸렸다. 하지만 타빅이 기 술을 가르치는 걸 얼마나 좋아하는지 잘 알기에, 알렉산드리아는 결국 이 렇게 될 줄 알고 있었다.

옥타비아누스가 갑자기 욕을 했다. 손 밑에 놓인 가느다란 금사가 압력 을 이기지 못하고 끊어진 것이다. 그가 안타까워하며 나무토막을 들어 올 리자, 세 동강 난 금사가 모습을 드러냈다. 타빅은 양미간을 찌푸리며 고 개를 가로젓고는 끊어진 조각들을 조심스레 한데 그러모았다. 녹여서 다 시 금사로 만들려는 요량인 것이다.

"나중에, 그래, 내일 다시 해보자. 그래도 거의 성공할 뻔했잖니. 금사 전체에 깔끔하게 무늬를 넣을 수 있게 되면, 그걸 여성용 브로치의 테두리 에 고정하는 법을 가르쳐주마."

옥타비아누스는 풀이 죽은 모습이었다. 알렉산드리아는 숨을 죽인 채 또 불끈 화를 내는지 보려고 기다렸다. 처음 몇 주 동안 옥타비아누스는 일이 잘 안 될 때마다 성질을 부리며 두 사람을 괴롭혔다. 그러나 이번에는 성을 내지 않았다. 알렉산드리아는 안도감으로 천천히 숨을 쉬었다.

"좋아요. 그렇게 할게요."

옥타비아누스가 천천히 말했다.

타빅은 몸을 돌려, 주인들에게 도로 가져다주어야 할 완성된 작품이 담긴 꾸러미들을 유심히 살폈다.

"네가 할 일이 또 하나 있어."

타빅이 접어서 묶어놓은 작은 가죽 주머니를 옥타비아누스에게 건네주며 말했다.

"이건 내가 수리한 은반지야. 이걸 갖고 우시장으로 가서 게투스님을 찾아. 그분은 거기서 판매업무를 맡고 계시니까 찾기 힘들지는 않을 거야. 이걸 갖다 드리면 수선비로 1세스테르티우스(로마의 동전. 1/4데나리우스에 해당함—옮긴이)를 주실 게다. 동전을 받아서 곧장 여기로 와. 아무 데도 들르지 말고. 알겠지? 나는 널 믿는다, 꼬마야. 하지만 만일 네가 반지를 잃어버리거나 동전을 잃어버리면 너랑은 끝이야."

알렉산드리아가 그 꼬마의 진지한 표정을 보았다면 아마 큰 소리로 웃었을지 모른다. 도제살이를 시작한 처음 몇 주 동안의 옥타비아누스라면 그런 위협을 해봤자 아무 소용도 없었을 것이다. 옥타비아누스는 혼자 남겨진다고 해서 눈썹 하나 까딱하지 않았을 것이다. 옥타비아누스는 어머니와 타빅과 알렉산드리아의 합동 노력에 맹렬하게 맞서 싸웠다. 알렉산드리아는 두 번이나 옥타비아누스를 찾으러 동네 시장을 뒤지고 다녀야만 했다. 두 번째에는 노예시장으로 끌고 가 몸값이 얼마나 나가는지 묻기까지 했다. 그 일이 있은 후로 옥타비아누스는 두 번 다시 도망치지 않았다.

대신 늘 부루퉁한 표정을 지었다. 알렉산드리아는 그런 표정이 영원히 바뀌지 않을지도 모른다고 생각했다.

변화가 찾아온 것은 옥타비아누스가 일을 시작한 지 넉 달하고 보름쯤 되었을 때였다. 타빅이 불에 녹인 금속을 은박판 위에 조그맣게 방울방울 떨어뜨려 무늬를 만드는 방법을 가르쳐주었다. 꼬마는 그 금속 방울을 만지다가 엄지손가락을 데었는데도 그 과정에 완전히 매료되어 작업장에 끝까지 남아 마지막 작품에 광을 낼 때까지 지켜보느라 그날 저녁도 걸렀다. 아이가 제때 집에 돌아오지 않자 그의 어머니 아티아가 잔뜩 미안한 표정을 지으며 지친 얼굴로 작업장에 찾아왔다. 그런데 어린 아들이 그 시간까지 작업복을 입고 일하고 있는 모습을 보고는 너무 놀라 아무 말도 하지 못했다.

이튿날 아침, 알렉산드리아는 자신의 옷이 밤새 깨끗이 세탁되고 수선까지 되어 있는 것을 발견했다. 두 사람 사이에는 다른 감사의 말은 필요하지 않았다. 두 여자는 매일 잠들기 전 한두 시간 동안만 얼굴을 볼 뿐이었지만, 수줍음을 많이 타고 혼자 있기를 좋아하며 너무 열심히 일하느라 외로움조차 느끼지 못하는 두 사람에게는 놀라울 수도 있는 그런 우정을 서로에게서 발견했던 것이다.

옥타비아누스는 우시장에서 총총걸음으로 군중을 헤치며 나아갔다. 마침 농부들이 경매와 도살을 위해 가축들을 끌고 왔을 때라, 그곳은 사람들로 북적였고 불쾌한 거름 냄새와 피 냄새가 진동했다. 사람들은 저마다 서로에게 소리를 지르고 있었다. 그러다가 외침이 잘 들리지 않을 때는 복잡한 수신호로 값을 불렀다.

옥타비아누스는 게투스가 누구인지 물어보려고 판매인을 찾아다녔다.

수선한 반지를 얼른 건네주고 어른들이 예상하는 것보다 빨리 가게로 돌아가고 싶었다.

오가는 군중 사이를 누비며 돌아다니면서, 옥타비아누스는 자신이 신속하게 돌아온 것을 보고 타빅이 놀라는 광경을 상상하며 즐거워했다.

그런데 갑자기 손 하나가 그의 목을 움켜잡아 몸을 들어올렸다. 그 바람에 옥타비아누스는 발이 미끄러지면서 몸이 기울어졌다. 생각에 빠져 있다 충격을 받은 그는 숨을 헐떡이며 본능적으로 공격을 가한 사람에게 격렬하게 저항했다.

"누구 소를 훔치려고?"

불쾌한 비음이 귓전을 때렸다.

뒤로 고개를 홱 돌린 옥타비아누스는 무식하고 촌스럽게 생긴 얼굴을 보고 신음소리를 냈다. 전에 마주쳤던 푸줏간에서 일하는 덩치 큰 소년이었던 것이다. 옥타비아누스는 호시탐탐 자신을 노리는 사람들에게 경계를 풀었고, 그 덕분에 그들은 힘 하나 들이지 않고 그를 붙잡을 수 있었다.

"놔줘! 도와주세요!"

옥타비아누스가 소리쳤다.

그때 푸줏간 소년이 코를 세게 갈기는 바람에 옥타비아누스는 주르륵 코피를 쏟았다.

"입 닥쳐! 지난번에 너를 막지 못했다고 주인한테 두들겨 맞았으니까, 어쨌든 나도 너한테 매를 돌려줘야겠어."

그 소년은 억센 팔로 목을 휘감아 조른 채 옥타비아누스를 골목으로 질질 끌고 갔다. 옥타비아누스는 도망치려고 안간힘을 썼지만 아무 소용이 없었다. 게다가 분주히 움직이는 군중은 옥타비아누스가 있는 방향으로는 눈길 한 번 주지 않았다.

골목 안에는 푸줏간에서 도제살이를 하는 소년 외에도 소년 셋이 더 있었다. 그들은 모두 고된 육체노동에 익숙한 아이들답게 유달리 팔이 길었다. 그리고 입고 있는 앞치마에는 일을 하다 묻은 피가 여기저기 얼룩져 있었다. 소년들의 무시무시한 표정을 본 옥타비아누스는 잔뜩 겁에 질렸다. 두려움 때문에 거의 기절하기 일보 직전이었다. 소년들은 골목 안에서 모퉁이를 돌자마자 비아냥거리며 주먹질을 해댔다. 그곳은 공동주택들의 높다란 담벼락에 막혀 시장의 소음이 들리지 않았다. 그리고 담장들이 바깥쪽으로 기울어져 있어 맞은편 담장과 거의 맞닿아 있는지라 부자연스러운 어둠을 만들어냈다.

푸줏간 소년이 그 골목 안에 발목 높이까지 쌓여 있는 오물 속으로 옥타비아누스를 내던졌다. 그 오물은 사람들이 지나가다 버린 쓰레기와 공동주택에 사는 사람들이 좁은 창문으로 내던진 쓰레기들이 몇 년에 걸쳐 쌓인 것이었다. 옥타비아누스는 도망치려고 한쪽으로 기어갔다. 그러자 소년 하나가 발로 세게 걷어차 원래 자리로 도로 보내 버렸다. 그 충격에 끙 소리를 내며, 옥타비아누스가 작은 몸뚱이를 들어 올렸다. 그런데 그때 다른 두 소년이 가세해 이곳저곳 가리지 않고 발 닿는 대로 발길질을 해대자 옥타비아누스는 고통과 두려움을 참지 못해 비명을 질러댔다.

얼마나 지났을까, 발길질을 하다 지친 세 소년이 숨을 헐떡이며 손으로 무릎을 짚고 쉬었다. 옥타비아누스는 거의 의식이 없었다. 공처럼 단단하게 말려 있는 몸은 누워 있는 곳의 오물과 거의 분간이 가지 않았다.

두 입술을 뒤로 끌어당기며 코웃음을 치던 푸줏간 소년은 옥타비아누스가 움찔하자 한쪽 주먹을 치켜들며 야비하게 웃었다.

"넌 이런 꼴을 당해도 싸, 이 투린 출신 꼬마 녀석아. 이젠 우리 주인한 테서 뭘 훔치기 전에 다시 한 번 생각하게 될 거다, 안 그러냐?"

신중하게 겨냥한 뒤 옥타비아누스의 얼굴을 걷어찬 소년은 작은 머리가 뒤로 휙 젖혀지는 것을 보고 환호성을 질렀다. 옥타비아누스는 두 눈을 뜬 채 정신을 잃고 널브러졌다. 얼굴은 반이 푹 꺼져 있었다. 더러운 물이 조 금 입술 사이로 흘러 들어가자, 그는 무의식 상태에서도 기침을 하며 살짝 헉헉거리기 시작했다. 그는 자신의 몸을 뒤지는 손가락을 느끼지도 못했 고, 소년들이 작은 주머니 안에서 은반지를 발견하고 기뻐하며 내지르는 소리도 듣지 못했다.

푸줏간 소년은 은반지를 끼면서 나직하게 휘파람을 불었다. 반지에는 단순한 둥근 모양의 묵직한 비취가 박혀 있었는데, 그것은 작은 발들로 금 속에 단단하게 고정되어 있었다.

"이걸 어디서 훔쳤을까?"

푸줏간 소년이 엎어져 있는 꼬마를 흘끗 보며 말했다. 소년들은 저마다 반지의 주인을 대신해 다시 한 번 꼬마에게 발길질을 한 뒤, 운수 대통했 다고 신나하며 시장으로 되돌아갔다.

정신을 잃고 쓰러져 있던 옥타비아누스가 깨어난 것은 몇 시간 뒤였다. 천천히 일어나 앉은 그는 몇 분 동안이나 헛구역질을 해대며, 다리가 몸을 지탱할 수 있는지 시험해 보았다. 다리에는 힘이 없었고 통증도 너무 심했 다. 옥타비아누스가 몸을 웅크린 채 끈적끈적한 실 같은 검붉은 피를 바닥 에 뱉었다. 서서히 머릿속이 맑아지자 주머니 속을 뒤져 반지를 찾아보았 지만 텅 비어 있는 것을 발견하고는 충격을 받아 바닥에 도로 벌렁 누웠 다. 마침내 반지를 잃어버렸다는 사실을 인정하지 않을 수 없었다. 오물이 잔뜩 묻고 피딱지가 앉은 얼굴 위로 눈물이 주르륵 흘러내렸다. 비틀거리며 도로 큰길로 나선 옥타비아누스는 햇살이 비치자 고통스러워하며 눈을 가렸다. 그러고는 여전히 눈물을 흘리며 휘청거리는 발걸음으로 타빅의 가게를 향했다. 절망으로 완전히 넋이 나간 모습이었다.

타빅은 가게의 나무 바닥을 발로 똑똑 두드렸다. 잔뜩 찌푸린 얼굴에는 화가 난 기색이 역력했다.

"제기랄, 애새끼를 죽여버리고 말겠어. 돌아왔어도 진작 돌아왔어야 한다고."

"아저씨, 한 시간 내내 같은 말씀만 하시는군요. 아마 좀 늦나보죠. 게투 스님을 찾지 못했을 수도 있고요."

알렉산드리아가 중립적인 입장으로 대꾸했다.

타빅이 한쪽 주먹으로 작업대를 내리쳤다.

"아마 반지를 팔고 도망쳤을 가능성이 훨씬 클걸!"

성난 목소리가 이어졌다.

"난 그걸 물어내야 된다고. 비취까지 말이야. 게투스님께 새 반지를 만들어드리려면 하루를 꼬박 일해야 하는 건 물론이고 재료를 구입하는 데도 거의 1아우레우스가 들 거야. 그분은 틀림없이 임종을 앞둔 어머니가 주신 반지라고 하면서 그 이상을 보상해 달라고 할 거야. 그런데 이 꼬마 녀석은 도대체 어디 있는 거지?"

그때 가게의 두꺼운 나무문이 삐거덕 소리를 내며 열리면서 거리에서 소용돌이치는 먼지가 안으로 밀려 들어왔다. 옥타비아누스가 거기 서 있었다. 몸에 난 멍 자국과 찢어진 튜닉을 보자마자 타빅은 옥타비아누스에게로 가로질러 갔다. 분노는 온데간데없이 사라지고 없었다.

"죄송해요."

타빅이 가게 안으로 이끌 때 꼬마가 울먹이며 말했다.

"그 녀석들과 싸우려고 했지만, 녀석들은 셋이나 됐어요. 저를 도와주러 오는 사람은 아무도 없었고요."

타빅이 부러진 뼈가 있나 보려고 들썩거리는 가슴을 만져보자, 옥타비아누스는 비명을 내질렀다.

타빅이 악문 이 사이로 휴 소리를 냈다.

"녀석들, 참 엄청나게도 때렸다. 맘껏도 때렸어. 그래, 숨 쉬는 건 어떠냐?"

옥타비아누스는 손등으로 조심스레 콧물을 닦았다.

"괜찮아요. 최대한 빨리 돌아온 거예요. 사람들 속에서 녀석들을 못 봤어요. 대개는 녀석들이 있는지 살피는데, 서두르느라……."

옥타비아누스가 말을 하다 말고 흐느꼈다. 그 모습을 본 알렉산드리아가 한 팔로 옥타비아누스를 껴안고는 타빅에게 물러서라는 손짓을 했다.

"말도 안 돼요, 아저씨. 이 아인 조사받는 걸 원치 않아요. 얘는 아주 힘든 일을 겪었으니 보살핌과 휴식이 필요하다고요."

알렉산드리아가 소년을 뒷방으로 데리고 가서 가게 위쪽에 있는 타빅의 집으로 향하는 계단을 올라갈 때, 타빅은 그냥 멀찌감치 서 있었다. 가게에 혼자 남은 타빅은 한숨을 내쉬더니 수염이 희끗희끗한 얼굴을 손으로 문지르고는 아침에 면도한 이후 삐죽삐죽 자라난 반백의 수염을 긁적였다. 그러더니 고개를 절레절레 흔들면서 작업대로 돌아가, 게투스에게 줄 반지를 다시 만드는 데 필요한 연장들을 고르기 시작했다.

362

몇 분간 말없이 작업을 하던 그가 잠시 작업을 멈추더니 좁다란 계단을 뒤돌아보았다. 불현듯 어떤 생각이 머리에 떠올랐던 것이다.

"너한테 그럴듯한 칼 하나를 만들어줘야겠구나, 꼬마야."

그렇게 혼자 중얼거리더니 다시 연장들을 집어 들었다. 잠시 후, 분필로 상감할 무늬를 스케치하면서 다시 중얼거렸다.

"그리고 그것을 쓰는 법도 가르쳐줘야겠어."

브루투스는 옆쪽 땅에 프리미게니아의 독수리 군기를 세운 채 캄푸스 마르티우스에 서 있었다. 그는 예전에 마리우스가 만든 군기를 찾아내 쓰고 있는데, 신병을 모집하는 다른 군단들 중 일부가 천으로 만든 깃발을 쓰는 것을 보고 내심 기뻐했다. 프리미게니아의 군기는 동 위에 금을 두드려 박아 만든 것이어서 아침 햇살을 받아 번쩍번쩍 빛을 발했다. 브루투스는 그것이 동 트기 전부터 모여든 수많은 소년 중 적지 않은 수의 눈길을 끌길 바랐다. 거기 모인 군중이 전부 군단과 계약을 맺지는 않을 것이다. 개중에는 그냥 구경 삼아 온 사람들도 있었고, 모여든 사람들을 상대로 음식 장사를 할 요량으로 첫새벽이 밝아오기 전부터 노점을 설치한 상인들도 있었다. 구운 고기와 야채 냄새가 솔솔 풍겨오자 허기를 느낀 브루투스는 점심을 일찌감치 먹어야겠다고 생각하며 주머니 속에 든 동전을 짤랑거리면서, 줄지어 늘어선 군기 주변을 서성이는 군중을 관찰했다.

브루투스는 신병을 모집하는 일이 좀 더 수월하리라 생각했다. 레니우스는 완벽하게 옛 로마의 용사처럼 보였고, 함께 데려온 부하 열 명은 번쩍번쩍 광을 낸 새 갑옷을 입은 인상적인 모습이라 군중의 감탄을 자아낼 만했다. 그러나 그는 수백 명의 젊은 로마인이 줄을 서서 다른 군단들과 계약을 맺는 광경을 지켜볼 수밖에 없었다. 단 한 사람도 가까이 오지 않았던 것이다. 때때로 몇몇 젊은이가 모여들긴 했지만, 손가락질을 하며 수군거리기만 하고는 그냥 가버렸다. 그 젊은이들 둘을 붙잡아 서로 무슨 이야기를 나누었는지 알아내고 싶은 충동에 시달렸지만, 브루투스는 자리를 지켰다. 정오가 다가오자 군중은 반으로 줄어들었고, 눈에 보이는 지역에 서 있는 군기들 가운데 신세대 지원병들에게 둘러싸여 있지 않은 것은 오로지 프리미게니아의 군기뿐이었다.

브루투스는 이를 갈았다. 사람들은 줄을 선 지원병이 많은 군단 쪽으로 더 많이 몰릴 것이다. 프리미게니아에 무슨 문제가 있기에 아무도 입대하려 하지 않는 거냐고 사람들이 수군대는 광경이 상상되었다. 그들은 두 손으로 입을 가린 채 어린아이들처럼 흥분해서 반역자 군단이라고 속삭일 것이다. 브루투스는 괜스레 헛기침을 하고는 모래땅에 침을 뱉었다. 그 시험은 해질 녘에 끝났지만, 어둑어둑해질 때 뒤늦게 나타난 몇 명이라도 모집할 수 있기를 희망하며 끝까지 서서 기다리는 것 말고는 달리 할 일이 없었다. 그런 생각이 들자 당혹스러워 얼굴이 화끈 달아올랐다. 만일 마리우스가 그 자리에 있었다면, 젊은이들 사이를 돌아다니며 감언이설도 하고 농담도 하면서 군단에 들어오라고 설득했을 것이라는 생각이 들었다. 물론 마리우스가 살아 있을 당시에는 입대할 군단이 하나였지만 말이다.

브루투스는 자신이 군중을 이해시킬 수 있기를 바라며 다시 부루퉁한 얼굴로 군중을 살폈다. 그런데 그때 세 젊은이가 그의 군기를 향해 어슬렁어슬렁 걸어왔다. 브루투스는 미소를 지으며 최대한 기쁘게 맞이했다.

"프리미게니아 맞습니까?"

한 젊은이가 말했다.

브루투스는 나머지 두 젊은이가 미소를 숨기는 걸 보고는 그들이 장난삼아 찾아온 거라고 짐작했다. 한순간 그들의 머리를 서로 맞부딪치게 할까 하는 생각도 들었지만, 자신을 향하고 있는 부하 열 명의 시선을 감지하고는 자제심을 발휘했다. 곁에 서 있는 레니우스도 성이 나서 몸이 뻣뻣하게 굳어 있었지만 그래도 침묵을 지켰다.

"우리는 로마의 집정관이셨던 마리우스 장군의 군단이었네. 우리 군단은 아프리카는 물론이고 로마 영토 전역에서 숱한 승리를 거두었네. 영광스러운 역사가 있는 군단이라는 말일세. 우리는 우리와 함께할 적격자들을 찾고 있네."

브루투스가 말했다.

"그럼 급료는 얼마나 됩니까?"

키가 가장 큰 젊은이가 짐짓 진지한 말투로 물었다.

브루투스는 천천히 숨을 쉬었다. 그들은 모든 군단의 급료를 원로원이 정한다는 사실을 알면서 그런 질문을 한 것이다. 크라수스의 지원을 받고 있으니 할 수만 있다면야 더 많은 급료를 제안하고 싶은 마음이 굴뚝같았다. 하지만 부유한 후원자들이 전체 급료 체계를 흔드는 것을 막기 위해 급료에는 한계가 정해져 있었다.

"75데나리우스라네. 다른 군단도 다 마찬가지네."

브루투스가 재빨리 말했다.

"잠깐만요, 프리미게니아라고요? 그럼 로마를 박살냈던 그 군단 아닙니까?"

키 큰 젊은이가 마치 그 사실을 이제야 알게 되기라도 한 양 말했다. 그러고는 그가 쇼를 하는 모습을 지켜보며 흡족해하면서 히죽거리는 친구들

쪽으로 돌아섰다.

"그래!"

키 큰 젊은이가 몹시 기뻐하며 말했다.

"술라가 그 군단을 무찌르지 않았나? 그 군단은 반역자라나 뭐라나 뭐 그런 사람이 이끌었고 말이야."

친구들의 표정이 변하는 것을 보고 자신이 너무 지나쳤음을 깨달은 젊은이는 하던 말을 멈추었다. 그가 도로 돌아설 때 브루투스가 주먹을 날렸지만, 레니우스가 한 팔을 뻗어 그 주먹을 막았다. 그 위협에 세 젊은이가 모두 움찔했다. 그러나 그들의 지도자뻘 되는 키 큰 젊은이는 재빨리 자신감을 회복하고는 입술을 일그러뜨리며 비웃었다.

키 큰 젊은이가 다시 입을 열기 전에 레니우스가 가까이 다가가 물었다.

"자네 이름이 뭔가?"

"게르미니우스 카토요. 댁들은 앞으로 내 아버님의 존함을 듣게 될 거요."

젊은이가 거만하게 대답했다.

레니우스가 뒤에 서 있는 병사들 쪽으로 돌아섰다.

"이 젊은이의 이름을 적어라. 이 젊은이는 이제 우리 군단 소속이다."

아무것도 적혀 있지 않은 두루마리에 자신의 이름이 적히는 광경을 지켜보는 게르미니우스의 얼굴에서는 오만함이 점차 사라지고 대신 놀라움이 떠올랐다.

"당신들은 그렇게 할 수 없어! 내 아버지가 당신들의……."

"자넨 이제 우리 군단 소속이야, 젊은이. 증인들도 앞에 있지 않나. 이 사람들은 자네가 자원한 거라고 주장할 테니까 말일세. 우리가 해산 명령을 내리면 그땐 자네 마음대로 가도 되네. 가서, 우리 군단에서 복무하게 되어 정말 자랑스럽다고 아버님께 말씀드리게나."

게르미니우스는 자신감이 다시 솟구쳤는지 레니우스를 노려보았다.

"해가 지기 전에 그 두루마리에서 내 이름이 지워지게 될 거요."

레니우스가 다시 게르미니우스에게 다가갔다.

"자네 이름을 적은 사람이 레니우스라고 아버님께 말씀드리게. 아버님은 나를 아실 거네. 그리고 앞으로 자네는 사람들한테 군단에 입대해 로마를 위해 봉사하겠다는 계약을 파기한 젊은이로 알려지게 될 거라는 점도 말씀드리게나. 만일 그런 말이 퍼진다면 자네 아버님의 정치 인생은 끝장나고 말겠지, 안 그런가? 그리고 그런 불명예를 안고서 자네가 아버님의 뒤를 이을 수 있을 거라 생각하나? 원로원은 겁쟁이를 좋아하지 않는다네, 젊은이."

분노와 좌절감에 게르미니우스의 얼굴이 창백해졌다.

"나는……."

젊은이가 무슨 말을 하려다가 말았다. 얼굴에는 지독한 의심의 빛이 슬며시 떠올랐다.

"자네는 우리가 자네한테 선서를 시킬 준비가 될 때까지 이 독수리 군기 옆에 그냥 서 있기만 하면 되네. 내가 다른 말을 듣기 전까지는 자네가 오늘의 첫 번째 신병일세."

"당신들은 내가 가는 걸 막을 수 없어!"

게르미니우스가 갈라지는 목소리로 대꾸했다.

"합법적인 명령에 불복하겠다고? 어디 나한테서 한 발짝이라도 물러나기만 해봐. 채찍질을 해줄 테니까. 내 인내심이 한계에 달하기 전에 차려

자세로 서지 못해!"

레니우스의 호통에 게르미니우스는 미칠 듯이 화를 내면서도 그 자리에서 꼼짝하지 못했다. 레니우스가 노려보는 가운데 그는 몸을 곧추세웠다. 곁에 서 있던 그의 친구들은 슬금슬금 뒷걸음질치기 시작했다.

"너희들도 이름을 대!"

레니우스가 날카롭게 질러대는 소리에 젊은이들은 그 자리에 얼어붙었다. 그들이 입을 꾹 다문 채 바라보자 레니우스가 어깨를 으쓱했다.

"이 젊은이들을 오늘의 두 번째, 세 번째 군단병으로 점찍어 둬라. 이제 내가 너희들의 얼굴을 알고 있으니 너희들도 결국 입대하게 될 거다. 사람들이 보고 있으니까 허리를 똑바로 펴고 서 있어."

레니우스는 그들이 놀란 표정을 짓고 있든 말든 뒤에 서 있는 프리미게니아의 병사들 쪽으로 돌아섰다.

"만일 이 젊은이들이 도망치면, 도로 끌고 와 이 광장에서 채찍질을 하라. 우린 신병 몇을 잃게 되겠지만, 다른 신병들한테 모든 영광에는 가혹한 면도 있다는 걸 보여주는 것도 괜찮을 것이다."

로마 젊은이 세 명은 경직된 자세로 군중을 마주 보고 서 있었다. 브루투스가 그 젊은이들에게 말소리가 들리지 않도록 몇 걸음 끌고 가자, 레니우스는 놀란 표정을 지었다.

"카토가 길길이 뛸 거예요. 그자는 자기 아들이 하고많은 군단 중에 하필 이 군단에 입대하는 것을 원치 않을 거라고요."

브루투스가 투덜댔다.

레니우스가 헛기침을 하더니 먼지를 뒤집어쓴 풀 위에 침을 탁 뱉었다.

"그자는 자기 아들한테 겁쟁이라는 낙인이 찍히는 것도 원치 않을걸.

네가 알아서 결정해. 하지만 저들을 지금 그냥 가게 하면, 너한테 득이 될 게 전혀 없을 거야. 그자는 아마 너를 돈으로 매수하려 들 거야. 아니면 그냥 참고 지나갈 수도 있고. 그자가 어떻게 나올지 하루 이틀 지나면 알게 되겠지."

브루투스는 검투사 노인의 표정을 유심히 살피더니 도저히 믿지 못하겠다는 듯 고개를 절레절레 흔들었다.

"선생님이 이 지경까지 몰고 왔으니, 어디 결과가 어떻게 되는지 끝까지 지켜볼 겁니다."

레니우스가 브루투스를 흘끗 보았다.

"만일 네가 저 젊은이를 쳤다면, 젊은이 아버지가 너를 죽이려 들었을 거야."

"저를 막으실 때는 저 친구가 누군지도 모르셨잖아요!"

브루투스가 항변했다.

레니우스가 한숨을 내쉬었다.

"난 널 이 모양으로 가르치진 않았어. 정말 더 잘 가르쳤다고. 젊은이가 집 한 채를 사고도 남을 만큼 값비싼 큰 금반지를 끼고 있고, 게다가 거기에 자기 아버지의 문장까지 찍혀 있는데, 도대체 내가 어떻게 달리 생각할 수 있겠냐?"

브루투스는 눈을 껌뻑이더니 신병 세 명이 서 있는 곳으로 가서 말없이 게르미니우스의 손을 잠시 살폈다. 그가 막 레니우스에게로 되돌아가려고 하는데, 또 다른 젊은이 셋이 군중에게서 떨어져 나와 프리미게니아의 독수리 군기를 향해 다가왔다.

"거기 있는 두루마리에 자네들 이름을 적은 뒤 다른 신병들하고 같이 서 있게, 젊은이들. 사람들이 충분히 모이면 자네들한테 선서를 시키겠네."

레니우스가 새로운 젊은이들에게 말했다. 사람들을 손짓으로 부를 때, 그의 입가에는 미소가 번졌다.

22장

그리스의 뜨거운 태양이 내리쬐는 가운데 변명이나 듣고 있자니 율리우스는 화를 참기가 쉽지 않았다. 신병이 절실하게 필요했다. 그런데 성벽으로 둘러싸인 로마의 도시는 건립 당시의 의무를 까맣게 잊고, 요구하는 것마다 논의를 한답시고 이 핑계 저 핑계 대며 시간을 끌기 일쑤였다.

"젊은 병사들은 있습니다. 그러니 노병들을 데리고 오십시오."

율리우스가 그 도시의 원로에게 말했다.

"뭐라고? 그럼 우리는 무방비 상태로 남겨둘 셈이오?"

노인이 분개해서 침을 튀기며 말했다.

예전에 레니우스가 그랬듯이 율리우스는 대답을 하기 전에 잠시 뜸을 들였다. 잠깐 뜸을 들이는 것이 말에 무게를 실어준다는 사실을 그간의 경험을 통해 알게 되었기 때문이다.

"제 병사들은 여기서 곧장 미트리다테스를 공격하러 갈 겁니다. 그자 말고는 여러분이 방어에 나설 상대가 없을 텐데요. 저는 농부들을 훈련시켜 군단병으로 만들 시간이 없습니다. 게다가 노인장 말씀대로라면 여기 100마일 이내에는 다른 로마 부대도 없지 않습니까. 이 성벽 안에 사는 사람들 중에 로마를 위해 검을 들어본 경험이 있는 이들은 전부 여기로 데리고 나오십시오. 갑옷은 입어도 되고 안 입어도 됩니다. 각자 알아서 최선의 복장을 갖추면 됩니다."

압박을 받고 있는 노인이 다시 말을 하려 했지만, 율리우스가 약간 언성을 높이며 말을 가로챘다.

"그 사람들이 제대한 상태라는 말은 마십시오. 제가 그 사람들한테 로마가 부르면 그 부름에 응하겠다는 조건으로 땅을 받지 않았느냐고 굳이 상기시킨다면, 그 사람들의 명예에 대한 공격이 될 겁니다. 로마가 부르고 있습니다. 가서 그 사람들을 데려오세요."

노인은 뒤로 돌아선 뒤 거의 뛰다시피 해서 시의회 건물로 돌아갔다. 율리우스는 등 뒤에 차려자세로 서 있는 부하들과 함께 노인이 돌아올 때까지 기다렸다. 그 시의회가 시간을 질질 끄는 것을 겪을 만큼 겪어왔던 터라, 마음속에 그들에 대한 연민 따위는 전혀 없었다. 이들은 정복지에 살고 있고, 반란이 일어날지 모른다는 끊임없는 우려가 현실이 되었다. 그런데 이런 상황에 이들은 자기들이 훌륭한 성벽 뒤에서 가만히 앉아 있을 수 있으리라 기대했단 말인가? 만일 미트리다테스가 이들에게 먼저 왔다면 무슨 일이 벌어졌을지 궁금했다. 보나마나 이들은 가족에게 혹여 무슨 일이 생길까 봐 문을 활짝 열어젖히고 땅바닥에 무릎을 꿇은 채 미트리다테스에게 충성을 맹세했을 것이다.

"큰길을 따라 누군가가 오고 있습니다."

가디티쿠스가 뒤에서 말했다.

율리우스가 왼쪽으로 돌아서서 귀를 기울여보니, 발자국 소리로 보아 적어도 1개 백인대의 군단병이 오고 있는 듯했다. 그는 나지막하게 욕을 했다. 그 순간에 정규 군단 출신의 다른 장교와 얼굴을 맞대는 것은 전혀 도움이 되지 않았기 때문이다.

그러나 그들이 시야에 들어왔을 때, 율리우스의 기분은 180도 바뀌었다.

"군단병들…… 정지!"

거쉰 소리가 귓전을 때렸다. 우렁찬 그 명령소리는 작은 사각형을 이루고 있는 성벽에 부딪쳐 사방으로 메아리쳤다.

율리우스의 부하 한 명이 눈앞에 펼쳐진 광경에 놀라워하며 나직하게 휘파람을 불었다. 앞에 서 있는 사람들은 나이 든 병사들이었다. 금속판과 미늘로 단순하게 만든 낡은 갑옷을 입고 있었는데, 개중에는 50년은 족히 된 듯한 갑옷을 입고 있는 이들도 있었다. 그들의 몸은 그들이 수십 년간 전쟁터에서 싸웠음을 말해 주고 있었다. 한쪽 눈이나 한쪽 손이 없는 이들도 있고, 얼굴 또는 팔다리에 대충 꿰매 쭈글쭈글해진 긴 초승달 모양의 흉터들이 있는 이들도 있었다.

노병들의 지휘관은 빡빡 민 머리에 어깨가 딱 벌어진 다부진 체구의 사내였다. 주름이 깊게 패인 얼굴은 여전히 강인한 인상을 풍겼다. 사내의 모습을 보면서, 율리우스는 막연히 레니우스를 떠올렸다. 율리우스가 다른 병사들과 떨어져 서 있는 것을 보고 본능적으로 지휘관이라고 판단한 사내가 율리우스에게 경례를 붙였다.

"쿠에르토루스 파르, 보고드립니다. 시의회의 논의가 하루 종일 계속되리라 생각돼서 저희가 알아서 소집 명령을 내렸습니다. 저희 노병들은 검열을 받을 준비가 돼 있습니다."

율리우스는 고개를 끄덕인 뒤 사내를 따라가면서, 점점 더 많은 노병이 광장으로 들어와 질서 있게 대형을 이루는 광경을 지켜보았다.

"병사들은 전부 몇이나 되나?"

겨울 햇살을 받으며 똑바로 서 있는 노인들의 가치를 따져보며 율리우스가 물었다.

"전부 합하면 거의 400명은 될 겁니다. 일부는 농장이 멀리 떨어져 있어 아직 도착하지 못했습니다. 오늘 밤 해질 무렵까지는 다 모일 겁니다."

"평균 나이는?"

율리우스가 말을 이었다.

쿠에르토루스가 갑자기 멈춰 서더니 몸을 돌려 앞에 있는 젊은 장교를 마주 보았다.

"이 사람들은 백전노졸들입니다. 그러니 나이가 많을 수밖에 없습니다. 하지만 모두 지원병들이고, 지휘관님이 미트리다테스를 몰아내는 데 필요한 만큼의 건장함과 강인함은 유지하고 있습니다. 다시 전쟁터로 나가려면 며칠은 함께 훈련을 받아야 할 겁니다. 하지만 이 사람들은 지금껏 숱한 시험을 거쳐 여기까지 왔다는 사실을 잊지 마십시오. 그동안 수많은 병사들이 로마를 위해 싸우다 죽었습니다. 그렇지만 이 사람들은 무수한 전쟁에서 살아남은 자들입니다."

"쿠에르토루스라고 했나? 자네가 이 사람들의 지휘관인가?"

민머리 사내가 짧게 끊어지는 소리를 내며 웃더니 재빨리 웃음을 멈추었다.

"저는 아닙니다. 시의회에서는 그렇게 추측하겠지만, 이 사람들은 각자 알아서들 움직입니다. 오랫동안 그래 왔습니다. 대부분이요. 외람된 말씀이지만, 이 사람들은 미트리다테스가 그 항구를 공격했다는 소식을 들었을 때부터 다시 검을 갈기 시작했다는 사실을 염두에 두시기 바랍니다."

"마치 자네는 이 사람들 속에 속하지 않는 것처럼 말하는군."

쿠에르토루스가 눈썹을 추켜올렸다.

"그런 뜻은 아니었습니다. 저도 제1키레나이카 부대에서 20년 동안 복무했습니다. 그중 10년은 옵티오를 지냈고요."

어떤 직감이 든 율리우스가 재빨리 물었다.

"마지막 10년 말인가?"

쿠에르토루스가 헛기침을 하더니 잠시 다른 곳으로 시선을 돌렸다.

"중간 10년이라고 하는 게 더 정확할 겁니다. 말년에 도박에 빠지는 바람에 직위를 박탈당했습니다."

"그랬군. 그런데 쿠에르토루스, 우린 다시 도박을 할 것 같네. 자네와 내가 말일세."

율리우스가 조용히 말했다.

쿠에르토루스가 율리우스를 보며 환하게 웃었다. 아랫니가 군데군데 빠져 있었다.

"저라면 이 사람들과 반대로 돈을 걸지는 않을 겁니다. 이 사람들을 잘 아는 게 아니라면요."

집결한 병사들을 훑어보는 율리우스는 쿠에르토루스만큼 그들을 신뢰하지는 않는 눈치였다.

"자네가 옳길 바라네. 이제 자네 자리로 가서 서게. 병사들한테 연설을 해야겠네."

한순간 쿠에르토루스가 자신의 요구를 거절할지도 모른다는 생각이 든 율리우스는, 이 사내가 직위를 박탈당한 데에는 군단병들이 비번일 때 흔히 하는 소일거리인 도박을 한 것 말고 또 다른 이유가 있었던 것은 아닐까 하는 의구심을 품었다. 그때 민머리 사내가 병사들 속으로 걸어 들어가

차려자세를 취하고는 흥미 어린 표정으로 율리우스를 주시했다.

"로마의 노병들이여!"

율리우스가 큰 소리로 외쳤다. 목소리가 어찌나 쩌렁쩌렁한지 가까운 곳에 서 있는 병사들이 깜짝 놀라 움찔했다. 그의 목소리는 언제나 우렁찼다. 그런데도 그는 귀가 먹은 병사들도 있을지 모르는데 이 정도로 충분할까 하는 의구심을 가졌다.

"내 부하들과 나는 여기 오기 전에 남쪽의 마을 두 곳을 거쳤고, 그 마을들에서 신병을 모집했다. 우리가 들은 소식에 따르면, 미트리다테스가 여기서 서쪽으로 100마일가량 떨어진 곳에 진을 쳤다고 한다. 장담하건대 새로 조직된 로마 군단들이 디라키움과 아폴로니아에 있는 연안 항구에 상륙해 동쪽으로 행군해 올 것이다. 나는 미트리다테스를 그 군단들이 있는 쪽으로 몰고 갈 작정이다. 다시 말해 로마의 모루를 위해 해머 역할을 하려는 것이다."

율리우스는 병사들의 관심을 모으는 데 성공했다. 부하들에서부터 머리가 희끗희끗한 노병들에 이르기까지 전부 율리우스에게 시선을 고정했다. 율리우스는 그 도시에서 신병을 모집하기 위해 북쪽으로 10마일을 행군하기로 한 결정을 내렸던 것에 대해 신들께 감사했다.

"제군들을 포함하면, 미트리다테스를 공격할 내 휘하 병력은 모두 1,000명이 된다. 이 도시와 다른 마을 출신의 일부는 훈련을 받은 병사가 아니다. 그리고 내가 데려온 다른 병사들도 로마의 갤리선을 타고 해상에서 전투한 경험밖에 없다. 제군들은 육군 군단병이었으니 우리가 행군할 때 중추적인 역할을 해야 한다. 제군들 한 사람 한 사람한테 내 부하를 한 사람씩 붙여줄 것이다. 그 병사들이 제군들의 검술 훈련을 담당하게 될 것이다."

율리우스가 잠시 말을 멈추었다. 노병들은 여전히 침묵을 지켰다. 그 모습을 보고 율리우스는 노병들이 아직도 옛 군율을 잊지 않고 있음을 깨달았다. 그러나 전투지까지 가려면 100마일을 행군해야 하는데, 얼마나 많은 노병이 그때까지 버틸 수 있을지 궁금했다. 젊은 병사들만 데리고 행군해도 그 정도 거리를 가려면 사나흘은 족히 걸릴 텐데, 이 노병들을 데리고 간다면 도대체 얼마나 걸릴까. 도무지 알 도리가 없었다.

"이 도시의 성벽 안에서 장비와 식량을 찾아 짐을 꾸릴 병참장교 한 사람이 필요하다."

쿠에르토루스가 앞으로 나왔다. 눈이 기쁨으로 반짝이고 있었다.

"쿠에르토루스, 자네가?"

"허락하신다면, 제가 병참장교를 맡고 싶습니다. 시의회의 눈을 찌를 수 있는 기회가 오길 오랫동안 기다려왔습니다."

"좋다. 하지만 그러면 시의회 의원들이 내게 와서 불만을 토로할 텐데, 나는 그 문제를 중대하게 다룰 것이니 주의하라. 내 부하 세 명을 데리고 가서 군수품을 준비하는 일에 착수하도록 하라. 부하 한 사람당 하나씩의 방패가 필요하고, 창이나 활도 필요하다. 그리고 성벽 밖에 야외 취사장을 마련해서 어두워지기 전에 모든 병사가 식사할 수 있도록 준비하라. 이 정도 밝기면 아직은 훈련을 하기에 충분하니 이 병사들의 움직임이 얼마나 민첩한지 보고 싶다. 훈련을 마치면 다들 배가 고플 것이다."

쿠에르토루스는 경례를 붙인 뒤, 다른 병사들과 함께 차려자세를 취한 채 서 있는 가디티쿠스 쪽으로 민첩하게 걸음을 옮겼다. 함께 갈 나머지 병사 둘을 선발하는 광경을 지켜보면서, 율리우스는 자신이 방금 거위들 사이에 늑대를 풀어놓은 게 아닌가 하는 불길한 예감이 들었지만 애써 무시했다. 세 병사가 서둘러 떠날 때, 그 도시의 원로가 시의회 건물에서 급히 달려 나와 집결해 있는 노병들에게로 곧장 다가오는 게 보였다. 그러나 율리우스는 아무런 관심도 보이지 않고 원로에게 등을 돌리고 돌아섰다. 시의회가 무슨 결정을 내렸든지 간에 그것은 더 이상 중요하지 않았기 때문이다.

"제군들이 서 있을 수 있다는 건 지금껏 보아서 알겠고, 몸에 난 흉터들을 보니 싸울 수 있다는 것도 알겠다."

율리우스가 뒷줄까지 들리도록 소리쳤다.

"이제 나는 제군들이 전투대형을 기억하고 있는지 봐야겠다."

율리우스의 명령에 노병들은 뒤로 돌아선 뒤 큰길을 따라 그 소규모 도시 밖으로 이끄는 성문을 향해 행군했다. 샛길에서 기다리던 다른 병사들도 뒤에서 질서정연하게 줄을 지어 대열에 합류했다. 그 광경을 본 율리우스는 후미를 이끌라고 가디티쿠스에게 신호를 보냈다. 율리우스와 가디티쿠스는 서로 시선을 교환하며, 행군해 나가는 대열에 합류했다. 뒤에서는 시의회 원로가 그들을 소리쳐 부르고 있었다. 그러나 그들은 점점 멀어져 갔다. 마침내 시의회 원로는 그들이 더는 자신이 부르는 소리를 듣지 못하리라는 것을 깨달았다.

노병과 젊은 병사가 뒤섞인 군단병들이 4열횡대를 짓는 데는 얼마간의 시간이 걸렸다. 율리우스는 자신의 이름으로 모인 병사들의 질을 평가하며 경직된 자세로 대열 사이를 왔다갔다했다. 그러던 그가 양미간을 좁혔다. 오래전에 레니우스가 육전의 전술과 절차에 대해 귀에 못이 박히도록 가르쳤던 내용을 떠올리려 안간힘을 쓰고 있었던 것이다. 레니우스의 가르침 중에 뭐 하나 아는 게 없는 신생 군단을 훈련시키는 법과 관련된 내용은 하나도 없었지만, 대규모의 무리를 움직이게 만들고 명령에 반응하게 만드는 실질적인 문제에 관해 생각하자마자 그중 몇 가지가 쉽게 기억났다. 그러나 머릿속을 떠나지 않는 걱정거리는 자신이 전에 한 번도 보병을 지휘해본 적이 없다는 사실을 노병들 중 누군가가 알아차리게 되리라는 것이었다. 율리우스가 양미간을 더욱더 좁혔다. 그럴듯하게 행동해 속여 넘기는 수밖에는 달리 도리가 없었다.

율리우스는 우선 모퉁이에 서 있는 병사들에게 단순한 방진을 짤 것이라고 이야기한 후 그들이 기다리는 동안 머릿속으로 병사들의 수를 계산했다. 그러고는 다른 병사들을 나눠 한 열에 30명씩 서게 한 다음 모퉁이에 서 있는 병사들에게 각자 위치를 잡으라고 지시했다. 그들이 준비가 되자 큰 소리로 명령했다.

"천천히 행진해 방진대형을 짜라!"

대형은 들쭉날쭉했지만, 병사들은 진지하게 집중하며 이동한 뒤 다시 자리에 서서 침묵을 지킨 채 율리우스의 명령을 기다렸다.

"이제 주변을 둘러보라, 제군들. 가능하면 노병과 젊은 병사가 서로 섞여 서도록 한다. 우리는 속도와 경륜을 섞을 것이다. 이동!"

다시 한 번 병사들은 조용히 위치를 바꾸었다. 말소리가 전혀 들리지 않으니, 발 끄는 소리가 으스스하게 들렸다. 율리우스는 부하들이 노병들의 거동을 따라 하는 것을 보고 살짝 미소를 지었다. 그러다가 무리를 이끄는 사람은 존경받되 냉철해야 한다고 한 레니우스의 말을 떠올렸다. 그래도 그는 미소를 거둘 수가 없었다. 율리우스는 병사들에게 애정을 기대할 수 없었다. 병사들은 마리우스를 사랑했지만, 그것은 그들이 그를 위해 몇 년 동안이나 싸웠기 때문에 가능했던 일이었다. 율리우스에게는 그런 시간이 없지 않은가.

"우리한테는 각각 480명으로 구성된 두 보병대가 있다. 열다섯 번째 줄에서 둘로 나누고, 둘 사이에 한 줄을 남겨두라."

병사들이 다시 한 번 이동하자 먼지가 이는 땅에 기다란 길이 열렸다.

"첫 번째 보병대는 액시피터, 즉 매라 부를 것이다. 그리고 두 번째는 벤툴루스, 즉 미풍이라 부를 것이다. 액시피터는 부지휘관인 가디티쿠스가 지휘할 것이고, 벤툴루스는 내가 직접 지휘할 것이다. 이 이름들을 기억하라. 전투 중에 이 이름들을 들으면 그 즉시 반응할 수 있어야 한다."

율리우스는 하나는 상선의 이름이고 다른 하나는 바다 밑에 가라앉은 배의 이름이란 사실은 언급하지 않기로 했다. 그는 이마에 송골송골 맺힌 땀을 닦았다.

"대형 훈련을 시작하기에 앞서 우리는 군단 이름을 정해야만 한다."

잠시 말을 멈춘 율리우스는 필사적으로 군단의 이름을 생각해 보았지만 아무것도 떠오르지 않았다. 노병들은 무표정한 얼굴로 그를 지켜보았다. 아마도 머릿속으로는 그가 갑자기 자신감을 잃은 이유를 추측하고 있을 것이다. 적절한 이름이 있어야 병사들이 돌격할 때 기운을 북돋워줄 수 있을 텐데 아무것도 떠오르지 않자 율리우스는 갑자기 공황 상태에 빠졌다. 그제야 그는 처음에 일을 완벽하게 처리하는 것의 중요성을 뼈저리게 느꼈다.

어서! 율리우스는 자신을 재촉했다. 군단 이름을 대서 병사들에게 정체성을 부여하란 말이야. 자신의 우유부단함에 화가 난 그는 병사들을 죽 훑어보았다. 그들은 젊건 늙었건 다 로마인들이었다. 드디어 이름을 생각해 냈다.

"제군들은 '로마의 늑대들'이다."

조용히 말했지만, 율리우스의 목소리는 맨 끝줄에 서 있는 병사들에게 까지 전달되었다. 말을 할 때 노병 한둘이 허리를 더 곧추세우는 모습을 보고, 율리우스는 이름을 제대로 골랐음을 알아차렸다.

"이제, 벤툴루스 보병대는 내 오른쪽에 4개 중대로 나눠 서라. 액시피터 는 왼쪽으로 이동하라. 어두워지려면 세 시간은 더 있어야 할 것이다. 그 동안 제군들이 쓰러질 때까지 대형 짜는 훈련을 하겠다."

병사들이 유연하게 움직이며 두 무리로 나뉘는 모습을 보면서, 율리우 스는 강한 만족감에 한 주먹을 불끈 쥐었다. 액시피터의 대열에 서 있는 가디티쿠스를 부른 율리우스는 가디티쿠스가 경례를 붙이자 답례했다.

"어두워질 때까지 알고 있는 모든 대형을 연습시키시오. 부하들한테 생 각할 틈을 조금도 주지 마시오. 나도 내 부하들한테 그렇게 할 것이오. 귀 관 부대 지휘관들이 눈에 거슬릴 정도로 부적절하다고 생각되거나 군율을 강화하기 위해 필요하다고 생각되면, 귀관 마음에 드는 사람으로 바꿔도 좋소. 허나 신중을 기하시오. 식사 시간이 될 때쯤에는 병사들이 능숙하게 대형을 짜는 모습을 보고 싶소."

"내일 행군을 하실 생각이십니까?"

가까이에 서 있는 병사들에게조차 들리지 않을 정도로 나직한 목소리로 가디티쿠스가 물었다.

율리우스는 고개를 가로저었다.

"내일 우리는 모의전투를 할 것이오. 귀관의 보병대와 내 보병대가 서로 맞붙는 거지. 노병들은 예전의 기억을 떠올리고, 젊은 병사들은 압박감에 시달리게 되는 전장에서 명령에 따르는 데 익숙해지길 바라기 때문이오. 오늘 밤 나를 찾아오시오. 우리 둘이 세부사항을 짜야 하니까 말이오. 아, 그리고 가디티쿠스……."

"네, 지휘관님."

"귀관 부하들을 열심히 훈련시키시오. 내일 벤툴루스가 귀관 보병대의 대형을 완전히 흩뜨려놓아 귀관이 처음부터 다시 시작하게 만들 테니까 말이오."

"기대하고 있을 테니 한번 시도해 보십시오."

가디티쿠스가 살짝 미소를 지으며 대꾸했다. 그는 다시 한 번 경례를 하고는 새로 지휘를 맡은 부하들에게로 돌아갔다.

그로부터 이틀 뒤 행군 명령을 내릴 때, 율리우스는 자부심에 가슴이 벅차올라 이국땅을 딛고 있는 발이 가볍게만 느껴졌다. 오른쪽 눈은 모의전투를 하던 중에 가디티쿠스의 부하 하나가 휘두른 도끼 손잡이에 맞아 거의 감겨 있었지만, 고통은 시간이 지나면 사라질 것임을 그는 알고 있었다.

두 보병대에는 모의전투 중에 상대방에게 두들겨 맞은 탓에 다리를 절뚝이는 병사들이 적지 않았다. 그런데도 병사들은 서로 잘 모르는 남에서 '늑대들'로 변해 있었다. 이제 이들을 죽이기는 쉽지 않을 것이며 흐트러뜨리기는 더더욱 힘들 것이다. 이들은 숲과 평원을 지나며 100마일을 가로질러 미트리다테스를 치러 갈 것이다. 미트리다테스가 자신 앞에 던져진 것에 저항하려면 엄청나게 많은 농민 반란군을 필요로 할 것이라고 율리우스는 확신했다. 율리우스는 마치 훌륭한 포도주라도 마신 듯한 기분이었다. 흥분한 나머지 껄껄 웃고 싶은 충동마저 일었다.

옆에서 나란히 걷고 있던 가디티쿠스는 율리우스의 기분을 알아채고 낄낄 웃다가 퉁퉁 부은 입이 다시 찢어지자 움찔했다.

"갤리선을 타고 있었을 때가 좋았습니다. 그때는 이렇게 많은 금속과 장비를 등에 짊어질 필요가 없었으니까요."

가디티쿠스가 나직하게 불평했다.

율리우스가 가디티쿠스의 어깨를 툭 치며 낄낄거렸다.

"운 좋은 줄 아세요. 제 삼촌의 부하들은 하도 많은 짐을 지고 다녀서 '마리우스의 노새'라고 불렸다고요."

가디티쿠스는 끙 소리로 대답을 대신하며 하중으로 인한 근육의 부담을 덜어주려고 무거운 보따리의 위치를 바꾸었다. 근육통이 가장 심한 곳은 다리였다. 그러나 노병들 대부분은 장딴지가 엄청나게 굵었다. 그것은 수년간의 행군으로 다져진 체력 덕분이었다. 가디티쿠스는 율리우스가 먼저 휴식 명령을 내리거나 자기 노병 하나가 쓰러지기 전까지는 자기 휘하 보병대에 휴식 명령을 내리지 않으리라고 속으로 맹세했다. 그러나 둘 중 어느 쪽의 가능성이 더 클지는 그로서도 확신할 수 없었다.

율리우스는 발걸음을 재촉해 대열 사이를 뚫고 선두 쪽으로 향했다. 마치 온종일이라도 행군할 수 있을 듯한 기분이었다. 등 뒤의 로마인들도 그를 따를 것만 같았다. 뒤에서는 도시가 점점 멀어지며 작아졌다.

23장

　행군을 시작한 지 이틀째 되는 날이 저물어갈 무렵, 먼지와 땀 때문에 눈을 반쯤 감은 채 행군을 계속하면서, 평생을 이국땅에서 싸운 사람은 나약해지지 않는다고 율리우스는 생각했다. 만일 노병들이 제대했다고 그냥 되는 대로 살아왔다면 열심히 행군하는 젊은이들과 보조를 맞추지는 못했을 것이다. 비록 낡은 갑옷 밑에는 힘줄과 살가죽만 남아 있는 듯 보이는 이들도 더러 있었지만, 노병들은 농사를 위해 땅을 개간하는 중노동을 한 덕분에 체력을 유지해 온 듯 보였다. 그들의 가죽 갑옷은 너무나 오랫동안 입었던 것이라 여기저기 균열이 나 있어 쉽게 부서질 것처럼 보였다. 그러나 갑옷에 달린 쇠고리들과 금속판들은 기름칠을 해서 광을 내놓아 반짝반짝 빛이 났다.

　그들은 스스로를 농부라고 부를 수야 있겠지만, 율리우스의 호출에 반응하는 속도로 볼 때, 진정한 본성이 농부가 아닌 것만은 분명했다. 그들은 한때 세계에서 가장 군기가 잡힌 전사들이었다. 장거리 행군을 하면서 한 걸음 한 걸음 내디딜 때마다 그들의 가슴속에 잠자고 있던 그때의 불길이 조금씩 되살아났다. 그리고 되살아난 전쟁욕구는 자세와 눈빛에 그대로 드러났다. 그들은 제대가 곧 죽음을 의미하는 사내들이었다. 갑작스러운 일격을 받아서, 혹은 적의 돌격에 맞서 싸워야 한다는 게 입이 바짝바짝 마를 정도로 두려워서 힘이 빠질 수도 있는 순간에 전우애를 느낄 때 가장 생생하게 살아 있다는 느낌을 받는 사내들이었던 것이다.

율리우스는 등에 낡은 방패를 짊어지고 있었다. 누군가의 집 대문에 매달려 있던 것을 쿠에르토루스가 떼어 온 것이었다. 방패에 살갗이 쓸리는 것을 막으려고 어깨뼈에 육중한 물주머니를 얹어놓아 발걸음을 내디딜 때마다 물이 율동적으로 출렁출렁하는 소리가 났다. 갤리선 출신의 다른 병사들과 마찬가지로, 율리우스도 활동 범위가 갑판으로 제한되었던 터라 체력 저하를 느꼈다. 하지만 폐는 깨끗했고 머리부상 이후로 시달려왔던 몸서리쳐지는 발작도 일어날 기미가 전혀 보이지 않았다. 율리우스는 발작에 대해 깊이 생각해 볼 용기가 없었다. 다만 발작이 다시 시작된다면 자신의 권위가 어찌 될까 하는 걱정만은 지우지 못했다. 행군 중에는 사적인 공간이 전혀 없으니 부하들에게 들키지 않을 도리가 없을 것이다.

첫째 날, 율리우스는 특별한 때를 제외하고는 병사들이 편안한 속도로 행군하게 했다. 불가피한 경우는 어쩔 수 없지만 그 이상으로 노병들을 잃을 위험을 감수하기에는 병사들의 수가 너무 적었기 때문이다. 행군 속도를 적절히 조절한 덕분인지 병사들은 한 사람도 빠짐없이 첫 번째 숙영지에 무사히 도착했다. 율리우스는 젊은 병사들에게 파수 임무를 맡겼는데, 그들 중 어느 누구도 불평하지 않았다. 그러나 결국 입 밖에 내지는 않았지만, 수에토니우스는 부루퉁한 얼굴로 복종하며 임무를 받아들이기 전에 한마디 하려 했던 게 분명했다. 수에토니우스에게 채찍질을 한 뒤 길에 버려두고 오고 싶은 마음이 들 때가 한두 번이 아니었으나, 율리우스는 참고 또 참았다. 부하들과 유대를, 그것도 마음이 가장 동요할 때인 전투의 처음 몇 순간을 잘 버텨낼 수 있을 만큼 강한 유대를 형성해야만 한다는 걸 알았기 때문이다. 그가 한때 마리우스를 바라보았던 모습으로 부하들이 그를 바라보아야만 했다. 지옥까지라도 따라가야 할 사람으로.

둘째 날, 율리우스와 가디티쿠스는 아침 내내 서로 보조를 맞추며 두 보병대의 선두에 서서 행군했다. 그러던 두 사람은 숨이 차서 길게 논의를 하지는 못했지만, 서로 번갈아서 선두에 서기로 합의했다. 한 사람이 선두에 있는 동안 다른 사람은 뒤로 처져 병사들 속에 끼어 행군하면서 병사 개개인의 체력 정도를 평가할 수 있도록 하기 위해서였다. 율리우스에게는 병사들 속에 끼어 행군하는 그 시간이 매우 유익했다. 그가 체력이 가장 약한 병사의 얼굴에조차 흥분의 빛이 떠올라 있음을 보게 된 것도 바로 그때였다. 병사들은 도시 생활을 할 때 그들을 속박했던 사소한 법과 규칙들을 떨쳐버리고 전에 알던 가장 단순한 세계로 돌아와 있었다.

율리우스는 한 시간 동안 주로 벤툴루스 보병대의 중간쯤 되는 줄과 나란히 서서 행군했다. 그때 노병 하나가 율리우스의 주의를 끌었다. 그 노병은 율리우스가 옆을 지나면서 시선을 맞추지 않은 유일한 병사였다. 거기서 제일 나이가 많은 축에 속해 보이는 그 병사는 덩치 큰 병사들 틈에 끼어 있어서 쉽게 눈에 띄지 않았던 것이다. 율리우스는 그 병사가 일부러 덩치 큰 병사들 사이에 끼어 있는지도 모른다고 생각했다. 그 병사는 투구 대신에 누덕누덕한 늙은 사자머리 가죽을 쓰고 있었다. 머리 전체를 덮은 그 가죽은 어깨까지만 늘어지도록 끝부분이 직선으로 깔끔하게 잘려 있었다. 그리고 죽은 사자의 눈이 있던 자리는 푹 꺼져 시커먼 구멍이 나 있었다. 그 가죽은 주인과 마찬가지로 너무 오래돼서 별 쓸모가 없어 보였다. 그 노병은 눈에 먼지가 들어갈까 봐 눈을 가늘게 뜬 채 정면을 똑바로 응시하며 행군을 했다. 흥미를 느낀 율리우스는 그 노병을 유심히 살펴보았다. 목에는 굵은 힘줄이 툭툭 불거져 나와 있었고, 손가락은 굵은 마디가져 있어 손가락이라기보다는 차라리 뼈로 된 곤봉처럼 보였다. 그리고 비록 입을 오므리고 있어 보이지는 않았지만, 볼이 푹 꺼진 것으로 보아 이도 몇 개 남아 있지 않은 게 분명했다. 율리우스는 이런 노인이 무슨 힘으로 눈에 보이지도 않는 목적지만을 응시한 채 몇 마일을 행군할 수 있는지 궁금했다.

정오가 다 되어가자 식사도 하고 한 시간 동안 달콤한 휴식도 취할 요량으로 정지 명령을 내릴 준비를 하는데, 그 노병이 왼쪽 다리를 절룩거리는게 보였다. 그와 함께 있었던 시간은 불과 얼마 되지 않았건만, 그 사이에무릎이 부어올랐던 것이다. 율리우스는 우렁차게 고함을 쳐 정지 명령을내렸다. '늑대들'은 서로 몸을 부딪치며 두 걸음 만에 자리에 멈춰 섰다.

쿠에르토루스가 취사 기구들을 수거하러 다닐 때, 그 노병은 작은 나무에 등을 기대고 앉아 있었다. 주름진 얼굴에 굳은 표정을 지은 채 긴 천 조각을 아픈 무릎에 동여매고 있었다. 천 조각을 너무 친친 감아 무릎이 굽혀지지도 않을 듯 보였다. 그가 무릎을 동여매다 말고 사자머리 가죽을 벗더니 한쪽 옆에 조심스럽게 내려놓았다. 희끗희끗하고 듬성듬성한 머리칼이 땀에 젖어 머리에 착 달라붙어 있었다.

"자네는 이름이 뭔가?"

율리우스가 그 노병에게 물었다.

노병은 천을 감은 뒤 다리의 움직임을 시험해 보고 다시 감기를 반복했고, 시험할 때마다 불편한지 끙 소리를 냈다. 그러던 그가 천을 감으면서말했다.

"대개들 코르닉스라고 부릅니다. 늙은 까마귀란 뜻이지요. 저는 숲에 덫을 놓아 짐승들을 잡는 사냥꾼입니다."

"내 친구가 자네 무릎 통증을 줄여줄 수 있을 걸세. 치료사라네. 그 사람이 아마 자네보다 나이가 많을 걸세."

율리우스가 조용히 말했다.

코르닉스가 고개를 가로저었다.

"도움은 필요 없습니다. 이 무릎이 이래 봬도 저를 숱한 전장으로 데려갔던 무릎입니다. 한 번 더 버텨줄 겁니다."

율리우스는 노병의 완강한 태도에 깊은 인상을 받았으므로 치료를 받으라고 고집하지 않았다. 다만 말없이 쿠에르토루스가 데워놓은 따뜻한 빵과 콩 스튜를 조금 가져왔다. 율리우스의 군단은 이제 미트리다테스의 정찰 활동 범위에 들어가게 될 텐데, 그러면 연기가 적의 눈에 띄는 위험을 감수하면서까지 취사를 할 수는 없을 테니, 따뜻한 식사를 하는 것도 이번이 마지막이 될 것이다. 코르닉스는 율리우스가 가져온 음식을 받아들며 고개를 끄덕여 감사를 표했다.

"희한한 지휘관이십니다."

코르닉스가 입안 가득 음식을 넣으며 말했다.

"저한테 음식을 가져다주시다니."

율리우스는 잠시 아무 대답도 하지 않고 코르닉스가 먹는 모습을 지켜보았다.

"군생활을 할 나이는 훨씬 지난 것 같은데. 군단에서 복무하다 제대한 지가 분명, 어, 20년은 됐겠지?"

"30년 정도 됩니다."

노병 코르닉스가 씹다 만 빵이 보일 정도로 입을 헤 벌리고 웃으며 대답했다.

"그런데 아직도 가끔가다 그때가 그립습니다."

"가족은 있는가?"

율리우스가 물었다. 그 노병이 숲 속에서 안전하게 살지 않고 다른 사람들과 함께 마지막 남은 기력마저 소진하는 쪽을 택한 이유가 여전히 궁금했던 것이다.

"식구들은 북쪽으로 이주했고, 아내는 죽었습니다. 이제는 저뿐입니다."

율리우스는 가만히 서서 평온하게 빵을 씹고 있는 인물을 내려다보았다. 노병은 천을 동여맨 무릎을 굽히다 통증이 느껴졌는지 움찔했다. 노병을 지켜보던 율리우스는 노병이 나무에 기대어 놓은 방패와 검 쪽으로 시선을 돌렸다. 그 시선을 쫓던 노병은 율리우스의 시선이 머문 곳을 확인하고는 율리우스가 입 밖에 내지 않은 질문에 대한 답을 골랐다.

"아직도 쓸 수 있으니 걱정하지 마십시오."

"그래야만 하네. 미트리다테스가 이끄는 병력의 규모가 대단하다고들 하니 말일세."

코르닉스가 코웃음을 쳤다.

"네, 사람들은 늘 그렇게들 말하죠."

코르닉스는 한 입 가득 떠 넣은 스튜를 꿀꺽 삼킨 뒤 가죽주머니에 담긴 물을 한참 동안 마셨다.

"이제 질문을 하실까요?"

"무슨 질문 말인가?"

"제 근처에서 행군하시는 동안 내내 그 생각을 하고 계셨다는 거 다 압니다. 저처럼 나이 많은 늙은이가 전쟁에 나가 도대체 무얼 하겠다는 건가? 그런 생각이었을 거 같은데, 아닙니까? 제가 오래된 제 검을 들 수나 있을지 궁금해하고 계셨던 거 같은데."

"그런 생각이 머릿속을 스치고 지나가긴 했지."

짙은 갈색 눈에 어린 장난기에 반응을 보이며 율리우스가 킥킥댔다.

코르닉스도 숨을 헐떡이며 금속성 소리를 내면서 한참을 웃었다. 그러더니 갑자기 웃음을 멈추고는 젊은이답게 자신감에 차 있는 앞길이 창창한 젊은 지휘관을 똑바로 쳐다보았다.

"단지 빚을 갚으려는 겁니다. 오래된 그 도시가 제게 준 것이 제가 갚은 것보다 훨씬 많으니까요. 마지막으로 이번 한 번만 더 종군하면 우린 마침내 서로 비기게 될 겁니다."

코르닉스가 말을 마치면서 윙크를 했다. 이에 율리우스는 힘없이 미소를 지었다. 코르닉스는 사냥꾼의 적막한 오두막에서 혼자 외롭게 오랜 세월 참아온 고통을 빨리 끝내고 싶어 죽으러 온 것임을 문득 깨달았던 것이다. 율리우스는 부하들 중에 밤에 몰래 찾아오는 죽음을 기다리는 대신 마지막 용기를 내어 목숨을 던져버리길 원하는 사람이 이 병사 말고 또 얼마나 있을지 궁금했다. 날씨가 쌀쌀하지 않은데도 율리우스는 모닥불 쪽으로 되돌아가는 동안 살짝 몸을 떨었다.

미트리다테스가 비정규군과 함께 진을 친 장소가 어디인지는 확실히 알 길이 없었다. 율리우스가 뒤에 남겨두고 온 로마인 생존자들에게서 전해 들은 정보가 잘못된 것일 수도 있고, 그게 아니라도 '늑대들'이 그 지역으로 행군해 들어오는 사이 그 그리스 왕이 수마일을 이동했을 수도 있었기 때문이다. 율리우스의 가장 큰 걱정거리는, 두 군대가 서로 상대 정찰병들에게 발각되어 준비하기도 전에 어쩔 수 없이 교전에 들어갈 수밖에 없는 상황에 처하면 어떡하나 하는 것이었다. 그의 정찰병들은 적들에게 발각되지 않는 것만이 자신들이 살 수 있는 길임을 알고 있었다. 율리우스는 그중에서도 가장 빠르고 체력이 좋은 병사들을 골라 적의 흔적을 찾으러 보냈다. 그리고 그들이 돌아올 때까지 '늑대들' 대부분은 관목이 우거진 삼림지대에 숨어 있었다. 정찰병을 기다리는 그 시간은 참으로 견디기 힘들었다. 불을 피울 수도 없고 넓은 지역을 돌아다니며 사냥을 할 수도 없어 밤마다 추위와 습기에 시달렸고, 숲에 나무들이 워낙 우거져 있어 약한 햇볕밖에 들지 않는 탓에 낮 동안에도 거의 몸을 덥히지 못했다.

아무 일도 하지 않고 빈둥거리며 나흘을 보내고 나니, 율리우스는 병사들에게 열린 공간으로 나가라고 명령한 뒤 그 결과를 감수할 마음의 준비가 되어 있었다. 정찰병들은 세 명을 제외하고는 전부 외부 경계선을 통과해 들어와 불쌍한 모습으로 침묵을 지킨 채 다른 병사들과 함께 식어빠진 음식을 먹고 있었다.

율리우스는 나머지 세 명이 마저 돌아오기를 초조하게 기다렸다. 그는 자신들이 미트리다테스가 있는 지역을 제대로 찾아왔음을 알고 있었다. 동쪽으로 불과 5마일 떨어진 곳에서, 고립된 요새를 지키다 불시에 습격을 당해 갑옷과 무기를 빼앗긴 뒤 살육당한 로마 백인대를 발견했기 때문이다. 비참한 모습으로 죽어 있는 로마인들을 보았을 때, 율리우스는 아무 말도 하지 않았다. 그것이 오히려 부하들의 복수심에 더욱 불을 붙였을지 모른다.

세 정찰병은 젖은 나뭇잎을 헤치며 쿵쿵 소리를 내면서 함께 돌아왔다. 수마일을 쉬지도 않고 느린 구보로 뛰어온 것이다. 그들은 자신들을 기다리고 있는 차가운 스튜는 거들떠보지도 않고 곧바로 율리우스에게로 달려왔다. 피로한 기색이 엿보이긴 해도 얼굴에는 활기가 넘쳐 흘렀다. 잔뜩 흥분하고 있는 게 분명했다. 꼬박 나흘 만에 돌아온 세 정찰병을 보았을 때 율리우스는 그들이 마침내 적을 발견했음을 알아차렸다.

"적들은 어디 있더냐?"

율리우스가 벌떡 일어서며 물었다.

"서쪽으로 30마일 지점입니다."

그 소식을 빨리 전하고 싶어 안달이 난 정찰병 하나가 얼른 대답했다.

"진지의 규모가 대단했습니다. 적들은 오리쿰에서 오는 군단들의 공격에 대비해 방어준비를 하고 있는 듯했습니다. 가파른 두 비탈 사이의 좁은 지점에는 참호가 파여 있었습니다."

그 정찰병이 숨을 쉬려고 잠시 말을 멈추자 다른 정찰병이 이어받아 보고를 계속했다.

"그리고 두 비탈과 서쪽 땅에는 쇠못이 곳곳에 박혀 있었습니다. 정찰병들과 위병들이 워낙 많아서 적의 진지에 가까이 다가가지는 못했습니다만, 그 정도의 쇠못들이면 기병대를 멈추게 하기에는 충분할 듯 보였습니다. 진지 안에서는 궁병들이 훈련을 하고 있었습니다. 제 생각에는 저희가 미트리다테스를 본 것 같습니다. 휘하 부대들에게 명령을 하는 덩치 큰 사내가 하나 있었는데, 그자가 지휘관처럼 보였습니다."

"병력 수는 얼마나 되더냐?"

정찰병들은 바로 대답을 하지 못하고 서로 흘끗 보았다. 그러더니 첫 번째 정찰병이 다시 입을 열었다.

"어림잡아 1만 명은 될 것 같습니다. 저희들 중 아무도 적의 진지에 가까이 다가가지 못했기 때문에 확신할 수는 없습니다만, 두 언덕 사이의 계곡 전체가 가죽 군막으로 뒤덮여 있었습니다. 아마 1,000개는 될 겁니다."

다른 두 명은 그 말에 동의한다는 뜻으로 고개를 끄덕이고는 율리우스가 그 소식을 어떻게 받아들이는지 보려고 표정을 살폈다. 율리우스는 그 소식에 실망했지만 얼굴에 실망한 기색이 드러나지 않도록 조심스레 무표정으로 일관했다. 미트리다테스가 자기를 향해 오고 있는 군단들과 맞서 싸우려고 할 만큼 자신감에 차 있는 것은 어찌 보면 당연한 일이었다. 지금보다 작은 규모의 반란이 일어났을 때, 원로원은 술라만 보냈었다. 만일 원로원이 다시 1개 군단만 보낸다면, 미트리다테스는 당연히 승리할 수 있을 것이고, 원로원이 그 소식을 듣고 다른 영토에 있는 모든 예비 병력을 빼낼 때까지 1년이라는 시간을 벌 수 있을 것이다. 어쩌면 그때조차도 원로원은 다른 로마 영토들이 공격에 취약해질까 봐 예비 병력을 빼내길 꺼릴지도 모른다. 원로원은 그렇게 하고서도 그리스를 잃지 않을 자신이 있단 말인가? 원로원이 마침내 압도적인 병력을 모으기 전에, 미트리다테스를 피해 높은 성벽 뒤에 숨은 로마 소유의 모든 도시가 파괴될 수도 있을 것이다. 강들이 피로 물들고 마지막 로마 도시마저 미트리다테스의 영토에서 잘려나가게 될 것이며, 만일 그가 모든 도시를 단결시킬 수 있다면 한 세대에 걸친 전쟁이 일어날 수도 있을 것이다.

율리우스는 식사를 하고 휴식을 취하라고 하며 정찰병들을 해산시켰다. 그것은 그들의 수고에 비하면 턱없이 적은 보상이었다.

정찰병들이 떠나자 그들이 보고한 내용이 궁금해진 가디티쿠스가 눈썹을 추켜세운 채 율리우스의 곁으로 다가왔다.

"그자를 찾았습니다."

율리우스가 확인해 주었다.

"적들은 최대 1만 명 정도 된다고 합니다. 오늘 밤 10마일을 이동하고, 내일 날이 어두워질 때 마지막 20마일 정도를 이동할 생각입니다. 궁병들을 시켜 위병들을 해치우도록 한 뒤 동이 트기 전에 주병력을 공격할 겁니다."

가디티쿠스가 걱정스러운 표정을 지었다.

"만일 어둠 속에서 그렇게 멀리까지 행군을 시킨다면 노병들은 거의 탈진하고 말 겁니다. 그러면 우리는 전부 무참하게 죽임을 당할 수도 있습니다."

"노병들은 우리가 도시를 떠나올 때보다 훨씬 체력이 좋아졌습니다. 물론 힘도 들고 노병 몇을 잃게 되겠지만, 기습할 기회를 놓칠 수는 없습니다. 노병들은 평생 동안 행군을 해온 사람들이 아닙니까? 첫 번째 공격을 감행한 뒤 신속하게 퇴각할 수 있도록 준비해 주세요. 병사들이 그렇게 많은 적을 상대로 죽기 살기로 싸울 생각을 하는 건 원치 않습니다. 치고 빠지기 식의 공격이란 걸 병사들한테 주지시키세요. 곧장 쳐들어가서 최대한 많은 적을 죽인 뒤 빠져나올 거라고요. 동이 트기 전에 멀리 후퇴할 겁니다. 그 다음은 그때 우리 상황을 봐서 결정할 생각입니다. 얼마 안 있으면 날이 어두워질 겁니다. 가디, 부하들에게 이동 준비를 시키세요. 내일 밤 적의 진지에 최대한 접근했을 때 정지 명령을 내릴 겁니다. 하지만 적의 눈에 띄어서는 안 됩니다. 전술은 적의 진지에 접근한 뒤 짤 작정입니다. 적들이 어떤 식으로 포진하고 있는 줄도 모르고 세세한 계획을 짜봤자

394

아무 소용없는 일이니까요. 적들을 물리칠 필요는 없습니다. 그저 적들이 진지를 철거한 뒤 해안에서 오고 있는 군단들을 향해 서쪽으로 진군하도록 만들기만 하면 됩니다."

"군단들이 오고 있느냐가 문제죠."

가디티쿠스가 조용히 대답했다.

"오고 있을 겁니다. 술라가 죽고 나서 무슨 일이 일어났든지 간에 원로원이 싸움 한번 안 해보고 그리스를 잃을 수는 없을 테니까요. 대오를 짜세요, 가디."

가디티쿠스는 경례를 붙였다. 표정이 한결 부드러워져 있었다. 그렇게 많은 수를 상대해야 한다면 어떤 식으로 공격해도 위험이 따를 터였다. 다만 병력을 감안해 보면 율리우스가 제안한 야간기습이야말로 최선책이라고 생각했다. 더욱이 미트리다테스가 소집한 군대는 훈련을 받지 않은 비정규군으로 이루어져 있는 반면, 그들과 맞서 싸울 상대는 가장 노련한 검투사 몇 명까지 포함된 병력이 아닌가. 1만 명을 상대하면서 결코 유리한 입장에 놓일 수는 없겠지만, 차이를 만들어낼 수는 있을 것이다.

가디티쿠스는 액시피터 보병대에 숙영지를 철거하라는 명령을 내린 뒤, 젊은 병사들과 노병들이 함께 일하는 모습을 지켜보았다. 그들은 신속하고 조용하게 산개대형(부대원을 넓게 벌려서 만든 대형—옮긴이)으로 집합해 숲속을 깨끗이 치웠다. 그들 중 몇 명은 정말로 늑대들이었다.

24장

미트리다테스는 진지 방어선의 위병들을 잃었지만 아직 그 사실을 알지 못했다. 거의 한 시간 동안이나 미트리다테스 진지의 외곽원을 지켜보던 율리우스가 마침내 미소를 지었다. 그 그리스 왕이 매우 단순한 경계체계를 쓰고 있음을 파악한 것이다. 각 위병은 나무 장대 꼭대기에 설치한 횃불 옆에 서 있었다. 그들은 때때로 장대에서 횃불을 떼어내 머리 위로 흔들었는데, 그러면 내곽원에 있는 위병들, 그리고 그들과 일정한 거리를 유지하고 있는 다른 위병들이 마찬가지로 횃불을 흔들어 답했다.

율리우스는 그런 단순한 체계를 보면서 미트리다테스가 왕일지는 몰라도 전술가는 아니라는 사실을 알아차렸다. '늑대들'은 2인 1조로 구성된 궁병들을 이용해 그 방어선을 무너뜨렸다. 율리우스가 신호를 하는 즉시 한 궁병이 위병을 쓰러뜨리면 다른 궁병이 그 위병이 서 있던 자리에 서는 식이었다. 그런 식으로 신속하게 외곽원의 위병들을 처치한 궁병들은 내곽원에 접근하는 데도 성공했다. 그러나 내곽원의 위병들은 외곽원의 위병들에 비해 좁은 간격으로 서 있었기 때문에 율리우스의 궁병들이 그들의 자리를 차지하는 데는 거의 한 시간이 걸렸다. 율리우스는 부하들에게 신중을 기하라고 강조했다. 그러면서도 마지막 위병을 처치하라는 신호를 보내기 위해 기다리는 사이 시간이 자꾸 흘러가자 그 자신도 점점 더 긴장에 빠져들었다. 내곽원의 마지막 위병은 자신의 횃불 신호에 답할 수 있는 사람이 오로지 로마인들뿐임을 까맣게 모르고 있었다.

카베라가 조용히 마지막 화살을 쏘자, 그 적병은 비명소리조차 내지 못하고 웅크린 자세로 어둠 속에 쓰러졌다. 잠시 후, 그 적병을 비추었던 횃불은 마치 아무 일도 없었던 듯 그 옆에 태연하게 서 있는 또 다른 거무스름한 인물을 비추었다. 이번에도 경고는 울리지 않았다. 율리우스는 흥분해서 한쪽 주먹을 불끈 쥐었다.

두 언덕 기슭에 자리 잡은 적의 진지에는 위병들이 쓰던 것과 같은 장대 횃불이 밝혀져 있었다. 그리고 적의 진지에서 멀리 떨어진 곳에서는 수많은 황금색 점이 겨울밤의 칠흑 같은 어둠을 깨뜨리고 있었다. 그것은 눈한번 깜빡이지 않고 율리우스의 신호가 떨어지기만을 기다리고 있는 로마인들의 눈에서 나오는 인광이었다. 젊은 지휘관 율리우스에게는 온 세상이 자신의 말 한마디에 달려 있는 듯 보였다. 그가 가장 가까운 곳에 있는 가짜 위병들에게 다가간 뒤 카베라에게 고갯짓을 했다. 그러자 카베라가 기름을 흠뻑 먹인 화살에 횃불을 옮겨 붙인 다음, 화염이 손가락 쪽으로 번지기 전에 재빨리 발사했다.

불꽃 덩어리 하나가 하늘로 날아오르는 것을 보고 가디티쿠스가 검으로 적진을 가리켰다. 그의 부하들은 소리를 지르지도, 전투구호를 외치지도 않고 시차를 두고 움직였다. 그들은 기괴하리만치 침묵을 지킨 채 사방에 불이 밝혀진 적진을 향해 달리면서 양측에 자리 잡고 있던 벤툴루스와 합류했다. 적진에 최대한 공포와 혼란을 야기하기 위해서였다.

그리스 군대는 밤이 찾아오자 적의 공격이 있으면 광범위한 지역을 둘러싼 위병들이 경보를 발하리라 믿고 잠자리에 든 상태였다. 따라서 그리스 병사 대부분이 위험을 알아차린 것은 가죽 군막이 찢기고 눈에 보이지 않는 검이 잠들어 있는 그들의 몸을 꿰뚫었을 때였다. 무방비 상태로 있던 터라, 처음 몇 초 만에 수십 명이 목숨을 잃었다. 그러나 고함소리와 비명이 뒤섞여 울려 퍼지자, 잠들어 있던 진지가 깨어나 무기를 들었다.

"늑대들이여!"

이제 침묵을 지킬 시간은 지났다고 판단한 율리우스가 우렁차게 소리쳤다. 그는 흥분에 휩싸인 채 부하들과 함께 적진 사이를 이리저리 뛰어다니면서, 비틀거리며 군막에서 나오는 적병들을 닥치는 대로 죽였다. 적병 둘을 죽인 후에는 후퇴하라고 부하들에게 말했지만, 자신의 검에 세 번째 적병이 쓰러졌는데도 첫 번째 돌격을 멈추지 않았다. 미트리다테스의 부하들이 공황 상태에 빠져 있음을 직감했기 때문이다. 그리스군의 장교들은 공격에 재빨리 대응하지 못했다. 장교들의 명령이 없으니 개인에 불과한 적병들은 어둠 속의 공격자들과 맞서 싸우려고 애쓰다 무수히 죽어나갔다. 가디티쿠스의 보병대가 율리우스를 따라 고함을 질렀다. 수백 명의 목소리가 울려 퍼지자, 적들은 더욱더 혼란과 공포에 빠져들었다. 카베라는 남은 화살들을 거무스레한 군막 속으로 발사했고, 율리우스는 검을 겨누려고 하는 벌거벗은 사내를 베어 쓰러뜨렸다. 미트리다테스의 진지는 그야말로 아수라장으로 변했다. 워낙 혼란스러운 상황이다 보니, 율리우스는 그냥 지나치지 않으리라 맹세했던 순간을 거의 놓칠 뻔했다.

그 순간이 찾아온 것은 몇 분 후였다. 드디어 나팔 소리가 들리면서 도망치던 그리스인들이 자신들의 분대에 집결하기 시작했다. 그리고 로마군이 빠뜨리고 공격하지 않은 군막에 있던 적들도 무장을 한 뒤 저항에 나섰다. 검들이 맞부딪치는 소리 위로 그리스어로 명령하는 소리도 들렸다.

적병에게 달려들다 손목을 붙잡힌 율리우스는 빙그르르 돌아 적병의 손을 떼어냈다. 육중한 검을 휘두를 때마다 적에게 심각한 상처를 입혔지만, 다음번 일격은 적의 수비에 완전히 차단되었다. 그 순간 율리우스는 자신을 상대하는 적병이 하나가 아니라 둘이며 사방에서 더 많은 적병이 달려오고 있음을 알아차렸다. 적병들이 전의를 회복한 것이다. 이제 '늑대들'이 난도질당하기 전에 퇴각을 해야 할 때였다.

"후퇴하라!"

율리우스가 고함을 질렀다. 그 순간에도 그는 검을 낮게 휘둘러 제일 가까이에 있는 적병의 발목을 깊숙이 찔렀다. 두 번째 적병이 달려들다 땅바닥에 쓰러져 있는 동료의 몸뚱이에 걸려 큰대자로 넘어지자, 율리우스는 뒤로 물러선 뒤 돌아서더니 돌연 피로 얼룩진 땅 위에 샌들을 미끄러뜨리며 전력질주하기 시작했다. 순간 그의 부하들도 그 뒤를 따랐다. 급박한 순간에서 벗어나자마자 뒤로 돌아서 달려온 것이다.

횃불이 밝혀진 그 진지의 밖은 칠흑같이 어두워서 몸을 숨기기에는 안성맞춤이었다. 율리우스가 퇴각을 명했을 때, 위병들 옆에 밝혀져 있던 모든 횃불이 일시에 꺼졌기 때문이다. 로마인들은 찢어진 군막과 시신들을 뒤로하고 그 진지의 끝을 재빨리 벗어나 어둠 속으로 흩어졌다.

그리스 부대들은 횃불이 밝혀진 진지의 가장자리에서 멈춰 섰다. 적병 수천 명이 숨어 있는 듯 보이는 어둠 속으로 뛰어 들어가기를 꺼려 했기 때문이다. 그들은 적이 다른 방향에서 오고 있으며 도착하려면 일주일 이상 걸릴 거라고 들었고, 바로 그 적이 율리우스의 군단이라고 생각했다. 여기저기에서 날카로운 명령소리가 혼란스럽게 터져 나왔지만 병사들은 머뭇거렸다. 그러는 사이 '늑대들'은 멀리 달아났다.

미트리다테스는 격분했다. 진지의 가장 먼 쪽 끝에서 들리는 비명소리에 놀라 갑자기 잠에서 깨어난 터였다. 그의 군막은 좁다란 고갯길의 입구에 자리 잡고 있었다. 잠이 덜 깨 몽롱하던 정신이 완전히 맑아지자, 그는 안전하다고 생각했던 쪽이 공격받고 있음을 알아차렸다. 그 진지에서부터 동쪽 해안을 따라 죽 늘어선 두려움에 떨던 도시들에 이르기까지 그쪽 방향에 있는 로마 식민지란 식민지는 부하들이 모조리 없애버렸는데, 그쪽이 공격을 당한 것이다.

미트리다테스에게는 거대하게 펼쳐진 계곡을 뒤덮은 1만 명이나 되는 부하가 있었다. 그러나 그가 지휘관들을 이끌고 공격을 받고 있는 현장으로 달려가서 질서를 회복하기 시작했을 때, 로마인들은 사라지고 없었다.

미트리다테스와 지휘관들은 침통해하며 전사자 수를 집계했다. 살아남은 장교들은 공격을 가해 왔던 적병의 수가 5,000명은 된다고 추산했다. 그들로부터 죽임을 당한 그리스인은 1,000명이 넘었다. 군막들 안에 쌓여 있는 시신들을 보면서, 미트리다테스는 비통함을 참지 못해 울부짖었다. 그들은 적과 맞서 싸울 기회 한 번 갖지 못하고 목숨을 잃었던 것이다. 그곳에서 벌어진 것은 그야말로 대학살이었다. 미트리다테스는 몇 년 전에 술라가 찾아왔을 때 느꼈던 좌절감을 다시 느꼈다.

어떻게 로마인들이 뒤를 칠 수 있었을까? 꼴사납게 죽어 있는 주검들 사이를 거닐면서 곰곰이 생각했다. 거무스름한 관목 덤불을 응시하던 미트리다테스가 돌연 분노에 휩싸여 검을 어둠 속으로 내던졌다. 검이 그의 손을 떠나자마자 어둠이 그 검을 집어삼켰다.

"위병들이 죽었습니다, 전하."

한 장교가 보고했다.

미트리다테스는 자욱한 연기와 부족한 잠 때문에 충혈된 눈으로 그 장교를 바라보았다.

"더 많은 위병을 배치하고, 새벽에 행군할 수 있도록 진지를 철거하라. 적들을 추적할 것이다."

그 장교가 명령을 수행하러 가자, 미트리다테스는 폐허로 변한 주변을 다시 둘러보았다. 부하 1,000명을 잃었는데, 그들 사이에 죽어 있는 로마인들은 몇 명에 불과했다. 그런데 로마인들은 왜 퇴각을 한 것일까? 어느 군단인지는 몰라도, 그의 부하들을 그렇게 두려움과 혼란에 휩싸이게 할 정도의 병력이라면, 날이 밝기 전에 그 진지 전체를 덮칠 수도 있을 듯했다. 만일 자신들의 땅 한가운데에서, 즉 자신들의 진지에서조차 안전하지 못하다면, 그들은 어디에 있어야 안전하단 말인가?

그날 밤 미트리다테스는 잠자리에 들면서 일찍이 본 적도 모아본 적도 없는 대규모 군대를 이끌고 있다는 생각에 자신감이 넘쳤었다. 그러나 이제 다시는 그런 대규모 군대의 병력이 조롱당할지도 모른다는 두려움, 부하들이 무참하리만큼 쉽게 목숨을 잃게 될지 모른다는 두려움 없이 태평하게 잠들 수는 없으리라는 것을 알고 있었다. 미트리다테스는 쓰러져 있는 부하들의 얼굴을 보았다. 그들의 얼굴에는 충격과 공포가 서려 있었다. 그 모습을 보자 의구심이 그의 가슴속으로 기어들었다. 그는 자신이 사자들에 둘러싸여 있다고 생각했는데, 그들은 양들에 불과했다.

미트리다테스는 무겁게 짓누르는 절망감을 떨쳐버리려고 애를 썼다. 어떻게 그가 로마와 대결하겠다는 희망을 품을 수 있겠는가? 이들은 그가

치를 떨 정도로 증오하는 로마인들을 상대로 몇 번 손쉬운 승리를 거둔 뒤 그의 깃발 아래 모여들었다. 그러나 이들은 스파르타와 테베와 아테네의 꿈, 그가 실현시키지 못할지도 모르는 알렉산드로스의 꿈을 이루겠다는 희망에 부푼 젊은이들에 불과했다. 그는 고개를 푹 숙인 채 두 주먹을 불끈 쥐었고, 그의 부하들은 격노한 왕에게 감히 말을 걸지 못하고 주변을 허둥지둥 달렸다.

"돌아가야 합니다."

수에토니우스가 말했다.

"적들이 진지를 철거하고 있는 동안 한 번 더 공격해야 합니다. 적들은 우리가 그러리라고는 전혀 예상하지 못할 겁니다."

"이제 곧 동이 틀 텐데, 또 어떻게 빠져나온단 말인가? 은폐물을 발견할 때까지 행군할 걸세."

율리우스가 짜증스럽게 대꾸했다.

율리우스는 그렇게 말하고는 얼굴을 돌렸다. 수에토니우스가 부루퉁한 표정을 지으리라는 것을 알기에 그 표정을 보지 않기 위해서였다. 그러나 부루퉁한 표정보다 더 참을 수 없는 것은 그 기습 이후로 그 젊은 장교의 얼굴에 가득한 만족스러운 표정이었다. 그 표정을 보면 구역질이 났다. 율리우스에게 그 짧은 전투는 전혀 명예롭지 않았다. 그저 적의 수를 줄이기 위한 현실적인 선택이었을 뿐이다. 전투 중에 혈관을 타고 흐르던 뜨거운 흥분은 적진을 벗어나자마자 점차 가라앉았다. 그러나 수에토니우스는 손쉬운 살인에서 거의 성적인 흥분을 느꼈다.

노병들도 최대한 빨리 그리스군 진지에서 빠져나오는 데 성공했다. 그렇지만 그들은 환호성을 지르지도 사소한 부상에 신경 쓰지도 않았다. 율리우스가 명령한 대로 전문가답게 침묵을 지켰다. 행군하는 동안 쉴 새 없이 떠들어대는 사람은 오로지 수에토니우스뿐이었다. 그는 자기만족에 빠져 자신을 제어하지 못했다.

"우린 궁병들을 보내, 후퇴하기 전에 은폐물 뒤에서 활을 쏘게 할 수도 있었습니다."

수에토니우스는 침이 고인 입을 헤 벌린 채 그 광경을 마음속에 그렸다.

"제가 쏜 위병 보셨습니까? 제가 쏜 화살이 그자의 목을 그대로 꿰뚫었습니다. 완벽하게요."

"조용히 해! 뒤로 가서 병사들과 함께 서 있어. 입 다물고."

율리우스가 날 선 목소리로 말했다.

율리우스는 원래부터 그 사내에게 질려 있었다. 더구나 그가 살육을 즐기는 태도에는 몹시 불쾌한 어떤 것이 있었다. 해전을 할 때는 드러나지 않았는데 잠든 사람을 죽이는 행위는 그 젊은 장교 속에 감추어진 추악한 어떤 것을 깨어나게 했다. 율리우스는 그것을 가능한 한 멀리 떨쳐버리고 싶었다. 그때 해적들을 십자가에 못 박았던 일이 불현듯 떠올라 율리우스는 몸서리를 쳤다. 만일 수에토니우스가 자신의 입장에 있었다면 자비를 베풀었을지, 아니면 마지막 해적 하나까지 십자가에 못 박았을지 궁금했다. 만일 수에토니우스가 명령을 내리고 있었다면 십자가형을 중지하라는 명령이 내려지기까지는 좀 더 시간이 걸렸으리라.

그 젊은 당직사관이 즉시 뒤로 물러서지 않자, 율리우스는 거의 그를 칠 뻔했다. 그 사내는 켈수스 배의 감방에 있던 때까지 거슬러 올라가는 공통된 추억을 간직하고 있으니, 서로 어떤 사적인 친분을 나누고 있다고 생각하는 듯했다. 율리우스는 그의 얼굴을 쏘아보았다. 짐작한 대로, 그의 얼굴은 앙심으로 잔뜩 일그러졌고 입도 실룩거리고 있었다.

"당장 뒤로 가게. 안 그러면 여기서 자넬 죽일 테니까."

율리우스가 호통을 쳤다. 야윈 그 장교는 그제야 총총걸음을 쳐 뒤에서 행군하고 있는 병사들 속으로 사라졌다.

노병 하나가 욕을 하며 비틀거렸다. 땅을 비춰줄 달이 뜨지 않아 발을 헛디디기 십상이었다. 처음부터 버거운 속도로 행군했지만 불평하는 사람은 아무도 없었다. 앞이 보일 만큼만 날이 밝으면 미트리다테스가 곧바로 자신들을 찾아 나설 것임을 모두 알고 있었기 때문이다. 이제 동이 트려면 채 두 시간도 남지 않았다. 그 시간 동안 전속력으로 행군한다면 거의 10마일을 이동할 수 있을 것이다.

그렇지만 부상자들이 있으니 그렇게 먼 거리까지 가지는 못할 것이다. 걷기가 불편한 병사들은 양옆의 병사가 알아서 부축했다. 그러나 병사들이 입은 부상은 대부분 정도가 경미했다. 그 전투의 특성상, 로마인들은 죽었거나 거의 부상을 입지 않았거나 둘 중 하나였다. 병력의 손실 정도를 판단할 겨를은 없었지만, 율리우스는 자신들이 잘 싸웠다고, 희망했던 것보다 훨씬 잘 싸웠다고 생각했다.

율리우스는 행군을 하면서 만일 그리스군이 돌격해 온다면 어떤 식으로 방어할지 곰곰이 생각해 보았다. 우선 그리스군이 채택했던 것보다 나은 경계체계를 구축해야 할 것이다. 적진의 심장부까지 곧장 쳐들어갈 수 있었던 것은 그리스군의 경계체계가 허술했기 때문이다. '늑대들'은 운이 좋았다. 그러나 여러 가지 실수를 하긴 했어도 미트리다테스는 바보가 아니었다. 다음번에는 기습하기가 더 어려워질 테니, 로마군 전사자도 더 늘어날 것이다. 기다란 종대의 선두에 선 율리우스는 침묵 속에서 야간행군을 하는 동안 드디어 짬을 내어 전투의 성공 정도를 가늠해 보았다. 희희낙락하는 모습이 천박해 보이긴 했으나, 수에토니우스의 말이 옳았다. 기습은 완벽한 성공이었다.

새벽이 찾아왔을 때, 병사들은 대부분 기진맥진한 상태였다. 그러나 무자비하게도 율리우스는 명령도 하고 위협도 해가며 비틀거리는 병사들을 계속 행군시켰다. 몇 마일만 더 가면, 나무가 빽빽이 들어찬 가파른 언덕이 늘어선 지역에 다다를 것이다. 언덕들은 낮 동안 적의 눈에 띄지 않도록 숨겨줄 것이다. 그러므로 거기에만 도착하면 마음 편히 잠도 자고 식사도 할 수 있었다. 그러나 끝없이 이어지는 행군 속에서 강철 같은 의지가 약해졌는지 노병들이 신음소리를 내는 게 들려왔다. 그래서 율리우스는 병사들이 체력을 회복할 수 있게끔 한동안 행군을 멈추고 적의 눈에 띄지 않을 만한 곳에 숨어 있어야겠다고 생각했다.

동이 트자, 미트리다테스는 보유하고 있는 얼마 되지 않은 기병들을 스무 명씩 나눠 여러 조로 짠 뒤, 적을 발견하자마자 돌아와 보고하라는 명령과 함께 모두 진지 밖으로 내보냈다. 원래는 진지 전체를 철거하고 적을 추적하러 나서려 했지만 왠지 마음이 찜찜했다. 어쩌면 그 작은 계곡의 은신처를 떠나 평원으로 행군하게 유도하는 것, 그것이 바로 적의 의도인지도 몰랐다. 평원에서 숨어 있다가 공격하면 적들은 그리스군을 흩뜨려놓을 수 있을 테니까 말이다. 미트리다테스는 좌절감에 휩싸여 고통스러워하며 군막 안을 왔다갔다하면서 자신의 우유부단함을 저주했다. 도시로 퇴각해야 하는 것일까? 도시의 주민은 모두 로마인들이니 마지막 한 사람이 남을 때까지 맞서 싸우며 성벽을 방어할 것이다. 그러나 평원은 어디가 안전하단 말인가? 반란을 진압하기 위해 더 많은 군단이 서쪽에서 오고 있을 가능성이 있으므로 군대를 해산시키고 부하들을 원래 살던 농장과 계곡으로 되돌려 보낼까도 생각해 보았다. 아니, 그렇게 할 수는 없었다. 로마인들은 반란군 색출에 나서서 그들을 한 사람씩 한 사람씩 잡아들일 가능성이 높았는데, 그렇게 되면 얻을 것이 아무것도 없었다.

미트리다테스는 전날 밤 부하들의 주검들을 본 이후로 휩싸였던 무기력한 분노를 다시 한 번 느끼며 이를 갈았다. 알렉산드로스라면 군단들 사이에 갇히는 신세가 되도록 놔둘까?

미트리다테스가 갑자기 걸음을 멈추었다. 아니, 알렉산드로스라면 그렇게 하지 않았을 것이다. 알렉산드로스라면 그 군단들이 있는 쪽으로 이동해 전투를 벌일 것이다. 그러나 어느 방향으로 가야 한단 말인가? 만일 군대를 동쪽으로 이동시킨다 해도 해안에서 오고 있는 군단들에게 붙잡힐 가능성은 여전했다. 만일 로마의 항구들을 향해 서쪽으로 이동한다면, 이 밤의 습격자들에게 후위를 유린당할 것이다. 신들이여, 용서하소서. 술라라면 어찌할 것인가? 만일 정찰병들이 아무것도 알아내지 못한 채 돌아온다면, 그리고 자신이 아무런 행동도 취하지 않는다면, 부하들이 탈영하기 시작할 것이라고 그는 확신했다.

미트리다테스는 한숨을 쉬면서 입에 석 잔째 포도주를 들이부었다. 그렇게 이른 시간에 빈속에 그런 벌을 주니 위가 반항을 하는지 속이 쓰렸다. 그러나 짜증을 내며 불편한 그 느낌을 무시한 채 포도주 잔을 기울였다. 잠시 후면 자신들이 밤 동안에 신속하게 움직이지 않은 탓에 수많은 부하를 잃었다는 사실을 아들들에게 말해야만 할 것이다.

미트리다테스는 낮 동안 포도주를 거듭해서 마셨고, 정찰병들은 아무것도 알아내지 못한 채 땀에 흠뻑 젖은 모습으로 말을 타고 돌아왔다. 그 진지 전체에서 밤이 되었을 때 술에 취해 잠이 든 사람은 미트리다테스 왕 혼자뿐이었다.

율리우스는 그 짧은 야간 기습에 대한 평가가 막연해지거나 과장되리라는 것을 알고 있었다. 실제로 성취한 것보다 더 큰 성공을 거두었다고 주장하는 것이 병사들의 본성이었기 때문이다. 그러나 그 점을 감안한다 해도 불과 열한 명의 병력 손실로 미트리다테스의 병력을 800명에서 1,000명 정도 줄인 것은 분명한 사실이었다. 죽은 병사들은 로마 신들의 눈 아래에 묻히지는 못할 것이다. 시간이 없어 그 병사들의 시신을 수습하지 못했다. 동료들의 주검을 적들의 손에 남겨두는 것을 결코 좋아하지 않는 노병들에게는 그 점이 계속 마음에 걸렸다.

젊은 병사들은 안전지대인 나무가 늘어선 언덕에 도착하자마자 그 밤에 느꼈던 긴장을 일부 풀었다. 율리우스가 해산을 허락하자 그들은 목이 쉴 때까지 함성을 지르고 환호성을 올렸다. 그러나 노병들은 미소를 지으며 그런 그들을 바라보기만 했다. 노병들은 자축보다는 장비를 닦고 기름칠을 하는 데 더 관심을 보였던 것이다.

고기를 구해 오라고 가장 뛰어난 사냥꾼 쉰 명을 파견했던 쿠에르토루스는 오전 중반 무렵이 되자 작은 모닥불에 고슴도치와 산토끼와 사슴을 함께 구우며 김이 모락모락 나는 식사를 준비했다. 어떤 불이든 불을 피우는 것은 위험한 일이지만, 숲에 빽빽이 들어찬 나무들이 연기를 흩뜨릴 것이다. 원기를 회복시키고 온기를 제공할 뜨거운 식사가 필요하다는 것을 알기에, 율리우스는 사냥꾼들이 잡아온 짐승들을 다 조리하고 나면 곧바로 불을 끄라고만 지시했다.

그날 오후 병사들은 나이 차이로 인한 체력 차이를 분명하게 드러냈다. 원기를 완전히 회복한 젊은 신병들은 몇 명씩 무리지어 떠들어대고 웃어대면서 숙영지 주변을 정력적으로 돌아다녔다. 그러나 노병들은 송장처럼 누워만 있었다. 심지어 자는 동안 몸 한 번 뒤척이지 않았다. 잠에서 깨어났을 때, 몸은 뻣뻣하게 굳었고 경련을 일으키기도 했다. 피부에는 전날 밤에 없었던 멍이 여기저기에 나 있었다. 젊은 병사들은 자신들이 입은 부상은 별것 아니라고 무시해 버렸지만, 몸이 뻣뻣하게 굳었다고 노병들을 조롱하지는 않았다. 전날 밤 노병들에게서 본 것은 나이가 아니라 기술이었기 때문이다.

율리우스가 취사용 모닥불 가까이에 앉아서 온화한 표정으로 고기를 씹고 있는 코르닉스를 우연히 보게 되었다. 그 노인은 자신의 늙은 뼈 속에 도는 온기를 즐기고 있는 것이 분명했다.

"살아남았군."

율리우스는 코르닉스가 그 공격의 대혼란 속에서 살아남은 것이 진심으로 기뻤다. 여전히 한쪽 무릎에 천을 친친 감고 있는 노인은 무릎에 힘이 가지 않도록 다리를 땅바닥에 쭉 편 자세로 앉아 있었다.

코르닉스가 율리우스를 환영한다는 뜻으로 손에 든 고기 조각을 살짝 흔들었다.

"녀석들은 저를 죽이지 못했습니다. 예상했던 대로죠."

그러더니 손에 든 고기를 쪽 빤 뒤 씹기 전에 충분히 부드럽게 만들려고 입안으로 밀어 넣었다.

"녀석들, 엄청나게 많더군요."

코르닉스가 호기심이 가득한 눈으로 율리우스의 눈빛을 살폈다.

"8,000명이나 9,000명은 남았을 걸세."

율리우스의 대답에 코르닉스가 눈살을 찌푸렸다.

"그렇게 많은 놈들을 다 죽이려면 평생이 걸릴 겁니다."

코르닉스가 생각에 잠긴 채 입안에 든 고기를 우물거리며 진지하게 말했다.

율리우스가 노인을 보며 싱긋이 웃었다.

"그래, 그렇겠지. 하지만 장인들은 오랜 시간을 들여 작품을 완성하는 법이라네."

코르닉스는 동의한다는 뜻으로 고개를 끄덕였다. 의지와 상관없이, 주름진 얼굴에는 미소가 번지고 있었다.

율리우스는 노인이 식사를 하게 남겨두고 가디티쿠스를 찾아갔다. 두 사람은 숙영지를 함께 돌면서 위병 한 사람 한 사람을 전부 방문했다. 위병들은 언제나 적의 공격에 대해 경보를 발할 수 있도록 셋이 한 조를 이뤄 경계를 서고 있었다. 그리고 각 조는 옆 조가 분명하게 볼 수 있는 위치에 서 있었다. 그런 식으로 위병들이 숙영지 전체를 빙 둘러싸고 있었다. 그렇게 하다 보니 많은 병사가 동원됐지만, 율리우스가 각 위병이 두 시간 동안만 번을 서게 했기 때문에 교대는 빨리빨리 이루어졌다. 그날 밤은 아무런 경보도 울리지 않은 채 무사히 지나갔다.

이튿날, 겨울이라 어둠이 일찍 찾아오자 율리우스의 군단은 숲 밖으로 나와 미트리다테스의 진지를 다시 한 번 공격했다.

25장

잔뜩 화가 나서 피부에 얼룩덜룩한 반점이 생긴 안토니두스가 가구들이 가득 들어찬 방 안을 왔다갔다했다. 그 말고 그 방에 있는 사람이라고는 부드러운 자줏빛 카우치에 기대 누워 있는 비대한 원로원 의원 카토뿐이었다. 예전에 술라 휘하에서 장군을 지낸 안토니두스를 지켜보는 카토의 눈은 땀이 흘러내리는 피둥피둥한 얼굴에 파묻혀 유달리 작아 보였다. 무슨 음모를 꾸미고 있는지, 대리석 바닥 위를 서성이는 안토니두스의 발걸음을 뒤쫓는 그 작은 눈들이 번득였다. 안토니두스의 몸에 흙이 묻어 있는 것을 보고 카토가 살짝 얼굴을 찡그렸다. 그 사내는 몸을 씻기도 전에 회담을 요구하는 어리석은 행동은 저지르지 말았어야 했다.

"새로운 정보를 얻지 못했습니다, 의원님. 단편적인 정보조차도요."

안토니두스가 말했다.

카토는 일부러 한숨을 내쉬며 포동포동한 한 손을 뻗어 카우치의 팔걸이를 잡고는 몸을 똑바로 일으켜 세웠다. 나무 팔걸이를 붙잡은 손가락이 미끈거리고 끈적끈적했다. 안토니두스가 찾아와 방해하기 전에 정찬을 즐기고 있었는데, 그때 설탕 찌꺼기들이 묻었던 것이다. 성마른 사내가 평정을 찾기를 기다리면서, 카토는 한가로이 손가락을 쪽쪽 빨아댔다. 술라의 개는 참을성이라고는 눈곱만치도 없는 사내라는 것을 그는 알고 있었다. 그 독재관이 살아 있었을 때조차 안토니두스는 더 많은 권한을 얻어내고 필요하지도 않은 조치들을 취하기 위해 음모와 감언이설을 동원하곤 했다. 야비한 암살이 발생한 후, 안토니두스는 암살범들을 찾는다면서 권한을 훨씬 벗어나는 일들을 벌이며 도가 지나치게 굴었다.

그러나 원로원에서 안토니두스의 활동에 대한 논의가 이루어질 때, 카토는 어쩔 수 없이 그를 뒤에서 지원해야만 했다. 그렇지 않으면 그가 비위를 건드린 사람들에게 파멸당하는 꼴을 보게 될 것이기 때문이다. 그렇지만 그때조차도 그를 보호해 주는 데는 한계가 있었다. 카토는 방 안을 서성대는 그 장군이 자기가 파멸할 날이 멀지 않았음을 알고 있는지 궁금했다. 안토니두스는 지난 몇 달 동안 전혀 혐의도 없는 사람들까지 심문하면서 로마에서 중요한 위치를 차지하고 있는 거의 모든 사람의 기분을 상하게 만들었다.

술라는 저런 장군과 함께 있는 끔찍한 시간을 어떻게 참을 수 있었을까, 카토는 속으로 생각했다. 자신은 금세 질려버렸는데 말이다.

"암살을 지시한 사람을 발견하지 못할지도 모른다는 생각은 안 해봤소?"

카토가 물었다.

안토니두스가 걸음을 멈추고 돌아서서 카토를 마주 보며 말했다.

"저는 실패하지 않을 겁니다. 생각했던 것보다 시간이 오래 걸렸지만, 결국 누군가 입을 열거나 피 묻은 손가락을 가리킬 증거가 나올 테니 범인을 잡게 될 겁니다."

안토니두스를 유심히 지켜보던 카토는 그의 눈에 광기가 번득이는 것을 알아챘다. 위험할 정도로 살인범을 잡는 데 집착한다는 느낌이 들자, 사내가 더 이상 문제를 일으키기 전에 조용히 제거해야겠다고 생각했다. 이미 범인을 색출하기 위한 노력이 공개적으로 이루어졌으니, 설사 술라의 복수를 하지 않는다 해도 로마는 존속될 것이다. 안토니두스가 성공을 하든 말든 상관없이 말이다.

"몇 년이 걸릴 수도 있소, 잘 알겠지만."

카토가 말을 이었다.

"어쩌면 당신은 범인을 찾아내지도 못하고 죽을 수도 있소. 그리 된다 해도 그렇게 이상한 일은 아니오. 만일 범인이 스스로 정체를 밝히거나 배반을 당해 적발될 거였다면 그런 일은 암살 직후에 일어났을 거라는 게 내 생각이오. 그러나 지금 피 묻은 손가락을 가리키는 것은 아무것도 없소. 어쩌면 영원히 그럴지 모르오. 아마 이제는 추적을 포기할 때인 것 같소, 안토니두스."

안토니두스의 검은 눈동자가 뚫어져라 바라봤지만, 카토는 아랑곳하지 않았다. 사실 카토는 안토니두스가 한동안 로마의 주택 주변을 미친 듯이 뛰어다니게 내버려두면서 내심 흡족해했다. 그러면서도 안토니두스가 사로잡혀 있는 강박관념에는 전혀 관심이 없었다. 술라는 죽어 한 줌 재가 되었다. 아마도 이제는 술라의 개를 복종시킬 때가 되었는지 모른다.

안토니두스는 자신의 시선을 맞받는 카토의 얼굴에 어린 단조롭고 지루한 표정에서 그 생각을 감지한 듯했다.

"시간을 조금만 더 주십시오, 의원님."

안토니두스가 간청했다. 노기 어린 표정은 별안간 조심스러운 표정으로 바뀌어 있었다.

아마 자신이 다른 원로원 의원들로부터 보호해 주고 있다는 사실을 마침내 알게 된 모양이라고 카토는 생각했다. 비대한 카토는 거만하게 시선을 돌렸고, 안토니두스는 서둘러 말을 이었다.

"저는 암살이 세 사람 중 한 사람의 지시로 이루어졌다고 거의 확신합니다. 그 세 사람은 다 암살을 계획했을 가능성이 있습니다. 셋 다 전쟁이 일어나기 전에 마리우스를 지지했던 자들이었으니까요."

"당신이 말하는 그 위험한 사람들이 누구요?"

그 장군만큼이나 그 이름들을 술술 댈 수 있으면서도 아무것도 모르는 척하며, 카토가 능글맞게 물었다. 사실 정보원들은 새로운 사실을 알아내면 안토니두스에게 보고하기 전에 카토에게 먼저 보고했다. 어찌 보면 정보원들로서는 그렇게 하는 것이 당연한 일이었다. 그들의 돈주머니에 들어 있는 돈이 바로 카토에게서 나온 것이었으니 말이다.

"폼페이우스와 킨나가 가장 유력한 용의자라 생각됩니다. 아마도 킨나일 가능성이 가장 클 겁니다. 술라가…… 그자의 딸에 관심을 보였으니까요. 그리고 마지막 한 사람은 크라수스입니다. 이 세 사람은 사람을 사서 살인을 시킬 만한 돈과 영향력을 가지고 있는 데다 술라하고 사이가 안 좋았죠. 어쩌면 셋이서 공모했을 수도 있습니다. 돈은 크라수스가 대고, 살인범하고 접촉하는 일은 폼페이우스가 맡는 식으로요."

"당신이 이름을 댄 이들은 막강한 권력을 쥔 사람들이오, 안토니두스. 나 말고 다른 사람한테는 당신이 이 사람들을 의심하고 있다는 사실을 언급하지 않았으리라 믿소만? 당신을 잃게 될까 두렵구려."

카토가 조롱조로 말했다.

그러나 안토니두스는 그것을 눈치채지 못한 듯했다.

"지금껏 제 생각을 아무한테도 밝히지 않고 그자들을 고발할 만한 증거를 찾았습니다. 술라의 죽음으로 득을 본 그자들은 원로원에서 공개적으로 술라의 지지자들에게 반대표를 던지고 있습니다. 그자들 중 하나가 암살을 지시했거나 셋이 공모를 했다는 생각이 직감적으로 듭니다. 사실을 확인할 수 있도록 그자들을 심문할 수만 있다면 얼마나 좋겠습니까!"

안토니두스는 분을 이기지 못해 거의 이를 갈다시피 했다. 카토는 그 장군의 피부에서 얼룩덜룩한 반점이 사라지고 머리끝까지 치민 분노가 가라앉을 때까지 기다려야만 했다.

"당신은 아마 그 사람들한테 접근하지 못할 것이오, 안토니두스. 그 세 사람은 원로원의 전통과 개인 호위병에 의해 안전하게 보호받고 있으니 말이오. 설사 당신의 생각이 맞다 해도 그 사람들은 아마 당신의 손아귀를 벗어날 거요."

카토는 안토니두스의 통제력을 완전히 잃게 만들 수 있는지 보려고 일부러 그렇게 비아냥거렸다. 그런데 안토니두스의 목과 이마에 자줏빛 정맥이 툭툭 불거져 나온 게 보이자 내심 흐뭇해했다. 카토는 소리내어 웃었고, 분노에 휩싸였던 장군은 갑작스러운 웃음소리에 놀라 어리둥절한 표정을 지었다. 또다시 카토는 술라가 어떻게 이런 사람을 참을 수 있었을까 하고 생각했다. 안토니두스는 어린애같이 천진난만하고 조종하기 쉬웠다.

"해결책은 간단하오, 안토니두스. 당신도 암살범들을 고용하는 거요. 단 그자들이 당신이 누군지 알지 못하게 주의해야만 하오."

카토는 이제 안토니두스가 완전히 집중하고 있음을 눈치채고 만족해했다. 그런데 그때 정찬 때 마셨던 포도주 탓에 두통이 시작되자, 덩치 작은 그 사내가 이제 물러갔으면 하는 생각이 들었다.

414

"암살범들을 그 사람들의 가족들한테 보내시오, 안토니두스. 그 사람들이 사랑하는 아내나 딸이나 아들 가운데 하나를 골라 처치하는 거요. 암살이 술라를 추모하기 위해 행해진 것임을 보여주는 표시를 남겨두시오. 당신의 화살 하나를 집에다 쏘고, 나머지는……. 어, 그 사람들은 한 번도 내 친구인 적이 없었소. 한동안 그 사람들을 공격에 취약하게 만들면 여러 모로 득이 될 거요. 일을 다 마치고 나면, 훌륭한 영혼들이 마땅히 그렇듯 술라가 편안하게 휴식을 취하고 있다고 상상합시다."

카토는 안토니두스가 자신의 제안을 곰곰이 생각하는 모습을 보면서 미소를 지었다. 안토니두스의 수척한 얼굴은 잔인성을 드러내며 환해졌다. 독살 사건이 있은 후 몇 달 동안 근심에 시달린 탓에 이마에 깊게 새겨진 주름도 조금 펴져 있었다. 카토는 고개를 주억거렸다. 그 사내의 마음을 움직였음을 안 것이다. 이제 그의 생각은 잠자리에 들기 전에 식은 고기라도 조금 먹을 수 있을까 하는 데에 가 있었다. 그래서 안토니두스가 절을 하고 나서 흥분된 발걸음으로 신속하게 방을 빠져나가는데도 거의 눈치채지 못했다.

얼마간의 시간이 흐른 후, 카토는 음식을 입에 밀어 넣고 천천히 씹으면서 짜증스럽게 한숨을 내쉬었다. 아들과 레니우스 문제에 생각이 미쳤던 것이다. 그 사내가 원형경기장에서 싸우는 모습을 지켜보던 때를 떠올리던 그는 고함을 질러대는 로마의 군중조차 충격을 받아 입을 다물 정도였던 잔혹한 광경을 상상하며 짜릿한 쾌감에 몸을 떨었다. 목숨을 그렇게 쉽게 내던질 수 있는 사람이라면 마음을 돌리기가 쉽지 않을 것이다. 아들을 위해 어떤 제안을 할 수 있을까. 젊은 장군 브루투스는 큰 빚을 지고 있었다. 그러니 어쩌면 황금이 그 장군의 마음을 흔들어놓을 수 있을지도 모른다. 그러나 권력이란 변덕스러운 것이니, 추측하는 것처럼 돈과 영향력이 효과를 발휘하지 못할 경우에는 안토니두스 같은 유용한 도구가 필요할 것이다. 그를 잃었다면 유감이었을 것이다.

알렉산드리아는 예전에 너무나도 잘 알던 소유지의 대문을 두드리기 전에 잠시 망설였다. 로마에서 5마일 떨어진 그곳에 찾아오는 것은 그녀에게는 시간을 되돌리는 일과 같았다. 그곳에 마지막으로 서 있었을 때, 그녀는 노예 신분이었다. 다시 그 대문 앞에 서니, 그 시절의 기억들이 밀려들었다. 레니우스에게 채찍질을 당했던 기억, 마구간에서 가이우스에게 입 맞췄던 기억, 비가 오나 바람이 부나 쓰러질 때까지 일했던 기억, 폭동이 절정에 달했을 때 어두컴컴한 담벼락 아래에서 부엌칼로 사람들을 죽였던 기억들이. 만일 율리우스가 로마로 데리고 가지 않았다면, 그녀는 세월의 무게를 이기지 못해 쇠약한 모습으로 여전히 그곳에서 일하고 있을 것이다.

전에 알던 얼굴들이 떠오르자 그 사이에 흐른 시간이 사라진 듯한 느낌을 받은 알렉산드리아는 모든 용기를 끌어내 손을 치켜든 뒤 육중한 나무문을 쿵쿵 두들겼다.

"거기 누구요?"

안쪽 담장 꼭대기를 서둘러 올라가는 발자국 소리와 함께 귀에 설은 목소리가 들렸다. 그러더니 낯선 얼굴이 내려다보았다. 그 노예는 조심스레 무표정한 얼굴을 유지한 채 알렉산드리아와 그녀의 손을 붙잡고 있는 어린 소년의 모습을 유심히 살폈다. 이런 예리한 시선 아래에서 도전적인 태도로 고개를 들어 올린 알렉산드리아는 가슴이 두근두근 뛰는데도 최대한 자신에 찬 표정으로 그 노예를 쳐다보았다.

"알렉산드리아예요. 투브루크 아저씨를 뵈러 왔어요. 안에 계시나요?"

"잠깐만 기다리세요, 아가씨."

노예는 그렇게 대답한 뒤 사라졌다.

알렉산드리아는 재빨리 숨을 쉬었다. 노예는 그녀를 자유인으로 보았다. 한결 자신감이 들어, 알렉산드리아는 어깨를 더 반듯하게 폈다. 투브루크를 마주하기는 쉽지 않을 것이다. 기다리는 동안 알렉산드리아는 마음을 가라앉히려 애를 써야만 했다. 옥타비아누스는 계속 입을 꾹 다물고 있었다. 알렉산드리아와 타빅이 내린 결정에 아직도 화가 풀리지 않은 것이다.

투브루크가 대문을 열고 나오자, 알렉산드리아는 기가 푹 죽어 옥타비아누스의 손을 꽉 붙잡았다. 어찌나 세게 붙잡았는지, 옥타비아누스가 비명을 지를 정도였다. 그 사내는 전혀 변한 데가 없어 보였다. 세상은 미친 듯이 앞으로 나아가고 있는데, 여전히 예전 모습 그대로였다. 투브루크가 진심으로 다정하게 미소짓자, 알렉산드리아는 긴장이 조금 풀리는 느낌이었다.

"잘 지내고 있다는 소식 들었다. 배가 고프다면 음식을 가져오라고 하마."

"한참을 걸어왔더니 목이 마르네요, 아저씨. 얘는 옥타비아누스예요."

투브루크는 몸을 숙여, 걱정스러운 표정을 지은 채 알렉산드리아의 뒤로 슬금슬금 피하는 어린 소년을 바라보았다.

"안녕, 꼬마야. 배가 고플 것 같은데?"

옥타비아누스가 발작하듯 고개를 끄덕이자, 투브루크는 킬킬거렸다.

"배고프지 않은 꼬마를 본 적이 없지. 안으로 들어오너라, 먹을 것 좀 가져오라고 시키마."

투브루크가 말을 멈추고 잠시 생각에 잠겼다.

"마르쿠스 브루투스가 여기 와 있다. 레니우스도."

알렉산드리아의 몸이 살짝 굳어졌다. 레니우스의 이름을 들으니 끔찍했던 옛 기억이 떠올랐던 것이다. 브루투스 역시 오래전에 잊었던 이름이었다. 그 이름은 고통과 감미로움이 뒤섞인 묘한 기분을 불러일으켰다. 알렉산드리아는 대문 안으로 들어서면서 옥타비아누스의 손을 단단히 움켜잡았다. 옥타비아누스를 안심시키기 위해서라기보다는 스스로를 안심시키기 위해서였다.

어두컴컴한 안마당에 들어선 알렉산드리아는 몸서리를 쳤다. 그녀는 거기에 서서…… 자신을 붙잡은 사내를 칼로 찔렀고, 수잔나는 대문 옆에서 쓰러져 죽었다. 알렉산드리아는 고개를 가로저은 뒤 또다시 심호흡을 했다. 그곳의 모든 장소가 쉽사리 과거에 빠져들게 했다.

"마님께서도 집에 계시나요?"

알렉산드리아가 물었다.

대답을 하는 투브루크의 표정이 살짝 바뀌었다. 그 때문에 더 나이 들어 보였다.

"아우렐리아 마님은 몸이 아주 편찮으시다. 마님을 뵙고 싶어 여기 온 거라도 뵙지 못할 거다."

"몸이 편찮으시다니, 정말 유감이네요. 하지만 저는 아저씨를 뵈러 온 거예요."

투브루크는 알렉산드리아와 옥타비아누스를 조용한 방으로 안내했다. 알렉산드리아가 노예일 때는 거의 들어가 보지 못했던 방이었다. 바닥이 따뜻하고 편안한 분위기가 감도는 것으로 보아 누군가 살고 있는 방인 듯했다. 투브루크는 두 사람을 남겨두고 식사를 준비시키러 갔고, 알렉산드리아는 기다리는 동안 긴장을 풀기 시작했다. 옥타비아누스는 안절부절 못하고 짜증을 내며 깔개 위로 샌들을 질질 끌고 다녔다. 그 모습을 보다 못한 알렉산드리아가 결국 옥타비아누스의 한쪽 무릎을 단단히 움켜잡아 걸음을 멈추게 했다.

돌아온 투브루크는 단지 하나와 사발이 몇 개 놓인 쟁반을 내려놓았다. 사발에는 갓 썬 과일이 담겨 있었다. 옥타비아누스는 신나게 먹어댔고, 자리에 앉은 투브루크는 먹느라 정신이 없는 소년을 미소 띤 얼굴로 바라보며 알렉산드리아가 말을 꺼내길 기다렸다.

"제가 말씀드리고 싶은 건 옥타비아누스에 관한 얘기예요."

잠시 뜸을 들인 뒤 알렉산드리아가 입을 열었다.

"노예를 불러 이 아이한테 마구간을 보여주라고 시킬까?"

알렉산드리아가 어깨를 으쓱했다.

"제가 무슨 말씀을 드리려는지 얘도 알아요."

투브루크는 알렉산드리아를 위해 시원한 사과 주스를 한 잔 따랐다. 알렉산드리아는 주스를 홀짝이며 생각을 정리했다.

"저는 로마에 위치한 금속세공품 가게의 지분을 일부 소유하고 있는데, 옥타비아누스는 우리 가게에서 도제살이를 하는 아이예요. 이 아이가 완벽하다는 거짓말은 하지 않겠어요. 한동안은 거칠기 짝이 없었죠. 하지만 지금은 다른 아이가 됐어요."

옥타비아누스가 멜론 조각들을 입에 꾸역꾸역 쑤셔 넣는 모습을 보고, 알렉산드리아가 잠시 하던 말을 중단했다.

알렉산드리아의 표정을 본 투브루크가 자리에서 벌떡 일어났다.

"이제 그 정도면 충분히 먹었다, 꼬마야. 가서 마구간을 찾아보거라. 말들에게 줄 사과 조각 두서너 개를 챙겨 가려무나."

옥타비아누스는 알렉산드리아를 쳐다보더니 그녀가 고개를 끄덕이자 히죽 웃으며 과일을 한 움큼 집고는 말없이 방 밖으로 사라졌다. 잠시 발자국 소리가 울려 퍼지더니 사위가 다시 조용해졌다.

"저 아이는 자기 아버지를 기억 못해요. 우리가 받아들였을 때, 저 아인 거리에서 떠돌던 개구쟁이였어요. 그동안 정말 얼마나 많이 변했는지 몰라요, 아저씨! 저 아인 타빅 아저씨가 가르치는 기술들에 푹 빠졌어요. 솜씨도 좋아서 시간이 지나면 훌륭한 장인이 될 수 있을 것 같아요."

"그런데 왜 저 아이를 나한테 데려온 거지?"

투브루크가 부드럽게 재촉하며 물었다.

"우린 거의 한 달 동안이나 저 아이를 혼자 거리에 내보낼 수 없었어요. 타빅 아저씨는 저녁마다 저 아이를 집까지 데려다 준 뒤 어두운 밤길을 혼자 돌아와야만 했지요. 요즘 거리는 아저씨한테도 안전하지 않지만, 우리가 고용한 뒤로 저 아이가 세 번이나 심하게 두들겨 맞았기 때문에 어쩔 수 없었죠. 처음에 저 아이가 은반지를 도둑맞았거든요. 우리 생각엔 또 다른 귀중품을 가지고 다닐까 봐 녀석들이 저 아이를 찾는 것 같아요. 악동들 한 패거리가 말예요. 녀석들이 누구인지 알았을 때, 타빅 아저씨가 녀석들 주인들한테 불평을 했는데, 그 일이 있은 직후 세 번째 구타 사건이 발생했지 뭐예요. 이러다간 아이 몸이 만신창이가 되고 말 거예요, 아저씨. 타빅 아저씨가 칼을 만들어줬는데, 갖고 다니려고 하질 않아요. 만일 그 패거리 앞에서 칼을 꺼냈다간 녀석들이 자길 죽일 거래요. 십중팔구 저 아이 말이 맞을 거예요."

420

알렉산드리아는 숨을 깊게 들이쉰 뒤 다시 말을 이었다.

"저 아이 어머니는 완전히 절망 상태예요. 그래서 아저씨가 데려다가 장사를 가르치실 의향이 있는지 제가 여쭤보겠다고 했어요. 아저씨가 한 일이 년 동안 소유지에 데리고 계시면서 일을 시키셨으면 하는 게 저희 바람이에요. 아이가 조금 나이가 들면, 그때는 저희가 다시 데려다가 도제살이를 계속 시킬 수 있을 거예요."

알렉산드리아는 쓸데없는 말을 하고 있다는 느낌이 들어 하던 말을 멈추었다. 투브루크는 손을 내려다보았다. 알렉산드리아는 그가 입을 열면 거절의 말이 흘러나올까 봐 서둘러 말을 이었다.

"저 아이 가족은 율리우스 가문과 먼 친척 관계예요. 할아버지들이 뭐 형제였다나, 처남 매부 사이였다나 그렇대요. 제가 아는 사람 중에 저 아이한테서 거리의 악동들을 떼어놓을 수 있는 사람은 아저씨뿐이에요. 아이의 목숨이 달린 일이에요. 달리 부탁할 사람이 있었다면 아저씨한테까지 부탁하지는 않았을 거예요. 하지만……."

"내가 데리고 있겠다."

투브루크가 불쑥 말했다. 알렉산드리아가 놀라서 눈을 깜박이자, 투브루크는 낄낄 웃었다.

"내가 받아들이지 않을 거라고 생각했느냐? 네가 이 집을 위해 목숨을 걸고 싸웠다는 걸 기억하고 있다. 도망쳐서 마구간에 숨을 수도 있었지만, 넌 그러지 않았지. 나한테는 그걸로 충분해. 보다시피 소유지 주변에는 늘 일거리가 많다. 네가 여기를 떠난 뒤로 땅을 조금 잃었는데도 말이야. 저 아인 자기 밥값은 할 테니 걱정하지 말거라. 오늘 저 아이를 여기 남겨두고 갈 테냐?"

알렉산드리아는 늙은 검투사를 두 팔로 껴안고 싶었다.

"네, 아저씨만 좋으시다면요. 아저씨가 제 부탁을 들어주실 줄 알았어요. 감사합니다. 이따금씩 저 아이 어머니가 아이를 만나러 와도 될까요?"

"그건 아우렐리아 마님께 여쭤봐야겠지만, 너무 자주만 아니라면 괜찮을 거다. 먼 친척 관계라는 말씀도 드리겠다. 아마 아주 좋아하실 게다."

알렉산드리아가 안도의 한숨을 내쉬었다.

"감사합니다."

그녀가 다시 한 번 말했다.

그때 밖에서 누군가가 급하게 달려오는 발자국 소리가 들려왔다. 알렉산드리아와 투브루크가 동시에 고개를 돌려 보니 달려온 사람은 옥타비아누스였다. 홍조를 띤 얼굴에는 흥분한 기색이 역력했다.

"마구간에 말이 있어요!"

큰 소리로 알리는 옥타비아누스를 보면서 두 사람은 빙그레 웃었다.

"이 집에 소년들이 있었던 지도 꽤 오래됐구나. 이 아이가 여기 있으면 활기가 돌 것 같다."

옥타비아누스는 초조하게 발을 이리저리 옮기면서 두 사람을 번갈아 보았다. 그러더니 조용히 물었다.

"그럼 저 여기 있어도 되는 거예요?"

투브루크가 고개를 끄덕였다.

"힘든 일이 엄청나게 많이 너를 기다리고 있단다, 꼬마야."

어린 소년은 기뻐서 껑충껑충 뛰었다.

"여긴 정말 아름다운 곳이에요!"

"이 아이는 아기 때 이후로 로마를 벗어난 적이 없었어요."

알렉산드리아가 당혹스러운 표정으로 말했다. 그러고는 옥타비우스의 두 손을 잡아 움직이지 못하게 했다. 표정이 자못 진지했다.

"이제 내 말 잘 들어. 네가 자리를 잡는 대로 어머니가 보러 오실 거야. 여기서 열심히 일하고 배울 수 있는 기술은 다 배워. 알겠지?"

옥타비우스는 알렉산드리아를 보고 환하게 웃으며 고개를 주억거렸다. 그제야 알렉산드리아가 그를 놔주었다.

"고맙습니다, 투브루크 아저씨. 이 일이 저한테는 얼마나 중요한 일인지 몰라요."

"이봐, 아가씨."

투브루크가 퉁명스럽게 말했다.

"너는 이제 자유인이야. 너는 나와 같은 길을 걸었지. 설사 네가 폭동이 일어났을 때 싸우지 않았다 해도, 내 힘이 닿는 일이라면 기꺼이 도왔을 거다. 이따금 서로 얼굴을 보며 지내자꾸나."

알렉산드리아는 문득 그 마음이 이해가 가 투브루크를 바라보았다. 그녀의 어린 시절 대부분의 기간 동안 투브루크는 소유지 관리인이었다. 그래서 그가 노예생활에 대해 그녀만큼 많이 안다는 사실, 그녀는 결코 깨닫지 못했지만 두 사람 사이에는 정서적 유대가 있다는 사실을 그녀는 잊었었다. 알렉산드리아는 투브루크와 함께 대문으로 발걸음을 옮겼다. 이제 긴장은 완전히 사라지고 없었다.

브루투스와 레니우스가 그곳에 있었다. 그들은 젊은 암말 두 마리를 이끌고 나직하게 이야기를 나누는 중이었다. 언뜻 알렉산드리아가 눈에 들어오자, 브루투스는 강렬한 눈빛으로 그녀를 바라보았다. 그러더니 말없이 말고삐를 레니우스에게 건네준 뒤 부리나케 달려와 알렉산드리아를 번쩍 안아 올렸다.

"세상에나, 이게 몇 년 만에 보는 거야."

"내려주세요."

알렉산드리아가 격한 목소리로 말했다. 브루투스는 얼음처럼 차가운 말투에 놀라 하마터면 그녀를 떨어뜨릴 뻔했다.

"왜 그러는 거야? 나를 봐서 기쁠 거라 생각했는데……."

"당신의 노예 소녀들 같은 취급은 받지 않을 거예요."

알렉산드리아가 쏘아붙였다. 두 볼이 벌겋게 달아오른 상태였다. 느닷없이 브루투스의 위엄을 공격했다는 사실이 우스워 소리내어 웃고 싶은 마음도 있었지만, 모든 일이 너무 빨리 일어나고 있었다. 당혹감에 입을 꾹 다문 채, 알렉산드리아는 한 손을 들어 올렸다. 노예임을 나타내는 쇠반지는 어느 손가락에도 끼어 있지 않았다.

브루투스는 그런 알렉산드리아를 보고 껄껄댔다. 그러고 나서 몸을 낮게 숙여 절을 하며 말했다.

"기분을 상하게 하려고 그랬던 것은 아닙니다, 아가씨."

알렉산드리아는 브루투스를 걷어차고 싶은 충동을 느꼈지만 옥타비아누스와 투브루크가 보고 있어서 장난 섞인 조롱을 참아야만 했다. 브루투스는 예전에도 그러더니 여전히 밉살스럽게 굴었다. 불현듯 율리우스의 말이 뇌리를 스쳐 지나가 알렉산드리아는 몸을 일으키는 브루투스의 얼굴을 향해 팔을 휘둘렀다.

브루투스는 손목을 붙잡으려고 하다가 알렉산드리아의 손이 다가오는 것을 내버려두었다. 맞는 편이 낫겠다고 생각한 것이다. 뺨을 맞고도 브루투스의 얼굴에서는 미소가 사라지지 않았다.

"당신이 무엇 때문에 이러는지는 몰라도, 이제 이걸로 끝이었으면 좋겠는데. 나는……."

"당신이 나에 관해 떠벌린 이야기를 율리우스한테 들었어요."

알렉산드리아가 말허리를 잘랐다. 그러나 그녀는 이런 식으로 행동하려던 게 아니었다. 전에 알던 이 젊은 호색한과 함께 앉아서 소리내어 웃고 싶었다. 그런데 그의 입에서 나오는 표현 하나하나 말 한마디 한마디가 화를 돋웠다.

브루투스는 그제야 이해가 가는지 얼굴이 밝아졌다.

"내가 떠벌린 이야기를 율리우스가 말했다고? 아, 영리한 녀석. 아니, 나는 절대 안 그랬어. 선수를 치는군, 율리우스다워. 율리우스를 만나면 자신이 선수를 친 사실이 어떤 식으로 들통났는지 말해 줘야겠는걸. 이 이야기를 들으면 무척 좋아하겠어. 레니우스 선생님 면전에서 내 얼굴을 후려치다니! 대단해."

레니우스가 헛기침을 했다.

"네가 장난을 끝낼 때까지 나는 네 말이나 마구간에 끌고 가야겠구나."

점점 짙어지는 어둠 속으로 암말들을 끌고 가면서 레니우스가 중얼거렸다.

알렉산드리아는 레니우스가 숙련된 솜씨로 손목에 말고삐를 감는 것을 보면서 뒤에서 얼굴을 찌푸렸다. 레니우스에게서는 반가워하는 기색이라고는 찾아볼 수 없었다.

알렉산드리아는 울컥 눈물이 솟아나 눈이 따끔거렸다. 옥타비아누스가 옆에 있다는 점을 제외하고는, 소유지가 공격당하던 날 밤 이후 변한 것이 아무것도 없었다. 그때 함께했던 이들은 다들 거기에 있었고, 그들 뒤에 놓인 세월을 느끼는 듯한 사람은 그녀뿐이었다.

투브루크가 몸무게를 이쪽 발 저쪽 발로 옮기면서, 황홀한 표정을 짓고 있는 옥타비아누스를 내려다보았다.

"입 좀 다물어라, 꼬마야. 오늘 밤 잠자리에 들기 전에 네가 할 일이 있다."

투브루크가 알렉산드리아를 보며 고개를 끄덕였다.

"나는 옥타비아누스한테 할 일을 가르쳐주러 갈 테니, 둘이서 이야기 좀 나누거라."

그러더니 브루투스에게 고개를 가로젓고는 옥타비아누스의 손을 꽉 붙들고 사라졌다.

어둠이 깔리는 안마당에 단둘이 남은 브루투스와 알렉산드리아는 동시에 입을 열었다가 다물었다. 그러다가 다시 말문을 열었다.

"미안해."

브루투스가 다시 말했다.

"아니에요. 제가 바보같이 굴었어요. 여기를 떠난 뒤로 정말 많은 세월이 흘렀네요. 그런데 투브루크 아저씨와 당신…… 그리고 레니우스 선생님이 함께 있으니, 예전으로 돌아간 것 같아요."

"우리가 함께 잤다는 얘기 절대로 율리우스한테 한 적 없어."

브루투스가 알렉산드리아에게 다가들며 말을 이었다. 알렉산드리아는 매우 아름다웠다. 그녀는 황혼 속에서 가장 아름다워 보이는 여인 가운데 하나였다. 크고 검은 눈과 살짝 고개를 쳐든 모습을 보노라니, 입을 맞추고 싶은 충동이 일었다. 예전에 한 번 그녀와 입 맞추었던 때가 떠올랐다. 그것은 마리우스가 그리스에 주둔하는 군단에서 복무할 수 있도록 추천장을 써주기 전의 일이었다.

"투브루크 아저씨는 율리우스가 여기 있다는 말씀은 안 하시더군요."

알렉산드리아가 말했다.

브루투스가 고개를 가로저었다.

"우리 모두 소식을 기다리는 중이야. 율리우스는 아프리카에서 해적들한데 포로로 붙잡혔었어. 하지만 지금쯤은 돌아오고 있을 거야. 정말로 예전과 같은 것은 아무것도 없어. 당신은 이제 자유인이고, 나는 백인대장이 되었지. 그리고 레니우스 선생님은 저글링을 할 수 있는 능력을 잃으셨고."

알렉산드리아가 그 광경을 떠올리며 갑자기 키득거렸다. 브루투스는 그 순간을 포착해 다시 한 번 그녀를 끌어안았다. 이번에는 알렉산드리아도 그를 포옹했다. 그러나 그가 입을 맞추려 하자 고개를 살짝 돌렸다.

"나는 반갑다는 표시조차 제대로 할 수 없는 건가?"

브루투스가 화들짝 놀라며 물었다.

"당신은 끔찍한 사람이에요, 마르쿠스 브루투스. 나는 목이 빠져라 당신만 기다리고 있었던 게 아니에요, 알겠지만."

"나는 그랬어. 나는 반쯤은 예전 그대로야."

브루투스가 슬픈 표정으로 고개를 흔들며 대꾸했다.

"당신을 만나러 가도 된다고 허락해 줬으면 좋겠어. 허락하지 않는다면, 나는 시름시름 앓게 될지도 몰라."

브루투스가 찢어진 풀무에서 나는 것 같은 소리를 내며 한숨을 쉬었다. 그 바람에 두 사람은 어색함도 잊고 편안하게 한바탕 웃었다.

그런데 알렉산드리아가 브루투스에게 대답을 해줄 겨를도 없이 별안간

망루에서 고함소리가 들려왔다. 그 소리에 깜짝 놀라 알렉산드리아는 몸을 움찔했다.

"말 탄 사람들과 수레가 오고 있습니다."

노예가 아래쪽을 향해 소리쳤다.

"몇 명이나 되나?"

브루투스가 알렉산드리아에게서 떨어지며 물었다. 조금 전까지 시시덕거리던 태도는 완전히 사라지고 없었다. 알렉산드리아는 그런 새로운 태도가 예전의 태도보다 마음에 들었다.

"말에 탄 사내가 셋이고, 황소들이 끄는 수레가 하나입니다. 사내들은 무장을 했습니다."

"투브루크 아저씨! 레니우스 선생님! 프리미게니아는 대문으로 집결하라."

브루투스가 명령했다. 그러자 무장한 병사 스무 명이 소유지 건물들에서 빠져나와 대오를 지었다. 그 병사들을 본 알렉산드리아는 놀라서 헉 소리를 냈다.

"그러니까 마리우스 장군의 옛 군단이 이제 당신과 함께하는군요."

알렉산드리아가 의아해하며 말했다.

브루투스는 알렉산드리아를 한 번 흘끗 보았다.

"살아남은 사람들이지. 율리우스가 돌아오면 장군이 필요할 거야. 우리가 무슨 일인지 알아내기 전에는 대문 근처에 가지 않는 게 좋겠어. 알겠지?"

고개를 끄덕이는 알렉산드리아를 보고 나서 브루투스는 자리를 떴다. 그가 떠나고 나니, 그녀는 돌연 혼자가 된 느낌이었다. 피비린내가 진동하

428

던 기억이 떠올라 살짝 몸을 떨면서, 알렉산드리아는 불이 밝혀진 건물들 쪽으로 걸음을 옮겼다.

투브루크는 옥타비아누스와 함께 마구간에서 나왔다. 그러나 그는 옥타비아누스가 옆에 있다는 사실을 잊고 있었다. 돌로 된 안마당을 소년이 이리저리 배회하게 놔둔 채 소유지 관리인은 대문 계단을 오른 뒤, 달가닥 소리를 내며 도착한 군인들을 내려다보았다.

"방문을 하기에는 늦은 시간 아니오? 여긴 무슨 일로 온 거요?"

투브루크가 아래를 향해 소리쳤다.

"마르쿠스 브루투스님과 검투사 레니우스를 만나라고 카토 의원께서 보내셨소."

굵고 낮은 목소리로 말을 건네왔다.

병사들을 내려다보던 투브루크는 궁수들이 안마당 주변에 자리 잡고 있는 것을 보고 만족한 듯 고개를 주억거렸다. 그들은 잘 훈련된 궁수들이라 누구든지 저택을 공격하려 했다가는 순식간에 목숨을 잃게 될 것이다. 투브루크가 대문을 열라는 신호를 보내자 브루투스는 부하들이 원진으로 방어태세를 취하게 했다.

"목숨과 건강이 귀한 줄 안다면 이제 천천히 움직이시오."

투브루크가 카토의 부하들에게 경고했다.

대문이 열리고 수레와 말 탄 병사들이 안으로 들어섰다. 그들이 다 들어서자 대문은 재빨리 닫혔다. 활시위를 당기고 있는 궁수들에게 둘러싸인 병사들은 긴장한 모습으로 천천히 말에서 내렸다. 레니우스와 브루투스가 다가가자, 우두머리로 보이는 병사가 외팔이 검투사를 알아보고 고개를 끄덕였다.

"제 주인이신 카토께서는 뭔가 착오가 있었다고 믿고 계십니다. 아드님은 사실 다른 군단에 입대하기로 약속되어 있었는데, 실수로 프리미게니아 군단에 입대 선서를 했다고 말입니다. 제 주인께서는 아드님이 캄푸스 마르티우스에서 젊은 열정에 휩쓸려 흥분한 나머지 그런 실수를 저질렀다고 이해하고 계십니다. 그리고 아드님이 장교님과 함께 복무할 수 없는 것을 섭섭하게 생각하십니다. 이 수레에는 황금이 가득 들어 있습니다. 병력 손실에 대한 보상금입니다."

브루투스는 땀을 흘리는 황소들 주변을 한 바퀴 돈 뒤 수레를 덮은 덮개를 걷어 치웠다. 그러자 육중한 궤짝 두 개가 모습을 드러냈다. 그중 하나를 연 그는 안에 들어 있는 금화를 보고 나직하게 휘파람을 불었다.

"자네 주인은 아들이 프리미게니아에서 차지하는 가치를 아주 높게 평가했군."

브루투스가 말했다.

그 병사는 브루투스가 모습을 드러나게 한 막대한 재물을 무표정한 얼굴로 바라보았다.

"카토 가문의 피는 값으로 매길 수 없습니다. 이것은 단지 징표일 뿐입니다. 게르미니우스 도련님 여기 계십니까?"

"여기 있다는 거 알지 않나."

브루투스가 황금에서 시선을 떼며 말했다. 그 금화는 그가 크라수스에게 진 빚을 갚으면 순식간에 바닥날 것이다. 그런데도 거절하기에는 너무 큰 액수였다. 브루투스는 레니우스를 바라보았다. 그러나 레니우스는 어깨를 으쓱할 뿐이었다. 브루투스가 결정해야만 하는 일이기 때문이다. 게르미니우스가 갇혀 있는 방문의 자물쇠를 열고서 그를 병사들에게 넘겨주는 것은 쉬운 일이다. 그러면 로마는 그런 조치가 훌륭했다고 평가할 것이고, 브루투스는 카토를 이런 입장에 처하게 만든 영리한 협상가로 알려질 것이다. 브루투스는 한숨을 내쉬었다. 군단병들은 지휘관이 사고 팔 수 있는 재산이 아니었다.

"도로 가져가게."

브루투스는 못내 아쉬운 듯 마지막으로 황금을 바라보며 말했다.

"자네 주인께 성의를 표해 주셔서 감사하다고 말씀드리게. 아드님은 잘 지낼 거라고도 전하게. 여기에 적은 없지만, 게르미니우스는 선서를 했으니 죽음을 맞이하기 전에는 선서를 깰 수 없네."

그 병사는 뻣뻣하게 고개를 숙였다.

"말씀을 전하겠습니다. 하지만 제 주인께서는 몹시 불쾌해하실 테고, 장교님은 불행한 이 실수를 끝낼 수 있는 방법을 찾을 수 없을 겁니다. 그럼 안녕히 계십시오, 여러분."

대문이 다시 열리자, 경비병들은 수레를 끌고 어둠 속으로 향했다. 소몰이꾼이 쿡쿡 찔러대자 소들은 소유지에서 등을 돌리며 애처롭게 울어댔다.

"나라면 금을 받았을 거야."

대문이 닫힐 때 레니우스가 말했다.

"아니요, 안 그러셨을 겁니다. 저도 그럴 수 없고요."

브루투스가 대꾸했다. 그러고는 입을 꾹 다문 채 카토가 앞으로 어떤 식으로 나올지 생각했다.

폼페이우스는 아벤틴 언덕에 있는 자신의 집으로 걸어 들어가면서 딸들을 불렀다. 집 안에는 뜨거운 빵 냄새가 진동했다. 딸들을 찾으러 정원으로 걸어가면서, 그는 깊게 숨을 들이마시며 빵 냄새를 음미했다. 미트리다테스에 대한 공격 상황에 관해 하루 종일 보고를 들은 후라, 그는 기진맥진한 상태였다. 만일 그 공격이 대단히 중요하지만 않았다면, 그리스에서 벌어지고 있는 상황은 웃음을 자아냈을 것이다. 몇 주에 걸쳐 논의를 한 끝에 원로원은 마침내 두 장군이 그리스로 군단을 이끌고 가는 것을 허락했다. 폼페이우스가 보는 한, 의원들은 원로원의 지휘 아래 있는 장군들 중에서도 가장 무능하고 야망이 적은 이들을 택했다. 그 이유야 너무나도 자명했지만, 조심성 많은 그 장군들은 아주 작은 위험조차 감수하기 싫어 그리스 본토로 천천히 행군해 들어갔다. 그들은 조심조심하며 작은 식민지들을 에워쌌고, 필요한 경우에는 포위 공격을 한 뒤 전진했다. 폼페이우스는 그런 소심한 태도를 보며 침을 뱉고 싶었다.

폼페이우스는 직접 군단을 지휘하길 원했다. 하지만 그의 바람은 즉각 술라파를 분노케 했다. 술라파는 폼페이우스의 이름이 명부에 등장한 순간 반대 성명을 내어 그의 임명을 부결시켰다. 로마를 희생시키면서까지 자리를 보전하려고 안간힘을 쓰는 것은 역겨운 일이라고 생각한 폼페이우스였지만, 술라파 때문에 어쩔 수 없이 그 대열에 끼지 않을 수 없었다. 만일 크라수스로부터 자금 지원을 받아 지원자들로 구성된 군사를 일으킨다면, 술라파는 그리스에 타고 갈 배에 이르기도 전에 자신을 공화국의 적으로 선언하리라는 것을 알았기 때문이다. 그런 상황에 들어오는 보고마다 그리스에 파견된 군단들이 성취한 것이 거의 없다는 내용뿐이니, 날마다 좌절감만 커져갔다. 그 군단들은 아직까지 적의 본대조차 발견하지 못한 상황이었다.

폼페이우스는 긴장을 조금이나마 풀려고 콧마루를 문질렀다. 그나마 정원이 시원한 게 다행이었지만, 미풍도 화를 가라앉히지는 못했다. 그런 작은 개들이 원로원의 옷을 물고 늘어지다니! 상상력이라고는 눈곱만치도 없고 영광이 무엇인지도 모르는 성난 작은 개들이. 소매상인들, 로마를 운영하고 있는 것은 바로 소매상인들이었다.

폼페이우스는 깊은 생각에 빠진 채 뒷짐을 진 자세로 천천히 정원을 거닐었다. 하루의 긴장이 조금씩 풀리는 게 느껴졌다. 평화로운 정원에서 잠깐 동안 한가로이 거닐면서 원로원 생활과 가정 생활을 분리하는 것은 몇 년 동안 습관적으로 해온 일이었다. 그렇게 정원을 거닐고 나면 기분이 상쾌해져서 이튿날 새벽까지 불쾌한 원로원은 까맣게 잊고 가족들과 저녁을 함께 할 수도, 소리내어 웃을 수도, 딸들과 장난을 칠 수도 있었다.

폼페이우스는 하마터면 외벽 근처의 덤불 속에 엎어져 있는 막내딸을 보지 못하고 그냥 지나칠 뻔했다. 그러나 시선이 그쪽 방향을 흘끗 향했을 때 딸을 알아보고는 미소를 짓기 시작했다. 딸이 벌떡 일어나 자신을 포옹하리라 기대했던 것이다. 딸은 집에 돌아온 그를 놀래주길 무척 좋아했고, 그가 깜짝 놀라 움찔하면 까르르 웃음을 터뜨리곤 했다.

그런데 그때 딸의 옷에 묻은 짙은 갈색 피 얼룩이 눈에 들어왔다. 그는 서서히 얼굴이 어두워지더니 슬픔을 참지 못하고 고개를 푹 수그렸다.

"로라? 자, 얘야, 이제 일어나거라."

딸의 피부는 백지장처럼 창백했고, 무늬가 그려진 천으로 된 드레스와 목이 만나는 곳에는 선명한 칼자국이 나 있었다.

"어서, 귀여운 내 딸, 일어나야지."

폼페이우스가 속삭였다.

그러고는 정원을 가로질러 가서 축축한 풀잎 속 딸의 작은 사지 옆에 앉았다.

폼페이우스는 한참 동안 딸의 머리칼을 쓰다듬었다. 해가 져서 주변의 그늘이 서서히 길어졌다. 도움을 요청해야 한다는, 소리를 쳐야 한다는 생각이 어렴풋이 들었지만, 딸의 곁을 떠나고 싶지가 않았다. 아내를 부르러 가는 그 시간 동안조차도. 여름에 딸에게 목말을 태워주었던 일, 카랑카랑한 목소리로 하는 말마다 다 따라 했던 딸의 모습이 떠올랐다. 딸이 젖니가 나느라 열이 났을 때도 병이 났을 때도 옆을 지켰는데, 이제는 그것도 마지막이었다. 폼페이우스는 딸에게 부드러운 목소리로 속삭이며 옷깃을 끌어올려 붉은 입술 같은 상처를 덮어주었다. 딸의 몸에서 유일하게 밝은 색을 띠고 있는 부분이었다.

얼마간의 시간이 흐른 뒤, 폼페이우스는 자리에서 일어나 경직된 자세로 집 안으로 들어갔다. 그리고 또 얼마간의 시간이 흐른 뒤, 한 여인이 비통해하며 절규했다.

26장

미트리다테스는 적들이 또 공격을 감행할지 궁금해하며 새벽안개 속을 응시했다. 묵직한 망토를 어깨 주위로 끌어당기며 몸을 떨면서, 그는 차가운 아침 공기를 탓했다. 그러나 절망감을 떨쳐버리기는 쉽지 않았다.

로마군의 야간 공격이 점점 더 대담해졌기 때문에 불규칙하게 뻗은 그 진지에서는 더 이상 어느 누구도 마음 편히 잠들지 못했다. 저녁마다 그리스군은 제비뽑기로 위병을 결정했다. 위병으로 뽑힌 병사들은 이미 죽음을 예감하고 눈시울을 붉힌 채 서로를 바라보며 어깨를 으쓱했다. 그러나 만일 로마군의 공격이 없으면, 위병들은 자신감을 회복한 채 자신들을 보호해 줄 본진으로 돌아왔다. 그리고 그 자신감은 제비뽑기를 통해 다시 위병으로 선택될 때까지 지속되었다.

그러나 대개 위병들은 돌아오지 않았다. 매일 새벽에 점호를 할 때마다 대답하지 않는 위병이 수백 명에 달했다. 미트리다테스는 그들 가운데 반 이상은 자신을 버리고 조용히 떠난 것이라고 확신했다. 그러나 그 진지는 마치 그때그때 마음 내키는 대로 적당한 사람을 골라 죽일 수 있는 보이지 않는 적에 둘러싸여 있는 듯했다. 죽은 위병들 중 일부의 몸에는 화살에 맞은 상처가 나 있었는데, 미늘은 박혀 있지 않았다. 적들이 다시 쓸 요량으로 살에 박힌 미늘을 조심스럽게 빼간 것이다. 경계를 서는 병사들의 수를 늘려도, 위치를 바꾸어도 아무 소용이 없었다. 매일매일 진지로 돌아오는 위병의 수는 조금씩 줄어들었다.

미트리다테스는 겨울 추위만큼이나 폐를 괴롭히는 듯한 축축한 안개 속을 노려보았다. 부하들 중에는 자신들을 공격하는 것이 오래전에 전투에서 목숨을 잃은 병사들의 유령이라고 믿는 이들도 더러 있었다. 그들이 퍼뜨리는 이야기에 따르면, 수염이 허연 고대 전사들이 잠깐 동안 흘끗 보고는 말없이 사라졌다는 것이다. 언제나 아무 말 없이.

미트리다테스는 횡대로 서 있는 부하들의 열을 따라 천천히 걷기 시작했다. 부하들은 왕만큼이나 지쳐 있었지만 무기를 든 채 경계 태세를 취하고 서서 안개가 걷히기를 기다렸다. 미트리다테스는 부하들에게 애써 미소를 지어 보이며 사기를 북돋워주려고 했지만 쉽지 않았다. 몇 주 동안에 걸쳐 적의 칼에 무력하게 전우를 잃은 탓에 대부분이 용기를 잃고 만 것이다. 미트리다테스는 다시 몸을 떨며 하얀 안개를 저주했다. 나머지 세상은 다 깨어났는데, 군막들 주변에만 안개가 끈질기게 남아 있는 듯했다. 만일 말을 찾아 타고 신속하게 진지를 벗어날 수만 있다면 햇빛 속으로 뛰어들게 될 것이며 뒤를 돌아보면 이 계곡만이 장막으로 덮여 있을 거라는 생각이 이따금씩 들곤 했다.

군막 사이에 몸뚱이 하나가 죽었을 때의 모습 그대로 누워 있었다. 미트리다테스는 걸음을 멈추고 그 몸뚱이를 내려다보았다. 그 젊은 병사가 매장되지 않았다는 사실에 분노와 수치심이 들었다. 부하들의 활기 없는 시선도 시선이지만 시신이 그냥 내버려져 있다는 사실은 그 언덕에 말뚝을 박고 승전과 로마의 멸망을 위해 건배를 한 이후 상황이 얼마나 많이 변했는지 확실하게 알려주었다. 그 자신이 그 이름을 얼마나 증오하는지도.

어쩌면 미트리다테스는 군대를 이끌고 그 진지를 떠났어야만 했는지도 몰랐다. 그러나 평원으로 이동하는 것이야말로 적이 가장 바라는 일일지 모른다는 생각이 끊임없이 들었기 때문에 그는 결단을 내리지 못했다. 정찰병들이 찾지 못하는 어딘가에 미트리다테스가 지금껏 만난 어느 누구와도 다른 지휘관이 이끄는 군단이 있었다. 그 지휘관은 그리스군을 뿔뿔이 흩어지게 만들길 원하는 듯했다. 느닷없이 날아든 화살들은 언제나 장교용 투구를 쓰고 있거나 군기를 들고 있는 병사들의 몸을 꿰뚫었다. 그래서 병사들은 군기를 드는 것을 거부하고 차라리 채찍질형을 받는 편을 택하는 지경에까지 이르렀다. 면하기 어려운 듯 보이는 죽음을 자초하느니 차라리 그 편이 낫다고 생각한 것이다.

하늘을 찌를 듯 드높던 사기가 그 지경으로 떨어지는 걸 지켜보는 것은 참으로 고약한 일이었다. 미트리다테스는 위병들에게 탈영을 시도하는 사람은 누구를 막론하고 죽이라는 명령을 내렸다. 그러나 하룻밤이 지나고 나면 훨씬 더 많은 병사가 사라지고 없었는데, 그들이 죽은 것인지 도망을 친 것인지는 여전히 알 수가 없었다. 때로는 사람은 온데간데없고 갑옷만 쌓여 있었다. 마치 탈영병들이 명예와 함께 그 금속덩어리를 벗어버린 듯했다. 그러나 그 갑옷 더미에 피가 튀어 있는 경우도 가끔 있었다.

미트리다테스는 지친 얼굴을 거칠게 문질렀다. 그 바람에 두 볼이 빨개졌다. 마지막으로 잠을 잔 게 언제인지 기억나지 않았다. 밤에는 어느 때든 공격을 당할 수 있는 상황이라, 술에 취해 잠드는 건 감히 꿈도 꾸지 못했다. 그는 적들이 유령 같다고 침울하게 생각했다. 뒤에 하얀 살덩어리를 남기는, 신속하게 움직이며 죽음을 불러오는 영혼들이라고.

아들들이 힘들여 증원부대들을 편성했다. 그렇기 때문에 지원을 해줄 기운찬 전사들이 늘 대기하고 있었지만, 그들은 별 소용이 없었다. 적에게 가장 먼저 다가갔다가 죽임을 당할까 봐 부하들이 일부러 꾸물거리는 것은 아닐까 하는 생각까지 했다. 증원부대들은 늘 로마인들이 사라지고 난 뒤에야 함성을 지르며 검과 방패를 요란하게 맞부딪치면서 도착했기 때문이다. 그들이 부상자들 주위를 둘러싼 뒤 어둠 속으로 욕을 퍼붓는 것도 헛된 화풀이처럼 보일 뿐이었다. 안전해졌을 때 겁쟁이가 마지막 일격을 날리거나 코웃음을 치는 것처럼.

안개가 엷어지기 시작하자 미트리다테스는 냉기를 물리치려고 억센 엄지손가락으로 두 뺨을 꾹꾹 눌렀다. 곧 사라진 위병들에 대한 야간 보고를 받게 될 것이다. 전에는 몇 시간 동안 바짝 긴장하고 두려움에 떨던 위병들이 모두 무사히 돌아왔다는 보고를 받은 적이 가끔 있었다. 살아남았다는 안도감에 긴장이 풀려 휘청거리면서 행운을 도저히 믿지 못하겠다는 듯 멍한 표정을 지은 채 돌아왔다고 말이다. 이제 그런 경우는 좀처럼 없었지만, 이번에도 그런 보고를 들을 수 있기를 미트리다테스는 희망했다.

한번은 위병 초소 두 군데 근처에 100명의 병력을 매복시켜 적을 기습하려고 한 적이 있었다. 그런데 다음 날 그 병사들은 하나도 빠짐없이 차가운 시신으로 발견되었다. 그 일이 있은 후로 다시는 그런 시도를 하지 않았다. 유령들.

주변에 바람이 일자 미트리다테스는 망토를 더욱더 단단히 여몄다. 몇 분 뒤 안개가 소용돌이치고 뭉게뭉게 떠돌다가 사라지면서 어두운 평원이 모습을 드러냈다. 두려움에 휩싸여 얼어붙은 채, 그는 횡대로 서서 조용히 명령을 기다리고 있는 부하들을 바라보았다. 고통스러우리만치 눈부신은빛을 발하며 반짝이는 갑옷을 입은 완벽한 군단병들, 2개 보병대, 1,000명의 적병이 600미터 떨어진 곳에서 기다리고 있었다.

넓은 가슴 근육 밑에서 심장이 고통스러울 정도로 쿵쿵거려 머리가 어찔어찔했다. 살아남은 장교들이, 일어나서 각자 자리로 달려가라고 부하들을 분발시키느라 지르는 고함소리가 진지 전체에 울려 퍼졌다. 그때 갑자기 공포가 엄습했다. 한쪽에 1,000명의 적병이 있다. 그렇다면 나머지는 어디에 있는 것일까?

"정찰병들을 내보내라!"

미트리다테스가 우렁차게 고함을 내질렀다.

정찰병들은 대열을 급히 헤치며 말이 있는 곳으로 달려갔다.

"궁병들은 나에게로 오라!"

미트리다테스가 연이어 고함을 질렀다. 그 명령은 대열 전체에 전달되었다.

궁병 수백 명이 망토를 입은 미트리다테스 쪽으로 모여들기 시작했다. 미트리다테스는 장교들을 주변으로 불렀다.

"적들이 계략, 다시 말해 속임수를 쓸 것이다. 귀관들은 진지의 이쪽 편을 지켜라. 가지고 있는 화살을 모두 발사해 적들이 진지에 접근하지 못하게 하라. 할 수만 있다면 적들을 모조리 죽여라. 나는 맨 앞쪽을 지킬 것이다. 주공격은 틀림없이 그쪽에서 있을 것이다. 갖고 있는 화살을 아끼지 말고 남김없이 쏴라. 적의 주력 부대가 앞쪽을 공격할 때 나머지 적병들이 우리의 배후를 치게 해서는 안 된다. 그랬다가는 부하들의 사기가 땅으로 떨어질 것이다."

고개를 끄덕인 뒤 절을 한 장교들은 몸을 일으켜 세우면서 능숙하게 활

에 시위를 매었다. 그들의 얼굴에 처음으로 홍분의 빛이 떠올랐다. 동료들
이 안전하게 서 있는 동안 적들을 떼죽음으로 몰 때 찾아오는 기쁨, 힘을
가진 자가 느끼는 기쁨을 맛보고 있었던 것이다.

미트리다테스는 그들의 부대들이 대형을 갖추도록 남겨두고 마부에게
서 고삐를 받아든 뒤 진지의 앞쪽으로 천천히 말을 달렸다. 이제 절망감을
떨쳐버린 그는 사방에 서 있는 전투태세를 갖춘 병사들을 보면서 안장 위
에서 허리를 더욱 곧추세웠다. 지금은 낮이었다. 유령조차 죽일 수 있는.

율리우스는 벤톨루스 보병대의 선두를 맡은 노병들의 우측에 서 있었
다. 병사들은 한 줄에 각각 160명씩 세 줄로 서 있었다. 각각 80명씩으로
이루어진 여섯 개 백인대로 구성된 그 보병대의 첫째 줄과 셋째 줄에는 노
병들이, 전투 중에 머뭇거릴 수도 도주할 수도 없는 자리인 둘째 줄에는
제일 약한 병사들이 배치되어 있었다. 그들은 가디티쿠스가 이끄는 액시
피터 보병대의 병사들과 함께 거의 1마일에 달하는 거리를 조용히 소리
없이 답파해 이곳에 당도했다. 이제 더는 계략이 없었다. '늑대들'의 병사
한 사람 한 사람은 자신이 해가 중천에 뜨기 전에 죽을 수도 있다는 사실
을 잘 알고 있었다. 그러나 전혀 두려워하지 않았다. 기도는 이미 다 올렸
고, 이제는 전투의 순간만이 남아 있었다.

날씨가 워낙 추운 탓에 안개가 걷히기를 기다리는 동안 몸을 떠는 병사
들도 더러 있었다. 그러나 다들 입만큼은 꾹 다물고 있었다. 심지어 젊은
병사들조차도 침묵을 지키고 있어, 새로 임명된 옵티오들은 조용히 하라
고 권표를 휘두를 일이 없었다. 상쾌한 바람이 불어와 마침내 안개가 걷히
자, 모두 그 순간을 감지한 듯했다. 홉사 냄새를 맡은 개처럼 병사들이 일

제히 고개를 들었다. 모습이 드러나는 것이 어떤 결과를 가져올지 잘 알았기 때문이다.

노병들 중에는 아침 안개가 짙게 끼어 있을 때 돌격하길 원했던 이들도 있었다. 그러나 율리우스는 적이 마지막 공격을 받기 전에 진정한 두려움이 무엇인지 알게 되기를 원한다고 말했다. 그 말에 그들은 이의 없이 그의 명령을 받아들였다. 3주간에 걸쳐 그리스군 진지에 파괴적인 공격을 가한 후라, 젊은 지휘관이 자신들과 나란히 서서 행군할 때, 그들은 경외하는 듯한 시선으로 그를 관찰했다. 그는 미트리다테스가 취할 조치를 전부 짐작할 수 있는 것 같았고, 어떻게 해야 잔인하게 반격을 가할 수 있는지도 알고 있는 듯했다. 이제 드러내놓고 마지막 일격을 가하여 그리스군을 절멸시킬 때라고 율리우스가 말한다면, 그들은 아무 불평 없이 그가 행군하는 곳으로 행군할 것이다.

호기심이 동한 율리우스는 그 순간을 음미하며 그리스군의 진지에 늘어선 군막을 유심히 살폈다. 허둥대는 인물들 가운데 누가 그리스의 왕인지 궁금했다. 햇살이 계곡을 비추자 잠시 회의가 고개를 쳐들었다. 그동안 기습을 받아 엄청난 병력 손실을 입었고 마지막 며칠 밤 동안 수백 명이 탈영을 했는데도, 그 진지는 아직도 광대한 지역에 펼쳐져 있었다. 그 진지와 비교하니 그 자신의 병력은 보잘것없어 보였다. 그러나 율리우스는 전투 결과를 예상하며 이를 살짝 드러냈다. 그들의 병력을 제대로 파악하고 있음을 알기에 회의를 옆으로 밀어낸 것이다. 사실 그 군막들 중 상당수는 텅 비어 있었다.

그리스군이 진지를 철거하고 떠날 날만을 기다리던 하루하루가 율리우스에게는 고통스럽기 그지없는 나날이었다. 어찌해야 할지 결단을 내릴 수 없었기 때문이다. 포로로 붙잡힌 탈영병들이 들려준 이야기에 따르면, 그리스군은 사기가 곤두박질 친 데다 조직도 형편없는 상태였다. 율리우스는 그들의 장교며, 장비며, 전쟁 취향에 관해 모든 것을 알고 있었다. 처음에는 야간 기습을 감행해 그리스군을 갈가리 찢어놓음으로써 미트리다테스가 겁을 집어먹고 해안에서 오고 있는 군단들을 향해 곧장 뛰어들게 만들고 싶었다. 그런데 몇 주가 지나도록 그리스군이 진지를 철거할 징조도, 로마 원군이 수평선에 모습을 드러낼 징조도 보이지 않았다.

셋째 주가 시작되었을 무렵, 어쩌면 그 군단들이 오기도 전에 미트리다테스가 돌연 방어에만 치중하는 무기력 상태에서 벗어나 진정한 지휘관답게 생각하기 시작할 가능성이 있다는 것을 율리우스는 깨달았다. 그날 밤, 탈영한 그리스 위병 수십 명이 불과 몇 미터 옆에 그의 부하들이 있는 줄도 모르고 그냥 지나쳐 가는 것을 보고, 율리우스는 전면공격 계획을 짜기 시작했다.

이제 그리스군 대부분이 10열로 된 넓은 방진대형을 짜고 있었다. 그 광경을 본 율리우스는 옛 스승의 가르침을 떠올리며 험상궂은 표정으로 고개를 주억거렸다. 그리스군은 대열의 길이가 더 짧으니 겨누는 검의 수도 적을 것이다. 그러나 10열로 늘어선 대형은 어둠 속에서 끊임없이 죽여대던 적과 마침내 평원에서 마주했을 때 병사들의 패주를 막는 효과는 있을 것이다. 율리우스는 명령을 내릴 완벽한 순간을 기다리며 지형을 꼼꼼히 살피더니 고통스럽게 침을 삼켰다. 키 큰 사내 하나가 말에 올라타고는 말을 몰고 급히 사라졌다. 그 후 수백 명의 궁병이 부대별로 정렬했다. 그들은 하늘을 화살로 시커멓게 뒤덮을 것이다.

"1,000명은 되겠군."

442

율리우스가 혼잣말을 했다. 그의 부하들은 이제 방패를 가지고 있었다. 상당수는 몇 주에 걸쳐 밤마다 죽였던 그리스인들에게서 훔친 것이었다. 비록 방패가 있다고는 하나, 방패를 연결해 그 밑에서 몸을 피한다고 해도 화살이 한 번 날아들 때마다 병사 몇 명은 목숨을 잃게 될 것이다.

"전진 신호를 보내라, 어서!"

율리우스의 날카로운 명령에 코르니켄(나팔수—옮긴이)이 오래된 낡은 나팔을 들어 올려 길게 불었다. 그러자 두 보병대가 함께 그리스 땅을 쿵쿵거리며 일제히 전진했다. 좌우를 흘끗거리던 율리우스는 노병들이 움직이면서 거의 무의식적으로 대열을 정렬하는 모습을 보고 잔인하게 히죽 웃었다. 뒤에 처지는 사람은 아무도 없었다. 노병들은 자신들이 거의 율리우스만큼이나 잘 이해하고 있는 그런 종류의 공격을 갈망했다. 이제 마침내 그 갈망을 채울 수 있게 된 것이다.

처음에 율리우스와 부하들은 서서히 접근했다. 궁병들이 화살을 발사할 때를 기다렸지만, 막상 기다랗고 검은 나뭇조각 수천 개가 윙 소리를 내며 허공을 가르면서 날아오자, 율리우스는 몸이 얼어붙었다. 겨냥은 정확했다. 그러나 노병들은 로마의 영토 전역에서 궁병들과 마주한 경험이 있었다. 그래서 화살이 날아와도 전혀 허둥대지 않았다. 그들은 자세를 낮추고 몸을 웅크린 뒤 팔다리를 끌어당기고는 방패와 방패를 맞붙였다. 그렇게 해서 결코 뚫을 수 없는 벽을 형성한 터라, 화살들은 얇은 판 모양의 나무와 놋쇠만 헛되이 탁탁 때려댔다.

한동안 침묵이 흐른 뒤 노병들이 미친 듯이 소리를 지르며 일제히 일어섰다. 방패에는 화살이 잔뜩 꽂혀 있었지만, 목숨을 잃은 병사는 한 명도 없었다. 재빨리 스무 걸음을 전진하는데 다시 윙 소리가 허공을 가르자,

그들은 방패 밑으로 몸을 홱 굽혔다. 어디에선가 로마 병사 하나가 고통에 겨워 비명을 내질렀으나, 그들은 세 번을 더 그런 식으로 전진했다. 그들 뒤쪽 들판에 쓰러진 창백한 시신은 몇 구에 불과했다.

그들은 이제 돌격을 할 수 있을 정도로 적에게 접근해 있었다. 율리우스는 돌격 명령을 내렸고, 짧게 이어지는 나팔 소리가 대열을 따라 울려 퍼졌다. 그러자 '늑대들'은 갑자기 빠른 속도로 달리기 시작했다. 이제 궁병들과의 거리는 불과 몇십 미터로 좁혀졌다. 검은 구름이 머리 위로 지나가고 있었다.

그리스 궁병들은 엄청난 고통을 안겨주었던 적들을 죽이고 싶은 마음이 지나친 탓에 너무 오랫동안 자신들의 위치를 고수했다. 앞 열이 돌격해 오는 로마군을 피해 등을 돌리고 달아나려 했지만, 그렇게 하라는 명령이 내려오지 않았다. 그때를 놓치지 않고 로마군이 우렁차게 고함을 지르며 뛰어들자 공포에 휩싸인 궁병들은 도망치려 안간힘을 썼다.

로마군의 대열이 궁병들을 돌파하고 잔인하게 검을 휘두르며 방진대형들 속으로 나아가자, 율리우스는 뛸 듯이 기뻤다. 그리스군의 대형은 불과 몇 초 만에 해체되었고, 대혼란에 빠진 그리스 병사들은 공포에 휩싸여 비명을 질러댔다. 율리우스는 벤툴루스 보병대에 맹렬히 몰아붙이라는 명령을 내렸다. 그리고 가디티쿠스는 부하들을 살짝 왼쪽으로 이동시켜 적병들이 패주할 수 있는 공간을 넓혀주었다.

공포가 질풍처럼 빠르게 그리스 대형 전체로 퍼져나갔다. 그리스 병사들은 두려움에 떨며 소리를 지르고 선두열에서 벗어나려고 전력으로 질주했다. 죽어가는 그리스 병사들이 내지르는 비명이 허공에 가득했다. 상황이 이 지경에 이르자, '늑대들'의 대열을 피해 서서히 물러서기 시작한 그리스 병사들은 장교들이 소리를 지르는데도 무기를 던져버리고 부대에서 이탈했다.

도주하는 병사들의 수가 점점 늘어나더니, 가장 용감한 병사들조차 뒤로 돌아서서 급히 도망치는 무리에 합류할 정도로 그 수가 갑자기 엄청나게 불어났다.

'늑대들'은 광포하게 그리스군을 공격했다. 노병들은 숱한 전투를 치르면서 쌓은 기술과 경험을 총동원해 적을 베었고, 젊은 병사들은 그저 넘치는 힘으로 적을 공격했다. 사지가 피로 물든 채 그리스군을 무자비하게 베어 넘어뜨릴 때, '늑대들'은 기쁨에 휩싸여 손을 떨고 광기 어린 눈을 번뜩였다.

적은 사방으로 뿔뿔이 흩어졌다. 그러나 적의 장교들이 두 차례에 걸쳐 흩어진 부하들을 다시 불러 모으려는 시도를 했기 때문에, 율리우스는 액시피터를 지원해, 가장 많이 모여 있는 적병들을 흐트러뜨리지 않을 수 없었다. 두려움에 떠는 병사들로 이루어진 그 무리는 채 1분을 버티지 못하고 다시 뿔뿔이 흩어졌다.

진지는 짓밟힌 몸뚱이와 부서진 장비가 늘비한 대살육의 현장이 되었다. 수백 번의 일격을 가한 터라 팔이 아픈 노병들은 지치기 시작했다.

율리우스는 벤툴루스에 톱날대형을 짜라고 명령했다. 중간열이 나머지 열의 오른쪽 왼쪽으로 움직여 틈을 막고 취약한 지점을 지원하는 대형이었다. 대형을 취한 율리우스의 보병대는 적진을 휩쓸고 다녔다. 그들은 하루 종일이라도 전투를 할 수 있을 듯했다.

가디티쿠스는 좀 더 멀리 전진했다. 따라서 거의 1,000명에 달하는 병사들에 둘러싸인 미트리다테스와 그 아들들하고 마주친 것은 가디티쿠스의 부하들이었다. 미트리다테스와 아들들은 주위로 달아나는 탈영병들에게 구심점 역할을 했다. 허둥지둥 도주하는 병사들의 발걸음을 늦추게 할 뿐 아니라 마지막 저항에 합세하도록 그들을 도로 끌어당겼다. 율리우스는 그 대열을 흐트러뜨리기 위해 쐐기대형을 짜라고 명령했고, 그의 부하들은 마지막으로 한 번 더 피로를 떨쳐버렸다. 율리우스 자신은 선두에 선 코르닉스의 뒤쪽 두 번째 줄에 자리를 잡았다. 그들은 마지막 저항에 나선 적들을 신속하게 흐트러뜨려야만 했다. 그렇지만 도주하지 않은 이 적병들은 자신들의 왕이 지켜보는 가운데 활기에 넘치는 모습으로 서서 그들을 기다리고 있었다.

벤툴루스는 마치 모두 목숨을 걸고 함께 싸우기라도 할 것처럼 쐐기대형을 취했다. 화살촉으로부터 몸을 보호하기 위해 방패를 치켜든 채 그들이 그리스군의 대열 속으로 돌진하자, 그리스군은 비틀거리며 물러서다 서로 부딪쳤다. 로마군 중에서는 선두에 서 있던 코르닉스만이 첫 번째 공격의 와중에 적의 칼을 맞고 쓰러졌다. 잔뜩 흥분한 코르닉스는 피를 흘리며 일어서서 한 손으로 배를 움켜쥔 채 다른 손으로 검을 휘두르고 공격에 공격을 거듭하다 다시 쓰러졌다. 그러고는 일어나지 못했다. 그러자 율리우스가 그가 섰던 선두자리에 섰고, 거구의 키로가 그 옆으로 이동했다.

그때 미트리다테스가 광기 어린 표정으로 부하들 사이를 뚫고 로마군을 향해 다가오는 게 보였다. 전진공격이 주춤하기 시작했다고 느끼던 차에 그리스의 왕이 부하들을 밀어젖히면서 오고 있는 것을 보았으니, 율리우스는 쾌재를 불렀을지 모른다. 그리스의 왕은 부하들 뒤에서 서성댔어야만 했다. 그랬다면 로마군이 그에게 다가가지 못했을 테니 말이다. 그런데 미트리다테스는 그러기는커녕 우렁찬 목소리로 명령을 내리고 있었고, 가장 가까이에 있는 부하들조차 그가 적을 죽일 수 있도록 뒤로 물러섰다.

미트리다테스는 거구의 사내로, 묵직한 자줏빛 망토로 몸을 감싼 상태였다. 그는 방어에는 신경도 쓰지 않고, 검을 머리 위에서부터 무시무시하게 내리쳤다. 율리우스는 몸을 휙 굽혀 검을 피한 뒤 반격을 가했다. 율리우스의 검이 쨍그랑 소리를 내며 미트리다테스의 검과 맞부딪쳤다. 어찌나 세게 부딪쳤는지 팔이 얼얼했다. 사내는 힘이 세고 민첩했다. 노병들이 다시 한 번 우렁차게 소리를 지르며 전진하면서 그리스 왕의 근위병들을 후퇴시키고 수십 번의 타격을 가해 그들을 베어 넘어뜨렸다. 그래서 두 사람 주위에는 쓰러지는 그리스 병사들의 수가 늘어났다. 자신의 대열이 뒤쪽으로 밀려났다는 사실을 모르는 듯 미트리다테스는 우렁차게 고함을 내지르며 다시 검을 옆으로 둥글게 휘둘렀다. 그의 검이 가슴을 강하게 스치고 지나가자, 젊은 사내는 충격을 이기지 못하고 비틀거리며 뒤로 물러섰다. 갑옷이 일자로 움푹 들어갔다. 격렬한 움직임과 분노 탓에 지칠 대로 지친 두 사내는 거친 숨을 내뿜었다. 율리우스는 갈비뼈 하나가 부러졌다고 생각했다. 그러나 미트리다테스는 로마군의 선두열 뒤로 깊숙이 들어와 있었으므로 소리를 질러 알리기만 하면 사방에서 휘두르는 검을 맞고 쓰러질 터였다. 그래서 그 정도 부상쯤은 대수롭지 않게 여겼다.

자신들의 왕이 혼자 적에게 포위당한 상태에 있는 것을 본 그리스 근위병들은 그에게 다가가기 위해 필사적으로 싸웠다. 지친 노병들은 힘이 떨어져 그들 쪽으로 쓰러졌다. 미트리다테스가 그것을 감지한 듯했다.

"나에게로 오라, 아들들아! 나에게로!"

미트리다테스가 소리쳤다. 그러자 근위병들은 노력을 배가해 광포하게 싸워댔다.

율리우스는 몸을 뒤로 젖혀 일격을 피한 다음, 톱니 모양의 칼날을 재빨리 미트리다테스의 어깨에 찔러 넣었다. 그 틈을 타 키로가 폭발하는 듯한 힘을 발휘해 어깨로 밀면서 억센 가슴을 찔렀다. 그와 동시에 미트리다테스가 비틀거렸다. 가슴에서 피가 뿜어져 나오는 가운데, 손가락에 힘이 빠진 왕은 손에 쥐고 있던 검을 떨어뜨렸다. 잠시 그의 눈과 율리우스의 눈이 마주쳤다. 그러더니 그는 진흙과 시신들로 범벅이 된 땅 위로 미끄러지고 말았다. 율리우스는 승리에 도취되어 시뻘건 검을 치켜들었고, 액시피터는 그리스군의 측면을 공격해 철저하게 흐트러뜨렸다. 완전히 혼란에 빠진 그리스 병사들은 마지막 남은 동료들과 함께 사력을 다해 도망쳤다.

시신들을 태울 기름이 없었던 율리우스는 진지 뒤쪽에 거대한 구덩이들을 파도록 명령했다. 그리스군의 사망자가 얼마나 많았는지, 시신들을 다 묻을 수 있을 만큼 구덩이를 파는 데 일주일이나 걸렸다. 와해된 군대의 상당수 병사가 아직도 살아 있는 상황이어서 율리우스는 부하들의 자축을 금했다.

율리우스는 자신이 그렇게 오랫동안 공격했던 바로 그 진지에 방어선을 쳐야만 하는 얄궂은 상황을 피할 수 없었다. 그러나 카리스마를 발휘하던 왕이 사망했으니 생존자들이 다시 모여 공격을 감행할 가능성은 거의 없을 터였다. 그는 그들의 용기가 완전히 꺾였기를 바랐다. 미트리다테스의 아들들이 전투 말미에 죽임을 당하기는 했지만 4,000명 이상이 도망을 쳤다고 가디티쿠스는 추측했다. 그래서 율리우스는 마지막 남은 부상병이 회복되거나 죽자마자 그 계곡을 벗어나길 원했다.

그 진지에 대한 공격이 끝났을 때, 살아남은 '늑대들'은 채 500명이 되지 않았다. 그리스 왕 주위에서 벌어진 마지막 전투에서 상당한 병력 손실을 입었던 것이다. 율리우스는 사망한 부하들을 따로 묻으라고 명령했다. 물론 로마인들은 그런 수고를 해야 한다는 사실에 아무도 불평을 하지 않았다. 로마인들은 죽은 동료들에게 거의 하루가 걸리는 정식 장례식을 치러주었다. 장례 횃불들은 그들의 희생에 걸맞은 듯한 메케한 검은 연기를 내뿜었다.

죽은 병사들이 전부 땅에 묻히고 진지에서 전투의 잔해도 깨끗이 제거되자, 율리우스는 장교들을 불러 모았다. 율리우스는 노병들 중에서 가장 나이가 많은 열 사람을 백인대장으로 삼아 노병들의 목소리를 대변하게 했다. 그들로부터 코르닉스가 전투 중에 전사해 함께 오지 못했다는 말을 들었다. 그러나 그 늙은 전사가 후회 없는 죽음의 방식을 택했음을 그는 알고 있었다. 쿠에르토루스는 다른 장교들과 함께 왔다. 율리우스가 지휘권도 없는 수에토니우스까지 와 있음을 알아챈 것은 그들이 함께 자리에 앉았을 때였다. 그 젊은 사내의 팔은 전투 중에 다쳤는지 천으로 친친 감겨 있었다. 그 모습을 본 율리우스는 차마 그를 쫓아버리지 못했다. 어쩌면 수에토니우스도 그 자리에 있을 자격이 있는지도 몰랐다. 그러나 그가 그 전투를 야간공격의 반만큼이라도 즐기기나 했는지 궁금했다.

"나는 해안으로 이동해서 두루스, 프락스와 다시 합류하고 싶네. 여기와 바다 중간 어디쯤에 틀림없이 1개 군단이 있을 것이네. 원로원이 완전히 정신 나간 게 아니라면 말일세. 우리는 미트리다테스의 시신을 그 군단한테 넘겨주고 집을 향해 출항할 것이네. 이제 우리를 여기에 붙들어놓을 것은 아무것도 없네."

"군대를 해산하실 겁니까?"

쿠에르토루스가 물었다.

"그렇네. 하지만 해안에 도착했을 때 해산할 거라네. 지금 우리 병사들을 떠나보내기에는 그리스군 생존자가 너무 많네. 그것도 그렇고, 내가 자네가 살던 도시에서 데려왔던 병사들 가운데 상당수가 전투 중에 죽어 생존자가 얼마 되진 않지만, 나한테는 생존자들한테 나눠줄 금이 있네. 살아남은 병사 전부한테 금을 나눠주는 게 공정할 거라 생각하네."

"그럼, 반을 갖기로 한 지휘관님의 몫에서 그만큼을 뺄 겁니까?"

수에토니우스가 재빨리 물었다.

"아니, 그러지 않을 걸세. 약속한 대로, 몸값은 원래 주인들한테 전부 돌려줄 걸세. 그러고 나서 얼마가 남든지 간에 그 금의 반을 '늑대들'한테 나눠줄 걸세. 불만이 있거든 병사들한테 말하게나. 그들이 살던 도시와 마을로 돌아갈 때, 여기서 한 일의 대가로 얼마 안 되는 금을 가져갈 자격이 왜 없는지 그들한테 말하게."

수에토니우스는 얼굴을 찡그리며 몸을 움츠렸고, 노병들은 흥미 어린 시선으로 그를 지켜보았다. 그러나 그는 그들과 눈을 맞추지 않았다.

"도대체 금이 얼마나 돌아가는 겁니까?"

쿠에르토루스가 관심을 보이며 물었다.

율리우스는 어깨를 으쓱했다.

"일인당 20, 어쩌면 30아우레우스일 것이네. 정확한 액수는 두루스를 만나서 계산해 봐야 알 수 있네."

"그 사내가 자기 배에 그 많은 금을 싣고 있는데, 거기에 있을 거라 기대하시는 겁니까?"

다른 장교가 끼어들었다.

"그 사람은 그러겠다고 약속했네. 만일 약속을 어기면 찾아서 죽일 거라고 말해 두었으니 거기 있을 걸세. 이제들 가서 모든 병사들이 한 시간 안에 행군할 수 있도록 준비시키게. 나는 이 진지가 지긋지긋하네. 그리스인들이라면 신물이 나."

율리우스는 그렇게 말하고는 생각에 잠긴 듯한 표정으로 가디티쿠스 쪽으로 몸을 돌렸다.

"이제 우리는 집에 갈 수 있게 되었소."

그들은 불과 8마일 떨어진 내륙에서 두 군단 중 첫 번째 군단을 발견했다. 그것은 세베루스 레피두스가 지휘하는 군단이었다. 철저하게 요새화된 그 진지에서, 율리우스와 키로는 나무를 잘라 만든 관에 놓인 미트리다테스의 시신을 레피두스에게 건네주었다. 텅 빈 군막 안에 놓인 낮은 탁자 위에 시신을 내려놓을 때, 키로는 계속 침묵을 지켰다. 그러나 율리우스는 그의 입술이 달싹이는 것을 보았다. 그는 패배한 적에게 경의를 표하며 속으로 기도를 하고 있었던 것이다. 기도를 마쳤을 때 율리우스의 시선을 느꼈지만, 키로는 당혹해하지 않고 그 시선을 맞받았다.

"용감한 사람이었습니다."

키로가 간결하게 말했다. 율리우스는 아프리카 연안의 작은 마을에서 처음 만난 이후 그동안 키로에게 많은 변화가 있었음을 보고 감명을 받았다.

"로마의 신들께 기도했나?"

율리우스가 물었다.

덩치 큰 그 사내는 어깨를 으쓱했다.

"그분들은 아직 저를 모릅니다. 로마에 도착하면 그때는 그분들께 기도 하겠습니다."

레피두스는 '늑대들'을 바다로 안내하기 위해 호송대를 파견했다. 율리우스는 그 결정에 이의를 제기하지는 않았지만, 그 호송대가 안전한 이동을 보장하기 위한 것이라기보다는 죄인을 호송하는 선발대처럼 느껴졌다.

율리우스의 군단이 마침내 부두에 도착하자 자신의 배에 타고 있던 두루스가 율리우스를 소리쳐 불렀다. 그는 그들이 살아왔다는 사실이 그리 기쁘지는 않은 듯했다. 하지만 율리우스가 허비한 시간을 보상할 뿐만 아니라 가장 가까운 로마 본토 항구인 브룬디시움으로 다시 항해하는 데 드는 비용도 지불하겠다고 말하자 금세 기분이 좋아졌다.

율리우스는 다시 배를 타고 집으로 돌아간다고 생각하니 기분이 묘했다. 그래서 마지막으로 축하를 하고자 새로 얻은 재물의 일부를 들여 그 항구에 있는 포도주를 모두 사들였다. 수에토니우스의 반대에도 켈수스의 재물은 살아남은 '늑대들'에게 분배되었다. 따라서 심지어 비싼 돈을 들여 포장마차나 말을 타고 편안하게 여행을 한다 해도, 대다수는 자신들의 예전 기준으로 볼 때 부유한 모습으로 집으로 돌아가게 될 것이다.

노병들은 동쪽에 있는 집을 향해 떠나기 전에 마지막으로 한 번 율리우스를 사적으로 만나고 싶다는 뜻을 전했다. 그 자리에서 율리우스는 자신과 함께 로마로 돌아간다면 계급을 수여하겠노라고 말했다. 하지만 그들은 그저 낄낄거리며 서로 얼굴만 볼 뿐이었다. 금이 든 주머니를 가지고 있는 그들 나이의 사내를 꾀는 것은 쉽지 않은 일이었다. 이를 잘 알고 있는 율리우스는 사실 그들이 함께 가리라 기대하지는 않았다. 쿠에르토루스가 노병 모두를 대표해 율리우스에게 감사를 표했고, 노병들은 배가 떠나갈 정도로 큰 소리로 갈채를 보냈다. 그러고 나서 그들은 집을 향해 떠나갔다.

두루스는 팡파르를 울리지도 큰 소리로 알리지도 않고서 새벽 조수를 타고 출항했다. '늑대들' 중 젊은 생존자들은 모두 남아 젊은이들답게 쉽게 열정에 휩싸인 채 선원으로서의 짧은 경험을 즐겼다. 바다가 잔잔했기 때문에 브룬디시움 항구에 배를 정박시키고 육지에 발을 내딛기까지는 불과 몇 주밖에 걸리지 않았다.

3개 백인대로 구성된 '늑대들'이 로마로 행군하기 위해 종대로 늘어서자 처음부터 그곳에 있었던 사람들은 한참 동안 멍한 표정으로 서로를 바라보았다. 부하 50명을 통솔하는 장교로 새롭게 승진한 키로는 대열을 정렬시킨 뒤, 마침내 자신을 불렀던 로마를 볼 수 있겠구나 하는 생각으로 놀라움을 금치 못했다. 그는 어깨를 돌리면서 몸을 떨었다. 그의 작은 농장이 자리 잡은 아프리카 해안보다 기온이 낮았지만, 그래도 그는 로마로 가는 것이 옳다고 느꼈다. 그는 가문의 유령들이 자손을 맞이하려고 나왔음을 감지하고 자부심을 느꼈다.

율리우스는 무릎을 꿇고 눈물을 흘리며 먼지가 이는 땅에 입을 맞추었다. 얼마나 감격했는지 아무 말도 하지 못했다. 동료들을 잃었고 여생 동안 따라다닐 크고 작은 부상도 입었지만, 술라는 죽었고, 그는 고향에 돌아와 있었다.

『엠퍼러 3』에 계속 ……